Johanna von Wild

Die Farben der Welt

Johanna von Wild

Die Farben der Welt

Historischer Roman

GMEINER

Immer informiert

Spannung pur – mit unserem Newsletter informieren wir Sie regelmäßig über Wissenswertes aus unserer Bücherwelt.

Gefällt mir!

Facebook: @Gmeiner.Verlag
Instagram: @gmeinerverlag
Twitter: @GmeinerVerlag

MIX
Papier aus verantwortungsvollen Quellen
FSC® C083411
FSC www.fsc.org

Besuchen Sie uns im Internet:
www.gmeiner-verlag.de

Im Ehnried 5, 88605 Meßkirch
Telefon 07575/2095-0
info@gmeiner-verlag.de

1. Auflage 2022

Lektorat: Sven Lang
Herstellung: Mirjam Hecht
Umschlaggestaltung: U.O.R.G. Lutz Eberle, Stuttgart
unter Verwendung der Bilder von: © https://commons.wikimedia.org/wiki/File:Unidentified_artist_-_Large_Sunflower_(Flos_Solis_Maior),_plate_1_from_part_5,_B._Besler,_%22Hortus_Eystettensis%22,_1713_edit..._-_Google_Art_Project.jpg und https://commons.wikimedia.org/wiki/File:Hortus_Eystettensis,_1613_(KU_2894-1_234)_-Verna,4,5.jpg und https://commons.wikimedia.org/wiki/File:Hortus_Eystettensis,_1613_(KU_2894-2_061)_-Aestiva,1,6.jpg und https://commons.wikimedia.org/wiki/File:Hortus_Eystettensis,_1613_(KU_2894-2_124)_-Aestiva,2,11.jpg
Druck: CPI books GmbH, Leck
Printed in Germany
ISBN 978-3-8392-0250-0

Für Ralf – Du machst mein Leben bunt.

Farben sind das Lächeln der Natur und Blumen sind ihr Lachen.

Leigh Hunt (1784 – 1859),
englischer Dichter

Wenn du einen Garten und eine Bibliothek hast, wird es dir an nichts fehlen.

Marcus Tullius Cicero (106–43 v. Chr.),
römischer Philosoph

Die wichtigsten Personen

historische Personen sind mit * gekennzeichnet

Ida Gerster	Handwerkertochter
Sabina Gerster	ihre Mutter
Gustaf Gerster	ihr Vater
Basilius Besler*	Apotheker und Botaniker
Rosina Flock*	seine erste Frau
Susanna Schmidt*	seine zweite Frau
Joachim Camerarius*	Arzt und Botaniker
Gunda	seine Frau
Kaspar Kammermeister	sein Sohn
Johann Konrad von Gemmingen*	Fürstbischof von Eichstätt
Luisa Imhoff	Kaufmannstochter
Sebastian Imhoff	ihr Bruder
Ursula Imhoff	ihre Mutter
Ludwig Imhoff	ihr Vater
Paula Nützel	Kaufmannstochter
Ottilie Nützel	ihre Mutter
Elisabeth Welser	Kaufmannstochter
Gabriela Heim	Arzttochter

Wenzel Straub	Maler
Lukas	sein Sohn
Artemisia Gentileschi*	Malerin
Alessandro Allori*	Maler
Agnese Fabri	Herbergsmutter
Cristina de Lorena*	Großherzogin der Toskana
Luca Bati*	Hofkapellmeister der Medici
Enrico da Grasso	sein Schüler
Matteo Scopolo	Kaspars Freund
Sophie von Braunschweig-Lüneburg*	Markgräfin von Ansbach-Kulmbach

1591

Ein kalter Wind, begleitet von stetigem Nieselregen, fegte durch die Straßen und Gassen von Nürnberg. Hustend und zitternd vor Kälte ging Sabina Gerster neben ihrer Tochter Ida her. In der einen Hand trug sie einen prall gefüllten Korb mit Eiern, Käse, Kohl und Brot, in der anderen einen mit Flachs, den sie mit ihrem Umhang abgedeckt hatte, um ihn vor der Nässe zu schützen. Zu Hause wartete der Rockenstock, um die langen Flachsfasern zu verspinnen. Die zehnjährige Ida schleppte eine schwere Kötze mit Milch, Geräuchertem, Kerzen und Öl. Sie war überanstrengt, hungrig und plärrte, so sehr schmerzte ihr Rücken ob der Last, und die ledernen Riemen des Tragekorbs schienen sich mit jedem Schritt tiefer in ihre Schultern zu graben.

»Nur noch über die Fleischbrücke, es ist nicht mehr weit bis nach Hause«, versuchte ihre Mutter sie zu trösten. »Dann bekommst du ein Stück Brot, und wenn du zu weinen aufhörst, auch Käse und einen Becher Milch.«

Trotzig sah Ida zu ihrer Mutter auf. Tränen liefen ihre geröteten Wangen hinunter, und der Rotz aus der Nase zog eine Spur zu ihrer Oberlippe. Sabina stellte die Körbe auf den Boden, wischte Ida mit einem Zipfel ihrer Schürze die Nase sauber. Dann strich sie ihr über die honigblonden Locken, beugte sich hinunter und küsste sie auf die linke Wange.

»Ich kann nicht alle drei Körbe tragen, mein Kind«, seufzte sie heiser und versuchte erfolglos, ihre Kehle zu klären.

Ida rieb sich die Augen mit den Fäusten und beschloss, tapfer zu sein. Auf ihren dünnen Beinchen folgte sie ihrer Mutter über die steinerne Brücke, die die Stadtviertel St. Sebald und St. Lorenz verband. Blutgeruch lag in der Luft, der dem nahen Fleischhaus entrang, das zur Flussseite hin offen war. Ida hörte die dumpfen Klänge der Fleischbeile, wenn sie die Tierkörper zerteilten und auf die hölzernen Fleischbänke trafen. Geschlachtet wurden die Tiere zuvor in einfachen Buden, die über der Pegnitz standen, damit die Abfälle sogleich im Fluss landeten. Von der Brücke war es nicht mehr weit bis zu ihrem Haus gegenüber dem Tugendbrunnen. Zuvor hatte es dort lediglich einen einfachen Brunnen in Form einer steinernen Säule gegeben, doch vor einigen Jahren hatte der Stadtrat den Erzgießer und Bildhauer Benedikt Wurzelbauer beauftragt, einen Bronzefigurenbrunnen zu schaffen.

Aufgeregte Rufe und Wiehern drangen vom Rossmarkt herüber. Idas Mutter kümmerte sich nicht weiter und strebte dem Haus zu. Ihre Tochter folgte ihr, den Kopf über die Schulter gewandt, in der Hoffnung, vielleicht den Grund des Tumults zu entdecken. Dann standen sie vor dem Haus und stellten ächzend ihre Körbe ab. Sabinas Atem ging schwer, und sie hustete trocken.

»Geh in die Schmiede, Ida, und hol deinen Vater und Hans«, trug sie ihr auf und öffnete die Tür.

Ida wandte sich ab und ging durch den Hof zur Werkstatt. Doch dort traf sie nur auf den Gesellen, der eine Axt schmiedete. Nach dem kalten Regen, der ihre Kleider durchnässt hatte, war es in der Schmiede herrlich warm.

»Hans, wo ist mein Vater? Mutter sagt, ihr sollt hereinkommen, es ist Mittagszeit.« Ida musste schreien, um den Lärm zu übertönen, den der Klang des Hammers auf Eisen verursachte. Hans nahm die Mahlzeiten immer mit ihrer Familie ein, sie waren Teil seines Lohns. Seine Frau Irmingard arbeitete bei einem Korbmacher in der Engelhardsgasse, und Ida wusste, die beiden sehnten sich nach einem Kind. Vom ersten Tag an hatte Hans ihr erzählt, er wünsche sich auch so ein hübsches Töchterchen wie Ida, und wann immer er sie sah, strahlte er über das ganze Gesicht.

»Er ist zum Rossmarkt, Pferde beschlagen«, antwortete der Geselle und hieb auf das glühende Stück Eisen ein, dass die Funken sprühten. »Sag Sabina, es dauert noch.«

Ida verließ die Schmiede und lief zurück zum Haus.

»Kann ich jetzt mein Brot haben und einen Becher Milch?«, fragte sie, als sie in die Küche kam. »Hans arbeitet noch, und Vater ist zum Rossmarkt.«

Sabina brach ein Stück Brot und schnitt eine kleine Ecke Käse ab. »Hier, Kind, setz dich hin und iss.« Sie goss Milch in einen irdenen Becher und stellte ihn vor Ida, die auf die Bank am Tisch geklettert war und gierig Brot und Käse in sich hineinschlang. »Nicht so hastig, Ida, du bekommst sonst Bauchschmerzen.«

Plötzlich kam Hans in die Küche gestürzt. »Sabina, schnell, Gustaf …«, stieß er hervor, wischte sich den Schweiß mit dem Ärmel von der Stirn.

Ida vergaß zu kauen und sah ängstlich von ihrer Mutter zu Hans und wieder zurück. Eine kalte Faust schien nach ihrem Herzen zu greifen und es zu umklammern, raubte ihr beinahe den Atem. Ihre Mutter war totenbleich geworden.

»Was ist geschehen?«, krächzte Sabina.

»Ein Pferd hat ihn getreten«, antwortete Hans und fasste nach ihrer Hand.

»Du bleibst hier, Ida. Ich gehe mit Hans zum Rossmarkt.«

»Ich will aber mitkommen!«, rief Ida empört, verschluckte sich an dem letzten Stück Brot und begann zu husten. Ihre Mutter klopfte ihr auf den Rücken und reichte ihr den Becher. »Trink einen Schluck.«

Der Hustenreiz ließ nach. »Bitte, Mutter«, flehte sie.

Sabina stieß hörbar Luft aus. »Gut, dann komm.«

Wieder hasteten sie durch den Regen, Ida hatte Mühe, mit den Erwachsenen Schritt zu halten. Eine große Menschentraube hatte sich an der einen Seite des Pferdemarktes gebildet, die an den Ebracher Hof grenzte.

»Lasst mich durch«, bat Sabina. »Wo ist mein Mann? Wo ist Gustaf?«

Zögernd machten die Leute Platz, damit sie sich durchdrängen konnten. Gustaf Gerster lag mit entblößtem Oberkörper schweißgebadet auf dem Boden, sein Gesicht wächsern und leichenblass. Neben ihm kniete der Stadtarzt, Joachim Camerarius, fühlte Gustafs Puls und betastete vorsichtig die Bauchdecke.

»Gustaf!«, schrie Sabina angsterfüllt und stürzte zu ihrem Mann, fiel neben ihm auf die Knie. »Gustaf, hörst du mich?«

»Er ist nicht bei Bewusstsein«, sagte der Arzt. »Sein Puls ist zu eilig, und er atmet viel zu schnell.«

Sabina fasste nach der Hand ihres Gatten, die sich eiskalt und feucht anfühlte.

»So tut doch irgendetwas«, fuhr sie Camerarius an. »Ihr seid doch Arzt.«

»Ich kann nichts mehr für ihn tun, gute Frau. Seine Bauchorgane sind durch den Tritt verletzt worden.« Er deutete auf die Prellungen an der linken Bauchseite. »Euer Gatte verblutet innerlich. Es tut mir leid«, fügte er leise hinzu.

»Gustaf, Gustaf, bitte, wach auf.« Sie tätschelte die eingefallenen bleichen Wangen. Doch Gustaf regte sich nicht.

»Wird Vater sterben?«, fragte Ida, die mit aufgerissenen Augen zitternd dastand und sich an Hans' Hosenbund festkrallte.

Joachim Camerarius sah sie traurig an und nickte unmerklich. Ida begann zu weinen. Hans nahm sie auf den Arm, und sie vergrub ihr Gesicht an seinem Hals, während ihre Mutter immer noch versuchte, Gustaf ins Leben zurückzuholen.

Niemand hinderte die verzweifelte Frau daran, bis der Stadtarzt sie sanft an der Schulter berührte.

»Er ist tot«, sagte er leise.

Sabina warf sich über die Leiche, schrie ihren Schmerz hemmungslos hinaus. Die Menge begann sich allmählich zu zerstreuen. Irgendwann hatte Idas Mutter keine Kraft mehr, und ihr lautes Heulen verstummte, nur vereinzelte Schluchzer entrangen ihrer Kehle, unterbrochen von Hustenanfällen. Mühsam kam sie auf die Beine und nahm Ida aus den Armen des Gesellen, dem sie einen dankbaren Blick zuwarf.

»Ich sorge dafür, dass Gustaf nach Hause gebracht wird. Kümmere dich um deine Tochter«, raunte Hans Sabina zu.

Drei Tage später wurde Gustaf Gerster unter die Erde gebracht. Der Nieselregen der letzten Tage hatte sich in feine Schneeflöckchen verwandelt, die die Welt mit einer dünnen weißen Decke überzogen. Stumm stand Ida am Grab ihres Vaters, noch immer konnte sie nicht fassen, was geschehen war. Nie wieder würde er sie durch die Luft wirbeln und ihr Geschichten erzählen. Nie wieder würde sein dichter Bart ihre Wange kitzeln, wenn er sie küsste. Ihr Vater hatte sie sehr geliebt, denn sie war sein einziges Kind. Nach ihrer Geburt hatte Sabina jede weitere Leibesfrucht verloren.

Neben ihr stand schniefend und hustend ihre Mutter, die seit dem Unglück kaum etwas zu sich genommen hatte. Ida war froh, dass Hans da war, der sich um vieles in den letzten Tagen gekümmert und einen Karren besorgt hatte, der den Sarg zum St. Rochusfriedhof vor die Tore der Stadt fuhr.

Vor fast siebzig Jahren hatte die Pest die Reichsstadt einmal mehr heimgesucht, und der Stadtrat hatte nach dem Gebot Kaiser Maximilians I. gehandelt und die Bestattungen der vielen Opfer innerhalb der Stadtmauern untersagt. Ein neuer Friedhof war angelegt worden, und der reiche Kaufmann

Konrad Imhoff hatte die Kapelle gespendet, die dem Heiligen Rochus von Montpellier – dem Schutzpatron gegen die Pest – geweiht worden war.

Hans war es auch gewesen, der Sabinas Bruder, den Apotheker Basilius Besler, aufgesucht und ihm vom tragischen Tod seines Schwagers berichtet hatte.

Der Pfarrer sprach seinen letzten Segen. »Der Herr behüte dich von nun an bis in alle Ewigkeit. Jesus spricht: Fürchte dich nicht. Ich bin der Erste, der Letzte und der Lebendige. Ich war tot, und siehe, ich bin lebendig von Ewigkeit zu Ewigkeit.« Er nahm den kleinen Eimer mit der Erde und warf die erste Schaufel auf den Sarg. »Erde zur Erde. Asche zur Asche. Staub zum Staube.« Mit der letzten Silbe fiel die dritte Schaufel Erde, landete mit einem dumpfen Geräusch auf dem Sargdeckel.

Sabina sah hinunter auf die honigblonden Locken ihrer Tochter. Schneeflocken ließen sich darauf nieder und schmolzen. Sie drückte Ida an sich.

»Hat Vater es jetzt besser?«, fragte Ida und blickte zu ihrer Mutter auf.

»Ja, mein Kind. Er hat keine Schmerzen mehr, und seine Seele wird immer über uns wachen. Dein Vater ist jetzt im Himmel bei unserem Erlöser.«

»Dann bin ich froh. Können wir jetzt nach Hause gehen? Mir ist so kalt, dass ich meine Füße nicht mehr spüre.«

Sabina lächelte traurig, dann schüttelte sie ein Hustenanfall. »Bald, meine Kleine.«

Die Trauernden verließen allmählich den Gottesacker, nachdem sie der Witwe Trost gespendet und ihr Mitleid bekundet hatten. Zum Leichenschmaus hatte Sabina nicht geladen und hoffte, die Nachbarn nahmen es ihr nicht übel.

»Dein Husten hört sich fürchterlich an«, sagte Basilius auf dem Heimweg zu seiner Schwester. »Wie lange geht das schon so?«

»Ich weiß nicht, ein paar Wochen vielleicht? Es wird wieder vergehen«, antwortete sie schulterzuckend.

»Du solltest nicht so leichtfertig damit umgehen, komm morgen zu mir, und ich gebe dir eine Arznei. Oder geh zu einem Arzt.«

»Ja, vielleicht. Kommt ihr noch mit hinein?«, fragte sie Basilius und seine Frau Rosina. Hans und seine Frau hatten sich schon zuvor verabschiedet, morgen würde der Geselle wieder in die Werkstatt kommen.

Bevor Basilius eine Antwort geben konnte, entgegnete Rosina: »Nein, verzeih, liebe Schwägerin, aber für mich gibt es noch einiges vorzubereiten. Wir werden bald ein großes Fest geben, denn die Übernahme der Apotheke am Heumarkt jährt sich zum fünften Mal. Es wird Zeit, die Einladungen zu schreiben.« Rosina war die hochnäsige Tochter des verstorbenen Arztes Erasmus Flock, und schon bei der Hochzeit hatte sich Sabina gefragt, was ihr Bruder wohl an ihr fand. Ihr einnehmendes Wesen konnte es nicht sein.

»Sind wir auch eingeladen?«, fragte Ida, die unruhig vor der Tür herumzappelte, weil ihre Füße mehr und mehr einem Eisklumpen glichen.

»Natürlich«, lächelte Basilius. »Wir kommen gerne noch mit, Sabina«, sagte er zu seiner Schwester und übersah geflissentlich die säuerliche Miene seiner Frau.

Wenig später saßen sie in der warmen Stube, und Idas Füße erwachten allmählich wieder zum Leben, nachdem ihre Mutter ihr einen Becher verdünnten heißen Würzwein gegeben hatte. Es fiel ihr zunehmend schwer, die Augen offen zu halten, und sie bettete ihren Kopf auf die verschränkten Arme. Schläfrig lauschte sie dem Gespräch der Erwachsenen.

»Was wirst du nun tun, Sabina?«, fragte Basilius.

»Ich werde mir zusätzliche Arbeit suchen müssen, das Spinnen wird nicht ausreichen, um genug Geld für Ida und mich zu verdienen. Und ich werde mit Hans sprechen, ob er die Werkstatt übernehmen und mir dafür Miete zahlen kann«, seufzte sie.

»Hättest du damals Ludwig Tucher geheiratet, dann stündest du jetzt besser da und müsstest dir keine Sorgen machen. Du wärst eine reiche Kaufmannswitwe, und dir und Ida würde es an nichts fehlen«, ließ sich Rosinas näselnde Stimme vernehmen.

»Kannst du nicht einmal mit den alten Geschichten aufhören?«, fauchte Sabina hustend.

»Dein Vater war viel zu nachsichtig«, entgegnete Rosina.

»Mein Vater liebte mich, und deshalb hat er der Heirat mit Gustaf zugestimmt und die Tucher vor den Kopf gestoßen.«

»Du siehst ja, dass es keine gute Entscheidung war.«

»Rosina, nun lass es gut sein«, versuchte Basilius zu besänftigen. »Es ist jetzt nicht der Zeitpunkt, meine Schwester mit Vorwürfen zu überhäufen, kaum dass Gustaf unter der Erde ist. Sabina, wann immer du meine Hilfe brauchst, du kannst jederzeit zu mir kommen. Das weißt du doch, oder?«

»Ich weiß, lieber Bruder.« Sabina räusperte sich, trotzdem hörte sich ihre Stimme belegt an. »Die Apotheke am Heumarkt geht gut?«, fragte sie, um dem Gespräch eine andere Wendung zu geben.

»Ja, und zur Fünf-Jahresfeier werde ich sie in ›Apotheke zum Marienbild‹ umbenennen«, verriet Basilius Besler.

»Das ist schön«, befand Sabina und rieb sich die Augen. »Ich bin müde, und Ida muss auch ins Bett gebracht werden. Seht nur, sie ist bereits eingeschlafen.«

Ida hob ein wenig den Kopf. »Nein, ich bin noch wach.« Sie gähnte herzhaft und vergrub ihr Gesicht wieder in den Armen. Verschwommen bekam sie mit, wie ihr Onkel sie die Treppe hinauftrug, sie ins Bett legte und ihr die Decke bis zum Kinn zog.

»Gehen wir heute zu Onkel Basilius, Mutter, um Arznei für dich zu besorgen?«, fragte Ida am nächsten Morgen und löffelte ihren Gerstenbrei.

»Nein, Kind, wir besuchen ihn ein anderes Mal«, erwiderte Sabina matt. »Ich muss mit Hans sprechen, wie es mit der Werkstatt weitergehen soll.«

Ida sah ihre Mutter besorgt an, irgendwie besaßen ihre Augen einen seltsamen Glanz. Sie legte den Löffel beiseite und setzte sich auf Sabinas Schoß, legte ihre Wange an die ihrer Mutter. »Du bist ganz heiß«, sagte sie. »Hast du Fieber?«

»Nein, nein«, wehrte Sabina ab, »mir ist nur zu warm. Ich habe Holz geschleppt, um den Ofen anzuheizen.«

»Aber dein Husten ...«

»Der wird schon besser«, unterbrach ihre Mutter sie und wurde durch einen rasselnden Hustenanfall Lügen gestraft. Unwillkürlich fasste sie sich an die Brust und stöhnte vor Schmerz.

»Bitte, geh zu Onkel Basilius, er soll dir etwas geben, damit du wieder gesund wirst«, flehte Ida.

»Versprochen, aber heute nicht mehr.« Sabina schob sie sanft von sich und stand von der Küchenbank auf. »Du fegst jetzt die Kammern und den Hof, dann flickst du die Kleider.«

»Ich vermisse Vater«, flüsterte Ida. Sie hatte erwartet, er käme wie jeden Morgen in die Küche. Schmerzlich wurde ihr bewusst, dies würde nie wieder geschehen.

»Ich auch, Ida«, krächzte Sabina, »aber wir müssen uns mit seinem Tod abfinden. Und jetzt geh.«

Folgsam verließ Ida die Küche und verrichtete klaglos ihre Arbeit. Bei geöffneten Fenstern kehrte sie die Schlafkammern und die Stube aus, Staubteilchen tanzten in den fahlen Sonnenstrahlen. Als sie damit fertig war, ging sie hinunter in den Hof und nahm den Reisigbesen, der an der Hauswand lehnte. Aus der Werkstatt drangen Stimmen, unterbrochen vom heftigen Husten ihrer Mutter. Ida hielt mitten in der Bewegung inne, um zu lauschen.

»Sabina, du musst dich ausruhen«, hörte sie Hans besorgt sagen. »Du bist krank.«

»Jaja, können wir nun über die Werkstatt reden?«, entgegnete Sabina unwirsch.

»Ich kann dir noch keine Antwort geben, zuerst muss ich mir überlegen, ob ich mir die Miete dafür leisten kann. Holzkohle ist teurer geworden, ebenso Weizen und Fleisch. Mein Lohn ist derselbe geblieben. Aber das brauche ich dir nicht zu erzählen. Gib mir etwas Zeit«, bat der Geselle.

»Einverstanden.«

Ida nahm ihre Arbeit wieder auf und fegte gründlich jede Hofecke aus, froh darüber, dass kein Schnee liegen geblieben war. Der gestrige Schnee war wieder geschmolzen.

Morgen ist Sonntag, der Tag des Herrn, und Mutter wird sich nach dem Kirchgang endlich ausruhen können, überlegte sie. Ihr Husten und das bleiche Gesicht gefielen ihr nicht, und sie machte sich Sorgen um ihre Mutter.

»Das hast du gut gemacht, mein Kind«, lobte Sabina, als sie in den Hof kam. »Ich koche uns eine Suppe, und wenn du die Kleider geflickt hast, ist sie fertig.« Ihr Atem ging schwer und pfeifend.

Als Ida später in die Küche kam, saß ihre Mutter zusammengesunken auf der Holzbank und erschrak, als Ida sie ansprach.

»Ich muss wohl eingenickt sein«, murmelte sie schläfrig und wollte aufstehen.

»Bleib sitzen, Mutter«, sagte Ida und schöpfte mit einer Kelle Suppe in die Teller. Doch Sabina schob ihre Mahlzeit von sich. »Ich habe keinen Hunger. Vielleicht sollte ich mich zu Bett begeben, ich bin unsäglich müde und meine Rippen schmerzen.«

»Aber du musst etwas essen«, entgegnete Ida ernst. »Du wirst sehen, die Suppe wird dir guttun.«

Ihre Mutter schüttelte den Kopf. »Ich muss nur etwas schlafen, dann geht es mir wieder besser.« Ohne ein weiteres Wort schlurfte sie aus der Küche und ließ Ida allein zurück.

Am frühen Morgen schälte sich Ida aus ihrer Decke und ging fröstelnd in der kleinen Kammer zur Waschschüssel in der Ecke. Das eiskalte Wasser ließ sie prusten, und eilig schlüpfte sie in ihre Kleider. Dann lief sie geschwind mit grummelndem Magen die Treppe hinunter. In der Küche war es kühl, die Glut vom vorigen Tag glomm in der Herdstelle. Bestimmt schlief ihre Mutter noch, erschöpft von den letzten Tagen und ihrem quälenden Husten. Ida wusste, wie man das Feuer schürte, und nahm einige Holzscheite aus dem Korb unter dem Fenster. Es dauerte nicht lange, bis die Flammen fröhlich züngelten und wohlige Wärme verströmten. Bald wäre es auch in der angrenzenden Stube schön warm, denn das Feuer beheizte ebenso den dortigen Kachelofen.

Sonntags gab es immer in Schmalz gebackene Eierkuchen, und der einfache Teig war schnell gemacht. Ida zog sich einen Schemel heran, um an die an einem Haken baumelnde Eisenpfanne zu gelangen. Die Zubereitung lenkte sie ein wenig von ihrer Trauer um ihren Vater ab. Bestimmt freute sich ihre Mutter, wenn sie aufstand und es bereits geheizt war und frische Eierkuchen bereitstanden. Ida gab einen Löffel Schmalz in die Pfanne, sah zu, wie es langsam schmolz. Als es heiß genug war, schöpfte sie den Eierteig hinein und buk die dünnen Fladen, bis sie eine goldbraune Farbe annahmen. Dreimal wiederholte sie den Vorgang, gab die fertigen Eierkuchen auf einen Teller, den sie auf den steinernen Herdaufbau stellte, wo sie warm gehalten wurden.

Noch immer war von ihrer Mutter nichts zu hören. Niemand kam die knarrenden Holzstufen herunter. Ida zog die Pfanne vom Herd und stieg die Treppe nach oben. Sie legte ihr

Ohr an die Schlafstube, lauschte. Kein Laut war zu vernehmen. Vorsichtig drückte sie die Klinke und trat ein. Ihre Mutter lag schweißgebadet im Bett, die Haare klebten an ihrem Kopf. Ida erschrak, als ihre Hand die glühend heiße Stirn berührte.

»Mutter. Mutter, so wach doch auf«, bat sie mit banger Stimme.

Ida nahm ein Leinentuch, tauchte es in die Waschschüssel und kühlte die Stirn. Sabinas Körper begann zu zittern, schüttelte sich regelrecht, die Nasenflügel blähten sich in dem Bemühen, Atem zu schöpfen. Ida erfasste eine unheimliche Angst. Hier konnte sie nichts ausrichten. Jemand musste ihr helfen. Eilig verließ sie die Kammer, sprang die Stufen hinunter, griff nach ihrem Umhang und jagte hinaus auf die Gasse. Sie hetzte durch die Straßen, über die Barfüßerbrücke, weiter zum Obstmarkt, bog in die Bindergasse und kam keuchend beim Heumarkt vor der Apotheke zum Stehen. Verzweifelt hämmerte Ida mit ihren kleinen Fäusten gegen die Tür. Nichts rührte sich. Dann fiel ihr ein, es war Sonntag, und jedermann war zum Kirchgang. Die nächste Kirche war die Unserer Lieben Frau. Ida machte auf dem Absatz kehrt und rannte los.

Heute hatte sie keine Augen für die kunstvolle Monduhr, deren Eigenschaften ihr Vater ihr erklärt hatte. Ab und an hatte Gustaf Ida an die Hand genommen und war mit ihr zum Hauptmarkt gegangen, damit sie sich das Männleinlaufen ansehen konnte. Immer zur vollen Mittagsstunde nach dem letzten Glockenschlag öffneten sich die Türchen, und die sieben Kurfürsten drehten ihre drei Runden um den Kaiser. Die mit schmiedeeisernen Ranken verzierten Kirchentüren waren geschlossen, drinnen spielte die Orgel. Als sie verstummte, stemmte Ida mit aller Kraft eine der Flügeltüren auf und stürmte hinein, vorbei an dem verblüfften Mesner.

»Bist du von Sinnen?«, fuhr er sie an und versuchte, ihren Umhang zu erwischen.

»Onkel Basilius«, kreischte sie so laut sie konnte. »Onkel Basilius!«

Alle Köpfe wandten sich um, ein Raunen ging durch das Mittelschiff, Hände griffen nach ihr, um sie aufzuhalten. Ein Mann erhob sich von einer der Kirchenbänke und eilte auf sie zu.

»Ida, du kannst nicht einfach während der Predigt …«

»Was fällt dir ein, du dummes Kind?«, ereiferte sich Rosina Besler, die ihrem Mann gefolgt war.

Der Pfarrer kam schnellen Schrittes und mit zornumwölkter Stirn von seiner Kanzel, während das aufgeregte Gemurmel der Gläubigen zunahm.

»Verzeiht, Hochwürden, sie ist mir einfach entwischt«, drang die Stimme des Mesners durch die Kirche.

Heulend stürzte Ida zu ihrem Onkel und klammerte sich an ihn. Basilius löste ihre Hände und hob sie auf.

»Vergebt mir, das Mädchen ist meine Nichte«, raunte er dem Pfarrer zu.

»Herr Pfarrer, dieses ungezogene Kind gehört seiner Schwester, die unter ihrem Stand geheiratet hat«, hörte Ida ihre Tante noch missbilligend sagen, dann waren sie aus der Kirche, und Basilius setzte sie ab.

»Was ist denn geschehen?«, fragte er.

»Mutter, sie glüht wie ein Backofen, und ihr ganzer Leib schüttelt sich. Ich wollte sie wecken, aber sie ist nicht aufgewacht«, stieß Ida schluchzend hervor.

»Komm.« Er nahm sie bei der Hand und eilte mit ihr zur Apotheke. Rasch suchte er Kräuter und Elixiere zusammen, stopfte sie in eine lederne Tasche. Dann hetzten sie los, um auf die andere Seite der Pegnitz zu kommen. Idas Lunge brannte vom vielen schnellen Laufen, und sie war völlig erschöpft, als sie endlich am Haus ankamen.

»Geh in die Küche, Ida, und setz einen Topf mit Wasser auf. Wenn es kocht, dann übergieße diese Wurzeln damit. Ich sehe so lange nach Sabina.« Basilius gab ihr ein Säckchen, strich ihr beruhigend über das Haar und verschwand nach oben.

Ida öffnete den kleinen Beutel und schüttete den Inhalt in einen Topf, während das Wasser in einem anderen auf dem Herd allmählich zu sprudeln begann. Sie hielt sich die unscheinbaren Stängel unter die Nase, spürte dem Geruch nach. Würzig und süßlich, eigenartig und fremd. Vorsichtig nahm sie den heißen Topf von der Feuerstelle und goss das kochende Wasser über die getrockneten Wurzelstücke. Während sie wartete, meldete sich ihr Magen, und sie stopfte sich einen Eierkuchen in den Mund. Ohne Honig schmeckte er fade, aber wenigstens stillte er den Hunger.

Schwere Tritte waren auf der Treppe zu hören, als ob Basilius plötzlich an Gewicht zugenommen hätte, dabei war ihr Onkel ein hagerer Mann. Aschfahl im Gesicht kam er in die Küche, und Ida wusste im selben Augenblick, was geschehen war. Stumm starrte sie ihn aus ihren grünen Augen an.

»Ida, mein gutes Kind«, seine Stimme klang belegt, »ich konnte nichts für sie tun. Es war zu spät.« Er breitete die Arme aus, lud sie ein, zu ihm zu kommen.

Doch sie war wie erstarrt. Vor zwei Tagen hatten sie ihren Vater unter die Erde gebracht, nun folgte ihre Mutter ihm ins Grab, und sie war zum Waisenkind geworden. Plötzlich war sie wütend auf ihre Mutter. Warum nur hatte sie nichts gegen ihren Husten unternommen? Sie könnte noch am Leben sein. Doch sie war zu stur gewesen, und jetzt hatte sie ihre Tochter im Stich gelassen.

»Was ist das?«, fragte Ida seltsam beherrscht und deutete auf den Topf mit dem Wurzelsud.

»Radix liquiritiae. Süßholzwurzel.«

»Hätte es ihr geholfen?«

»Wenn sie früher zu mir gekommen wäre …« Der Apotheker beendete den Satz nicht, während er sich auf die Bank setzte. Niemand konnte mit Sicherheit darauf eine Antwort geben, das wusste nur Gott allein.

Und mit einem Mal brachen sich die Tränen Bahn, und Ida kletterte auf seinen Schoß, verbarg ihr Gesicht an seiner Schulter.

»Wie lange soll sie noch hierbleiben, Basilius?« Rosinas schrille Stimme gellte in den Ohren.

»Ich werde Ida nicht fortschicken, sie ist meine Nichte und mein Patenkind. Du weißt, wie sehr ich mir ein eigenes Kind wünsche. Dachtest du, ich gebe sie ins Findelhaus?«

»Sie ist trotzig und undankbar und verfolgt mich mit ihren scheelen Blicken.«

»Rosina, sie hat innerhalb weniger Tage Vater und Mutter verloren«, entgegnete Basilius sanft. »Das Mädchen braucht ein Zuhause. Es ist meine Pflicht als Oheim und als Christ. Du kannst sie kaum auf die Drehlade des Findelhauses binden, sie ist kein Säugling mehr«, fügte er mit einem bitteren Lachen hinzu.

Die Drehladen dienten dazu, ungewollte Neugeborene heimlich loszuwerden. Die Kinder wurden in die Vertiefung einer drehbaren Holzplatte an der Außenwand gelegt, dann läutete man die Findelglocke, und im Inneren des Waisenhauses wurde ein Hebel bedient, der den Drehteller bewegte und die Säuglinge nach drinnen beförderte.

»Es gibt genügend ärmere Leute, die sie gegen Geld aufnehmen würden.«

»Ich will nichts mehr davon hören, Rosina. Ida bleibt hier, und wir werden sie wie unser eigen Fleisch und Blut großziehen. Du wirst sehen, wenn wir erst Kinder haben, dann wird sie wie eine große Schwester für sie sein.«

Auf Zehenspitzen schlich Ida weiter zum Laubengang, wo sich der Abtritt befand. Sie hatte genug gehört.

Drei Wochen lebte Ida nun schon bei ihrem Onkel, und am liebsten hielt sie sich in der Apotheke auf. Sie mochte den Geruch der Kräuter und die hübschen Fayencegefäße, und sie lauschte aufmerksam Basilius' Worten, wenn er den Leuten erklärte, welches Heilmittel wie anzuwenden sei. Doch allzu oft erschien ihre Tante Rosina, die sie hinausscheuchte und ihr langweilige Stickarbeiten aufgab.

»Ida«, sagte Basilius Besler nach dem Abendbrot, »ich möchte, dass du zur Schule gehst. Zu einer guten Schule, nicht in diese Winkelschulen, in denen man kaum etwas lernt. Du wirst Lesen, Schreiben und Rechnen lernen und auch Latein.«

»Wozu soll das gut sein?« Rosina runzelte missbilligend die Stirn.

»Damit sie später einmal ihren Lebensunterhalt verdienen kann. Je gebildeter man ist, desto besser wird das künftige Leben sein.«

»Sie ist nur das Kind eines Schmieds. Wenn sie alt genug ist, wird sie einen Handwerker heiraten und Kinder bekommen. Ida soll lieber lernen, wie man einen Haushalt führt«, hielt Rosina dagegen.

»Gebildete Mädchen werden auch von Handwerkern bevorzugt, damit sie die Bücher führen können«, erwiderte Basilius kauend.

»Vater hat mich in eine Winkelschule geschickt, aber ich bin nicht gern hingegangen, weil die Jungen mich ständig geärgert haben. Ich war das einzige Mädchen. Aber ich würde lieber zur Schule gehen und lernen, wenn es dort mehr Mädchen gäbe«, sagte Ida leise.

Basilius sah seine Frau triumphierend an. »Da hörst du es. Gleich morgen, mein liebes Kind, gehst du in die Lateinschule St. Egidien. Frag nach Meister Johann Neudörffer, er weiß bereits von deinem Kommen«, wandte er sich an Ida. »Und ich verspreche dir, dort gibt es genügend Mädchen, da die Kaufleute und höhergestellten Bürger ihre Töchter dorthin schicken.«

»Und wer bezahlt das Schulgeld?«, mischte sich Rosina ein.

»Mein Vater hatte Erspartes. Ich weiß nicht, wie viel, aber meine Mutter hat mir davon erzählt, und ich hoffe, es wird genug sein, um die Schule zu bezahlen«, erwiderte Ida mit trotzigem Gesicht. Sie hasste es, wenn Rosina über sie sprach, als ob sie nicht zugegen wäre.

Basilius begann laut zu lachen. »Ganz recht, Ida, dein Vater hatte eine gut gefüllte Truhe unter den Holzdielen verborgen. Außerdem habe ich gestern mit Hans gesprochen. Er wird ins Haus ziehen und dafür Miete bezahlen. Dieses Geld lege ich für dich beiseite, bis du alt genug bist, selbst darüber und über das Haus zu verfügen.«

»Das ist schön, wenn Hans und Irmingard dort einziehen«, freute sich Ida.

»Übrigens, Rosina, nur die Winkelschulen kosten Geld, die Lateinschulen nicht, ich dachte, das wüsstest du«, spöttelte Idas Onkel, woraufhin seine Frau eine missmutige Miene zog.

Basilius schob seinen Stuhl zurück, stand auf und ging zur Anrichte, die mit edlem Eschenholzfurnier belegt war. Neben Augsburg war Nürnberg die Stadt im Reich, in der solch teure Möbelstücke hergestellt wurden, und wer es sich leisten konnte, kaufte seine Schränke bei Schreinermeister Graff. Der Apotheker zog eine Schublade auf und entnahm ihr ein in Leinentücher eingeschlagenes Päckchen, welches er Ida gab.

»Das ist für dich.«

Vorsichtig schlug sie das Leinen zurück. Zum Vorschein kamen eine Wachstafel, ein Blatt Papier mit Buchstaben und eine Kette mit vielen Holzperlen unterschiedlicher Farbe.

»Das ist das Alphabet«, erklärte Basilius und zeigte auf das Papier, »und die Kette brauchst du, um Rechnen zu lernen.«

Ida hüllte die Sachen wieder ein, legte das Bündel auf den Boden und umschlang mit ihren dünnen Armen die langen Beine ihres Onkels.

»Hab Dank, Onkel Basilius, das ist das schönste Geschenk, das ich jemals bekommen habe«, hauchte sie.

Als ob der Himmel sich für Ida freute, riss die Wolkendecke auf, und die Sonne strahlte herab. Der Frühlingsbeginn zeigte sich von seiner schönsten Seite. Meisen, Amseln und Sperlinge überboten sich gegenseitig mit ihren Liedern, um Weibchen für sich zu gewinnen, und die Bienen verließen ihre Stöcke. Haselsträucher und Weidenkätzchen trieben Knospen, auf den Wiesen vor der Stadtmauer blühten Blausternchen, Schlüsselblumen und Gänseblümchen, die gemeinsam einen bunt betupften Teppich bildeten.

Aufgeregt ging Ida zu St. Egidien und sah ihrem ersten Schultag mit gemischten Gefühlen entgegen. Ob die anderen Kinder freundlich waren? Die meisten stammten aus reichen Patrizierfamilien der Stadt. Ob sie auf sie herabsehen würden?

Das ehemalige Schottenkloster beherbergte die Lateinschule und die Obere Schule, die einst von bedeutenden Männern wie Philipp Melanchthon gegründet worden war. In der Oberen Schule wurden auch Griechisch und Mathematik gelehrt, um die zukünftigen Studenten besser auf die Universität vorzubereiten. Unterrichtet wurde in der Lateinschule in gemischten Klassen, wie ihr Onkel ihr erzählt hatte. Scheu näherte sich Ida dem ehemaligen Klostergebäude und sah sich suchend um. Kinder verschiedenen Alters tummelten sich vor den beeindruckenden Gebäuden, Lehrer und Lehrfrauen riefen sie zu sich, ordneten sie in Gruppen. Sie entdeckte einen hageren Mann mit hoher Stirn und gewelltem Haar, das knapp die

Ohren bedeckte. Basilius hatte ihr den Schreib- und Rechenmeister Johann Neudörffer beschrieben, und Ida war sicher, ihn gefunden zu haben.

Zögerlich ging sie auf den Mann zu, der mit einer einfachen Handbewegung für Ruhe unter seinen Schützlingen sorgte. Versehentlich rempelte sie ein Mädchen an, das fauchend herumfuhr und sie vor die Brust stieß. »Was fällt dir ein?«

»Das war keine Absicht«, erwiderte Ida verständnislos ob der rüden Behandlung.

»Mach eben die Augen auf, du dummes Ding«, mischte sich ein weiteres Mädchen ein, »und gib Acht, wo du hintrittst.«

»Aber …«

»Bist du Ida Gerster?«, rief der Lehrer, der nur wenige Schritte entfernt war.

Eingeschüchtert nickte sie stumm, als alle Köpfe sich nach ihr umwandten.

»Sag, ja, Herr Lehrmeister«, raunte ihr ein dunkelhaariger Junge zu.

Sie tat, wie ihr geheißen, und sah den Jungen dankbar an, der ihr zuzwinkerte. Nur vage nahm Ida die missgünstige Miene eines glupschäugigen Mädchens mit hellbraunen Augen wahr, das neben ihm stand.

»Gut, jetzt lasst uns hineingehen«, ordnete Neudörffer an.

Die Gruppen folgten ihren Lehrern ins Gebäude des ehemaligen Klosters und gingen in ihre Räume. Ida hielt sich an den freundlichen Dunkelhaarigen.

»Kann ich dich etwas fragen?«

»Frag nur. Ich bin übrigens Kaspar. Kaspar Kammermeister.«

»Ich verstehe kein Latein, ich weiß nicht, wie ich dann lernen soll«, verriet Ida ihm ihre Sorge.

Kaspar lachte. »Du musst keine Angst haben, der Unterricht ist auf Deutsch. Erst wenn du lesen und schreiben kannst, wird Latein gelehrt.«

Erleichtert lächelte Ida ihm zu. »Darf ich mich neben dich setzen?«

Im Halbkreis um ein erhöhtes Podest standen drei Bankreihen, und die Schüler verteilten sich darauf.

»Kaspar sitzt neben mir, du musst dir einen anderen Platz suchen«, zischte das braunhaarige Mädchen mit den Glupschaugen, das die ganze Zeit über Kaspar nicht von der Seite gewichen war.

»Darf ich vorstellen, Gabriela Heim.« Kaspar zog mit schelmischem Lächeln seine Mütze vom Kopf und vollführte eine übertriebene Verbeugung. Ida begann zu kichern, und Gabriela setzte sich wutschnaubend auf die Bank.

»Du musst dir trotzdem dort drüben einen Platz suchen«, erklärte Kaspar und deutete auf die gegenüberliegenden Bänke. »Hier sitzen diejenigen, die schon länger zur Schule gehen.«

Ida zuckte bedauernd die Schultern und ließ ihn stehen. Vereinzelt gab es noch einige freie Plätze, und ihre Wahl fiel auf den letzten in der ersten Reihe neben einem Mädchen mit hellblonden Locken.

»Ich bin Ida, darf ich mich neben dich setzen?«

Das Mädchen mit dem engelsgleichen Gesicht nickte. »Ich bin Luisa Imhoff.«

Ida wusste, dass die Imhoffs zu den mächtigsten Familien in Nürnberg gehörten, und mit klopfendem Herzen nahm sie Platz. Das Mädchen schien freundlich, doch ob es das bliebe, wenn es erfuhr, dass Ida keiner reichen Familie entstammte? Ein lautes Pochen dröhnte durch den Raum, als Johann Neudörffer mit einem Stab auf das Holzpodest schlug. Augenblicklich verstummten die Mädchen und Jungen, alle Augen richteten sich auf den Schulmeister. Neudörffer verteilte die Aufgaben. Die Älteren mussten selbstständig Rechenaufgaben lösen, und die Jüngeren lernten einzelne Buchstaben des Alphabets, die sie Neudörffer laut nachsprachen. Danach ritzte der Lehrmeister die Buchstaben in die Wachstafeln, damit die Kinder die Linien nachziehen und sich selbst daran versuchen konnten.

Zwei Mädchen, die hinter Ida und Luisa saßen, flüsterten und rümpften die Nasen.

»Sieh dir nur das Kleid an, der Kragen ist abgewetzt. Bestimmt stammt sie aus ärmlichem Haus. Und dann setzt sie sich ausgerechnet neben Luisa.«

»Du hast recht, ich glaube, ich kann ihre armselige Herkunft riechen. Bestimmt ist ihr Vater nur ein einfacher Handwerker.«

Wütend fuhr Ida herum und funkelte die beiden an. Eine davon war das Mädchen, das sie vorhin versehentlich angerempelt hatte. In ihren grünen Augen lagen Häme und Herablassung.

»Ein Handwerker ist genauso viel wert wie ein Kaufmann«, zischte sie.

Plötzlich zog jemand sie schmerzhaft am linken Ohr, zwang sie aufzustehen.

»Ida, hier wird nicht geredet.« Neudörffer sah sie streng an. »Ich sehe, du hast den Buchstaben noch nicht geübt.«

»Aber …«, begehrte sie auf.

»Wag es nicht, mir zu widersprechen.« Noch immer hielt er sie am Ohr fest. Um seinen Worten Nachdruck zu verleihen, drehte er die Ohrmuschel, und Ida stieß einen Schrei aus. Neudörffer ließ sie los, und sie plumpste auf die harte Bank zurück.

»Jetzt zeig mir, wie du ein M schreibst«, forderte er.

Ida nahm ihre Wachstafel, drängte die Tränen zurück und schluckte. Ihre Hand zitterte, als sie die Linien in die Wachstafel kratzte, doch es gelang ihr, den Buchstaben einigermaßen so aussehen zu lassen, wie er sollte. Neudörffer nickte und entfernte sich. Hinter sich konnte Ida unterdrücktes gehässiges Kichern vernehmen, doch sie dachte nicht daran, sich noch einmal provozieren zu lassen.

Vier Stunden wurde geübt und nachgesprochen, dazwischen wurde gesungen. Ida empfand das lange Sitzen ermüdend und anstrengend, ihre Finger schmerzten von der ungewohnten Haltung des Griffels. Immer wieder unterdrückte sie ein Gähnen, und endlich war der Unterricht vorbei. Neudörffer mahnte, beim Verlassen des Gebäudes nicht zu drängeln, und Ida hielt sich zurück, wartete, bis die meisten Kinder draußen waren. Dann folgte sie ihnen mit gesenktem Kopf, ihre Tasche mit der Wachstafel eng an sich gedrückt. Noch immer glaubte sie ein Pochen in ihrer linken Ohrmuschel zu spüren. Ihren ersten Schultag hatte sie sich anders vorgestellt.

»Ida«, rief jemand.

Sie hob den Kopf und sah Luisa Imhoff, die mit schuldbewusster Miene auf sie wartete.

»Verzeih mir, es war ungerecht von Meister Neudörffer, er hätte nicht nur dich strafen dürfen. Und ich hätte mich für dich einsetzen sollen.«

Ida starrte das Mädchen verblüfft an. Sie hatte erwartet, dass die Kaufmannstochter eingebildet wäre. Doch eher das Gegenteil war der Fall.

»Es war nicht deine Schuld. Bestimmt hätte er dich auch am Ohr gezogen, und die anderen wären trotzdem davongekommen. Kennst du die Mädchen?«, antwortete sie.

»Elisabeth Welser stammt aus einer namhaften Kaufmannsfamilie, die andere heißt Paula Nützel, ihr Vater ist als Gesandter für den Kaiser unterwegs. Paula war diejenige, die abfällig über dein Kleid sprach.«

»Ich gehöre nicht hierher«, sagte Ida entmutigt. »Alle scheinen reichen Familien zu entstammen. Nur ich nicht.«

Luisa Imhoff schüttelte den Kopf, tröstend fasste sie nach Idas Hand. »Nein, nicht alle. Womit verdient dein Vater sein Geld? Ist er Baumeister oder Prediger?«

»Mein Vater war Schmied. Und jetzt ist er tot«, stieß Ida

hervor und riss sich mit einer ruckartigen Bewegung von Luisa los, »und meine Mutter auch.« Dann lief sie weinend davon, ohne Elisabeth und Paula zu bemerken, die gehässig grinsten.

Beim Morgenbrot des darauffolgenden Tages aß Ida kaum etwas, stocherte nur in ihrem Gerstenbrei herum.

»Schmeckt es dir nicht?«, fragte ihr Onkel.

»Ich habe keinen Hunger«, gab sie leise zurück.

»Wenn du jetzt nichts isst, wirst du in der Schule hungrig werden. Das ist nicht gut. Man lernt nichts, wenn der Magen knurrt.«

Gestern hatte Ida ihren Onkel nicht mehr gesehen. Sie war längst zu Bett gegangen, bevor er nach Hause gekommen war. Einmal im Monat trafen sich die Ärzte und Apotheker des *Collegium Medicum Norimbergense*, dem Besler angehörte, und dann wurde es meist spät. Zu gern hätte sie ihm von ihrem ersten Schultag berichtet. Ihre Tante hatte nicht einmal gefragt, wie es ihr ergangen war. Rosina saß lieber über Stickarbeiten oder zählte die Münzen der täglichen Apothekeneinnahmen.

»Ich möchte nicht hingehen«, murmelte Ida leise und hielt den Kopf über ihrem Teller gesenkt.

»Sieh deinen Onkel an, wenn du mit ihm sprichst«, herrschte Rosina sie an.

Ida schluckte, dann hob sie den Kopf und wiederholte ihre Worte.

Basilius musterte sie stirnrunzelnd. »Aber warum denn nicht?«

»Die anderen Kinder mögen mich nicht, sie machen sich über mich lustig«, antwortete sie.

»Das ist Unsinn, und jetzt iss. Du bekommst kein Mittagsmahl, wenn du den Brei verschmähst«, drohte Rosina.

»Worüber machen sie sich lustig?«, wollte Basilius wissen und warf seiner jungen Frau einen strengen Blick zu.

»Über mein Kleid, es sei schäbig. Und darüber, dass mein Vater nicht reich ist … war.« Ihre Augen füllten sich mit Tränen.

Basilius fasste nach ihrer Hand. »Ida, es ist nicht wichtig, was jemand ist, sondern nur, ob er ein guter oder ein schlechter Mensch ist. Gustaf war ein guter Mann. Merk dir das. Und wenn du von der Schule kommst, dann geht Rosina mit dir zum Schneider. So, und jetzt iss deinen Brei.«

Die Vorstellung, mit ihrer Tante zum Schneider zu gehen, trug nicht dazu bei, ihre Stimmung zu heben. Aber sie gehorchte, leerte ihren Teller und trat den Weg nach St. Egidien an.

Der Schultag verlief wie der Tag zuvor, endloses Wiederholen und Nachsprechen, Singen und ein paar neue Buchstaben lernen. Hinter sich hörte Ida Elisabeth und Paula leise tuscheln, einmal schnappte sie ihren und Luisas Namen auf. Doch sie dachte nicht daran, denselben Fehler wie am gestrigen Tag zu begehen und sich umzudrehen. Vom anderen Halbkreis winkte Kaspar Kammermeister ihr verstohlen zu, Ida lächelte zurück. Dabei fing sie Gabrielas finsteren Blick auf.

»Ich wusste nicht, dass deine Eltern tot sind, verzeih mir«, sagte Luisa, nachdem der Unterricht zu Ende war und sie neben Ida herging. Bisher hatten sie kein Wort miteinander gesprochen, denn Ida hatte vermieden, Luisa anzusehen, und hatte sich tief über ihre Wachstafel gebeugt. Sie schämte sich ihres gestrigen Gefühlsausbruchs.

»Ich bin dir nicht gram, eher sollte ich dich um Verzeihung bitten, dass ich davongelaufen bin«, antwortete Ida.

Luisa seufzte erleichtert. »Möchtest du mit mir üben? Allein ist es langweilig. So kommst du schneller voran, ich kenne ja schon fast alle Buchstaben.«

»Üben?«

»Je besser wir die Buchstaben können, desto eher können wir Schreiben und Lesen lernen. Und uns zu den anderen gesellen, die beides schon beherrschen. Dann sitzen wir nicht mehr bei Paula und Elisabeth.« Jetzt lächelte Luisa sie entwaffnend an.

Ida wurde warm ums Herz. Luisa besaß ein freundliches Wesen. »Meine Tante geht heute mit mir zum Schneider. Aber vielleicht morgen?«, fragte sie hoffnungsvoll.

»Abgemacht.« Luisa winkte ihr zu und stieg in eine wartende Kutsche.

»Meister Ebner, meine Nichte braucht ein neues Kleid«, sagte Rosina zu dem hinter seinem Schneidertisch gebückt stehenden Mann.

»Dann wollen wir einmal Maß nehmen. Leg deine Sachen ab«, forderte der Schneider Ida auf.

Rosina half ihr dabei, und kurz darauf stand Ida in ihrem Unterkleid da. Ebner griff nach seiner Elle, deren Rillen in Achtel, Viertel und Sechzehntel unterteilt waren. Er legte sie an Idas rechten Arm, vermaß ihre Körperlänge, Brust- und Hüftbreite und schrieb fein säuberlich die gemessenen Ellen auf ein Stück Papier.

»Wart Ihr bereits beim Tuchhändler und habt einen Stoff ausgesucht?«, fragte der Schneider nebenbei.

»Nein, das überlasse ich Euch«, antwortete Rosina.

»Ich möchte gern aussuchen«, wagte Ida zu sagen.

»Unsinn, Meister Ebner weiß am besten, was du brauchst«, widersprach ihre Tante.

»Aber …«

»Halt den Mund, Ida. Wenn du noch einmal Widerworte gibst, dann verlassen wir auf der Stelle die Werkstatt«, drohte Rosina mit hochrotem Gesicht.

»Sei versichert, du bekommst ein hübsches Kleid, Mädchen«, wandte sich der Schneider an Ida, bemüht, den Streit zu schlichten.

»Wie lange wird es dauern? Nehmt ja nicht das teuerste Tuch, Meister Ebner.«

»Du kannst dich wieder anziehen«, sagte Ebner zu Ida. »Drei Tage fürs Zuschneiden und Nähen. Morgen gehe ich zum Tuchhändler, aber ich kann erst in der übernächsten Woche mit dem Kleid anfangen. Zuerst muss ich noch andere Aufträge bearbeiten. Ich sende Euch Nachricht.«

»Onkel, darf ich morgen nach der Schule mit einem anderen Mädchen mitgehen?«, fragte Ida beim Abendbrot. Es gab eine schmackhafte Suppe aus Wurzeln und Kohl mit fettem Speck und Fleischstücken darin.

»Du solltest lieber nach Hause kommen und Rosina zur Hand gehen«, erwiderte Basilius Besler. »Ida, du musst wissen, wie man einen Haushalt führt, damit du später eine gute Ehefrau sein kannst. Es gehört zu deinen Pflichten.«

»Aber wir wollen die Buchstaben üben, damit wir schneller Lesen lernen. Deswegen gehe ich doch zur Schule. Ich habe Mutter schon immer im Haus geholfen und weiß, wie man Feuer macht, und Löcher stopfen kann ich auch«, begehrte Ida auf.

»Immer widerspricht sie, gleich, was man ihr sagt, Basilius. Das geht den ganzen Tag so.«

Der Apotheker legte seiner Frau beruhigend die Hand auf den Arm.

»Ida, ist das wahr?«

Schuldbewusst senkte sie den Kopf. »Ja. Aber …«

»Sie tut es schon wieder«, stöhnte Rosina.

»Ich erlaube dir nicht, zu dem Mädchen zu gehen, Ida«, sagte Basilius streng. »Erst wenn du gelernt hast zu gehorchen. Hast du mich verstanden?«

Sie nickte stumm, ihre Kiefer mahlten vor Enttäuschung und unterdrücktem Zorn.

»Iss deine Suppe, dann gehst du in deine Schlafkammer«, sagte Rosina und nahm ihren Löffel wieder auf.

Doch Ida war der Appetit vergangen. »Ich habe keinen Hunger mehr«, erwiderte sie und schob ihren Stuhl zurück.

»Du stehst nicht auf, bevor der Teller leer ist«, befahl Basilius. Sein Ton duldete keinen Widerspruch mehr.

Es kostete sie Mühe, die Suppe auszulöffeln. Jeder Bissen Speck drohte ihr im Hals stecken bleiben zu wollen. Als sie den letzten Rest hinuntergewürgt hatte, entließ ihr Onkel sie vom Tisch, und sie schlich die Treppe zu ihrer Kammer hinauf. Dort schlüpfte sie unter die Bettdecke und weinte sich in den Schlaf.

»Mein Onkel hat mir verboten, mitzukommen«, sagte Ida traurig.

Luisa Imhoff zog die Mundwinkel nach unten. »Wer ist dein Onkel?«

»Basilius Besler, ihm gehört die Apotheke am Heumarkt.«

Luisas Miene hellte sich auf. »Komm«, sie fasste Ida an der Hand, »wir gehen zu ihm.«

»Ich weiß nicht«, erwiderte Ida zögernd, »er war verärgert, weil ich ihm und meiner Tante gestern widersprochen habe. Wenn ich jetzt noch einmal nachfrage, dann wird er bestimmt sehr böse mit mir sein.«

Doch Luisa schüttelte ihre hellblonden Locken. »Nein, wird er nicht.«

Widerstrebend ließ sich Ida von Luisa zur Imhoff'schen Kutsche ziehen und stieg ein.

»Blasius, fahr uns zur Apotheke am Heumarkt«, bat Luisa den Kutscher.

Die Pferde zogen an, und Ida genoss die kurze Fahrt.

»Hast du gesehen, wie Elisabeth und Paula dich neidisch angestarrt haben, als wir an ihnen vorüberfuhren?«, fragte Luisa und grinste.

»Nein. Außerdem haben sie sicher dich beneidet und nicht mich.«

Sie hielten vor der Apotheke, und Blasius half ihnen auszusteigen. Wieder fasste Luisa nach Idas Hand, ging aufrecht und forschen Schrittes zum Eingang. Ein Glockenspiel erklang, als sie hineingingen und die Tür hinter sich schlossen. Hinter dem langen Tisch, der vor den Regalen mit den Fayencegefäßen stand, war Basilius in ein Buch vertieft. Als die Glöckchen langsam verstummten, sah er hoch und schlug das Buch zu.

»Grüßt Euch Gott, Herr Apotheker«, sagte Luisa und setzte ein strahlendes Lächeln auf. »Darf Ida mit zu mir nach Hause kommen? Zum Abendbrot ist sie wieder zurück.«

Basilius ging nicht darauf ein, sondern sah Ida mit finsterer Miene an.

»Ich habe dir gestern gesagt, ich erlaube es nicht. Und nun bringst du deine Freundin hierher, damit sie für dich bettelt. Du enttäuschst mich. Geh ins Haus, und du, liebes Kind«, sagte er zu Luisa, »machst dich auch auf den Weg. Bestimmt wartet das Mittagsmahl auf dich.«

»Sie hat mich nicht darum gebeten, und außerdem kann Ida ebenso gut bei uns essen«, entgegnete Luisa und richtete sich kerzengerade auf. »Ich bin Luisa Imhoff und weiß, Ihr kauft bei meinem Vater Ware. Teure Sachen wie Antimomium. Und er verkauft es Euch günstiger, weil er Euch schätzt. Allerdings, wenn Ida nicht mitdarf …«

Basilius Beslers Augen schienen vor Verblüffung aus den Höhlen zu quellen, und er unterdrückte ein Lachen.

»Es heißt Antimonium«, gab er dann zurück. »Du willst mich erpressen.«

Luisa grinste breit und nickte heftig.

»Ida isst hier, und danach kann sie gehen«, gab sich Basilius geschlagen.

»Einverstanden, Herr Apotheker.«

»Sei bedankt, Onkel«, freute sich Ida.

»Du solltest dich bei Luisa bedanken, es ist schön, wenn sich jemand für den anderen einsetzt.«

Ida kannte den Weg zum Stammhaus der Imhoffs gut, hatte sie doch ganz in der Nähe in der Pfannenschmiedsgasse mit ihren Eltern gelebt. Das stattliche mehrgeschossige Kaufmannshaus mit den Treppengiebeln lag gegenüber von St. Lorenz an der Ecke, wo sich die Koth- und die Pfannenschmiedsgasse kreuzten. Für einen Augenblick überfiel sie die Scheu, doch dann traute sie sich, den kunstvoll gearbeiteten Bronzetürklopfer zu betätigen. Schwer dröhnte er gegen die zweiflügelige Haustür, über deren Portal das Familienwappen prangte. Kurz darauf öffnete eine Dienstmagd mit fragendem Blick.

»Ich bin Ida Gerster und möchte zu Luisa«, sagte Ida, »sie hat mich eingeladen.«

Die Magd trat beiseite, ließ sie herein und stieg eine Treppe nach oben. Ida folgte ihr die Stufen hinauf zur Wohnstubentür. So etwas hatte sie noch nie gesehen. Die Tür war unterteilt in zwei geschnitzte Bilder, deren Figuren regelrecht aus dem Holz hervortraten. Zwischen den Bildern befanden sich fein gearbeitete eiserne Beschläge, und oberhalb des ersten Bildes war ein Gitter angebracht, das durch einen Schieber bei Bedarf mehr Helligkeit hereinließ. Auf ein Klopfen öffnete sich die Stubentür, und Ida fand sich Luisa gegenüber. Die Wohnstube war holzvertäfelt, ein großer, reich verzierter Kachelofen spendete behagliche Wärme, und an einer Wand stand eine Gutsche zum Ausruhen. Diese Nische war zwischen säulenartigen, kunstvoll furnierten Vorsprüngen eingebettet und gepolstert. Von einem kleinen Erker aus konnte man hinunter auf die Straße sehen, an der angrenzenden Wand hing ein Bild, das die Auferstehung Christi zeigte.

»Mutter, das ist Ida«, stellte ihre Freundin sie vor.

»Grüßt Euch Gott«, sagte Ida schüchtern.

Ursula Imhoff lächelte freundlich.

»Ida hat mir erzählt, dass du deine Eltern verloren hast und dein Vater Schmied war.«

»Ja. Ein Pferd hat ihn auf dem Rossmarkt in den Bauch getreten. Es war schrecklich, ihn auf dem Boden liegen zu sehen«, antworte Ida leise. »Und meine Mutter ist kurz nach seinem Begräbnis am Lungenfieber gestorben.«

»Armes Kind. Aber wenigstens bist du bei Basilius Besler gut aufgehoben«, erwiderte Ursula Imhoff. »Luisa, ihr könnt hierbleiben, ich ziehe mich nach nebenan zurück, um zu malen.«

Ida und Luisa saßen an dem großen Tisch und übten die Buchstaben, kratzten sie auf ihre Wachstafeln, sprachen sie nach.

»Ich bin bisher nur in eine Winkelschule gegangen«, gestand Ida. »Viel gelernt habe ich dort nicht. Meist wurde nur vorgelesen, und man musste danach das Gehörte auswendig aufsagen. Und oft wurden wir vom Lehrmeister geprügelt.«

»Meister Neudörffer greift hin und wieder auch nach einer Weidengerte«, antwortete Luisa, ohne aufzusehen. »Ich sollte eigentlich schon viel mehr können, aber ich war sehr lange krank. Deshalb sitze ich noch bei den Anfängern.«

»Warum sind Elisabeth und Paula so gemein?«, wollte Ida wissen, legte den Griffel zur Seite und rieb sich den schmerzenden Zeigefinger.

»Wir waren einmal befreundet, Elisabeth und ich. Ihre Familie lebt wie meine vom Handel, aber den Welsern geht es seit geraumer Zeit nicht mehr so gut, sagt mein Vater. Sie verlieren Geld, viel Geld, meint er. Ich verstehe das nicht alles, aber die Welser sind überheblich und sehen auf andere Bürger herab, vor allem natürlich auf die Armen.«

»Und was hat das mit dir und Elisabeth zu tun?«, fragte Ida.

»Elisabeths Vater hat meinen um Aufschub gebeten.«

Ida runzelte die Stirn. »Was bedeutet das?«

»Mein Vater hat ihm Geld geliehen und wollte es zurückhaben, aber Hans Welser sagte, er kann nicht zahlen und bräuchte mehr Zeit. Doch mein Vater hat nicht nachgegeben. Es kam zum Streit. Und dann war da noch die Sache mit einer unserer Mägde.«

Gespannt sah Ida Luisa an, die ihre Tafel von sich schob.

»Im Frühsommer, am fünften Juni, feierte ich meinen zehnten Geburtstag, und Elisabeth war auch eingeladen. Klara, unsere Dienstmagd, hat versehentlich einen Teller mit frisch gebackenen Schmalzkuchen umgeworfen, die auf Elisabeths Kleid gelandet sind und hässliche Fettflecken hinterlassen haben. Elisabeth war außer sich, und um sich zu rächen, hat sie eines meiner Geschenke – ein goldenes Kettchen – Klara unbemerkt in die Schürzentasche geschoben und behauptet, die Magd wäre eine Diebin. Mein Vater hat Klara den Bütteln übergeben, die sie ins Loch sperrten. Allerdings hat Elisabeth nicht damit gerechnet, dass ich es gesehen habe. Um mir meine Feier nicht zu verderben, habe ich nichts gesagt. Aber am nächsten Tag in der Schule habe ich sie vor aller Augen zur Rede gestellt, und sie musste sich entschuldigen und danach auch meinen Vater um Verzeihung bitten, der Klara aus dem Loch holte. Elisabeth wäre vor Scham beinahe im Boden versunken.«

»Das hast du wirklich getan? Was für ein Glück für eure Magd, dass du Elisabeth beobachtet hattest, sie wäre hart bestraft, wenn nicht gar gehenkt worden.« Ida sah Luisa ungläubig an. Dann wurde ihr Gesichtsausdruck traurig. »Ich weiß nicht einmal genau, wann ich Geburtstag habe.«

»Weiß dein Onkel das nicht? Ich dachte, er sei dein Pate, frag ihn.«

Idas Gesicht hellte sich auf. Daran hatte sie noch gar nicht gedacht. »Das werde ich. Und Paula?«

»Ist dir schon aufgefallen, dass Paula hinkt? Sie hat einen Klumpfuß und wurde deswegen immer gehänselt. Außer von ihrer entfernt verwandten Base Elisabeth. Seither weicht Paula ihr nicht von der Seite, fast wie ein Wachhund.« Dann senkte sie ihre Stimme zu einem Flüstern. »Paula wurde von Nützels an Kindes statt angenommen, sie kommt aus dem Findelhaus. Jeder weiß es, aber niemand spricht darüber.«

Ida starrte sie überrascht an und wollte gerade den Mund öffnen, um etwas zu sagen, als die Tür aufgerissen wurde und zwei ältere Jungen hereinstürmten. Einer davon war Kaspar Kammermeister, wie Ida erstaunt feststellte. Der andere hatte ebenso hellblonde Locken wie ihre Freundin und ähnelte ihr. Unverkennbar Luisas Bruder.

»Kaspar und ich möchten in der Stube sitzen. Ihr müsst in ein anderes Zimmer gehen«, forderte Letzterer, kaum dass die Tür ins Schloss gefallen war. Zu Idas Verblüffung stand Luisa widerspruchslos auf und räumte ihre Sachen zusammen.

»Komm, Ida«, war alles, was sie sagte. Ihre Haltung hatte sich verändert. Aus dem forschen Mädchen war plötzlich ein eingeschüchtertes Wesen geworden, den Kopf hielt es gesenkt und zwischen die Schultern gezogen.

»Luisa, warum sollen wir das Feld räumen? Wir waren zuerst da, und deine Mutter hat ausdrücklich gesagt, wir sollen hier üben«, hörte sie sich sagen.

Blitzende blaue Augen richteten sich auf Ida.

»Was fällt dir ein?«, fauchte der ältere Junge.

»Ich bin Ida Gerster, und Luisa ist meine Freundin. Wir wollen lernen.«

»Es ist mir gleich, wie du heißt. Alles an dir stinkt nach niedrigem Stand. Macht, dass ihr rauskommt, auf der Stelle.«

Nun erwachte ihr Widerspruchsgeist erst recht. »Es ist nicht wichtig, was jemand ist«, kamen ihr die Worte ihres Onkels in den Sinn, »sondern nur, ob er ein guter oder ein schlechter Mensch ist.«

Kaspar Kammermeister lachte schallend, als er das verblüffte Gesicht seines Freundes sah.

»Hör auf damit«, fuhr Luisas Bruder ihn mit zorngerötetem Gesicht an.

»Sebastian, sie hat recht«, schnaufte Kaspar und wischte sich die Lachtränen aus den Augenwinkeln, »mein Vater ist übrigens derselben Meinung. Komm, wir überlassen den Damen die Stube.«

»Ich denke nicht daran«, zischte er und packte Luisa grob am Arm, »ihr verschwindet jetzt, sonst …«

»Sonst was? Schlägst du deine Schwester, wenn sie dir nicht gehorcht? Was für ein erbärmlicher Bruder du bist«, unterbrach Ida ihn wütend, die Hände in die Hüften gestemmt.

»Was geht hier vor?« Unvermittelt hatte Ursula Imhoff die Stube betreten, und Sebastian ließ blitzschnell Luisas Arm los. »Sebastian«, seufzte sie dann, »du solltest dich endlich benehmen lernen.« Sie erwartete keine Antwort. »Luisa, Ida, ihr beide kommt mit mir.« Wortlos folgten ihr die Mädchen nach nebenan. Bevor die Tür sich schloss, sagte Ursula laut und vernehmlich, damit die Jungen es auch hören sollten: »Soll ich uns ein paar Safranküchlein bringen lassen?«

Ida und Luisa wandten die Köpfe und drehten Sebastian eine lange Nase. Kaspar Kammermeister zwinkerte Ida anerkennend zu.

Die Küchlein schmeckten wunderbar süß, nach Mandeln und getrockneten Früchten. Luisa und Ida leckten sich die letzten Krümel von den Fingern. Nahe beim Fenster stand eine Staffelei, darauf ein halb fertiges Gemälde, das eine mit Lilien gefüllte Vase zeigte, wie Ida erst jetzt bemerkte.

»Es ist wunderschön«, sagte Ida zu Ursula Imhoff.

»Das ist sehr nett von dir. Die Malerei ist neben dem Garten meine Leidenschaft. Luisa, ich denke, ihr tut gut daran, die Kiste mit den Holztäfelchen zu nehmen, anstatt nur die wenigen Buchstaben in Wachs zu ritzen.«

Fragend sah Ida ihre Freundin an.

»Mein Bruder hat mit den Holztafeln und geschnitzten Buchstaben schneller gelernt. Ich frage Albert, ob er sie uns bringt.« Damit verschwand sie aus dem Zimmer und ließ Ida in der Obhut ihrer Mutter zurück.

»Möchtest du es versuchen?«, fragte Ursula Imhoff und deutete auf das Gemälde.

»Malen? Das kann ich nicht.«

Luisas Mutter hielt ihr den Pinsel entgegen. »Das kannst du erst behaupten, wenn du es probiert hast.«

Auf einem kleinen Tisch neben der Staffelei lag eine hölzerne Tafel mit mehreren Vertiefungen und einem Loch neben einem Gefäß unterschiedlich dicker Pinsel.

»Hier mischt man die Farben, die man für sein Bild verwenden will, und so«, sie steckte den linken Daumen durch das Loch und balancierte die Platte auf ihren ausgestreckten Fingern, »hält man sie.« Sie tauchte den Pinsel in ein tiefes Blau und trug die Farbe mit geübtem Schwung auf die Leinwand auf.

»Nimm den gefächerten Pinsel, dann tauche ihn in die Farbe.« Sie schob Ida ein Stück Papier zu. »Halte ihn mit leichter Hand, nun zeichne einen Strich. Gut. Jetzt bewege deine Hand nach oben und unten, so wie ich.« Ursula Imhoff machte eine wellenförmige Bewegung.

Aus dem Strich wurde mal eine dickere, mal eine dünnere Welle. Ursula nahm ihr den Pinsel ab und zeigte Ida, wie nur durch sanftes Auftupfen ein anderes Muster entstand.

»Dies sieht aus wie viele kleine Tannenbäume oder Gräser«, sagte Ida entzückt. »Darf ich?«

Es gelang ihr natürlich nicht so gut wie Luisas Mutter, aber es gefiel ihr, wie viele unterschiedliche Spuren der Pinsel nur durch Drehen der Hand auf dem Papier hinterließ.

Luisa kam herein, gefolgt von dem Diener, der eine Kiste trug. »Sieh nur«, sagte sie zu Ida, »hier sind alle Buchstaben und die Holztafeln mit den Bildern.«

Ida hätte sich lieber weiter am Malen versucht, trotzdem schenkte sie ihre Aufmerksamkeit nun dem Inhalt der Kiste. Sie zog ein Täfelchen heraus, das zwei Buchstaben zeigte und daneben einen Vogel.

»Das ist ein Specht«, sagte sie.

»Ganz richtig.« Ursula Imhoff war nähergetreten. »Die beiden ersten Buchstaben sind S und P. Durch die Bilder ist es einfacher, ganze Worte zu lernen.«

Während sich Luisas Mutter ihrem Bild widmete, legten die Mädchen verschiedene Tafeln aus und schrieben jeweils die Anfangsbuchstaben ab. Es war ermüdend und anstrengend, trotzdem gefiel es Ida, und sie gewann den Eindruck, schneller zu lernen.

»Ich muss nach Hause«, sagte sie plötzlich. Die Zeit war wie im Flug vergangen, sie musste sich eilen, bevor es dunkel wurde. Sie bedankte sich bei Luisas Mutter und verabschiedete sich höflich.

»Blasius kann dich mit der Kutsche fahren«, bot Ursula an, aber Ida lehnte dankend ab.

Als sie auf die Straße trat, überfiel sie einmal mehr die Trauer um ihre Familie. Kurz kam es ihr in den Sinn, zum Haus ihrer verstorbenen Eltern zu gehen, doch dann verwarf sie den Gedanken. Es würde sie noch trauriger machen, und es war ohnehin spät genug. Schnellen Schrittes ging sie zur Barfüßerbrücke. Wenige Ruten trennten sie vom anderen Pegnitzufer, als ihr plötzlich der Weg versperrt wurde.

»Elisabeth, sieh mal, wer hier ist«, lächelte Paula Nützel böse.

»Oh, Ida, die Schäbige. Konnte sich wohl nicht benehmen im Hause Imhoff, und jetzt muss sie zu Fuß nach Hause, statt mit der Kutsche zu fahren«, feixte Elisabeth Welser.

Ida blieb stumm, wollte sich an den beiden Mädchen vorbeischieben, doch es gelang ihr nicht, weil die Sandsteinbrücke voller Menschen und Fuhrwerke war. Elisabeth und Paula bedrängten sie, bis sie schließlich einen Balken des hölzernen Aufbaus in ihrem Rücken spürte.

»Gib das her«, befahl Elisabeth und deutete auf den Lederbeutel, den Ida ängstlich an sich gedrückt hielt. Darin befanden sich ihre Wachstafel und das kleine Bild einer Blume, die Ursula Imhoff gemalt und ihr geschenkt hatte. Paula entriss ihr den Beutel und hielt ihn über das Geländer.

»Wollen wir herausfinden, ob er schwimmen kann?«

Ida schnappte nach Luft, ihre Augen brannten, weil sie die aufsteigenden Tränen zurückdrängte.

»Was treibt ihr da?«, rief eine helle und zugleich heisere Stimme. »Lasst sie zufrieden.«

Wie aus dem Boden gestampft stand plötzlich Kaspar Kammermeister bei ihnen, der einen Kopf größer als die Mädchen war.

»Gib ihr den Beutel zurück.«

»Er ist ihr runtergefallen, ich habe ihn nur aufgehoben«, säuselte Paula und reichte ihn Ida, die ihn hastig an sich nahm.

»Du kannst dir deine Lügen sparen, ich habe genau beobachtet, wie du ihn ihr weggenommen hast. Und jetzt schert euch zum Teufel.«

»Du hast uns gar nichts zu sagen, Kammermeister«, zischte Elisabeth.

»Komm, Ida, wir geben uns nicht mit diesen dummen Gänsen ab.« Er fasste nach ihrer Hand, nicht ohne Elisabeth ganz beiläufig einen Ellbogenstoß in die Seite zu versetzen. Paula zog an seinem Wams, um ihn aufzuhalten. »Das nimmst du zurück«, keifte sie.

Kaspar ließ Idas Hand los und fuhr herum, stieß das Mädchen vor die Brust, das wegen des verkrüppelten Fußes ins Taumeln kam und von Elisabeth aufgefangen wurde.

»Fass mich nie wieder an, sonst kann dein Vater vorzeitig für dich ein Grabmal anfertigen lassen«, drohte Kaspar. Dann zog er Ida hastig mit sich fort. Sie drängten sich durch die Menge, rempelten andere an, Flüche gellten in ihren Ohren.

»Sei bedankt, Kaspar, ohne dich würden meine Sachen auf dem Grund der Pegnitz liegen«, sagte sie, als sie einige Fuß zurückgelegt hatten und der Strom der Menschen abnahm.

»Kommst du nun allein zurecht?«, fragte er, und als sie nickte, fügte er hinzu: »Wir sehen uns morgen in der Schule.«

Es dämmerte bereits, als Ida endlich die Apotheke erreichte.

»Du kommst spät«, tadelte Rosina und zeigte auf einen Weidenkorb mit Kissen- und Bettbezügen. »An einigen Stellen sind kleine Löcher, und du wirst sie noch vor dem Abendbrot stopfen, weil du den ganzen Nachmittag vergeudet hast.«

»Das ist nicht wahr, stopfen kann ich schon, aber nicht lesen und schreiben«, murmelte Ida.

»Wann wirst du endlich aufhören, mir zu widersprechen? Geh jetzt, und wehe, die Näharbeiten sind nicht ordentlich.«

Ida schleppte den Korb in die Stube und setzte sich auf die Truhenbank am Fenster. Das Licht war nur noch spärlich, es würde zum Einfädeln und Nähen nicht ausreichen. Aus dem Maulaffen nahm sie den Kienspan und entzündete zwei Öllampen. Löchlein für Löchlein begann sie zu stopfen, fein säuberlich, wie ihre Mutter es ihr beigebracht hatte. Sie fehlte ihr. Tränen tropften auf das helle Leinen, ihre Sicht verschwamm, und Ida stach sich in die Fingerkuppe. Blut färbte den Stoff rot. Sie steckte den linken Zeigefinger in den Mund, saugte daran. Seufzend nahm sie den befleckten Kissenbezug und trug ihn in die Badstube, tauchte ihn in das kalte Wasser der Waschschüssel und rieb das Blut aus.

»Was machst du da?«

Rosinas Stimme erschreckte sie, und beinahe hätte Ida die Waschschüssel umgestoßen.

»Ich habe mich gestochen, und jetzt wasche ich den Blutfleck aus, bevor er eintrocknet«, antwortete Ida leise.

»Geh und hol frisches Wasser, ich kümmere mich um den Bezug. Kannst du denn überhaupt nichts richtig machen?«

Ida nahm den leeren Wasserkrug neben der Schüssel an sich und verschwand wortlos. Sie wünschte, Rosina wäre so freundlich wie Luisas Mutter. Doch die Frau ihres Onkels ließ Ida ihre Abneigung deutlich spüren. Dabei hatte sie Rosina doch nie etwas getan. Ebenso wenig diesen beiden Mädchen in der Schule.

Stolz trug Ida ihr neues Kleid, das der Schneider endlich fertiggestellt hatte. Das Unterkleid war aus weißem Leinen, das Oberkleid aus hellgrünem Barchent, Ärmel und Stehkragen waren mit dunkelgrünen Borten und silberfarbenen Knöpfen verziert. An das Mieder würde sie sich allerdings gewöhnen müssen.

»Es schnürt mich ein, ich kann kaum atmen«, klagte Ida.

»Bald wirst du es nicht mehr bemerken«, winkte Rosina ab. »Nur Bauernmädchen tragen kein Leibstück.«

»Aber wozu soll es gut sein, wenn man kaum Luft bekommt?«

»Willst du etwa aussehen wie die dicken Marktfrauen mit ihren unförmigen Leibern?«, fragte ihre Tante.

»Meine Mutter hat auch keines getragen, und ihr Körper glich einer Weidenrute«, entgegnete Ida patzig.

Bevor Rosina sie erneut zurechtweisen konnte, platzte Basilius herein. »Hübsch siehst du aus. Meister Ebner hat einmal mehr seine Fertigkeiten bewiesen. Grün steht ihr ausgesprochen gut, nicht wahr, meine Liebe?«, wandte er sich an seine Frau, die widerwillig nickte.

»Darf ich es zur Schule anbehalten und danach zu Luisa gehen?«, fragte Ida, die es kaum erwarten konnte, das Gesicht ihrer Freundin zu sehen, wenn sie mit ihrem neuen Kleid ankam.

»Heute nicht. Morgen findet die Fünf-Jahresfeier der Apotheke statt, und du wirst helfen, Blumenkränze zu flechten, um die Tische im großen Rathaussaal damit zu schmücken. Du kannst an einem anderen Tag zu Luisa«, beschied ihr Basilius.

»Es ist besser, du ziehst dein altes Kleid für die Schule an, damit du morgen zum Fest das Neue tragen kannst«, überlegte Rosina laut.

»Nein«, entfuhr es Ida heftig, »ich will es Luisa zeigen.«

»Sie sieht es morgen, die Imhoffs sind auch eingeladen.« Rosina verdrehte die Augen.

»Lass es sie doch anbehalten, du siehst doch, wie sie sich freut.« Basilius legte seiner Frau besänftigend die Hand auf die Schulter.

»Und wenn sie es schmutzig macht? Was dann?«

»Vielleicht hast du recht …«, überlegte Basilius und zupfte unbewusst an seinem Bart.

»Das werde ich nicht«, versprach Ida und schenkte ihrem Onkel einen Augenaufschlag, dem er nicht widerstehen konnte.

Beschwingt ging Ida nach St. Egidien, das Überkleid gerafft, damit es nicht im Straßendreck schleifte. Eine Kutsche hielt vor der Kirche, und Blasius half Luisa heraus. Das Pferd äpfelte, und der Kotgeruch stieg Ida in die Nase, als sie sich näherte.

»Luisa, Luisa«, rief sie aufgeregt und lief schneller. Ihre honigblonden Zöpfe mit den eingeflochtenen grünen Bändern wippten wie Peitschen auf ihren Schultern. Die Kutsche rollte davon, und Luisa drehte den Kopf in Idas Richtung.

»Oh, wie hübsch du bist, das Kleid ist wunderschön«, freute sie sich und klatschte begeistert in die Hände.

»Grün wie der Frühling«, vernahm Ida Paula Nützels Stimme hinter sich.

»Oder wie das Gras, das die Pferde fressen, nur kommt es hinten braun raus.« Wo Paula war, war Elisabeth Welser nicht weit.

»Und hier steckt der braune Dreck im grünen Kleid.« Paula und Elisabeth wollten sich vor Lachen ausschütten.

»Lass sie reden«, raunte Luisa und fasste warnend nach Idas Hand.

»Aber du kennst das, nicht wahr, Gersterin? Dein Vater hat sicher immer nach verbranntem Hufhorn und Pferdemist gestunken. Vielleicht hat das Ross, das ihn totgetreten hat, ihn deswegen für einen anderen Hengst gehalten«, spottete Paula verächtlich, woraufhin Elisabeth erneut losprustete. Blitzschnell riss Ida sich wutentbrannt von Luisa los, bückte sich nach den Pferdeäpfeln und warf sie auf die beiden. Einer traf Paula ins Gesicht, ein anderer landete auf Elisabeths Brust. Wenige Augenblicke später rangelten sich die drei Mädchen auf dem Boden, kreischten und zogen sich an den Haaren.

»Hört auf, so hört doch auf«, schrie Luisa entsetzt, aber keines hörte auf sie. Um sie herum scharten sich immer mehr Kinder, feuerten die Streithähne an. Luisa packte Ida am Ärmel, der hörbar zerriss, und versuchte, sie von den anderen zu trennen, als plötzlich Neudörffers Stimme donnerte: »Auseinander! Auf der Stelle!«

Die drei ließen voneinander ab, tauschten hasserfüllte Blicke. Ida sah an sich hinunter, das neue Kleid war ruiniert. Der Schulmeister befahl allen, hineinzugehen und sich zu setzen. Nur Ida, Paula und Elisabeth beorderte er zum Pult.

»Beugt euch nach vorn, die Hände aufs Podest gestützt.« Neudörffers Stimme klang zornig, und kaum waren die Mädchen seinem Befehl nachgekommen, hagelte es auch schon Prügel. Der Schulmeister holte mit seiner Weidenrute weit aus und ließ sie pfeifend ihr Lied singen, bevor sie kraftvoll auf die Hinterteile schlug.

»Das wird euch lehren, euch zu betragen. Sich wie Gassenjungen aufzuführen dulde ich nicht«, rief er laut, damit alle ihn hören konnten. »Seht genau zu, wie es ihnen ergeht, und so wird es jeden treffen, der sich nicht zu benehmen weiß.«

Irgendwann ließ er von ihnen ab, und die Mädchen schleppten sich mit schmerzverzerrten Gesichtern und vom Weinen geröteten Augen zu den Bänken. Das Sitzen tat ihr weh, doch Ida biss die Zähne zusammen.

»Mein Onkel bringt mich um, wenn er das Kleid sieht«, sagte Ida mit zitternder Stimme nach dem Unterricht. Sie ging neben Luisa her in Richtung Blasius, der bereits neben der Kutsche wartete.

»Das wird er nicht«, versuchte Luisa sie zu beruhigen. »Aber wahrscheinlich bekommst du eine weitere Tracht Prügel.«

»Ich habe solche Angst, Luisa«, flüsterte Ida tränenerstickt. »Was, wenn er mich nicht mehr bei sich haben will und verstößt?«

»Du kannst eines meiner Kleider haben«, schlug Luisa vor und kletterte in die Kutsche. »Steig ein.«

»Aber Onkel Basilius hat gesagt, ich soll nach der Schule nach Hause kommen und mithelfen, den Blumenschmuck für die morgige Feier zu binden«, entgegnete Ida. »Wenn ich mit dir gehe, mache ich alles nur noch schlimmer.«

»Ida!«, kreischte eine Stimme, die sie nur allzu gut kannte, von der anderen Straßenseite. Rosina sah mit finsterer Miene zu ihnen herüber und schickte sich an, die Straße zu queren. Ohne nachzudenken stieg Ida eilig zu Luisa in die Kutsche, und Blasius ließ die Zügel auf den Pferderücken klatschen. Rosina starrte ihnen mit offenem Mund nach, dann waren sie um die Ecke gebogen.

Kopfschüttelnd hörte sich Ursula Imhoff an, was sich zugetragen hatte. Als Luisa geendet hatte, sah sie von einer zur andern.

»Du hättest Paula und Elisabeth nicht mit Pferdemist bewerfen dürfen, gleich wie gemein sie zu dir waren. Dass dein Kleid nun nicht mehr zu gebrauchen ist, hast du dir allein zuzuschreiben«, sagte sie zu Ida. »Und du, Luisa, hättest ihr helfen müssen, zwei gegen eine ist ungerecht. Was, wenn Lehrmeister Neudörffer nicht eingegriffen hätte? Dann wäre die Rauferei vielleicht noch schlimmer ausgegangen.«

Geknickt standen die Mädchen da, hielten sich an den Händen.

»Luisa hat versucht, mir zu helfen, doch dann kam schon der Schulmeister«, verteidigte Ida ihre Freundin. »Sie trifft keine Schuld.«

»Aber ich habe dir den Ärmel dabei zerrissen. Dein Kleid hätte man waschen können, aber nun muss es auch noch geflickt werden«, antwortete Luisa kläglich.

Ida zuckte mit den Schultern. »Ob zerrissen oder nur schmutzig, morgen ist die Feier, und ich werde wohl oder übel mein altes Kleid anziehen müssen. Oder ich gehe erst gar nicht hin. Das ist Tante Rosina sicher recht.«

Ursulas Mundwinkel zuckten vor Belustigung und Stolz. Ihre Tochter hatte endlich eine Freundin gefunden, und Ida sah die Dinge durch ihre einfache Herkunft ziemlich nüchtern. Was nicht zu ändern war, nahm sie zwar nicht klaglos hin, aber sie versuchte, das Beste daraus zu machen. Dabei war sie noch so jung. Doch vielleicht schulte eine solche Prägung die Kinder besser, um im Leben zurechtzukommen. Anders als die, denen alles in die Wiege gelegt wurde.

»Wir suchen jetzt gemeinsam ein Kleid für dich. Luisa besitzt genügend davon. Und dann begleite ich dich nach Hause. Dein Onkel wird verstehen, warum du so gehandelt hast, auch wenn es nicht richtig war«, sagte Ursula mit Bestimmtheit.

Luisa umarmte ihre Mutter, während von Idas Wimpern dicke Tränen der Rührung tropften und sie sich stammelnd bedankte.

Basilius lauschte mit finsterem Gesicht Ursula Imhoffs Worten, und Rosina war einer Ohnmacht nahe, als sie des schmutzigen und zerrissenen Kleides ansichtig wurde.

»Seid bedankt, verehrte Dame, für alles, was Ihr für meine Nichte getan habt«, verabschiedete Besler Luisas Mutter. Kaum hatte sich die Tür hinter ihr geschlossen, wandte er sich mit eisiger Miene an Ida.

»Du machst mich zum Gespött der Leute und bringst Schande über mein Haus. Die Welser und Nützel sind, wie auch die Imhoffs, Ratsmitglieder und somit morgen auch eingeladen. Die Mütter der beiden Mädchen waren im Übrigen bereits hier und verlangen neue Kleider für ihre Töchter.«

»Aber sie sind doch nur dreckig, warum kann man sie nicht einfach waschen?«, erwiderte Ida.

»Du wirst für die neuen Kleider aufkommen, und zwar mit dem Geld, das Hans für die Hausmiete berappt. Und du wirst Elisabeth und Paula um Verzeihung bitten.«

»Nein«, entfuhr es Ida.

Basilius hob die Hand, als wolle er sie schlagen. »Kein Wort mehr«, drohte er. »Du wirst tun, was ich sage. Das wird dich lehren, künftig nicht wieder die Beherrschung zu verlieren.«

Ida schluckte und begann unbewusst an ihrem rechten Daumennagel zu knabbern. Rosina schlug ihr auf die Finger.

»Lass das. Und jetzt komm mit, es gibt noch jede Menge Blumen zu binden.« Grob packte sie Ida am Handgelenk und zog sie mit sich.

Bis in den späten Abend band sie Zweige, Bänder und Blumen, bis ihre Finger schmerzten und rau und rissig waren. Ihr graute vor dem morgigen Tag. Die Vorstellung, sich vor aller Augen bei Elisabeth und Paula entschuldigen zu müssen, ließ ihren Mund trocken werden und ein kloßartiges Gefühl in ihrem Hals entstehen.

Im Rathaussaal waren die Tische festlich gedeckt, Basilius Besler hatte an nichts gespart. Suppe mit Frühlingsgemüse, gebratene Tauben, Ochsenfleisch vom Spieß, Forellen, Hechte und Flusskrebse aus der Pegnitz, geräucherte Aale, Mandel-Honig-Küchlein und Schmalzkuchen mit Feigen würden gereicht und dazu weißer und roter Frankenwein ausgeschenkt werden. Der Apotheker und seine Frau begrüßten ihre Gäste, Ida hielt sich hinter ihnen und wünschte sich, im Boden zu versinken, als Hans Welser mit seiner Familie nähertrat.

»Seid willkommen zu unserer bescheidenen Feier«, sagte Besler und reichte die Hand zum Gruß.

»Wohl, wohl, Herr Apotheker, von bescheiden kann wohl kaum die Rede sein«, spöttelte Welser angesichts der üppig geschmückten Tafeln.

»Darf ich Euch meine Nichte Ida Gerster vorstellen? Ich habe sie an Kindes statt angenommen, nachdem meine Schwester und mein Schwager kurz nacheinander verstorben sind.« Besler drehte sich um und griff nach Idas Hand, die zögerlich hervortrat.

»Grüßt Euch Gott«, sagte sie leise und hielt dem Blick des Kaufmanns stand.

»Du bist also Ida, meine Tochter kennst du von der Schule, nicht wahr?«

»Hast du Elisabeth nichts zu sagen, Ida?«, forderte Basilius sie auf.

Ida blähte die Nasenflügel, weil sie glaubte, an ihren Worten zu ersticken. »Verzeih mir, Elisabeth, ich weiß nicht, was in mich gefahren ist, als ich dich mit Pferdemist bewarf.«

Elisabeth nickte gnädig und trug eine hochnäsige Miene zur Schau. Ohne ein weiteres Wort wandte sie sich um und winkte den Nützels zu, die just in diesem Augenblick den Saal betraten.

Nachdem Ida auch Paula um Verzeihung gebeten hatte, fühlte sie sich noch elender als zuvor. Hatte sie wirklich erwartet, die Mädchen würden ihre Schuld an dem unseligen Streit eingestehen und ihr großmütig die Hand schütteln?

Von all den Leckereien, die aufgetischt wurden, brachte sie kaum einen Bissen hinunter. Immer wieder sah sie zur Tür, ob endlich Luisa und ihre Familie erschienen, doch jedes Mal wurde sie enttäuscht.

Stumm lauschte sie den hitzigen Worten ihres Onkels, der im Zwist mit dem Stadtarzt, Joachim Camerarius, lag.

»Ich weiß, dass Ihr kein Paracelsist seid, nichtsdestotrotz helfen die von Paracelsus ersonnenen Stoffe den Kranken.«

»Ihr seid unverbesserlich, Besler, Metalle und ihre Salze nähren Geist und Körper nicht, und ebenso wenig reinigen sie ihn. Diese Chemiatrica sind unnütz und schädlich«, ereiferte sich der Arzt. »Und der Rat duldet solche Mittel nicht. Wenn die neue Medizinalverordnung fertiggestellt ist, wird sich darin das Verbot für die gefährlichen Mineralien wie Antimonium oder Mercurium finden. Und die Ausübung arzneilicher Kunst ist den Alchimisten untersagt.«

»Hat nicht Euer Freund, Johannes Posthius, fünfundzwanzig Silbergulden für ein großes Laboratorium gegeben, das diese Stoffe herstellen soll, und wartet seit Jahren immer noch auf dessen Eröffnung? Offenbar hat auch der Leibarzt des Fürstbischofs von Würzburg den Nutzen Paracelsischer Rezepte entdeckt«, entgegnete Besler spitz.

Camerarius runzelte die Stirn. »Woher wisst Ihr davon?«

»Das spielt keine Rolle, mein Lieber. Noch etwas Wein?« Basilius füllte die Gläser, und der Disput setzte sich fort.

»Wo bleiben nur die Imhoffs?«, raunte Kaspar, der neben Ida saß, ihr zu. Bisher hatte der Sohn des Stadtarztes herzhaft gegessen und kaum ein Wort gesagt. Staunend hatte Ida beobachtet, wie viele süße Küchlein in den gertenschlanken Jungen hineinpassten.

»Ich weiß es nicht«, flüsterte sie zurück, »allmählich gebe ich die Hoffnung auf, und ohne Luisa ist die Feier langweilig. Am liebsten würde ich nach Hause gehen.«

»Mir fehlt Sebastian auch.«

»In der Schule habe ich ihn noch nie gesehen«, fiel Ida ein.

»Sebastian ist ein Jahr älter als ich und wird bereits zum Kaufmann ausgebildet. Schließlich soll er in die Fußstapfen seines Vaters treten. Ich möchte später auch Medizin studieren, wie mein Vater.«

»Weißt du eigentlich, dass dein Vater dabei war, als meiner starb?«

»Nein. Wie traurig, dass er ihm nicht helfen konnte«, antwortete Kaspar mitfühlend.

»Er fehlt mir immer noch. Genau wie meine Mutter. Es geht mir zwar bei Onkel Basilius gut, aber …«

»Kannst du schon tanzen?«, unterbrach Kaspar sie.

Entgeistert starrte Ida ihn an, vergaß ihren Schmerz.

»Nein, wo denkst du hin? Ich komme nicht aus betuchtem Hause, so wie all die anderen hier, wie du wohl weißt. Als ob ein Schmied sich einen Tanzlehrer für seine Tochter leisten könnte.«

»Verzeih, das war dumm von mir. Ich hegte nur die Hoffnung, du kannst es, dann muss ich nicht die ganze Zeit mit Gabriela auf der Tanzfläche verbringen, wenn die Musiker nach dem Essen aufspielen.« Kaspar wies nahezu unmerklich mit dem Kinn zu dem Tisch, an welchem Gabriela Heim bei Elisabeth und Paula saß.

»Magst du sie nicht? Ihr sitzt doch in der Schule ständig nebeneinander. Ich dachte …« Ida lächelte verschmitzt.

»Was?«

»Du und Gabriela …«

Kaspar, der gerade einen Schluck verdünnten Wein getrunken hatte, bekam einen Hustenanfall. Würgend und keuchend kam er wieder zu Atem.

»Du glaubst, wir sind verliebt?« Kaspar hielt sich sein Schnüffeltuch vor den Mund, um sein prustendes Lachen dahinter zu verstecken. »Was weißt du denn schon davon?«

Ida zuckte mit den Schultern. »Ich höre fast jede Nacht, wie mein Onkel und Rosina beieinanderliegen …«, erwiderte sie, während sich ihr Gesicht puterrot färbte.

»Sei beruhigt, Gabriela ist wie eine Schwester oder eine Base für mich. Unsere Familien kennen sich schon sehr lange«, erwiderte Kaspar, der immer noch mit dem Lachanfall kämpfte.

Ida beließ es dabei. Gabrielas eifersüchtige Blicke in ihre Richtung erzählten eine andere Geschichte.

Das Jahr neigte sich dem Ende zu, und Ida konnte inzwischen lesen und schreiben. Sie hatte etwas schneller gelernt als die gleichaltrigen Mädchen und Jungen, weshalb der Schulmeister ihr andere Aufgaben gab, die sie mit Eifer anging. Es fiel ihr leicht, die Feder zu halten, während andere immer noch krampfhaft die Finger um den Gänsekiel schlossen.

»Rosina geht es nicht gut, sie muss sich schonen«, sagte Basilius zu Ida, als sie aus der Schule kam, »deshalb wirst du mir in der Apotheke helfen müssen. Sieh nach, ob die Gefäße gut gefüllt sind, und schreib auf, welches Mittel zur Neige geht.« Endlich schien der Wunsch ihres Onkels in Erfüllung zu gehen, denn Rosina war guter Hoffnung. Im Februar würde sie niederkommen, hatte die Hebamme gesagt. Die Aussicht auf die werdende Mutterschaft hatte das Verhältnis zwischen Rosina und ihrer Nichte besser werden lassen.

Ida nahm sich zunächst die Spanschachteln und Holzstandgefäße vor, die dazu dienten, Rindenstückchen, Wurzeln, Samen und Harze aufzubewahren. Die meisten waren gut gefüllt, nur bei einigen waren noch wenige Reste übrig. Auch wenn ihr Schreiben und Lesen schon leichtfiel, war es doch schwieriger, die seltsamen lateinischen Namen fehlerlos aufzuzeichnen. Buchstabe um Buchstabe malte sie von den beschrifteten Kästchen ab. Als Nächstes kamen die Glasgefäße an die Reihe. Unbemerkt schob sich Idas rosa Zungenspitze zwischen die Lippen, als sie ihre Aufmerksamkeit auf die langen Wörter richtete. Flüchtige Stoffe wie ätherische Öle, gebrannte Wässer und Spiritus wurden in Flaschen mit engen Hälsen aufbewahrt, verschlossen mit in Fett getränkten Papierstücken. Gewürze und Chemiatrika fanden ihren Platz in Weithalsgefäßen, Salben und Öle in den bunt bemalten Fayencen. Ida war stolz auf sich, als sie mit ihrer Aufgabe fertig war.

»Onkel Basilius, sieh nur, all diese Dinge müssen aufgefüllt werden.«

Sie war ins Laboratorium gegangen, ein geheimnisvoller Ort mit all den verschiedenen Destillierapparaten, Wasserbädern, Öfen, Filtrierungen, Schüttel- und Scheidegefäßen.

Basilius warf einen Blick auf den Papierbogen, den Ida ihm hinhielt. »Sehr gut, Ida. Nun sieh nach Rosina, ob sie etwas braucht. Ich habe hier zu tun.«

»Was ist das?«, fragte Ida und deutete auf einen dunkelgrau schimmernden Kristall.

»Man nennt es Grauspießglanz oder Antimonium«, erklärte ihr Onkel und begann, den Kristall in einem großen steinernen Mörser zu zerreiben.

»Hat Doktor Camerarius nicht gesagt, es wäre gefährlich und verboten?«, erinnerte sich Ida.

Basilius hob anerkennend die Augenbrauen und ließ den Stößel ruhen. »Du hast gut zugehört. Aber es ist nur dann gefährlich, wenn es in unkundige Hände gerät. Viele Ärzte schätzen die Heilwirkungen.«

»Wozu dient es?« Der schimmernde Brocken strahlte einen eigenartigen Zauber aus.

»Oh, es hat erstaunlich viele Wirkungen. Es reinigt den Körper und heilt fauliges Fleisch. Spiegel werden daraus hergestellt, und die Glockengießer sagen, es verstärkt den Glockenton. Antimonium läutert Gold und vertreibt üble Laune und Verdrießlichkeit.«

»Dann sollten Elisabeth und Paula auch davon einnehmen«, erwiderte Ida trocken.

Beslers Mundwinkel zuckten belustigt. »Nun geh schon«, scheuchte er sie mit einer Handbewegung hinaus.

Sie hatte die oberste Treppenstufe noch nicht erreicht, als sie Rosina laut aufstöhnen hörte. Hastig eilte sie zum Schlafgemach ihres Onkels und riss die Tür auf.

»Tante Rosina, was ist mit dir?«, rief sie, und Furcht ergriff von ihr Besitz.

Rosina lag mit schmerzverzerrtem Gesicht auf dem Rücken im Bett, die Decke daneben auf dem Boden. Ihre Knie hatte sie angestellt, und sie hielt sich den Bauch.

»Lauf zur Hebamme, schnell, das Kind kommt«, keuchte sie.

»Soll ich nicht erst …«

»Geh!«, schrie Rosina und wand sich vor Qual.

Ida machte auf dem Absatz kehrt, floh die Stiege hinunter und aus dem Haus. Die Hebamme wohnte nur wenige Gassen weiter, und Ida betete, sie möge zu Hause sein.

»Martha! Martha!«, sie hämmerte mit den Fäusten gegen die Tür. »So öffnet doch!

Ida hielt einen Augenblick inne, lauschte angestrengt. Erleichtert nahm sie das Geräusch schlurfender Füße wahr.

»Was schreist du denn so?«, sagte die Hebamme mürrisch.

»Rosina geht es schlecht, das Kind kommt«, stieß Ida hervor.

»Das ist zu früh.« Martha legte ihre Stirn in Falten. »Ich hole meine Sachen.«

Ida lief voraus, während die Hebamme sich mühte, mit ihr Schritt zu halten, und ihr zurief, sie solle Wasser erhitzen.

Leichenblass und schweißüberströmt lag Rosina im Bett, die Laken getränkt von Blut, zwischen ihren Beinen ein regloses blutig-schleimiges Neugeborenes. Idas Tante hatte die Augen geschlossen und atmete flach.

Martha tauchte ein sauberes Leinentuch in das warme Wasser, säuberte das kleine zerknautschte Gesicht. Doch es war zu spät. Das Kind war tot zur Welt gekommen. Mit geübten Bewegungen durchtrennte sie die Nabelschnur, band die Enden mit einem Bindfaden ab, hüllte den toten Jungen in ein Tuch und legte ihn ans Ende des Bettes. Dann wischte sie Rosinas Unterleib grob sauber. Ein feines Rinnsal frischen Blutes floss zwischen den Beinen hervor.

»Rosina braucht einen Arzt«, sagte sie zu Ida, »sie blutet noch.«

Erneut machte sich Ida auf den Weg, dankte dem Herrn, dass das Haus des Stadtarztes in der Füll stand, nicht weit vom Heumarkt entfernt. Das Glück war ihr hold, denn wenige Schritte vor ihr entdeckte sie Kaspar, der seinem Zuhause zustrebte, in der rechten Hand ein Buch.

»Kaspar«, rief Ida. Ihre Stimme klang merkwürdig schrill.

Der Arztsohn wandte den Kopf über die Schulter und blieb stehen. »Was ist geschehen?«

»Meine Tante, das Kind ist tot, sie blutet noch, ich glaube, sie stirbt, dein Vater, er muss kommen.« Sie brachte keinen anständigen Satz zustande, aber das war auch nicht nötig.

»Geh nach Hause, ich schicke meinen Vater.« Kaspar wandte sich um und rannte.

Als Ida wieder zur Apotheke kam, lief sie ins Laboratorium. Längst hätte sie ihrem Onkel von den Vorgängen berichten müssen. Aber Eile hatte Not getan, und Männer, außer den Ärzten, hatten sich, was Geburtshilfe anbelangte, herauszuhalten.

»Onkel«, Ida bemerkte nicht einmal, wie Tränen ihre Wangen hinunterrannen, »Rosina, sie blutet.«

Basilius, der in seine Arbeit vertieft gewesen war, fuhr herum. Ein Glaskolben fiel ihm aus der Hand und zersplitterte auf dem Boden. »Was sagst du da?«

Ida schilderte schluchzend die Geschehnisse. »Doktor Camerarius ist auf dem Weg hierher.«

Basilius stürmte an ihr vorüber, hetzte in das obere Stockwerk, wo sich auch die gemeinsame Schlafstube befand. Zeitgleich vor der Tür traf Camerarius ein, Ida folgte ihm auf dem Fuß.

»Lasst mich meine Arbeit machen, Besler, und wartet draußen«, sagte der Arzt.

»Sie ist meine Frau, und ich bleibe hier, ob es Euch passt oder nicht. Wenn sie sterben muss, will ich ihr wenigstens die Hand halten«, erwiderte Basilius mit fester Stimme.

Stumm drückte der Arzt die Klinke hinunter und ging voran. Ida schlich sich mit hinein, weder ihr Onkel noch Camerarius schienen sie zu bemerken. Basilius eilte ans Kopfende des Bettes und strich Rosina zärtlich über die Stirn.

»Rosina, kannst du mich hören?«

Ihre Augenlider flatterten, und Rosina tastete nach Basilius' Hand.

Joachim Camerarius wechselte ein paar Worte mit Martha, während er seine lederne Arzttasche öffnete und zwei Flaschen und einen Becher hervorkramte. »Hat sie die Nachgeburt ausgestoßen?«

»Ja, Doktor, aber sie hört nicht auf zu bluten. Es ist nicht viel Lebenssaft, den sie verliert, aber beständig«, berichtete die Hebamme.

»Was ist dort drin?«, fragte Basilius.

»Heidelbeerblätter und Blutkraut«, erwiderte Camerarius, ohne aufzusehen.

»Blutkraut ist nicht stark genug«, widersprach der Apotheker, »sie braucht Bolus armenicus und am besten noch Alaun.«

»Alaun. Ein Chemiatrikum. Und verboten obendrein.«

Ein Streitgespräch entspann sich zwischen den beiden Männern. Ohne nachzudenken rief Ida dazwischen: »Soll Rosina sterben, nur weil Ihr Herren euch nicht einig seid? So tut doch endlich etwas!«

Der Stadtarzt und ihr Onkel sahen sie beschämt an.

»Sie hat recht«, gab Camerarius zu. »Martha, halte Rosina den Kopf, damit sie von den Elixieren trinken kann.«

Basilius trat zu Ida und beugte sich zu ihr herunter. »Geh nach unten und hole Alaun. Du weißt, wo du das Pulver findest?«

»Ja, Onkel«, nickte Ida. Es fühlte sich gut an, helfen zu können.

Als sie wieder nach oben kam, hatten Basilius und der Stadtarzt ihren Zwist beigelegt. Sie standen vor der Tür, denn Martha hatte sie hinausgeschickt, damit sie Rosina waschen konnte.

»Danke, Kind, aber wir brauchen kein Alaun mehr. Die Blutung hat aufgehört, sagt die Hebamme.« Basilius lächelte erleichtert. »Gelobt sei der Herr.«

Die Tür öffnete sich, und Martha ließ sie wieder eintreten. »Ich habe für das Kind gebetet, als ich Ida schickte, Doktor Camerarius zu holen«, sagte sie, das Bündel mit dem toten Neugeborenen auf dem Arm.

»Sei bedankt, Martha.« Besler fischte einen Gulden aus seiner Tasche und gab ihr ihren Lohn. Dann nahm er ihr das Bündel ab. Schon morgen würde sein Junge in geweihter Erde begraben werden. Ein katholisch geborenes Kind hätte notgetauft werden müssen, um das Seelenheil zu erlangen, ein Glück, wenn man protestantischen Glaubens war.

1592

Mehr als ein halbes Jahr war seit der Totgeburt vergangen. Rosina war schwermütig, Basilius vergrub sich in seinem Laboratorium, und Ida verbrachte so viel Zeit wie möglich bei Luisa, um der bedrückenden Stimmung im Hause ihres Onkels zu entkommen.

Ursula Imhoff hatte ihr einen dicken und einen dünnen Pinsel sowie einige Farben geschenkt, nachdem Ida erzählt hatte, dass die aufgemalten Bilder der Spanschachteln und Holzstandgefäße in der Apotheke mehr und mehr verblassten. Sie verstand es inzwischen ganz gut, mit dem Pinsel umzugehen, denn wann immer sie im Hause Imhoff war, widmete Ursula ihr und ihrer Tochter ein wenig Zeit und ließ die Mädchen malen.

Ida hatte sich im Vorratsraum neben der Offizin Platz geschaffen und zeichnete bedächtig die feinen verblassten Linien der Blüten und Blätter auf den Schachteln nach, ebenso die lateinischen Namen. Warum konnte man nicht einfach »Kuhschelle« schreiben und musste stattdessen die Schachtel mit »Pulsatilla vulgaris« beschriften?

Onkel Basilius war wie fast immer im Laboratorium, und Rosina versorgte den Garten mit seinen Heilpflanzen. Die Gartenarbeit schien sie aus ihrer Schwermut zu holen, wenigstens für einige Stunden. Die Linien der ersten Schachtel, die sich Ida vorgenommen hatte, waren bereits getrocknet, und sie tauchte den Pinsel in ein kräftiges Violett, um die zarten Veilchenblüten auszumalen. Gerade als sie den Pinsel ein weiteres Mal in die Farbe tunkte, stand plötzlich ihr Onkel hinter ihr.

»Was treibst du da, Kind? Solltest du nicht Rosina im Garten jäten helfen?«

»Rosina wollte allein sein. Ich dachte, ich mache dir eine Freude und bemale die Spanschachteln neu. Sieh nur, die Veilchen strahlen wieder«, erwiderte Ida und deutete auf das frisch bemalte Kistchen.

Basilius hob anerkennend die Augenbrauen und spitzte die Lippen. »Das ist wirklich schön. Wer hat dir das beigebracht?«

»Luisas Mutter. Sie malt wunderschön, ich wünschte, ich könnte das auch, und sie hat mir die Farben und Pinsel geschenkt«, erzählte Ida mit leuchtenden Augen.

»Du hättest mir sagen können, dass du dir Pinsel und Farben wünschst. Ich hätte sie dir gekauft, Ida.« Zärtlich strich er über ihr Haar.

»Ich dachte, du und Rosina ... ihr seid noch so traurig, da wollte ich nicht ...«, stammelte sie leise. Über ihre gerade noch freudige Miene legte sich ein unglücklicher Schleier.

»Du hast ein gutes Herz, Ida, wir werden darüber hinwegkommen. Aber du darfst nicht denken, dass wir uns nicht weiter um dich kümmern. Verstanden?«

Ida nickte, und ein kleines Lächeln stahl sich auf ihr Gesicht. »Es gefällt dir also? Ich will alle Schachteln neu bemalen, eine nach der anderen.«

»Wenn du so viel Freude daran hast, gern. Aber vergiss darüber nicht deine Pflichten oder vernachlässige sie.«

»Nein, bestimmt nicht. Danke, Onkel.«

Basilius schien angestrengt nachzudenken.

»Meinst du, du kannst eine Rose malen? Nur eine einzige mit einer großen Blüte, so wie die Dunkelrote im Garten an der Ecke unter dem Erker?«

»Ich weiß nicht, ich kann es versuchen. Aber wozu?«

»Für Rosina. Der Goldschmied fertigt mir eine Gemme mit einer Rose. Ich will sie Rosina schenken, um sie aufzuheitern.

Sie liebt diese Blumen, und mir kam soeben der Gedanke, den Schmuck in einer bemalten Spanschachtel zu verpacken. So schenken wir ihr beide etwas.«

»Aber ich brauche Papier, um vorzuzeichnen.«

»Sollst du bekommen.«

Die folgenden Tage verbrachte Ida im Garten, wann immer sie Zeit dafür fand. Meist dann, wenn Rosina sich zurückzog. Seit dem Verlust ihres Kindes hatte sie sich noch nicht gänzlich erholt, sie fühlte sich erschöpft und legte sich nach dem einfachen Mittagsmahl immer wieder zur Ruhe. Basilius hatte Ida Papier und einen Silberstift besorgt. Staunend sah sie, mit welcher Leichtigkeit ihr Onkel einen Fisch zeichnete. Basilius war selbst ein Künstler, stellte sie erstaunt fest.

»Die grauen Linien werden in einigen Monaten die Farbe verändern und braun werden, das liegt an der Papierbeschichtung«, erklärte Basilius.

»Warum zeichnest nicht du die Rose? Du kannst das viel besser als ich«, fragte Ida.

»Ich habe viel zu viel zu tun«, wischte er ihren Einwand mit einer Handbewegung zur Seite. »Es braucht etwas Übung, mit dem Silberstift zu zeichnen. Hier, versuche du es.«

Ida nahm den Stift in die Hand.

»Du musst dir genau überlegen, welchen Strich du machen willst, denn einmal gezogen, lässt er sich nicht rückgängig machen«, riet Basilius. »Zeichne einfache Dinge wie einen Kreis oder ein Ei.«

Zuerst war sie zu zaghaft, doch nach und nach traute sie sich mehr zu.

»Siehst du, du machst das ganz gut. Jetzt zeichne einen Zweig mit Blättern daran. Lass dir Zeit.«

Als sie später fertig war, sah ihr Onkel sie mit einem bewundernden Blick an. Es waren nicht nur einfache Blätter, sondern sie ließen jegliche von der Mittelrippe ausgehenden Adern erkennen. Auch auf die fein gezähnten Ränder der kurz gestielten und wechselständig angeordneten Blätter hatte Ida geachtet, dazwischen fanden sich die wehrhaften Dornen. Am Ende des Zweigs zeigte sich eine zarte Knospe.

»Du hast eine Gabe, mein Kind. Du hast eine Gabe«, murmelte Besler beeindruckt.

Das Geschenk hatte Rosina in Entzücken versetzt, und sie konnte sich an Gemme und Schachtel nicht sattsehen.

»Und du hast dies ohne Hilfe gezeichnet?«, hatte sie Ida wieder und wieder gefragt. Als sie die neu bemalten Spanschachteln begutachtet hatte, war sie voll des Lobes gewesen.

»Basilius, du solltest Ida zu einem Maler schicken, der sie unterrichtet«, hatte Rosina zu Idas Überraschung vorgeschlagen.

»Ich werde darüber nachdenken«, hatte Basilius versprochen.

Das war vor vier Monaten gewesen, der Herbst hielt Einzug, und bisher hatte sich nichts im Hause Besler verändert. Einzig Rosinas Stimmung hatte sich merklich verbessert. Alle Schachteln waren inzwischen wie neu, und Ida vermisste das Bemalen. Seufzend faltete sie Tischwäsche zusammen und verstaute sie in den Schränken. Dann ging sie zu Rosina, um zu lernen, wie man die Bücher führte.

»Alles muss aufgeschrieben werden, jeder Pfennig, jeder Heller, der eingenommen und ausgegeben wird«, sagte Rosina und deutete auf zwei Spalten in einem dicken Buch. »Siehst du? Hier sind die Einnahmen und dort die Ausgaben einzutragen.«

»Wozu macht man sich diese Mühe?« Ida rollte mit den Augen.

»Damit wir wissen, wie viel Geld wir besitzen. Alle Zahlen jeder Spalte werden zusammengerechnet und dann voneinander abgezogen, verstehst du? Die Bücher werden geführt, damit man nicht den Überblick verliert und zu viel ausgibt.«

»Meinst du, es muss jetzt gespart werden, nachdem Onkel das ganze Haus vor fünf Jahren für sechshundertvierzig Gulden gekauft hat?«

»Woher weißt du davon?«

Ida zuckte mit den Schultern. »Ich habe gehört, wie er mit Martinus Justus darüber gesprochen hat.«

»Du hast gelauscht.«

»Nein, das hab ich nicht. Muss ich auch eintragen, was die Eier gestern auf dem Markt gekostet haben?«

»Jeden Heller und Pfennig, wie ich schon sagte.«

»Rechnen fällt mir schwer«, gestand Ida.

Plötzlich wurde Rosina blass und sie hielt die Hand vor den Mund. Dann stürzte sie aus der Schreibstube. Ida lief hinter ihr her.

»Was ist mit dir?«

In diesem Augenblick erbrach Rosina würgend das Mittagsmahl. Ein säuerlicher Geruch stieg Ida in die Nase, während ihre Tante sich keuchend mit einer Hand an der Wand abstützte.

»Bring mir Wasser«, krächzte sie und ließ sich langsam auf den Boden gleiten, blieb mit dem Rücken an die Wand gelehnt sitzen.

Flink stieg Ida die Treppe hinab in die Küche, schubste die Magd beiseite, griff nach einem Becher und dem Wasserkrug, rannte an der verblüfften Diethild vorbei und wieder nach oben. Rosina saß noch immer auf dem Boden, bleich, aber mit einem seltsamen Lächeln im Gesicht. Dankbar nahm sie den Becher entgegen und trank.

»Sag der Dienstmagd, sie soll das aufwischen«, bat sie Ida und deutete auf das Erbrochene, »und hilf mir auf.«

Rosina war klein und zierlich, und es bereitete Ida nicht allzu viel Mühe, sie zu stützen. Auf weichen Knien ging Rosina wieder in die Schreibstube und ließ sich auf einem Stuhl nieder. Ida füllte den Becher noch einmal und reichte ihn Rosina.

»Ich bin wieder guter Hoffnung«, gestand ihre Tante leise.

Das erklärte ihr Lächeln, und Ida freute sich für sie.

»Weiß Onkel schon davon?«

Rosina schüttelte den Kopf. »Nein, ich war mir noch nicht sicher, aber jetzt ... Es ist wie beim letzten Mal. Da war mir auch oft übel.«

Ida erinnerte sich an die vielen Morgen, als Rosina vom Tisch aufgestanden und aus der Stube geeilt war. Angst bemächtigte sich ihrer, als sie darüber nachdachte, ob die Übelkeit bedeutete, das Kind würde wieder tot zur Welt kommen.

Basilius war außer sich vor Freude, als er später vernahm, er würde Vater werden.

»Ich verspreche dir, dieses Mal trinke ich den Schafgarbensud«, sagte Rosina glückstrahlend, »auch wenn er noch so bitter schmeckt.«

»Du wirst sehen, der Brechreiz wird gelindert, wenn nicht gar verschwinden«, antwortete Basilius, fasste kurz nach ihrer Hand und streichelte mit seinem Daumen über ihren Handrücken.

»Ida«, wandte er sich dann seiner Nichte zu, »ich habe eine Überraschung für dich.«

Gespannt sah sie ihren Onkel an.

»Es gibt einen Maler in der Zisselgasse, der sich bereit erklärt hat, dich zu unterrichten. Ich habe ihm die Spanschachteln gezeigt«, erzählte Basilius. »Wenzel Straub hat in Amsterdam bei Pieter Aertsen gelernt.«

Ida konnte mit dem Namen nichts anfangen, aber der Tonfall ihres Onkels ließ darauf schließen, dass dieser Aertsen ein bedeutender Maler war.

»Aertsen ist vor mehr als fünfzehn Jahren gestorben, und Straub blieb in den spanischen Niederlanden. Vor wenigen Monaten ist er jedoch in seine Heimatstadt Nürnberg zurückgekehrt.«

»Woher kennst du ihn?«, fragte Rosina.

»Jost Ammans Werkstatt befindet sich im übernächsten Haus«, antwortete Basilius, dessen zweite Leidenschaft, nach den Pflanzen, der Kupferstecherei galt. Außerdem sammelte er Naturalien aller Art, wie Steine, Insekten oder Schneckenhäuschen. Jost Ammann hingegen zeichnete Tiere, Kräuter, biblische Szenen, aber auch Trachten und Wappen und stach sie in Kupfer. Zudem illustrierte er Bücher und hatte schon den einen oder anderen Schatz in Beslers Kabinett zu Papier gebracht. »Nun, was sagst du, Ida?«

»Sei bedankt, Onkel, ich kann es gar nicht erwarten, in die Zisselgasse zu kommen«, freute sich Ida und klatschte begeistert in die Hände.

»Dreimal in der Woche wirst du gleich nach dem Mittagsmahl zu Straub gehen, die anderen Nachmittage hilfst du Rosina oder mir. Auf die Besuche bei den Imhoffs wirst du wohl verzichten müssen«, erwiderte Basilius.

Ida verzog den Mund, damit hatte sie nicht gerechnet. Dann kam ihr ein Gedanke. »Es sei denn, Luisa lädt mich am Sonntag nach dem Kirchgang zu sich ein.«

»Wir werden sehen. Morgen bringe ich dich hin, danach kannst du allein gehen.«

Wenzel Straub war ein hagerer kleiner Mann von etwa fünfundvierzig Jahren mit einem Spitzbart und angegrauten dunklen Haaren, die die Ohren frei ließen. Schief auf seinem Haupt saß ein grünes Barett, unter den geschwungenen Brauen blitzten graue Augen.

»Du bist also Ida«, sagte er freundlich, als Ida in Begleitung ihres Onkels die Malerwerkstatt betrat. Fertige Bilder reihten sich an den Wänden, ein Unfertiges, an dem der Meister arbeitete, stand auf einer Staffelei neben dem Fenster.

»Ja, Meister Straub«, antwortete sie, so wie Basilius ihr es eingebläut hatte.

»Dann beginnen wir gleich mit dem Unterricht, wir wollen keine Zeit verschwenden. Komm mit. Gehabt Euch wohl, Herr Apotheker, in zwei Stunden ist sie wieder zu Hause«, rief er Basilius, den Kopf über die Schulter gewandt, zu und schob Ida in einen angrenzenden Raum.

Ordentlich aneinandergereiht lehnten kunstvolle Bilderrahmen an der Wand, auf einem Tisch lagen Leinwände, bereit, zugeschnitten zu werden. Daneben Papierbögen in unterschiedlichen Größen, und in einem Regal tummelten sich Farbpigmente in Gläsern. Eine weitere Staffelei befand sich nahe am Fenster.

»Ich zeige dir heute erst einmal, wie man Farben anrührt und mischt«, begann Wenzel und griff nach einem Glas im Regal. In eine flache Schale gab er nur eine gehäufte Messerspitze des dunkelroten fein gemahlenen Pulvers.

»Farben sind sehr kostbar, deshalb muss man sie, sind sie einmal angerührt, gut aufbewahren, wenn man nicht alles auf einmal verbraucht. Weißt du, was das ist?« Wenzel entnahm aus einem weiteren Gefäß eine kleine Menge eines gelblich schimmernden, fast durchsichtig anmutenden groben Pulvers.

»Nein, Meister.«

»Es stammt von einem Baum in Afrika. Um den Saft, der später zu diesem Pulver wird, zu gewinnen, schneidet man in die abgeschälte Rinde.«

»Ist es so etwas wie das Blut des Baumes?«, fragte Ida und beobachtete aufmerksam, wie Wenzel das rote mit dem gelblichen Pulver vermengte, Wasser hinzugab und mit einem Holzstäbchen umrührte, bis eine leicht zähflüssige Masse entstand.

Wenzel lachte. »So habe ich das noch nie betrachtet, aber ja, wie Blut aus einer Wunde. Doch der Baum heilt wieder. Diese Farbe muss nun trocknen, bis alles Wasser verdunstet ist, dann kann man sie gut aufbewahren.«

Wenzel Straub nahm eine andere Schale, gefüllt mit getrockneter azurblauer Farbe, und tauchte einen Pinsel in Wasser.

»Du darfst nur wenig Wasser nehmen und mit der Farbe mischen, bevor du sie aufträgst.« Der Pinsel hinterließ einen leuchtenden Strich auf einem Stück Papier, das Wenzel zu Übungszwecken bereithielt. »Willst du nun ein helleres Blau, tauchst du den Pinsel oder auch einen dickeren nur in Wasser und streichst darüber. Siehst du?«

»Ja, das hat mir Luisas Mutter auch so gezeigt«, sagte Ida, stolz, dass sie etwas wusste.

»Gut. Doch bevor du ein Bild beginnst, solltest du eine Vorzeichnung machen und dir den Bogen Papier einteilen. So wie hier.« Er deutete auf einen vorgezeichneten Vogel, der auf einem Blütenzweig saß und darauf wartete, mit Farben zum Leuchten gebracht zu werden.

»Meister Straub«, rief eine tiefe Stimme, »wo steckt Ihr denn?«

Wenzel verschwand nach nebenan, und Ida ließ ihre Augen über die verschiedenen Farbschälchen wandern. Grün, Purpur, mehrere Rot- und Blautöne, Türkis und Gelb.

»Ist das Bild fertig?«, hörte sie die fremde Stimme sagen.

»Ja, seht es Euch an«, antwortete Wenzel.

»Gute Arbeit, Straub, ich bin zufrieden. Sagt, nehmt Ihr Schüler auf?«

»Ihr meint einen Lehrling?«

»Nein, meine Tochter wünscht, das Malen zu erlernen, ich bin überzeugt, sie hat Talent.«

Wenzel räusperte sich. »Ich habe bereits eine Schülerin, mehr kann ich nicht annehmen, verzeiht.«

»Ich bezahle Euch gut dafür und kann dafür sorgen, dass Ihr gute Preise für Farbpigmente bekommt. Schließlich bringen die Schiffe meines Schwagers nicht nur Tuche und Gewürze aus fernen Ländern.«

Einen Augenblick herrschte Stille, dann gab Wenzel nach. »Gut, ich nehme Eure Tochter an, sofern Ihr damit einverstanden seid, wenn sie gemeinsam mit dem anderen Mädchen unterrichtet wird.«

»Warum nicht? Abgemacht.«

Am übernächsten Tag, als Ida wieder in die Zisselgasse kam, wollte sie ihren Augen nicht trauen. In der Werkstatt stand Gabriela Heim, herausgeputzt und mit hochnäsigem Blick. Wenzel Straub war nirgends zu sehen.

»Du?«, zischte Gabriela. »Was suchst du hier?«

»Was denkst du wohl? Ich fürchte, wir werden miteinander auskommen müssen, wenn wir die Malerei erlernen wollen.«

»Für dich wäre es doch besser, wenn du lernst, Kleider zu flicken oder Kühe zu melken. Es würde dir besser zu Gesicht stehen, wenn du dich mit Bauern und Handwerkern abgibst, schließlich war dein Vater nur Schmied.«

»Warum bist du nur so unfreundlich zu mir? Habe ich dir je etwas getan?«

»Mir gefällt nicht, wie du Kaspar ansiehst und immer versuchst, dich an ihn heranzumachen. Er wird einmal eine Arzttochter heiraten, kein Mädchen von niederem Stand.«

Ida konnte kaum an sich halten vor Lachen. »Und du glaubst, du wirst diejenige sein? Es gibt noch andere Ärzte hier in der Stadt, nicht nur dein Vater ist heilkundig.«

Bevor Gabriela etwas erwidern konnte, erschien Wenzel.

»Ich habe euch lachen gehört, es scheint, ihr versteht euch gut. Das gefällt mir. Ida, du kannst Gabriela erzählen, was du schon gelernt hast. So weiß ich, ob du alles behalten hast.« Er klatschte in die Hände und bedeutete ihnen mit einem Wink, ihm in den Nebenraum zu folgen.

Ida konnte sich ein spöttisches Grinsen nicht verkneifen und erntete dafür Gabrielas finstere Miene.

1593

Nach dem ersten Schultag im neuen Jahr hatte Besler seiner Nichte den Besuch bei Luisa erlaubt. In den vergangenen Wochen hatten sie sich nur in der Schule gesehen und sonst keine Zeit füreinander gehabt. Jetzt saßen sie bei süßem Gebäck auf dicken Kissen in der Gutsche der Wohnstube im ersten Obergeschoss.

»Ich bin froh, dass wir nicht mehr bei Elisabeth und Paula sitzen müssen, sie können sich jemand anderen suchen, den sie ärgern wollen. Die beiden sind dumm, faul und gehässig. Gut, dass sie uns nicht mehr ständig im Nacken sitzen«, grinste Luisa. »Wie ist das gemeinsame Malen mit Gabriela?«, wollte sie dann wissen.

Ida rollte mit den Augen.

»Sie hat kein Gefühl für die Pinsel und trägt die Farbe zu dick auf. Wenn sie es bemerkt, dann nimmt sie viel zu viel Wasser, um sie zu verdünnen, was aber auch nicht hilft. Und es passt ihr überhaupt nicht, wenn Meister Straub sie tadelt und mich lobt. Zu allem Übel versucht sie, mich bei ihm schlechtzumachen und mir ihre Fehler in die Schuhe zu schieben. Doch Wenzel ist zu schlau und fällt nicht darauf herein, was sie noch mehr ärgert. Ich wünschte, sie würde einfach verschwinden, weit fort von hier.«

»Mein Bruder wird bald nach Bari reisen, dort soll er weiter zum Kaufmann ausgebildet werden. Vielleicht kann er Gabriela in eine Kiste packen und mitnehmen«, scherzte Luisa.

Ida lachte. »Das wäre wirklich schön. Warum geht Sebastian so weit fort? Er arbeitet doch schon in eurem Handelshaus?«

»Das reicht nicht. Mein Bruder muss in die Fremde und in den Faktoreien ausgebildet werden. Das verschafft ihm einen Überblick über das Handelsnetz, außerdem lernt er die fremden Sprachen besser. In Bari soll ihm kein Vorteil entstehen, nur weil er den Namen Imhoff trägt, sondern er wird wie andere Jungen behandelt, die Kaufmann werden wollen, sagt mein Vater.«

»Kaspar wird bestimmt sehr traurig sein, wenn sein bester Freund Nürnberg verlässt«, mutmaßte Ida. »Die beiden sind sich so nahe.«

Luisa zuckte mit den Schultern. »Kaspar wird selbst bald von hier weggehen, um zu studieren. Aber sie können sich schreiben, wenn sie wollen.«

»Ich kann mir nicht vorstellen, woanders hinzugehen. Und du?«

»Darüber habe ich noch nie nachgedacht. Wir sind Mädchen und können es uns nicht aussuchen, doch wenn ich die Möglichkeit hätte, würde ich gerne fremde Länder und Städte sehen«, überlegte Luisa laut.

»Du würdest mir fehlen.«

»Oder du kämst einfach mit.«

Ida blieb eine Erwiderung schuldig, da just im selben Augenblick Sebastian hereinplatzte.

»Schwester, du musst einspringen, Amalia ist vom Pferd gefallen und kann nicht tanzen.« Amalia Löffelholz war eine entfernt verwandte Base und nahm sonst immer am Tanzunterricht teil.

»Wie du siehst, ist Ida hier zu Besuch. Du wirst jemanden anderen fragen müssen«, entgegnete Luisa, die gelernt hatte, ihrem Bruder die Stirn zu bieten. Inzwischen hatte Sebastian begriffen, dass seine Schwester und Ida unzertrennlich waren, und Letztere akzeptiert.

»Monsieur de Roucher will uns heute die Volta lehren. Er

ist auf dem Weg hierher, ich kann ihn doch nicht unverrichteter Dinge wieder nach Hause schicken«, brummte Sebastian.

»Frag eine unserer Mägde. Gerhild, die Wäscherin freut sich bestimmt.«

»Sei nicht albern. Eine Magd. Außerdem ist Gerhild viel zu dick für diesen Tanz. Bitte, Luisa.« Er setzte eine verzweifelte Miene auf.

Ein schelmisches Lächeln huschte über Luisas Gesicht. »Ich mache dir einen Vorschlag. Statt Amalia soll Gabriela mit dir tanzen, und Ida tanzt mit Kaspar. Gabriela übt sonst mit Kaspar die Schritte, musst du wissen«, erklärte sie Ida.

»Ist mir gleich«, antwortete Sebastian schulterzuckend.

»Ähm, ich möchte aber nicht«, mischte sich Ida ein.

»Warum?«, fragte Sebastian mit hochgezogenen Brauen. »Es kostet dich nichts.«

»Gabriela kann mich schon jetzt nicht ausstehen, und wenn ich jetzt mit Kaspar tanzen soll – was ich so oder so nicht beherrsche –, dann wird sie mich umbringen, eifersüchtig wie sie ist.«

Sebastian war belustigt. »Gabriela ist eifersüchtig? Auf dich?«

»Sie ist auf jedes Mädchen eifersüchtig, das sich ihrem geliebten Kaspar mehr als auf drei Fuß nähert«, fuhr Ida ihn an. »Ich bin vielleicht von niederem Stand, aber wenigstens sehe ich nicht aus wie ein langweiliger Fisch, so wie Gabriela mit ihren komischen Augen.«

Luisa fing an zu kichern. »Herrlich, ich hatte lange nicht so viel Spaß. Komm schon, Ida, tanze mit Kaspar, ich will Gabrielas dummes Gesicht sehen.«

»Nein.«

Theatralisch fiel Sebastian vor ihr auf die Knie.

»Holde Ida, darf *ich* Euch zum Tanze bitten?« Er schenkte ihr einen treuherzigen Augenaufschlag aus seinen tiefblauen

Augen, und sie gab sich geschlagen. Wie seine blond gelockte Schwester wusste er um sein engelsgleiches unwiderstehliches Aussehen.

»Ihr dürft, Sebastian Imhoff«, gab sie in einem hochmütigen Tonfall zurück und reichte ihm die Hand.

Sebastian grinste, und Luisa wollte sich vor Lachen ausschütten. »Ihr solltet euch zu den fahrenden Schauspielern gesellen und durch die Lande ziehen. Du würdest eine vortreffliche Edeldame abgeben, Ida.«

Wenig später fanden sie sich in der großen Stube im zweiten Obergeschoss ein, die sonst nur zu großen Empfängen genutzt wurde. Gabriela und Kaspar warteten bereits auf sie. Ida war noch nie hier gewesen, und obwohl sie wusste, wie reich die Imhoffs waren, sah sie sich einmal mehr staunend um. Die holzvertäfelten Wände und Decken waren von hoher Güte, geziert von erlesenen Furnieren. An der Kassettendecke fanden sich viele kleine Schnitzereien: eine Karacke mit geblähten Segeln, ein Pferdegespann, Fabelwesen und Blattranken. Die Fenster geschmückt durch leuchtend bunte Glasmalereien, über den Türen mit ihren kunstvollen Beschlägen prangte das Imhoff'sche Wappen – der goldene Löwe mit dem gebogenen Fischschwanz und der erhobenen Pranke. Seitlich der größten Tür ein mit einer Ädikula geschmückter Waschschrank gleich neben dem beeindruckenden Kachelofen.

»Ich habe Ersatz für Amalia gefunden«, sagte Sebastian, »Ida gibt mir die Ehre.«

Gabriela verzog nur abfällig die Mundwinkel, Kaspar dagegen lächelte Ida aufmunternd zu. »Du wirst sehen, Tanzen macht großen Spaß.«

»Wenn man es beherrscht«, höhnte Gabriela.

»So wie du die Malerei?«, entfuhr es Ida, die genug von Gabrielas Gehässigkeiten hatte.

Anerkennend klopfte Sebastian ihr auf die schmalen Schultern, während der Zorn Gabrielas Wangen erröten ließ.

»Bonjour, mesdames et messieurs.« Gut gelaunt betrat Monsieur de Roucher die große Stube, gefolgt von zwei Musikern mit Streichinstrumenten. Der Franzose niederen Adels war vor einigen Jahren vor den Unruhen zwischen den Hugenotten und den Katholiken geflohen und schließlich in Nürnberg hängen geblieben, weil ihm die freie Reichsstadt gefiel. Seither verdiente er sich seinen Lebensunterhalt mit Tanz- und Französischunterricht und lehrte Sprösslingen reicher Bürger auch das Spiel auf der Rebec. Jean de Roucher beherrschte das Saiteninstrument von Kindesbeinen an und liebte die Klänge, die man ihm entlocken konnte.

»Dann wollen wir anfangen. Oh, wen haben wir denn da?« Fragend sah er Ida an.

»Das ist meine Freundin«, antwortete Luisa für sie, »Ida springt für Amalia ein, die vom Pferd gefallen ist.«

»Mon Dieu, ich hoffe, sie hat sich nichts gebrochen. Alors, stellt euch im Halbkreis auf, ich werde die ersten Schritte zeigen. Den linken Fuß schwungvoll vor den rechten kreuzen, den Körper in die Seitwärtsbewegung drehen und dabei die Arme mitschwingen lassen, sodass der linke vor dem Körper, der rechte Arm dahinter ist. Musik!« Er klatschte in die Hände, und die beiden Spielmänner setzten ihre Instrumente an. Luisa lehnte an einer hölzernen Säule und wippte im Takt mit. Gewöhnlich fanden ihre Tanzstunden an einem anderen Tag statt, gemeinsam mit den gleichaltrigen Töchtern und Söhnen der Familien Behaim und Haller. Inzwischen beherrschte sie die Gaillarde und die Pavane, der eine Tanz lebhaft, der andere ruhiger mit gemäßigten Schritten.

»Gabriela, halte dich aufrechter«, forderte de Roucher, »gut so, Sebastian. Kaspar, dir liegt das Tanzen im Blut. Ida, mehr Schwung.«

De Roucher ließ sie noch zweimal die Schritte wiederholen, dann zeigte er ihnen, wie sie die Richtung wechselten. Ida fand allmählich Spaß an der Sache, ihre Bewegungen wurden flüssiger, und sie verlor die Scheu, sich bloßzustellen.

»Nun, stellt euch gegenüber, face à face, die Herren fordern die Damen mit einer Verbeugung auf. Die Damen schreiten zu ihnen und berühren sie sachte an der Brust. Tanzt dann zuerst fünf Schritte nach links und wechselt rechts zurück. Achtet darauf, dass Ihr Euch immer anseht und nicht Eure Füße betrachtet.«

Die Musiker spielten auf, und Ida lächelte breit, als Sebastian sich vor ihr verbeugte und sie ihn an die Brust stupste. Der Dreivierteltakt war beschwingt, ihr Körper bewegte sich fast wie von selbst, erst nach links und dann nach rechts. Dabei verlor sie nie den Blickkontakt mit Luisas Bruder.

»Gabriela, du tanzt wie eine Marionette. Dieser Tanz erfordert weiche, fließende Bewegungen, keine abgehackten Tritte, als wärst du aus Holz«, tadelte de Roucher, der nie ein Blatt vor den Mund nahm. »Kaspar muss jeden Tritt von dir abwarten und kommt deswegen aus dem Takt.«

»Es liegt an Kaspar, Monsieur, nicht an mir«, erwiderte Gabriela unwirsch.

Ida zog verblüfft die Augenbrauen hoch. Hatte Gabriela soeben ihren angebeteten Kaspar der Unfähigkeit beschuldigt?

»Wenn du meinst, dann tauscht die Plätze. Gabriela, du wirst mit Sebastian tanzen, und unsere kleine Ida nimmt deinen Platz ein.«

»Aber …«, begehrte Gabriela auf, doch der Tanzlehrer unterbrach sie mit einer einfachen Handbewegung, die deutlich machte, dass er keine Widerrede duldete.

Ida gefiel das Tanzen immer besser, und sie beschloss, ihren Onkel zu bitten, ihr den Unterricht zu bezahlen. Kaspars Gesicht hellte sich auf, als er bemerkte, wie mühelos Ida seinen Schritten folgen konnte, obwohl sie einen Kopf kleiner war als er. Plötzlich fasste er sie um die schmale Körpermitte und wirbelte sie herum. Ida lachte vor Überraschung laut auf, genoss den winzigen Augenblick des Schwebens, bevor Kaspar sie wieder auf den Boden setzte.

»Kaspar kennt offenbar schon die nächsten Figuren der Volta. Hast du heimlich geübt?«, spöttelte de Roucher.

»Verzeiht, Monsieur, es kam einfach über mich«, grinste Kaspar.

»Das ist sehr erfreulich. Nun, Gabriela, es gelang dir etwas besser, aber du musst dich noch mehr auf den Takt einlassen. Kaspar und Ida, tanzt ihr beide bitte vor, Sebastian und Gabriela sehen genau zu.«

Als Kaspar Ida erneut hochhob, verließ Gabriela, ohne ein weiteres Wort zu verlieren, mit rauschenden Röcken die große Stube und warf die Tür hinter sich ins Schloss. Ida und alle anderen starrten ihr mit offenem Mund nach.

»Ich fürchte, Ihr habt soeben eine Schülerin verloren, Monsieur de Roucher«, bemerkte Luisa trocken.

Und Gabriela wurde noch mehr gegen mich aufgebracht, dachte Ida. Aber das war das Tanzen wert gewesen.

»Du musst dich zwischen der Malerei und dem Tanzen entscheiden, Ida«, beschied ihr Onkel Basilius, nachdem sie ihn um die Bezahlung von Tanzstunden gebeten hatte. »Wenn unser Kind auf der Welt ist, braucht Rosina öfter deine Hilfe.«

Enttäuscht sah Ida ihn an. »Du könntest doch eine Kindsmagd anstellen«, erwiderte sie mit herabgezogenen Mundwinkeln, während sie ein Glasgefäß abtrocknete.

Sie hielten sich im Laboratorium auf, wo Ida half, die Glaskolben, Tiegel, Spatel, Siebe und Trichter zu reinigen.

»Ja, das könnte ich, aber ich tu es nicht«, meinte Basilius. »Es ist mir nicht des Geldes wegen, doch ich halte es für wichtig, zu lernen, dass man nicht alles haben kann. Sieh mich an, Ida.«

Sie stellte das Gefäß beiseite und blickte trotzig zu ihm auf.

»Ich besitze heute dieses Haus und die Apotheke, weil ich immer entscheiden musste, was ich mir leisten und worauf ich eher verzichten kann, um mein Ziel zu erreichen. Verstehst du? Und je früher du dies lernst, desto besser. Auch als Ehegattin wirst du für deinen Haushalt und deine Kinder Entscheidungen treffen müssen.«

»Und wenn ich mir ein paar Pfennige dazuverdiene? Schreibmeister Neudörffer sagt, ich gehöre zu den besten seiner Schüler. Zumindest was Lesen und Schreiben anbelangt, Rechnen fällt mir nicht so leicht.«

»Und wie stellst du dir das vor?«

»Ich gehe nicht mehr zur Schule, dafür arbeite ich für Meister Wenzel. Er hat sich vor Kurzem beklagt, er brauche einen Handlanger in der Werkstatt, findet aber keinen. Jeder, den er bisher beschäftigt habe, sei zu dumm, um den Boden zu fegen, ohne gegen einen Tisch oder ein Regal zu stoßen und dabei kostbare Farbgefäße umzuwerfen«, erklärte sie eifrig.

Nachdenklich sah Basilius sie an, dann sagte er bedächtig: »Ich möchte, dass du weiter zur Schule gehst und Latein lernst. Je gebildeter du bist, desto höher sind später deine Chancen auf dem Heiratsmarkt. Es bleibt dabei, malen oder tanzen, Ida. Das ist mein letztes Wort.«

Nach einiger Überlegung entschied sie sich für die Malerei.

»Meister Straub, wie male ich Dinge, die weiter weg erscheinen sollen, so als ob ich eine Gasse bis zu ihrem Ende entlangsehen würde?«, fragte Ida, die unzufrieden mit ihrer Arbeit war.

Wenzel Straub wischte seinen Pinsel an einem Tuch grob

sauber und tauchte ihn in ein Gefäß mit Kiefernöl. Dann kam er zu ihr und betrachtete ihre Vorzeichnung.

»Du musst dir das Bild einteilen: Was im Vordergrund stehen soll, musst du größer darstellen als die Dinge im Hintergrund.«

Wenzel zückte einen Kohlestift und zeichnete zwei Linien, die am unteren Papierrand weiter auseinanderlagen als am oberen. Mit ein paar wenigen Strichen ließ er neben den Linien einfache Bäume entstehen, die immer kleiner wurden. »So gewinnt der Betrachter den Eindruck, er blicke eine von Bäumen gesäumte Straße entlang. Später kannst du mit hellen und dunkleren Farbtönen diesen Eindruck noch verstärken.«

»Es sieht so einfach aus«, staunte Ida.

»Aber es gehört viel Übung dazu«, entgegnete Wenzel und zog seine Taschenuhr hervor. »Deine Zeit ist um. Wir sehen uns in zwei Tagen.«

Ida säuberte rasch ihre Pinsel, dann verließ sie die Werkstatt. Sie ärgerte sich, dass sie nicht selbst auf die Lösung gekommen war, wie man einem Bild mehr Tiefe verlieh. Wenigstens kam Gabriela nicht mehr zu Wenzel Straub, seit sie vom Tanzunterricht geflohen war, hatte sie sich hier nicht mehr blicken lassen. Gedankenverloren ging Ida die Gassen entlang Richtung Hauptmarkt, da ihr Onkel sie gebeten hatte, dort ein Buch abzuholen. Ein warmer Frühlingswind blies ihr um die Nase, zupfte an ihren honigblonden Flechten.

»Ida, träumst du?«

Beinahe wäre sie mit Kaspar zusammengestoßen, der gerade aus der Buchhandlung Lochner trat, Nürnbergs ältester Buchhandlung, eine Ledertasche über der Schulter.

»Ich habe gerade über Gabriela nachgedacht. Sie kommt nicht mehr in Straubs Werkstatt, seit …«

»Sie sich von de Roucher beleidigt fühlt«, fiel Sebastian ihr ins Wort.

»Du glaubst, das war der Grund?« Zweifelnd sah sie zu ihm auf. In den vergangenen Wochen und Monaten war Kaspar in die Höhe geschossen, seine Schultern breit und seine Stimme tief geworden. Der dunkle Lockenschopf, der unter dem Barett hervorquoll, reichte ihm knapp über das Kinn.

Er sieht gut aus, schoss es ihr durch den Kopf. Außerordentlich gut. Sie spürte ein eigenartiges Ziehen in der Magengegend. Seit Kaspar die Lateinklasse besuchte, hatte sie ihn seltener zu Gesicht bekommen.

»Du scheinst anderer Meinung zu sein. Denkst du etwa, du wärst der Grund?« Seine warmen braunen Augen funkelten belustigt.

»Vielleicht.« Sie fühlte sich plötzlich verletzt. Kaspar hielt sie für ein Kind. Sah er denn nicht, dass auch sie gewachsen war und sich unter ihrem Kleid Rundungen abzeichneten? »Ich muss jetzt das Buch für meinen Onkel abholen«, murmelte sie.

»Bald werde ich nach Altdorf ziehen, um zu studieren, dafür habe ich Bücher gekauft«, erzählte Kaspar stolz, als hätte er sie nicht gehört, und klopfte auf die Ledertasche. »Und Sebastian reist nach Bari, aber das weißt du sicher von Luisa. Wir wollen im Juli in den Hesperidengärten zusammen Abschied feiern. Sebastians Eltern besitzen dort ein Grundstück, es ist wunderschön. Wir werden essen und trinken und tanzen und …«

»Kaspar, wie schön, dass ich dich hier sehe. Sei bedankt für die Einladung, der Bote hat sie heute Morgen gebracht.« Plötzlich stand Gabriela neben ihnen, schenkte Kaspar ein Lächeln und einen Augenaufschlag. Ida würdigte sie dagegen keines Blickes.

Kaspar nahm seine Tasche auf die andere Schulter. »Möchtest du Ida nicht begrüßen?«

Gabriela musterte Ida geringschätzig, blieb den Gruß schuldig und wandte sich wieder an Kaspar.

»Ein großartiger Einfall, in den Gärten zu feiern, zwischen all den wundervollen Bäumen und Pflanzen und den Wasserspielen. Und das Imhoff'sche Sommerhaus ist entzückend. Erinnerst du dich an Sebastians sechzehnten Geburtstag im vergangenen Jahr? Es war ein herrliches Fest.« Vertraulich legte sie ihre Hand auf Kaspars Unterarm.

»Natürlich. Es sah zu komisch aus, als einer der Bediensteten stolperte, sich an Sebastians Vetter festzuhalten versuchte und sie miteinander ins Wasser fielen.« Beide begannen zu lachen.

»Das war es. Allerdings hätte ich den Diener hinausgeworfen«, meinte Gabriela.

»Ach, sei nicht immer so streng. Er ist schon viele Jahre bei den Imhoffs und ihnen treu ergeben. Da muss man auch über solche Dinge hinwegsehen können«, erwiderte Kaspar.

Ida fühlte sich überflüssig. »Behüte dich Gott, Kaspar«, sagte sie leise und ging davon.

»Ida, warte. Hast du nicht etwas vergessen? Das Buch für deinen Onkel«, rief Kaspar ihr hinterher.

Ida rollte mit den Augen, seufzte und kam zurück. Wortlos ging sie an den beiden vorbei, betrat die Buchhandlung und erklärte dem Buchhändler ihr Hiersein.

»Ich habe es schon bereitgelegt«, sagte Joachim Lochner und klopfte sachte auf den ledernen Einband. *Neuw Wasserschatz* lautete der Titel, geschrieben von Jacobus Theodorus Tabernaemontanus.

»Grüße deinen Onkel«, sagte Lochner, während er die Gulden nachzählte, »er wird den Kauf nicht bereuen.«

Ida nickte, nahm das schwere Buch und verstaute es in ihrer Tasche. Als sie hinaus in die Frühlingssonne trat, war Gabriela verschwunden, doch Kaspar war noch da.

»Darf ich erfahren, was du erstanden hast?«

»Ein Buch über metallische Wässer«, antwortete Ida, die sich geschmeichelt fühlte, dass er offenbar auf sie gewartet hatte. Sie zog es aus der Tasche. »Willst du hineinsehen?«

Kaspar nickte begeistert, schlug wahllos eine Seite auf, als sie es ihm reichte. »Das ist spannend. Metallische Trinkwässer und Bäder in Sauerbrunnen gegen allerlei Krankheiten und Zipperlein sind hier beschrieben.« Er blätterte weiter. »Hier, sieh nur: Eisenschlackenwasser stillt den übermäßigen Blutfluss des Weibes. Badet ein Weib darin, dann trocknet es den weißen Mutterfluss aus.«

Ida war peinlich berührt. Wie konnte er über solche Dinge auf offener Straße reden?

»Gib es wieder her, ich muss gehen.«

»Verzeih, ich hätte das nicht vorlesen dürfen«, sagte Kaspar, dem sein Verhalten nun sichtlich unangenehm war. Er half ihr, das Buch wieder in die Tasche zu schieben. »Möchtest du auch zu dem Fest kommen? Ich würde mich freuen«, fügte er leise hinzu.

»Meinst du das ernst?« Zweifelnd hob sie die Augenbrauen.

»Ja, ich mag dich gut leiden. Du bist nicht so albern wie andere Mädchen in deinem Alter.«

Ida schmolz dahin. »Tanzt du auch mit mir? Ich habe in meiner Kammer immer wieder die Schritte geübt und mir die Musik dazu gedacht. Ich fand den Nachmittag so schön.«

Er grinste. »Ja, das war er. Ich gebe dir mein Ehrenwort, dass ich dich zur Volta hole.«

Sie verabschiedeten sich, und Ida schlug beschwingt den Weg nach Hause ein.

Aufgeregt zappelte Ida auf ihrem Stuhl herum. Heute fand das Abschiedsfest im Sommerhaus der Familie Imhoff statt, und sie konnte es kaum erwarten. Noch nie war sie in den Hesperidengärten gewesen, kannte nur Luisas Beschreibungen und die ihres Onkels. Jetzt, Mitte Juli, mussten die Blumen dort in allen Farben blühen und die Luft mit ihren betörenden Düften erfüllen.

»Sitz still, sonst werde ich nie fertig«, sagte Rosina unwillig hinter ihr, die Idas dichte lange Haare bürstete. Vor fünf Wochen hatte Idas Tante ein gesundes Mädchen zur Welt gebracht. Die kleine Dorothea war das Glück ihrer Eltern, und Rosina ließ sie kaum aus den Augen, weil die Geburt drei Wochen zu früh erfolgt war. Rosina fühlte sich immer noch erschöpft und ermüdete schnell, sodass Ida zähneknirschend die Gartenarbeit im Hof für sie übernommen hatte. Zuvor hatte sie zwar hin und wieder mitgeholfen, die Pflanzen zu pflegen, doch allzu viel Freude hatte sie dabei nie empfunden. Doch nun, da sie mehr Verantwortung trug, beschäftigte sie sich mit den oft unscheinbaren Heilkräutern, entdeckte die kleinen weißgelben Blütenkelche des Augentrosts und war entzückt über das kräftige weiß umrandete Blau der zarten Ehrenpreisblüten.

»Steht mir das neue Kleid wirklich?« Zweifelnd betrachtete Ida sich im Spiegel.

»Wie oft fragst du mich das noch? Du siehst wunderschön aus. Basilius kann stolz auf seine hübsche Nichte sein. Zufrieden?«

Ida lächelte und zwinkerte Rosina mit beiden Augen zu, um ein Kopfnicken zu vermeiden und ihre Tante damit in den Wahnsinn zu treiben. Rosina hatte recht. Das tief dunkelrote Kleid war am Ausschnitt mit schwarzen Samtbändern und winzigen Perlen verziert, die an den Handgelenken eng zugeschnittenen Ärmel mit Blüten aus silbrig glänzenden Fäden bestickt. Ida konnte sehen, wie Rosina das erste von mehreren, ebenso dunkelroten Bändern nahm und in ihre Haare flocht.

»Heute Morgen hat mich Dorothea zum ersten Mal angelächelt. Ist das nicht wundervoll?«, freute sich Rosina.

»Ist es. Und jetzt bist du diejenige, die mich das zum zehnten Mal fragt«, spöttelte Ida gutmütig.

Luisa klatschte begeistert in die Hände, als sie Idas ansichtig wurde.

»Wie wunderhübsch du aussiehst!«

Nachdem Basilius und Rosina wegen ihrer neugeborenen Tochter die Einladung zum Abschiedsfest abgelehnt hatten, holte nun Blasius Ida mit der Kutsche ab.

Ida strahlte. »Und du bist noch schöner«, sagte sie mit Blick auf das himmelblaue Seidenkleid ihrer Freundin. »Wo sind deine Eltern und Sebastian?«

»Sie sind schon im Sommerhaus, die ersten Gäste empfangen. Und Sebastian plant seinen und Kaspars Auftritt, eitel wie er ist«, antwortete Luisa, während Blasius Ida in die Kutsche half.

»Was hast du dort drin?«, fragte Luisa neugierig und zeigte auf die kleine, farblich zu Idas Kleid passende Tasche, die am Gürtel hing.

»Abschiedsgeschenke für deinen Bruder und Kaspar. Und nein, mehr verrate ich dir nicht«, lachte Ida, die die unausgesprochene Frage von Luisas Gesicht ablesen konnte.

Blasius ließ den Fuchs antraben, und wenig später fuhren sie durch das Tiergärtnertor und weiter in westliche Richtung. Die Julisonne strahlte von einem hellblauen Himmel, kein Wölkchen war zu sehen. Ida blieb der Mund vor Erstaunen offen stehen, als sie das Tor zum Sommerhaus passierten, das einem Schloss glich. Vom Haupteingang führten verschiedene Wege zwischen ordentlich und gleichmäßig angelegten Blumenbeeten und gestutzten Hecken durch den herrlichen Garten. Scheinbar zufällig standen hier und da erlesene Skulpturen, hießen die Besucher willkommen, doch bei genauerem Hinsehen folgte ihre Aufstellung einem Muster, wie der gesamte Garten. Wasserspiele erfreuten das Auge des Betrachters mit ihren kunstvollen Brunnen. Ida betrachtete einzelne sorgfältig beschnittene Heckenstücke und erkannte entzückt darin eine Sonnenuhr.

Der Kutscher brachte das Pferd zum Stehen und half den

Mädchen beim Aussteigen. Die zweiflügelige Eingangstür des Sommerhauses stand offen und gab den Weg frei zur großen Halle mit ihrem Sternrippengewölbe, dessen Schlusssteine das Imhoff'sche Wappen zierten. Ein großes Fenster zeigte eine beeindruckende Glasmalerei, die Mariä Empfängnis darstellte. Von der großen Halle führte eine Steintreppe in die Obergeschosse mit den Wohn- und Schlafräumen und einem prunkvollen Festsaal. Nachdem Ida Luisas Eltern höflich begrüßt und sich noch einmal für die Einladung bedankt hatte, nahm Luisa sie an die Hand und zerrte sie zu einer steinernen Bank im Schatten eines Baumes.

»Das ist der beste Platz«, sagte Luisa, »von hier überblickt man fast den ganzen Garten.«

»Ich kann mich kaum sattsehen«, antwortete Ida, die immer wieder Neues entdeckte.

Luisa winkte einem Dienstmädchen. »Bring uns verdünnten Wein.«

»Wie viele Menschen haben die beiden denn eingeladen?«, fragte Ida und deutete mit dem Kinn auf die herbeiströmenden Leute.

»So wie es den Anschein hat, sämtliche Kaufmannsfamilien, neben Räten, Ärzten und dem Reichsschultheißen.«

»Ich dachte, es ist ein Abschiedsfest für die Jungen.«

»Jedes Fest wird genutzt, um Dinge, die die Stadt und den Handel betreffen, zu besprechen.«

Luisa deutete verstohlen auf verschiedene Familien und nannte Ida ihre Namen. Behaim, Ebner, Haller, Kreß, Holzschuher, Tucher, Peller.

»Ich sehe Elisabeth Welser«, raunte Ida und verdrehte die Augen.

»Und dort kommt Gabriela Heim.«

»Fehlt nur noch Paula«, murrte Ida und nahm dankend das Glas Wein entgegen.

»Und da ist sie schon. Herausgeputzt wie ein Pfau.«

»Nicht mehr als die anderen beiden auch«, meinte Ida mit Blick auf die übertrieben mit Goldfäden gewirkten und edelsteinbesetzten Kleider der drei Mädchen. »Allerdings ein humpelnder Pfau«, fügte sie gehässig hinzu, was Luisa ein Kichern entlockte.

»Sie sehen aus, als wären sie am Englischen Hof eingeladen. Gabriela trägt ein Kleid von Elisabeth, ich kenne es. Ihr Vater könnte sich ein solch teures Stück nicht leisten, selbst nicht als Arzt.« Luisa nippte an ihrem Wein.

»Wo sind eigentlich Sebastian und Kaspar?«, wollte Ida wissen und ließ ihre Augen durch die Menge schweifen. Inzwischen tummelten sich überall Menschen auf den Gartenwegen, Stimmengemurmel lag in der Luft, durchbrochen von manch schrillem Frauengelächter.

»Ich sagte doch, mein Bruder plant den großen Auftritt und wartet sicher, bis alle Gäste eingetroffen sind.«

Vergnügt saßen sie nebeneinander, genossen die sommerliche Wärme und tranken ihren verdünnten Wein.

»Weißt du, du bist mir eine so liebe Freundin geworden«, sagte Luisa nach einer Weile. »Ich meine, die anderen Mädchen, abgesehen von den dreien dort drüben«, sie nickte in Richtung Gabriela, Paula und Elisabeth, »sind auch sehr nett, aber mit dir kann ich meine Gedanken teilen.«

Ida traten vor Rührung die Tränen in die Augen.

»Ich bin froh, dass wir uns kennen, Luisa. Ich mag dich sehr und auch deine Familie, vor allem deine Mutter. Durch sie habe ich Zugang zur Malerei gefunden, das wäre mir nie beschieden gewesen, lebten meine Eltern noch. Ich denke oft an sie, aber es tut nicht mehr so weh. Und das habe ich dir zu verdanken.« Sie griff nach Luisas Hand und drückte sie fest.

»Ich denke, wir sollten zurückgehen, die meisten Gäste sind jetzt da«, sagte Luisa nach einer Weile einträchtigen Schweigens.

Kaum standen sie bei Luisas und Kaspars Eltern, erklangen Hufschläge, und Sebastian und Kaspar ritten auf glänzenden Rappen, deren Zaumzeug mit Silber beschlagen war, durchs Tor. Auf ihrem Kopf trugen sie schwarze Samtbarette, über den weißen mit Spitzen besetzten Hemden, schwarze und mit Silberfäden bestickte Wämser, dazu passende kurze gepolsterte Hosen – Heerpauken genannt – und weiße lange Strümpfe. Zur Heerpauke gehörte ein auffälliger Hosenlatz, wie es die Mode war, die Braguette. Die Schamkapsel aus silbernem Stoff hob sich deutlich von der schwarzen Hose ab. Die Beine steckten in hohen schwarzen Lederstiefeln.

Luisa stieß Ida an und flüsterte ihr ins Ohr. »Die Braguettes sind ein bisschen übertrieben, oder nicht?« Ida nickte und kicherte leise.

Unter dem Beifall und den entzückten Ausrufen der Gäste passagierten die jungen Männer zum Eingang und platzierten sich rechts und links davon. Zwei Diener eilten herbei, reichten den Reitern ein Glas Wein, wobei Kaspar aufpassen musste, nichts zu verschütten, denn der Rappe war unruhig und wollte nicht stillstehen. Sebastian wechselte einen Blick mit seinem Vater, der ihm kurz zunickte, dann wandte er sich an die Geladenen.

»Willkommen in unserem Garten, verehrte Gäste. Mein guter Freund Kaspar Kammermeister und ich sind hocherfreut, so viele von Euch noch einmal zu sehen, bevor sich unsere Wege für eine Weile trennen werden. So esset und trinket auf unser Wohl und tanzt bis spät in den Abend hinein.«

Zeitgleich erhoben er und Kaspar die Gläser und tranken, während die Menge ihnen zujubelte. Kaspars Pferd schnaubte und tänzelte weiter unruhig auf der Stelle. Als der Diener sich näherte, um Kaspar das Glas abzunehmen, stieg der Rappe, und Ida blieb beinahe das Herz stehen. Doch Kaspar gelang es scheinbar mühelos, sein Reittier so weit zu beruhigen, dass es wieder mit allen vieren auf dem Boden stand. Er lehnte sich nach vorn und klopfte ihm den schweißglänzenden Hals.

»Du bist ja ganz blass, ist dir nicht wohl?«, sagte Luisa leise zu Ida.

»Es ist nichts, ich habe mich nur erschrocken.«

»Du denkst an deinen Vater, nicht wahr?«

Ida nickte unmerklich.

»Du musst keine Angst haben, Kaspar ist ein vortrefflicher Reiter, sonst hätte mein Vater ihm niemals erlaubt, auf Vespasian zu steigen.«

Die beiden jungen Männer schwangen sich aus dem Sattel und übergaben die Pferde an Stallburschen, die sie auf die Rückseite des Sommerhauses zu den Stallungen brachten. Dann gesellten sie sich zu ihren Eltern und den beiden Mädchen.

»Ida, Luisa, was für hübsche Kleider«, lobte Kaspar.

»Ausnahmsweise muss ich dir recht geben, mein Freund«, spöttelte Sebastian, »ihr beide seht wirklich entzückend aus.«

Ida nahm ihre Tasche vom Gürtel und förderte zwei in Leinen eingeschlagene Päckchen hervor, eines umschlungen mit einem grünen, das andere mit einem blauen Band.

»Ich habe für jeden ein kleines Geschenk«, sagte sie und wurde rot, als sie Kaspar das Päckchen mit dem blauen Band gab.

»Wie nett von dir. Schwester, warum bekommen wir von dir keine Geschenke?«, fragte Sebastian und setzte eine strenge Miene auf.

»Sei nicht albern, als ob du mir jemals etwas geschenkt hättest«, erwiderte Luisa. »Nun macht schon auf, ich sterbe vor Neugierde.«

Zwei Spanschachteln kamen zum Vorschein. Kaspars bemalt mit einem Äskulapstab, Sebastians zeigte einen überquellenden Münzbeutel.

»Kaufmann und Arzt, sehr aufmerksam«, zollte Sebastian Ida Anerkennung.

»Du hast die Schachteln selbst bemalt, nicht wahr? Sie sind dir wirklich gelungen«, lobte Kaspar.

»Oh, Gott segne dich, Ida«, stieß Sebastian begeistert hervor, »in den Schachteln ist Zuckerwerk. Kaspar, sieh nur, ein Schornsteinfeger und ein Schutzengel.«

Kaspar hob den Deckel der Spanschachtel und sah hinein. Zwei kunstvoll gearbeitete Figuren aus gefärbtem Zucker lagen darin, dazwischen eine getrocknete Rosenblüte. Er verschloss die Schachtel und lächelte Ida an. »Bei mir ist dasselbe drin«, sagte er zu Sebastian, und Ida war dankbar, dass er die Rosenblüte nicht erwähnte. Jetzt war es ihr peinlich, dass sie die Blume hingetan hatte.

»Wo gibt es solche Figuren zu kaufen?«, fragte Luisa.

»Mein Onkel hat sie für mich in Würzburg erstanden. Dort gibt es den besten Zuckerbäcker weit und breit, behauptet er. Angeblich genießt er bei Fürstbischof Julius Echter hohes Ansehen«, erzählte Ida.

»Wie heißt der Mann? Ich werde ein Vermögen bei ihm loswerden«, meinte Sebastian.

»Simon Reber, sagt Onkel Basilius. Dein Vater, Kaspar, kennt ihn sicher auch. Der Bäckermeister backt für das Juliusspital, wo ein Freund deines Vaters ein und aus geht.«

»Ida spricht von Johannes Posthius, mein Sohn«, mischte sich Joachim Camerarius ein, der die letzten Sätze auf dem Weg in die Halle gehört hatte.

»Der Engel schmeckt nach Safran.« Genüsslich leckte Sebastian sich die Lippen. Dann brach er ein Stück des Schornsteinfegers ab. »Und der Glücksbringer nach schwarzen Johannisbeeren.«

»Ich werde mir das Zuckerwerk aufbewahren, bis ich es in Ruhe genießen kann«, sagte Kaspar.

»Lieber nicht, es hält nicht allzu lange, vor allem nicht an einem solch warmen Tag«, riet Ida.

»Wenn du es nicht willst, dann esse ich es«, lachte Sebastian und griff nach Kaspars Schachtel.

»Nimm deine gierigen Finger weg.« Es entstand eine spielerische Rangelei.

»Kaspar, ich habe dir etwas mitgebracht, damit du mich nicht vergisst.« Gabriela hatte sich ihnen genähert.

»Noch ein Geschenk«, freute sich Kaspar.

»Was meinst du mit *noch?*«, fragte Gabriela.

»Ida hat mir das hier gegeben«, erwiderte er und zeigte ihr die Schachtel.

»Eine bemalte Spanschachtel, wie einfallsreich«, höhnte Gabriela. »Das ist nichts gegen mein Geschenk.« Sie reichte ihm ein rotes Säckchen aus Samt, während Luisa Ida unauffällig an der Hand berührte und ihr einen mitfühlenden Blick zuwarf.

Kaspar nahm das Säckchen entgegen, schnürte es auf und ließ den Inhalt in seine linke Hand gleiten. Eine Gemme an einer dünnen Kette lag darin. Er nahm sie auf und betrachtete sie eingehend. Gabriela sah ihn erwartungsvoll an.

»Das bist du«, stellte er fest. In den Rosenquarz war eine Seitenansicht von Gabrielas Gesicht geschnitten, eine wirklich feine Arbeit des Steinschneiders.

»Und, gefällt sie dir?«

»Kaspar, ich wusste gar nicht, dass du schon eine Liebste hast. Du musst ihr Bild immer am Herzen tragen, hoffentlich ist die Kette lang genug«, spottete Sebastian und fing an zu lachen. Ida und Luisa fielen ein.

Gabriela wurde rot vor Wut und Scham, machte auf dem Absatz kehrt, hob ihr Kleid an und rannte in den Garten. Kaspar stammelte Unverständliches, stieß Sebastian vor die Brust und lief ihr hinterher.

»Gabriela, so warte doch.« Dann verschwanden beide hinter den gestutzten Hecken und waren nicht mehr zu sehen. Die verbliebenen drei sahen sich schulterzuckend an.

»Nach dem Zuckerwerk brauche ich jetzt doch etwas Würziges«, meinte Sebastian und rieb sich den Bauch. »Es gibt jede Menge Köstlichkeiten. Gebratene Rebhühner, Lammbraten, Wildbret und Fisch.«

»Ich habe noch keinen Hunger«, sagte Ida, »ich möchte mir lieber den Garten ansehen.«

»Mir knurrt zwar der Magen, aber ich kann dich trotzdem begleiten«, bot Luisa an.

Ida lehnte ab. Die meisten Gäste waren inzwischen in die große Halle geströmt, und Ida genoss die Ruhe. Wo immer sich die Gartenwege kreuzten, gab es große tönerne Gefäße mit Bäumchen darin. Neugierig betrachtete sie die glänzenden, lederartigen Blätter eines dicht belaubten Baumes und roch an den winzigen weißen Blüten. Der Duft war unbeschreiblich. Frisch und fruchtig, aromatisch. Sie entdeckte kleine, noch grüne rundliche Früchte. Mit geschlossenen Augen verharrte sie an der Pflanze, gab sich ganz dem wunderbaren Geruch hin. Dann drangen Stimmen an ihr Ohr.

»Dein Geschenk ist doch viel schöner und kostbarer als eine bemalte Schachtel von dieser Ida.« Eindeutig Paula.

»Gräm dich nicht, Gabriela. Kaspar hat doch gesagt, ihm gefalle die Gemme und er werde sie stets tragen. Weiß er nicht, dass ihr einander versprochen seid?«, hörte sie Elisabeth sagen.

Ida stockte der Atem. Offenbar waren die drei Mädchen unter sich. Kaspar musste zum Sommerhaus zurückgegangen sein.

»Ich bin nicht sicher, meine Mutter redet davon, aber Kaspar hat noch nie darüber gesprochen«, erwiderte Gabriela kläglich. »Seit dieses Handwerksbalg aufgetaucht ist, hat sich Kaspar von mir entfernt. Früher haben wir viel mehr Zeit miteinander verbracht, heutzutage ist er lieber mit den Imhoffs zusammen, und immer ist dieses elende Fratzengesicht dabei. Manchmal wünsche ich mir, sie wäre tot.«

Ida hielt sich die Ohren zu und floh in die hinterste Gartenecke. Zwischen Nadelbäumen, deren Namen sie nicht kannte, ließ sie sich im Gras nieder, achtete nicht darauf, ob sie ihr Kleid beschmutzte. Dann begann sie zu weinen. Irgendwann versiegten die Tränen, doch sie traute sich nicht, zum Sommerhaus zu gehen. Was sollten die anderen von ihr denken? Am besten schien es ihr, sich aus dem Garten zu schleichen und zu versuchen, Blasius zu finden. Der Kutscher würde sie sicher nach Hause fahren, wenn sie ihn darum bat. Sie stemmte sich hoch, wischte einige Grashalme von ihrem Kleid. Unentdeckt gelangte sie zu den Stallungen und fand Blasius, der mit einem Pferdeknecht sprach.

»Vespasian schwitzt immer noch, du solltest ihn führen.«

»Ich rühr diesen Teufelsgaul nicht an, der ist unberechenbar«, erwiderte der Knecht unwirsch. »Er hat mich kaum in seine Box gelassen.«

»Ranulf, er ist nur aufgeregt, nichts weiter«, seufzte Blasius. Dann erblickte er Ida. »Was ist mit dir? Solltest du nicht bei Luisa sein?«

»Kannst du mich nach Hause bringen?«, bat Ida.

»Ich kann nicht ohne Erlaubnis anspannen und losfahren«, erklärte Blasius. »Möchtest du mir erzählen, was geschehen ist?«

Ida schüttelte den Kopf, sah zu Boden und schniefte.

»Gut, warte hier. Ich suche Luisas Vater und bitte ihn um Erlaubnis. Trotzdem solltest du nicht einfach verschwinden, ohne dich zu verabschieden.« Damit ließ Blasius sie stehen und machte sich auf den Weg. Der Pferdeknecht kümmerte sich nicht weiter um sie und verschwand in die Sattelkammer. Vorsichtig näherte sich Luisa dem Rappen, den Kaspar geritten hatte. Sie erkannte ihn an dem weißen Stern auf der Stirn, den Sebastians Pferd nicht besaß. Nervös prustete der Hengst durch die geblähten Nüstern und rollte mit den Augen.

»Du bist auch traurig, nicht wahr? Bestimmt möchtest du weg von hier, so wie ich. Niemand versteht, warum wir aufgeregt sind«, sprach sie leise zu Vespasian. »Weißt du, ich bin eine Närrin. Kaspar sieht in mir ein Kind, nun ja, das bin ich auch. Und doch wieder nicht. Ich mag ihn sehr«, vertraute sie dem Pferd an, das nun den Kopf neigte und vorsichtig an ihren Haaren schnupperte. Wie von selbst hob sich ihre Hand und streichelte die samtweiche Nase. Es tat wohl, dem Tier ihre Gedanken anzuvertrauen, und auch Vespasian entspannte sich zusehends. »Du hattest Angst vorhin, nicht wahr? Jeder andere Reiter hätte dich bestimmt geschlagen oder dich mit den Sporen gepeinigt, aber nicht Kaspar. Er ist anders. Einfühlsam und freundlich. Er wird einmal ein guter Arzt werden. Ich mag ihn sehr. Wenn ich mir vorstelle, dass er eines Tages Gabriela zur Frau nimmt …«

»Ida, hier steckst du. Ich habe dich schon gesucht«, unterbrach Luisa sie. »Gleich beginnen die Musikanten aufzuspielen und … Hast du geweint?«

»Ja, aber mir geht es schon wieder besser.« Abwesend streichelte sie den Rappen weiter, der dies mit halb geschlossenen Augen genoss.

»Du willst nicht darüber reden«, stellte Luisa fest. Dann verzogen sich ihre Mundwinkel zu einem Lächeln. »Er mag dich.«

»Kaspar? Wirklich?« Idas Herz tat einen kleinen Sprung.

»Ich meine das Pferd. Vespasian. Es gibt nicht viele Menschen, die er in seine Nähe lässt.« Aus dem Lächeln wurde ein verschmitztes Grinsen. »Du schwärmst für Kaspar.«

»Nein.«

»Doch, tust du. Wollen wir jetzt in die Halle gehen?«

»Ich weiß nicht«, antwortete Ida zögernd.

»Ranulf, spann den Fuchs an«, rief Blasius laut, der gerade zurückkam.

Luisa sah Ida scharf an. »Du wolltest verschwinden.«

»Ja«, gestand Ida, »aber jetzt möchte ich doch bleiben, wenn ich darf.«

Luisa stupste sie gegen den Oberarm. »Natürlich.«

Blasius murmelte etwas von Kindern, die nicht wussten, was sie wollten, und warf die Hände in die Luft. »Ranulf, vergiss, was ich gesagt habe.«

Die Musiker spielten zum ersten Tanz auf, eine Gaillarde. Ida stand im Hintergrund an eine Säule gelehnt und sah zu. Sie beherrschte nur die Voltaschritte. Ihr Magen zog sich zusammen, als sie beobachtete, wie Kaspar Gabriela mit einer eleganten Verbeugung aufforderte. Gabriela nutzte jede Gelegenheit, ihm etwas zuzuflüstern, und Kaspar schien es zu gefallen, denn er lachte.

»Ich glaube, sie ist in meinen Bruder verliebt«, raunte Luisa, die sich zu ihr gesellte. »Möge Gott verhüten, dass dieses hinterhältige Eselsgehirn in unsere Familie einheiratet«, sagte sie und nickte zur Tanzfläche, wo sich Sebastian mit Elisabeth drehte.

»Hast du nicht gerade noch getanzt?«

»Ich habe vorgetäuscht, mir wäre schwindlig. Dieser Oswald hat schweißnasse Hände und er stinkt nach Zwiebeln.« Luisa schüttelte sich. »Er ist der jüngste Sohn von Herman Muffel von Eschenau, sein Vater ist reich, er handelt mit Kupfer«, fügte sie hinzu.

Ida nickte abwesend, sie konnte ihre Augen nicht von Kaspar und Gabriela lösen, obwohl der Anblick sie quälte.

»Gleich spielen sie eine Volta, komm, wir gehen nach vorn. Sonst findet dich Kaspar nicht«, flüsterte Luisa mit schelmischem Grinsen.

Seufzend ließ sich Ida von ihrer Freundin mitziehen. »Woher willst du wissen, was die Musiker spielen?«

»Ich habe meinen Vater darum gebeten«, zwinkerte Luisa.

Die Gaillarde war zu Ende, und die Tanzenden klatschten wie die Umstehenden Beifall. Als wieder Ruhe einkehrte, rief Luisas Vater: »Spielt eine Volta«, und sogleich ertönten die ersten Takte der Trommel.

Die Damen versanken in ihren Kleidern, neigten die Köpfe, während die Männer vorbeischritten und ihre Tänzerin auswählten. Hatte Monsieur de Roucher ihnen nicht beigebracht, dass sich die Herren verbeugten und die Damen diese an die Brust stupsten als Zeichen ihrer Wahl? Ida beeilte sich, es den anderen Frauen gleichzutun. Jemand versuchte, Ida zur Seite zu drängen. Gabriela. Ida versetzte ihr einen Ellbogenstoß, sodass Gabriela empört nach Luft rang. Dann berührte eine Hand sachte ihre Schulter, und ihr Herz schlug rasend schnell vor Aufregung. Sie hob den Kopf und blickte in Kaspars haselnussbraune Augen. Er reichte ihr die Hand, und sie erhob sich, nicht ohne Gabriela einen vernichtenden Blick zu schenken. Augenblicke später stimmten die Streichinstrumente in den Takt der Trommel ein. Ida war froh, zu Hause in ihrer Kammer oft die beschwingten Schritte geübt zu haben. Ihr Körper hatte nichts vergessen, und sie bewegte sich im Einklang mit der Musik. Das Herzrasen ließ nach, und sie genoss den Tanz, jauchzte leise, als Kaspar sie in die Höhe hob und ihre Röcke um die Beine schwangen. Viel zu früh war die Volta zu Ende, Kaspar verbeugte sich dankend vor ihr und zog sein Barett vom Kopf.

»Ich sehe mein Versprechen als eingelöst«, zwinkerte er, setzte seine Mütze wieder auf die dunklen Haare und verschwand in der Menge.

Ida sah sich suchend nach Luisa um, doch sie war nirgends zu entdecken. Das Tanzen hatte sie zum Schwitzen gebracht, und sie beschloss, in den Garten zu gehen. Die Dämmerung hatte bereits eingesetzt, und die Hitze des Tages ließ langsam nach. Die frische Luft duftete süß und würzig, und Ida atmete tief ein. Langsam schlenderte sie die Wege entlang, bis sie zu einem Wasserspiel gelangte. Diesen Teil des Gartens hatte sie noch nicht gesehen. Inmitten des Teichs befand sich eine kleine kreisrunde Insel, aus dem Maul eines steinernen Fischs floss ein Wasserstrahl. Am unteren Ende des eingefassten Weihers sah Ida eine Grotte mit einem kleinen Springbrunnen, flankiert von zwei Statuen. Das Plätschern wirkte beruhigend, und die aufsteigende Kühle fühlte sich angenehm auf ihrem erhitzten Gesicht an. Ida ließ sich am Rand nieder und tauchte ihre rechte Hand in das frische Nass, bewegte sie mit gespreizten Fingern hin und her. Plötzlich erhielt sie einen Stoß in den Rücken und fiel kopfüber in den Teich. Schwimmen hatte sie nie jemand gelehrt. Sofort drang Wasser ihr in Mund und Nase, Panik ergriff einen Augenblick lang von ihr Besitz, und sie strampelte heftig. Dann spürte sie Boden unter den Füßen und richtete sich auf. Das Wasser reichte ihr nur bis zur Hüfte. Würgend und hustend watete sie zum Rand und begann vor Erleichterung zu weinen.

»Gelobt sei der Herr«, schluchzte sie. Ihr Kleid hatte sich mit Wasser vollgesogen und war schwer geworden. Mühsam stemmte sie sich aus dem Weiher. Erschöpft blieb sie sitzen. Schritte waren zu hören, kraftlos wandte sie den Kopf. Mehrere Diener verteilten entzündete Fackeln im Garten, um ihn in der aufstrebenden Dunkelheit zu erleuchten. Feuerschein fiel auf die Wasseroberfläche und Ida.

»Mädchen. Was tust du da?«, fragte einer der Diener. Der Mann war groß und kräftig, hatte einen dichten Bart, und unter seinen dichten Brauen lugten besorgte Augen hervor. »Komm, ich helfe dir.« Er steckte die Fackel in eine eiserne Halterung, bot ihr die Hand an und zog sie auf die Füße.

»Der Tümpel ist nicht zum späten Baden vorgesehen, auch wenn es warm ist.«

Ida murmelte einen Dank.

»Soll ich dich zum Haus bringen?«, fragte der Bärtige.

Ida nickte niedergeschlagen. »Gibt es einen Weg, ungesehen dorthin zu kommen?«

»Die meisten Gäste tanzen noch, die übrigen frönen dem Wein. Es wird dich keiner bemerken«, gab der Diener zurück.

Er schlug einen Weg am Rande des Gartens ein, der zur linken Seite des Sommerhauses führte, gesäumt von hohen Hecken und Sträuchern. Niemand bemerkte sie. Durch eine Tür gelangten sie in einen Vorratsraum, wo sich Wein- und Bierfässer stapelten.

»Man wird dich sicher vermissen, Mädchen. Du solltest in die Halle gehen«, riet der Mann.

»Auf keinen Fall. Mein Kleid ist klatschnass«, widersprach Ida. »Könnt Ihr Luisa Imhoff suchen und sie zu mir schicken?«

»Na schön, wartet hier.«

Es dauerte nicht lange, und Luisa kam gemeinsam mit ihrer Mutter in den Lagerraum.

»Der Diener sagte, er hätte dich am Wasserspiel gefunden. Bist du hineingefallen?« Bestürzt musterte Ursula Imhoff sie. Auch Luisa schien ihren Augen nicht zu trauen, als sie das durchweichte Kleid sah.

»Jemand hat mich gestoßen«, antwortete Ida und begann zu zittern. Hier drin war es kühl, und der nasse Stoff klebte an ihrem Körper.

»Wer sollte so etwas tun? Komm, du musst erst einmal etwas Trockenes anziehen, sonst wirst du noch krank«, sagte Luisas Mutter, die vorausschauend einen Umhang mitgebracht hatte, den sie Ida nun um die Schultern legte. »Drin finden wir sicher etwas für dich. In Luisas Schlafstube steht ein großer Schrank, angefüllt mit Schuhen und Kleidern.«

»Ich möchte nicht hinein, kann ich bitte nach Hause?«, flehte Ida, die vermeiden wollte, durch die große Halle zu gehen, wo die einzige Treppe zu den oberen Räumen führte. Niemand sonst sollte sie in diesem Zustand sehen.

»Luisa, geh zu Blasius, er soll anspannen, ich muss wieder zu den Gästen.«

»Seid bedankt«, sagte Ida erleichtert.

»Bevor ich gehe, mein Kind. Wer hat dich gestoßen? Und warum?«

»Ich weiß es nicht«, antwortete sie. Doch in Wahrheit war sie sich fast sicher, Paulas Lachen gehört zu haben, bevor sie unter Wasser getaucht war.

1597

Ida

»Onkel Basilius, ich muss dir unbedingt erzählen, was Meister Straub heute zu mir gesagt hat.«

Aufgeregt tanzte Ida um den Apotheker herum. Vor einigen Wochen war sie sechzehn geworden und hatte die Lateinschule abgeschlossen. Inzwischen beherrschte sie zufriedenstellend die alte Sprache der Römer und war Basilius eine große Hilfe im Laboratorium. Besler widmete sich mehr und mehr seinen Chemiatrika und war dabei, einen Katalog zu erstellen, während Ida sich um den Wareneinkauf für die Apotheke kümmerte. Kräuter, Mineralien, Öle und Fette, Gefäße aller Art. Ida vermisste zwar die täglichen Treffen mit Luisa Imhoff in der Schule, doch einmal in der Woche, meist nach dem Kirchgang, machte sie sich auf den Weg zum Haus der Imhoffs.

Im Juli des vergangenen Jahres war Rosina verstorben. Die Frau ihres Onkels hatte sich im Garten an Rosendornen verletzt. Es waren nur ein paar Kratzer gewesen, doch wenige Tage später hatte sie Fieber bekommen, und ein seltsamer roter Streifen war an ihrem linken Unterarm erschienen, der schnell weiter nach oben gewandert war. Rosinas Puls und Atmung waren schnell und flach gewesen, und Ida war durch die Gassen gerannt, um Kaspars Vater zu holen. Doch der Arzt hatte ihrer Tante nicht helfen können.

Basilius hatte nur wenige Monate später, zu Beginn der Adventszeit, wieder geheiratet. Susanna Schmidt war nur fünf Jahre älter als Ida, und Ida mochte die stille junge Frau, die sich rührend um ihre Stiefkinder Dorothea und Michael kümmerte. Die kleine Auguste, Rosinas drittes Kind, war nicht einmal ein Jahr alt geworden. Von einem Tag auf den anderen hatte das Mädchen heftiges Fieber bekommen und sich erbrochen. Nur wenige Stunden später war der kleine Körper stocksteif geworden, und Auguste hatte keine Regung mehr gezeigt. Drei Tage später war sie gestorben.

»Setz dich hin, du wirfst noch irgendetwas um«, brummte Basilius und brachte einen Glaskolben in Sicherheit. Dann räumte er langsam und bedächtig zwei Bücher zur Seite und nahm auf einem Hocker Platz.

Ida zwang sich zur Ruhe, schob eine Haarsträhne hinter ihr linkes Ohr.

»Nun, was sagt Meister Straub?«, erlöste Basilius sie.

»Wenzel hat mir vorgeschlagen, für ihn zu arbeiten. Ist das nicht wunderbar? Er sagt, es gibt immer mehr Käufer, die sich für Blumenbilder interessieren, vor allem Frauen. Zur Verschönerung ihres Heims. Und ich soll diese Bilder malen. Er hat dafür keine Zeit, weil die Porträtmalerei ihn zu sehr beschäftigt. Der Aufwand ist viel größer, und die Ölfarben brauchen Tage, bis sie trocken sind«, sprudelte sie hervor. »Ich kann mein eigenes Geld verdienen. Die Malerordnung hat nichts dagegen, solange ich nur mit Aquarellfarben male. Vielleicht kann ich auch andere Frauen in der Malerei unterweisen und meinen Lohn damit aufbessern. Obwohl Wenzel nicht schlecht bezahlt. Das könnte mir gefallen ...«

»Ida, du hast genug Pflichten in der Apotheke und im Haushalt übernommen. Dorothea ist erst fünf, Michael erst drei Jahre alt. Wie stellst du dir das vor, wenn du für Straub Bilder malst?«, unterbrach Basilius ihren Wortschwall.

Ernüchtert sah sie ihn an.

»Stell endlich eine Kindsmagd ein, ich gebe auch vier Gulden im Jahr dazu. Außerdem kümmert sich Susanna meist um die beiden. Kannst du dich nicht für mich freuen? Du wolltest doch, dass ich diesen Weg bestreite. Und damals, als du mich aufgenommen und zur Schule geschickt hast, sagtest du zu Rosina, ich solle bei ihm in die Lehre gehen, damit ich später einmal meinen Lebensunterhalt verdienen kann. Ich kann mich noch sehr gut daran erinnern.«

»Aber natürlich freue ich mich, aber …«

»Aber? Es gefällt dir einfach nicht, dass ich erwachsen werde. Ist es nicht so? Ich lebe hier wie ein Hund an der Kette. Gerade einmal zu Wenzel darf ich allein gehen oder zu Luisa. Im letzten Jahr durfte ich nur in deiner Begleitung zur Kirchweih und zum Christkindlesmarkt«, ereiferte sie sich. »Seit zwei Jahren bin ich *pubes plene*, volljährig, und in einigen Jahren *major*, großjährig, Onkel. Vielleicht ziehe ich dann ins Haus meines Vaters und eröffne eine eigene Malwerkstatt. Mit Hans werde ich mir sicher einig.«

Basilius vergrub sein Gesicht einen Augenblick in den Händen, dann fuhr er sich durch die Haare. »Du bist wie deine Mutter. Widerspenstig und sturköpfig«, seufzte er. »Ida, ich will dich doch nur schützen.«

»Wovor?« Verständnislos schüttelte sie den Kopf, die dicken langen Haare schwangen wie ein dichter Schleier um ihre schmalen Schultern.

»Vor dir selbst. Du bist sorglos und glaubst an das Gute. Doch es gibt auch Menschen, die Böses im Schilde führen …«

»Ich weiß, die drei Mädchen haben mir lange genug das Leben schwer gemacht«, fiel sie ihm ins Wort.

»Spürst du denn die begehrlichen Blicke nicht, die Männer dir zuwerfen? Weißt du denn nicht, wie schön du bist?

Deswegen möchte ich nicht, dass du allein zu Festlichkeiten gehst. Und es gehört sich auch nicht.«

Pfeifend stieß Ida die Luft aus, dann lächelte sie. »Wirklich? Du findest mich hübsch?«

»Nicht nur ich. Beim Bierfest im Mai erreichte mich das eine oder andere Heiratsangebot.«

Jedes Jahr feierten die vielen Brauereien der Stadt im Schatten der Burg. Nürnbergs Räte wachten über die Brauordnung, entschieden über die Güte der Biere und legten die Preise fest. Bier war das Getränk des armen Mannes, weil es viel günstiger als Wein war, doch auch den Bürgern der Oberschicht mundete das Gerstengebräu, das in den tiefen Felsenkellern gärte.

»Ich hoffe, du hast abgelehnt«, meinte Ida. »Mir steht nicht der Sinn nach heiraten.«

»Irgendwann musst auch du unter die Haube. Es gibt einige junge und wohlhabende Söhne, die ein Auge auf dich geworfen haben. Aber sei unbesorgt, ich habe sie höflich abgewiesen mit dem Hinweis, du seist noch nicht reif für die Ehe. Und das war nicht gelogen«, spottete er.

Erleichtert lächelte Ida ihren Onkel an. »Darf ich nun bei Wenzel arbeiten?«

Besler seufzte. »Wenn es dein Herzenswunsch ist, dann gebe ich dir meinen Segen.«

Stürmisch fiel sie ihm um den Hals, Basilius wich peinlich berührt zurück.

»Mäßige dich, Kind, auch das gehört sich nicht.«

Luisa

Sorgfältig prüfte Luisa die Stoffe. Seitdem sie die Schule beendet hatte, lernte sie im Handelshaus ihrer Familie. Ihre Aufgabe war es, die von den Webern gelieferte Ware auf Fehler zu untersuchen. Gebrochene Fäden und andere Unregelmäßigkeiten kamen immer vor, und diese Stücke hatte sie auszusortieren. Imhoff kaufte die Rohware und schickte sie an die Handwerker, um sie spinnen, weben und färben zu lassen. Diese wiederum erhielten für jedes gefertigte Stück ihren Lohn. Waren schlecht gewebte Teile dabei, wurden diese nicht oder nur zum Teil bezahlt.

Die Arbeit war anstrengend für die Augen, trotzdem fand Luisa Freude daran. Sie liebte das Gefühl der Barchent-, Seiden- und Baumwollstoffe zwischen ihren Fingern und erfreute sich an den Mustern der Brokate. Schnell hatte sie gelernt, worauf sie achten musste, um ihre Lehrmeisterin Hildegund zufriedenzustellen.

»Luisa, ist die Ware in Ordnung?«, wollte Hildegund wissen.

»Nicht alles. Zwei Ballen weisen grobe Fehler auf«, Luisa deutete auf zwei dunkelblau eingefärbte Tuchballen.

»Wer hat sie gebracht?«

»Jakob Weber«, antwortete Luisa.

»Schon wieder«, schnaubte Hildegund. »Nun, du wirst ihm sagen, dass er dafür keinen Pfennig bekommt, und wenn er noch einmal schlechte Ware liefert, werden wir einen anderen Weber beauftragen.«

Jakob Weber drehte seine Mütze in den Händen, als er im Kontor vor Luisa stand, und sah zu Boden.

»Zwei deiner Ballen sind schlecht, ich kann sie so nicht verkaufen«, sagte Luisa mit fester Stimme. »Deshalb werde ich dir dafür kein Geld geben.«

»Ich habe fünf Mäuler zu stopfen und zwei Weberinnen zu bezahlen, ich brauche das Geld. Ihr könntet mir die Hälfte geben«, schlug Jakob vor und blickte ihr ins Gesicht.

»Dann sag deinen Weberinnen, sie sollen sich mehr Mühe geben. Es ist nicht das erste Mal, dass ein Ballen von dir fehlerhaft ist. Es bleibt dabei, dieses Mal gibt es keinen Pfennig. Und wenn es dir nicht passt, dann suche ich einen anderen Weber. An der Unser Herren Bleich gibt es genügend, die froh wären, für unser Haus zu arbeiten. Imhoff kann es sich nicht leisten, minderwertige Stoffe zu verkaufen, wir haben einen Ruf zu verlieren.«

»Bitte«, flehte der Mann, »es wird nicht wieder vorkommen. Meine Frau ist krank, und die Kosten für die Arzneien sind hoch.«

Luisa blieb hart. »Liefere bessere Ware, dann wirst du auch bezahlt. Und jetzt raus mit dir.«

Mit hängenden Schultern verließ Jakob das Kontor, und Luisa blieb mit einem flauen Gefühl im Magen zurück.

»Das hast du gut gemacht«, lobte Hildegund, die im Hintergrund schweigend zugehört hatte. »Nun wird er achtgeben.«

Beim Abendbrot kaute Luisa lustlos an einem Stück kalten Braten.

»Hast du keinen Appetit?«, fragte ihre Mutter. Seit Sebastian nach Bari gegangen war und Luisas Vater wie so oft nicht in Nürnberg weilte, waren Ursula und Luisa allein.

»Ich habe keinen Hunger. Heute musste ich einem Weber sein Geld verweigern«, erzählte sie.

»Du wirst einen Grund dafür gehabt haben.«

»Der Grund heißt Hildegund. Sie hat mir aufgetragen,

Jakob das Geld für zwei Tuchballen zu verweigern, weil sie fehlerhaft waren.«

»Und du bist anderer Meinung?« Ursula Imhoff legte ihr Messer zur Seite und stützte ihr Kinn auf die gefalteten Hände.

»Die Ballen waren nicht von erster Güte, ich habe sie selbst ausgemustert. Trotzdem hat Jakob gearbeitet und sollte wenigstens einen Anteil bekommen. Er hat eine Familie zu versorgen und Arbeiterinnen zu bezahlen.«

»Luisa, die Handwerker müssen ordentliche Ware liefern, um ihren Lohn zu bekommen. So lauten nun einmal die Vereinbarungen.«

»Es hat mir nicht gefallen, diesen armen Mann ohne Geld fortzujagen.« Luisa trank einen Schluck verdünnten Wein und dachte nach. »Es kommt immer vor, dass der eine oder andere Stoffballen fehlerhaft gewoben oder schlecht gefärbt ist. Natürlich kann unser Handelshaus diese nicht an andere Länder und Städte verkaufen. Warum können wir nicht einen Schneider und Näherinnen einstellen und Kleidung für das Volk aus den minderwertigen Ballen herstellen?«

»Du meinst also, dass Bauern und Handwerker in Samt und Seide ihrer Arbeit nachgehen sollen? Glaubst du, ein Rotschmied schwingt seinen Hammer in einem Brokatwams? Wir verkaufen die fehlerhaften Ballen weiter für die Kleidung des niederen Adels. Es ist keineswegs so, dass wir diese Ware vernichten, Luisa.«

»Also machen wir doch Gewinn. Und warum bezahlen wir dann die Arbeiter nicht?«

»Wir verdienen kaum daran. Zuerst haben wir die Kosten zur Beschaffung der Rohware, die sehr hoch sind, weil wir die Ware nicht nur kaufen, sondern auch sichern müssen. Und dann bezahlen wir die Handwerker. Das heißt, wir haben zunächst hohe Ausgaben, bevor wir nur einen Pfennig bekommen.«

Luisa nickte enttäuscht, was ihre Mutter sagte, war einleuchtend.

»Diese Sache geht dir nahe«, fuhr Ursula fort, »das beweist, was für ein gutes Herz du hast. Doch unsere Familie wäre nicht da, wo sie heute steht, wären wir stets nur gutmütig und freigiebig gewesen. Deswegen sind wir reich, sehr reich geworden und können den Menschen mit unseren Stiftungen etwas davon zurückgeben. Immerhin haben deine Vorfahren das Sakramentshaus, den Altar in St. Lorenz und die St. Rochuskapelle gestiftet. Und wie du weißt, vergeben wir Stipendien und übernehmen Pflegschaften, unterstützen die Findelhäuser und das Almosenamt …«

»Ich weiß, Mutter, aber ich sehne mich danach, etwas Eigenes zu schaffen. So wie Ida.«

Kaspar

Seit knapp drei Jahren studierte Kaspar Kammermeister Medizin in Padua, nachdem er ein Jahr an der Hochschule in Altdorf gelernt hatte. Ihm gefielen die Stadt und das Leben in der Republik Venedig. Hier herrschte Aufbruchsstimmung, und die Universität war über die Grenzen hinaus berühmt. Den Professoren wurden viele Freiheiten zugestanden, um neue Erkenntnisse über den menschlichen Körper zu erlangen. Leichen wurden seziert, und zum Tode Verurteilte dienten der Erprobung von Gegengiften. Es wurde ihnen in Aussicht gestellt, freigelassen zu werden, sollten sie den Versuch überleben. Niemand schien sich daran zu stören, dass auf diese Weise das fünfte Gebot und der hippokratische Eid gebrochen wurden. Viele junge Männer aus verschiedenen Ländern folgten dem herausragenden Ruf, den die Universität innehatte. Jeder konnte hier studieren, gleich woher er stammte und woran er glaubte, ob arm oder reich.

Als Kaspar das erste Mal den Palazzo del Bò zu Gesicht bekommen hatte, war ihm vor Ehrfurcht der Mund offen stehen geblieben. Wahrlich ein Palast. Säulengänge über zwei Geschosse säumten einen großen Innenhof, Hunderte, ja Tausende Wappen von Lehrenden und Studenten zierten Wände und Decken, gemalt oder als Relief bedeckten sie deren größten Teil. Die riesige Aula, in welcher die meisten Vorlesungen stattfanden, hatte Kaspar ebenso mit ihren Deckengemälden und in Gold gefassten Wappen zum Staunen gebracht.

»Ich konnte dem neuen Professor kaum folgen«, sagte Matteo Scopolo zu Kaspar, als sie den Hörsaal verließen und hinaus in den sonnenbeschienenen Innenhof traten.

»Zugegeben, ich hatte auch meine Schwierigkeiten, als er Aristoteles widerlegte. Aber er hat recht behalten, alle Körper fallen unabhängig von ihrer Größe gleich schnell. Ich denke, wir werden noch einiges von Professor Galilei hören«, meinte Kaspar.

»Und ich denke, wir haben uns ein Bier verdient«, grinste Matteo.

Kaspar schüttelte den Kopf. »Später, wir sollten lieber die Nase noch in die Bücher stecken.«

Matteo seufzte. »Du bist ein elender Tugendbold, mein Freund, aber du hast wie immer recht. Was würde ich nur ohne dich tun? In der Sonne sitzen, ein kühles Bier trinken und den hübschen Mädchen hinterherpfeifen. Das wäre ganz nach meinem Geschmack. Doch, dem Herrn sei Dank, ich habe dich an meiner Seite. Du hältst mich zum Lernen an und bewahrst mich davor, dass mein Vater mir das Geld streicht.« Theatralisch warf er die Hände in die Luft.

Kaspar lachte. »Komm schon, wir lernen noch drei Stunden, und ich bezahle dafür das Bier.«

»Einverstanden.«

Matteo legte seine handschriftlichen Notizen beiseite und fuhr sich mit gespreizten Fingern durch die schwarzen Haare, die anschließend in alle Richtungen standen.

»Genug für heute. Mir schwirrt der Kopf, Zeit für das versprochene Bier.«

Kaspar klappte sein Buch zu und steckte seine Geldbörse hinter den Gürtel. »Du willst zur Taverne nahe des Gartens der Unverfälschten, nehme ich an.«

»Wie kommst du nur darauf?« Matteo mimte den Unschuldigen.

»Als ob du das nicht wüsstest. Hält sich dort vielleicht das Objekt deiner Begierde auf, das auf den Namen Antonella hört?«

»Ist sie nicht hinreißend?«, schwärmte Kaspars Freund. »Alles an ihr ist wunderschön: die großen Augen, die vollen Lippen, die dunklen Locken, die schmalen Hüften, ach, einfach jeder Zoll.«

»Das Dumme ist nur, du bist ihr noch nicht aufgefallen.« Kaspar klopfte ihm tröstend auf die Schulter.

»Das ist nicht wahr. Sie hat mir zugezwinkert«, entgegnete Matteo.

»Das galt mir, mein Lieber. Außerdem glaube ich kaum, dass dein Vater angetan wäre, würdest du die Tochter eines Wirts ehelichen.«

Matteo zuckte mit den Schultern. »Mag sein, oder auch nicht. Immerhin hat meine Mutter vor der Hochzeit auf dem Markt Gemüse verkauft.« Auch Matteos Vater war Arzt und lebte mit seiner Familie im weniger als einen Tagesritt entfernten Treviso. Die Stadt war wie Venedig durchzogen von Wasserwegen, nur mit dem Unterschied, dass es dort erheblich gemächlicher zuging als in der Handelsstadt. »Außerdem, wer spricht von heiraten?«, fügte er grinsend hinzu.

Kaspar sparte sich eine Erwiderung. »Lass uns gehen.«

Sie schlenderten an einem der Kanäle entlang und erreichten nach kurzer Zeit die Taverne. An einem groben Tisch unter einer großen Kastanie fanden sie noch Platz, und eine Schankmagd brachte ihnen zwei Krüge mit kühlem Bier.

»Wo ist Antonella?«, fragte Matteo.

»Sie arbeitet heute in der Küche«, antwortete die Magd. »Wollt Ihr etwas essen? Es gibt risi e bisi.«

Kaspar nickte begeistert. Er liebte dieses Gericht. Bis er nach Padua gekommen war, hatte er Reis nicht viel abgewinnen können. Doch das Getreide, das in Italien angebaut wurde, war anders als das, welches die Kaufleute aus Indien mitbrachten. Nostrale, wie die Sorte hier genannt wurde, hatte kleine runde Körner und war klebriger. In Butter und Olivenöl zusammen mit Askalonzwiebeln, dem hiesigen würzigen Speck und Erbsen gegart, war risi e bisi sein Leibgericht geworden. Matteo hatte ihm erzählt, dass der Doge von Venedig am Tag des Heiligen St. Markus das Gericht immer als ersten Gang auftischen ließ.

»Gibt es noch etwas anderes?«, fragte Matteo hoffnungsvoll.

»Frische Kutteln mit Zwiebeln und Brot«, antwortete die Schankmagd.

Angewidert verzog er das Gesicht. »Dann bleibe ich bei meinem Krug Bier.«

»Du bist wirklich sehr wählerisch«, tadelte Kaspar seinen Freund, als die Schankmagd sich schulterzuckend entfernte.

»Mag sein, aber Kutteln …«, er schüttelte sich.

»Du kannst immer noch das Reisgericht bestellen.«

»Nein, danke. Meine Mutter ist besessen von risi e bisi. Bei uns zu Hause gibt es das einmal in der Woche. Glaub mir, ich war froh, als ich auszog.«

Das Essen kam, und Kaspar schlang das Erbsengericht in sich hinein. »Ich kann kaum genug davon bekommen«, sagte er und schob den nächsten Löffel davon in den Mund.

»Meine Mutter würde dich dafür küssen und an meiner statt als Sohn annehmen«, entgegnete Matteo trocken. Er winkte der Schankmagd und bedeutete ihr, zwei weitere Krüge zu bringen.

Als sie mit dem Bier kam, bat Kaspar, sie möge Antonella zu ihm schicken.

»Was willst du von ihr?«, fragte Matteo misstrauisch.

»Ich wollte dir nur einen Gefallen tun, damit du sie sehen kannst. Sag ihr, der Erbsenreis sei der beste, den du je gegessen hast.« Er schob seinen leeren Teller zu Matteo.

»Ich soll sie anlügen?«

Kaspar rollte mit den Augen. »Dann sag ich es ihr. Dir wird sie dann aber keine Aufmerksamkeit schenken.«

Bevor Matteo noch lange darüber nachdenken konnte, erschien Antonella. Die langen dunklen Haare hatte sie zu zwei dicken Zöpfen geflochten, über ihrem Kleid trug sie eine fleckige Schürze. Stirnrunzelnd trat sie an den Tisch.

»Hat es nicht geschmeckt?«

»Im Gegenteil. Noch nie wurde mir ein besseres risi e bisi serviert. Das muss daran liegen, dass es von der schönsten Frau in Padua gekocht wurde«, schmeichelte Matteo, und Kaspar verkniff sich ein Grinsen.

»Wirklich? Nur von Padua?«, stichelte Antonella gutmütig und verzog ihre Lippen zu einem Lächeln.

»Verzeih, du hast recht, die Schönste in der ganzen Republik. Setz dich zu uns«, er rückte beiseite, um ihr auf der Bank Platz zu machen.

»Wo denkst du hin, du alberner Kerl, ich muss wieder in die Küche. Studenten wie ihr habt es gut, ihr müsst nicht hart arbeiten. Aber sei bedankt für deine freundlichen Worte.«

»Wir arbeiten mit dem Kopf«, sagte Kaspar, »das ist manchmal genauso anstrengend.«

Antonella lachte. »Das glaube ich kaum. Aber du kannst mir ja Griechisch beibringen, dann werden wir sehen, ob es mich anstrengt. An einem schönen lauen Abend im Mondschein vielleicht?« Sie schenkte ihm einen verführerischen Augenaufschlag.

»Mein Griechisch ist nicht besonders gut, aber Matteo hier ist ein wahrer Meister darin«, winkte er ab, als hätte er ihr Angebot nicht richtig verstanden.

Antonella sah von einem zum anderen. »Wie schade.« Dann wandte sie sich ab und verschwand in die Küche. Ungläubig sah Matteo ihr nach.

»Sie bricht mir einfach so das Herz«, jaulte er. »Mir bleibt nur, Trost im Bier zu suchen.« Er leerte seinen Krug in einem Zug und wischte sich mit dem Handrücken über den Mund.

»Du findest eine andere, die du anbeten kannst«, erwiderte Kaspar und zog seinen Münzbeutel hervor.

Nachdem sie die Taverne verlassen hatten, schlug Kaspar vor, noch durch den Hortus simplicium – der Garten des Unverfälschten – zu gehen. Vor über sechzig Jahren war die Idee des Gartens geboren worden, nachdem Professor Francesco Bonafede das Studium Lectrum Simplicum in Padua eingeführt hatte, die Lehre über die Heilmittel. Der venezianische Senat hatte seinerzeit den Garten gegründet, und seither wurde er stetig weiter ausgebaut. Umgeben von einer Mauer fand sich inmitten des kreisrunden Gartens ein Quadrat, das wiederum in vier weitere unterteilt war. Diese waren mit Kräuterbeeten bepflanzt, und inmitten der Kreuzung der Hauptwege stand ein Springbrunnen. Heimische und eingeführte Heilpflanzen aus fernen Ländern wurden gehegt und gepflegt und dienten der Ausbildung der Medizinstudenten. Sie sollten lernen, die Pflanzen zu erkennen und zu unterscheiden und wie man sie einsetzte. Kaspar liebte es, gemeinsam mit den anderen Studenten und Professor Feruglio durch den Garten zu gehen. Man lernte viel besser, konnte die Kräuter ansehen, anfassen und daran riechen, anstatt nur die Zeichnungen in Büchern zu betrachten. Schon im Garten seines Vaters hatte er gern verweilt. Ebenso ging es Kaspar mit der Anatomie, wenn Professor Girolamo Fabrizio eine Leiche sezierte und seinen Schützlingen einen Blick auf Organe, Sehnen und Blutgefäße gewährte. Nur auf den Geruch dabei hätte er gut und gern verzichten können.

»Wir sollten umkehren«, mahnte Matteo, »sonst bekommen wir Ärger, wenn wir nicht vor Einbruch der Dunkelheit wieder auf dem Campus sind.«

Auf dem Gelände der Universität lebten die Studenten unter der Aufsicht von Professoren, die in hohem Maße auf die Einhaltung der Regeln achteten.

Kaspar riss sich vom Anblick der gefächerten Blätter einer Zwergpalme los und folgte Matteo hinaus durch das Südtor. Als sie zurückkamen, trennten sich ihre Wege, denn Matteo knurrte der Magen, und er eilte sich, noch rechtzeitig zum Nachtmahl in den großen Speisesaal zu kommen. Kaspar zog sich in das Zimmer zurück, das er mit Matteo teilte.

Als er die Tür öffnete, entdeckte er einen Brief, den jemand unter dem Türspalt durchgeschoben hatte. Kaspar erkannte die Schrift seines Vaters. Erfreut setzte er sich auf sein Bett und erbrach das Siegel.

Mein lieber Sohn,
lange haben deine Mutter und ich kein Wort von dir zu lesen bekommen. Ich hoffe, es liegt daran, dass du fleißig studierst und dir deshalb keine Zeit für andere Dinge bleibt. Deine Mutter sorgt sich, wie immer, wie du weißt. Ich habe eine neue Medizinalverordnung verfasst, die der Rat wohlwollend angenommen hat. Nun ist es den Kranken möglich, mit einem Rezept, das der Arzt aufschreibt, zum Apotheker zu gehen und seine Arznei zu erhalten. Auch kann der Kranke jemanden damit beauftragen. Außerdem schreiben die Apotheker diese Verordnungen in einem Buch nieder und verwahren die Rezepte. So verwalten Letztere gleichzeitig eine Akte über den Kranken, was den Ärzten wieder zugutekommt, da sie so nachsehen können, was sie den Kranken verschrieben haben.
Nun habe ich eine neue und spannende Aufgabe erhalten. Der Fürstbischof von Eichstätt, Johann Konrad von Gemmingen, hat mich beauftragt, einen Garten um die Willibaldsburg anzulegen. Eine Herausforderung, der ich mich gerne stelle.
Mein Heilkräutergarten gedeiht prächtig und ist eine wahre Augenweide. Eine ebensolche ist auch Gabriela Heim geworden. Wenn du dein Studium beendet und deine Doktorwürde erlangt hast, wirst du eine hübsche Frau heiraten. Nachdem ihre Mutter vor einem Jahr gestorben ist, führt sie den Haushalt mit starker Hand, hat mir ihr Vater bei einem Treffen des Collegium medicum erzählt.
Du solltest nach Hause kommen, wenn dieses Semester zu Ende geht. Dann bleiben dir und Gabriela genügend Zeit, um eure Freundschaft zu erneuern, und die

Verlobung könnte vor Beginn des nächsten Semesters gefeiert werden.
Möge Gott dich behüten.
Dein Vater.

Kaspar ließ den Brief sinken, starrte zum Fenster hinaus, hing seinen Gedanken nach. Ich will Gabriela nicht zur Frau. Warum muss ich überhaupt heiraten? Lieber möchte ich mein Leben den Kranken widmen und nie aufhören zu lernen. Eigentlich glaubte ich, Vater und Mutter zu verstehen gegeben zu haben, dass ich einer Ehe abgeneigt bin. Mir gefällt mein Leben hier. Matteo ist mir ein guter Freund geworden, und wir haben viel Spaß zusammen. Ich bin froh, dass ich ihn getroffen habe, denn Sebastian fehlte mir anfangs schon sehr.

»Träumst du?«, riss ihn Matteo aus seinen Gedanken.

»Nein, ich denke nach.«

»Du denkst zu viel, mein Freund, du solltest lieber dein Leben und die Freiheit genießen.«

»So wie du? Wenn du so weitermachst, Matteo, wirst du das Studium nie zu Ende bringen«, spöttelte Kaspar.

»Und wenn schon, meine Familie verfügt über genügend Geld«, grinste Matteo, trat die Schuhe von den Füßen und ließ sich auf sein Bett fallen. »Wer hat dir geschrieben?«, fragte er mit Blick auf den Brief in Kaspars Händen.

»Mein Vater.«

»Du scheinst nicht glücklich zu sein. Ist irgendetwas Schlimmes geschehen?«

»Nein, nein. Es ist nur …«, begann Kaspar stockend.

Matteo sah ihn abwartend an.

»Ich soll nach Hause kommen, um meine Verlobung zu feiern.«

»Ist sie diejenige, deren Gemme du in der Spanschachtel aufbewahrst?«, fragte Matteo.

»Ja. Gabriela. Mein Vater sagt, sie sei sehr hübsch geworden und kann einen Haushalt gut führen.«

»Wann hast du sie zuletzt gesehen?«

Kaspar legte sich hin, die Hände hinter dem Kopf verschränkt.

»Bevor ich nach Padua aufbrach, also vor drei Jahren.«

»Du magst sie nicht«, stellte Matteo fest.

»Doch, aber nicht genug, um mir vorstellen zu können, mit ihr eine Ehe einzugehen.«

»Und was ist mit dem Mädchen, das dir die Schachtel mit der Rose geschenkt hat?« Matteo rollte sich auf die Seite, stützte sich auf den linken Unterarm.

»Ida. Sie war ein kleines Mädchen, zwölf oder dreizehn Jahre alt? Ich weiß es nicht genau.«

»Ist sie hübsch?«

»Matteo, ich sagte gerade, sie war ein kleines Mädchen. Vielleicht ist sie hübsch geworden, was weiß ich denn? Ich mochte sie gern, ja, aber das ist schon alles.«

»Ich denke, du solltest deinem Vater schreiben, dass du nicht die Absicht hast, nach Nürnberg zu reisen. Sag ihm, du verbringst die Zeit lieber mit Lernen, damit du das Studium schneller zu Ende bringen kannst. Das verschafft dir Zeit.«

Kaspar dachte eine Weile darüber nach. »Du hast recht, ich werde hierbleiben. Professor Feruglio freut sich immer über Studenten, die im Hortus simplicium helfen. Vielleicht frage ich auch Professor Fabrizio um Arbeit bis zum nächsten Semesterbeginn.«

»Oder du kommst mit mir nach Treviso zu meiner Familie. Onkels Weinberg liegt weniger als eine Stunde Fußweg entfernt, und Giacomo macht einen hervorragenden Refosco.« Matteo leckte sich die Lippen. »Und Tante Giulia kocht das beste Kaninchengericht, das du dir vorstellen kannst. Das Fleisch legt sie in Refosco ein; zusammen mit Zimt, Piment,

Nelken, Rosmarin und Lorbeer schmort es dann langsam im Kupferkessel.«

»Und das hast du mir all die Zeit verheimlicht? Na warte.« Kaspar sprang unvermittelt auf und war mit einem Satz über Matteo, hielt dessen Arme mit seinen Knien nieder und kitzelte ihn, bis sein Freund vor Lachen zu ersticken drohte und um Gnade winselte. Kaspar ließ ihn los und blieb auf Matteos Bett sitzen.

»Und jetzt erzählst du mir wahrscheinlich gleich, Giacomo hat noch ein bildhübsches Kind von achtzehn Jahren.«

Matteos Atem ging wieder regelmäßiger. »Ja, aber es heißt Alessandro«, lachte Matteo. »Mein Onkel hat drei Söhne, keine Tochter, aber sie sehen alle gut aus. Also, wenn du ...«

Kaspar versetzte ihm einen Rippenstoß. »Das ist wider die Natur.«

»Ja, und trotzdem schert es den einen oder anderen, selbst manche Kirchenmänner, nicht. Kommst du nun mit nach Treviso?«

»Ja, aber zuerst will ich einige Wochen bei den *professores* arbeiten. Würde dir auch nicht schaden. Deine Anatomiekenntnisse lassen teils zu wünschen übrig.«

Sebastian

Nur noch eine Stunde trennte Sebastian von seiner Heimatstadt. Bereits vor dem Morgengrauen war er am vorigen Tag mit nur wenig Gepäck, das in zwei Satteltaschen passte, von Frankfurt aufgebrochen. Dreimal hatten er und seine Begleiter die Pferde gewechselt, um die Strecke so schnell wie möglich bewältigen zu können. Fast zwei Jahre hatte er in der Faktorei seiner Familie in Bari zugebracht. Danach war er nur auf Reisen gewesen, hatte Lissabon und Antwerpen besucht und konnte sich nahezu mühelos verschiedener Sprachen bedienen. Inzwischen wusste er viel über den Handel mit Safran, Pfeffer und Färberwaid, aus welchem das begehrte Indigoblau gewonnen wurde. Er hatte gelernt, zu verhandeln, gute Ware von schlechter zu unterscheiden und sich nicht im Preis drücken zu lassen. Auch viele andere Gewürze wie Muskat, Macis, Zimt, Ingwer und andere Spezereien fanden durch die Imhoff'sche Handelsgesellschaft den Weg aus Indien, China, Amerika und Neu-Spanien nach Europa und auf die Tische des Adels und der reichen Bürger. Sebastian war nicht nur körperlich gewachsen, sondern auch durch die harte Welt des Handels zum Mann gereift.

Endlich kamen die Kirchtürme von St. Lorenz und St. Sebald in Sicht. Sebastian und seine Mitreisenden spornten die Pferde zu einem letzten Galopp an und passierten wenig später das Neuentor. Der junge Kaufmann verabschiedete sich von seinen Begleitern und lenkte sein Reittier zum Haus seiner Familie. Behände sprang er aus dem Sattel, klopfte den dunkelbraunen Hals und atmete tief durch. Es war ein gutes Gefühl, wieder hier zu sein. Sebastian führte das Mietpferd in den Hinterhof, wo die Stallungen lagen. Wenn es gestärkt und ausgeruht war, sollte der Stallknecht es zur Pferdewechselstation in die Vorstadt nach Gostenhof bringen.

»Mein Herr, was erlaubt Ihr …«, rief Kutscher Blasius, der gerade abschirrte, mit misstrauischer Miene.

»Blasius, ich bin es«, rief Sebastian fröhlich und zog das geschlitzte Barett vom Kopf. Die blonden Haare fielen auf seine Schultern, um die ein dunkelroter Umhang lag, der an einer Seite länger war, wie es gerade der Mode entsprach. Darunter trug er ein weißes gefälteltes Hemd, eine ausgeschnittene Weste und knielange schwarze Hosen, aus deren Schlitzen roter Stoff hervorblitzte.

»Junger Herr, verzeiht, ich habe Euch nicht erkannt. Willkommen zu Hause«, strahlte Blasius und nahm ihm den Wallach ab.

»Ranulf soll ihn später nach Gostenhof bringen«, wies er den Kutscher an. »Schön, dich zu sehen, Blasius.«

Belustigt bemerkte er, wie sich die Augenbrauen des Mannes für einen Lidschlag überrascht hoben. Sebastian wusste, er war den Hausangestellten früher sehr überheblich gegenübergetreten, hatte herabgesehen auf die Menschen niedrigeren Standes. Inzwischen hatte er so viele Leute getroffen, Handwerker, Bauern, aber auch hoch angesehene Bürger und Adlige, und festgestellt, dass mancher Pferdebursche ihm näher war als ein Graf oder Freiherr.

»Ganz meinerseits«, antwortete Blasius.

Sebastian klopfte ihm auf die Schulter und betrat das Haus durch die rückwärtige Tür. Plötzlich hatte er es eilig, seine Mutter zu sehen. Zwei Stufen auf einmal nehmend sprang er die Treppe zum ersten Geschoss hinauf.

»Mutter! Ich bin wieder da«, rief er.

Die Stubentür öffnete sich, und Ursula Imhoff kam ihm mit ausgebreiteten Armen entgegen. Er umfing sie, drückte sie an sich und küsste sie auf die Wange. Dann löste sie sich von ihm und hielt ihn um Armeslänge auf Abstand. Ihre Augen strahlten vor Glück, als sie ihn musterte.

»Du bist erwachsen geworden, mein Sohn. Lass uns in die Stube gehen. Hast du Hunger?«, fragte Ursula.

»Erst will ich mir den Staub und den Schmutz der Reise abwaschen. Essen kann ich später.«

»Wo ist dein Vater? Wollte er nicht mitkommen?«

»Unsere Wege trennten sich in Frankfurt, er ist nach Gräfenthal gereist. Vater hat Anteile an einer Saigergesellschaft gekauft und will sich die Saigerhütte ansehen.« In diesen Hütten wurde Silber aus Kupfererz gewonnen, indem man es zusammen mit Blei verschmolz.

»Irgendwann kommt der Zeitpunkt, an dem ich deinen Vater nicht wiedererkenne, dieser Mann ist beständig auf Reisen«, seufzte sie.

Bevor Sebastian ein tröstendes Wort sagen und die Tür hinter sich schließen konnte, rief eine helle Stimme: »Sebastian! Ich hätte nicht geglaubt, dass ich mich einmal freuen würde, dich zu sehen.«

Er wandte den Kopf und sah nach oben. Luisas Augen leuchteten, als sie die Treppe hinuntereilte. Sebastian umarmte seine Schwester. »Das beruht auf Gegenseitigkeit, Luisa«, lachte er. Dann stieß er einen leisen Pfiff aus. »Aus dir ist tatsächlich eine hübsche junge Dame geworden.«

»Was meinst du mit *tatsächlich*? Ich war noch nie hässlich«, entgegnete sie und drehte sich so schnell um die eigene Achse, dass ihr blauer Rock wie ein Kreisel um ihre Beine schwang.

»Ich vermute, du hast bereits jede Menge Verehrer.«

»Wer weiß«, zwinkerte Luisa ihm zu.

Nachdem Sebastian ein ausgiebiges Bad genommen hatte, war es Zeit für das Mahl. Forelle, Fleischpasteten, gebratenes Huhn,

Gemüse, Obst und süße Küchlein. Dazu gab es weißen Ribollo Gialla aus Italien.

»Ich habe etwas Besonderes aus Lissabon mitgebracht«, erzählte Sebastian und biss von der Pastete ab. »Die Portugiesen nennen es *marmelada.*«

»Und was genau ist das?«, fragte Ursula neugierig.

»Warte ab, sobald ich mit dem Essen fertig bin, zeige ich es euch.«

Wenig später verließ Sebastian die Stube, stieg hinauf zu seiner Schlafkammer und kramte in seinen Satteltaschen, bis er fand, was er suchte. Dann ging er zurück zu seiner Mutter und Luisa, die ihn gespannt ansahen.

»Ich kann nichts Besonderes erkennen, es ist ein Gefäß, und dieses ist nicht einmal kunstvoll«, befand Luisa, als Sebastian es auf den Tisch stellte.

»Öffne es erst, dann urteile«, erwiderte er.

Luisa tat, wie ihr geheißen. Ein dunkelgelbes Mus befand sich darin, vorsichtig schnupperte sie daran. Süß und fruchtig. Sie stippte ihren rechten Zeigefinger hinein und schob ihn in den Mund.

»Oh, es schmeckt geradezu himmlisch«, stieß sie entzückt hervor und schob das Gefäß zu ihrer Mutter, die es ihr gleichtat.

»Woraus besteht diese Köstlichkeit?«, fragte Ursula und leckte sich die Lippen.

»Aus einer Frucht, die Portugiesen nennen sie *marmelo.* Sie gleicht einem unförmigen gelben Apfel oder einer rundlichen Birne. Roh genossen schmeckt sie fürchterlich bitter, aber in Zucker gekocht ist sie wundervoll«, erklärte Sebastian. »Allein des Zuckers wegen ist diese Spezerei sehr teuer, aber die Reichen gieren danach.«

Ida

»Ich wünsche ein Bild mit einer Schale voller Blumen, so als ob sie gerade gepflückt worden sind, nicht geordnet in einer Vase. Versteht Ihr, was ich meine?«

Ida lächelte die beleibte Frau mit ihren geröteten Wangen an und nickte.

»Darf ich vorschlagen, noch den einen oder anderen Schmetterling erscheinen zu lassen?«

»Ein schöner Einfall«, lobte die Frau. »Es soll die Wand in der großen Stube von Schloss Gugelhammer zieren. Mein Gatte hat das Voithaus vor zehn Jahren errichten lassen, und ich möchte es wohnlicher machen.«

»Ich werde mein Bestes geben«, versprach Ida. »Darf ich fragen, wo sich das Anwesen befindet? Ich habe noch nie davon gehört.«

»Ach, Ihr seid noch so jung. Die ganze Anlage, eine Mühle, Wohngebäude und Stallungen wurden während des zweiten Markgrafenkrieges vor vierzig Jahren zerstört. Ich selbst habe damals gerade das Licht der Welt erblickt. Meine Mutter, eine geborene Fürer, hat das Schloss mit in die Ehe gebracht. Lange wurde nur die Mühle genutzt, doch jetzt soll es wieder im Glanz erstrahlen«, plauderte die Frau weiter, und Ida fragte sich, ob sie nun die ganze Familiengeschichte zu hören bekam. »Es liegt weniger als zwei Stunden zu Pferd in südöstlicher Richtung von Nürnberg in Röthenbach, einem kleinen Dorf. Es ist hübsch dort draußen, und es lässt sich gut zur Jagd reiten.«

Ida versuchte, sich ihr Gegenüber in einem Jagdkostüm durch den Wald galoppierend vorzustellen, doch es gelang ihr nicht.

»Wie groß soll das Bild werden? Bedenkt, dass ein Rahmen auch hinzugerechnet werden muss«, sagte Ida.

»Zwei Ellen breit und eineinhalb Ellen hoch, das gilt für beide Bilder.«

»Beide?« Verständnislos sah Ida die Frau an.

»Ja, ich wünsche ein weiteres, das nahe der Tafel hängen soll. Ich stelle mir eine Schale mit Früchten vor, einen Krug, vielleicht einen Laib Brot und ein Stück Käse auf einem Teller, ein Messer, einen Becher.«

»Wenn Ihr möchtet, zeige ich Euch die Vorzeichnungen, dann könnt Ihr entscheiden, ob Euch gefällt, was Ihr seht, bevor ich die eigentlichen Bilder male«, bot Ida an.

Die Frau überlegte nicht lange. »Ja, das klingt gut. Schickt mir Nachricht.«

»Das mache ich, wenn Ihr mir verratet, an wen und wohin«, sagte sie belustigt.

»Wo bin ich nur mit meinen Gedanken. Ich habe mich noch nicht einmal vorgestellt. Ottilie Nützel. Wir wohnen am Weinmarkt gegenüber von St. Sebald. Wie lange, denkt Ihr, werdet Ihr brauchen?«

Ida war unmerklich zusammengezuckt, als die Frau ihren Namen nannte. Nützel. War sie etwa Paulas Mutter? Obwohl, Nützel gab es mehrere in der Stadt.

»Vermutlich vier, fünf Tage.«

Als die Frau verschwunden war, widmete sich Ida wieder ihrer Arbeit. Die Malerei erfüllte sie mit Zufriedenheit, und immer noch blickte sie dankbar auf den Tag zurück, als Luisas Mutter ihr erstmals einen Pinsel in die Hand gedrückt hatte. Manchmal wünschte sie wehmütig, ihre Eltern könnten ihre Werke sehen.

»Kommst du voran?« Wenzel Straub riss sie aus ihren Gedanken.

»Ja. Heute wird es fertig werden. Vorhin war Frau Nützel hier und hat zwei Bilder in Auftrag gegeben«, berichtete Ida stolz.

Wohlwollend betrachtete Straub das Bild auf der Staffelei. Es zeigte einen Tisch, darauf lagen ein Buch und daneben eine Rose, dahinter ein Krug und ein Becher.

»Sehr gut, Ida. Ich bereue es nicht, dich eingestellt zu haben. Deine Arbeiten bringen nicht nur Geld in die Kasse, sondern bescheren mir zusätzlich Aufträge für andere Bilder. Bald ist Kirchweih, und die ganze Stadt feiert. Was hältst du davon, kleine Bilder, nicht größer als zehn auf zwölf Zoll, anzufertigen und sie an einem Stand zu verkaufen?«

»Großartig, dann kann ich ohne Onkel Basilius zur Kirchweih«, lächelte sie verschmitzt. »Das macht sicher mehr Spaß, als sich ständig unter seinen Argusaugen zu bewegen. Wie viele Bilder stellst du dir denn vor?«

»So viele wie möglich, die Farben trocknen schnell, also solltest du zwanzig fertigbekommen. Ich kaufe genügend Papier und einfache Rahmen.«

»Und du lässt mir freie Hand?«

»Nicht ganz, ich wünsche fröhliche Bilder und keine düsteren Motive.«

Mit Feuereifer ging Ida zu Werke. Sie hatte schon viele Motive im Kopf, die sie sich aufgeschrieben hatte: Blick nach Osten von der Fleischbrücke auf die Pegnitz – nicht nach Westen, denn dann sah man auch den Henkersteg mitsamt dem Turm, in welchem der Henker Franz Schmidt mit seiner Familie lebte. Das wäre nicht im Sinne von Wenzel Straub. Solch ein Bild würde sich niemand in die Stube hängen. Dafür Bilder der Kirchen St. Lorenz und St. Sebald und der bunten Stände auf dem Hauptmarkt mit seinem Schönen Brunnen, Blumengebinde, Fruchtschalen, Brot und Käse und Wein, Saiteninstrumente und Notenblätter, Bücher mit Feder und Tintenfass.

Dann begann sie mit den Vorzeichnungen für die Gemälde, die die Stube von Schloss Gugelhammer zieren sollten. In ihre Arbeit vertieft, nahm sie kaum wahr, wie sich die Tür zur Werkstatt öffnete und wieder schloss. Wenzel ist unterwegs, dachte Ida, ohne den Stift abzusetzen, doch vielleicht war er ja früher zurückgekommen. Der Schmetterling, der eine Blüte umflatterte, nahm Gestalt an.

»Ist hier jemand?«, rief eine Stimme.

Ida legte ihren Stift zur Seite, erhob sich, strich ihre Röcke glatt und ging nachsehen.

»Grüß dich Gott«, sagte der Fremde und lächelte freundlich.

Nahe der Tür stand ein gut aussehender junger Mann, halb lange dunkelbraune Haare wellten sich unter dem breitkrempigen Hut hervor. Seine Oberlippe zierte ein dünnes Bärtchen, und graue Augen strahlten unter den dunklen Wimpern. Er war fast gänzlich in Schwarz gekleidet, wie es der spanischen Mode entsprach. Ein Fremder, denn die meisten Leute im Heiligen Römischen Reich Deutscher Nation zogen es vor, sich farbenfroher zu kleiden.

»Was kann ich für Euch tun?«, fragte Ida und ging auf ihn zu.

»Wo ist Meister Straub?«

»Unterwegs«, antwortete sie knapp.

»Und du bist?« Seine vertrauliche Anrede und seine Blicke ließen darauf schließen, dass er sie für eine Bedienstete hielt. Ida war empört, verkniff sich aber eine Bemerkung. Sie straffte die Schultern und hob das Kinn.

»Ich wüsste nicht, was Euch das angeht. Meister Straub wird nicht vor Mittag zurück sein. Wenn Ihr mir sagt, wer Ihr seid und wo man Euch findet, werde ich ihm von Eurem Besuch berichten. Ansonsten gehabt Euch wohl, ich habe zu tun.«

Als sie sich abwenden wollte, machte er einen großen Schritt um sie herum, versperrte ihr den Weg. Er legte den Finger unter ihr Kinn und hob es an.

»So kratzbürstig? Das steht einer Magd, so hübsch sie auch sein mag, nicht zu. Oder bist du etwa Wenzels Gespielin?«

Ida bekam es mit der Angst zu tun, doch sie wich nicht zurück. »Weder noch, Ihr ungehobeltes Schandmaul. Und entweder Ihr sagt mir, was Euer Begehr ist, oder schert Euch raus«, fauchte sie und schob seinen Finger weg, während sie gleichzeitig fieberhaft überlegte, wie sie sich verteidigen könnte, sollte er ihr etwas antun wollen. Zu ihrer Überraschung begann der junge Mann herzhaft zu lachen.

»Kratzbürstig und unerschrocken. Wer auch immer du bist und was du mit meinem Vater zu schaffen hast, du gefällst mir. Ich bin Lukas, Lukas Straub.« Er zog den Hut vom Kopf und machte eine vollendete Verbeugung.

Ida starrte ihn an, unfähig, ein Wort hervorzubringen.

»Hat es dir die Sprache verschlagen?«

»Ida. Ida Gerster«, sagte sie mit trockenem Mund. »Ich arbeite mit deinem Vater.« Bewusst benutzte sie das Wort ›mit‹ und verzichtete nun ebenso auf die förmliche Anrede.

»Du malst?« Ungläubig sah er sie an.

»Nicht nur Männer sind dazu in der Lage«, antwortete sie schnippisch. »Möchtest du dir meine Bilder ansehen?«, fügte sie dann weniger unfreundlich hinzu.

Lukas nickte und folgte ihr nach nebenan.

»Die sind von dir?«, fragte er mit leuchtenden Augen, als er die Aquarelle betrachtete. »Sie sind sehr gelungen.«

»Sei bedankt«, freute sie sich. »Schade ist nur, dass ich nicht in Öl malen darf, so schreibt es die Malerordnung vor.«

Lukas lehnte sich gegen die Wand und forderte Ida auf, ihm zu erzählen, wie es dazu gekommen war, dass sie mit seinem Vater arbeitete. In wenigen Sätzen klärte sie ihn auf.

»Ich muss jetzt weitermachen, damit genügend Bilder für die Kirchweih fertig werden«, endete sie.

»Mir knurrt der Magen. Kannst du mir sagen, wo ich ein Wirtshaus mit ordentlichem Essen finde?«

»Es ist ein Stück zu gehen, aber das Wirtshaus Zum Gulden Stern ist es wert. Dort gibt es die besten Bratwürste.« Ida schilderte ihm, wie er zur Steinernen Brücke und von dort zur Straße Auf dem hohen Pflaster kam. Lukas dankte ihr und setzte seinen Hut auf.

»Du hast mir noch gar nichts über dich erzählt«, rief Ida ihm nach, als er gerade die Werkstatt verlassen wollte.

»Ich bin Kupferstecher und Verleger, und die Druckkunst habe ich in Leiden bei Christoffel Plantijn gelernt. Er ist ein Meister seines Fachs.« Dann war er verschwunden.

Ida dachte darüber nach, ob Lukas sich wohl in Nürnberg niederlassen wollte. Druckereien gab es hier genug in der Stadt. Nun, vielleicht wollte er auch nur seinen Vater wiedersehen.

Wenig später kehrte Wenzel Straub zurück und brachte Papier. »Die Rahmen liefert der Schreiner«, sagte er schnaufend und hievte die Bögen auf einen Tisch.

»Ich hatte Besuch«, eröffnete ihm Ida und tat geheimnisvoll.

»Von wem?«

»Rate. Er kommt aus Leiden und ist vielleicht zwanzig Jahre alt.«

Es dauerte einen Moment, dann wurden Wenzels Augen groß. »Du sprichst nicht etwa von Lukas?«

Idas Mundwinkel verzogen sich zu einem breiten Lächeln.

»Mein Sohn«, sagte Wenzel mit heiserer Stimme. »Wo ist er?«

»Er war hungrig, und ich hab ihn zum Guldenen Stern geschickt.«

Unvermittelt fasste Wenzel nach ihren Händen und wirbelte sie tanzend herum. »Du ahnst nicht, wie ich mich freue.«

Ida lachte. »Doch, ich denke schon.«

Luisa

»Ich habe nachgedacht, Mutter«, sagte sie und legte ihren Stickrahmen zur Seite.

Ursula Imhoff tauchte ihren Pinsel in einen Becher mit Wasser und wandte sich zu ihrer Tochter um. »Worüber?«

»Über diese *marmelada.* Ich möchte versuchen, sie herzustellen und zu verkaufen. In hübschen bunten Gefäßen. Sebastian hat gesagt, der Adel und das reiche Bürgertum gieren nach dem süßen Mus. Warum sollte unser Handelshaus es teuer erstehen, wenn wir es selbst machen können? Das spart Geld, und wir verdienen mehr an jedem verkauften Glas.«

»Hier wachsen keine solchen gelben Äpfel, du hast doch gehört, was dein Bruder gesagt hat.«

»Sie stammen zwar aus südlicheren Ländern, wie die Pomeranzen, aber die gedeihen hier auch. Zumindest in großen Kübeln …«

»Luisa, die Ernte wird mager sein, wenn diese *marmelos* überhaupt in unseren Gefilden Früchte tragen«, fiel Ursula ihr ins Wort.

»Ich denke nicht darüber nach, diese Bäume hier anpflanzen zu lassen, sondern vielmehr, solch ein Mus aus anderem Obst zu machen. Dabei dachte ich an Kirschen und Beeren oder vielleicht auch Zwetschgen. Nun, was meinst du?«, fragte Luisa, als ihre Mutter sie verblüfft ansah.

Ursula Imhoff zupfte unbewusst an ihrer Unterlippe. »Es klingt gut. Doch würde ich es mit Beeren versuchen, nicht mit Steinobst. Das Entfernen der Steine benötigt Zeit. Du solltest zunächst nur eine kleine Menge machen, um zu erfahren, ob es den Leuten schmeckt und wie viel sie dafür zu zahlen bereit sind.«

Luisa strahlte. »Das heißt, du bist einverstanden?«

»Warum nicht? Und du wolltest doch etwas Eigenes. Nun, deine *marmelada* wäre dies.«

»Jetzt sind Himbeeren reif«, sagte Luisa aufgeregt. »Auf dem Markt kann ich sicher vier Pfund erstehen. Und ich brauche Gefäße und Korken und Schnur. Zuckersäcke haben wir genug im Handelskontor. Ich lasse Blasius sogleich anspannen.«

Ursula Imhoff schüttelte den Kopf. »Bevor du Beeren kaufst, solltest du erst die Behältnisse haben. Und am besten lässt du dir zeigen, wie man einen ordentlichen Apothekerknoten macht, damit der Korken auch fest sitzen bleibt. Außerdem wäre es von Vorteil, unsere Köchin Hilda mitzunehmen und ihr die Auswahl der Beeren zu überlassen.«

»Traust du mir das nicht zu?« Luisa runzelte unwillig die Stirn.

»Warst du jemals allein auf dem Markt einkaufen? Es gibt Händler, die dich leicht übervorteilen können und dir Ware verkaufen, die ihr Geld nicht wert ist«, dämpfte Ursula ihre Begeisterung.

»Wahrscheinlich hast du wie immer recht«, seufzte Luisa. »ich besorge zuerst Gläser und Stopfen, und übermorgen fahre ich mit Hilda zum Markt.«

Dreimal in der Woche gab es einen Markttag, an dem es den Händlern erlaubt war, ihre Stände zu errichten und ihre Ware zu verkaufen, wusste Luisa. Sie selbst war noch nicht oft dort gewesen, denn um die Einkäufe für die Imhoff'sche Tafel kümmerte sich Hilda.

»Zieh ein unauffälliges Kleid an und geh zu Fuß. Sonst kann jeder sehen, dass du aus reichem Hause kommst, und keiner wird mit dir handeln«, riet ihre Mutter augenzwinkernd.

Zwei Tage später stand Luisa in der großen Küche und trug das erste Mal in ihrem Leben eine Schürze, um das einfache Kleid, das sie sich von Klara geliehen hatte, nicht mit Himbeersaftflecken zu ruinieren. Die Magd hatte nicht schlecht gestaunt, als Luisa sie um einen Tausch gebeten hatte.

»Wie viel Zucker braucht Ihr denn?«, fragte Hilda und begann, die Himbeeren von Blättchen und dem einen oder anderen Blütenboden zu säubern. Gleichzeitig entging ihren scharfen Augen kein einziger Wurm, der glaubte, sich im Inneren der Beere verstecken zu können.

Luisa zuckte hilflos mit den Schultern. »Ehrlich gesagt, ich weiß es nicht.«

Hilda sog tief die Luft ein und ließ sie langsam entweichen. »Vielleicht versuchen wir es zu gleichen Teilen, aber wir nehmen nicht alle Himbeeren, falls das nicht das erwünschte Ergebnis bringen sollte.«

Luisa stimmte ihr zu und angelte sich einen Kupfertopf, der neben anderen an einer Eisenstange hing. Sie gab etwa die Hälfte der Himbeeren hinein und wollte gerade zum Zuckersack greifen, als Hilda ihr die Hand auf den Arm legte.

»Ihr müsst die Beeren zuerst wiegen. Woher wollt Ihr sonst wissen, wie viel Zucker dazugegeben werden soll?«

»Nun ja, wir haben vier Pfund gekauft, wenn ich nun die Hälfte nehme, brauche ich zwei Pfund Zucker«, entgegnete Luisa.

Die Köchin schüttelte den Kopf. »Nur auf das Augenmaß würde ich mich nicht verlassen. Ihr wollt doch herausfinden, ob Ihr wirklich zu gleichen Teilen Zucker und Beeren mischt.«

»Gepriesen sei der Herr, dass es dich gibt, Hilda. Ich habe wirklich keine Ahnung, was ich hier tue«, gestand Luisa und schämte sich ein wenig.

Hilda nahm ihr den Topf aus der Hand, füllte die tiefroten Himbeeren in eine der Waagschalen und legte Gewichte auf die andere, bis die Waage im Gleichgewicht pendelte. Ein Pfund und vierzehn Unzen. Weniger als zwei Pfund, stellte Luisa fest und war dankbar, dass Hilda ihr zur Seite stand, obwohl diese genug zu tun hatte.

»Jetzt könnt Ihr die Beeren nehmen, ich wiege den Zucker ab«, sagte Hilda.

Beides zusammen gaben sie in den Topf, und die Köchin schlug vor, etwas Wasser hinzuzugeben.

»Rühren, Ihr müsst beständig rühren«, sagte Hilda und begann ein Huhn zu rupfen, das sie zuvor in einen Eimer mit heißem Wasser getaucht hatte.

»Es kocht, was soll ich jetzt machen?«, rief Luisa.

»Nehmt den Topf von der Eisenplatte und stellt ihn an den Rand. Dort ist noch genügend Hitze, aber es brennt Euch nichts an. Rührt weiter, bis ich hier fertig bin.«

Luisa befolgte den Rat und genoss den aromatischen Geruch, der ihr aus dem heißen Topf in die Nase stieg.

»Warum hast du das Huhn ins Wasser getaucht?«, wollte sie wissen, während sie den Holzlöffel in dem roten Mus kreisen ließ.

»Die Kiele lassen sich so leichter herausziehen.«

Als das Huhn seines Federkleides beraubt war, begutachtete Hilda das Himbeermus.

»Ich denke, das sollte reichen.« Sie nahm einen Löffel und schöpfte ein wenig Mus auf einen Teller. »Ihr sagtet, es soll zäh werden?«

»Ja, es war wie, ich weiß nicht, ähnlich wie Sülze vielleicht«, versuchte Luisa die *marmelada* zu beschreiben, »oder etwas flüssiger.«

Hilda verstrich das abgekühlte Mus.

»Das sieht gut aus.« Aufgeregt klatschte Luisa in die Hände, dann tauchte sie ihre Zeigefingerspitze hinein und leckte sie ab. »Herrlich. Hilda, nun du.«

Die Köchin tat es ihr nach, und sie wechselten Blicke. »Wahrlich fein«, befand Hilda.

Nachdem Luisa die verbliebenen Himbeeren gekocht hatte und das Mus ein wenig abgekühlt war, füllte sie es in Gläser und verschloss sie mit Kork. »Apotheker Besler war so freundlich und hat mir gezeigt, wie ich diese Knoten mache, damit der Stopfen nicht herausfällt.« Geschickt legte sie die Schleifen an und zog sie an den Flaschenhälsen fest. Stolz betrachtete sie ihr Werk.

»Es gibt jetzt auch Johannisbeeren, damit sollte sich auch eine solche Spezerei herstellen lassen. Es ist nur mehr Arbeit, sie von den Stängeln zu befreien«, meinte Hilda.

Luisa lächelte sie an. »Ja, warum nicht? Zuerst werde ich aber diese wenigen Gläser verteilen und hören, ob es den Leuten schmeckt.«

Sie stellte die Gefäße in einen Korb, bedankte sich bei der Köchin für ihre Hilfe und lief zu ihrer Mutter.

»Du musst unbedingt davon kosten«, rief sie, noch bevor sie die Tür ganz geöffnet hatte, und stürmte in die Stube. Abrupt hielt sie inne. Ihre Mutter hatte Gäste. Mehrere Ehefrauen betuchter Kaufleute, darunter Elisabeths Mutter, aber auch andere ehrbare Bürgerinnen wie Ottilie Nützel, Susanna Besler und Gunda Kammermeister saßen mit am Tisch. Die Damen taten sich gütlich an erlesenem Wein, verschiedenen Käsesorten aus der Eidgenossenschaft, Weißbrot und Melonen.

Missbilligende Blicke trafen Luisa, aber in manchen Gesichtern entdeckte sie amüsiertes Lächeln.

»Luisa, du solltest dich allmählich wie eine junge Dame benehmen«, tadelte ihre Mutter sie sanft.

»Verzeih, ich dachte, du wärst allein.«

»Das sollte sich trotzdem nicht in deinem Verhalten widerspiegeln.«

Luisa unterdrückte ein Augenrollen und wandte sich der Tischgesellschaft zu, um sie höflich zu begrüßen.

»Lässt du uns daran teilhaben, was dich in helle Aufregung versetzt?«, fragte Kaspars Mutter freundlich.

Luisa überlegte nicht lange, denn die Gelegenheit, gleich mehrere Frauen der gehobenen Bürgerschicht von ihrem Himbeermus zu überzeugen, sollte sie nicht verstreichen lassen. Sie stellte den Korb ab und entnahm ihm ein Glas. Dann löste sie den Knoten, zog den Stopfen ab und reichte ihrer Mutter das Gefäß, die es sich unter die Nase hielt. Ursula Imhoff griff nach ihrem Löffel, um damit eine kleine Menge des Inhalts auf ihren Teller zu geben. Alle Blicke waren auf sie gerichtet, als sie davon kostete und genießerisch die Augen schloss.

»Was ist das?«, wollte Sieglinde Welser wissen.

Wortlos reichte Ursula Imhoff Glas und Teller weiter. Eine nach der anderen schnupperte an Luisas *marmelada* und naschte davon. Ursula Imhoffs Gäste waren voll des Lobes.

»Großartig.«

»Wundervoll.«

»Vielleicht ein wenig zu süß, aber dennoch sehr fein.«

»Und wie nennt sich diese Himbeersülze?«, wollte Gunda Kammermeister wissen.

»Mousse aux fruits«, antwortete Luisa. Sie hatte bereits in der Küche während des Rührens über die Namensgebung nachgesonnen und befunden, dass »Fruchtmus« auf Französisch eleganter klang. In den letzten beiden Jahren hatte sie auf Wunsch ihrer Mutter von Hauslehrern die französische und spanische Sprache erlernt.

»Würde eine der Damen dafür Geld ausgeben, gäbe es dies zu kaufen?«

»Kommt darauf an, wie viel du für ein Glas haben möchtest«, erwiderte Ehrentraud Mendel.

Luisa nannte ihren Preis und erntete von allen hochgezogene Augenbrauen. Nur Ehrentraud fand ihn angemessen. »Zucker ist immer noch ein teures Gut, auch wenn die Preise in den letzten Jahren gesunken sind. Außerdem braucht es Gefäße, und die Arbeit muss auch bezahlt werden. Luisa, ich kaufe dir ein Mousse aux fruits ab.«

»Seid bedankt, Frau Mendel«, freute sie sich und griff in ihren Korb.

»Deine Tochter besitzt den Geschäftssinn eurer Familie«, sagte Ehrentraud zu Ursula Imhoff. »Willst du mehr davon machen?«, wandte sie sich wieder an Luisa.

»Ja, und ich möchte auch andere Früchte verarbeiten.«

»Wir sprachen gerade darüber, wie wir Spenden für das Zwölfbrüderhaus sammeln können. Wie wäre es, wenn du dafür fünfzig Gläser Mousse aux fruits herstellst, verkaufst und den Erlös der Stiftung zukommen lässt?«, schlug sie vor.

Das Zwölfbrüderhaus war vor langer Zeit von Ehrentrauds Vorfahren gestiftet worden, um Handwerkern, die zu alt oder zu schwach und ohne Vermögen waren, ein Heim zu bieten. Zwölf Handwerker, die den Vorgaben entsprachen, wurden aufgenommen und lebten bis zu ihrem Tod an der äußeren Stadtmauer auf dem Gelände des Kartäuserklosters. Zu den von den Mendelbrüdern errichteten Gebäuden gehörte auch eine Kapelle, die an die Nordseite der Kartäuserkirche grenzte, und die Bewohner des Armenhauses waren angehalten, an den Gottesdiensten teilzunehmen. Die Stiftung hatte die Mendel Tausende Goldgulden gekostet, sodass die Kaufmannsfamilie schon bald nicht mehr zu den Reichsten der Stadt zählte. Doch ein Platz im Himmel war ihnen durch ihre Wohltätigkeit gewiss.

Ehrentraud Mendel war überall ein gern gesehener Gast, denn sie hatte, wie ihre Vorfahren, ein großes und gütiges Herz, immer bemüht, den Armen zu helfen.

»Hmm, dann habe ich aber nur Ausgaben und verdiene nichts«, dachte Luisa laut über Ehrentrauds Vorschlag nach.

»Luisa!«, stieß ihre Mutter peinlich berührt hervor.

»Lass nur, Ursula«, sagte Ehrentraud. »Weißt du, Luisa, auch wenn du damit kein Geld verdienst, wird es dir trotzdem zum Vorteil gereichen. Zum einen werden die Leckermäuler der Stadt auf dein Mousse aufmerksam, und gleichzeitig tust du Gutes für dein Seelenheil.«

»So habe ich Euren Vorschlag noch nicht betrachtet.« Luisa kräuselte nachdenklich die Nase. »Abgemacht, ich spende den Erlös an die Zwölfbrüderstiftung.«

»Vielleicht wäre es klug, einen Stand auf der Kirchweih zu ergattern, um deine Spezerei zu verkaufen«, schlug Susanna Besler vor. »Ida hat übrigens auch einen, sie wird kleine Gemälde anbieten.«

»Wirklich? Wieso hat sie mir nichts davon erzählt?«, fragte Luisa erstaunt.

»Meister Straub hat sie erst vor Kurzem damit beauftragt«, erzählte die Apothekerfrau.

Luisa hatte sich längst selbst die Antwort gegeben. Sie hatte ihre Freundin seit Wochen – oder waren es gar schon Monate? – nicht mehr gesehen.

Sebastian

Er war auf dem Weg zu Doktor Camerarius, um zu erfahren, wie es seinem Freund Kaspar ging. Einmal hatten sie sich in Venedig getroffen, als er dort im Fondaco dei Tedeschi zu tun gehabt hatte. Für Kaspar war der Weg von Padua nicht weit, und er hatte sich über das Wiedersehen gefreut. Bis spät in die Nacht hatten sie geredet, Neuigkeiten ausgetauscht und gegessen und getrunken. Doch seither hatten sie nichts voneinander gelesen, keiner von ihnen schrieb gerne Briefe.

Es war schön, wieder in der Stadt zu sein, auch wenn er in einigen Wochen erneut fortmusste. Dieses Mal sollte die Reise nach Indien gehen. Drei Monate auf See. Wie viele Schiffe lagen durch die Unbill des Wetters schon auf dem Meeresgrund? Und wie viele Seeleute waren von Piraten ermordet worden? Ein wenig graute Sebastian vor dem langen und gefährlichen Weg, doch die Neugier, wie es in diesem fernen Land wohl aussehen mochte, überwog. In Lissabon würde er sich einschiffen, um Metallwaren, vor allem Kupfer, in Indien zu verkaufen, und im Gegenzug reich beladen mit Gewürzen und edlen Stoffen zurückkehren. Eine ganze Flotte mit zwanzig Handelsschiffen sollte gemeinsam aufbrechen.

Sebastian grübelte darüber nach, wie er seiner Mutter beibringen sollte, dass er sich dieser Gefahr aussetzen wollte. Sicher, er war ein erwachsener Mann, doch er wusste, sie machte sich stets Sorgen um ihre Familie.

»Sebastian?«

Ihm gegenüber stand plötzlich eine junge Frau mit honigblonden Haaren, und es dauerte einen Augenblick, bis er wusste, wen er vor sich hatte.

»Ida. Beinahe hätte ich dich nicht erkannt«, sagte er und musterte sie. Aus dem kleinen Mädchen war eine bildhübsche Frau geworden.

»Seit wann bist du zurück?«

»Erst seit Kurzem. Hat Luisa dir nichts erzählt?«

»Nein, wir sehen uns kaum«, seufzte sie. »Seit wir nicht mehr zur Schule gehen, hat sich einiges verändert. Deine Schwester ist im Kontor, und ich bin bei einem Maler …«

Er hörte kaum hin, konnte sich nicht sattsehen an den vollen kirschroten Lippen, den langen Flechten, die ihr über die Schultern fielen. Das dunkelgrüne Kleid, das einen Blick auf ihre makellose weiße Haut freigab und ihre Augenfarbe unterstrich, stand ihr ausgesprochen gut. In Bari hatte er einige Mädchen umgarnt und sie in sein Bett geholt, hübsch waren auch sie gewesen, doch keine so atemberaubend wie Ida. Wer hätte gedacht, dass die Freundin seiner Schwester ihn einmal so in ihren Bann ziehen würde.

»Langweile ich dich?«, riss sie ihn aus seinen Betrachtungen.

»Nein, nein, wie kommst du darauf?«

»Du wirktest irgendwie abwesend. Nun, es war schön, dich zu sehen«, verabschiedete sie sich.

»Warte, ich wollte nicht unhöflich sein. Was trägst du da unter deinem Arm?«, fragte er und deutete auf die Lederhülse. Er wollte nicht, dass sie ging.

»Vorzeichnungen für Gemälde, die Ottilie Nützel in Auftrag gegeben hat.«

»Paulas Mutter, hört, hört. Darf ich einen Blick darauf werfen?«

Ida schüttelte den Kopf. »Ich möchte sie nicht auf offener Straße hervorholen. Wie lange wirst du in der Stadt sein? Bald ist Kirchweih, und ich verkaufe Gemälde an einem Stand. Wenn dich meine Arbeiten interessieren, komm vorbei, oder besuche mich in der Werkstatt von Meister Straub.«

»Das werde ich. Ich reise erst nach der Kirchweih wieder ab.« Er hoffte, Enttäuschung in ihrem Gesicht zu sehen, doch nichts dergleichen war zu erkennen. »Du willst zu Nützels? Dann lass uns zusammen ein Stück gehen. Ich bin auf dem Weg zu Kaspars Vater.«

»Bist du krank? Oder jemand aus deiner Familie?« Sorgenvoll runzelte sie die Stirn.

»Nein, ich wollte nur nachfragen, wie es Kaspar geht. Vielleicht kommt auch er bald nach Hause.«

Ida willigte ein, und sie gingen zusammen weiter. Als sie sich dem Haus der Nützels am Weinmarkt näherten, verabschiedete sich Ida. »Grüße deine Mutter und Luisa von mir.«

»Möchtest du am Sonntag nach dem Kirchgang zum Garten kommen? Wir könnten im Schatten sitzen, kühlen Weißwein trinken und gebratene Wachteln essen.« Er wollte sie wiedersehen. Unbedingt.

»Ich weiß nicht, ich habe keine gute Erinnerung an den Garten.« Ihre Miene verdüsterte sich.

»Du denkst nicht immer noch an damals? Du wirst schon nicht wieder in den Teich fallen. Das ist doch Jahre her.«

»Ich bin nicht hineingefallen, jemand hat mich gestoßen.«

Zaghaft berührte er sie am Arm. »Ich verspreche dir, niemand wird das je wieder tun, solange ich da bin.«

Das Lächeln, das sie ihm schenkte, ließ sein Herz einen Schlag aussetzen.

»Sei bedankt, Sebastian, aber ich muss deine Einladung trotzdem ausschlagen, ich habe zu viel zu tun.«

Ihre Worte schmerzten, und so nickte er nur, hob die Hand zum Abschiedsgruß und lenkte seine Schritte zur Füll.

Ida

Sie bediente den bronzenen Türklopfer und wartete mit klopfendem Herzen. Alle Mühe hatte sie sich mit den Zeichnungen gegeben und hoffte, Ottilie Nützel damit zufriedenzustellen. Eine Dienstmagd öffnete, und als Ida den Grund ihres Hierseins nennen wollte, tauchte Paula auf.

»Du kannst gehen«, scheuchte sie die Magd fort. »Was willst du hier?«, zischte sie Ida an.

»Deiner Mutter die Entwürfe zeigen, sie hat Gemälde bei Meister Straub bestellt«, antwortete Ida und bemühte sich um einen freundlichen Ton. Sie wollte Paula lieber nicht erzählen, dass sie die Bilder gemalt hatte.

»Meine Mutter ist nicht hier. Was hattest du mit Sebastian zu schaffen? Ich habe euch vom Fenster aus gesehen.« Paulas Miene war voll Argwohn.

»Es geht dich nichts an.« Ida merkte, wie sie zornig wurde.

»Und ob. Elisabeth ist ihm versprochen, also halte dich fern von ihm. Du bist ohnehin von zu niedrigem Stand, als dass sich der Sohn eines Patriziers für dich ernsthaft interessieren würde. Auch wenn du heute bessere Kleider trägst, überdecken sie nicht den Armutsgestank.«

Ida zwang sich zur Ruhe.

»Wenn deine Mutter nicht da ist, dann komme ich morgen wieder oder sende einen Boten.«

»Gib mir die Hülse.« Auffordernd streckte Paula die Hand aus.

»Damit du die Zeichnungen zerstören kannst? Für wie dumm hältst du mich?« Als sie sich zum Gehen wandte, konnte Ida sich nicht verkneifen, schnippisch hinzuzufügen:

»Sebastian hat mich in den Garten zu Wein und gebratenen Wachteln eingeladen.«

»Dann würde ich achtgeben, dass du dieses Mal nicht doch ersäufst.«

Ida war mit einem Satz bei ihr, die Hand zum Schlag erhoben. Doch sie besann sich und ließ ihren Arm sinken. »All die Jahre war ich mir sicher, du hast mich hineingestoßen.« Nur die Imhoffs und der Diener, der sie damals zum Sommerhaus geleitet hatte, wussten von dem unfreiwilligen Bad. »Du niederträchtige Missgeburt, Gott hat dich zu Recht mit einem Hinkebein geschlagen – oder ist unter dem Kleid gar ein Pferdefuß? –, damit jeder erkennen kann, was du bist? Eine Teufelsbrut!« Mit diesen Worten drehte sie sich um und lief eilig davon.

Kaspar

TRÄGE LAG ER auf dem Rücken im duftenden Gras, die Augen geschlossen, die Arme hinter dem Kopf verschränkt. Obwohl es noch vor Mittag war, brannte die Sonne von einem wolkenlosen Himmel. Keine Bücher, keine vollen Hörsäle, kein enges Zimmer. Kaspar wünschte sich, die sorglose Zeit würde nie ein Ende nehmen.

»Wie wunderbar, ich bin dir immer noch dankbar, dass du mich überredet hast, hierherzukommen und nicht nach Nürnberg zu reisen«, murmelte er schläfrig. Vor drei Wochen war er Matteo gefolgt und nach Treviso gereist, zum Haus der Familie Scopolo. Zuvor hatte er wie geplant für Professor Fabrizio gearbeitet. Hühnereier in jeglichem Entwicklungsstadium hatten sie sich angeschaut, die Ergebnisse aufgeschrieben und aufgezeichnet. Es war sehr eindrücklich gewesen, zu sehen, wie sich ein Küken bildete, veränderte und heranwuchs.

Matteo, der neben ihm im Schneidersitz saß, räusperte sich. »Ich hoffe, dein Vater verzeiht dir irgendwann.«

»Er ist mir nicht gram, im Gegenteil, er ist stolz auf mich, dass ich die Zeit lieber zum Lernen nutze.« Doch so sicher, wie er sich gab, war er sich nicht, denn auf seine Absage hin war kein Brief mehr gekommen.

»Das nennst du also lernen, mein Freund?«, lachte Matteo.

»Ich habe viel über die Arbeiten in einem Weinberg gelernt, seit wir hier sind. Nun ist es Zeit, sich auszuruhen und gegen später ein Glas dieses gar köstlichen Traubensaftes, den dein Onkel keltert, sich zu Gemüte zu führen. Oder auch zwei«, grinste Kaspar.

»Und dazu gibt es heute Zickleinbraten.« Matteo machte ein schmatzendes Geräusch.

Sebastian öffnete die Augen und richtete sich auf, den Oberkörper auf die angewinkelten Arme gestützt. »Wenn wir weiter so beköstigt werden, passen wir bald nicht mehr in unsere Hosen. Du zumindest«, spöttelte er mit Blick auf Matteos Körpermitte.

Sein Freund machte ein finsteres Gesicht und gab vor, tödlich beleidigt zu sein. »Ich fordere dich zum Duell, Kaspar Camerarius«, rief er und stürzte sich auf ihn.

Sie rangen miteinander, bis Matteo schließlich die Oberhand gewann und rittlings auf Kaspar saß und dessen Arme mit den Knien niederhielt.

»Ich ergebe mich, Matteo«, keuchte er.

Der Venezianer gab ihn frei. »Wollen wir hinunter zum Fluss und schwimmen?«

»Warum nicht? Heiß genug ist es.«

Nach etwas mehr als einer halben Stunde erreichten sie den Sile, dessen Wasser Papier- und Getreidemühlen antrieb und dem Warenhandel zwischen Venedig und Treviso diente. Flussaufwärts wurden die Kähne aus der Lagunenstadt meist mit Ochsen getreidelt, und in umgekehrter Richtung konnten Segel gesetzt werden. Der Fluss war nicht tief und seine Wasser klar, sodass man den Kiesgrund sehen konnte. Sie fanden eine Stelle, an der die Böschung flach war und mehrere Trauerweiden ihre Zweige in den Sile tauchten.

Flugs entledigte sich Matteo seiner Kleidung und sprang in die kühlen Fluten, tauchte unter und kam prustend wieder hoch. »Erfrischend. Los, komm«, rief er Kaspar zu, der umständlich aus seinen Hosen stieg.

Vorsichtig watete er hinein. »Erfrischend? Es ist eisig.« Kaspar schüttelte sich.

»Du musst dich überwinden und schnell eintauchen«, empfahl sein Freund, der mit kraftvollen Zügen die langsame Strömung querte und zum anderen Ufer schwamm.

Kaspar holte tief Luft, wappnete sich gegen die Kälte und folgte Matteos Rat. Japsend kam er wieder nach oben, schüttelte seinen dunklen Schopf und kehrte schleunigst zum Ufer zurück, wo er sich auf einen kleinen Sonnenflecken fallen ließ, um sich zu wärmen und zu trocknen. Matteo schien die Kälte nichts auszumachen, denn er schwamm mehrmals hin und her. Schließlich stieg er aus dem Fluss und setzte sich neben Kaspar.

»Ich hätte nicht gedacht, dass du so ein verweichlichtes Bürschchen bist«, lachte er.

Kaspar knuffte ihn mit dem Ellbogen in die Seite.

»Bald müssen wir wieder zurück nach Padua«, seufzte er, »die schöne Zeit hier ging viel zu schnell vorbei. Andererseits brenne ich darauf, wieder mit den Professoren zu den Kranken zu gehen und herauszufinden, was ihnen fehlt.«

»Aber morgen Abend sehen wir uns noch das Calcio storico in Treviso an.«

»Was ist das?«, fragte Kaspar.

»Das weißt du nicht? Wie lange bist du nun schon hier? Zwei Jahre? Nein, drei! Und du hast dir noch nie ein Spiel angesehen?« Matteo schüttelte ungläubig den Kopf. »Jede Mannschaft hat siebenundzwanzig Spieler, die gegeneinander um den Ball kämpfen, um ihn ins gegnerische Tor zu bringen. Erlaubt ist sozusagen alles, außer Waffengewalt und Schläge oder Tritte gegen den Kopf«, erklärte er. »Nur die stärksten, mutigsten und härtesten Männer genügen diesem Spiel, das etwas weniger als eine Stunde dauert. Öfter kommt es auch zu Prügeleien unter den Zuschauern.«

»Und dir gefällt das?«

»Es ist nur ein Spiel und obendrein spannend. Zugegeben, es ist sehr brutal, und die Männer sind erbarmungslos. Doch bedenke, sie sind froh um jeden, der am Spielfeldrand steht und über medizinische Kenntnisse verfügt. Ich denke, du kannst dir vorstellen, dass es einige Verletzte gibt.«

»Du willst mich ködern«, stellte Kaspar fest.

»Wenn du so willst«, grinste Matteo. »Kommst du mit, oder möchtest du lieber bei meiner Mutter bleiben? Wir Scopolo-Männer gehen nämlich alle hin.«

»Schon gut, ich bin dabei.«

Luisa

Zufrieden betrachtete sie die vielen Gläser, die fein säuberlich aufgereiht bereitstanden. Ihr Mousse aux fruits hatte sie in drei verschiedenen Sorten hergestellt: Himbeere, Johannisbeere und Erdbeere. Auch ihr Bruder Sebastian war stolz auf sie und unterstützte ihr Vorhaben. Es hatte Luisa einige Überredungskunst gekostet, um auf der Kirchweih einen Stand neben Ida zu bekommen, doch der Marktmeister hatte ihr schließlich den Platz vor dem großen kunstvollen Brunnen am Hauptmarkt zugewiesen. Noch vor Tagesanbruch waren die zahllosen Stände aufgebaut worden, auf sämtlichen Plätzen standen sie dicht an dicht, Stimmengewirr beherrschte die Luft, vermengt mit Hühnergackern, dem Muhen des Viehs, Schweinegrunzen und Pferdegewieher.

»Wie schön, dass wir nebeneinander stehen können. Wie hast du das nur hinbekommen?«, fragte Ida.

»Steter Tropfen höhlt den Stein«, grinste Luisa schelmisch. »Der Marktmeister hat eingesehen, dass unsere beiden Stände kaum Platz wegnehmen und deshalb am besten vor den Brunnen passen.« Eingehend betrachtete sie Idas aufgestellte Bilder. »Sie sind wunderbar. Am besten gefällt mir dieses hier.« Sie deutete auf ein Gemälde, das einen von Weiden gesäumten Bach zeigte, der sich durch satte Auen schlängelte. Auf den Wiesen standen zwei grasende Pferde, und ein paar Vögel zogen ihre Bahnen am blauweißen Himmel. Luisa konnte förmlich das munter über große rundliche Steine plätschernde Wasser hören.

»Es unterscheidet sich deutlich von den anderen«, begründete sie ihre Wahl, »wobei auch die Gemälde mit Blumen und Früchten gelungen sind.«

Ida freute sich. »Ich schenke es dir.«

»Nein, das kann ich nicht annehmen«, lehnte Luisa ab, »aber du kannst mir ein ähnliches malen, und ich bezahle es, so wie es sich gehört.«

»Einverstanden.«

Ida nickte und berichtete von ihrem Aufeinandertreffen mit Paula. »Sie ist es gewesen, Luisa, sie hat mich damals ins Wasser gestoßen. Noch immer frage ich mich, ob sie mich töten wollte oder ob ihr nicht bewusst war, dass ich hätte ertrinken können.«

Luisa sah ihre Freundin entsetzt an. »Wieso hast du nie gesagt, dass du sie lachen gehört hast?«

»Ich war mir nicht gänzlich sicher. Und wer hätte mir geglaubt? Es ist lange her, lass uns über andere Dinge reden.« Nachdenklich betrachtete Ida die Gläser mit dem Fruchtmus. »Vielleicht solltest du von jeder Sorte eines öffnen, damit die Leute davon kosten können.«

»Warum bin ich nicht selbst darauf gekommen?«

»Worauf?« Plötzlich stand Sebastian bei ihnen.

Luisa berichtete ihm von Idas Vorschlag.

»Willst du, dass jeder den Finger hineinsteckt?« Er schüttelte sich. »Besser, du besorgst Holzspatel oder …«

»Oder Brot«, unterbrach Ida ihn.

Luisa beobachtete verstohlen ihren Bruder, der Ida mit einem strahlenden Lächeln ansah. War er etwa verliebt?

»Ja, hervorragender Einfall«, lobte er überschwänglich. »Geh zum Weißbrotbäcker, Schwesterherz, ich passe so lange hier auf. Eil dich, bald strömen die Menschen durch die Gassen.«

»Kannst du nicht gehen? Bitte.«

Er verzog die Mundwinkel und seufzte. »Na schön.«

Als er verschwunden war, sagte Luisa: »Ich glaube, mein Bruder hat sein Herz verloren.«

»An wen? Kenne ich sie?«, fragte Ida neugierig.

»An dich.«

Ida begann zu lachen. »Das bildest du dir ein. Niemals. Weißt du noch, wie er sagte, ich stinke nach niedrigem Stand?«

»Das ist lange her. Er mag dich. Allein, wie er dich gemustert hat«, erwiderte sie mit hochgezogenen Brauen.

»Ach was«, antwortete Ida schulterzuckend. »Sieh nur, da kommt der Bürgermeister mit den Stadträten.«

Von allen Seiten drängten die Menschen zum Hauptmarkt, wo ein hölzernes Podest errichtet worden war, auf welchem ein großes Fass Bier stand. Dem Bürgermeister fiel die Aufgabe zu, die Kirchweih zu eröffnen und das Fass anzustechen. Bald war in den Gassen kein Durchkommen mehr. Als der stattliche Mann eine kurze Rede gehalten und den Spund mit einem gewaltigen Schlag in das Fass getrieben hatte, johlte die Menge begeistert. Die Stadträte hielten ihre Krüge unter das hervorsprudelnde Gerstengebräu und genehmigten sich den ersten Schluck.

»Hier hast du dein Brot«, sagte Sebastian und legte zwei Laibe neben die Gläser. »Und weil ich ein guter Kerl bin, werde ich es für dich in kleine Stücke schneiden.«

Luisa bedankte sich überschwänglich. »Du bist der beste Bruder der Welt.«

»Nur weil du keinen anderen hast. Möchtest du nicht Ida von deiner Mousse anbieten?«

Er wartete ihre Antwort nicht ab, öffnete ein Glas, tunkte ein Stückchen Brot hinein und hielt es Ida hin.

»Es riecht nach Himbeeren«, stellte ihre Freundin entzückt fest und schob die Kostprobe in den Mund. »Himmlisch. Sie werden dir die Gläser aus den Händen reißen.«

Luisa schenkte ihr ein strahlendes Lächeln. Und Ida sollte recht behalten. Binnen weniger Stunden waren nur noch wenige Gläser übrig, die Brotstückchen längst verzehrt. Auch

Ida verkaufte die meisten ihrer Bilder, und die Freundinnen beglückwünschten sich gegenseitig zu ihrem Erfolg. Sebastian war gegangen, nachdem er das Brot zerteilt hatte, er wollte später wiederkommen, aber jetzt gedachte er, sich zu amüsieren.

»Ich habe Hunger«, klagte Luisa und sah sehnsüchtig hinüber zu einem Stand, der heiße Fleischpasteten und Nürnberger Bratwürste anbot.

»Geh schon, ich passe auf«, schickte Ida sie fort.

Luisa wartete ungeduldig, bis sie an der Reihe war. Der Duft von Gebratenem ließ ihr das Wasser im Munde zusammenlaufen, und ihr Magen knurrte vernehmlich.

»Ich lasse Euch den Vortritt, bevor Ihr mich noch in den Rücken beißt«, wandte sich der junge Mann vor ihr um mit einem schelmischen Grinsen im Gesicht. Luisa blickte in freundliche graue Augen.

»So appetitlich sieht Euer Rücken nicht aus, trotzdem danke für Euer Angebot«, erwiderte sie. »Ihr seid nicht von hier«, stellte sie dann fest. Er sprach zwar Deutsch, doch seine Aussprache klang fremd.

»Ich komme aus Leiden.«

»Und was führt Euch hierher?«, fragte Luisa.

»Ihr seid neugierig, aber einem so hübschen Gesicht kann ich nicht widerstehen. Ich besuche meinen Vater …«

»Was wollt Ihr? Pastete oder Würste?«, unterbrach ihn der dicke Fleischer hinter seinen dampfenden Pfannen.

Der Fremde nickte Luisa aufmunternd zu.

»Zwei Fleischpasteten«, sagte sie dann.

»Und zwei Bratwürste für mich«, fügte der Niederländer hinzu und musterte dann Luisa. »So großen Hunger? Ihr seht nicht aus, als ob Ihr zwei Pasteten verschlingen könntet.«

»Eine davon ist für meine Freundin«, erwiderte sie und nestelte an ihrem Geldbeutel, der an ihrem Gürtel hing. Doch der Fremde legte seine Hand für einen Augenblick auf die ihre, um sie davon abzuhalten. Luisa fühlte ein angenehmes Kribbeln auf ihrer Haut.

»Ihr seid eingeladen«, sagte der junge Mann und bezahlte, während Luisa das Essen entgegennahm.

»Seid bedankt. Kommt mit zu meinem Stand, dann könnt Ihr in Ruhe die Würste verzehren«, schlug sie zu ihrer Überraschung vor. Der Fremde hatte etwas Anziehendes an sich, und sie wollte ihn nicht gleich wieder aus den Augen verlieren.

»Ihr habt einen Stand?«, fragte er erstaunt.

Luisa nickte nur und bahnte sich einen Weg durch die Menge, während die heißen Fleischpasteten drohten, ihre Hände zu versengen.

»Ida«, rief sie, »ich habe dir auch eine mitgebracht. Bezahlt hat sie freundlicherweise er«, sie wies mit dem Kinn auf den Fremden.

Ihre Freundin kam hinter dem Bildertisch hervor und nahm die Pastete dankbar entgegen.

»Lukas, wie großzügig von dir«, sagte sie und lächelte den Niederländer an.

Lukas legte den Kopf schief. »Sieh an, du bist also die Freundin dieser hübschen jungen Dame.«

Luisa vergaß vor Verblüffung beinahe die Pastete in Händen. »Ihr kennt Euch?«

»Lukas Straub, der Sohn meines Meisters. Und das ist Luisa Imhoff«, stellte Ida sie einander vor. Herzhaft biss sie in die Pastete. »Ich habe noch zwei Gläser für dich verkauft, Luisa«, fügte sie kauend hinzu.

»Wie schön«, freute sich Luisa und befriedigte ihren knurrenden Magen.

»Was ist da drin?«, fragte Lukas, der die Bratwürste schon zur Gänze verschlungen hatte, und deutete auf die verbliebenen Glasgefäße.

»Mousse aux fruits aus verschiedenen Beeren. Süß und fruchtig. Du solltest Luisa ein Glas abkaufen«, sagte Ida, wischte sich die Hände an einem Tuch ab und leckte sich die Mundwinkel. »So etwas Besonderes bekommst du nirgends.«

Luisa wurde rot. »Das stimmt nicht. Eigentlich stammt es aus Portugal, dort werden aber gelbe Früchte verarbeitet, *marmelo* werden sie genannt. Ich dachte, man könnte versuchen, ein süßes Mus auch aus Beeren herzustellen.«

»Das ist Eure Erfindung? Nicht nur hübsch, sondern auch noch klug«, schmeichelte Lukas. »Ich kaufe ein Glas.«

»Es gibt aber nur noch Johannisbeere, die anderen Sorten sind verkauft«, erwiderte sie entschuldigend.

»Ich mag Johannisbeeren, und wenn sie durch Euer Tun veredelt worden sind, dann noch viel mehr.«

Luisa war hingerissen. »Ich schenke es Euch.«

»Du solltest nicht so verschwenderisch damit umgehen, Schwester«, ließ sich Sebastian vernehmen. Seine Worte klangen verwaschen, offenbar hatte er einen Krug Bier zu viel getrunken.

»Das ist meine Sache.«

»Wer ist er denn?«, nuschelte Sebastian und zeigte auf Lukas.

»Lukas Straub aus Leiden«, stellte sich der Niederländer vor.

Sebastian brummte nur und wandte sich an Luisa. »Wenn du jedem Dahergelaufenen ein Glas schenkst, dann kommt kein Geld zusammen.«

»Ich werde den Preis dafür bezahlen, schließlich ist der Erlös für einen guten Zweck«, entgegnete Luisa.

»Ihr seid auch noch mildtätig? Ein Engel auf Erden«, raunte Lukas ihr zu.

»Haltet Euch von meiner Schwester fern und spart Euch Eure schmierigen Schmeicheleien. Ihr wollt sie doch nur in Euer Bett bekommen …«

»Sebastian, ich glaube, du hast zu viel getrunken«, mischte

sich Ida ein und nahm ihn am Arm. »Komm, setz dich, ich hole dir etwas zu essen.«

»Ida, schöne Ida.« Schwer ließ sich Sebastian auf einen Hocker fallen und zog Luisas Freundin plötzlich auf seinen Schoß, schlang die Arme um ihre Körpermitte.

»Bist du von Sinnen?«, zischte Ida laut genug, damit es die anderen hören konnten.

»Sebastian, hier bist du, wir haben dich in der Menge verlo...«

Wie aus dem Boden gestampft erschienen Elisabeth und Paula am Stand. Die junge Welserin wurde bleich vor Eifersucht und Zorn, als sie Ida auf Sebastians Knien sitzen sah. Auch die Gesichtszüge ihrer Begleiterin wirkten wie eingefroren.

»Du verdammte Hure, mach, dass du hinfortkommst.« Paula Nützel fand als Erste die Sprache wieder.

»Wag es nicht, sie noch einmal eine Hure zu nennen«, sprang Luisa ihrer Freundin zu Hilfe. »Verschwindet. Alle beide.«

»Dass du dich immer noch mit solchem Gesindel abgibst«, schäumte Elisabeth.

Luisa hob den Arm, um ihr eine Ohrfeige zu verpassen, doch Lukas packte sie am Handgelenk.

»Meine Damen, wer wird sich denn so unwürdig benehmen. Es handelt sich um ein Missverständnis«, sagte er, bevor er sie wieder losließ.

Ida hatte sich inzwischen aus Sebastians Armen befreit und strich sich die Röcke glatt. »Bemüh dich nicht, Lukas, sie sind es nicht wert.« Damit kehrte sie allen den Rücken zu und zog sich hinter den Tisch ihres Standes zurück, wo just im Moment ein älterer Herr hinzutrat, um eines ihrer Bilder in Augenschein zu nehmen.

»Du solltest nach Hause gehen«, sagte Luisa zu ihrem Bruder, der die Lider halb geschlossen hielt. »Du bist betrunken.«

Mühsam stemmte er sich hoch und kam schwankend zum Stehen. »Vielleicht ein bisschen. Nur ein bisschen. Elisabeth, meine Teure, Paula, kleines Täubchen, wollt ihr mich ein Stück begleiten? Ida ist langweilig und zimperlich.«

Elisabeth setzte ein triumphierendes Lächeln auf und hakte ihn unter. »Nur zu gern, mein Lieber, Paula und ich nehmen dich in die Mitte. Nicht, dass du uns noch einmal abhandenkommst.«

Luisa sah ihnen fassungslos nach, unfähig, irgendetwas zu sagen.

»Es muss Euch nicht peinlich sein«, murmelte Lukas neben ihr. »Euer Bruder hat einen über den Durst getrunken, das geschieht schon mal.«

»Ich weiß. Trotz alledem ist sein Benehmen unverzeihlich. Er kann von Glück sagen, wenn Ida ihm seinen Übergriff nicht übel nimmt.«

»Das glaube ich nicht. Sie weiß, dass das Bier ihn dazu verleitet hat. Ida ist bewundernswert, nicht wahr? Schon vom ersten Augenblick an dachte ich, sie ist etwas Besonderes«, sagte Lukas leise.

Luisa stimmte ihm zu. Doch tief in ihrem Inneren verspürte sie den feinen Nadelstich der Eifersucht.

Sebastian

Die Kirchweih lag bereits einige Wochen zurück, und er hatte Ida noch immer nicht für sein ungebührliches Verhalten um Verzeihung gebeten. Immer wieder fand er Ausflüchte: Warentransporte, um die er sich kümmern musste, Vorbereitungen für die anstehende Reise nach Indien treffen, nach Frankfurt zur Messe reisen, bessere Preise aushandeln. Luisa hatte ihm zwar zu verstehen gegeben, Ida sei ihm nicht gram, trotzdem nagte es an ihm. Grübelnd saß er im Kontor.

»Herr, das hat ein Bote für Euch abgegeben«, riss ihn ein Diener aus seinen Gedanken.

»Gib schon her«, sagte er verdrossen. Missmutig erbrach er das Siegel und begann zu lesen. Seine schlechte Laune verflog. Ottilie Nützel lud nach Schloss Gugelhammer ein. Und das wollte er sich nicht entgehen lassen, denn Paulas Mutter wusste Feste auszurichten. Er erinnerte sich noch gut an die Jagden, an denen er teilgenommen hatte.

»Sebastian«, ohne Anzuklopfen war seine Schwester hereingekommen, »ich brauche Gläser. Bald sind die Brombeeren reif, und ich möchte Mousse daraus herstellen.«

Er legte die Einladung zur Seite. »Geh zu Meister Binder, dort hatte ich letztes Mal welche gekauft.«

»Aber sie sind mir zu schlicht, ich dachte, es würde hübsch aussehen, wenn sie emailliert wären. Eine Brombeerranke mit Früchten daran …«

»Luisa, das wird zu teuer. Außerdem dauert es zu lange. Bis solche Gefäße hergestellt sind, ist die Erntezeit vorüber.«

Luisa verzog den Mund, stimmte ihm aber widerwillig zu.

»Wir sind eingeladen«, sagte er dann und wies auf den Bogen Papier.

»Eingeladen?«

»Paulas Mutter lädt nach Schloss Gugelhammer. Endlich seien die Räumlichkeiten wieder vorzeigbar, und das will sie gebührend feiern, schreibt sie.«

»Wirst du hingehen?«, fragte Luisa stirnrunzelnd.

»Selbstverständlich, wir können doch eine solche Einladung nicht ausschlagen. Schließlich sind die Nützels eine hoch angesehene Familie. Außerdem gab es schon lange kein rauschendes Fest mehr, und Ottilie spart an nichts. Wer weiß, ob sie nicht auch Markgraf Georg Friedrich nebst Gattin zu Gast hat.«

»Der ist viel zu fett und passt in keine Kutsche mehr«, erwiderte Luisa verächtlich. »Seit zwei Jahren kümmert sich sein Schwager deshalb um die Regierungsgeschäfte des Fürstentums. Weißt du das nicht?«

»Ich war längere Zeit nicht hier, schon vergessen?«, gab er unwirsch zurück.

»Und warum sollte sie ihn überhaupt einladen?«, fragte sie und stützte die Arme auf die Rückenlehne eines Stuhls vor Sebastians Schreibtisch.

»Weil man mit dem Adel gute Geschäfte machen kann und der Markgraf ein geschickter Politiker ist, wie auch Paulas Vater, der nicht von ungefähr als Gesandter für den Kaiser unterwegs ist. Denk an deine Spezereien, so etwas lieben die Fürsten an ihrer Tafel. Du kannst die Einladung nicht ablehnen, Luisa, es ist eine zu gute Gelegenheit, um neue Beziehungen zu knüpfen.«

»Ich denke darüber nach. Allerdings hege ich nicht den Wunsch, Paula, diese ekelhafte Missgeburt, geschweige denn Elisabeth Welser zu sehen.« Über ihrer Nasenwurzel hatte sich eine steile Zornesfalte gebildet.

»Schwesterherz, ich weiß, du kannst die beiden nicht leiden, aber glaub mir, man kann tatsächlich viel Spaß mit ihnen haben«, grinste Sebastian.

Luisa rollte mit den Augen.

»Elisabeth betet dich an, und Paula macht, was Elisabeth sagt. Wenn du die Welserin bittest, sich für dich in die Pegnitz zu stürzen, würde sie es tun. Guter Einfall, vielleicht solltest du sie wirklich darum bitten«, entgegnete sie mit finsterer Miene. »Sie benimmt sich wie eine rollige Katze, wenn sie nur in deine Nähe kommt.«

»Nun übertreib nicht.«

»Tu ich nicht. Ich muss weiter, Sebastian«, sagte sie und wandte sich zur Tür.

»Warte. Meinst du, du kannst herausfinden, ob Ida auch eingeladen ist?«

»Ida? Bestimmt nicht, du weißt doch, dass sie keinen Zugang zur illustren Nürnberger Oberschicht hat. Gleichwohl in den Stuben der Reichen das eine oder andere Gemälde von ihr Platz gefunden hat, bedeutet es nicht, sie gehört dem Patriziat an. Noch immer ist sie nur die Tochter eines Schmieds, auch wenn ihr Onkel ein angesehener und wohlhabender Bürger der Stadt ist.«

Enttäuschung machte sich in Sebastian breit, dann hellte sich seine Miene wieder auf. »Und wenn du sie fragst, ob sie als meine Begleitung mitkommen möchte?«

Luisa lachte laut auf. »Zum einen kannst du sie selbst fragen, du närrischer Kerl, zum anderen fürchte ich, sie wird dir das Herz brechen, indem sie ablehnt.«

»Was meinst du damit? Mag sie mich nicht?«

»Doch, doch. Aber du kannst nicht von ihr verlangen, dass sie dich ausgerechnet zu Nützels begleitet. Gehab dich wohl, Sebastian.« Sie öffnete die holzvertäfelte Tür.

»Aber warum denn? Was ist zwischen ihr und Paula?«, rief er ihr hinterher.

»Finde es selbst heraus«, riet sie ihm und zog die Tür hinter sich zu.

Er bekam keine Gelegenheit, Ida zu fragen. Am späten Nachmittag saß er brütend über Zahlenreihen und sann darüber nach, wie viel Geld die Imhoff'sche Handelsgesellschaft der spanischen Krone leihen sollte. König Philipp brauchte zum wiederholten Male Geld. Viel Geld. Sein Krieg gegen England verschlang Unsummen, und mehrfach war in den Jahren seiner Regierungszeit der Staatsbankrott erklärt worden, denn die Engländer sorgten mit ihren Schiffen dafür, dass die spanische Silberflotte die Heimathäfen nicht erreichen konnte.

Es klopfte, und ein Diener streckte den Kopf herein.

»Verzeiht, Herr, hier ist eine Dame, die sich nicht abweisen lässt.«

Kaum hatte er ausgesprochen, schob sich Elisabeth Welser mit rauschenden Röcken an ihm vorbei.

»Sebastian, ich hoffe, du hast einen Augenblick Zeit für mich. Du kannst dich verziehen«, ranzte sie den Diener an und scheuchte ihn gestikulierend hinaus.

»Elisabeth, du kommst etwas ungelegen. Aber da du schon mal hier bist«, seufzte er und wies einladend auf einen Stuhl. »Was ist so wichtig, dass es nicht warten kann?«

Sie hatte sich die Haare färben lassen, die nun in einem satten Kastanienrot glänzten, und Sebastian stellte fest, dass es ihr ausgesprochen gut zu Gesicht stand.

»Ich … es ist mir zwar peinlich, doch …«, begann sie mit einem Mal unsicher.

»Du siehst sehr hübsch aus«, sagte er. »Und jetzt erzähl mir, was du auf dem Herzen hast.«

Eine feine Röte zierte ihre Wangen ob seiner Schmeichelei, doch offenbar fühlte sie sich dadurch gestärkt.

»Ich wollte dich fragen, ob du der Mann an meiner Seite für das Fest bei Ottilie Nützel sein möchtest. Es geht um die Tischordnung, ich möchte nicht neben irgendeinem langweiligen Fremden sitzen. Das würde mir den Abend verderben.« Sie streckte ihre Hand aus und berührte seine Linke. »Es würde mir viel bedeuten, Sebastian«, fügte sie mit einem Augenaufschlag hinzu.

Er brachte es nicht über sich, abzulehnen. »Natürlich begleite ich dich. Blasius wird dich mit der Kutsche abholen.«

Ida

»Onkel Basilius, ich habe heute Hans und seine Familie besucht.«

Hin und wieder machte sich Ida auf den Weg zum Haus ihrer verstorbenen Eltern. Hans war inzwischen Vater von drei Kindern, und die Geschäfte liefen gut. Der ehemalige Geselle ihres Vaters hatte es zum Meister gebracht und einen Lehrling angenommen, der über der Werkstatt schlief.

»Stell dir vor, Irmingard ist schon wieder guter Hoffnung.«

»Hmmmh«, brummte Basilius, ohne von seinem Buch aufzusehen.

»Seine Werkstatt ist abgebrannt, und er hat Schulden«, behauptete Ida mit schelmischem Grinsen.

Basilius nickte nur und blätterte die Seite um.

»Du hörst mir überhaupt nicht zu.«

Der Apotheker sah auf. »Doch, doch.«

Ida lachte. »Nein, tust du nicht. Was liest du da?«

»Die Schriften von Mattioli. Kaspars Vater hat sie vor einigen Jahren überarbeitet. Wirklich spannend.«

»Wer ist Mattioli?« Ida zog sich einen Stuhl heran und setzte sich an den Schreibtisch.

»Er war Arzt und Botaniker, aber er ist schon viele Jahre tot. Sieh mal hier«, er drehte ihr das aufgeschlagene Buch zu. »Ein spannendes Gewächs aus Neu-Spanien. Seine Früchte sind mal gelb und mal rot. Mattioli nennt die Pflanze *pomi d'oro* und behauptet, ihre Frucht ist essbar.«

Ida runzelte die Stirn. »Das Bild erinnert mich an ein ähnliches, das ich im Kräuterbuch von Leonhart Fuchs gesehen habe.«

»Du überraschst mich immer wieder, Ida, und machst mich stolz«, lächelte er. »Genau daran musste ich eben denken, als du hereinkamst. Und nicht nur Fuchs hat Mala aurea beschrieben, auch Öllinger. Er hatte sie gar in seinem Garten gezüchtet, und seine Pflanzen dienten Hieronymus Bock als Vorlage für sein Kräuterbuch. Weißt du übrigens, dass Kaspars Vater Öllingers Garten geerbt hat?«

»Öllinger?« Ida hatte keine Ahnung, von wem er sprach.

»Ein Nürnberger Apotheker. Als er starb, war ich etwa so alt wie du heute. Aber weder er noch Fuchs scheinen der Ansicht, Mala aurea, oder pomi d'oro, wie Mattioli sie nennt, eigne sich zum Verzehr.«

»Und was glaubst du?« Ida hörte Basilius gerne zu. Er wusste so viele Dinge, und sie versuchte, sich das meiste davon zu merken.

»Sie gehört zur Gattung Solanum, zu den Nachtschattengewächsen, wie die Tollkirsche oder das Bilsenkraut. Also artverwandt und damit wahrscheinlich giftig. Ich für meinen Teil würde sie nicht freiwillig verspeisen.« Er klappte das Buch zu. »Nun, was wolltest du mir erzählen?«

Ida verkniff sich den Spott, denn Basilius hatte eben zugegeben, dass er nicht zugehört hatte.

»Hans will das Haus samt Werkstatt kaufen. Ich sagte ihm, ich werde mit dir darüber sprechen, da du mein Vormund bist.«

»Möchtest du das Haus überhaupt hergeben? Es ist noch nicht allzu lange her, da hast du darüber nachgedacht, selbst einzuziehen, wenn du volljährig bist«, erwiderte er mit nachsichtigem Lächeln.

Ida holte tief Luft und ließ sie geräuschvoll entweichen. »Ja, ich weiß. Aber damals war ich wütend. Von mir aus kann Hans es haben. Es ist mir sogar lieber, er kauft es als ein Fremder.«

»Du meinst, auch wenn es nur ein Haus ist, soll es in gute Hände kommen, weil du dort aufgewachsen bist.«

Liebevoll sah sie ihren Onkel an. »Ich wusste, du verstehst mich. Außerdem wäre es mir wichtig, dass Hans das Haus günstiger bekommt. Die Preise in der Stadt sind nicht gerade niedrig. Aber er war immer gut zu mir, ich mochte ihn gern. Und mag ihn noch.«

»Ich denke, wir werden uns mit ihm einig werden, Ida.« Basilius zückte einen versiegelten Umschlag hervor. »Das hat ein Bote für dich abgegeben.«

Ida bekam selten Briefe. Eigentlich nie. Aufgeregt erbrach sie das Siegel und las.

»Du siehst nicht begeistert aus«, meinte Basilius, als sie den Bogen zusammenfaltete.

»Paulas Mutter wünscht meine Anwesenheit auf Schloss Gugelhammer. Sie gibt ein Fest, nachdem die Räumlichkeiten nun nach ihren Wünschen eingerichtet sind. Und da meine Bilder in der großen Stube hängen, möchte sie mich mit ihren Gästen bekannt machen, schließlich sei ich die Künstlerin, und sie sei mit den Gemälden mehr als zufrieden.«

»Das ist doch großartig«, freute sich Basilius. »Ottilie Nützel kennt alle von Rang und Namen. Wenn sie dich vorstellt, ist es eine gute Gelegenheit für dich, Aufträge zu bekommen.«

»Schon, aber …«

»Ida, ich weiß, dass du und Paula nicht die besten Freundinnen seid …«

Sie schnaubte verächtlich durch die Nase.

»… die Schulzeit ist vorbei, und du musst an deine Zukunft denken.«

Sie seufzte. »Ach Onkel Basilius, aber es macht mir Angst, dorthin zu gehen.«

Besler lächelte milde. »Du brauchst keine Angst zu haben, außerdem sind die Imhoffs sicher auch eingeladen.«

Ihr Gesicht hellte sich auf. »Daran habe ich noch gar nicht gedacht.«

Idas Onkel hatte eine Kutsche gemietet, die sie nach Schloss Gugelhammer bringen sollte. Luisa war zwar hocherfreut über die Nachricht gewesen, dass Ida zur Feier eingeladen worden war, doch zu ihrem Leidwesen war in der Kutsche der Imhoffs kein Platz mehr frei.

Auf dem Weg durch den Reichswald Richtung Röthenbach schlug Idas Herz schneller vor Aufregung. Ihre Hände waren feucht, und sie schwitzte in dem neuen Kleid aus hellgelber Seide und moosgrünem Brokat, für das sie den Großteil ihres Ersparten geopfert hatte.

»Hooh«, machte der Kutscher und parierte den Braunen vom flotten Trab zum Schritt, als der Weiler und der Wohnturm in Sicht kamen. Munter floss der Gauchsbach über große Steine und natürliche Kaskaden, und seine Wasser trieben das große Mühlrad an. Der Schwanzhammer verursachte einen infernalischen Lärm, als sein Kopf mit gewaltiger Kraft auf die Luppe –

den Eisenschwamm – niederschlug. Das mit Holzkohle verhüttete Eisenerz, das hier entstand, wurde so lange bearbeitet und erhitzt, bis man es als Schmiedeeisen verwenden konnte. Große wassergetriebene Blasebälge fachten die Schmelzöfen an. Ida fühlte sich plötzlich unwohl. Dort arbeiteten die Menschen hart für wenig Lohn, und sie würde nebenan in erlesenen Räumen feiern.

Eine ganze Reihe von Kutschen stand bereits vor dem Wohnturm, die Pferde dösten mit gesenkten Köpfen in der Sonne oder wurden gerade ausgeschirrt. Der Kutscher hielt und half Ida beim Aussteigen. Ein Bediensteter kam herbei und geleitete sie ins Schloss und etliche Treppen hinauf bis zur großen Stube, wo er ihr die Tür öffnete und sie eintreten ließ. Ida atmete tief durch.

Ottilie Nützel entdeckte sie sogleich und strebte mit ausgebreiteten Armen auf sie zu.

»Willkommen auf Schloss Gugelhammer«, sagte Paulas Mutter, dann wandte sie sich um und klatschte ein paarmal laut in die Hände. »Verehrte Gäste, nun sind wir vollständig, und ich freue mich, dass alle meiner Einladung gefolgt sind.«

Während Ottilie Nützel ihre Begrüßungsrede hielt, sah Ida sich verstohlen um. Sie erhaschte einige bekannte Gesichter, darunter Luisa und Sebastian, wie sie erleichtert feststellte. Elisabeth Welser hielt sich dicht neben Luisas Bruder und schleuderte ihr triumphierende und zugleich giftige Blicke entgegen. Auch Gabriela Heim war gekommen und stand neben ihren Eltern. Doch die meisten Gäste waren ihr fremd.

»Was zum Teufel machst du denn hier?«, zischte ihr plötzlich jemand ins Ohr.

Diese Stimme kannte sie zur Genüge. Paula.

»Deine Mutter …«

»Und jetzt möchte ich Euch die Erschafferin dieser großartigen Gemälde vorstellen, die diese Stube zieren. Ida Gerster, bitte tretet vor«, wurde sie von Paulas Mutter unterbrochen.

Ida konnte es sich nicht verkneifen, Paula die Zunge zu zeigen, straffte die Schultern und stellte sich neben Ottilie. Ihre Wangen glühten, denn es war ihr unangenehm, vor so vielen Menschen in den Vordergrund gerückt zu werden. Ihr klopfendes Herz beruhigte sich, als sie Ursula Imhoffs aufmunternden Blick auffing.

»Diese junge Dame ist nicht nur hübsch, sondern hat eine Gabe«, pries Paulas Mutter sie an wie ein teures Pferd. »Verehrte Gäste, beachtet die Intensität der Farben. Und gewinnt man nicht den Eindruck, die Schmetterlinge flögen sogleich auf, um sich an einer anderen Blüte gütlich zu tun?«

Die Leute klatschten Beifall, und ein zustimmendes Raunen erfüllte den Saal. Als Ottilie ihre Rede beendet hatte, forderte sie die Gäste auf, sich an den fein gedeckten Tafeln niederzulassen. Ida bekam den Platz neben einer elegant und teuer gekleideten, etwa fünfunddreißig Jahre alten, dunkelhaarigen Frau zugewiesen, die am Tisch der Familie Nützel neben Ottilie saß. Eine jüngere Frau und ein Mädchen, beide ebenso kostbar gewandet, hatten ihr gegenüber Platz genommen. Zu Idas Erstaunen saß Paula nicht mit dabei, sondern an der Tafel daneben bei Elisabeth Welser. Auch Luisa und Sebastian hatten dort Platz genommen, und Ida warf ihrer Freundin einen sehnsüchtigen Blick zu.

»Ihr habt wirklich Talent, Ida«, sprach die Frau sie an. »Ganz außerordentlich, diese Bilder, vor allem wenn man bedenkt, wie jung Ihr noch seid.«

»Seid bedankt …«, sie stockte, denn sie hatte keine Ahnung, wie sie die Dame ansprechen sollte, geschweige denn wen sie vor sich hatte.

»Sophie von Braunschweig-Lüneburg«, stellte sich ihre Tischnachbarin lächelnd vor. »Oder vielmehr von Brandenburg-Kulmbach und Brandenburg-Ansbach.«

Ida riss die Augen auf. »Ihr seid die Markgräfin? Ich, ich …«, stammelte sie.

»Ich habe unsere Gastgeberin darum gebeten, Euch an diesen Tisch zu setzen, denn meine Schwestern und ich wollten die Künstlerin kennenlernen. Clara, Gräfin von Schwarzburg, und Prinzessin Sibylle«, stellte sie vor. Clara glich einer jüngeren Ausgabe von Sophie, Sibylle besaß jedoch weniger Ähnlichkeit mit ihren Schwestern.

»Es ist ein weiter Weg vom Norden bis hierher«, sagte Ida, weil ihr nichts Besseres einfiel.

»Oh, ich bin schon länger zu Besuch bei Sophie in Ansbach«, sagte Clara fröhlich, »und unsere kleine Sibylle lebt bei ihr. Mir gefällt es hier sehr gut, die Residenz ist wirklich zauberhaft, und Nürnberg ist eine Stadt, die diese Bezeichnung auch verdient hat. Heringen, wo ich lebe, ist ein Dorf, hübsch, aber nun mal ein Dorf.«

»Ich bin nicht mehr die kleine Sibylle, ich bin dreizehn Jahre alt«, begehrte Sibylle auf.

»Und trotzdem benimmst du dich nicht so, wie es sich für eine Welfenprinzessin gehört«, tadelte Sophie ihre Schwester. »Manchmal frage ich mich, ob ich dich nicht besser in die Obhut eines Frauenstiftes hätte geben sollen.«

Sibylle stellte eine finstere Miene zur Schau, zog es aber vor, den Mund zu halten.

Das Essen wurde aufgetragen, und bald fand sich kaum ein freies Fleckchen mehr auf der Damasttischdecke, um ein Glas abzustellen. Zickleinbraten, gefüllte Enten und Gänse, Hechte, Flussbarsche und Bachforellen aus der nahen Schwarzach, Ochsenzungen in einer Rotweinsoße, Fenchelgemüse, Möhren, Pastinaken und Zwiebeln, Weißbrot, in Honig gebackene Mandeln und Feigen, süße safrangelbe, mit Heidelbeeren gefüllte Küchlein, zu denen eine warme Weinschaumsoße gereicht wurde, und zuletzt buntes Zuckerwerk in Form von Blumenblüten.

Ida verlor während des opulenten Mahls ihre Scheu vor

den adligen Schwestern und genoss die Unterhaltung. Clara war der Malerei sehr zugetan, räumte allerdings ein, dass ihre Versuche, selbst zu zeichnen, doch mehr als bescheiden waren. Und die Markgräfin dachte laut darüber nach, Idas Dienste in Anspruch zu nehmen und ein Gemälde für eines ihrer Gemächer in der Residenz Ansbach anfertigen zu lassen.

»Kann ich auch ein Bild für meine Schlafkammer bekommen?«, fragte Sibylle und stopfte sich wenig damenhaft ein großes Stück Küchlein in den Mund. Um ihre Lippen schimmerte es blau von den Heidelbeeren.

»Was würde Euch denn gefallen, Prinzessin?«, fragte Ida, die sich danach sehnte, vom Tisch aufzustehen und sich zu bewegen. Sie hätte besser auf die Honigmandeln verzichtet. Aus dem Augenwinkel nahm sie wahr, wie Paula Elisabeth etwas ins Ohr flüsterte und diese spöttisch zu ihr herübersah.

»Schmetterlinge. Hunderte, die durcheinanderflattern«, gab das Mädchen kauend zurück.

»Wenn du endlich lernst, nicht jeden daran teilhaben zu lassen, was deine Zähne gerade zerkleinern, können wir darüber sprechen, Sibylle«, tadelte Sophie ihre kleine Schwester. Doch in ihren Augen blitzte der Schalk. Ida erkannte, wie sehr die Markgräfin ihre jüngere Schwester mochte.

»Kommt in den nächsten Tagen zu mir«, wandte sich die Markgräfin wieder an Ida, »dann können wir in Ruhe darüber reden, was ich mir vorstelle. Ich residiere im Bitterholz an der Pegnitz, neben dem Wasserturm.«

Bald darauf wurde die Tafel aufgehoben, und die Musiker machten sich bereit, zum Tanz aufzuspielen. Ida sackte das Herz bis in den Magen, denn außer den Schritten der Volta beherrschte sie nach wie vor keinen anderen Tanz. Sie gab vor, sich erleichtern zu müssen, und verließ die große Stube. Das Rauschen des Gauchbachs lotste sie, und mühelos fand sie den Aborterker, durch dessen Schacht die Hinterlassenschaften ins Wasser fielen. Ihre Blase meldete sich und ließ die Notlüge zur Wahrheit werden.

Als sie zur Stube zurückkehrte, trug gerade ein Poet ein Gedicht vor, das die Zerstörung des Weilers im zweiten Markgrafenkrieg und seine Wiederauferstehung durch Hans Nützel zum Inhalt hatte. Andächtig lauschten die Gäste den vortrefflichen Reimen. Ida sah verstohlen hinüber zu Luisa, doch ihre Freundin hielt den Kopf abgewandt. Dafür fing sie Sebastians Blick auf, den sie nicht zu deuten wusste. Der Dichter kam zum Ende, verneigte sich und nahm dankbar den Beifall entgegen.

Dann erklangen die ersten Takte der Musik, und mit einem Mal stand Sebastian bei ihr.

»Tanz die Volta mit mir«, forderte er sie auf und fasste sie fest an der Hand, ohne Idas Antwort abzuwarten, und reihte sich mit ihr in die Tanzenden ein. »Wenn ich gewusst hätte, dass du kommst, wäre ich niemals Elisabeths Bitte gefolgt«, raunte er ihr ins Ohr.

»Ich verstehe nicht, was du meinst«, gab Ida leise zurück.

»Sie hat mich gebeten, ihr Begleiter für heute Abend zu sein. Nun bereue ich, zugesagt zu haben. Viel lieber wäre mir, du säßest an ihrer Stelle.«

»Das ehrt mich, Sebastian, aber du solltest Elisabeth nicht vor den Kopf stoßen, indem du ausgerechnet mit mir die Volta tanzt«, mahnte sie.

»Ist mir gleich«, grinste er und hob sie mühelos in die Höhe.

Es fühlte sich gut an. Sebastian war ein leidenschaftlicher Tänzer, und Ida vergaß ihre Bedenken.

»Großartig, das schönste Mädchen tanzt mit mir. Was gäbe ich darum, nur für einen Augenblick der Anhänger an deiner Kette zu sein, um an deinem Busen ruhen zu können. Ich wünschte, die Musiker hörten nicht wieder zu spielen auf.«

Sie genoss die Schmeicheleien und Anzüglichkeiten, fühlte sich wie berauscht. Als der Tanz endete, hielt er ihre Hand einen Moment zu lange fest und sah ihr tief in die Augen. »Du glaubst, ich beliebe zu scherzen, doch ich meine stets ernst, was ich sage.« Damit ließ er sie los, und Ida kehrte mit klopfendem Herzen an ihren Tisch zurück, spürte Elisabeths Blicke wie glühende Pfeilspitzen in ihrem Rücken.

Auf die Volta folgten Gesänge und Lobreden auf Ottilie, und Ida unterdrückte ein Gähnen. Schließlich näherte sich die Feier dem Ende, denn jeder wollte vor Einbruch der Dunkelheit noch nach Nürnberg zurückkehren, bevor die Stadttore sich schlossen. Die Gäste begaben sich in die Halle und von dort zu ihren wartenden Kutschen. Ida bedauerte, keine Gelegenheit bekommen zu haben, mit Luisa zu reden. Ihre Freundin war von einem jungen Mann belagert worden, den sie nicht kannte, und sie selbst hatte sich aus den Gesprächen mit der Markgräfin kaum zu lösen vermocht.

»Möchtest du mit uns nach Hause fahren?« Plötzlich stand Sebastian hinter ihr.

Sie wandte sich um. »Ich dachte, alle Plätze sind belegt.«

»Elisabeth ist beleidigt, eine Kutsche der Nützel wird sie zurückbringen.«

»Das ist nicht gut. Sag ihr, dass es dir leidtut. Außerdem hat mein Onkel den Kutscher schon dafür bezahlt, dass er mich zurückbringt.« Sie ließ es zu, dass er ihr den Umhang um die Schultern legte. Dann berührten seine Lippen verstohlen ihre Wange und er raunte: »Aber …«

»Nein«, fiel sie ihm ins Wort, und ihr Ton ließ keine Widerrede zu.

1598

Kaspar

SEIT TAGEN REGNETE es in Strömen, die Straßen waren aufgeweicht und teils schlammig, selbst der aufgebrachte Reisig konnte den Regenmassen nur wenig entgegensetzen. Die Kapuze seines wollenen Umhangs tief ins Gesicht gezogen, suchten seine klammen Hände nach ein bisschen Wärme am Hals seines Pferdes. Kaspar sah seiner Ankunft in Nürnberg mit gemischten Gefühlen entgegen.

Sein Vater war zornig gewesen, als er im vergangenen Jahr nicht seinem Wunsch gefolgt war. Monatelang war kein Brief mehr gekommen, doch vor einigen Wochen hatte ihn eine kurze, aber beunruhigende Nachricht erreicht.

> *Mein Sohn,*
> *deiner Mutter geht es schlecht, und ich weiß ihr nicht mehr zu helfen. Auch die verehrten Kollegen Johannes Posthius und Jonas Adelwerth aus Würzburg sind ratlos, ebenso Gabrielas Vater. Ich bitte dich, mach dich schnellstmöglich auf den Weg.*
> *Möge Gott dich beschützen.*
> *Dein Vater*

Kaspar hatte sich ein Pferd geliehen, sein Bündel geschnürt und sich der nächsten Gruppe von Kaufmännern und Pilgern angeschlossen, um die Reise über die Alpen anzutreten. Der Weg war lang und anstrengend gewesen. Nicht wenige waren durch die ständige Nässe und Kälte krank geworden, und Kaspar hatte sein bisher erlerntes Wissen angewendet, um den Menschen zu helfen. Trotzdem waren zwei Pilger verstorben, elendig an ihrem Lungenschleim erstickt. Jeden Abend vor dem Schlafengehen hatte Kaspar Gott angefleht, seine Mutter nicht sterben zu lassen, jedenfalls nicht, bevor er noch einmal die Gelegenheit gehabt habe, mit ihr zu sprechen.

Müde und hungrig ritt er schließlich durch das Frauentor, lenkte sein erschöpftes Reittier zum Haus seines Vaters. Steif und kalt glitt er aus dem Sattel, packte sein Bündel und führte das Pferd nach hinten in den Hof, wo sich auch der Garten mit all den Pflanzen befand, die sein Vater auf seinen Reisen gesammelt hatte.

»Anton«, rief er nach dem Knecht.

Wenig später lugte ein bärtiges Gesicht um die Ecke, erst argwöhnisch, doch dann erhellte sich die Miene.

»Junger Herr, Ihr seid es. Gebt mir das Ross, und geht schnell hinein bei diesem Hundswetter.«

»Gib ihm den Rest aus dem Hafersack, der am Sattel hängt, der brave Kerl hat ihn wahrhaft verdient. Wenn der Regen endlich nachlässt, führ ihn zum Mietstall.« Dann klopfte er dem Braunen den nassen Hals und betrat das Haus durch den Hintereingang.

»Vater, Vater, ich bin zurück«, schallte seine Stimme die Treppe hinauf.

»Kaspar, gelobt sei der Herr«, hörte er seinen Vater, bevor er ihn zu Gesicht bekam.

Zwei Stufen auf einmal nehmend eilte der junge Student ins erste Obergeschoss. Am Treppenende stand Joachim Camerarius müde und gebeugt, Haare und Bart eisengrau, unter den Augen dunkle Schatten. Kaspar versuchte seine Bestürzung zu verbergen und schloss ihn vorsichtig in die Arme, befürchtete jedoch, den so schmal gewordenen Körper zu zerbrechen.

»Wie geht es Mutter?«, fragte er.

»Zieh dir trockene Sachen an, dann komm in die Stube«, antwortete sein Vater. »Sei gewarnt, sie ist nicht mehr dieselbe.«

Während sich Kaspar Gesicht und Hände wusch und in trockene Kleider stieg, fragte er sich, was sein Vater damit gemeint hatte. Schweren Herzens machte er sich auf den Weg in die Stube, wo sein Vater am Fenster lehnte und hinaussah, sich ihm aber zuwandte, als Kaspar die Tür schloss. Mit einem Kopfnicken wies Joachim Camerarius auf seine Frau, die in einem Sessel nahe des Kachelofens saß. Kaspar erschrak, als er die teilnahmslose Miene sah. Auch schien seine Mutter um ein Vielfaches gealtert zu sein, dazu war sie stark abgemagert. Er beugte sich zu ihr und zwang sich zu einem Lächeln.

»Mutter, ich bin es, Kaspar.«

Sie sah nicht einmal auf.

»Mutter. Kannst du mich hören?«

»Scher dich fort, du stinkender Hundsfott«, drang es plötzlich zwischen den schmalen Lippen hervor. Dann verharrte sie wieder regungslos.

Kaspar fuhr entsetzt zurück und warf seinem Vater einen Hilfe suchenden Blick zu.

»So geht das seit Längerem«, sagte Camerarius. »Entweder zeigt sie keinerlei Regung oder sie wird unflätig. Nimm es dir nicht zu Herzen, sie weiß nicht, was sie sagt.«

»Gütiger Herr im Himmel, was ist das für eine Krankheit?«, fragte Kaspar und ließ sich auf einen Stuhl am Tisch nieder. Seine Mutter stierte weiter vor sich hin.

»Niemand weiß es genau. Ich habe viele Kollegen um Rat gefragt, nur einer berichtete von einem ähnlichen Fall. Zu Beginn wurde ich wütend, als sie ihren Aufgaben nicht mehr nachkam. Deine Mutter hat den Haushalt immer vortrefflich geführt, sich um alles gekümmert und noch Zeit gefunden, sich für die Armen einzusetzen.«

Kaspar nickte zustimmend.

»Es fing ganz langsam an. Eigentlich mit dem Essen. Jeden Tag wollte sie plötzlich geräucherten Aal zum Nachtmahl, den sie zuvor verschmäht hat. Ich habe mir nichts dabei gedacht. Früher hatte sie Freude daran, sich hübsch anzuziehen, nun ist es ihr gleich, was sie trägt. Dann hat sich ein Vorfall ereignet, der mir endgültig die Augen geöffnet hat, dass sie nicht mehr diejenige ist, die ich einmal zur Frau genommen habe.«

Er stieß sich vom Fensterrahmen ab, ging zu dem großen Eichenschrank und nahm zwei Gläser heraus. Auf der Kommode daneben stand ein Weinkrug. Kaspars Vater füllte die Gläser und setzte sich zu ihm.

»Wir hatten Gäste geladen: die Männer, die dem Collegium medicum angehören, samt ihren Gattinnen und Siegfried Heim nebst Tochter. Gabriela ist seit dem Tod ihrer Mutter gereift und begleitet ihn zu allen Anlässen. Zunächst war es ein angenehmer Abend. Es gab Aalsuppe und andere vorzügliche Speisen und weißes Brot mit Mousse aux fruits …«

»Was ist das?«, unterbrach Kaspar ihn.

»Eine feine, aber teure Spezerei. Frag Luisa oder deinen Freund Sebastian. Jedenfalls fiel Beslers Frau plötzlich auf, dass deine Mutter ihren Löffel immer wieder zum Mund führte, jedoch ohne etwas zu essen. Ihr Teller war längst leer. Als Susanna sie fragte, ob ihr nicht wohl sei, begann Gunda sie aufs Übelste zu beschimpfen.«

Kaspar legte beide Hände über Mund und Nase und stieß ein »Oh du lieber Jesus« hervor. Dann nahm er einen großen Schluck Wein.

»Doch damit nicht genug«, seufzte sein Vater und trank sein Glas aus. »Sie hat ihr Kleid aufgeschnürt, und ich konnte gerade noch verhindern, dass sie sich vor aller Augen entblößte.«

»Sag, dass das nicht wahr ist«, flüsterte Kaspar.

»Glaub mir, damit beliebe ich nicht zu scherzen. Nur gut, dass die Anwesenden etwas von Krankheiten verstehen. Nicht auszudenken, ich hätte den Bürgermeister eingeladen. Ich habe die Gäste um Verzeihung gebeten und die Tafel aufgehoben. Siegfried Heim und seine Tochter Gabriela sind geblieben und haben geholfen, deiner Mutter einen Beruhigungstrunk einzuflößen und sie zu Bett zu bringen. Ich weiß nicht, was ich ohne die beiden gemacht hätte.« Joachim Camerarius vergrub das Gesicht in den Händen, und an seinen zuckenden Schultern erkannte Kaspar bestürzt, dass sein Vater stumm weinte.

»Hast du daran gedacht, sie ins Narrenhaus zu bringen?«, fragte Kaspar mit belegter Stimme.

»Viele Male. Aber sie ist nicht wahnsinnig, sie ist krank, mein Sohn. Und sie ist auch nicht vom Teufel besessen. Mein lieber Freund Posthius aus Würzburg ist derselben Meinung. Alles haben wir versucht: Bäder, Tränke, Einreibungen, Pillen. Doch nichts von all dem hilft. Es gibt Tage, da ist sie fast wie früher. Selbst Besler habe ich um Rat gefragt, obwohl ich seinen Chemiatrika ablehnend gegenüberstehe. Er hat mir Antimonium diaphoreticum gegeben, doch der schweißtreibende Spießglanzkalk zeigte kaum Wirkung.«

Kaspar sah hinüber zu seiner Mutter, die sich mit der rechten Hand unterhalb des linken Ohrs kratzte, die Hand zurück in den Schoß legte und von Neuem erhob, um sich an derselben Stelle zu kratzen. Wieder und wieder.

»Sie ist so dünn. Isst sie denn nichts mehr?«

»Meist verweigert sie die Mahlzeiten. Wenn sie etwas zu sich nimmt, sind es zwei Löffel dünne Suppe, aber nur, wenn ein Stück Aal darin schwimmt.« Sein Vater füllte die Gläser.

Eine Magd brachte kaltes Fleisch, Käse und Brot und stellte alles auf den Tisch. Obwohl er hungrig war, brachte Kaspar kaum einen Bissen hinunter. Der Anblick seiner Mutter schnürte ihm die Kehle zu.

»Erzähl mir von Padua, mein Sohn, das bringt mich auf andere Gedanken. Wie geht es voran mit deinen Studien?«, fragte Joachim Camerarius und spießte ein Stück Braten auf.

Kaspar berichtete von der Universität, von seiner Arbeit mit den Gelehrten und von seinem Freund Matteo. »Professor Fabricio hat ein anatomisches Theater bauen lassen. Es ist großartig. So viele Studenten auf einmal können bei den Sektionen zusehen. Der Saal ist eiförmig und umringt von mehreren steil ansteigenden Sitzreihen. Man muss sich das wie einen Trichter vorstellen, und jeder kann auf den Seziertisch blicken.« Nun aß er doch mit Appetit. »Hast du Fabricio noch kennengelernt, als du in Padua studiertest?«

Sein Vater verneinte. »Du hältst viel von ihm, wie ich deiner Begeisterung entnehme.«

»Er ist nicht nur ein kluger Kopf, sondern auch mit Leib und Seele Forscher.« Kaspar nahm ein kleines Stück Brot und ging hinüber zu seiner Mutter, kniete sich vor sie. Zaghaft fasste er nach ihrer Hand, und zu seiner Erleichterung ließ sie ihn gewähren.

»Erkennst du mich?«, fragte er leise.

»Kaspar, du bist mein Sohn, natürlich kenne ich dich«, antwortete sie kopfschüttelnd.

»Bist du hungrig?« Er hielt ihr das Brot hin.

Sie nahm es entgegen, roch daran, verzog das Gesicht und ließ es fallen. »Das ist kein Aal.« Plötzlich begann sie in ihrem Sessel unruhig hin und her zu rutschen und entzog ihm ihre Hand.

»Zeit für Laudanum«, hörte Kaspar seinen Vater sagen. »Es macht sie schläfrig, nur so kann man sie zu Bett bringen.«

Kaspar wandte den Kopf und sah, wie Camerarius den Mohnsaft tropfenweise in ein Glas gab und dabei lautlos mitzählte. Schließlich fügte er noch etwas Wein hinzu und kam herüber.

»Gunda, sieh, ich habe dir deinen liebsten Trank bereitet«, sagte er schmeichelnd.

Ohne eine Miene zu verziehen, setzte sie das Glas an die Lippen und trank es in einem Zug aus.

»Hurenbock«, spie sie hervor. »Der große Doktor Hurenbock, gepriesen sei der Herr.« Dann begann sie Schmatzgeräusche von sich zu geben.

Kaspar bekam eine Gänsehaut. Seinem Vater schien die Beschimpfung nicht zu kümmern, denn er tätschelte seiner Frau die Wange. »Komm, Gunda, nun wollen wir nach oben gehen. Du bist müde und musst schlafen.« Er griff ihr unter die Achseln und half ihr aufzustehen. Nach wie vor schmatzte Gunda Kammermeister ohne Unterlass, und Kaspar fragte sich, wie lange man ihr Verhalten auszuhalten vermochte, ohne sie schütteln zu wollen.

»Brauchst du meine Hilfe?«, fragte er.

»Nein, inzwischen bin ich darin geübt«, erwiderte sein Vater. »Es dauert zwar eine Weile, bis ich sie die Treppe hinauf- und ins Bett gebracht habe, aber das Laudanum tut seine Wirkung und unterstützt mich dabei. Leider ist das Fläschchen jetzt leer. Kannst du morgen zu Besler gehen und es auffüllen lassen?«

Kaspar war froh, das Haus verlassen zu können. Die ganze Nacht hatte er kaum ein Auge zugetan, obwohl sein Körper sich nach der anstrengenden Reise nach Schlaf sehnte. Doch die schreckliche Veränderung seiner Mutter hatte ihn wachgehalten. Der Regen hatte aufgehört, und vereinzelt riss die graue Wolkendecke auf, als er sich auf den Weg zu Basilius Besler machte.

»Seid gegrüßt, Herr Apotheker«, sagte er beim Betreten der Offizin.

Forschend betrachtete Besler sein Gesicht. »Kaspar? Kaspar Kammermeister?«, fragte er dann unsicher.

Kasper grinste und fuhr sich mit der Hand über den Bart. »Richtig geraten. Mein Vater schickt mich, dieses hier aufzufüllen.« Er holte das Fläschchen hervor und reichte es Besler.

»Schon wieder leer«, murmelte der Apotheker stirnrunzelnd. »Sag ihm, er soll nicht so verschwenderisch damit umgehen.«

»Nichts für ungut, aber er ist Arzt und wird wissen, was er tut«, antwortete Kaspar stolz.

»Willst du behaupten, ein Apotheker weiß weniger über Pflanzenextrakte als ein Arzt? Dann frage ich mich, wozu die Apothekerordnung vorschreibt, dass, sollten Zweifel über die Rezeptur oder die Dosierung bestehen, der Apotheker den Arzt auf den Fehler aufmerksam machen muss«, erwiderte Besler verstimmt.

»Vergebt mir meine Überheblichkeit, es war nicht meine Absicht, Euch zu beleidigen.«

»Schon gut«, brummte Besler. »Wie geht es deiner Mutter? Vermutlich schlechter, wenn sie mehr Laudanum bekommt.«

»Ich bin erst seit gestern wieder in der Stadt und kann nicht fassen, in welch furchtbarem Zustand sie sich befindet. Sie ist vollkommen verändert.«

»Es ist schrecklich für deinen Vater – und für dich«, sagte der Apotheker mitfühlend, während er die kleine Flasche befüllte. »Du weißt, er und ich sind nicht immer einer Meinung, dennoch schätzen wir uns gegenseitig. Richte ihm meine besten Wünsche aus.«

Während Kaspar in seinem Beutel nach Geld kramte, ertönte das Türglöckchen, da jemand die Apotheke Zum Marienbild betrat.

»Gabriela«, grüßte Besler, und Kaspar sah hoch. Ihrer beiden Blicke trafen sich.

»Kaspar?«, sagte sie ungläubig, und ihre Augen leuchteten freudig auf.

»Grüßt dich Gott, Gabriela«, erwiderte er und lächelte sie an. Auf ihrer Stirn standen Schweißperlen, und sie wirkte fahrig. Kaspar fiel auf, wie schmal sie geworden war. Knochig geradezu, denn ihre Schlüsselbeine traten deutlich hervor. Hatte sein Vater nicht geschrieben, sie sei so hübsch geworden? Ihm erschien sie am Rande ihrer Kräfte.

»Seit wann bist du wieder hier?«, wollte sie wissen.

»Gestern bin ich angekommen. Ich muss gehen, Gabriela, meine Mutter …«

»Ich weiß, und es tut mir leid. Hat dein Vater dir erzählt, dass ich mehrmals in der Woche zu ihr komme, um ihr vorzulesen? Es scheint ihr zu gefallen. Gut, nicht immer, aber wenn nicht, nehme ich es ihr nicht übel.«

»Das ist sehr freundlich von dir«, antwortete er überrascht. »Er hat nichts dergleichen erwähnt, nur dass du und dein Vater …«

»Deine Mutter hat mir sehr geholfen, als die meine vor mehr als einem Jahr schwer krank wurde«, fiel sie ihm ins Wort. »Ich komme später zu euch, doch jetzt muss auch ich mich sputen. Wie gut, dass du wieder hier bist.«

Kaspar nickte ihr zu, bezahlte und verließ nachdenklich die Apotheke.

Luisa

»Ida, nun komm schon, es wird dir gefallen«, versuchte sie ihre Freundin davon zu überzeugen, endlich auf ein Pferd zu steigen. Sie standen im Hof, und Ranulf wartete geduldig mit einem gesattelten Ross an der Hand.

»Woher willst du das wissen? Außerdem, wozu soll ich reiten lernen, wenn ich mir nie ein eigenes Pferd werde leisten können«, wehrte Ida ab.

»Wir haben genug Pferde, die du nehmen kannst, wie du weißt. Vespasian gehört auch nicht Kaspar. Du erinnerst dich doch an den Hengst.«

»Sicher. Und vor allem erinnere ich mich, wie er stieg.«

»Überleg doch mal, wir könnten zusammen durch die Wiesen und Felder reiten, und vom Pferderücken aus bekommst du einen anderen Blick auf die Welt. Es entstehen ganz neue Bilder, ganz neue Perspektiven für dich«, lockte Luisa.

»Ich bin ganz zufrieden damit, Blumen und Landschaften zu malen, die ich zu Fuß erkunden kann«, erwiderte Ida.

»Ich hätte nicht gedacht, dass du so ängstlich bist. Früher warst du mutiger«, grollte Luisa und verschränkte die Arme vor der Brust.

»Willst du damit sagen, ich bin feige?« Ida wurde wütend.

»Wenn du es so nennen willst, ja.«

»Ranulf, bring mir die Fuchsstute«, rief Ida dem Knecht zu.

Luisa unterdrückte ein triumphierendes Grinsen.

Der Knecht half Ida in den Sattel, die sich blass, aber mit entschlossener Miene krampfhaft festhielt.

»Entspann dich, Veilchen ist sehr brav«, beruhigte Luisa ihre Freundin und nahm Ranulf die Zügel aus der Hand. Es war besser, Ida nicht zu verraten, dass Veilchens Vater Vespasian war. »Du kannst gehen«, entließ sie den Knecht und führte das willige Tier an.

»Nicht so schnell«, jammerte Ida.

Luisa lachte. »Schnell? Du weißt noch nicht, was schnell ist, scheint mir. Und hör auf, die Luft anzuhalten, es wird nichts geschehen.«

Runde um Runde machte sie im Hof, und Idas verkrampfte Körperhaltung ließ nach. »Nimm die Zügel«, sagte Luisa.

»Du führst mich aber weiter«, forderte Ida und nahm die Lederleinen in die Hände.

»Sicher. So ist es gut«, lobte Luisa. Ohne dass Ida es bemerkte, ließ sie nach zwei weiteren Runden das Pferd los, ging ruhig nebenher. Sie plauderten über Idas Gemälde und Luisas Erfolg mit dem Beerenmus. »Magst du meinen Bruder?«, fragte Luisa plötzlich.

»Natürlich mag ich ihn, das weißt du doch«, antwortete Ida.

»Ich meine, mehr als das?«

Ida schüttelte den Kopf. »Ich bin nicht verliebt, falls du das damit meinst. Er ist unterhaltsam und schmeichelt mir und ist obendrein ein guter Tänzer.«

In den zwei Wochen nach dem Fest auf Schloss Gugelhammer hatte Sebastian vermehrt Idas Gesellschaft gesucht. Bevor er zu seiner Seereise nach Indien aufgebrochen war, hatte er keine Gelegenheit ausgelassen, sie zu sehen, wenn sie bei Luisa zu Besuch gewesen war.

»Er schreibt, er will seine Rückkehr gebührend auf unserer Wasserburg Gleißhammer feiern«, erzählte Luisa. »Aber bis dahin geht noch einige Zeit ins Land.«

»Ich weiß, dein Bruder hat auch mir einen Brief gesandt. Wo liegt diese Burg? Und wie lange führst du mich schon nicht mehr?«

Luisa lachte. »Keine Ahnung, aber du machst das gut. Bald können wir zusammen reiten. Gleißhammer liegt südöstlich von hier, es ist nicht weit. Zu Pferd benötigt man eine halbe Stunde. Was schreibt er dir noch?«

»Du bist neugierig.« Ida hielt das Pferd an und sah auf sie herab. »Darf ich absteigen, oder soll Veilchen mich den Rest des Tages umhertragen?«

Luisa nickte und erklärte Ida, wie sie mit den weiten Röcken geschickt aus dem Sattel kam, und reichte ihr die Hände, damit sie zu Boden gleiten konnte. Ida klopfte dem Pferd den Hals. »Danke für deine Geduld, Veilchen.«

»Und willst du es wieder versuchen?«, fragte Luisa.

»Ja, es ist eigentlich gar nicht so unbequem, wie ich dachte.«

Luisa rief nach Ranulf, der herbeikam und die Stute wegführte. »Nun, erzähl schon, was mein Bruder dir schreibt.«

»Du bist nicht nur neugierig, sondern auch hartnäckig«, seufzte Ida. »Er vermisst mich und hofft, dass ich mein Herz keinem anderen während seiner Abwesenheit schenke.«

Luisa pfiff wenig damenhaft durch die Zähne. »Er ist tatsächlich in dich verliebt. Eine Zeit lang dachte ich, er sieht in dir nur ein weiteres hübsches Mädchen, das er in die Reihe seiner Liebschaften aufnehmen kann.«

»Was? Du hättest mich warnen sollen«, fuhr Ida auf.

»Wozu? Oder bestand die Gefahr, dass du seinem Werben nachgibst und schwach wirst? Du sagst doch selbst, er bedeutet dir nicht mehr als ein Freund«, entgegnete Luisa leichthin.

Gemeinsam schlenderten sie über den Hof und ließen sich auf einer Bank im Schatten einer Linde nieder. Luisa rief nach einer Magd und bat um Wein, Käse, Oliven und Brot.

»Ich möchte nicht weiter über Sebastian sprechen. Was ist mit dir? Gibt es einen Mann, den du gern an deiner Seite hättest?« Ida steckte sich eine Olive in den Mund und leckte sich genüsslich die Lippen. Solch leckere Sachen gab es im Hause

Besler nicht. Doch die reichen Kaufmannsfamilien konnten sich exotische Früchte leisten.

»Mein Vater entscheidet über den künftigen Mann an meiner Seite«, antwortete Luisa, nahm einen Schluck Wein und dachte wehmütig an den jungen Buchdrucker, den sie auf der Kirchweih kennengelernt hatte. Lukas Straub hatte sich im letzten Herbst eine Werkstatt im Hundsgässlein nahe des Milchmarktes eingerichtet und zwei Gesellen und einen Lehrjungen eingestellt. Seither ging sie öfter dorthin und erstand Büchlein mit Fabeln und Gedichten. Immer neue kaufte sie, ohne eines gelesen zu haben, nur um ihn zu sehen. Und jedes Mal hoffte sie darauf, er würde mehr als bloß ein paar höfliche Worte mit ihr wechseln.

»Ich weiß, Luisa, aber man darf doch wenigstens träumen.«

»Wenn ich dir seinen Namen verrate, wirst du Stillschweigen bewahren?«, fragte sie, denn sie sehnte sich danach, dieses Geheimnis mit Ida zu teilen.

Ihre Freundin hob die Hand zum Schwur. »Ich behalte es für mich.«

»Lukas. Ich träume vom Sohn deines Meisters«, gestand Luisa leise.

»Lukas?« Ungläubig starrte Ida sie an. Dann begann sie zu lachen. »Ich glaube, ihm ist noch nicht einmal aufgefallen, dass es Mann und Frau gibt. Er arbeitet von früh bis spät und vergisst alles um sich herum. Wenn ich ihm nicht jeden Tag etwas zu essen brächte, wäre er längst verhungert.«

»Du bringst ihm Mahlzeiten?« Heiß brannte sich die Eifersucht in Luisas Eingeweide.

»Wenzel hat mich darum gebeten. Das Hundsgässlein ist nicht weit von der Werkstatt entfernt, und ich mache es gern. Lukas freut sich, und ich mag ihn. Dieser Käse ist übrigens ausgesprochen lecker.«

Luisa war der Appetit vergangen.

Ida

Sie unterdrückte ein Ächzen, als sie sich von der Kirchenbank erhob. Ihr Körper hatte nach dem gestrigen Ritt offenbar völlig neue Muskeln entdeckt. Wie jeden Sonntag besuchte sie mit Basilius, Susanna und den Kindern die Messe, danach blieben die meisten Leute noch vor dem Gotteshaus stehen, um mit dem einen oder anderen zu plaudern und den neuesten Klatsch auszutauschen. Gelangweilt wartete sie neben ihrem Onkel, der sich angeregt mit einem anderen Mann unterhielt, und ließ ihren Blick umherschweifen. Sie entdeckte Gabriela Heim neben ihrem Vater, links von ihr stand ein junger Mann, der Ida irgendwie bekannt vorkam. Dunkle Haare lugten unter dem schwarzen Barett hervor, ein Spitzbart zierte sein Kinn, um seine Schultern lag eine dunkelgrüne Schaube.

Kaspar, durchzuckte es sie freudig, und in ihrem Magen spürte sie ein vertrautes Kribbeln. Am liebsten wäre sie hinübergegangen, um ihn zu begrüßen. Doch sie traute sich nicht. Was hätte sie ihm auch sagen sollen? Sie erinnerte sich an die Begegnung vor der Buchhandlung. Damals war ihr schmerzlich bewusst geworden, dass er sie nur für ein Kind hielt und ihre Gefühle ihm gegenüber ganz anderer Natur waren.

»Ich will nach Hause«, riss Dorothea sie aus ihren wehmütigen Gedanken und zerrte an Idas Hand.

»Du musst Geduld haben, dein Vater unterhält sich noch.« Ida strich ihrer Nichte über die rosa Wange.

»Aber mir ist kalt«, maulte die Fünfjährige und zog ein mürrisches Gesicht.

»Mir auch, aber das ändert nichts.« Sie warf einen verstohlenen Blick in Richtung Kaspar und hoffte, er würde sich zu ihr umdrehen, denn inzwischen stand er mit dem Rücken zu ihr. Doch nichts dergleichen geschah.

»Können wir jetzt gehen?«, fragte Dorothea weinerlich.

Ida ging in die Hocke und fasste das kleine Mädchen an beiden Armen. »Nein. Aber es dauert sicher nicht mehr lange. Und fang nicht an zu weinen, du weißt, dass dein Vater das nicht mag.«

Dorothea schniefte, rieb sich mit den kleinen Fäusten über die Augen und schluckte. »Malst du später mit mir?«

»Versprochen.« Ihre Antwort entlockte Dorothea ein Lächeln.

Gemeinsam saßen sie beim Mittagsmahl und schlürften die dampfende Suppe. Nur Susanna hatte sich nach der Rückkehr von der Kirche nicht wohlgefühlt und keinen Hunger verspürt. Sie wolle sich lieber ausruhen, waren ihre Worte gewesen. Dann hatte sie Michael in Idas Arme gedrückt und war in ihre Schlafkammer verschwunden.

»Endlich ist mein Catalogus fertig, Ida«, berichtete Besler stolz.

Ida wischte Michael, der auf ihrem Schoß saß, den Mund ab.

»Das freut mich für dich. Wo wirst du ihn drucken lassen?«

»Darüber habe ich noch nicht nachgedacht.«

»Frag Lukas, Straubs Sohn, er leistet gute Arbeit. Und du hast alle Rezepturen aufgeschrieben?« Ida schob den Teller von sich.

»Der Catalogus ist in verschiedene Abschnitte unterteilt: Öle, Lösungen und Essenzen, Salze, Balsame, Extrakte und die destillierten Wässer.« Basilius Besler nahm ein Stück Brot und tunkte es in seine Suppe. »Camerarius wird wenig begeistert sein, ist er doch kein Freund der Chemiatrika. Aber immerhin ist er für seine arme Frau über seinen Schatten gesprungen. Leider hat meine Arznei ihr aber auch nicht helfen können. Doch trotz unserer unterschiedlichen Ansichten sind wir uns näher gekommen, denn er fragt mich öfter um Rat wegen des Gartens in Eichstätt.«

»Seinen Sohn habe ich heute bei der Kirche gesehen«, sagte Ida und gab Dorothea noch eine halbe Kelle Suppe. »Iss langsamer und setz dich gerade hin.«

Michael legte den Kopf an ihre Brust und gähnte herzhaft.

»Oh ja, Kaspar war hier und hat Laudanum für seine Mutter gekauft«, antwortete Basilius und ließ den letzten Bissen in seinem Mund verschwinden.

Ida legte die Stirn in Falten. »Wieso hast du mir kein Wort davon gesagt?«

»Warum sollte ich?« Prüfend musterte er sie.

»Nur so, ich ...«

»Kann es sein, dass du ihn sehr gerne hast, oder gar mehr als das?«

»Nein, wie kommst du darauf?« Brüsk schob sie ihren Stuhl zurück. »Komm, Dorothea, dein Bruder muss ein wenig schlafen, und wir widmen uns der Malerei.«

Basilius hob vielsagend die Augenbrauen. Während Ida sich mit ihrer Nichte zurückzog, beschloss sie, Kaspar morgen einen Besuch abzustatten.

»Ich möchte Kaspar besuchen, ist der junge Herr zu Hause?« Bevor die Magd Ida eine Antwort geben konnte, wurde sie rüde zur Seite geschoben.

»Er ist nicht hier. Was willst du überhaupt von ihm?« Gabriela Heim verschränkte die Arme vor der Brust.

»Ich wollte ihn begrüßen und fragen, wie es ihm in Padua ergangen ist«, erwiderte Ida. Was hatte Gabriela hier verloren und warum führte sie sich auf, als wäre sie die Hausherrin?

»Verschwinde.« Gabriela drückte die Tür zu und ließ Ida stehen.

Für einen Augenblick harrte Ida noch aus, dann wandte sie sich ab. Auf ihrem Weg zu Straubs Werkstatt hing sie ihren Gedanken nach, achtete nicht auf ihre Umgebung.

»Ida?«, rief jemand ihren Namen.

Sie blieb stehen und drehte sich um. Vor ihr stand Kaspar und sah sie ungläubig an.

»Ich komme gerade vom Haus deines Vaters«, sagte sie mit trockenem Mund und spürte, wie sich ihr Herzschlag beschleunigte.

»Du bist kaum wiederzuerkennen«, sagte er und schenkte ihr ein Lächeln, das ihre Knie weich werden ließ. »Was wolltest du von meinem Vater? Ist jemand aus der Familie krank?«

»Nein, nein, ich wollte nur wissen, wie es dir geht. Was macht das Studium? Kommst du voran? Wann musst du wieder nach Padua?«, feuerte sie ihre Fragen ab.

Er lachte. »Nicht so schnell. Mir geht es gut, und das Studium macht mir Freude. Doch meiner Mutter geht es schlecht, aber ich denke, das weißt du. In wenigen Wochen muss ich zurück, und mir graut davor.«

»Warum? Es gefällt dir doch.«

Er schüttelte den Kopf. »Ja, aber ich habe Angst, dass meine Mutter stirbt, während ich fort bin. Verstehst du das?«

Ida legte für einen Augenblick ihre Hand auf seinen Arm. »Natürlich. Ich werde nie vergessen, wie schnell der Tod meine geliebten Eltern geholt hat.«

Schuldbewusst sah er sie an. »Verzeih, ich habe nicht nachgedacht. Es ist so schrecklich, Ida. Meine Mutter sieht aus wie meine Mutter, aber sie ist nicht mehr der Mensch, den ich kannte. Aber genug davon, wie ist es dir ergangen?«

Ida erzählte von der Malerei und geriet ins Schwärmen. »Weißt du, ich vergesse die Welt um mich herum, wenn ich den Pinsel in die Farbe tauche und wie scheinbar von selbst Bilder entstehen. Nichts ist besser, als an einem grauen Tag Farben zu mischen und sie zu Papier zu bringen.« Ihre Augen begannen zu leuchten. »Stell dir vor, sogar die Markgräfin wünschte Bilder von mir, um ihre Halle zu schmücken. Wieso starrst du mich so an?«

Eine feine Röte legte sich auf Kaspars Wangen. »Du bist so …«

Erwartungsvoll sah sie ihn an.

»… nichts. Nein, ich meine, es ist schön zu sehen, wie dich die Malerei begeistert. Mir geht es genauso mit der Medizin«, stammelte Kaspar.

Die Kirchturmuhr begann zu schlagen.

»Ich muss weiter, Ida«, sagte er plötzlich und setzte seinen Weg mit langen Schritten fort.

Nachdenklich sah Ida ihm hinterher. Warum lässt du mich hier stehen? Und was wolltest du wirklich sagen?

Sebastian

Endlich spürte er wieder festen Boden unter den Füßen, Erleichterung machte sich breit. Trotzdem hielt der Schwindel noch an, selbst die Erde schien zu schwanken.

Die letzten Monate in Indien waren lehrreich und anstrengend gewesen. Die schwüle Hitze hatte ihm zugesetzt, und noch schlimmer war die Zeit auf See gewesen. Nie hätte er für möglich gehalten, dass man so viel erbrechen konnte. Sebastian hatte an Gewicht verloren, sein Gesicht mit dem blonden, von der Sonne ausgebleichten Bart war noch kantiger geworden. Doch all die Strapazen hatten sich gelohnt. Die Schiffe waren voll beladen mit Gewürzen, Stoffen und Edelsteinen sicher in Lissabon angelandet. Nun galt es, die Waren auf Wagen und Lasttiere zu packen oder auf kleinere Schiffe umzulagern, damit diese über die schiffbaren Flüsse und Fernstraßen in die Kontore der Händler gelangten.

»Am liebsten würde ich schon morgen nach Nürnberg aufbrechen«, seufzte Sebastian und reichte Filipe, der die Aufsicht über die Imhoff'sche Faktorei vor Ort hatte, die lange Liste der erstandenen Waren.

»Senhor Imhoff, Ihr könnt Euch auf mich verlassen, ich kümmere mich um alles«, versprach Filipe.

»Ich weiß, Ihr steht schon viele Jahre in unseren Diensten, wir wissen Euch sehr zu schätzen. Aber sollte ich nicht noch besser einige Tage hierbleiben …«

Filipe grinste. »Verzeiht, Senhor, aber ich kann die Sehnsucht in Euren Augen erkennen. Ich hoffe, die Senhora ist sie wert«, zwinkerte er.

Sebastian schlug dem Faktoristen freundschaftlich auf die Schulter. »Das ist sie, Filipe, das ist sie. Könnt Ihr dafür sorgen, dass diese Seidenballen so schnell wie möglich nach Nürnberg gebracht werden? Ebenso wie diese Teppiche?«

»Sicher«, antwortete der Portugiese. »Geht morgen zum Mietstall von Jorge Faria Fonseca, er verfügt über die besten und schnellsten Pferde. Außer Ihr wollt den Seeweg wählen und über Antwerpen reisen.«

»Alles, nur das nicht, so schnell sieht mich kein Schiff wieder, Filipe, ich habe genug von der Schaukelei. Was ist mit Ricardos Pferden? Ich war zufrieden, als ich zuletzt hier war.«

Filipe setzte eine traurige Miene auf. »Ricardo ist vor drei Monaten gestorben. Er ist mitten im Stall tot zusammengebrochen. Seine Frau hat Haus, Stallungen und die meisten Pferde an Jorge verkauft und ist mit den Kindern zu Verwandten nach Porto gezogen. Die restlichen Rösser ist sie einzeln losgeworden.«

»Das ist schrecklich. Er war ein guter Mann«, erwiderte Sebastian.

Filipe nickte. »Wenn Ihr wollt, könnt Ihr die Nacht in meinem Haus verbringen, meine Frau und meine Kinder würden sich freuen. Wie Ihr wisst, ist meine Leonor eine ausgezeichnete Köchin.«

Sebastian nahm das Angebot dankend an. Ein Abend in Gesellschaft mit gutem Essen war einer Kammer in einer lärmenden Herberge auf jeden Fall vorzuziehen.

Vier Wochen später führte ihn sein erster Weg ins Kontor, noch bevor er seine Familie begrüßte. Wie erwartet, waren die Waren vor ihm eingetroffen, aber er bereute es nicht, die Reise zu Pferd angetreten zu haben. Das Wetter war ihm und seinen Begleitern überwiegend gewogen gewesen, und Sebastian hatte die Abende beim Kartenspiel mit Händlern aus Regensburg und Augsburg verbracht. Nur von Toulouse bis nach Lyon war es regnerisch, kühl und ungemütlich gewesen. Menschen und Tiere waren missmutig und erschöpft in den Herbergen angekommen. Die eindeutigen Angebote der Dirnen hatte Sebastian abgelehnt. Zu gut war ihm die Begegnung mit einem indischen Mädchen in Erinnerung geblieben. Eine Woche, nachdem er ihm beigelegen hatte, war das Wasserabschlagen, begleitet von brennenden Schmerzen, zur Quälerei geworden. Irgendwann hatte er sie nicht mehr ausgehalten und war zu einem Arzt gegangen. Der kleine magere Mann mit dem gelben Turban, dessen schwarze Augen ihn aufmerksam gemustert hatten, war seine Rettung gewesen. Wissend hatte er genickt, als Sebastian ihm rot vor Scham von seinen Schwierigkeiten berichtet hatte. Eine seltsam riechende Salbe und getrocknete Blätter, die er mit heißem Wasser aufbrühen und den Sud davon trinken sollte, hatten ihm Erleichterung verschafft und die Erkrankung nach und nach verschwinden lassen.

Nachdem er sich überzeugt hatte, dass Seide, Gewürze und Edelsteine wohlbehalten angekommen waren, ritt er nach Hause, stieg eilends hinauf ins erste Obergeschoss und stürmte ins Zimmer, wo seine Mutter ihre Staffelei stehen hatte. Ursula zuckte zusammen, der Pinsel in ihrer Hand hinterließ einen dicken blauen Strich quer über ihr noch nicht fertiges Bild. Wütend fuhr sie herum.

»Was zum Teu... Sebastian!« Sie tauchte ihr Malutensil in einen Wasserbecher und schloss ihren Sohn in die Arme. »Gelobt sei der Herr«, sagte sie tränenerstickt.

»Nun musst du leider von vorn anfangen, es ist meine Schuld, dass dein Aquarell jetzt nicht mehr zu retten ist«, grinste er, als er sich von ihr losmachte.

Lachend winkte sie ab. »Das ist mir gleich, Hauptsache, du bist gesund zurück. Setz dich und erzähl mir von Indien.« Dann rümpfte sie die Nase. »Aber nimm vorher ein Bad, du stinkst wie ein Schweinekoben.«

»Wo ist meine Schwester?«

»Luisa ist mit Ida ausreiten, sie wird sicher bald zurück sein.«

Ida. Er würde schon heute Ida wiedersehen. Der Gedanke ließ sein Herz schneller klopfen. Ihren Brief trug er stets bei sich. Oft hatte er ihn hervorgeholt und wieder und wieder gelesen. Sie hatte ihm von ihrer Malerei berichtet und sei gespannt, ob er indische Künstler entdeckt und vielleicht deren

Gemälde mitgebracht habe. *Ich freue mich darauf, dich wiederzusehen, Gott schütze dich. Ida.* Die letzten beiden Sätze hatten ihm bestätigt, dass sie ihn vermisste. Er hatte darauf gehofft, die Worte »Auch ich denke Tag und Nacht an dich« zu lesen. Aber bestimmt hatte sie sich nicht getraut, ihm zu schreiben, was sie für ihn empfand.

Nachdem er sich ausgiebig gewaschen hatte und in frische Kleider gestiegen war, ging er in die Stube, um seiner Mutter, wie versprochen, von seiner Reise zu erzählen. Sie hatte derweil dafür gesorgt, dass Brot, Käse, geräucherter Fisch, kaltes Fleisch und Wein auf dem Tisch standen. Inzwischen war auch Luisa zurück, doch zu seiner Enttäuschung war Ida bereits nach Hause gegangen.

»Ihr könnt euch nicht vorstellen, was ich alles gesehen habe. Elefanten, Affen, Vögel in schillernden Farben, gar einen Tiger. Männer, die mit Flötenklängen Kobras aus Körben locken, sodass sie zur Musik zu tanzen scheinen. Der Himmel ist von einem unglaublichen Blau, überhaupt wirkt alles dort bunter als hier: Menschen, Stoffe, Pflanzen und Tiere.« Er geriet regelrecht ins Schwärmen.

»Gab es dort nichts zu essen? Du bist dünn geworden«, bemerkte seine Schwester.

»Ich habe meine Mahlzeiten größtenteils mit der See geteilt«, erwiderte Sebastian seufzend.

Luisa lachte. »Du warst seekrank? Ich dachte, einen Sebastian Imhoff haut nichts um.«

»Ja, mach dich nur lustig, du hast keine Ahnung. Schiff dich ein, dann weißt du, wovon du redest.«

»Wie sind die Menschen dort?«, wollte seine Mutter wissen.

»Freundlich. Viele tragen einen roten Punkt auf der Stirn. Sie nennen ihn Bindi, und er soll das Auge der Weisheit darstellen. Nicht wenige haben Angst davor, in die Sklaverei verschleppt zu werden, wurde mir berichtet.«

Seine Mutter runzelte die Stirn. »Aber die Sklaven kommen doch aus Afrika.«

»Die meisten schon, aber nicht alle.« Er griff nach einem Stück Käse, schob es sich in den Mund und kaute bedächtig. »An das indische Essen muss man sich allerdings gewöhnen, oft ist es höllisch scharf. Die meisten Kaufleute wollen deswegen ihr Essen so gekocht haben, wie sie es von zu Hause gewohnt sind. Sie haben keine Ahnung, was sie sich damit entgehen lassen.«

»Was hast du alles erworben?«, wollte Luisa wissen.

»Viele Ballen Seide unterschiedlicher Farben, Baumwolle, Gewürze aller Art und jede Menge Pfeffer, Tabak und Edelsteine. Und natürlich Safran.« Sebastian holte zwei kleine schwarze Samtbeutel hervor, einer verschlossen mit einem roten Band, das andere war blau.

»Der ist für dich, Mutter, und dieser gehört dir, Luisa«, sagte er und reichte seiner Schwester den Beutel mit dem blauen Band.

Die beiden öffneten die Säckchen und ließen ihren Inhalt vorsichtig auf den Tisch gleiten. Sebastian freute sich über die immer größer werdenden Augen und das Leuchten auf den Gesichtern.

»Das ist wunderschön«, hauchte Ursula Imhoff und griff ehrfürchtig nach dem Armband mit den dunkelgrünen geschliffenen Smaragden, die in einer aufwendigen Goldfassung ruhten, umgeben von winzigen Perlen.

Luisa betrachtete mit offenem Mund ihr Geschenk. Ein dunkelblauer Saphir hing an einer silbernen Kette. »Ich weiß gar nicht, was ich sagen soll ...«

»Wie wäre es mit: danke, bester Bruder, den man sich wünschen kann«, spöttelte Sebastian.

»Oh, die anderen werden vor Neid erblassen«, freute sich Luisa diebisch, »wenn sie dieses Schmuckstück sehen.«

»Wen meinst du?«, fragte ihre Mutter und legte sich das Armband um, drehte ihre Hand im Kerzenlicht, das die Edelsteine funkeln ließ.

»Wen schon? Elisabeth, Gabriela, Paula. Ich wünschte, man müsste sie nicht bei jeder Einladung berücksichtigen. Sie verderben einem den Spaß. Kaspar ist übrigens seit einer Weile wieder in der Stadt«, wandte sie sich an ihren Bruder.

»Wirklich? Das ist großartig. Wann haben wir uns zuletzt gesehen? Ich weiß es nicht mehr. Ein Grund mehr zu feiern«, freute er sich.

Später, als er mit seiner Schwester allein war, bat er sie um eines ihrer Kleider.

»Was willst du damit? Du wirst es wohl kaum anziehen wollen«, erwiderte sie kopfschüttelnd.

»Du hast doch schon früher Ida hin und wieder ein Kleid geliehen ...«

»Und?«

»Ich habe einen Ballen lavendelfarbener Seide mitgebracht und möchte ihr daraus ein Kleid schneidern lassen. Es soll eine Überraschung sein, deshalb dachte ich, wenn ich Meister Böhm eines von deinen gebe, kann er Maß nehmen.« Verlegen wandte er den Blick ab.

»Findest du das nicht übertrieben? Warum hast du ihr nicht ein paar Farben für ihre Malerei mitgebracht?«

»Bitte, Luisa.«

»Gut, nimm das Hellblaue, ich weiß, dass es ihr passt«, gab Luisa nach. »Ich hoffe, du wirst nicht enttäuscht«, fügte sie leise hinzu.

»Was meinst du damit?«

»Ich glaube, du bist nicht Idas einziger Verehrer.«

Kaspar

»Bald muss ich wieder nach Padua reisen, das Studium geht weiter«, erzählte Kaspar seinem Freund. Sebastian und er hatten sich in einer Gaststube getroffen und begingen bei Bratwurst und Bier ihr Wiedersehen. »Es wird wohl eine Zeit dauern, bis ich wieder zurück bin.«

»Lass uns die Feste feiern, wie sie fallen. Komm am nächsten Sonnabend nach Gleißhammer. Es wird ein rauschender Abend. Ich habe die besten Musikanten bestellt, und es wird nur das feinste Essen geben.«

»Das klingt gut.« Dann seufzte er und berichtete vom Schicksal seiner Mutter. »Es wird immer schlimmer. Letzte Woche kam ein Gesandter aus Eichstätt und brachte eine Nachricht. Seit knapp zwei Jahren widmet sich mein Vater auch dem Garten des Fürstbischofs Johann Konrad von Gemmingen«, fügte er erklärend hinzu und berichtete in wenigen Worten von dem fürstlichen Auftrag. Dann beugte er sich vor und senkte seine Stimme. »Als der Gesandte in die Stube kam, sprang meine Mutter plötzlich auf, warf sich auf den Rücken und raffte ihre Röcke, um ihr Geschlecht zu entblößen. Dabei hat sie wirre und unflätige Worte von sich gegeben, die jeder Dirne die Schamesröte ins Gesicht getrieben hätte.«

»Heiliger Jesus«, entfuhr es Sebastian.

»Mein Vater und ich hatten alle Mühe, dem Gesandten zu erklären, dass meine Mutter nicht vom Teufel besessen, sondern schwer krank ist. Die tägliche Dosis Laudanum haben wir jetzt weiter gesteigert, aber Apotheker Besler meint, noch mehr dürfen wir ihr nicht geben. Es ist unerträglich, einen

Menschen so verändert zu sehen. Nur Gabriela findet irgendwie Zugang zu ihr.«

Sebastian schwieg, sah ihn nur mitleidig an.

»Weißt du«, flüsterte Kaspar, »manchmal ertappe ich mich, dass ich ihr den Tod wünsche. Und dann frage ich mich, ob das Medizinstudium das Richtige für mich ist. Schließlich soll ein Arzt den Menschen helfen.«

»Du musst dir keinen Vorwurf machen, du wirst einmal ein guter Arzt sein, so wie dein Vater.« Sebastian machte eine kleine Pause. »Wie kommt es, dass ausgerechnet Gabriela mit deiner Mutter umgehen kann?«

Kaspar berichtete ihm von dem schrecklichen Abend, als das Collegium medicum zu Gast gewesen war. »Seither kommt sie mehrfach vorbei, um ihr vorzulesen. Oft singt sie ihr auch ein Lied oder knetet ihr die Schultern. Ich weiß nicht, wie ich Gabriela jemals dafür danken kann.«

»Heirate sie. Gabriela hat dich schon in der Schule verehrt«, lautete Sebastians Vorschlag.

»Lass uns noch einen Krug bestellen, und dann erzählst du mir von dir«, wich Kaspar aus.

»Dein Herz gehört einer anderen?«

Kaspar gab keine Antwort und winkte der Schankmagd.

Ida

»Das wurde für Euch abgegeben«, empfing die Magd sie, als sie vom Garten ins Haus kam. Den ganzen Nachmittag hatte Ida damit verbracht, Unkraut zu jäten, verblühte Pflanzenteile abzuschneiden und Kräuter zu ernten. Ihre Tante hatte sie darum gebeten, sie selbst leide unter Kopfschmerzen und müsse ruhen.

»Danke, Auguste«, erwiderte Ida, nahm die Botschaft entgegen und begann neugierig zu lesen.

> *Meine liebe Ida,*
> *am Sonnabend werde ich meine Rückkehr auf unserer Wasserburg Gleißhammer feiern, und ich wünsche dich an meiner Seite zu haben. Wenn du dies gelesen hast, dann geh in die Stöpfelgasse. Im letzten Haus an der Ecke Hinter dem Tetzel liegt ein Geschenk für dich bereit. Ich kann es kaum erwarten, dich wiederzusehen.*
> *Sebastian.*

Aufgeregt legte sie sich ihren dünnen Umhang um die Schultern und machte sich auf den Weg. Es begann zu dämmern, aber es war nicht weit, und vor Anbruch der Dunkelheit wäre sie längst zurück. Festen Schrittes ging sie voran, vorbei am Tetzelhof, dem Wohnsitz der gleichnamigen Familie, nach der die gesamte Straße benannt war. Die Tetzels gehörten zu den einflussreichen Patrizierfamilien der Stadt und betrieben seit Jahrhunderten Kupferhandel. Nach der Hälfte der Straße bog sie links in die Stöpfelgasse und blieb vor dem ersten Haus stehen. Zaghaft klopfte sie mit den Fingerknöcheln an die Tür, um den Vorgang kurz darauf zu wiederholen. Dieses Mal schlug sie kräftig gegen das Holz. Sie wollte sich schon abwenden, als niemand öffnete, doch dann erschien ein gebeugter Mann mit einer Brille auf der Nase.

»Ich bin nicht gut zu Fuß«, brummte er und musterte sie. Der Schein der Laterne, die er trug, erhellte sein Gesicht. »Ihr seid Ida«, stellte er fest. »Kommt herein.«

»Woher kennt Ihr mich?«, fragte sie erstaunt und folgte ihm ins Innere des Hauses.

»Der junge Herr hat Euch so gut beschrieben, dass nur Ihr es sein könnt. Ich bin Hans Böhm und Schneidermeister.« Er zeigte auf ein Kleid, das auf einem Bügel hing. »Dies hat er für Euch nähen lassen. Tag und Nacht habe ich daran gearbeitet, damit es rechtzeitig fertig wird. Dort hinter dem Wandschirm könnt Ihr es anprobieren, meine Frau wird Euch helfen. Gerhild«, rief er laut über die Schulter gewandt, »komm in die Schneidstube.«

Ida war völlig überrumpelt. Sebastian hatte ihr ein Kleid machen lassen. War er von Sinnen? Das konnte sie niemals annehmen. Oder doch? Die Seide fühlte sich kühl und glatt unter ihren Fingerspitzen an, und die Farbe war unglaublich schön. Ein zartes Lila, das an Lavendel- oder Fliederblüten erinnerte. Ärmel und Ausschnitt waren reichhaltig mit Spitze und winzigen Perlen verziert, und die Chemise – das Unterhemd – bestand aus feinstem gefälteltem Leinen, gesäumt mit silbernen Stickereien.

Eine schmale Gestalt erschien, graues Haar lugte unter ihrer Haube hervor, unzählige Fältchen durchfurchten ihr Gesicht, aber wache Augen blinzelten Ida an. Gerhild begrüßte Ida und half ihr, sich hinter dem Wandschirm umzukleiden. Während die Frau des Schneiders das am Unterhemd angenestelte Mieder schnürte, fragte sich Ida, woher Böhm ihre Maße kannte.

»Es passt wie angegossen«, sagte Gerhild. »Kommt und seht selbst.«

Sie zog einen Vorhang beiseite, hinter welchem sich ein Spiegel verbarg. Ida betrachtete ihre Erscheinung, drehte sich hin und her.

»Ihr seht sehr hübsch aus. Seht, es gibt auch die passenden Bänder dazu, um sie ins Haar zu flechten.« Sie hielt Ida perlenbesetzte Seidenbänder hin, dazu einen dünnen silberbeschlagenen Gürtel, an dem ein Säckchen in der Farbe des Kleides hing.

»Gute Arbeit, nicht wahr?«, freute sich der Schneidermeister, als er herbeikam.

»Es ist wunderschön«, hauchte Ida, die sich an sich selbst kaum sattsehen konnte. »Woher wusstet Ihr meine Maße?«

Der alte Mann lächelte. »Der junge Herr brachte ein Kleid seiner Schwester, er meinte, das würde Euch passen. Seit Jahren nähe ich die Kleider für die Familie Imhoff«, fügte er hinzu.

Ida wollte nicht wissen, was dieses Prachtstück, das ihre Figur und ihre Haarfarbe so gut zur Geltung brachte, gekostet hatte. Sollte sie dieses teure Geschenk wirklich annehmen? Sie wollte sich Sebastian gegenüber nicht verpflichtet fühlen. Doch ihre Freude überwog, und sie schob ihre Zweifel beiseite.

»Es ist fast dunkel, Ihr solltet gehen. Ich lasse Euch das Kleid bringen, wenn Ihr mir verratet, wo Ihr wohnt«, riss Hans Böhm sie aus ihren Gedanken.

»Am Heumarkt, im Haus von Apotheker Besler, er ist mein Onkel«, erwiderte sie und verschwand mit Gerhild wieder hinter dem Wandschirm.

Kurz darauf machte sie sich auf den Heimweg. Ein leichter Nieselregen hatte eingesetzt, und sie schlug die Kapuze ihres Umhangs hoch. Ida fühlte sich unwohl, als sie durch die düsteren Gassen schritt. An der Kreuzung der Diligengasse vertrat ihr plötzlich ein Mann den Weg.

»Ihr solltet nicht so spät unterwegs sein, man weiß nie, wem man begegnet.« Blitzschnell packte der Mann sie am Arm, drängte sie in einen Hofeingang und presste sie mit dem Rücken gegen eine Hauswand. Weindunst schlug ihr entgegen, vermischt mit dem Gestank roher Zwiebeln und Fleisch, das zwischen seinen Zähnen gammelte. Fest legte er ihr seine Hand über Mund und Nase. Verzweifelt versuchte Ida, sich aus seinem eisernen Griff zu befreien, doch der Mann war ihr körperlich überlegen. Und die Atemnot ließ ihren Widerstand erlahmen, während der Widerling dabei war, ihre Röcke hochzuschieben. Ida begannen die Sinne zu schwinden.

Plötzlich verschwand die Hand von ihrem Gesicht, hustend sog sie die kühle Nachtluft ein.

»Scher dich zum Teufel, du elender Hundsfott«, drang eine bekannte Stimme an ihre Ohren, gefolgt von einem schmerzhaften Aufjaulen.

Ida lehnte zitternd an der Hauswand, ihre Knie drohten unter ihr nachzugeben.

»Geht es Euch gut?« Auf die Worte folgte ungläubiges Erkennen. »Ida? Bei Gott, was tust du hier draußen um diese Zeit?«

Sie stürzte sich in Kaspars Arme und weinte. Schluchzend vergrub sie den Kopf an seiner Brust. Er hielt sie fest, wartete, bis sie sich beruhigt hatte.

»Gelobt sei Jesus Christus, dass du hier bist«, stammelte sie und zog die Nase hoch.

»Scheint, ich bin gerade noch im richtigen Augenblick gekommen, dieser Widerling hatte schon den Hosenlatz geöffnet. Du solltest nicht im Dunkeln durch die Gassen gehen«, mahnte er sanft. Noch immer hielt er sie umfangen.

»Ich dachte, ich bin längst wieder zurück, bevor die Nacht hereinbricht. Es war ein Fehler«, gestand sie und machte sich von ihm los. »Was tust du hier?«

»Ich habe Gabriela nach Hause begleitet, sie wohnt in der Inneren Laufergasse.«

»Sie ist ziemlich oft bei euch«, bemerkte Ida.

»Mein Vater und ich sind froh darüber, sie ist uns eine große Hilfe. Doch du hast meine Frage nicht beantwortet.«

»Ich war beim Schneider, um ein Kleid anzuprobieren, dabei ist es später geworden als gedacht.«

»Ich bringe dich zum Heumarkt, und versprich mir, dass du dich künftig nicht mehr um diese Uhrzeit draußen herumtreibst. Dein Onkel wird außer sich vor Sorge sein.«

Sie seufzte. »Daran habe ich noch gar nicht gedacht, armer Basilius.«

Schweigend gingen sie nebeneinander her. Als sie vor der Apotheke standen, räusperte sich Kaspar. »Kommst du zu Sebastians Feier nach Gleißhammer? Du bist doch sicher auch eingeladen.« Seine Stimme klang hoffnungsvoll.

»Ja, es wird bestimmt ein schönes Fest. Die Imhoffs lassen es nie an irgendetwas fehlen«, antwortete sie und sehnte sich danach, er möge sie bitten, ihn zu begleiten. Doch nichts dergleichen geschah. Stumm schimpfte sie sich eine undankbare Närrin. Sebastian schenkte ihr ein teures Kleid und hatte sie bereits darum gebeten, das Mädchen an seiner Seite zu sein.

»Du wirst sicher mit Gabriela kommen, nachdem ihr euch so gut versteht«, stichelte sie und fragte sich, warum sie diesen Gedanken ausgesprochen hatte. Eifersüchtig und dumm, wie sie war, hatte sie ihn jetzt sicherlich verstimmt. Womit sie recht behalten sollte.

»Gute Nacht, Ida«, sagte Kaspar leise. Dann verschwand er in der Dunkelheit.

Luisa

Sie sass vor dem Spiegel und weidete sich an der Kette mit dem Saphir um ihren Hals. Ihr Kleid besaß beinahe dieselbe Farbe, und Schmuck und Stoff unterstrichen das Blau ihrer Augen noch mehr, das mit dem Edelstein um die Wette strahlte. Ihre Mutter stand hinter ihr, bürstete mit kräftigen Strichen die hellblonden Haare.

»Veit Asmus von Eyb kann sich glücklich schätzen, das hübscheste Mädchen an seiner Seite zu haben«, bemerkte ihre Mutter und begann, hellblaue Seidenbänder einzuflechten.

Luisa tauschte einen Blick mit dem Spiegelbild ihrer Mutter. »Er ist ziemlich langweilig.«

»Aber er gehört der Reichsritterschaft an und ist trotz seiner jungen Jahre Hauptmann im Kanton Altmühl. Auf Schloss Gugelhammer hast du dich gut mit ihm unterhalten.«

Luisa verzog den Mund. »Unterhaltung würde ich es nicht nennen. Er redete, ich hörte zu. Oder auch nicht. Veit bemerkte es nicht, wenn ich mit meinen Gedanken ganz woanders war.«

»Dein Vater sähe es ganz gern, wenn du einen Adligen heiratest«, lächelte Ursula nachsichtig.

»Seit wann? Ich dachte, wir Imhoffs streben nicht wie die meisten Patrizierfamilien nach einem Adelstitel.«

»Nicht um jeden Preis«, erwiderte ihre Mutter und befestigte das letzte Band.

»Ah, soll das bedeuten, ich bin den Preis wert? Ich komme mir vor wie eine Kuh, die auf dem Markt verkauft werden soll«, entgegnete Luisa bitter.

»So darfst du nicht denken.« Ursula umfasste Luisas Schultern, beugte sich hinunter und legte ihre linke Wange an Luisas rechte. »Du bist eines der begehrtesten heiratsfähigen Mädchen, glaub mir, dein Vater wird schon den Richtigen für dich finden.«

»Und wenn ich den Richtigen finde? Was dann? Warum kann ich nicht heiraten, wen ich will? Es ist ungerecht.« Zwischen ihren Brauen zeichnete sich die Zornesfalte ab.

»Weil es schon immer so war, dass die Väter über ihre Kinder bestimmen.« Ursula hauchte ihr einen Kuss auf die Wange und richtete sich wieder auf.

»Das stimmt nicht. Es gibt Frauen, die allein entscheiden, ob sie überhaupt heiraten. Die Königin von England ist noch immer ohne Gatte, und sie wird sicher auch niemanden mehr heiraten. Sie ist zu alt, um noch Thronerben zu gebären.«

»Elisabeth ist Königin und Oberhaupt ihres Landes. Du kannst ihr Leben doch nicht mit deinem vergleichen. Und nun genug davon, auch ich sollte mich umkleiden.«

Ihre Mutter verließ die Schlafstube, und Luisa blieb am Frisiertisch sitzen, starrte in den Spiegel.

Auf keinen Fall werde ich diesen Veit Asmus von Eyb heiraten. Vater kann mich nicht zwingen. Zählt es denn nicht, dass ich mit siebzehn Jahren schon mein eigenes Geld verdiene? Sollte ich nicht auch entscheiden dürfen, mit wem ich den Rest meines Lebens verbringen will?

Seufzend zog sie die kleine Schublade auf und entnahm ihr ein hübsch gearbeitetes Fläschchen. Vorsichtig öffnete sie es und betupfte ihren Hals mit dem teuren Parfum. Es roch nach Orangenblüten, Rosen und nach irgendeinem feinen Holz, das Luisa nicht kannte. Ein Händler hatte Sebastian verschiedene Düfte und Seifen aus Italien angeboten. Sündhaft teuer, aber jeden winzigen Tropfen wert. Sie hielt ihre Nase über die Flaschenöffnung, sog noch einmal den überwältigenden Duft ein, verschloss das Gefäß und verstaute es wieder im Schubfach.

Ohne anzuklopfen, kam ihr Bruder ins Zimmer.

»Bist du fertig? Die Pferde sind angespannt, und wir müssen noch Ida abholen.«

Sebastian sah gut aus. Von Kopf bis Fuß in Schwarz gekleidet, nur das Wams war aus lavendelblauer Seide geschneidert, und die Straußenfeder an seinem Barett besaß dieselbe Farbe.

»Ich muss nur meine Schuhe anziehen«, erwiderte Luisa unwirsch, »und nächstes Mal pochst du erst gegen die Tür und meldest dich an.«

»Bist du schlecht gelaunt?«

»Das wärst du auch, wenn du den Abend mit dem langweiligsten Menschen am Tisch verbringen müsstest.«

»Ich habe von Eyb nicht eingeladen, das war Vaters Wunsch«, erwiderte Sebastian, während Luisa in ihre Seidenpantoffeln schlüpfte.

»Es ist deine Feier, oder nicht? Warum muss er sich immer einmischen?«, maulte Luisa.

»Weil es sein Schloss ist, weil er das Essen, den Wein und die Spielmänner bezahlt. Setz ein Lächeln auf und genieße das Fest. Ida und Kaspar sind schließlich auch da.« Er legte ihr den pelzverbrämten Umhang um und öffnete ihr die Tür. »Darf ich bitten, Prinzessin Luisa?« Sebastian zog seinen Hut und machte eine vollendete Verbeugung, was ihr widerwillig ein Lachen entlockte.

Wenig später saßen sie in der Kutsche und fuhren zum Heumarkt.

»Ich kann es kaum erwarten, Ida in dem neuen Kleid zu sehen«, raunte Sebastian aufgeregt. Er fischte ein Beutelchen aus seinem Wams. »Sieh mal, das werde ich ihr noch umlegen.«

Luisa hob die Augenbrauen. »Du hast ihr Schmuck gekauft? Findest du nicht, du übertreibst?«

»Nein. Sie ist meine Königin für heute Abend, und so soll sie auch aussehen.« Er ließ die Kette, an der ein violetter Amethyst baumelte, in seine Hand gleiten.

»Wunderschön. Wo hast du sie her? Aus Goa?« Luisa war trotz ihrer Bedenken entzückt.

»Nein, der Amethyst kommt aus Oberstein, dort befinden sich die besten Edelsteinschleifer im Reich. Meister Krenzl hat ihn in Silber gefasst. Es war meine Idee, den Anhänger wie einen Tropfen gestalten zu lassen«, erzählte Sebastian stolz und verstaute das Geschmeide wieder in dem Säckchen.

Blasius brachte die Pferde vor der Apotheke Zum Marienbild zum Halten, und Sebastian kletterte aus der Kutsche. Kräftig bediente er den Türklopfer und trat einen Schritt zurück. Es dauerte nicht lange, und Ida öffnete. Blasius entfuhr ein anerkennender Pfiff, und vorbeigehende Menschen hielten inne und sahen bewundernd zu der jungen Frau. Auch Luisa musste zugeben, dass ihrer Freundin das Kleid vortrefflich stand. Auf Idas Wangen zeigte sich eine feine Röte, es schien ihr peinlich zu sein, so viel Aufsehen zu erregen. Hinter Ida erschien unerwartet Lukas Straub, gefolgt von Basilius Besler. Luisa spürte, wie sich ihr Herzschlag beschleunigte, als sich ihre Augen mit denen des jungen Druckers trafen. Er lächelte und hob seine Hand zum Gruß, doch dann wandte er sich schon wieder ab, und Luisa beobachtete mit gemischten Gefühlen, wie er noch einige Worte mit Ida tauschte.

Ihre Freundin strahlte mit der Sonne um die Wette und drehte sich übermütig einmal um ihre eigene Achse, sodass der Rock um ihre Beine schwang und das Unterkleid hervorblitzte.

Sie ist eitel, durchzuckte es Luisa. Und ich bin neidisch, gestand sie sich ein. Dabei brauche ich das gar nicht zu sein.

Ida verabschiedete sich von den beiden Männern, und Sebastian half ihr in die Kutsche, wo sie neben Luisa Platz nahm. Blasius ließ die Pferde anziehen.

»Du siehst entzückend aus. Oh, und was für eine prächtige Kette du um den Hals trägst«, begrüßte sie Luisa. Beinahe ehrfürchtig blickte Ida auf den Saphir, und ihre Hand betastete unwillkürlich ihren schmucklosen Ausschnitt.

»Sebastian hat sie mir aus Indien mitgebracht, so wie die Seide, aus welcher dein Kleid genäht ist«, entgegnete Luisa.

Ihre Freundin schlug die Hand vor den Mund. »Sebastian, bitte vergib mir, ich habe mich noch nicht einmal richtig bei dir bedankt. Ehrlich gesagt war ich nicht sicher, ob ich dieses Geschenk annehmen soll.« Sie schlug die Augen nieder.

»Ich wusste, diese Farbe steht dir ausgezeichnet zu Gesicht, ich bin froh, dass du dich entschieden hast, das Kleid zu behalten. Und wenn wir auf Gleißhammer sind, gibt es noch eine winzige Überraschung für dich.«

Luisa verdrehte die Augen. Winzig war maßlos untertrieben. Der Amethyst war mindestens so groß wie ihr Daumennagel.

»Was wollte der junge Herr Straub bei deinem Onkel?«, fragte sie Ida.

»War das nicht der Kerl von der Kirchweih?«, mischte sich Sebastian ein.

»Ja. Und ich fürchte, du hast damals keinen allzu guten Eindruck hinterlassen«, stichelte Ida, bevor sie Luisas Frage beantwortete. »Onkel hat endlich seinen Arzneikatalog fertig, und Lukas soll ihn drucken. Es freut mich für ihn. Er ist noch jung, und es gibt genügend Drucker in der Stadt. Zuerst wollte Basilius jemand anderem den Auftrag erteilen, aber ich habe mich für Lukas bei ihm eingesetzt«, lächelte sie stolz.

»Das ist sehr freundlich von dir«, erwiderte Luisa steif.

»Wer sitzt noch bei uns am Tisch?«, wollte Ida wissen.

»Veit Asmus von Eyb, ein Reichsritter, und Oswald Muffel von Eschenau«, seufzte Luisa.

»Du meinst den mit den schweißnassen Händen und der nach Zwiebeln stank?« Ida verzog das Gesicht.

»Ja. Glaub mir, mir wären andere Tischgespräche auch lieber als Rittergeschichten oder Geschwätz über Kupferhandel.«

»Luisa, so schlimm wird es schon nicht werden«, mischte sich ihr Bruder ein. »Oswald wird sich um Paula bemühen müssen, ich habe sie als seine Tischdame auserkoren. Außerdem sitzen Kaspar und Gabriela bei uns.«

Luisa bemerkte aus dem Augenwinkel, wie Idas Gesicht für einen winzigen Moment erstarrte. Sie fragte sich, wer oder was der Grund dafür war. Paula, die Ida einst in den Teich gestoßen hatte? Oder die Tatsache, dass Kaspar gemeinsam mit Gabriela auftrat? Schwärmte ihre Freundin immer noch für den Arztsohn?

Ida

»Entzückend«, jauchzte sie, als die Kutsche über die steinerne Brücke rollte. Inmitten des großen Weihers lag eine Insel, auf der die viergeschossige Wasserburg mit ihren Ecktürmen thronte. Ein vorgelagertes Backsteingebäude mit dem Eingangstor zum Schlosshof vermittelte einen wehrhaften Eindruck. Einst hatte die Burg Soldaten als Unterkunft gedient, um Nürnberg im ersten Markgrafenkrieg zu schützen, was auch gelungen war. Hundert Jahre später, als Markgraf Albrecht Alcibiades erneut einen Krieg heraufbeschwor, war die

Burg zerstört worden. Jakob Imhoff, ein Onkel von Luisa und Sebastian, hatte sie Jahre später erworben und größer als zuvor wiederaufbauen lassen.

»Warte, bis du den Rest zu sehen bekommst«, freute sich Sebastian. »Im Hof sind Gartenanlagen ähnlich den Hesperidengärten, nur nicht so groß. Dafür sind die Räume schöner gestaltet.«

»Wie konntest du mir dieses Schmuckstück so lange vorenthalten?«, fragte Ida Luisa gespielt vorwurfsvoll. »Ich dachte, wir sind befreundet.«

»Wir haben zu viele Schlösser, mein Vater kauft und verkauft sie wieder. Meistens wechseln sie aber auch innerhalb der Familie durch Heirat«, erwiderte ihre Freundin schulterzuckend. »Ich glaube, jede Kaufmannsfamilie ist mit einer anderen in Nürnberg verwandt. Stimmt doch, Sebastian, oder?«

»Vermutlich hast du recht, ich weiß oft selbst nicht, wer mit wem wie verbandelt ist. Die Welser mit den Nützels, die Holzschuher mit uns, die Löffelholz mit Fütterer …«

Blasius brachte die Kutsche zum Stehen, und Sebastian sprang heraus, um den Mädchen die Hand zu reichen. Luisas Bruder zog eine goldene Taschenuhr aus seinem Wams.

»Es ist noch Zeit, bis die anderen Gäste eintreffen. Komm mit, ich zeige dir alles. Luisa, kannst du bitte einen letzten Blick in die Küche und auf die Tische werfen, ob alles seine Ordnung hat?« Er fasste nach Idas Hand.

»Aber …«, hörte Ida ihre Freundin noch protestieren, dann zog Sebastian sie mit sich ins Innere der Burg. Sie durchquerten die Halle und gelangten durch eine Tür in den Schlosshof. Üppige Blumenbeete blühten in herrlichen Farben, streng unterteilt und getrennt durch Kieswege.

»Und, gefällt es dir?«, fragte Sebastian, der hinter ihr stehen geblieben war, als sie über den Zaun auf das Wasser spähte.

»Ich versuche, mir dieses Kleinod einzuprägen, damit ich es

malen kann. Sieh nur, wie sich das Sonnenlicht auf dem Weiher bricht. Das ist ganz wunderbar, und dort diese leuchtenden roten Blüten, ein Farbtupfer inmitten des üppigen Grüns.« Ida war sichtlich begeistert. »Am liebsten wäre mir jetzt meine Staffelei, damit ich sogleich anfangen könnte, die Schönheit dieses Ortes einzufangen.«

Sebastian fasste sie an den Schultern und drehte sie zu sich herum. Ida konnte sein Parfum riechen, das angenehm duftete. Holzig, männlich, sinnlich.

»Und mir wäre das liebste, ich könnte dich küssen«, raunte er, zog sie näher zu sich und neigte seinen Kopf.

Ida fühlte sich überwältigt von verschiedenen Gefühlen. Was geschah hier? Sie mochte Sebastian von Herzen gern, doch ihren ersten Kuss hatte sie sich von Kaspar erträumt. Aber der Arztsohn schien eher Gabriela zugetan, auch wenn er es abstritt. Wie von selbst hoben sich ihre Lippen Sebastian entgegen.

»Ahh, hier seid hier.«

Ida und Sebastian stoben auseinander und wandten ihre Köpfe. Luisa kam durch den Garten auf sie zu, gefolgt von Kaspar und Gabriela. Zu allem Überfluss erschienen auch Elisabeth und Paula und drei junge Männer, von denen Ida zumindest einen erkannte. Oswald Muffel von Eschenau, den Luisa ziemlich abstoßend fand. Auf den zweiten passte die Beschreibung des Ritters Veit Asmus von Eyb, den dritten hatte sie noch nie gesehen.

»Was treibt ihr hier?«, fragte Kaspar ohne Begrüßung und starrte Ida an. In seinen Augen glaubte sie Argwohn glimmen zu sehen.

»Ich sehe mir nur den Garten an, Sebastian war so freundlich, ihn mir zu zeigen, bevor hier alles übervölkert ist«, antwortete sie spitz.

»Nur den Garten«, echote Kaspar bissig.

»Bist du schlecht gelaunt, alter Freund?« Sebastian knuffte ihn in den Arm.

»Nein, wie könnte ich, mit einem solch hübschen Mädchen an meiner Seite. Nicht wahr, Gabriela? Komm, meine Liebe, wir sehen uns noch ein wenig um.«

Das Lächeln, das diese ihm schenkte, und wie Kaspar ihr den Arm bot, um den Rundgang durch den Garten fortzusetzen, versetzte Ida einen Stich. Luisa versuchte die unangenehme Situation zu entspannen und stellte die Männer vor. Bei dem dritten handelte es sich um den Sohn eines Goldschmieds, Christoph Krenzl.

»Christophs Vater ist sozusagen unser Haus- und Hofschmied«, erklärte sie. »Meister Krenzl fertigt seit Jahren die Schmuckstücke für unsere Familie.«

»Stammt Luisas Kette auch aus der Werkstatt Eures Vaters?«, wollte Elisabeth wissen und starrte neidisch auf Luisas Saphir.

Bevor Christoph eine Antwort geben konnte, warf Sebastian ein: »Nein, ich habe sie in Goa gekauft. Aber sie könnte von deinem Vater gefertigt sein, Christoph, sie ist perfekt.«

Der junge Mann lächelte. »Fast.«

»Was meinst du damit? Dieses Ding hat mich ein Vermögen gekostet«, brauste Sebastian auf.

»Sieh genau hin, Sebastian, die Silberfassung hat eine Schramme. Meinem Vater wäre das nicht entgangen, und er hätte sie mit etwas flüssigem Silberlot verschwinden lassen.«

»Verflucht, du hast recht«, brummte Sebastian.

»Gräm dich nicht, es wird niemandem auffallen, der nicht selbst mit Gold und Silber arbeitet. Außerdem ist deine Schwester so bildhübsch, dass der Schmuck neben ihr verblasst«, schmeichelte er.

Ida hörte kaum zu, verstohlen beobachtete sie, wie Kaspar und Gabriela die Wege entlangschlenderten, hie und da stehen blieben, um irgendwelche Pflanzen oder Skulpturen zu betrachten. Einmal beugte sich Kaspar zu seiner Begleiterin und sagte etwas, was sie zum Lachen brachte. Idas Eingeweide krampften sich zusammen.

»Wollen wir hineingehen? Das Essen wird bald aufgetragen«, drang Luisas Stimme an ihr Ohr.

Sie atmete tief durch und wollte den anderen folgen, doch Sebastian hielt sie zurück.

»Warte. Ich hatte dir eine Überraschung versprochen«, er griff in sein Wams und förderte ein Samtbeutelchen hervor.

Ida zog die rote Schleife auf, die das Säckchen verschlossen hielt, und ließ den Inhalt in ihre linke Hand gleiten. Der Anblick der Kette verschlug ihr den Atem.

»Du musst vollkommen von Sinnen sein, Sebastian. Ist dir die indische Sonne nicht bekommen? Das kann ich niemals annehmen«, sagte sie heiser.

»Doch, das kannst du, und jetzt dreh dich um.«

Ida wusste, er würde darauf bestehen, und wandte ihm folgsam den Rücken zu. Sebastian legte ihr den Halsschmuck um, vorsichtig betastete sie den violetten Stein, der auf ihrer Brust ruhte.

»Jetzt siehst du aus wie eine Prinzessin«, meinte Sebastian. »Du musst dich im Spiegel sehen.«

Er fasste sie an der Hand und brachte sie in das zweite Obergeschoss, wo ein großer Kristallspiegel an der Wand hing. Ida betrachtete sich und glaubte, eine Fremde zu sehen. Wahrlich königlich sah sie aus. Zweifel regten sich in ihr. Hatte er ihr Kleid und Kette geschenkt, damit sie so aussah, wie er sie haben wollte? Mochte er sie sonst weniger? Sollten die Geschenke ihre Herkunft überdecken? Sie wechselte einen Blick mit ihm. Sebastian strahlte über das ganze Gesicht. Nein, er mochte sie so, wie sie war, entschied sie.

»Und jetzt gehen wir hinunter und genießen die Feier, meine Schöne.«

»Da seid ihr endlich«, wurden sie von Ludwig Imhoff empfangen. Seine Augen streiften das Schmuckstück, doch er sagte nichts. Sein Mienenspiel war deutlich genug. Sebastians Vater missbilligte das teure Stück, von dem er ahnte, wer es bezahlt hatte. Ida hatte das Familienoberhaupt nur selten zu Gesicht bekommen, und der stattliche Mann mit dem dichten langen Bart schüchterte sie ein.

»Setzt euch, dann werde ich ein paar Worte an die Gäste richten«, brummte Ludwig Imhoff.

Luisa schien nicht überrascht, den Amethyst zu sehen, stellte Ida fest, als sie neben ihr Platz nahm. Das bedeutete, ihre Freundin hatte davon gewusst. Dafür schienen Gabrielas Glupschaugen endgültig aus ihren Höhlen springen zu wollen, als sie der Kette ansichtig wurde, und Elisabeth erstarrte zu Eis, während Paula Ida böse Blicke zuwarf. Kaspars Gesichtsausdruck war nicht zu deuten.

»Das ist eindeutig ein Werk meines Vaters«, sagte Christoph Krenzl, der neben Elisabeth saß. »Ein wirklich schönes Schmuckstück.«

»Was die Trägerin aber nicht weniger …«

»Halt den Mund, Paula«, ranzte Sebastian sie an.

Die Menschen im Saal verstummten, als Ludwig Imhoff eine kurze Lobrede auf seinen Sohn hielt. Anschließend klatschte er zweimal in die Hände als Zeichen für die Dienerschaft, das Essen aufzutragen. Wie immer war an nichts gespart worden. Das Tischgespräch ödete Ida an, denn Veit und Oswald rühmten sich ihrer Jagderfolge, prahlten mit ihren Heldentaten von der Erlegung von Keilern, die, schenkte man ihnen Glauben, fast Ochsengröße besaßen. Ida trank mehr Wein als sonst, und allmählich stieg der Rebensaft ihr zu Kopf.

»Wie geht es deiner Mutter?«, fragte sie Kaspar, der ihr gegenüber Platz genommen hatte.

»Das gehört wohl kaum hierher«, antwortete Gabriela statt

seiner giftig. »Wir sind froh, einmal eine Ablenkung von Gundas traurigem Zustand zu bekommen.«

»Dich hab ich nicht gefragt. Kaspar kann für sich selbst sprechen«, entgegnete Ida von oben herab und winkte dem Diener, er möge ihr nachschenken.

»Was erlaubst du dir, du elende Kröte?«, fuhr Gabriela auf.

Begütigend legte Kaspar ihr die Hand auf den Arm.

»Beruhige dich. Aber Gabriela hat recht, Ida, wir möchten heute einmal nicht darüber nachdenken.«

»Wir«. Die vertrauliche Geste. Kaspar und Gabriela. Also doch. Ida nahm einen großen Schluck Wein.

»Dir kam doch die schreckliche Krankheit gerade richtig, Froschgesicht, damit du dich weiter bei Kaspar und seinem Vater einnisten kannst wie eine Laus in einem Schafspelz.« Ihre Stimme klang verwaschen, stellte sie fest. Das Tischgespräch verstummte, und alle Köpfe fuhren herum.

»Sebastian, ich denke, ich gehe mit Ida an die frische Luft«, unterbrach Luisa das peinliche Schweigen und schob ihren Stuhl zurück. Ida folgte ihr widerstrebend nach draußen.

»Du hast zu viel getrunken und bist dabei, allen die Feier zu verderben. Was ist nur in dich gefahren?«, stellte Luisa sie zur Rede.

»Diese Natternbrut nützt doch jede Möglichkeit, um in Kaspars Nähe sein zu können«, erwiderte Ida abfällig.

»Du bist eifersüchtig.«

»Nein.«

»Doch. Findest du nicht, dass du meinem Bruder gegenüber ehrlich sein solltest? Er macht dir den Hof, und du denkst nur an Kaspar«, entgegnete Luisa aufgebracht.

»Das ist nicht wahr, ich mag Sebastian sehr.«

»Das freut mich zu hören, meine Schöne. Wollen wir tanzen?« Plötzlich stand Sebastian neben ihnen, und Ida betete, er hatte nicht jedes Wort gehört. Sie legte ihre Rechte auf seinen dargebotenen linken Arm und ließ sich hineingeleiten. Aus dem Augenwinkel nahm sie Luisas Kopfschütteln wahr.

Die Musiker spielten einen langsamen Schreittanz, den Ida inzwischen gelernt hatte, gefolgt von einem Stück in einem schnelleren Takt. Als die Männer durchwechselten, befand sich Ida Kaspar gegenüber, der sie finster ansah.

»Dein Benehmen war unausstehlich, Ida. Wie konntest du so etwas nur über Gabriela sagen?«, raunte er, ohne die kleinen Hüpfschritte um sie herum zu unterbrechen.

»Aber es ist wahr. Schon immer hat sie dich für sich vereinnahmt.«

»Du bist nicht bei Verstand. Gabriela hat ein großes Herz, und ohne sie wäre mein Vater verzweifelt. Du solltest sie um Verzeihung bitten für deine Beleidigungen. Ich bin froh, dass sie da ist, denn bald muss ich wieder nach Padua.«

»Wirst du sie heiraten?«, brach es aus Ida hervor.

Sie bekam keine Antwort, denn sein Platz wurde von Christoph Krenzl eingenommen, der ihr schmachtende Blicke zuwarf, aber wenigstens den Mund hielt. Die Spielmänner legten eine Pause ein, und Ida kehrte mit den anderen an den Tisch zurück, wo Paula und Oswald sitzen geblieben waren. Paula, die wegen ihres Beines nicht tanzen wollte, und Oswald, dessen fülliger Körper nicht danach aussah, als ob er dem Tanzen zugetan war.

Ida fasste sich ein Herz und neigte ihren Oberkörper nach vorn.

»Gabriela, verzeih mir«, sagte sie mit trockenem Mund.

Die Arzttochter nickte nur knapp, ihre Lippen zu einem Strich zusammengepresst, ihre Augen blickten kalt und abweisend. Doch Kaspars wohlwollendes Lächeln entschädigte Ida. Luisa berührte verstohlen ihr Knie unter dem Tisch. Gut gemacht, sollte das wohl bedeuten. Ida war froh, dass ihre Freundin ihr nichts nachtrug.

Kaspar

Aufgewühlt wälzte er sich in seinem Bett hin und her. Wirst du sie heiraten?, klang es in ihm nach. Was scherte es Ida, ob er Gabriela ehelichte oder nicht. Es sei denn … Nein, sie genoss offensichtlich die Aufmerksamkeiten seines Freundes. Kaspar gestand sich ein, dass ihm dies nicht gefiel. Schließlich sank er in einen unruhigen Schlaf.

Am Morgen stand er wie zerschlagen auf. In seinen Träumen hatte er sich mit Sebastian um Ida duelliert. Als er den Abzug betätigte, war er schweißgebadet aufgewacht. Kaspar spritzte sich Wasser ins Gesicht und rieb seine Haut mit einem Tuch trocken. Dann schlüpfte er in Hemd und Hose und stieg die Treppe hinab. Sein Vater saß bereits am Schreibtisch in seinem Studierzimmer und steckte die Nase in eines seiner vielen Bücher.

»Kommst du voran mit dem fürstbischöflichen Garten?«, fragte Kaspar.

Joachim Camerarius brummte nickend, dann sah er auf und rieb sich die Augen. »Das viele Lesen ist ermüdend.«

»Wie lange sitzt du hier schon?« Kaspar zog sich einen Stuhl heran und nahm Platz.

»Noch vor dem Morgengrauen habe ich begonnen. Ich lese mich durch die Werke von Leonhart Fuchs, Hieronymus Bock und Conrad Gessner.« Er schob die Bücher ein wenig zur Seite und lehnte sich nach vorn. »Wir müssen reden, mein Sohn.«

Kaspar hob die Augenbrauen und wartete gespannt.

»Ich fühle mich müde, sehr müde, und mache mir Gedanken, was mit deiner Mutter geschieht, wenn ich nicht mehr bin.«

»Aber …«

Joachim Camerarius hob die Hand, um Kaspars Einwand zu unterbrechen. »Ich werde bald vierundsechzig, vielleicht habe ich noch einige Jahre, vielleicht auch nicht. Das weiß nur Gott allein. Deine Mutter ist um einiges jünger und verfügt über eine robuste Natur. Körperlich zumindest, was ihren Geist angeht … Nun, darüber brauchen wir nicht sprechen.«

»Worauf willst du hinaus?« Kaspar knetete unbewusst die Hände in seinem Schoß.

»Ich wünsche, dass du Gabriela zur Frau nimmst. Sie ist die Richtige für dich und kümmert sich rührend um Gunda. Siegfried Heim und ich haben bereits vor Jahren darüber gesprochen.«

Kaspar wusste nicht, was er darauf antworten sollte. Ja, Gabriela war ihm zugetan, schon lange. Aber ihre Unterwürfigkeit ihm gegenüber brachte ihn manchmal auf. Alles, was er sagte und tat, befand sie für richtig und gut. Kurzum, Gabriela war ihm zu langweilig. Aber Ida … Wäre sie nur so wie Ida, die, wenn sie von ihrer Malerei erzählte, einen mit ihrer Begeisterung mitriss. Ida, die auch unbequem sein konnte. Ida, die vor Lebenslust sprühte. Warum bemerkte er erst jetzt, wie viel ihm dieses Mädchen bedeutete?

»Hörst du mir zu?«, riss ihn sein Vater aus seinen wehmütigen Gedanken.

»Ja, sicher. Aber ich werde keinesfalls mein Studium abbrechen, ich gehe zurück nach Padua.«

»Das sollst du auch nicht. Wir feiern deine Verlobung, bevor du abreist«, antwortete sein Vater bestimmt.

Kaspar wusste, Widerspruch war zwecklos, und er fügte sich in sein Schicksal. Joachim Camerarius schlug ein Buch auf, ein deutliches Zeichen, dass die Unterredung beendet war. Stumm verließ Kaspar das Studierzimmer und schloss die Tür leise hinter sich. Der Appetit auf das Morgenmahl war ihm vergangen. Was er jetzt brauchte, war frische Luft.

Seine Füße trugen ihn durch die Stadt hinunter zum Fluss. Niedergeschlagen starrte er von der Barfüßerbrücke in die Fluten der Pegnitz. Wie würde wohl ein Leben mit Gabriela aussehen? Eine Frau, die ihm nicht von der Seite wich, ihn bemutterte, ihm jedes Jahr ein Kind gebar, sich mit ihm bei anderen Ehegattinnen brüstete, ihm die Luft zum Atmen nahm.

Vielleicht bleibe ich einfach in Padua und setze keinen Fuß mehr nach Nürnberg, überlegte Kaspar. Warum nicht? Irgendwann wird die Verlobung gelöst werden, und ich bin frei. Wer weiß, ob ich nicht sogar irgendwann selbst Professor an der Universität werde. Das könnte mir gut gefallen. Matteo wäre sicher begeistert. Das Leben dort ist ohnehin angenehmer. Die milden Winter, die warmen Sommer, genügend Regen für die Ernten, die freundlichen Bewohner …

»Kaspar, du willst dich hoffentlich nicht von der Brücke stürzen.«

Er erschrak, als plötzlich Ida neben ihm stand, die ihn beunruhigt musterte.

»Wie kommst du denn auf solch einen Gedanken?« Sein gezwungenes Lachen verfing bei ihr nicht.

»Du sahst sehr traurig aus. Ist etwas Schlimmes geschehen?« Ida lehnte sich mit dem Rücken an einen Holzpfeiler des Brückenüberbaus.

»Nein, jedenfalls nicht so schlimm, dass ich mich entleiben will und damit riskiere, in ungeweihter Erde begraben zu werden.«

»Möchtest du mir sagen, was dich quält?«, fragte Ida aufrichtig und fasste nach seiner Hand, die auf dem Brückengeländer lag. Warm und tröstend fühlte sich ihre Geste an.

»Ich glaube, Sebastian würde das nicht gefallen«, sagte er mit rauer Stimme.

Verständnislos starrte sie ihn an.

»Dass du meine Hand hältst, und dazu noch hier in aller Öffentlichkeit«, fügte Kaspar erklärend hinzu.

»Es geht Sebastian nichts an, wem ich die Hand halte«, entgegnete sie scharf, »aber wenn es dich stört …« Sie wollte sich ihm entziehen, doch Kaspar hielt sie fest.

»Nein, es stört mich nicht. Im Gegenteil, es ist schön. Sehr schön.«

Idas Lächeln sandte einen heißen Schauer durch seinen Körper.

»Was ist zwischen dir und ihm?«, traute er sich zu fragen, und hoffte, sie hörte die Eifersucht nicht in seiner Stimme.

»Heißt es nicht bei den Apothekern und Ärzten: quid pro quo?«, entgegnete sie belustigt.

»Doch, aber wie kommst du darauf?«

»Stell dich nicht dumm, Kaspar. Du erzählst mir, was dich beschäftigt, und ich beantworte deine Frage. Ganz einfach.« Sie strich sich eine honigblonde Strähne aus dem Gesicht, die sich aus ihrer Flechtfrisur gelöst hatte.

Er brachte es nicht über sich, Ida von den Verlobungsplänen zu erzählen. »Was tust du überhaupt hier?«, lenkte er ab.

Er erntete ein kurzes missbilligendes Stirnrunzeln, doch dann glätteten sich ihre Falten wieder.

»Ich wollte zum Rossmarkt …«

»Du wirst dir doch wohl kein Pferd kaufen wollen«, warf er scherzhaft ein.

Sie wich seinem Blick aus und sah auf den Fluss. »Ich …«

Kaspar dämmerte, wer oder was der Grund dafür war.

»Du nicht, aber Sebastian. Habe ich recht? Er will dir ein Pferd kaufen?«

»Ich habe versucht, ihn davon abzuhalten, aber …« Hilflos zuckte sie mit den Schultern. »Veilchen ist an Kolik eingegangen, die arme kleine Stute. Sebastian will mit mir ausreiten, und er sagt, ich brauche ein braves Pferd. Die anderen Imhoff'schen Rösser wären zu nervös für mich.«

»Siehst du nicht, was hier geschieht? Er kauft dir Kleider, Schmuck und jetzt ein Pferd. Er kauft sich *dich*. Werde glücklich mit ihm, leb wohl, Ida«, stieß er voll Bitterkeit hervor. Damit ließ er sie stehen und eilte zum Ufer zurück.

»Kaspar, so warte doch«, hörte er Ida ihm nachrufen. Er beschleunigte seine Schritte und beschloss, so bald wie möglich nach Padua aufzubrechen. An der Stadtwaage holte sie ihn ein. Energisch hielt sie ihn am Ärmel fest und scherte sich nicht um die missbilligenden Blicke anderer.

»Verdammt, Kaspar«, zischte sie leise. »Was fällt dir ein, einfach so davonzulaufen? Erst bezeichnest du mich mehr oder weniger als Dirne, und dann lässt du mich stehen? Es geht dich nichts an, was Sebastian mir schenkt, und ja, es gefällt mir, umschmeichelt zu werden. Welchem Mädchen würde das nicht gefallen. Du hofierst Gabriela, aber missgönnst mir, ein wenig umschwärmt zu werden? Was zum Henker ist los mit dir?«

Sanft löste er ihre Hand von seinem Ärmel, den sie immer noch krampfhaft gepackt hielt, und strich mit dem Daumen über ihren Handrücken.

»Du solltest nicht so viel fluchen«, erwiderte er mit trockenem Mund. »Du hast recht, es geht mich nichts an. Verzeih mir.«

Abwartend stand sie da, in ihrem Blick lag etwas Suchendes. Sie erwartete eine Erklärung. Doch er würde sie ihr nicht geben. Nicht geben können, denn er würde Gabriela zur Frau nehmen und seine Liebe zu Ida tief in seinem Herzen begraben.

»Verzeih mir«, wiederholte er. »Ich muss gehen.«

Dieses Mal lief sie ihm nicht hinterher.

Ida

Um ihrer widerstreitenden Gefühle Herr zu werden, gab es nichts Besseres, als zu malen. Vor zwei Tagen hatte Kaspar sie beleidigt, und es tat immer noch weh. Sie dagegen hatte Sebastian versetzt, was dieser ihr bestimmt übel genommen hatte.

Das Mischen der Farben, das Eintauchen der Pinsel und die Strichführung auf dem Papier gaben ihr innere Ruhe. Wie von selbst erschienen grasende Pferde auf einer grünen Wiese, schlängelte sich ein Bächlein durch die üppigen Auen, die Ufer gesäumt mit den violetten Blüten des Bittersüßen Nachtschattens und den rötlich-braunen nickenden Köpfchen der Bachnelkenwurzen. Sie trat einen Schritt zurück und betrachtete ihr Werk.

»Du wirst immer besser, Ida«, sagte Wenzel Straub, der im Türrahmen lehnte und das Bild begutachtete. »Ich denke schon länger darüber nach, ob du nicht von hier fort solltest, um weiterzulernen.«

Ida sah ihn verdutzt an. »Wo soll ich denn hin?«

»Nach Florenz.«

Sie suchte in seinem Gesicht nach den Anzeichen eines Scherzes, doch da war nichts. Wenzel meinte es ernst.

»Dort ist die Accademia delle Arti del Disengo, und du wirst es nicht für möglich halten, aber dort werden tatsächlich Frauen angenommen«, erzählte Wenzel begeistert.

Ida winkte ab. »Dafür bin ich nicht gut genug. Ich bin zufrieden damit, hier bei dir malen zu dürfen und meine Bilder zu verkaufen.«

»Stell dein Licht nicht unter den Scheffel. Du hast eine Gabe, die dort weiter gefördert werden würde. Glaubst du, Markgräfin Sophie hätte bereits vier Bilder von dir erstanden, wenn sie diese nicht für außerordentlich halten würde? Es gibt noch andere Blumenmalerinnen in der Stadt. Ida, denk nach, du könntest ein Vermögen mit deiner Malerei machen«, beschwor Straub sie.

Sie setzte sich auf einen Schemel, stützte die Ellbogen auf ihre Oberschenkel und ließ ihr Kinn auf ihren gefalteten Händen ruhen.

»Aber ich kann doch nicht einfach fortgehen«, seufzte sie. »Was ist mit meinem Onkel?«

»Basilius Besler braucht dich nicht. Er ist wieder verheiratet, und wenn er Hilfe für seinen Garten und im Laboratorium benötigt, kann er jemanden einstellen.« Er musterte sie aufmerksam. »Dein Onkel ist nur eine Ausrede. Es gibt noch einen anderen Grund.«

Ida schlug die Augen nieder. »Ja, vielleicht. Ich weiß es nicht. Die Vorstellung, allein so weit fortzugehen, ängstigt mich. Hier habe ich Menschen, die ich kenne und schätze.«

Straub stülpte eine leere Kiste um und ließ sich neben ihr nieder.

»Du sollst ja nicht für immer dorthin, nur für ein paar Jahre. Außerdem wirst du in Florenz neue Freundschaften schließen. Diese Stadt birgt so viele Möglichkeiten, nicht nur ist sie die Hauptstadt des Großherzogtums Toskana, sondern auch die Wiedergeburt der antiken Kunst. Reich und bis über alle Grenzen hinaus berühmt. Wen hat diese Stadt nicht alles hervorgebracht: Michelangelo, Leonardo da Vinci, Botticelli …« Wenzel geriet ins Schwärmen. »Du wirst ihre Werke bestaunen und in ihren Fußstapfen wandeln können.« Seine Begeisterung war ansteckend.

»Vielleicht solltest du mich begleiten«, lachte sie. »Warst du jemals selbst dort?«

Er kratzte sich die bärtige Wange. »Es ist lange her. In Florenz habe ich meine Frau kennengelernt, Lukas' Mutter.«

Es war das erste Mal, dass er sie erwähnte. Gespannt wartete Ida ab.

»Simonetta. Wunderschön und heißblütig, ich war ihr vom ersten Augenblick an verfallen. Ihr Vater Antonio war ein Töpfer aus Urbino und verkaufte seine Majolika auch auf dem Markt in Florenz …«

»Was sind Majolika?«, fragte Ida dazwischen.

»Du kennst die Gefäße unter dem Namen Fayence. Simonetta half ihrem Vater am Stand, sie scherzte mit den Käufern und plauschte mit den gut betuchten Frauen, die sich die Teller, Becher und Vasen leisten konnten. Kurz und gut, ich kratzte mein Geld zusammen und erwarb eine hübsche kleine Vase. Sie machte sich darüber lustig, denn sie war wirklich die kleinste unter allen, etwa nur so groß«, erzählte er weiter und deutete mit Daumen und Mittelfinger die Höhe des Blumengefäßes an, »sie wollte mich überzeugen, eine weitaus größere und selbstredend teurere Vase zu erstehen. Was sagte sie noch? Eine Vase dieser Größe ist hoffentlich nicht für Eure Frau, sondern nur für Eure Schwiegermutter bestimmt. Damit wollte sie andeuten, meine Schwiegermutter sei wohl nicht mehr wert.« Ein feines Lächeln huschte über sein Gesicht. »Sie ist für die Frau meines Herzens, antwortete ich und ging. Später kehrte ich zurück, nachdem ich in einem Garten eine dunkelrote Rose erobert hatte …«

»Du hast gestohlen«, warf Ida vorwurfsvoll ein.

»Wenn du es so nennen willst«, gab Wenzel augenzwinkernd zurück. »Ich füllte aus einem der zahlreichen Brunnen der Stadt Wasser in die Vase, stellte die Rose hinein und brachte sie Simonetta.«

»Wenzel, das hätte ich dir niemals zugetraut«, entfuhr es ihr. »Und, sag schon, was hat Simonetta getan?«

»Sie war sprachlos, doch nicht für lange. Dann hat sie mich ihrem Vater vorgestellt. Kurz und gut, wir haben geheiratet, und sie kam mit mir nach Amsterdam. Als Lukas drei Jahre alt war, starb sie bei der Geburt unseres zweiten Kindes, das tot zur Welt kam.«

Unwillkürlich fasste Ida tröstend nach der Hand des älteren Mannes, den sie über die Jahre lieb gewonnen hatte. »Das muss schrecklich für dich gewesen sein.«

»Das war es, gutes Kind, aber es ist lange her. Lukas hat selbst keine Erinnerung mehr an seine Mutter, aber ich habe ihm ein Porträt Simonettas geschenkt. So weiß er wenigstens, wie sie einmal ausgesehen hat.«

»Das ist schön. Hast du nie daran gedacht, wieder zu heiraten?«, wollte Ida wissen.

Wenzel schüttelte den Kopf. »Niemand hätte den Platz in meinem Herzen, den Simonetta immer noch besitzt, einnehmen können. Und jetzt genug von den alten Geschichten, ich muss noch arbeiten, und du auch.« Er strich ihr mit der Rückseite seines Zeigefingers flüchtig über die Wange und stand ächzend von der Kiste auf.

Sebastian

»DU SOLLTEST NICHT so verschwenderisch mit Geld umgehen«, rügte Ludwig Imhoff seinen Sohn.

»Es ist mein Geld«, gab Sebastian ungehalten zurück. Er

hatte sich fest vorgenommen, seinem Vater die Stirn zu bieten. Inzwischen war er zweiundzwanzig Jahre alt und hatte genug davon, sich stets unterzuordnen.

»Das Pferd wirst du wieder verkaufen, hast du mich verstanden?« Die buschigen Augenbrauen seines Vaters zogen sich über der Nase zusammen.

»Es ist ein gutes Pferd, wir könnten die Stute zur Zucht einsetzen.«

»Widersprich mir nicht! Vespasian und Florus haben genügend Stuten, um ihre Deckdienste zu versehen.«

»Dann soll Luisa sie eben behalten, sie gefällt ihr gut.«

Ludwig Imhoff schlug seine Faust auf den Schreibtisch. »Genug! Deiner Schwester gefällt jedes Pferd, aber sie braucht kein Weiteres, sie hat Feronia. Die Stute wird verkauft, morgen bringst du sie zum Rossmarkt und sorgst dafür, dass du das Geld wiederbekommst und sie nicht unter Wert hergibst.«

»Ich werde sie behalten, ob es dir passt oder nicht«, wagte er aufzubegehren. »Ich bin alt genug, um eigene Entscheidungen zu treffen, und habe es satt, mich ständig von dir bevormunden zu lassen.«

Das Gesicht seines Vaters nahm unvermittelt eine tiefrote Farbe an. Ludwig Imhoff schnappte nach Luft, und mit schmerzverzerrter Miene fuhr seine rechte Hand zu seiner linken Brust. Dann sackte der große Mann mit blauen Lippen zusammen. Sebastian sprang von seinem Stuhl auf und nahm ihn bei den Schultern.

»Vater! Gütiger Gott im Himmel, Vater, was ist mit dir?«

Sebastian zerriss das teure Wams, dass die silbernen Knöpfe durch die Luft flogen, das feine gefältelte Seidenhemd erlitt dasselbe Schicksal. Imhoffs Atmung kam flach und stoßweise. Sebastian hastete zur Tür, stieß sie auf und brüllte um Hilfe. Albert, der dienstbare Geist im Hause, kam nach wenigen Augenblicken herbeigeeilt.

»Hol einen Arzt, spute dich!«, befahl Sebastian, und Albert machte mit bleichem Gesicht auf dem Absatz kehrt.

Sebastian mühte sich verzweifelt, seinen Vater wieder zu Bewusstsein zu bringen. Er goss Wasser aus einem Krug in seine hohle Hand, benetzte die schweißbedeckte Stirn und befeuchtete die bläulichen Lippen. Angst fasste nach Sebastians Herzen. Wenn sein Vater starb, war das allein seine Schuld. Warum hatte er nur wieder und wieder aufbegehren müssen?

Das Gespräch mit ihm war zum völlig falschen Zeitpunkt gekommen, denn er war noch immer verstimmt darüber, dass Ida ihn versetzt hatte. Das Pferd hatte er bereits gekauft, als er immer noch darauf hoffte, sie würde verspätet beim Rossmarkt eintreffen. Und bis heute hatte sie nicht den Mut besessen, ihn aufzusuchen und sich zu erklären.

»Ludwig«, schrie seine Mutter, die hereingestürzt kam und zu ihrem Mann eilte. »Was ist mit ihm, Sebastian?«

»Ich weiß nicht, er ist plötzlich auf dem Stuhl zusammengesunken. Albert ist bereits unterwegs, einen Arzt holen.«

Ursula tätschelte die bleichen Wangen ihres Gatten, Tränen rannen über ihr Gesicht.

»Ludwig, so sag doch etwas. Bitte«, flehte sie mit zitternder Stimme. Doch er zeigte keine Regung.

»Lasst mich zu ihm«, dröhnte Joachim Camerarius von der Tür. Ihm auf dem Fuß folgten Kaspar und Albert. »Halte den Lassbecher, schnell«, befahl er seinem Sohn und setzte das Skalpell an Imhoffs linken Arm und vollführte einen geübten Schnitt, während Kaspar das Blut auffing. Dunkel floss der Lebenssaft in die Schale. Imhoffs Lider flatterten, und er stöhnte leise.

»Sorgt dafür, dass ihm hier eine Ruhestatt aufgestellt wird, er kann unmöglich aufstehen und die Treppe zur Schlafstube hinaufsteigen«, ordnete der Arzt an, während er die Wunde durch einen Druckverband verschloss.

Ursula wechselte einen schnellen Blick mit Albert, der sich des vollen Lassbechers annahm und entfernte, um alles Notwendige zu veranlassen.

»Wird er sterben?«, flüsterte Sebastian seinem Freund zu, der sich zu ihm gesellte und ihm tröstend die Hand auf die linke Schulter legte.

»Ich weiß es nicht, aber wenn ich ehrlich bin, halte ich es für mehr als wahrscheinlich«, antwortete Kaspar ebenso leise. »Sieh nur, wie wächsern sein Gesicht erscheint, und die Lippen sind fast dunkelblau.«

»Ich bin froh, dass du gekommen bist.« Sebastian berührte dankbar die Hand seines Freundes. Dann holte er tief Luft und trat zu seiner Mutter, die den Anschein machte, jeden Augenblick ohnmächtig zu werden. »Komm, setz dich.« Sanft nahm er sie an den Schultern und drückte sie auf den Stuhl nieder, auf welchem er gesessen hatte. »Wo ist Luisa?«, fragte er.

»Ich glaube, sie wollte zu Ida«, erwiderte Ursula tonlos und konnte ihren angstvollen Blick nicht von ihrem Gatten abwenden.

Albert erschien mit zwei Knechten, die in aller Eile ein einfaches Bett aufbauten, und zwei Mägden mit Decken und Kissen. Kaum waren die vier Bediensteten wieder verschwunden, sagte Camerarius laut: »Wir müssen versuchen, ihn dorthin zu legen. Sebastian, greif deinem Vater unter die Arme, Kaspar, du stellst dich links neben Imhoffs Leib, und du«, wandte er sich an Albert, »zu seiner Rechten. Ihr beiden nehmt die Beine und seht zu, dass ihr den Rücken stützt. Ich bin nicht kräftig genug, um zu helfen.« Er zählte auf drei, und die Männer hoben ächzend den schlaffen Leib des Kaufmanns an und wuchteten ihn auf die Matratze. Ursula stützte ihrem Mann den Kopf mit den dicken Kissen und deckte ihn zu.

»Wenn er zu sich kommt, flößt ihm essighaltiges Rosenwasser ein«, riet Camerarius und packte seine lederne Tasche. Albert reichte ihm den sauberen Lassbecher, den der Arzt mit einem knappen Kopfnicken annahm und verstaute. »Bis er wieder bei Bewusstsein ist, befeuchtet seine Lippen mit einem in verdünntem Wein getränkten Lappen.«

Albert schickte sich gerade an, dem Arzt Folge zu leisten, als sich Ludwig Imhoff plötzlich aufbäumte und einen Lidschlag später wieder in die Kissen sank. Ursula stieß einen spitzen Schrei aus und schlug die Hände vor den Mund. Sebastian nahm sie in den Arm, und sie barg ihren Kopf an seiner Brust. Angstvoll sah er hinüber zu Camerarius, der seines Vaters Puls fühlte und anschließend sein Ohr an dessen Brust brachte. Dann richtete er sich auf und schüttelte unmerklich den Kopf. Sebastian wusste, was das bedeutete. Sein Vater war tot.

»Du musst jetzt stark sein, Mutter. Er ist von uns gegangen«, sagte er leise und strich ihr über den Rücken. Ihre Tränen benetzten sein Hemd, und ihre Schultern bebten. Dann atmete sie stoßweise ein, straffte ihren Körper und löste sich von ihrem Sohn.

»Wir werden ihm ein würdiges Begräbnis ausrichten. Sebastian, geh und such deine Schwester.«

Luisa

»Wie schafft Ihr es, all die Bücher in so kurzer Zeit zu lesen?«, fragte Lukas Straub. »Wart Ihr nicht erst letzte Woche hier?«

In der Werkstatt nebenan hörte man die Gesellen reden, doch hier im Raum, wo die Bücher standen, war es ruhig.

»Doch«, antwortete Luisa, »andere Frauen sticken, ich lese.«

»Oder Ihr stellt diese Gaumenschmeicheleien her, wie ich mich erinnere. Hab ich Euch jemals gesagt, wie wunderbar mir dieses Johannisbeermus mundete?«

Luisa wurde rot. »Ich hätte Euch längst ein weiteres Glas gebracht, hättet Ihr früher etwas gesagt, Meister Straub. Ich komme oft genug vorbei.«

»Sehr freundlich von Euch, doch ich muss gestehen, dass ich mir solch teure Spezereien nicht unbedingt leisten kann«, seufzte er.

»Wer redet von kaufen? Wenn ich das nächste Mal komme, schenke ich Euch ein Glas. Oder gar zwei. Bald ist es vorbei mit den Beeren, denn der Herbst steht vor der Tür, und dann habe ich noch mehr Zeit, mich den Büchern zu widmen.« Sie fasste sich ein Herz. »Darf ich Euch Lukas nennen?«

Ein breites Lächeln zeigte sich auf seinem Gesicht. »Es würde mir gefallen, Luisa.«

Er erinnerte sich an ihren Namen, freute sie sich. Dann sah sie sich um. »Vielleicht bin ich doch zu früh gekommen, ich kann kein neues Buch entdecken.«

Lukas lachte. »Ihr gebt mir nicht genügend Zeit zum Drucken. Außerdem verlegt nicht jeder seine Schriften bei mir.« Er ging zu einem Regal und zog ein Büchlein heraus. »Vielleicht ist dies hier etwas für Euch …«

»Dich«, berichtigte ihn Luisa forsch.

»Für dich, Luisa. Die Geschichte ist nicht neu, aber ich habe sie wiederaufgelegt, weil ich sie mag.«

Sie schlug das einfach gebundene Büchlein auf und betrachtete das Bild auf der ersten Seite. Es zeigte eine schöne Frau, die einem jungen Mann einen kleinen Beutel reichte. »Fortunatus« lautete der Buchtitel.

»Die Figuren sehen so lebendig aus. Ist der Kupferstich von dir?«

»Ja. Möchtest du wissen, worum es geht?«

Sie nickte, und Lukas bedeutete ihr, sich zu setzen. Luisa lauschte dem Klang seiner Stimme, hörte kaum zu, was er ihr über den Inhalt erzählte.

»Fortunatus ist die Geschichte eines jungen Mannes und seiner Familie auf Zypern. Als es ihr schlecht geht, verlässt er die Insel und erhält von der Schicksalsgöttin Fortuna ein verzaubertes Glückssäckchen, welches ihm Geld spendet, wo auch immer er sich aufhält. Fortunatus erlebt viele abenteuerliche Dinge, aber eines Tages kehrt er nach Zypern zurück. Mehr verrate ich dir nicht.«

Gebannt hing sie an seinen Lippen, betrachtete sein Mienenspiel, konnte sich nicht sattsehen an den grauen Augen und den langen dunklen Wimpern, an seinen hellroten Lippen unter dem dünnen Bärtchen. Sie stellte sich vor, sie zu berühren, zu küssen. Wie sie wohl schmeckten?

»Luisa? Hast du irgendetwas davon verstanden, was ich gerade gesagt habe?«

»Ja, Zypern, Abenteuer«, stotterte sie peinlich berührt.

Belustigt sah er sie an.

»Kann ich dich etwas fragen?«

»Nur zu«, antwortete Luisa, die sich wieder gefangen hatte.

»Ich erinnere mich, dass du vor nicht allzu langer Zeit ein Buch von Joseph Scaliger gekauft hast. Wie hat es dir gefallen?«

»Sehr gut«, schwindelte Luisa, die es noch nicht gelesen hatte.

»Mir gefiel vor allem, wie sich Johann für seine geliebte Dietlinde eingesetzt hat«, sagte Lukas.

»Ja, das fand ich auch sehr schön.«

Lukas hob die Augenbrauen und neigte den Kopf zur Seite. »Seltsam, diese Figuren kommen gar nicht darin vor.«

Luisa wurde schwindlig. Er hatte sie in eine Falle gelockt, und sie war blind hineingetappt. Stumm schalt sie sich die größte Närrin auf Gottes Erdboden und schlug die Hände vors Gesicht. »Verzeih mir«, stammelte sie.

Lukas umfasste ihre beiden Handgelenke und zog ihre Hände weg, blickte sie mit einem verschmitzten Lächeln an. Luisa konnte es kaum fassen, er schien tatsächlich nicht böse auf sie zu sein.

»*Oh du glücklicher Floh, du Kleinster der Kleinen, wann immer du willst, kannst du meines Mädchens Lippen küssen. Mir bleibt dies versagt, zwar ach am Wollen liegt es nicht*«, trug Lukas aus dem Gedächtnis vor und ließ sie nicht aus den Augen. »Das hat Scaliger geschrieben.«

»Es ist schön und traurig zugleich«, erwiderte Luisa.

»Mir geht es wie dem Floh«, sagte er rau. Noch immer hielt er ihre Hände. Warm und zärtlich. Luisa wagte kaum zu atmen.

»Ich wäre auch gern der Floh auf den Lippen meines Jünglings«, traute sie sich zu sagen. Ihr Mund fühlte sich staubtrocken an, und ihr Herz pochte so sehr in ihrer Brust, als ob es aus seinem knöchernen Gefängnis ausbrechen wollte.

»Dann sind wir beide also Flöhe.« Lukas brachte sein Gesicht näher an Luisas, und sie schloss erwartungsvoll die Augen.

»Lukas, ich bringe dir dein Essen.«

Idas fröhliche Stimme ließ den ersehnten Augenblick zerbersten wie ein Glas, das zu Boden fiel. Lukas ließ Luisa los und trat einen Schritt zurück.

»Oh, da kommt meine tägliche Rettung«, sagte er und lachte breit.

Ida schien nicht zu bemerken, dass sie ungelegen gekommen war. Über dem rechten Arm trug sie einen Weidenkorb.

»Luisa, wie schön, dich zu sehen«, freute sie sich. »Einmal mehr auf Büchersuche?«

»Natürlich, was sollte ich hier sonst wollen?«, gab Luisa ungnädig zurück.

»Was bringst du mir heute Leckeres?« Lukas lüftete einen Zipfel des Leinentuchs, das die Speisen im Korb verdeckte, um hineinzuspähen.

»Geräucherten Schinken, Brot und Äpfel und einen Krug Bier«, antwortete Ida und schlug ihm spielerisch auf den Handrücken.

Neidisch beobachtete Luisa den ungezwungenen Umgang, den die beiden miteinander pflegten.

»Ich muss euch unbedingt erzählen …«, begann Ida und stellte den Korb auf einen Stuhl.

»Ida! Gut, dass du hier bist, Straub hat mir gesagt, wo ich dich finde. Weißt du, wo meine Schwester …« Aufgelöst und schwer atmend stürzte plötzlich Sebastian herein. »Luisa, gelobt sei der Herr«, stieß er hervor, als er Luisas ansichtig wurde, und fasste nach ihrer Hand.

»Was ist geschehen?«, fragte sie ängstlich. Noch nie hatte sie ihren Bruder so verstört erlebt. Wann hatte er sie zuletzt an der Hand genommen? Sie konnte sich nicht erinnern.

»Ich erkläre dir alles auf dem Weg«, erwiderte er bestimmt.

»Auf dem Weg wohin?«

»Nach Hause.«

»Bitte sag mir, was geschehen ist, die beiden können es ruhig hören.«

Sebastian rang einen Augenblick mit sich, dann sagte er leise: »Unser Vater ist tot.«

Luisa erstarrte wie Lots Frau zur Salzsäule beim Blick zurück auf Sodom, dann begann sie zu weinen. Ida schlug die Hände vor den Mund, und Lukas war im Begriff, einen Schritt auf Luisa zuzumachen, als sie sich abwandte und ihren Kopf an der Brust ihres Bruders vergrub.

Ida

Die vielen Menschen, die zum Begräbnis von Ludwig Imhoff gekommen waren, fanden keinen Platz mehr in der St. Rochuskapelle und mussten sich vor den Türen drängen. Auch Ida, die in Begleitung ihres Onkels sich zur Kirche begeben hatte, musste sich damit begnügen, nicht ins Innere des Gotteshauses zu gelangen. Sämtliche Kirchenbänke waren mit den Patrizierfamilien besetzt. Während sie in der kühlen Herbstsonne auf das Ende des Gottesdienstes wartete, schweiften ihre Augen über den Friedhof und blieben an einer Vielzahl von kleinen Gräbern hängen. Sie erinnerte sich, dass Basilius ihr einmal erzählt hatte, die Blattern hätten mehr als eintausendfünfhundert Kinder dahingerafft, als er neun Jahre alt gewesen war. Seine Mutter war in ständiger Sorge um ihn gewesen und hatte ihn kaum aus dem Haus gelassen. Nicht nur die schreckliche Krankheit hatte die Stadt heimgesucht, die Menschen litten dazu nach einem eisigen Winter auch unter Missernten und Hunger. Getreidepreise schnellten in die Höhe, und Brot wurde so teuer, dass die Ärmeren es sich nicht mehr leisten konnten. Geschwächt und ausgezehrt starben sie in Scharen, während sich weitere Seuchen ausbreiteten und noch mehr Leben dem Schnitter zuführten.

Basilius und Ida waren früh zum Friedhof gekommen, denn sie wollten einen Moment bei der Ruhestätte von Idas Eltern verharren und der verstorbenen Rosina eine Herbstrose auf die Grabplatte legen. Noch hatte Ida mit keiner Menschenseele über Wenzels Vorschlag, sie solle nach Florenz ziehen, gesprochen. Imhoffs Tod hatte alles überschattet. Bald würde Kaspar nach Padua aufbrechen, und sie hoffte, sie bekäme die Gelegenheit, vorher mit ihm zu reden. Sie wollte mehr über das Studieren, das Leben und die Menschen dort erfahren. Auch wenn Florenz eine andere Stadt war, ähnelte sie doch sicherlich Padua.

Die Kirchentüren schwangen auf, und voran schritten Sebastian und Luisa, die ihre Mutter in die Mitte genommen hatten. Hinter ihnen gingen weitere Verwandte, gefolgt von den einflussreichsten Familien der Stadt. Die schwarze Trauerkleidung ließ die Gesichter der Imhoffs noch bleicher erscheinen, und Ida konnte sehen, wie Luisas Unterkiefer mahlte. Nur einen Lidschlag lang trafen sich ihre Blicke, dann waren die Trauernden vorbei.

Der Leichenschmaus fand im großen Ratssaal statt. An einen kleinen Tisch im hinteren Teil des Saals hatte man Ida und Basilius gesetzt, zwei weitere Stühle waren noch frei. Am gegenüberliegenden Ende hatte die Familie Imhoff an einer langen Tafel Platz genommen, die engsten Freunde und Verbündeten an den Nachbartischen. Ida sah Kaspar und seinen Vater auf sich zukommen, und nach einem kurzen Gruß ließen sich die beiden an ihrem Tisch nieder. Joachim Camerarius sah blass aus und war dünn, ja geradezu zerbrechlich geworden. Nichtsdestotrotz glänzten seine Augen, und er verwickelte Basilius in ein Gespräch über den Garten in Eichstätt. Ida fühlte sich befangen, wusste nicht, was sie zu Kaspar sagen sollte.

Ihm schien es ähnlich zu gehen. Als die Suppe gereicht wurde, löffelte er sie stumm in sich hinein, den Kopf über den Teller gesenkt. Schließlich brach Ida das unangenehme Schweigen, das weder ihr Onkel noch Camerarius wahrgenommen hatte.

»Wann reist du ab?«, fragte sie und legte den Löffel neben den leeren Teller.

»In zehn Tagen«, erwiderte er knapp.

»Es muss schrecklich für Luisa und Sebastian sein, und auch für ihre Mutter«, sagte sie dann. Offenbar wollte Kaspar nicht über Padua sprechen.

»Ich war dort. Mein Vater wurde gerufen, als Luisas Vater zusammengebrochen ist. Außer ihn zur Ader zu lassen, konnten wir nichts mehr für ihn tun. Er hatte schon ganz blaue Lippen und war dem Tode näher als dem Leben, als wir eintrafen.«

Sie zerpflückte ein Stück Brot in kleine Happen, einen schob sie sich abwesend in den Mund. Warum war es auf einmal so schwierig, mit ihm zu reden? Ida unternahm einen weiteren Versuch.

»Dein Vater sieht sehr müde aus. Meinst du, er kommt zurecht mit deiner Mutter, wenn du fortgehst?«

»Er sollte sich mehr Ruhe gönnen, aber das kann er nicht. Seit er diesen Auftrag vom Eichstätter Fürstbischof angenommen hat, arbeitet er wie besessen daran. Aber das lenkt ihn wenigstens vom Leid meiner Mutter ab.« Kaspar stahl ihr ein Stückchen Brot und wischte den letzten Klecks Suppe aus seinem Teller. »Außerdem ist Gabriela da, sie wird sich weiter um meine Mutter kümmern.« Er machte eine Pause, drehte das Weinglas in seiner Rechten unbewusst hin und her. »Um deine Frage von neulich zu beantworten: Gabriela und ich werden uns verloben.«

Eine kalte Hand schien nach Idas Herzen zu fassen. Traurig sah sie ihn an und schluckte. »Ich wünsche dir alles Gute, Kaspar«, presste sie hervor. »Sie wird sehr glücklich sein, endlich hat sie ihr Ziel erreicht.«

Plötzlich neigte er seinen Kopf näher zu ihr. »Siegfried Heim und mein Vater haben es so beschlossen. Ich wünschte, es wäre anders, Ida«, raunte er ihr zu. »Ich kann mich dem nicht widersetzen.«

Mit einem Mal stand ihr Entschluss fest. Sie würde Wenzels Rat folgen und nach Florenz reisen, um eine neue Welt kennenzulernen. Eine Welt, in der sie nicht miterleben musste, dass Kaspar heiratete und Gabriela ihm Kinder gebar.

Tage nach Imhoffs Begräbnis fand Ida endlich den Mut, Sebastian aufzusuchen. Viel zu lange hatte sie dieses Gespräch vor sich hergeschoben. Zögernd folgte sie dem Diener ins Kontor.

Sebastian, der hinter seinem großen Schreibtisch saß, sah sie mit hochgezogenen Brauen an und wies mit dem Kinn auf den freien Stuhl davor.

»Ida, dich hatte ich nicht erwartet.«

»Ich bin dir noch eine Erklärung schuldig. Doch zuvor lass mich dir noch sagen, wie unendlich leid mir der Tod deines Vaters tut. Wie geht es deiner Mutter und Luisa?«

»Danke, sie kommen zurecht. Was bleibt auch anderes übrig«, seufzte er. »Mein Vater hat ein großes Erbe hinterlassen, und wir werden all unsere Kraft aufbieten, es zu bewahren, zu schützen und zu mehren.« Er räusperte sich und drückte seinen Rücken durch. »Ich warte.«

Sie hatte nicht gedacht, dass er ihr die Entschuldigung so schwer machen würde. Wie er so vor ihr saß, erinnerte Sebastian an seinen Vater, den strengen Patriarchen.

»Verzeih mir, bitte. Ich wollte zum Rossmarkt, doch mir kam jemand dazwischen, und dann war es zu spät«, stammelte sie und schlug die Augen nieder.

»Darf ich erfahren, wer dich davon abgehalten hat?«

»Kaspar«, antwortete sie leise. »Ich habe ihn zufällig auf der Barfüßerbrücke gesehen, und er sah so trübsinnig und schwermütig aus. Da konnte ich nicht einfach weitergehen.«

»Ach, aber mich konntest du unglücklich machen, indem du nicht erschienen bist und mir tagelang eine Erklärung für dein Wegbleiben schuldig bliebst«, erwiderte er spitz. »Dachtest du, Kaspar wollte sich in die Fluten der Pegnitz stürzen?«

»Ja, nein, doch, ich weiß nicht. Er dauerte mich.« Allmählich wurde sie wütend. »Ist es denn so schlimm, mit einem Freund zu fühlen? Tue ich nicht dasselbe für dich?«

Sebastian schob seinen Stuhl zurück, kam hinter seinem Schreibtisch hervor und zog sie von ihrem Sitz.

»Nein, ist es nicht.«

Dicht an dicht standen sie beieinander, sie spürte seine Wärme und roch seinen Duft.

»Was hatte mein Freund denn auf dem Herzen?«

»Er ist mir ausgewichen, wollte nicht darüber reden. Es ist auch gleich. Bald wird Kaspar nach Padua reisen und sich zuvor verloben«, antwortete sie bitter.

Plötzlich zog Sebastian sie an sich und küsste sie. Für einen Moment regte sich Widerstand in Ida, doch dann überließ sie sich seinen warmen Lippen, die immer fordernder wurden. Sie spürte seinen harten, muskulösen Körper an ihrem. Es fühlte sich gut an. Atemlos löste er sich von ihr.

»Das Pferd habe ich trotzdem gekauft«, sagte er mit belegter Stimme und strahlte sie an. Jetzt war er wieder der Sebastian, den sie kannte und mochte. »Möchtest du es sehen?« Seine rechte Hand strich über ihre Wange und weiter zu einer Haarsträhne, die er sich um den Zeigefinger wickelte. Sie wünschte, er würde sie noch einmal küssen. Ihr Körper war völlig in Aufruhr geraten.

»Gleich«, flüsterte sie und hob ihm ihr Gesicht entgegen, drückte ihre Lippen auf seine.

Sebastian drängte sie zur Wand, sein rechter Arm hielt sie umfangen, während seine Linke nach ihrer Brust tastete. Ida bekam weiche Knie. Kaspar war vergessen. Sebastians Hände und Lippen versprachen Verheißungen, von denen sie bisher nichts geahnt hatte. Dann gewann ihr Verstand wieder die Oberhand. Sanft, aber bestimmt legte sie ihm ihre Hände auf die Brust und drückte ihn weg.

»Lass uns das Pferd ansehen.«

Sein wissendes Lächeln über ihre Erregung ließ sie beinahe wieder schwach werden. »Wenn du meinst …«

Ida ordnete ihr Haar und nickte.

»Gut, dann komm, ich wette, sie gefällt dir.«

Als sie die Tür hinter sich schlossen, stand mit einem Mal Elisabeth vor ihnen. Es war ihr anzusehen, dass sie die geröteten Gesichter von Ida und Sebastian richtig zu deuten wusste. Ihre Augen sprühten vor Hass und Eifersucht, und sie machte auf dem Absatz kehrt.

Ida und Sebastian grinsten sich an wie zwei Kinder, die beim Apfelstehlen erwischt worden waren.

»Du darfst ihr einen Namen geben«, sagte er.

»Die launische Lise nenne ich sie«, scherzte Ida.

»Findest du keinen besseren Namen für eine edle Fuchsstute?« Entgeistert sah er sie an.

Ida begann schallend zu lachen. »Ich dachte gerade an Elisabeth.«

Sebastian prustete los, Lachtränen rannen die bärtigen Wangen hinab.

Als sie die Stallungen erreichten, kicherten sie immer noch vor lauter Albernheit, weil sie ständig neue Namen erfanden.

»Die plusternde Paula, herrlich.« Sebastian nahm einen Strick vom Haken und öffnete die dritte Boxentür. Er knüpfte das Seil an das Halfter und führte das Pferd heraus, eine zierliche Fuchsstute, deren Fell dunklem Bernstein glich, Mähne und Schweif waren dagegen weizenblond.

»Oh, sie ist wunderschön.« Ida war begeistert von dem hübschen Tier mit der schmalen weißen Blesse, die knapp über den samtigen Nüstern endete. »Noch nie habe ich solch eine Fellfarbe gesehen.«

»Es freut mich, dass sie dir gefällt. Die Farbe erinnerte mich an dein Haar. Als ich sie sah, musste ich sie einfach haben«, freute sich Sebastian. »Und jetzt gehört sie dir.«

»Sebastian, ich kann dein Geschenk nicht annehmen. Zuerst ein Kleid, dann die wertvolle Kette und jetzt ein Pferd. Ich fühle mich nicht wohl dabei. Kannst du das verstehen? Niemals könnte ich dir all das zurückgeben.«

»Doch, das könntest du. Das Pferd sollte dein Verlobungsgeschenk sein«, gab er traurig zurück und lehnte seinen Kopf gegen die Stirn der Stute, die gelassen neben ihnen stand.

Idas Herz setzte für einen Moment aus, um dann umso schneller zu schlagen. Gleichzeitig wurde ihr warm, und ihre Kehle wirkte wie zugeschnürt. Ihre Gedanken rasten.

Er will mich heiraten. Sebastian, der einst auf mich herabsah, als ich das erste Mal Gast im Hause Imhoff war. Aber das ist lange her. Ich mag ihn sehr gern, wir verstehen uns, lachen zusammen, und der Kuss von vorhin … Kaspar. Ja, auch ihn mag ich, mehr, als gut für mich ist, jetzt, da er Gabriela zur Frau nehmen wird. Kann ich mir ein Leben an Sebastians Seite vorstellen? Ja. Und meine Freundin Luisa wird zugleich meine Schwägerin.

Der Gedanke zauberte ein Lächeln auf ihr Gesicht. »Ich werde sie Luna nennen«, hörte sie sich sagen.

Sebastian hob den Kopf und starrte sie an. »Heißt das …?«

»Ja, ich nehme dein Geschenk an.«

Kaspar

ER KNÖPFTE SEIN Wams zu, strich mit den Händen über den weichen Stoff. Kaspar sah in den Spiegel. Sah so ein Mann aus, der sich auf seine Verlobung freute? Kein Lächeln, die Augen dunkel und traurig.

Reiß dich zusammen, schimpfte er sich. Gabriela wird dir eine gute Frau sein, und sie wird dich nie enttäuschen.

Kaspar atmete tief durch, zwang sich zu einem Lächeln und verließ seine Kammer. Festen Schrittes stieg er die Treppe hinab und öffnete die Tür zur Stube, wo sein Vater bereits auf ihn wartete. Sie hatten vereinbart, kein großes Fest zu geben, weil sie Gunda nicht allein nur in der Obhut einer Magd lassen wollten. So fand die Verlobungsfeier im Hause Camerarius statt, zugegen waren bloß die künftigen Eheleute und ihre Väter.

»Das neue Wams steht dir gut, mein Sohn«, sagte sein Vater. »Die Vorbereitungen sind getroffen, wir werden die besten Speisen auftischen und einen edlen Wein dazu reichen. Es ist für alles gesorgt.«

»Sei bedankt, Vater. Was ist mit Mutter?«

»Sie sitzt oben in der Schlafkammer, ich habe den Sessel dorthin bringen lassen, damit sie es bequem hat. Grete bleibt bei ihr, während wir essen und feiern.«

Wenig später erschienen Gabriela und Siegfried, beide mit strahlenden Gesichtern. Joachim Camerarius goss einen funkelnden Rotwein in die Gläser, während die anderen am festlich gedeckten Tisch Platz nahmen.

»Ihr könnt euch nicht vorstellen, wie froh ich bin, dass ihr beide heiraten werdet«, sagte Siegfried Heim und hob sein Glas. »Es war immer der Wunsch deiner Mutter, Gabriela, und ich bin sicher, ihre Seele ist jetzt bei uns. Möge Gott euch behüten und euch viele gesunde Kinder schenken.«

Sie tranken auf ihr Wohl, und Brunhilde, Siegfrieds Magd, die heute Gretes Dienste versah, brachte das Essen. Eine köstliche Suppe aus Pastinaken, Sellerie und Esskastanien, die mit Ingwer verfeinert war, dazu wurde Wildbraten in einer dunkelbraunen Soße gereicht, und Pilze, Kürbis und frisch gebackenes Brot. Das Tischgespräch drehte sich zunächst um die Hochzeit, dann wandten sich die Männer den mannigfachen Krankheiten zu und wie sie zu bekämpfen seien.

Brunhilde brachte die erste Nachspeise, Apfelküchlein mit Zimt, Mandeln und Marzipan, und ging weitere Leckereien holen.

»Jetzt kommt die Überraschung«, sagte Camerarius, »ihr werdet staunen.«

Einen Augenblick später erschien die Magd mit einem mit Zuckerwerk verzierten Kuchen. Ihr auf dem Fuße folgte Ida, die ebenso wie die Tischrunde erstarrte. Kaspar wurde heiß und kalt. Diese Überraschung hatte sein Vater sicher nicht gemeint. Was würde ich darum geben, du säßest an Gabrielas Stelle, Ida, schoss es ihm durch den Kopf.

»Mein Onkel schickt mich, euch Laudanum zu bringen, das Ihr bestellt hattet, Doktor Camerarius«, brachte Ida stockend hervor. Es war ihr anzusehen, wie unangenehm es ihr war, hier hereinzuplatzen.

Kaspars Vater fasste sich an die Stirn. »Das hatte ich ganz vergessen. Ausgerechnet heute. Nun, da du schon einmal hier bist, möchtest du einen Schluck auf Gabrielas und Sebastians Wohl trinken, bevor du gehst?«

»Nein, seid bedankt«, lehnte Ida ab. Kaspar sah, wie ihre Unterlippe zitterte. »Aber ich wünsche euch beiden Gottes Segen.« Dann stellte sie das Fläschchen mit der Arznei auf die Anrichte, murmelte einen Abschiedsgruß und verließ hastig die Stube.

»Die Überraschung ist dir gelungen«, sagte Gabriela spitz.

Kaspars Vater schien ihren verärgerten Unterton nicht zu bemerken, sondern wies auf die Zuckerfiguren. »Seht nur, das seid ihr beide in Hochzeitskleidung, selbst den Schleier hat dieser Zuckerbäcker nicht vergessen. Und hier«, begeistert wies er mit dem Zeigefinger auf den Kuchen, »der Aeskulapstab, den Kaspar einmal als Symbol tragen wird, wenn er sein Studium beendet hat.«

»Wirklich beeindruckend«, lobte Siegfried, während Kaspar versuchte, Ida zu vergessen. »Wer ist dieser Mann, der solches zustande bringt?«

»Simon Reber, ein Zuckerbäcker aus Würzburg, und ich muss zugeben, seine Werke sind jeden Pfennig wert. Aber den Kuchen hat wohlgemerkt unsere gute Seele Grete gebacken und mit den Zuckerfiguren geschmückt.«

»Ida hat Sebastian und mir einst Rebers Zuckerwerk geschenkt. Jeder von uns bekam einen Schornsteinfeger und einen Engel, schön verpackt in einer handbemalten Schachtel. Und heute ist sie selbst eine Künstlerin geworden«, schoss es aus Kaspar ohne nachzudenken hervor.

»Phh, eine Künstlerin würde ich sie nicht nennen. Ida schmierte schon damals nur Farbe aufs Papier, als ich mich von

Wenzel Straub in der Malerei unterrichten ließ«, zischte Gabriela, ihre Wangen gerötet vor Eifersucht. »Sie ist überheblich und hält sich für etwas Besseres. Dabei ist sie ein armseliges Nichts.«

»Ich habe dich nicht für so gehässig gehalten, Gabriela«, entgegnete Kaspar. »Du hast keinen Grund, so über Ida zu reden.«

»Ach, ist das so? Hat sie sich denn nicht bei den Imhoffs angebiedert und mich bei Monsieur de Roucher der Lächerlichkeit preisgegeben?«

»Genug«, fuhr Siegfried Heim dazwischen. »Wir feiern eure gemeinsame Zukunft, und ihr beide zankt euch jetzt schon wie ein altes Ehepaar.«

»Ganz recht, Siegfried«, pflichtete ihm Camerarius bei. »Und nun lasst uns von diesem Kuchen kosten.«

Kaspar lenkte ein. »Verzeih mir, Gabriela, ich wollte dich nicht verletzen.« Er zwang sich zu einem Lächeln und füllte sein Weinglas, trank es aus und schenkte nach. Sturzbetrunken wankte er später die Treppe hinauf und fiel wie ein gefällter Baum in sein Bett.

Sebastian

»Ich habe euch etwas überaus Wichtiges mitzuteilen«, begann er, als das Nachtmahl aufgetragen wurde. »Albert, bring uns den besten Wein, den wir haben.«

»Wir sind gespannt«, sagte seine Mutter. »Es scheint erfreulich zu sein, was ich dieser Tage gut gebrauchen kann.« Ludwigs Tod machte ihr schwerer zu schaffen, als sie gedacht hatte. Oft war er wochen- und monatelang von ihr getrennt gewesen. Es hatte ihr meist nicht viel ausgemacht. Doch nie hätte sie geglaubt, dass er ihr so fehlen würde. Und nun hatte er seine letzte Reise angetreten, eine Reise ohne Wiederkehr. Das war nicht einfach zu ertragen, hatte sie ihren Kindern gestanden.

»Das ist es«, tat Sebastian geheimnisvoll.

»Wo bleibt Albert nur so lange?«, fragte Luisa ungeduldig, schnitt ein Stück Käse ab und schob es sich genüsslich in den Mund.

Der Diener erschien mit dem Weinkrug und füllte die Gläser. »Wie gewünscht, der Marzemino aus Venetien, Herr.«

Noch hatte sich Sebastian nicht ganz daran gewöhnt, dass er nun wie zuvor sein Vater mit »Herr« angesprochen wurde. Die Dienerschaft tat sich offensichtlich leichter damit.

»Nun lass die Katze aus dem Sack«, forderte Luisa, während Albert die Gläser füllte.

»Also schön. Ich werde mich mit Ida verloben.« Seine Augen leuchteten.

Luisa und Ursula blieb der Mund offen stehen.

»Ich freu mich für euch«, strahlte seine Schwester. Doch die Miene seiner Mutter zeigte Missfallen.

»Ida ist hübsch und hat ein freundliches Wesen. Trotzdem bin ich nicht damit einverstanden, eine Ehe mit ihr ist nicht standesgemäß. Immer schon haben die Imhoffs Töchter oder Söhne anderer Kaufmannsfamilien geheiratet. Das mehrte zusätzlich unser Vermögen und unsere Einflussnahme im Rat. Dein Vater wünschte eine Verbindung mit den Welsern.«

»Davon hat er nie ein Wort gesagt«, erwiderte Sebastian verstimmt. »Vater ist tot, und ich heirate, wen ich will.«

»Ludwig hat schon vor einiger Zeit mit Hans Welser gesprochen und eine Eheabrede getroffen. Du wirst Elisabeth heiraten. Als Mitgift bekommt sie Schloss Rudolfshausen.«

»Das kann Vater doch nicht wirklich getan haben«, stieß Sebastian entsetzt hervor.

»Elisabeth soll meine Schwägerin werden? Was hat sich Vater dabei gedacht? Ich kann sie nicht ausstehen«, ereiferte sich Luisa.

Sebastian warf seiner Schwester einen dankbaren Blick zu. »Eine Eheabrede kann man auch auflösen«, brummte er mit finsterer Miene.

Ursula Imhoff blies hörbar Atem durch ihre Nase. »So einfach, wie du dir das vorstellst, ist das nicht. Du bist noch keine fünfundzwanzig und stehst jetzt unter der Vormundschaft deines Onkel Justus. Ludwig hat dies in seinem Testament verfügt. Wenn du diese Ehe nicht eingehst, wird das mehr als teuer für uns werden. Also denk mit deinem Verstand und nicht damit, was sich hinter deiner Schamkapsel verbirgt.«

Luisa und Sebastian wurden rot. So unverblümt hatte ihre Mutter sich noch nie geäußert.

»Aber wie soll ich das Ida nur beibringen? Sie wird überglücklich sein und …«, begann Sebastian.

»Du wirst einen Weg finden, vielleicht kann dir deine Schwester dabei helfen, schließlich sind die beiden gut befreundet.«

»Niemals. Ich könnte Ida nie wehtun«, lehnte Luisa ab. »Gibt es nicht eine andere Lösung?«

Ursula schüttelte den Kopf. »Sebastian und Elisabeth werden heiraten, wenn du, mein Sohn, fünfundzwanzig wirst.«

Sebastian grinste erleichtert. »Nun, dann habe ich noch drei Jahre Zeit, mir etwas einfallen zu lassen.«

Eine Stunde später ritt er mit Kaspar aus. Die Freunde wollten ein paar vertraute Stunden miteinander verbringen, bevor Kaspar wieder den langen Weg nach Padua antrat.

»Er ist ein wenig ruhiger geworden, findest du nicht?«, sagte Kaspar und tätschelte Vespasian den Hals.

»Ja, solange er keine rossige Stute riecht«, gab Sebastian zurück. »Lass uns ein Wettrennen machen. Ab der dicken Eiche«, er deutete mit dem rechten Arm auf den Baum, »bis zum Weiher von Gleißhammer.«

»Du weißt, dass du gegen Vespasian und mich verlieren wirst«, grinste Kaspar und nahm die Zügel auf.

»Täusch dich nicht, alter Freund, dieser Bursche hier ist schneller als der Wind. Du kennst ihn nicht. Florus ist noch nicht lange bei uns, Vater hat ihn gekauft, nachdem Saturn sich leider das Bein gebrochen hat.«

Sie erreichten die Eiche, brachten die Hengste zum Stehen.

»Also dann, auf drei«, sagte Sebastian, dessen eigene Aufregung sich in Kaspars Gesicht widerspiegelte, und begann zu zählen. Kaum hatte er »drei« gesagt, galoppierten sie los. Die jungen Männer legten ihren Oberkörper flach auf den Hals ihres Pferdes und feuerten es lautstark an. Das Donnern der Hufe und das Schnauben der Pferde ließen beide ihre Niedergeschlagenheit vergessen. Sie fühlten sich so lebendig und eins mit ihren Rössern. Ein Augenblick der grenzenlosen Freiheit.

Am Ende hatte Florus die Nase vorn. Sie zügelten ihre Pferde, die daraufhin in einen gemächlichen Schritt fielen.

»Ich hatte dir gesagt, dass er schnell ist«, freute sich Sebastian und klopfte den schweißnassen Hals. Er selbst war auch erhitzt, trotz der kühlen herbstlichen Temperaturen.

»Es ist mir gleich, wer gewonnen hat, es hat einfach gutgetan, sich einmal keine Gedanken machen zu müssen«, erwiderte Kaspar.

»Sprichst du von deiner Mutter?«

»Nein. Ich habe mich mit Gabriela verlobt. Verloben müssen, der Wunsch unserer Väter«, seufzte er.

»Warum soll es dir viel besser gehen als mir. Ich muss der Frau, mit der ich mich verloben will, erst einmal beibringen, dass nichts daraus wird, und dafür eine heiraten, die ich nicht will«, gab Sebastian zurück, zog das Barett vom Kopf und wischte sich mit dem Unterarm den Schweiß von der Stirn.

»Erzähl mir mehr«, forderte Kaspar ihn auf.

»Mein verstorbener Vater hat mit Hans Welser eine Eheabrede getroffen und mir nie einen Ton davon gesagt.«

»Was? Du sollst Elisabeth heiraten? Herzlichen Glückwunsch«, entfuhr es Kaspar trocken. »Und mit wem wolltest du dich verloben?«

»Mit Ida natürlich. Sag nicht, dir ist nicht aufgefallen, dass ich sie verehre.« Prüfend sah er seinen Freund an, und die Erkenntnis traf ihn wie ein Schlag ins Gesicht. »Du willst sie auch. Deshalb warst du so schlecht gelaunt, als ich auf der Wasserburg feierte.«

Kaspars Schweigen war Antwort genug.

»Du bist eifersüchtig und missgönnst Ida ihr Glück«, fügte Sebastian hinzu.

»Was für ein Glück? Sagtest du nicht eben, dass du Elisabeth statt ihrer heiraten musst? Weiß Ida überhaupt von deinen Plänen? Dass du dich mit ihr verloben wolltest und jetzt doch nicht mehr? Wenn nicht, dann halt den Mund und zieh dich von ihr zurück, bevor sie sich auch in dich verliebt«, erwiderte Kaspar heftig.

»Was soll das heißen? Glaubst du etwa, sie liebt mich nicht? Ich kann dich beruhigen, mein Freund, das tut sie, denn sie hat zugestimmt und mein Verlobungsgeschenk angenommen. Oder denkst du etwa darüber nach, deine Verbindung mit Gabriela zu lösen, damit du Ida haben kannst?«

Kaspar wurde blass und schluckte hart, sodass sein Adamsapfel deutlich hervortrat. Sebastian argwöhnte, er hatte mit seinen Worten ins Schwarze getroffen.

»Ida wird die meine, ich werde einen Weg finden«, sagte er entschieden. »Und du wirst mir nicht in die Quere kommen«, fügte er drohend hinzu.

Luisa

»Au!«, ENTFUHR IHR ein Schmerzenslaut, als sie sich mit der Nadel in den Finger stach. Wütend warf sie den Stickrahmen in die Ecke, wo er scheppernd zu Boden fiel.

Ihre Mutter, die nebenan malte, streckte den Kopf in die Stube. »Was war das für ein Geräusch?«

»Ich hab mich gestochen«, gab Luisa zurück und saugte an ihrem Finger.

»Wo bist du mit deinen Gedanken, Kind? Ich kann dir ansehen, dass dich irgendetwas beschäftigt.« Ursula Imhoff kam herein und setzte sich zu ihr.

»Ich frage mich, ob Vater auch für mich eine Eheabrede getroffen hat. Womöglich mit diesem Veit, oder schlimmer noch mit Muffel. Wobei dieser tatsächlich an Paula Gefallen gefunden hat. Gelobt sei der Herr.« Sie strich sich eine hellblonde Strähne aus dem Gesicht und betrachtete ihren Finger, der inzwischen zu bluten aufgehört hatte.

»Ich kann dich beruhigen, nichts dergleichen«, lächelte ihre

Mutter und tastete nach ihrer Hand. »Wir finden schon den Richtigen für dich, wenn es so weit ist.«

Luisa hatte unwillkürlich die Luft angehalten, nun ließ sie sie hörbar entweichen.

»Was meinst du mit *wir?*«

»Dein Onkel Justus oder dein Bruder, wenn er alt genug ist, und ich.«

»Es geht um mein Leben, ich heirate nicht irgendwen, den ihr mir aussucht«, erwiderte Luisa fest.

»Wir haben schon einmal darüber gesprochen, Luisa. Du wirst einen Mann heiraten, der standesgemäß ist«, sagte ihre Mutter streng.

»Ein Buchdrucker und Verleger wäre standesgemäß, oder nicht? Ich kann mich erinnern, dass Clara Holzschuher mir erzählte, ihre Großmutter habe einst einen Buchdrucker geheiratet. Und die Holzschuher sind genau wie wir eine sehr angesehene Familie.« Sie rückte sich das Kissen in ihrem Rücken zurecht.

»Wieso führst du ausgerechnet einen Buchdrucker an? Warum nicht einen Rechtsgelehrten?« Ihre Mutter musterte sie aufmerksam. »Du sprichst von einem ganz bestimmten Mann«, stellte sie dann fest.

Luisa nickte kaum merklich.

»Willst du mir von ihm erzählen?«, fragte Ursula.

»Lukas ist Wenzel Straubs Sohn …«, begann Luisa.

»Der Maler, für den Ida arbeitet«, warf ihre Mutter ein.

»Ja. Lukas ist ein Jahr älter als Sebastian und hat bereits eine eigene Werkstatt, Gesellen und einen Lehrling, und er bekommt genügend Aufträge. Bald wird er eine größere Werkstatt brauchen, um mehr Gesellen einstellen zu können. Der Platz reicht für die viele Arbeit fast nicht mehr aus«, übertrieb sie. Doch sie war sicher, Lukas würde seinen Weg gehen und ein gefragter Mann werden. »Außerdem ist er höflich und hat ein gutes Benehmen.«

»Und ganz nebenbei sieht er noch ungemein gut aus«, bemerkte ihre Mutter trocken.

Luisa lächelte. »Du solltest ihn kennenlernen.«

»Und du solltest ihn dir aus dem Kopf schlagen.« Mit diesen Worten stand sie auf und kehrte an ihre Staffelei zurück.

Mit Tränen in den Augen sammelte Luisa den Stickrahmen auf und legte ihn beiseite. Für heute hatte sie genug von dieser Handarbeit. Sie brauchte jemanden zum Reden. Luisa huschte hinaus, legte sich einen warmen wollenen Umhang um und machte sich auf den Weg zu Ida.

»Wie schön, dass du mich besuchen kommst«, freute sich Ida. »Setz dich, ich räume nur schnell meine Sachen beiseite.«

Luisa war zuvor in Wenzel Straubs Werkstatt gewesen, doch dieser hatte sie zu Beslers Haus geschickt. Auf dem Weg dorthin war ihr eingefallen, dass Ida nur drei Tage die Woche bei Straub arbeitete.

Neugierig betrachtete sie mehrere Tuschezeichnungen, die verschiedene Tiere zeigten: Bär, Wolf, Gans, Maus.

»Sie sind dir gut gelungen, Ida.«

»Danke, aber ich bin noch nicht zufrieden. Der Bärenkopf ist viel zu groß und der Mäuseschwanz deutlich zu lang.«

»Wozu zeichnest du sie? Sind Blumenbilder nicht mehr gewünscht?« Luisa setzte sich auf einen gepolsterten Stuhl.

»Lukas hat den Auftrag bekommen, ein Buch für Kinder zu erstellen, damit sie die Buchstaben lernen. Ein Schulbuch. Der Rat hat beschlossen, dass die Bücher an den Schulen verteilt werden sollen. Ist das nicht großartig?«, erklärte Ida und verschloss das Tuschefässchen.

»Doch, das ist eine gute Sache. Aber ich verstehe immer noch nicht, was du damit zu tun hast, wenn Lukas dafür bezahlt wird.«

»Jeder Buchstabe soll durch eine Zeichnung verständlicher gemacht werden, ebenso wie man ihn ausspricht. Zum Beispiel die Gans steht für das G und das Geräusch, das sie macht: ga, ga. Ähnlich der Holztäfelchen, die wir nutzten. Lukas bat mich, die Vorzeichnungen zu machen, und er überträgt sie auf die Kupferplatte, um dann drucken zu können. Und natürlich konnte ich ihm das nicht abschlagen. Außerdem muss ich nicht umsonst zeichnen«, zwinkerte Ida.

Luisas Neid erwachte. Bestimmt sahen sich Lukas und Ida jeden Tag, und ihre Freundschaft würde sich dadurch vertiefen. Und wer wusste schon, ob sich Lukas nicht in Ida verliebte? Hatte er damals auf der Kirchweih nicht gesagt, Ida sei etwas Besonderes? Ihrer Freundin machten dann zwei Männer den Hof: Lukas und Sebastian. Und vielleicht sogar auch Kaspar. Alle schienen nur Ida zu verehren, das Mädchen von niederem Stand mit der Gabe und dem honigfarbenen Haar. Und Ida spielte mit ihnen, ließ sie tanzen wie die Puppen der fahrenden Schausteller. Ihr dagegen liefen die jungen Männer nicht hinterher. Warum nur konnte sie nicht so gut malen? Dann würde sie täglich Lukas sehen und nicht Ida …

»Luisa? Hörst du mir zu?«

»Verzeih, ich war abgelenkt.«

»Ich hatte gefragt, ob du durstig bist.« Ida sah sie arglos an.

Luisa verwarf die hässliche Gaukelei, die der Neid in ihr hervorgerufen hatte. Es war gemein, so über ihre Freundin zu denken.

»Ja, bin ich. Ein Glas Wein würde mir guttun«, sagte sie lächelnd.

Ida verschwand und kam nach kurzer Zeit mit einem Krug Wein und zwei Gläsern zurück. Sie schenkte ein und setzte sich Luisa gegenüber.

»Ich muss dir unbedingt etwas erzählen«, sagte sie, nachdem sie einen Schluck getrunken hatten. »Dein Bruder will sich mit mir verloben. Ist das nicht aufregend?«

Luisa schluckte. Was sollte sie darauf antworten? Ja, sie

wusste davon, aber es würde wohl nichts daraus werden. Sollte Sebastian Ida nicht selbst die Wahrheit sagen? Niemals. Ich könnte Ida nie wehtun, waren noch vor Kurzem ihre Worte gewesen.

»Was ist mit dir? Freust du dich denn gar nicht? Wir werden Schwägerinnen.« Auf Idas Gesicht lag ein kummervoller Ausdruck.

»Doch. Es ist nur ... Ich weiß nicht ...« Luisa entschloss sich, ehrlich zu sein. »Es tut mir leid, Ida, Sebastian sollte es dir eigentlich selbst sagen, und das wird er sicher auch tun. Aber dann bist du vorbereitet. Ich will dich nicht verletzen ...«

Der Kummer in Idas Miene wich der entsetzlichen Erkenntnis. »Er wird mich nicht heiraten. Das ist es, was du mir sagen willst«, hauchte sie und nippte an ihrem Wein.

»Bitte, du darfst ihm nicht böse sein. Mein Vater hat verfügt, wen er heiraten soll, oder vielmehr, er hat eine Eheabrede getroffen, von der mein Bruder nichts ahnte.« Tröstend griff Luisa nach Idas Hand.

»Wer? Wer ist es, den Sebastian ehelichen soll? Sag es mir.«

Luisa nahm ihre Rechte weg und vergrub ihr Gesicht in beiden Händen. »Elisabeth. Elisabeth Welser«, drang es dumpf dahinter hervor. Ida entfuhr ein spitzer Schrei. »Das ist nicht wahr! Bitte sag, dass das nicht wahr ist.« Luisa konnte die Mischung aus Schmerz, Wut und Enttäuschung in Idas Stimme hören. Sie stand auf und nahm ihre Freundin in die Arme. »Vielleicht ergibt sich noch eine Lösung. Die Heirat soll erst stattfinden, wenn Sebastian fünfundzwanzig ist.« Tröstend strich sie Ida übers Haar, die leise schluchzte. Plötzlich straffte ihre Freundin die Schultern, wischte sich die Tränen aus dem Gesicht und sagte trotzig: »Ich weiß nun, was ich will. Danke für deine Ehrlichkeit, Luisa. Doch jetzt muss ich dich bitten zu gehen, ich habe sehr viel zu tun.«

Luisa verließ verstört ob dieses Rauswurfs grußlos das Haus. Eigentlich war sie zu Ida gekommen, um ihr Herz auszuschütten, doch nun war sie immer noch mit ihrem Kummer allein.

Ida

UNGEDULDIG WARTETE SIE, bis alle mit dem Nachtmahl fertig waren. Susanna aß noch langsamer als üblich, was Ida fast um den Verstand brachte. Zuerst zerpflückte die Frau ihres Onkels das Brot in kleine Stücke und ordnete sie zu einem Muster auf ihrem Teller. Dann machte sie dasselbe mit dem Käse, um nach und nach die Stückchen gemeinsam mit ihrem Messer aufzuspießen und sie in den Mund zu schieben. Dazwischen trank sie jeweils einen kleinen Schluck verdünnten Wein. Waren Brot und Käse vertilgt, ereilte zwei Äpfel das gleiche Schicksal, nachdem peinlichst genau die Kerngehäuse entnommen worden waren. Endlich legte Susanna ihr Essmesser auf den Teller und beendete ihre Mahlzeit. Dann nahm sie die Kinder an die Hand, um sie zu Bett zu bringen. Bald würde ein weiterer Nachkomme Beslers das Licht der Welt erblicken, wie ihr deutlicher Bauch verhieß.

Kaum hatte sie die Tür hinter sich geschlossen, schoss es aus Ida heraus. »Onkel, ich werde fortgehen.«

Basilius sah sie entgeistert an. »Fortgehen? Was meinst du damit? Fühlst du dich nicht mehr wohl in meinem Hause?«

»Doch, doch, das ist es nicht. Aber Wenzel hat mir geraten, nach Florenz zu reisen und zu versuchen, an der Accademia delle Arti del Disengo aufgenommen zu werden. Ich könnte dort noch so vieles lernen, was meine Kunst fördert.«

»Frauen dürfen nicht studieren, Ida«, entgegnete Basilius.

»Dort schon. Bitte, lass mich gehen«, bettelte sie.

»Ida, wie stellst du dir das vor? Es ist eine lange und nicht ungefährliche Reise, auch wenn die Fernstraßen sicherer geworden sind. Du bist siebzehn Jahre alt und auf dich allein gestellt. Was, wenn du nicht angenommen wirst?«

»Ich muss es versuchen. Wenn ich es nicht tue, dann werde ich es ewig bereuen. Das weiß ich ganz bestimmt.« Sie nippte an ihrem verdünnten Wein und sah ihren Onkel über den Rand ihres Glases hinweg an.

»Es gibt noch einen anderen Grund, der dich veranlasst zu gehen. Hab ich recht?«

Basilius kannte sie zu gut, stellte sie fest und nickte.

»Darf ich ihn erfahren?«

Ida seufzte, dann gab sie sich einen Ruck und erzählte ihm von Sebastian. »Ich glaube, in Florenz werde ich ihn vergessen können«, schloss sie.

»Es tut mir leid, mein Kind, aber vielleicht ist es besser so. Was ist mit Luisa? Du wirst sie sehr vermissen«, sagte Basilius und fuhr sich über den Bart.

»Sicher. Aber manchmal werde ich das Gefühl nicht los, dass sie irgendetwas an mir stört. Ich kann es nicht erklären, wahrscheinlich bilde ich mir das nur ein. Lässt du mich nun gehen?«, drängte sie.

Basilius Besler schwieg, und Ida konnte förmlich sehen, wie es hinter seiner Stirn arbeitete. »Unter einer Bedingung: Du wirst dich Kaspar anschließen, er reist bald wieder nach

Padua. Dort kann er dir helfen, weiter nach Florenz zu kommen, und ich würde mich etwas weniger um dich sorgen, wenn ich weiß, du bist nicht ganz allein.«

Ida stieß einen Freudenschrei aus, und gleichzeitig dachte sie, dass Gabriela davon besser nichts erfahren sollte, denn sie würde alles daransetzen, dass Ida keine so lange Zeit mit ihm verbringen könnte.

Zwei Tage darauf erhielt Ida in Wenzels Werkstatt Besuch von Sebastian. Noch nie war er hier gewesen. Er sah sich kaum um, hielt den Kopf ein wenig gesenkt und vermied es, ihr in die Augen zu sehen.

»Was führt dich her?«, lächelte sie, obwohl sie wusste, weswegen er gekommen war. Sie stellte den Pinsel zu den anderen in einen Becher mit Wasser.

»Ich wollte dich fragen, ob wir irgendwo ungestört reden können. Vielleicht nicht gleich, aber wir könnten zusammen das Mittagsmahl einnehmen oder …«

Ida entschied sich, ihm zu sagen, dass sie durch Luisa Bescheid wusste. »Sebastian, du musst dich nicht winden«, unterbrach sie ihn. »Deine Schwester hat mich bereits eingeweiht. Du wirst Elisabeth heiraten, so wie es eure Väter vereinbart haben.«

Schwer ließ er sich auf einen Hocker fallen und stützte den Kopf in die Hände. »Ich hätte es ahnen müssen, meine geschwätzige Schwester war längst bei dir.«

»Sei ihr nicht gram, vielleicht war es ganz gut, es von ihr zu erfahren. So war ich nicht unvorbereitet.« Sie trat zu ihm und berührte ihn kurz an der Schulter.

Sebastian stemmte sich hoch und umschlang ihre Körpermitte. »Sebastian, nicht hier. Bist du von Sinnen?« Sie stieß ihn vor die Brust und trat einen Schritt zurück.

»Ja, von Sinnen nach dir. In drei Jahren kann viel geschehen, Ida. Wartest du auf mich?« Wieder zog er sie an sich.

»Du kannst diese beiden ledernen Hülsen mitnehmen, Ida«, drang Wenzels Stimme herein, und einen Augenblick später erschien der Meister. Abrupt blieb er stehen, als er Sebastians ansichtig wurde und die beiden auseinanderstoben. »Was geht hier vor?«

»Sebastian wollte sich von mir verabschieden«, antwortete Ida ruhig.

»Verabschieden? Wovon redest du?«, fuhr Sebastian auf.

»Ich werde Nürnberg verlassen und nach Florenz gehen, das wollte ich dir eben erzählen.« Ida schluckte. »Es ist besser so, und nun geh, bitte.«

Fassungslos starrte er sie an. Dann machte er auf dem Absatz kehrt und verschwand ohne ein weiteres Wort.

»Ich kam offenbar ziemlich ungelegen«, sagte Wenzel Straub zerknirscht und lehnte die Lederhülsen an die Wand.

Ida ging nicht darauf ein. »Was denkst du, welche Bilder und Zeichnungen sollte ich mitnehmen?«, fragte sie leichthin, obwohl ihr das Herz schwer war. Sie hätte sich Sebastian gern erklärt, doch dazu würde sie wohl keine Gelegenheit mehr bekommen, denn schon morgen sollte die Reise beginnen.

Basilius half Ida, ihr Bündel mit den notwendigsten Habseligkeiten und die Lederhülsen auf dem Wagen zu verstauen. Einer der Kaufleute, die den Weg über die Alpen antraten, würde sie gegen eine angemessene Bezahlung mitnehmen. An ihrem Gürtel trug Ida ihren Geldbeutel, und weitere Münzen hatte sie im Saum ihres Umhangs eingenäht.

Ida fasste nach den Händen ihres Onkels. »Ich schreibe dir so oft wie möglich«, versprach sie. Von Susanna und den Kindern hatte sie sich am Vorabend verabschiedet und darum gebeten, Luisa einen Brief zukommen zu lassen. Gerührt stellte sie fest, dass seine Augen feucht schimmerten, und auch sie musste die Tränen zurückdrängen.

»Gott sei mit dir, Ida«, sagte Basilius heiser.

»Was macht sie hier?«, drang eine schrille Stimme an ihre Ohren.

Ida und ihr Oheim wandten den Kopf. Zwölf Fuß von ihnen entfernt erblickten sie Kaspar und Gabriela, die mit zorngerötetem Gesicht zu ihnen herübersah. Kaspar redete beruhigend auf seine Verlobte ein. Schließlich kamen sie zu ihnen. Gabriela begrüßte Basilius höflich, Ida nickte sie nur knapp zu, ihr Mund zu einem dünnen Strich zusammengekniffen.

»Kaspar, du musst mir versprechen, dass du auf meine Nichte achtgibst«, sagte Basilius.

»Ihr könnt Euch auf mich verlassen, ich lasse sie nicht aus den Augen ...«

»Darf ich erfahren, was das alles zu bedeuten hat?«, geiferte Gabriela.

»Ida reist nach Florenz, sie wird dort an der Accademia delle Arti del Disengo ihre Künste verfeinern«, erklärte Besler. »Ich habe Joachim Camerarius darum gebeten, dass Kaspar auf sie aufpasst und ihr hilft, in Padua eine Reisegruppe nach Florenz zu finden.«

»Weshalb hast du mir nichts davon erzählt?«, zischte Gabriela.

»Weil ich wusste, du würdest es nicht gutheißen und mir die letzten Tage damit in den Ohren liegen«, gab Kaspar hitzig zurück. »Und nun Schluss damit, wir sind verlobt, und ich tue lediglich Apotheker Besler einen Gefallen.«

Idas Onkel hob die Augenbrauen, zog es aber vor, sich nicht in den Streit einzumischen.

»Aufsteigen, los, los, wir fahren ab«, scheuchte der Kaufmann sie auf.

Basilius küsste Ida flüchtig auf die Stirn und half ihr auf den Wagen, während Kaspar sich von Gabriela auf dieselbe Weise verabschiedete. Ida fühlte einen heißen Stich in ihrer Magengegend. Sie setzte sich zwischen Truhen und Kisten auf eine zusammengelegte Decke, ihr Bündel neben sich. Dann ruckelte der Karren los, und sie winkte ihrem Onkel, bis er aus ihrem Sichtfeld verschwand. Kaspar ging zu Fuß bis zum Gostenhof, wo er ein Mietpferd übernahm. Kurz darauf holte er auf einem kräftigen Braunen den Karren wieder ein und ritt nebenher.

»Meinst du, du kannst mir die Sprache beibringen, solange wir unterwegs sind?«, fragte Ida und zog den Umhang enger um sich. Ein kühler Wind begleitete die Gruppe, ließ die bunten Herbstblätter durch die Luft segeln.

Kaspar grinste. »Warum nicht? Das ist ein ausgezeichneter Vorschlag und vertreibt uns beiden die Zeit. Außerdem ist es nicht so schwer, denn du kannst Latein.«

Hufschläge eines galoppierenden Pferdes näherten sich, und Ida wandte den Kopf über die Schulter. Den Reiter kannte sie nur allzu gut. Als Sebastian den Wagen erreichte, zügelte er Florus und ließ ihn neben Kaspar in Schritt fallen.

»Was für ein glücklicher Zufall, dass ihr beide mit derselben Gesellschaft nach Süden zieht. Das hast du dir fein ausgedacht, mein Freund.« Seine Stimme triefte vor Hohn. »Für wie dumm hältst du mich?«

»Ich weiß nicht, worauf du hinauswillst«, antwortete Kaspar ruhig.

»Oh doch, das weißt du sehr genau. Du willst sie für dich gewinnen, und was wäre geschickter dafür als eine lange Reise«, erwiderte Sebastian.

»Dass du dich nicht schämst, mir so etwas zu unterstellen. Du wolltest dich doch mit ihr verloben und hast es dann doch nicht getan. Sie gehört dir nicht.«

»Du hast dich neulich beim Wettrennen verraten. Mir blieben deine Eifersucht und Missgunst nicht verborgen. Du willst sie mir abspenstig machen.«

Ida richtete sich auf und hielt sich an einer großen Truhe fest, um nicht aus dem Gleichgewicht zu geraten. »Hört auf damit!« Zornig sah sie von einem zum anderen. »Ihr redet über mich wie über eine Zuchtstute. Für wen haltet ihr euch? Ich gehöre weder dir noch dir«, abwechselnd zeigte sie auf Sebastian und Kaspar. »Es war die Idee meines Onkels, dass wir derselben Gruppe angehören, weil er um meine Sicherheit besorgt ist. Und er vertraut auf Kaspars Ehrgefühl, so wie ich auch. Du, als sein bester Freund, solltest dies auch tun. Hast du das verstanden, Sebastian?«

Letzterer grinste plötzlich über das ganze Gesicht. »Sie ist hinreißend, wenn sie wütend ist, findest du nicht?«

»Doch, das ist sie«, lachte Kaspar. Mit einem Mal hatte sich ihre Unbeschwertheit wiedereingestellt.

Sebastian wendete seinen Hengst. »Gott schütze euch.« Dann ließ er Florus angaloppieren und stob davon.

Drei Wochen später näherten sie sich Padua. Ida war froh, dass die lange und anstrengende Reise bald zu Ende war. Vorerst. Die täglichen Stunden auf dem unbequemen Wagen, der ihre Knochen durchgerüttelt hatte, gaben ihr das Gefühl, um Jahre gealtert zu sein. Zwar war sie öfter nebenhergegangen, doch ihre müden Beine hatten nicht mit den Pferden Schritt halten können, und sie war zurückgefallen. Einmal hatte sie darüber nachgedacht, ein Pferd an einer der vielen Stationen zu mieten, doch zum einen war es ihr zu teuer gewesen, und zum anderen war sie langen Zeiten im Sattel nicht gewachsen. Trotz aller Erschwernis hatte sie den Weg von einer Stadt zur anderen und schließlich über die Alpen genossen. Immer wieder hatte sie staunend die Welt um sich betrachtet. Die Berge und Wälder, muntere Bäche, spiegelnde

Seen und breite Flüsse. Das Goldene Dachl und die kaiserliche Hofburg in Innsbruck hatten ihr ebenso gefallen wie die Laubengassen in Bozen. Je weiter sie nach Süden gelangten, desto angenehmer wurde das Wetter, wenn der Winter auch hier vor der Tür stand.

Kaspar hatte ihr viel beigebracht, sodass sie sich nun halbwegs verständlich machen konnte. Sie war froh darüber, ihn an ihrer Seite zu haben, denn immer wieder hatte sie die anzüglichen Blicke anderer Männer gespürt. In all den Tagen, die mal beschwerlicher, mal einfacher waren, kamen sich Kaspar und Ida näher. Sie redeten über ihre Familien, lachten über gemeinsam Erlebtes während ihrer Schulzeit, erzählten sich von ihren Träumen. Lediglich eine Tagesreise waren sie von Padua entfernt, und bald würde Ida sich von Kaspar trennen müssen. Er half ihr vom Wagen, müde reckte sie ihre steifen Glieder.

»Siehst du den alten Baum dort drüben?«, fragte Kaspar und nickte in Richtung eines knorrigen Olivenbaumes.

»Ja, was ist damit?« Ida schob eine Haarsträhne hinter ihr rechtes Ohr.

»Komm nach dem Essen dorthin, ich möchte mit dir sprechen«, bat er und reichte Ida ihr Bündel.

»Du tust geheimnisvoll. Können wir nicht während der Mahlzeit miteinander reden?«

»Nein, ich möchte nicht zu viele Ohren in der Nähe haben«, erwiderte er bestimmt und nahm sein Pferd am Zügel, um es zum Stall zu führen.

In der Herberge gab es einen einfachen, aber schmackhaften Eintopf, über den Ida sich hungrig hermachte. Als sie den letzten Löffel in den Mund geschoben und mit einem Stück Brot den Teller ausgewischt hatte, erhob sie sich und trat hinaus in die Dämmerung. Unter dem Olivenbaum konnte sie

Kaspar erkennen, der mit dem Rücken an den Stamm gelehnt auf sie wartete.

»Erzähl mir, was keiner sonst hören soll, Kaspar«, sagte sie zu Begrüßung. »Aber eil dich, ich bin todmüde.«

»Ich weiß nicht, wie ich anfangen soll«, begann er zögernd.

»Was immer es ist, mein lieber Freund, ich werde dir nicht den Kopf abreißen. Nun sag schon«, ermunterte sie ihn.

»Du und Sebastian …«

Ida stand abwartend da, die Hände vor dem Bauch gekreuzt. Die ganze Reise über hatten sie kein Wort über Sebastian verloren, und Ida war froh darüber gewesen. Zu tief saß noch der Stachel, dass Luisas Bruder Elisabeth heiraten würde und nicht sie.

»Eines Tages wirst du nach Nürnberg zurückkehren«, setzte Kaspar an, »und sollte er Elisabeth nicht geehelicht haben … Was ich wissen will, ist, wirst du ihn dann heiraten?« Die letzten Worte waren nur noch ein Flüstern.

»Kaspar, ich kann dir darauf keine Antwort geben. Niemand weiß, was geschehen wird, nur Gott allein. Vielleicht kehre ich nie zurück, vielleicht ereilt mich der Tod – Gefahren lauern überall. Ich könnte krank werden wie meine Mutter.«

»Aber du wolltest dich doch mit ihm verloben, das bedeutet, du liebst ihn«, entgegnete er heftig.

»Ja, aber sein Vater hat anders verfügt, ich denke, das weißt du.«

Plötzlich zog er sie an sich. »Was ist mit mir? Liebst du mich? Ich fühle, dass zwischen uns etwas Besonderes ist«, sagte er rau.

Ida spürte seinen drahtigen Körper, genoss die Wärme, fühlte sich geborgen. Doch dann legte sie ihm die Hände auf die Brust und machte sich von ihm los.

»Wir sind Freunde, Kaspar, und so soll es bleiben. Du bist

mit Gabriela verlobt.« Damit ließ sie ihn stehen und verschwand nach drinnen.

Endlich gelangten sie nach Padua. Den Tag über war Kaspar nicht, wie gewohnt, neben ihr her geritten, sondern hatte sich am Ende der Reisegruppe aufgehalten. Doch nun half er ihr vom Karren und reichte ihr das Bündel samt den Lederhülsen.

»Am besten suchen wir einen einfachen Gasthof für dich, und morgen hören wir uns um, wer weiter nach Florenz reist, und nach Leuten, denen du dich anvertrauen kannst«, schlug er vor. Er schien wieder ganz der Alte, so als ob das Gespräch am Abend zuvor nie stattgefunden hätte.

»Siehst du dort drüben die Gebäude? Das ist die Universität.« Stolz zeigte er mit dem ausgestreckten Arm hinüber zum Palazzo del Bò.

»Ich würde gerne hineinsehen, doch das ist mir leider verwehrt«, antwortete Ida.

»Lass uns weitergehen. Ich glaube, in der Nähe des Hortus simplicium gibt es einen Gasthof, wenn mich meine Erinnerung nicht trügt. Auf jeden Fall hat es dort eine Taverne, in der wir etwas zu essen bekommen. Du musst unbedingt mein Leibgericht probieren, risi e bisi«, schwärmte Kaspar.

»Können wir erst essen und dann ein Bett für mich suchen? Ich sterbe vor Hunger«, erwiderte Ida und schulterte ihr Bündel.

Sie fanden einen freien Tisch in einer Ecke der Taverne und stellten ihre Sachen an die Wand. Die Gäste unterhielten sich lautstark in ihrer melodischen Sprache, und Ida versuchte Gesprächsfetzen aufzuschnappen.

»Il tedesco ist zurück«, begrüßte die Schankmagd sie mit einem strahlenden Lächeln.

»Antonella, schön, dich zu sehen. Ich hoffe, es gibt Reis mit Erbsen.«

»Du hast Glück. Willst du mir deine hübsche Begleitung nicht vorstellen?«

Ida stellte mit Erstaunen fest, wie zwanglos die Menschen hier miteinander umgingen.

»Das ist Ida, wir kennen uns schon viele Jahre.«

»Willkommen, Ida, möchtest du auch risi e bisi? Unser Freund hier stirbt dafür«, zwinkerte sie Ida zu.

Ida nickte, und wenig später standen zwei dampfende Schüsseln auf dem Tisch, dazu brachte Antonella zwei Krüge Bier.

»Es schmeckt fabelhaft«, sagte Ida mit vollem Mund, »kein Wunder, dass du nicht genug davon bekommst.« Sie sah von ihrem Teller auf, als ein junger Mann sich zielstrebig ihrem Tisch näherte.

»Ist es denn die Möglichkeit? Kaspar, mein Freund! Seit wann bist du zurück?«

Matteo schlug Kaspar kräftig auf die Schultern, dann stieß er einen anerkennenden Pfiff aus. »Wer ist dieses wundervolle Geschöpf? Wolltest du mir diesen Engel etwa vorenthalten?«

Kaspar stand auf und umarmte seinen Freund. »Wir sind erst heute angekommen. Setz dich.«

»Du musst Matteo sein«, schloss Ida, denn Kaspar hatte ihr von dem jungen Venezianer erzählt.

»Und wer bist du, bella mia?« Matteo quetschte sich neben Kaspar auf die Bank.

»Ida, ich komme wie Kaspar aus Nürnberg.«

»Santa Madre di Dio, was bist du nur für ein schönes Geschöpf«, rief Matteo. »Ein Engel, der vom Himmel herabgestiegen ist, nur um meine Augen zu erfreuen.«

Ida wurde rot.

»Matteo, du solltest sie nicht in Verlegenheit bringen«, tadelte Antonella, die just zum Tisch kam und einen Krug Bier vor ihn hinstellte.

»Du bist immer noch meine Antonella belissima«, gab Matteo zurück und schenkte ihr einen Augenaufschlag, der sie zum Lachen brachte.

»Möchtest du etwas essen?«

»Auf keinen Fall risi e bisi.« Matteo hob abwehrend die Hände.

»Wie wäre Hirsepolenta mit Fenchel und gebratenem Fisch?«

Matteo strahlte und nickte heftig. »Und jetzt will ich alles über dich wissen, Ida bella.«

Sie versuchte, ihm mit den erlernten Worten zu erklären, weswegen sie die weite Reise unternommen hatte, und Kaspar half aus, wenn sie nicht weiterwusste. Matteo schaufelte währenddessen sein Gericht in sich hinein, als ob er kurz vor dem Verhungern gewesen wäre. Als sie geendet hatte, fragte er: »Und du willst morgen schon weiter?«

»Nein, ich glaube nicht, dass ich mich so schnell anderen Reisenden anschließen kann. Aber so bald wie möglich.« Sie gähnte herzhaft. »Ich bin schrecklich müde. Kaspar, können wir nach einem Gasthof suchen?«

»Warum übernachtest du nicht hier?«, fragte Matteo stirnrunzelnd.

»Hier?«, echote Kaspar.

Matteo stieß seinen Freund in die Rippen. »Antonellas Vater hat das Tafernrecht. Was glaubst du wohl, was sich über unseren Köpfen befindet? Zimmer, mein Freund.«

Ida seufzte erleichtert und winkte Antonella an den Tisch. »Sag, habt ihr eine freie Kammer für, ich weiß nicht, zwei oder drei Nächte?«

Die dunkelhaarige Wirtstochter überlegte einen Moment, dann nickte sie. »Zwei Kammern sind noch nicht belegt. Du kannst eine davon haben.« Dann beugte sie sich zu Ida und raunte: »Nimm die nach hinten zum Hof, sie ist zwar kleiner, aber dafür hörst du weniger von dem Lärm, der hier herrscht.«

Ida bedankte sich und nahm ihr Bündel auf. Sie griff in ihre Börse und fischte einige Münzen heraus, die sie vor Kaspar auf den Tisch legte. »Ich hoffe, das reicht für das Essen und den Krug Bier. Wenn nicht, bezahle ich dir morgen meine Restschuld.«

Matteo schob ihr das Geld wieder zu. »Du bist eingeladen, bella mia.«

Kaspar verdrehte die Augen und schnitt eine lustige Grimasse dazu, die Ida zum Lachen brachte. Sie steckte die Münzen zurück. »Sei bedankt, Matteo, mio generoso amico. War das richtig?«

Matteo hauchte ihr einen Kuss zu, und ihr schoss die Röte in die Wangen. Noch nie war sie so unbeschwert mit einem jungen Mann umgegangen. Bestimmt lag es an diesem Bier, das stärker schien, als sie es gewohnt war. Vielleicht aber auch an der Ungezwungenheit, die sie hier kennengelernt hatte.

Luisa

Meine liebe Luisa,
verzeih, dass ich Nürnberg so überstürzt verlassen habe, ohne dir von meinen Plänen zu erzählen. Als Wenzel Straub mir vorschlug, nach Florenz zu reisen und meine Malerei an der Accademia zu verfeinern,

wollte ich zuerst darüber nachdenken und mit meinem Onkel und dir sprechen, um eure Meinung zu hören. Doch dazu ist es nicht gekommen. Dein Bruder hatte mich mit seinem Antrag überrascht, als er mir das Pferd zeigte. Ich war völlig überwältigt und verschwendete keinen Gedanken mehr an Florenz.
Doch als du mir die Nachricht von der Eheabrede zwischen Elisabeths Vater und dem deinigen – Gott hab ihn selig – überbrachtest, war die Entscheidung von einem Augenblick zum nächsten gefallen. Ich wollte nur noch fort von Nürnberg. Kannst du das verstehen? Dein Bruder heiratet die Welserin, Kaspar ist mit Gabriela verlobt, und du …? Wer weiß, wen du ehelichen musst und woher dein Zukünftiger stammt? Sollte es dieser junge Reichsritter werden – was Gott verhüten möge, denn ich weiß, du magst ihn nicht –, dann verschwindest auch du aus meinem Leben. Wer bleibt mir dann außer Wenzel und meinem Onkel mit seiner Familie?
Weißt du noch, als ich sagte, ich könnte mir nicht vorstellen, Nürnberg zu verlassen, und du meintest, du würdest gerne fremde Städte und Länder sehen? Und nun suche ich mein Glück in der Ferne. Eines Tages werde ich zurückkehren und mich freuen, dich wiederzusehen.
Möge Gott dich behüten, liebe Luisa.
Auf immer die Deine, Ida.

Luisa ließ den Brief sinken. Erst heute hatte sie ihn bekommen, obwohl er schon vor drei Wochen geschrieben worden war. Susanna Besler hatte wortreich um Verzeihung gebeten. Ihr Leib mache ihr immer mehr zu schaffen, nun, da das Kind bald käme, und Idas Brief an Luisa hätte sie darüber völlig vergessen.

Nach ihrer letzten Begegnung mit Ida war sie traurig und verletzt gewesen, als diese sie abrupt des Hauses verwiesen hatte. Ida hatte sie zwar nicht hinausgeworfen, aber es hatte sich so angefühlt. Erst Tage später hatte Luisa von ihrem Bruder erfahren, ihre Freundin habe die Stadt verlassen. Da die Erntezeit vorüber war und keine Beeren zu Mousse aux fruits verarbeitet werden mussten, hatte sie sich in die Arbeit im Kontor gestürzt, wo es immer zu tun gab. Sie war Ida gram gewesen, dass sie sich nicht von ihr verabschiedet hatte. Bis heute, als unvermittelt Susanna Besler mit dem Brief aufgetaucht war.

Plötzlich vermisste sie Ida schrecklich und gelangte zu der Erkenntnis, dass auch sie niemanden außer ihrer Familie hatte. Oder besser, nur noch ihren Bruder. Ihr Vater war tot, und mit ihrer Mutter redete sie nur das Notwendigste, seitdem diese ihr deutlich gemacht hatte, sie solle sich Lukas aus dem Kopf schlagen. Doch das konnte sie nicht. Lukas geisterte Tag und Nacht durch ihre Gedanken. Vielleicht sollte auch sie Nürnberg den Rücken kehren. Wozu besaßen die Imhoffs Faktoreien in anderen Ländern?

»Träumst du?«, riss Sebastian sie aus ihren Überlegungen, als er in die Schreibstube kam. »Solltest du nicht diese ganzen Zahlenreihen überprüfen?«

»Ich habe nur darüber nachgesonnen, wie es wäre, einmal andere Länder zu bereisen, bevor ich sterbe. Ich möchte nicht ins Grab sinken, ohne jemals woanders als in Nürnberg und auf den einen oder anderen Besitzungen unserer Familie außerhalb der Stadtmauern gewesen zu sein.«

»Rede keinen Unsinn. Was hast du da?« Er deutete auf das Blatt Papier in ihrem Schoß.

»Einen Abschiedsbrief von Ida«, antwortete sie und faltete ihn zusammen. Doch Sebastian riss ihn ihr flugs aus den Händen.

»Gib ihn mir«, kreischte Luisa, »es geht dich nichts an, was sie mir zu sagen hat.« Sie sprang auf und versuchte, ihm den Brief abzujagen. Doch Sebastian war einen Kopf größer und stärker und reckte seinen Arm hoch in die Luft, wo sie die Nachricht nicht erreichen konnte.

»Schreibt sie über mich? Sag schon, dann bekommst du ihn wieder.«

»Ja, und nun gib ihn mir zurück«, forderte sie erneut. Doch ihr Bruder weigerte sich und steckte den Brief in sein Wams. »Was schreibt sie? Vermisst sie mich? Sicher sehnt sie sich nach mir.«

Luisa verzog das Gesicht und entschloss sich, ihn den Brief lesen zu lassen, Sebastian würde sonst keine Ruhe geben. »Lies selbst.« Damit setzte sie sich an den Schreibtisch und setzte ihre Arbeit fort.

»Warum bekommst du bereits einen Brief und ich nicht?«, brummte Sebastian.

»Sie hat ihn verfasst, bevor sie abreiste, du Narr. Susanna Besler hatte ihn vergessen und erst heute gebracht«, antwortete sie, ohne aufzusehen.

»Warum liegst du im Zwist mit Mutter? Sie ist unglücklich, weil du kaum mit ihr sprichst«, sagte er unvermittelt, zückte den Brief und legte ihn ungelesen auf den Schreibtisch.

»Es ist ihre Schuld, nicht meine.« Luisa sah hoch, ihre Gesichtszüge hart und unversöhnlich.

»Jesus Christus im Himmel, was hat sie denn so Schlimmes getan?«

»Sie weigert sich, Lukas kennenzulernen, und es gibt keinen Grund, es nicht zu tun. Und nun lass mich zufrieden, sonst werde ich nie fertig«, erwiderte sie unwirsch.

»Lukas, Lukas …«, überlegte Sebastian laut. »Ah, jetzt weiß ich, wen du meinst, den Drucker. Meine kleine Schwester ist also verliebt und benimmt sich wie eine störrische Eselin, weil sie nicht bekommt, was oder vielmehr wen sie will.«

Luisa fuhr auf. »Als ob du nicht tagein, tagaus darüber nachsinnen würdest, wie du Elisabeth loswirst, damit du Ida haben kannst.«

»Du siehst fast noch hübscher aus, wenn du so zornig bist«, grinste er, »genau wie Ida. Aber du hast recht. Diese Eheabrede verursacht mir Albträume. Was hältst du davon, wenn ich Lukas unter einem Vorwand zum Essen bitte? Dafür hilfst du mir, eine Lösung für mein Ärgernis zu finden.«

Verblüfft starrte sie ihn an. »Das würdest du tun?«

»Warum nicht? Es ist ja nicht so, dass du dich in einen Gerber verguckt hättest. Sein Vater ist ein angesehener Maler und die Druckerei keine unehrliche Arbeit.«

Ida

Wohlbehalten gelangte sie nach Florenz. Hatten andere Städte sie bereits in Staunen versetzt, blieb ihr der Mund offen stehen, als sie das erste Mal die großartige Kathedrale Santa Maria del Fiore und den unmittelbar daneben erbauten Glockenturm erblickte.

»Hier trennen sich unsere Wege«, sagte die Frau des Kaufmanns, der sie mitgenommen hatte. »Gib auf dich acht, auch hier treiben sich boshafte Menschen um, nicht nur welche mit herausragenden Fähigkeiten, die so etwas zustande bringen.« Sie wies auf den Dom. Ihr Gatte brummte zustimmend.

»Seid bedankt, und lebt wohl«, verabschiedete sich Ida, lud ihr Bündel mit den daran festgebundenen Lederhülsen auf die rechte Schulter und winkte den Eheleuten noch einmal zu. Der Kaufmann wendete das Gespann, bog in eine Seitenstraße und verschwand aus ihrem Blickfeld. Noch immer stand sie am Rand des Platzes. Dann legte sie den Kopf in den Nacken und sah hinauf zu der mächtigen Kuppel, die in göttlicher Erhabenheit in den Himmel ragte. Langsam ging sie weiter, strebte dem Ende des Langhauses und dem Glockenturm zu. Um die Ecke entdeckte sie das Hauptportal mit seinen Fensterrosen und vielen aus Marmor gehauenen Figuren. Gegenüber befand sich eine Kirche in sechseckiger Form, so etwas hatte Ida noch nie zuvor gesehen. Schon auf dem Weg aus den Hügeln hinunter in die Stadt hatte sie festgestellt, dass es in Florenz nur so von Kirchen wimmelte. Die Kaufmannsfrau hatte ihr alle Namen nennen können, aber Ida hatte kaum einen behalten. Santa Croce und Basilica di San Lorenzo wusste sie noch, Letztere die Kirche und Grablege der Medici.

Ida beschloss, sich erst später um eine Unterkunft zu bemühen. Zu sehr nahm die Stadt sie gefangen, und sie wollte so viel wie möglich sehen, bevor es dunkel wurde. Dabei hatte sie doch alle Zeit der Welt, um sich Florenz in Ruhe anzuschauen, schließlich hoffte sie, an der Accademia aufgenommen zu werden. Sie ließ sich treiben, kam an einem riesigen Palast vorbei, der in unmittelbarer Nachbarschaft zu einem nicht minder schönen lang gestreckten Gebäude aufragte. Vor dem Palast war eine riesige weiße Marmorstatue aufgestellt worden: ein nackter junger Mann mit lockigem Haar, eine Steinschleuder auf der linken Schulter, das Gewicht auf das rechte Bein verlagert, die Augen wachsam, seine Aufmerksamkeit auf den bevorstehenden Kampf gerichtet. Die Ausdruckskraft, die

die Statue ausstrahlte, schlug Ida in ihren Bann. Gelassenheit, Mut und Vertrauen in die eigene Kampfkunst. Wenzel hatte ihr die Statue so gut beschrieben, und Ida wusste daher, wen sie vor sich hatte: David. Gefertigt aus einem einzigen Marmorblock von Michelangelo Buonarrotti, der zu seinen Lebzeiten schon berühmt gewesen war.

Schließlich kam sie zum Fluss, dessen ruhige Wasser dahinflossen. Eine Brücke mit mehreren Bögen überspannte den Arno, und Idas Füße schlugen wie von selbst den Weg dorthin ein. Auf der Brücke fanden sich zahlreiche Goldschmiedewerkstätten, und sie fragte sich, wer den die Brücke überführenden Aufbau benutzen durfte. Sicher nicht jeder. Sie hielt inne, sah zur Stadt und auf den Fluss. Ida empfand großes Glück, hier sein zu dürfen. Stumm sandte sie ein Dankesgebet gen Himmel. Die Dämmerung setzte ein, und sie sollte sich besser eilen, im schwindenden Tageslicht noch eine Herberge zu finden.

Ida kehrte um und schlug den Weg zurück zum Dom ein. Während sie dahinschritt, musterten ihre Augen die angrenzenden Gebäude, hofften, das Schild eines Wirtshauses zu erhaschen, doch ohne Erfolg. Sie beschloss, rechts in eine Gasse abzubiegen, bestimmt würde ihr das Glück abseits des großen Domplatzes eher beschieden sein. Ein lang gezogener Bau mit einer Bogenreihe und einer mehrstufigen Treppe erweckte ihre Aufmerksamkeit. Ida blieb stehen, sah nach oben zu den Bogenzwickeln und entdeckte zwischen jeden von ihnen aufgebrachte blau-weiße Medaillons, die kleine, gewickelte Kinder zeigten. Sie erkannte, dass sie vor einem Findelhaus stand. Einem prachtvollen, wohlgemerkt.

»Kann ich Euch helfen?«, sprach sie ein schäbig gekleideter Mann lächelnd an. Sein unangenehmer Geruch ließ sie ein wenig von ihm abrücken.

»Ich bin auf der Suche nach einer Herberge«, brachte sie stockend hervor.

Er deutete nach oben zu den Medaillons und lachte meckernd: »Dort könnt Ihr nicht unterkommen. Aber ich kann Euch führen, wenn Ihr wollt.« Er zeigte auf sich, dann auf Ida und deutete nach Südwesten.

Einen Augenblick zögerte sie, doch dann stimmte sie zu. Ohne ihn würde sie weiter herumirren und vielleicht bis zum Einbruch der Dunkelheit keine Kammer gefunden haben. Der Mann führte sie durch immer enger werdende Gassen, bog mal links, mal rechts ab, und bald konnte Ida nicht mehr sagen, wo sich der Dom befand. Schließlich blieb er vor einem heruntergekommenen Haus stehen, öffnete die Tür und ließ sie an sich vorbei ins Innere treten. Eine einsame Öllampe versuchte die darin herrschende Düsternis zu durchdringen. Hinter ihr fiel die Tür ins Schloss.

»Salire, salire«, hörte sie ihn hustend sagen. Dann drängte er sich an ihr vorbei, hob die Lampe, die er von der Wand genommen hatte, damit ihr Schein auf eine Treppe fiel. »Salire, salire«, wiederholte er und zeigte zu den Stufen.

Ida begann sich unwohl zu fühlen. Was hatte sie sich nur dabei gedacht, einem Wildfremden zu folgen? Ihre Müdigkeit und der Wunsch nach einem Bett hatten sie sorglos werden lassen.

»Nein, ich möchte wieder gehen«, antwortete sie mit fester Stimme und strebte der Tür zu. Mit einer Behändigkeit, die sie ihm nicht zugetraut hätte, fuhr er herum, fasste grob nach ihrer Hand und riss sie zurück.

»Was fällt dir ein?«, rief Ida schrill und versuchte sich aus seinem eisernen Griff herauszuwinden.

Hart schlug er sie ins Gesicht. Ida schrie vor Schmerz auf, und im selben Moment kam jemand die Treppe heruntergepoltert.

»Was zum Teufel tust du da, Salvatore?«, drang eine tiefe Stimme an ihre Ohren. »Nimm deine verdammten Finger von ihr.«

Abrupt ließ Salvatore ihre Hand los und wich vor dem Neuankömmling zurück. Ein groß gewachsener Mann, dessen Füße in teuren Stiefeln steckten, wie Ida im faden Lichtschein erkennen konnte. Es entspann sich ein kurzes Wortgefecht zwischen ihm und Salvatore, währenddessen Ida die Chance nutzte und sich unauffällig der Tür näherte. Gerade als sie diese öffnen wollte, wurde sie von draußen aufgestoßen, sodass Ida zurückweichen musste. Grelles Gelächter ertönte, gefolgt von seiner Besitzerin, einer auffällig gekleideten Frau, an deren Arm ein angetrunkener Mann hing.

»Gleich kannst du aus deinen Hosen raus«, gurrte die Frau mit dem tief ausgeschnittenen Kleid und fasste ihrem Begleiter in den Schritt.

Ida schoss die Röte ins Gesicht, und entsetzt dämmerte es ihr, wo sie gelandet war. In einem Hurenhaus. Salvatore war wohl der Mädchenfänger und der Stiefelmann der Hurenwirt. In dem engen Gang herrschte nun Gedränge.

»Uhh, was haben wir denn hier für ein hübsches Ding?«, säuselte die Hure, die Ida bemerkt hatte. »Jung und zart und bestimmt noch *vergine.*«

Vergine. Ähnlich dem lateinischen virgo. Jungfrau. Alles in Ida schrie nach Flucht. Sie stieß die Dirne zur Seite, sodass diese samt ihrem ohnehin schon schwankenden Buhler ins Straucheln kam und schließlich zu Boden ging. Mit einem Satz war Ida an der Tür, riss sie auf und stürzte hinaus auf die dunkle Gasse. Wutschreie ob ihres Entkommens verfolgten sie. Ida rannte und rannte, bis sie irgendwann keuchend stehen bleiben musste. Vornübergebeugt an eine Hauswand gestützt, versuchte sie wieder zu Atem zu kommen. Langsam ließ das Stechen in ihren Seiten nach. Sie hatte noch einmal Glück gehabt, aber dafür hatte sie keine Ahnung, wo sie sich befand. Eng zog sie ihren Umhang um sich, froh, dass sie ihre Habseligkeiten noch besaß und mit dem Schrecken davongekommen war. In Zukunft würde sie vorsichtiger sein müssen.

Die Nacht war inzwischen hereingebrochen, und wie in anderen großen Städten galt auch hier für die Bürger, abends ein Licht ins Fenster zu stellen, um für Beleuchtung zu sorgen. Doch in welche Richtung sollte sie sich wenden? Ratlos lehnte sie an der Wand, und mit einem Mal fühlte sie sich so allein wie noch nie in ihrem Leben. Heiße Tränen kullerten über ihr von der Nachtluft kühles Gesicht. Ida wünschte, sie hätte Nürnberg nie verlassen.

Eine melodische, sich nähernde Stimme war zu hören. Angst fasste nach Idas Herz, aber an dem Singsang erkannte sie, dass es sich um den Nachtwächter handeln musste. Erleichtert wischte sie sich über die Augen und zog die Nase hoch. Ein Mann mit einer Leuchte und einer Pike kam ihr entgegen.

»Ho, wer seid Ihr denn? Was tut Ihr um diese Zeit allein auf der Straße?«, sagte er, als er sie erreichte. Ein misstrauischer Ausdruck lag auf seinem Gesicht, sein Haar von der Kapuze des Umhangs verhüllt. Er hob die Laterne und ließ den Lichtschein auf Idas Gesicht und Oberkörper fallen.

»Wie eine Hure seht Ihr mir nicht aus.«

»Ich habe mich verirrt und suche ein Bett für die Nacht«, stammelte sie bruchstückhaft.

»Kennt Ihr die Kirche Santissima Annunziata? Gegenüber gibt es eine günstige Herberge.«

Ida schüttelte den Kopf. Der Nachtwächter seufzte. »Kommt, ich bringe Euch hin, es ist nicht weit von hier.«

Er würde ihr bestimmt nichts tun, sprach sie sich stumm Mut zu und warf ihren Vorsatz, in Zukunft achtsamer zu sein, über den Haufen. Nur drei Gassen weiter blieb der Mann vor einer eisenbeschlagenen Tür stehen, rechts und links davon brannten zwei Lampen.

»Hier ist die Casa della gentilezza, die Wirtin heißt Agnese Fabri.« Er wies über einen angrenzenden Platz. »Und dort ist die Kirche Mariä Verkündigung.«

Ida bedankte sich und fischte eine kleine Münze aus ihrem Beutel, die sie ihm reichte. Wie überall waren Nachtwächter schlecht bezahlt und besaßen wenig Ansehen. Der Mann schenkte ihr ein Lächeln und verschwand in der Dunkelheit. Die Tür war bereits verschlossen, und so klopfte sie kräftig mit den Fingerknöcheln gegen das Holz. Sie hatte die Hand erneut erhoben, um noch einmal zu pochen, als sich ein Fenster im ersten Obergeschoss öffnete.

»Wer ist da?«, fragte eine dunkle Frauenstimme.

»Seid Ihr Agnese Fabri? Ich suche eine Kammer für die Nacht«, antwortete Ida.

»Das fällt dir früh ein«, brummte die Wirtin. »Mädchen, um diese Zeit solltest du nicht allein unterwegs sein«, fügte sie kopfschüttelnd hinzu. »Warte.« Das Fenster schloss sich, und kurz darauf hörte Ida, wie ein Riegel aufgeschoben wurde. Die Tür öffnete sich, Agnese ließ Ida eintreten und verschloss den Eingang. Dann musterte die Wirtin sie von oben bis unten.

»Wie heißt du? Und was hast du zu nachtschlafender Zeit dort draußen zu suchen?« Agnese schien es nicht zu kümmern, dass sie Ida so vertraulich ansprach.

Ida nannte ihren Namen und erklärte stockend der stämmigen Frau mit dem freundlichen Gesicht, was sich zugetragen hatte.

»Du armes Ding, das ist kein guter Anfang in dieser schönen Stadt. Aber hier wird dir nichts geschehen. Komm, ich zeige dir deine Kammer.«

Ida folgte ihr die Treppe nach oben ins zweite Stockwerk und den Gang entlang. Agnese Fabri drückte die letzte Tür auf der linken Seite auf.

»Eigentlich sollte ich dich im Schlafsaal bei den anderen unterbringen, aber ich glaube, für heute Nacht ist es besser, wenn du für dich sein kannst. Ich nutze das Zimmer für Gäste, die nicht mit Fremden in einem Raum schlafen wollen. Früher war es die Kammer meiner Schwester, aber das Winterfieber hat sie vor fünf Jahren dahingerafft.«

»Das tut mir leid. Seid bedankt für Eure Güte, Signora Fabri«, antwortete Ida.

»Sag Agnese zu mir.«

Die Wirtin verschwand, und Ida ließ ihr Bündel von der Schulter gleiten. Das Bett war einfach, aber die Kammer war sauber, der Boden gefegt und die Laken frisch. In einer Ecke standen eine Waschschüssel und ein Krug mit Wasser, an einem Haken hing ein Tuch, um sich abzutrocknen. In der anderen hatten ein kleiner Tisch und ein einfacher Stuhl Platz gefunden. Sie streifte ihre Schuhe ab, zog sich bis auf ihr Unterkleid aus, wusch sich Gesicht und Hände, dann schlüpfte sie unter die Decke und schlief kurz darauf ein. Nur einmal wurde sie schweißgebadet wach, als viele Hände nach ihr griffen und versuchten, sie festzuhalten. Erleichtert, dass sie nur geträumt hatte, schüttelte Ida ihr Kissen zurecht und fiel in einen erholsamen Schlaf.

Am nächsten Morgen ging sie hinunter in die Gaststube, wo sich schon allerhand Volk versammelt hatte. Pilger und andere Reisende drängten sich an den größeren Tischen und aßen ihr einfaches Morgenmahl. Die Luft war erfüllt von Stimmengemurmel. Scheu nahm Ida Platz an einem in der Ecke stehenden Tisch, an dem niemand saß.

Agnese nickte ihr freundlich zu, und eine Schankmagd brachte Ida einen Teller mit schmackhaftem Hirsebrei und einen Becher verdünnten Wein. Als sie aufgegessen hatte, stand sie auf und ging zu der Wirtin.

»Kannst du mir sagen, wo ich die Accademia delle Arti del Disengo finde?«, fragte sie.

»Du hast Glück, Ida, von der Kirche aus wendest du dich nach links und an der nächsten Wegkreuzung erneut nach links. Dann stehst du schon vor der Accademia. Kennst du dort jemanden?« Neugierig sah Agnese sie an.

»Nein, ich bin nach Florenz gekommen, in der Hoffnung, dort angenommen zu werden, um Malerei zu studieren«, erwiderte sie leise.

Agneses Lippen formten ein überraschtes »Oh«, dann lächelte sie. »Ich wünsche dir Gottes Segen, Mädchen.«

Ida zog ein sauberes Baumwollkleid aus ihrem Bündel, das andere war durch die lange Reise schmutzig und staubig geworden. Nachdem sie ihre Haare gebürstet hatte, nahm sie die Lederhülsen und machte sich auf den Weg. Es war tatsächlich nicht weit. Das Gebäude ähnelte mit seinen Säulenbögen dem Findelhaus. Geschützt vor Wind und Wetter fanden sich im Arkadengang beeindruckende Statuen. Ehrfürchtig bestaunte Ida die aus Stein gehauenen Kunstwerke. Studenten gingen an ihr vorüber, ebenso ehrenwerte Professoren, die unschwer an ihren Gewändern zu erkennen waren, und verschwanden hinter der zweiflügeligen Eingangstür, ohne sich weiter um sie zu kümmern. Kein einziges weibliches Wesen war zu sehen, und Idas Zuversicht und Mut sanken. Nicht zum ersten Mal schimpfte sie sich eine Närrin und wünschte sich nach Hause. Verzagt lehnte sie sich an eine Säule und dachte darüber nach, ob sie nicht besser zur Herberge zurückkehren sollte.

»Suchst du etwas?«, sprach eine junge Frau sie unvermittelt an. Ihr rundliches Gesicht mit den schön geschwungenen Augenbrauen wirkte offen und freundlich. Ihre welligen dunklen Haare hatte sie mit einem einfachen Band im Nacken zusammengebunden, kürzere Strähnen fielen seitlich an ihren Schläfen herab.

»Mir wurde gesagt, auch Frauen dürften hier Malerei studieren, und ich habe den weiten Weg aus Nürnberg angetreten. Nun bin ich hier und weiß nicht, an wen ich mich wenden soll«, sagte Ida. Je öfter sie sich der neuen Sprache bediente, desto leichter fiel sie ihr. Sie glich einem einfacheren Latein, und Ida war froh, dass Basilius einst darauf bestanden hatte, sie solle die alte Sprache der Römer erlernen, und Kaspar ihr einiges beigebracht hatte.

»Ich kann dich zu Alessandro Allori bringen«, bot die Fremde an. »Und ich hoffe, du wirst angenommen«, zwinkerte sie Ida zu, »dann wäre ich nicht die einzige Frau an der Accademia.«

Ida riss die Augen auf. »Du bist die Einzige?«, echote sie ungläubig. »Mein Name ist Ida Gerster«, fügte sie hinzu, »ich hoffe, mein Weg nach Florenz war nicht umsonst.«

»Artemisia Gentileschi«, stellte sich ihr Gegenüber vor. »Sind in diesen Hülsen Bilder von dir?«

»Ja, wenn du möchtest, kann ich sie dir zeigen«, bot Ida an und fragte sich, wie man seine Tochter nach einer unscheinbaren Pflanze benennen konnte. Beifuß.

»Komm mit hinein, hier draußen ist nicht der geeignete Ort dafür.«

Die beiden Frauen betraten die Accademia, und Artemisia führte Ida zu einer Nische, wo Letztere die Zeichnungen aus den Hülsen hervorholte.

»Hast du keine Ölbilder mitgebracht?«, wollte Artemisia wissen, während sie die Bilder betrachtete.

»Nein, in Nürnberg dürfen Frauen nur mit Aquarellfarben malen«, erwiderte Ida und sah sich um. Große und kleine Kunstwerke zierten die Wände, vereinzelt standen Marmorstatuen dazwischen.

»Nun, dann wirst du viel zu lernen haben, aber deine Aquarelle gefallen mir. Es scheint, du hattest einen guten Lehrer.«

Ida freute sich, und ihre Hoffnung, angenommen zu werden, wuchs. Artemisia rollte Idas Werke wieder zusammen und verstaute sie in ihren Hülsen. »Folge mir.«

Sie führte Ida eine Treppe hinauf und am Ende des Ganges nach rechts, wo sie an eine Tür pochte. Eine tiefe Stimme brummte: »Tretet ein.«

Artemisia nickte Ida aufmunternd zu.

»Ah, Artemisia«, sagte ein etwa sechzigjähriger Mann, dessen Haar weit zurückgewichen war und seine Stirn noch höher erscheinen ließ. Ganz nach der italienischen Mode gekleidet, mit hohem engem Hemdkragen, der aus einem kupferfarbenen Wams herausragte, winkte er die beiden jungen Frauen zu sich. »Wen habt Ihr mitgebracht? Etwa eine neue Schülerin?«

»Vielleicht, Meister Allori, seht selbst.« Sie stieß Ida leicht in die Seite, um ihr zu bedeuten, vorzutreten.

Ida stellte sich vor und förderte ihre Bilder zutage. Stirnrunzelnd betrachtete der Maler eingehend eines nach dem anderen.

»Sie sind gut, sogar sehr gut. Nur leider gibt es kein einziges Ölgemälde.« Allori wandte sich um und sah Ida mit hochgezogenen Brauen an.

»Es ist Frauen in Nürnberg nicht erlaubt, solche Bilder zu malen«, erklärte sie leise. Bestimmt würde er sie jetzt fortschicken, und die ganze Reise wäre umsonst gewesen.

»Das ist überaus betrüblich, aber Ihr könnt die Ölmalerei erlernen, wobei sie deutlich schwieriger als die Aquarellmalerei ist. Ihr sollt Eure Chance hier bekommen, Ida. Artemisia, würdet Ihr Euch ihrer annehmen?«

Ida blieb beinahe die Luft weg, und ihr Herz raste. Hatte sie richtig gehört? Sie durfte bleiben? Nur wie durch ein dickes Wolltuch drang Artemisias Antwort zu ihr durch.

»Certamente, Maestro.«

Langsam besann sich Ida wieder und bedankte sich überschwänglich bei beiden. Artemisia schob Ida zur Tür hinaus.

»Ich zeige dir, wo man Farbpigmente, Öl, Leinwand, Borsten und Federkiele für die Pinsel erwerben kann. Und was du sonst noch brauchst. Hast du genügend Geld?«

»Ja. Ich kann dir nicht sagen, wie dankbar ich dir bin. Wahrscheinlich hätte ich mich nicht einmal hineingetraut und wäre unverrichteter Dinge nach Nürnberg zurückgekehrt«, antwortete Ida.

»Nur Mut und Entschlossenheit bringen einen durch das Leben. Lass dich niemals von deinem Weg abbringen.« Artemisias rundes Gesicht wirkte mit einem Mal kantig und hart. »Wo wohnst du?«

»In einer Herberge nicht weit von hier, in der Casa della gentilezza. Aber ich werde mir irgendwo ein günstigeres Zimmer mieten müssen. Weißt du, wo ich danach am besten suchen kann?«

Artemisia Gentileschi verneinte. »Ich kann mich umhören, doch es wird nicht einfach, eine bezahlbare Unterkunft zu finden.«

Nachdem Ida alle Utensilien sowie Papier, Siegelwachs, Tinte und Feder erstanden hatte, verabschiedete sich Artemisia von ihr.

»Ich muss zurück zur Accademia, sei morgen zur neunten Stunde wieder hier.«

Gut gelaunt kehrte Ida in ihre Kammer zurück und zählte ihr Geld, rechnete die Münzen, die im Saum ihres Umhangs eingenäht waren, hinzu. Noch hatte sie genug, aber ewig würde ihre Barschaft nicht reichen. Am besten, sie fing gleich zu sparen an.

Als sie die Treppe hinunterstieg, empfing sie aus der Gaststube der Duft nach Erbsensuppe. Magen knurrend verzichtete sie, als die Schankmagd fragte, ob sie einen Teller mochte. Nur einen Becher verdünnten Wein nahm sie zu sich und dachte darüber nach, sich Arbeit zu suchen.

»Ida«, riss Agnese sie aus ihren Überlegungen, »warst du in der Accademia?« Die Wirtin stützte die Hände auf den Tisch und starrte sie erwartungsvoll an.

»Ich wurde tatsächlich angenommen. Immer noch kann ich es kaum glauben«, antwortete Ida selig.

Beeindruckt stieß Agnese die Luft aus und beglückwünschte sie.

»Kennst du jemanden, der billige Zimmer vermietet? Ich kann nicht ewig in der Kammer deiner Schwester bleiben, Agnese, auch wenn sie mir gut gefällt. Im Schlafsaal ist es sicher günstiger, aber um zu studieren, brauche ich einen Platz für mich allein und Ruhe«, sagte Ida. »Es darf nicht zu teuer sein, Farben und Leinwand verschlingen Geld.«

Agnese Fabri ließ sich auf der Bank nieder, kräuselte ihre Stirn und zupfte unbewusst an ihrer Unterlippe.

»Was hältst du davon, wenn du bleibst und für mich arbeitest? Du könntest dafür umsonst wohnen und essen«, schlug sie vor. »Ich brauche ohnehin noch jemanden, der mir zur Hand geht.«

Ida konnte ihr Glück kaum fassen. »Sei bedankt, das ist sehr großzügig von dir, ich bleibe gern. Was müsste ich tun? Hoffentlich nicht kochen, ich schätze, das würde deine Gäste vertreiben.«

Die Wirtin lachte. »Nein, nein. Du sollst die Böden ausfegen, Gemüse putzen, die Betten mit frischen Laken beziehen, wenn nötig, solche Dinge eben. Hier gibt es immer zu tun. Um die schmutzige Wäsche kümmert sich Rachel, sie bringt sie zum Waschhaus ihrer Tante.«

»Einverstanden.« Ida streckte die Hand aus, und Agnese schlug ein.

Etwas später hatte Ida sich in ihre Kammer zurückgezogen und an den Tisch gesetzt, um das restliche Tageslicht zu nutzen und einen Brief an Basilius zu schreiben.

Mein lieber Oheim,
ich bin sicher in Florenz angekommen und überwältigt von der Schönheit dieser Stadt. Stell dir vor, die Accademia hat mich tatsächlich angenommen, und hier dürfen auch Frauen die Kunst der Ölmalerei erlernen. Ich kann es noch gar nicht glauben. Neben mir gibt es nur noch ein weiteres Mädchen, Artemisia Gentileschi. Sie ist einige Jahre älter als ich und sehr hilfsbereit und freundlich. Ehrlich gesagt bin ich froh, dass ich nicht allein unter all den männlichen Studenten bin. Ich habe eine Kammer in einem Gasthaus gefunden, in der Casa della gentilezza. Es liegt sehr günstig an einem großen Platz, der Piazza della Santissima Annunziata, und von dort ist es nur ein kurzes Stück Weg zur Accademia. Die Wirtin Agnese hat mir angeboten, für sie zu arbeiten. Dafür wohne und esse ich umsonst. Du siehst, ich komme zurecht, und du musst dich nicht um mich sorgen.
Ich bin gespannt, ob Susanna dir einen Sohn oder ein Mädchen geboren hat, und hoffe, alle sind wohlauf. Erwarte jetzt schon sehnsüchtig einen Brief von dir. Überbringe Susanna und den Kindern meine Grüße.
Gott schütze dich und die ganze Familie,
Ida

Als die Tinte getrocknet war, faltete sie das Blatt zusammen und versiegelte es. Erst während des Schreibens war ihr aufgefallen, dass Artemisias Nachname ähnlich klang wie der Name der Herberge. In beiden steckte das Wort »gentile« – freundlich. Wie passend, dachte Ida und lächelte unbewusst. Dann lief sie hinunter zu Agnese, um nach dem Markt zu fragen, dort wollte sie versuchen, einen Kaufmann als Boten zu gewinnen.

»In Florenz gibt es einen Posten der von Taxis. Sie befördern die Briefe schneller. Es dauert etwa fünf oder sechs Tage, erzählen die Kaufleute, dann sind die Schreiben bereits in Augusta.«

»In fünf Tagen bis nach Augsburg?«, staunte Ida ungläubig.

»Si, die von Taxis haben viele Posten, dort werden Reiter und Pferde getauscht.«

Neunmal schlug die Glocke von San Marco, als Ida bei der Accademia eintraf. In diesem Kloster hatte einst der Dominikanermönch Savonarola gepredigt, bevor man ihn als Ketzer auf dem Platz vor dem Palast verbrannt hatte. Artemisia begrüßte sie, und die beiden jungen Frauen betraten das Gebäude.

»Hier in diesem Raum wird gelehrt, worauf man bei der Malerei achten muss. Die Wahl der Farben und der Ansicht, die Spannungen zwischen hell und dunkel, welche Öle sich eignen und welche Bindemittel zu benutzen sind. Du wirst sämtliche Fertigkeiten dieser Kunst erlernen. Nebenan werden die Körpermalerei und die der Antike gelehrt. Du wirst erfahren, wie man auf Stein, Putz, Ton und Holz malt«, erklärte Artemisia und führte Ida in einen angrenzenden großen Saal.

Staunend ließ sie ihre Augen umherschweifen. Acht junge Männer standen vor ihren Staffeleien, auf einem erhöhten Podest lag ein junges Mädchen auf einer gepolsterten Bank, nur bedeckt mit einem durchscheinenden Seidentuch. Den Kopf in die rechte Hand gestützt, der linke Arm fiel entspannt über ihre Hüfte, verdeckte das Dreieck ihrer Schenkel. Ida schlug verschämt die Augen nieder. Hin und wieder sah einer der Künstler zum Podest, bevor er sich wieder seiner Arbeit zuwandte.

»Sie ist fast nackt«, flüsterte Ida.

»Wir kommen alle nackt zur Welt, wie Gott uns schuf«, erwiderte Artemisia schulterzuckend. »Maler und Bildhauer sind Wissenschaftler und Handwerker zugleich. Die Männer dürfen den menschlichen Körper auch an Leichnamen studieren, das bleibt uns Frauen jedoch verwehrt.«

Ida dachte einen Augenblick darüber nach und kam zu dem Schluss, dass in Artemisias Worten nur Wahrheit lag. Trotzdem würde sie sich daran gewöhnen müssen, fast nackte Menschen zu zeichnen.

»Ich würde gern Bilder sehen, die du gemalt hast«, sagte sie zu Artemisia.

Die junge Frau lächelte. »Ich zeige dir welche, komm mit.« Sie führte Ida die Treppe nach oben und betrat einen Raum, in welchem sich etliche, säuberlich aufgereihte Leinwände befanden. Zielsicher zog Artemisia ein Gemälde hervor und lehnte es gegen eine Wand. Idas Augen wurden groß. Plötzlich kamen ihr ihre eigenen Bilder wertlos vor. Was sie hier betrachtete, war von einer solchen Güte, wie sie sie zuvor nie gesehen hatte.

»Wunderschön und zugleich sehr erschreckend«, sagte sie ergriffen, »die Figuren sehen so lebendig aus. Man kann sich bildhaft vorstellen, was als Nächstes geschieht.«

Das Gemälde zeigte zwei Frauen und einen Mann. Eine der Frauen half, den auf dem Rücken liegenden Mann festzuhalten, während die andere ihn mit fest entschlossenem Gesichtsausdruck mit einem Schwert enthauptete. Die Laken des Bettes, auf dem der Sterbende lag, waren blutgetränkt, jede Falte der dunkelroten Decke, die einen Teil seines Körpers bedeckte, war durch Hell- und Dunkeltöne herausgearbeitet, ebenso wie die Kleidung der beiden Frauen. Man glaubte, das Rascheln der Gewänder vernehmen zu können.

»Was hat der Mann getan, dass er eines gewaltsamen Todes sterben musste?«, fragte Ida.

»Du weißt nicht, wer hier dargestellt ist? Es ist die jüdische Witwe Judith mit ihrer Dienerin, die Holofernes den

Kopf abschlägt. Er war der Heerführer des Königs Nebukadnezar, der alle Länder sich untertan machen wollte. Plündernd und mordend zog er durch die Lande, doch die Israeliten wagten es, ihm standzuhalten. Daraufhin wurde die Stadt Betulia belagert, in welcher die schöne und gottesfürchtige Witwe Judith lebte. Als Holofernes der Stadt die Wasserzufuhr abschnitt und die Menschen zu verdursten drohten, forderte er sie zur Aufgabe auf. Der Oberste der Stadt erbat sich fünf Tage Bedenkzeit und hoffte auf Rettung. Als Judith davon erfuhr, bat sie Gott um seinen Segen und ließ sich mitsamt ihrer Magd zu Holofernes bringen. Der Heerführer fiel sogleich in ihren Bann, denn Judith war über die Maßen schön, und er wollte sie besitzen. Ihr zu Ehren gab er ein großes Festmahl, welches sie nutzte, um ihn betrunken zu machen. Als sich die Gelegenheit bot, mit ihm allein zu sein, griff Judith sich des Heerführers Schwert und enthauptete ihn. Den abgeschlagenen Kopf steckte sie in einen Sack und kehrte mit ihrer Dienerin zurück nach Betulia. Die Menschen liefen zusammen und priesen die Witwe, deren Schwertarm Gott geführt hatte, um Israel zu erretten.«

»Was für eine Geschichte«, sagte Ida, die zwar die Bibel kannte, aber sich an die jüdische Witwe nicht erinnern konnte.

»Hatte Judith denn gar keine Angst? Sie sieht so grimmig und entschlossen aus.«

»Dieser Holofernes wollte ihr Gewalt antun, kein Mann sollte sich eine Frau gegen ihren Willen nehmen«, schnaubte Artemisia verächtlich, und ihre Miene verfinsterte sich. Ida fragte sich, ob der jungen Malerin selbst Schreckliches widerfahren war.

»Es scheint, als halte jemand außerhalb des Bildes eine Leuchte auf das Verbrechen, so verstärkt sich seine Wirkung noch um ein Vielfaches. Wer hat dir das beigebracht? Hast du das hier gelernt?«, wollte Ida wissen.

»Mein Vater hat mich zunächst gelehrt, und wie er verehre ich Caravaggio. Er ist der wahre Meister, denn nie zuvor hat ein anderer Maler wahrhaft Licht auf seine Bilder fallen lassen«, erklärte Artemisia ehrfürchtig.

Ida kam sich klein und dumm vor. Caravaggio. Diesen Namen kannte sie nicht. Kannte sie überhaupt Werke berühmter Künstler? Sie beschloss, sich keine Blöße zu geben, und fragte nur: »Du sagtest, ›zunächst‹, wer hat dich außer deinem Vater noch gelehrt?«

»Agostino Tassi.« Sie spie den Namen förmlich aus, ihre Augen blitzten, und zwischen ihren Brauen trat eine deutliche Zornesfalte hervor. Offenbar mochte sie den Mann nicht. »Doch nun lass uns gehen und Meister Allori lauschen, bevor wir zu spät kommen«, fügte Artemisia plötzlich wieder fröhlich hinzu.

1599

Die Zeit schien dahinzufliegen wie ein Schwarm Stare, der nicht eilig genug sein Winterquartier erreichen konnte. Weihnachten lag bereits einige Wochen zurück, und Ida hatte schon viel Neues erlernt. Wenn sie von der Accademia in die Casa della gentilezza zurückkehrte, fegte sie die Kammern und andere Räumlichkeiten, reinigte die Waschschüsseln, füllte sie mit frischem Wasser, half in der Küche Gemüse zu putzen und manchen Abend auch im Schankraum, bevor sie todmüde ins Bett fiel. Kaum einen Gedanken verschwendete sie an zu Hause, denn sie liebte es, hier in Florenz zu sein und ein vollkommen anderes Leben zu führen. Es war wie eine Befreiung.

»Ida, ein Bote hat heute dies für dich abgegeben«, empfing Agnese sie und reichte ihr zwei Briefe.

»Endlich, ich warte schon lange auf eine Antwort meines Onkels«, freute sich Ida. Sie konnte es kaum erwarten, die Siegel zu brechen. Sie warf einen Blick auf die zweite Nachricht und erkannte entzückt Luisas Handschrift.

»Nun geh schon, du kannst auch später den Hof fegen«, forderte Agnese sie auf, die ihre Ungeduld bemerkte.

Eilig lief Ida die Treppe nach oben in ihre Kammer, setzte sich auf das Bett und öffnete den ersten Brief.

Meine liebe Ida,
verzeih, dass ich bisher nicht die Zeit gefunden habe, dir zu schreiben. So vieles ist geschehen. Susanna hat mir ein Töchterchen geboren, klein und zart, aber

gesund. Wir haben sie auf den Namen Roswitha taufen lassen. Dorothea und Michael lieben ihre Halbschwester, und deine Base geht nun auch zur Schule. Ich bete, sie wird so fleißig lernen wie du, wovon ich noch nicht überzeugt bin.
Nur zwei Tage nach eurer Abreise ist Joachim Camerarius gestorben. Die Nachricht von seinem Tode erhielt Kaspar, kaum dass du dich auf den Weg von Padua nach Florenz begeben hattest, erzählte mir Gabriela. So schnell es ihm möglich war, hat er die Heimreise angetreten. Sein Vater war längst beerdigt, doch so konnte Kaspar wenigstens am Grab Abschied nehmen. Gabriela ist nun gänzlich ins Haus von Camerarius eingezogen, nachdem auch ihr Vater vor unseren Schöpfer getreten ist, und kümmert sich um alles. Nie beklagt sie sich über die kranke und verwirrte Gunda, mit der es immer schlimmer wird. Die tägliche Dosis an Laudanum reicht nicht mehr, nun muss sie ihr zweimal am Tag etwas davon einflößen, eher öfter.
Du weißt, dass ich schon mit Kaspars Vater für die Anlage des fürstbischöflichen Gartens in Eichstätt zusammengearbeitet habe, nun liegt alles in meiner Hand, denn Johann Konrad von Gemmingen wünscht es so. Ich fühle mich sehr geehrt, und dieser Garten wird mein Lebenswerk werden. Selbstredend stehen mir hochgeschätzte Männer mit ihrem Rat zur Seite und mit ihren ausgezeichneten Werken, wie mein französischer Freund Charles de l'Ecluse oder Carolus Clusius, wie er auch genannt wird. Selbstredend nutze ich auch das Camerarius-Florilegium.
Du kannst dir nicht vorstellen, wie viel Planung es acht einzelner Gartenbereiche auf unterschiedlichen

Ebenen bedarf, der Pflanzen aus aller Herren Länder beinhalten soll. Eine großartige Aufgabe und Herausforderung für einen kleinen Apotheker, wie ich einer bin. Susanna hat mir eine einfache Schlafstatt in meinem Studierzimmer einrichten lassen, nachdem ich mehrfach die Nacht dort verbracht habe, weil ich zu müde war, um die Treppen nach oben zu steigen. Ich habe mir geschworen, dieses Bett nicht zu benutzen, denn meine liebe Frau leidet schon genug darunter, dass ich mich von früh bis spät in Büchern vergrabe oder aus dem Haus bin. Wenigstens nachts sollte ich an ihrer Seite sein. Nicht dass sie sich beklagt, Ida, das würde sie nie tun, aber als plötzlich die Schlafstatt dastand, habe ich verstanden, was sie mir damit sagen will.
Bevor ich zum Ende komme, möchte ich dir noch sagen, wie stolz du mich machst, und ich bin sicher, dein Vater und deine Mutter sind ebenso stolz auf dich.
Gott sei mit dir,
Dein Oheim Basilius

Ida schmunzelte. Kleiner Apotheker. Basilius untertrieb, er war ein hoch angesehener Mann. Sie legte die Seiten neben sich und öffnete den anderen Brief.

Liebe Ida,
dein Onkel hat mir verraten, wie dich meine Zeilen erreichen können. Ich muss zugeben, ich war wütend und verletzt, als du plötzlich verschwunden warst. Doch nur so lange, bis mich dein Brief erreichte. Erst drei Wochen nachdem du Nürnberg verlassen hattest, überbrachte ihn mir deine Tante. Sie war untröstlich darüber. Von deinem Oheim habe ich auch erfahren,

dass du an der Accademia aufgenommen wurdest, und ich freue mich sehr für dich. Es muss wundervoll sein, nur das zu tun, was man will. Ein völlig neues Leben, ich gestehe, ich bin ein wenig neidisch.
Wusstest du, dass mein Herz für Lukas Straub schlägt? Doch ich erinnere mich, dir davon erzählt zu haben. Sebastian hat sich inzwischen mit ihm angefreundet. Kaum zu glauben, nicht wahr? Nachdem die erste Begegnung zwischen den beiden nicht sonderlich erquickend war. Weißt du noch, wie unsäglich sich mein Bruder ihm und dir gegenüber auf der Kirchweih benommen hat? Sebastian will mir jedoch helfen, damit meine Mutter ihre Vorbehalte gegenüber Lukas aufgibt, ihn kennenlernt und ich nicht doch diesen Reichsritter heiraten muss. Oder gar jemanden, der noch langweiliger ist.
Übrigens hat sich Paula mit Oswald Muffel von Eschenau verlobt. Dafür danke ich Gott, denn auch er stand auf der Liste der Heiratswilligen. Die Vermählung findet im kommenden Sommer statt, und es hat den Anschein, als sei ganz Nürnberg eingeladen. Elisabeth tut mir plötzlich schön, seit sie glaubt, sie wird eines Tages meine Schwägerin. Ach, meine liebe Ida, wie sehr ich dich vermisse!
Übrigens ist Feronia tragend, und ich reite sie nicht mehr, dafür trägt mich nun Luna auf ihrem Rücken. Sie ist großartig. Sebastian hat das richtige Pferd für dich ausgesucht. Ich gebe sie nicht mehr her, auch wenn er die Stute dir geschenkt hat. Noch nie habe ich auf einem so feinen Tier gesessen.
Gib auf dich acht, und möge Gott dich behüten,
Luisa

Es tat gut, Worte von geliebten Menschen zu lesen. Ida nahm sich vor, bald eine Antwort zu verfassen. Doch nun wurde es Zeit, ihre Pflichten gegenüber Agnese zu erfüllen.

Ida hatte zwei kleine Leinwände vor sich stehen. Die eine musste sie grundieren, die andere schleifen, ihre Unterzeichnung aufbringen und danach mit Imprimitur versehen.

»Womit willst du schleifen?«, fragte Artemisia, die sich zu ihr gesellte. An ihrem Arm hing ein Korb, in dem sich verschiedene Farbpigmente, dicke und dünne Pinsel und Öle befanden.

»Ich habe mich noch nicht entschieden«, antwortete Ida. »Was nimmst du lieber?«

»Ich nehme für gewöhnlich das Ziehmesser und glätte mit Lederlappen. Du kannst nicht immer mich fragen, Ida, es wird dein Bild werden, also bist du von Anfang an dafür verantwortlich.«

Ida verzog den Mund. »Du hast recht. Und deshalb versuche ich mein Glück mit einem Schachtelhalmbündel und glätte mit Leinen.«

»Möchtest du heute endlich mit mir mitkommen?«

»Oder soll ich doch lieber nass schleifen mit Bimsmehl und Wasser?«, sagte Ida nachdenklich.

Artemisia rollte mit den Augen, blähte die Wangen und ließ hörbar die Luft entweichen.

Ida lachte. »Ich wollte dich nur necken, ich bleibe beim Equisetum. Diese runden Stängel liegen gut in der Hand.«

»Du hast meine Frage immer noch nicht beantwortet«, entgegnete Artemisia und setzte den Korb ab.

»Ja, ich habe heute bereits vor Tagesanbruch meine Arbeit in der Casa della gentilezza erledigt, so hat Agnese nichts dagegen.«

Schon vor einiger Zeit hatte Artemisia Ida eingeladen, sie zu besuchen. In den vergangenen Wochen hatten sie ein Band der Freundschaft zwischen sich geflochten, worüber Ida sehr glücklich war. Die anderen Studenten waren zwar höflich, doch manchen war anzumerken, dass sie Frauen an der Accademia als überflüssig betrachteten. Und auf Artemisia waren die meisten neidisch, denn sie hatte sich in Florenz bereits einen Namen gemacht und ihre Gemälde besaßen eine Ausdrucksstärke, die ihresgleichen suchte.

Nachdem Ida sorgfältig die Gipsgrundierung mit dem Schachtelhalmbündel abgeschliffen hatte, rieb sie mit einem Leinenlappen darüber, bis sämtlicher Staub verschwunden war. Die Imprimitur würde verhindern, dass die Grundierung später zu viel Farbe aufsaugte, und bestand aus einem Teil Mastix – ein wohlriechendes Harz – und vier Teilen Terpentinöl. Doch zuerst musste sie ihre Vorzeichnung auf die Leinwand übertragen. Es war eine zeitraubende und anstrengende Arbeit. Mittels Nadeln verschiedener Stärken stach Ida jede Linie in kleinen Abständen ihrer papiernen Zeichnung durch. Ihr Rücken und ihre Finger schmerzten von der gebeugten Haltung über dem Tisch, und ihre Augen wurden müde und trocken. Immer öfter rieb sie sich den Nacken und schüttelte ihre rechte Hand, die verkrampft die Nadeln führte.

»Ihr solltet eine Pause einlegen, Ida«, drang Alessandro Alloris Stimme an ihr Ohr. »Kein Bild entsteht an einem Tag. Kunst benötigt Zeit und Geduld.«

Ida steckte die Nadel auf ein kleines Kissen und sah zu Allori auf. »Ich wollte wenigstens die Vorzeichnung heute noch aufpausen, aber vermutlich werde ich es nicht schaffen. Die Arbeit nimmt mehr Zeit in Anspruch, als ich dachte«, seufzte sie.

»Lasst uns ein wenig nach draußen gehen, und dann erzählt Ihr mir, was Ihr über Firnisse wisst.«

Es war Alloris Art, sich hin und wieder einen der Studenten herauszugreifen und zu überprüfen, ob er über das Handwerk Bescheid wusste. Ida nahm ihren Umhang, legte ihn sich um die Schultern und folgte Allori hinaus in die Märzsonne.

»Es gibt verschiedene Firnisse«, begann Ida, als sie im Hof spazieren gingen, »Eiweiß, Harz oder Harz-Ölfirnisse. Als Harze kommen Mastix, Dammar oder auch Bernstein zum Einsatz, wir nutzen hier an der Accademia jedoch am liebsten ein Weichharz, nämlich Terpentinbalsam.«

»Sehr gut, Ida. Sagt mir, wie Steinöl gewonnen wird«, forderte Allori, der neben ihr herging, die Hände auf dem Rücken verschränkt.

»Aus Öl, das an die Erdoberfläche dringt. Na … Jetzt will mir der Name nicht einfallen.«

»Naphta«, half Allori.

»Steinöl wird durch Destillation von Naphta gewonnen«, vervollständigte Ida ihre Antwort.

»Und warum firnissen wir unsere Kunstwerke?«

»Um sie vor Schmutz zu schützen, aber auch um die Farben stärker zum Leuchten zu bringen.«

»Ich bin sehr zufrieden mit Euch, Ida, nun geht wieder hinein und arbeitet weiter.«

»Seid bedankt, Meister Allori.«

Erfrischt durch den kurzen Spaziergang, ging ihr das Lochstechen wieder leichter von der Hand.

Als sich der Nachmittag dem Ende zuneigte, brachen Artemisia und Ida auf. Nach einer knappen halben Stunde Fußweg erreichten sie das Haus, in welchem Artemisia lebte. Es lag am Hang auf der anderen Seite des Flusses und besaß drei Geschosse, die jeweils über einen Laubengang verfügten. Bewundernd blieb Ida stehen.

»Was für ein schönes Haus«, sagte sie und dachte bei sich, dass Artemisia aus einer reichen Familie stammen musste. Sie verstanden sich gut, aber eigentlich wusste sie kaum etwas über ihre neue Freundin. Nur dass sie eine begnadete Malerin war, aus Rom stammte und einen einjährigen Sohn hatte.

Sie gingen hinein, und eine Magd kam herbei, um zu fragen, ob ihre Herrin und ihr Gast etwas zu trinken wünschten.

»Nice, bring uns Rotwein, Oliven, Käse, Brot und Schinken«, antwortete Artemisia. »Wo ist Cristofano?«

»Die Kindsmagd ist bei ihm und singt ihm vor«, gab Nice zurück. »Es scheint ihm zu gefallen, ich habe Euren Sohn lachen gehört.«

Artemisia lächelte, dann führte sie Ida ins erste Geschoss, wo sie an einem Tisch im Laubengang Platz nahmen. Von hier hatte man eine herrliche Aussicht über den Arno und auf Florenz. Ida sah den Dom, den Turm des Palazzo Vecchio und die Franziskanerkirche Santa Croce.

»Atemberaubend, wie schön du hier wohnst, Artemisia. Ich dagegen sehe aus dem Fenster meiner Kammer nur hinunter auf die Gasse und auf das gegenüberliegende Haus«, seufzte sie.

»Ja, es ist schön, aber alles hat seinen Preis, Ida«, entgegnete die Römerin und nahm eine Olive von der bunten Keramikplatte, die Nice soeben auf den Tisch gestellt hatte.

»Was meinst du damit? Du machst hin und wieder Andeutungen, aus denen ich nicht schlau werde.« Prüfend sah sie ihre Freundin an, die nachdenklich die nächste Olive hinter ihren Lippen verschwinden ließ.

»Du hast mich einmal gefragt, warum die Frauen auf meinen Gemälden einen ganz anderen Gesichtsausdruck haben als auf Bildern, die von Männern gemalt sind. Meine sind tatkräftig, entschlossen, mutig, die der anderen erscheinen ängstlich, unterwürfig und verletzlich. Und das sind wir Frauen auch. Verletzlich. Doch sind wir trotzdem stärker, denn wir müssen in unserem Leben viel mehr aushalten.«

Ida nahm ein Stück Käse und brach sich einen Teil von dem dünn gebackenen Fladenbrot ab.

»Dir ist Schlimmes widerfahren«, stellte sie kauend fest, während sie ihr Gegenüber aufmerksam musterte. »Möchtest du mir davon erzählen?«

Artemisia trank einen großen Schluck Wein, tupfte sich die feuchten Lippen mit einem Mundtuch ab und räusperte sich. »Mein Vater Orazio hat mir vieles über die Malerei beigebracht, doch er war der Meinung, sein Freund Agostino Tassi könnte mir noch mehr zeigen. Tassi kam in unser Haus, während mein Vater in einem Palazzo arbeitete und die dortige Laube kunstvoll gestaltete, und unterrichtete mich. Eines Tages hat er mich geschändet.«

Ida schlug die Hand vor den Mund. »Bei Gott, dem Allmächtigen, was für ein widerliches Rattengesicht.«

»Ich war siebzehn und glaubte, wenn ich nichts sage und ihn gewähren lasse, dann wird er mich ehelichen, damit ich meine Ehre behalten kann. Doch weit gefehlt.« Artemisia stieß ein bitteres Lachen aus. »Er dachte gar nicht daran, zumal er längst verheiratet war. Monatelang habe ich daran festgehalten. Wie konnte ich nur so dumm sein«, sagte sie kopfschüttelnd. »Als mein Vater dahinterkam, zeigte er Tassi an.« Bedächtig schnitt sie von dem Käse ab und schob sich das Stück zusammen mit einer Olive in den Mund.

»Ich hoffe, Tassi wurde verurteilt und bekam seine gerechte Strafe«, meinte Ida hoffnungsvoll.

»Warte, die Geschichte ist noch nicht zu Ende. Mir wurde Hurerei vorgeworfen, und ich wurde gefoltert. Man legte mir Daumenschrauben an und demütigte mich mit schrecklichen Untersuchungen meines Schoßes.« Artemisia schloss für einen

Moment die Augen, als ob sie damit die Erinnerung zurückdrängen könnte.

Ida blieb vor Entsetzen beinahe der Bissen im Hals stecken, und sie spülte ihn mit Wein hinunter, der plötzlich sauer zu schmecken schien.

»Doch schließlich kamen die Rechtsgelehrten und der Richter überein, dass ich die Wahrheit sagte und jungfräulich gewesen sei und auch keine Dirne war. Sie verurteilten Tassi, diesen elenden Wicht. Er sollte aus Rom verbannt werden, aber verlassen hat er die Stadt nie. Es wurde gemunkelt, der Papst selbst habe die Vollstreckung vereitelt. Kurz nachdem das Urteil gefällt worden war, verheiratete mein Vater mich mit Pierantonio Stiattesi. Piero, wie ich ihn nenne, brauchte Geld, und Orazio hat ihn dafür bezahlt, mich zu ehelichen. Mein Ehegatte verdient nicht viel mit seiner Kunst, er ist kein übler Kerl, aber ein leidlicher Maler«, lächelte Artemisia traurig. »Aber ich erhalte genug Geld. Schon bevor ich an die Accademia kam, habe ich Aufträge bekommen. Für Michelangelo den Jüngeren sollte ich die Decken der Casa Buonarroti mit Fresken versehen. Sie steckt voller Kunstschätze und ist seinem berühmten Großonkel gewidmet. Und ich genieße die Unterstützung der Familie Medici«, grinste sie.

»Das ist mehr als beeindruckend«, staunte Ida. »Ich wünschte, ich hätte deine Gabe. Niemals werde ich deiner Kunst das Wasser reichen können.«

Artemisia füllte die Gläser nach. »Doch, aber ich behaupte, dein Können liegt nicht in der Darstellung von Menschen, sondern vielmehr in jener von Pflanzen und Tieren. Ich habe deine Skizzen gesehen, und sie sind sehr genau, was bei einer Skizze noch gar nicht erforderlich ist.«

Ida freute sich, doch dann runzelte sie die Stirn. »Warum glaubst du, kann ich keine Körper malen?«

»Du beschäftigst dich nicht gern mit der Anatomie und scheust dich, die kaum bekleideten jungen Männer und Frauen, die sich uns Malern zur Verfügung stellen, gründlich aus der Nähe zu betrachten. Deshalb stimmen die Verhältnisse von Armen und Beinen zum Rest des Körpers nie ganz.«

»Ich gelobe Besserung«, antwortete Ida zerknirscht.

»Folge deinem Herzen, wenn du malst«, riet ihre Freundin, »erzwinge nichts.«

An einem Sommerabend, als Ida müde von der Accademia kam und sogleich mit ihrer Arbeit in den Schlafstuben der Taverne begann, hörte sie Agnese von unten rufen.

»Ida, komm in die Schankstube.«

Ida stellte den Besen in eine Ecke und stieg die Treppen hinab. Agnese, die gerade Bier zapfte, wies mit dem Kinn an einen kleinen Ecktisch, wo ein Mann mit dem Rücken zu ihr saß.

»Du hast Besuch«, sagte die Wirtin und füllte einen weiteren Krug. »Hier, du kannst ihm das Bier bringen, das er bestellt hat.«

Als Ida zum Tisch ging und der Gast sich umdrehte, fiel ihr beinahe der Steinzeugkrug aus der Hand.

»Kaspar! Was um alles in der Welt tust du hier?«, fragte sie und versuchte, ihre Fassung wiederzugewinnen.

»Was glaubst du wohl? Setz dich zu mir, Ida«, einladend klopfte er mit der Handfläche auf den freien Platz neben sich.

»Ich muss arbeiten, du musst dich gedulden. Trink dein Bier und iss etwas, heute gibt es Pasta mit Kaninchenfleisch und Gemüse.« Sie wandte sich zum Gehen, doch Kaspar fasste schnell nach ihrer Hand. »Freust du dich denn gar nicht, mich zu sehen?« Der flehende Blick seiner braunen Augen zauberte ein Lächeln auf ihre Lippen.

»Doch, Kaspar, sehr sogar.«

Eine Stunde später kam sie mit einem Becher Wein zurück und setzte sich neben ihn.

»Du hättest mir schreiben können und nicht einfach völlig überraschend hier auftauchen«, raunte sie. »Mir ist beinahe das Herz stehen geblieben.«

Verstohlen fasste er für einen Moment nach ihrer Hand. »Ich bin auf dem Weg nach Nürnberg und dachte, du freust dich, wenn ich dich besuchen komme.«

Belustigt hob sie die Augenbrauen. »Florenz liegt einige Tagesreisen südlich von Padua und deshalb ganz und gar nicht auf dem Weg nach Nürnberg. Also, warum bist du hier?« Sie nippte an ihrem Wein und sah ihn über den Becherrand hinweg an.

»Du hast recht, diese Ausrede war dumm von mir. Ich musste dich einfach sehen. Ida, hilf mir.«

»Wobei?«, fragte sie verständnislos.

»Gabriela verlangt von mir, mein Studium in Padua aufzugeben und in Heidelberg weiterzustudieren und sie endlich zu heiraten«, seufzte er. »Wir hatten deswegen einen furchtbaren Streit, als ich zurückkam, um das Grab meines Vaters zu sehen.«

»Ich habe vom Tod deines Vaters erfahren, es tut mir leid«, sagte sie leise.

»Was würdest du tun? Das Studium abbrechen, deinen Traum aufgeben? Ich weiß, ich stehe tief in Gabrielas Schuld, weil sie sich um Mutter und das Haus kümmert. Aber …« Er vergrub sein Gesicht in den Händen.

»Kaspar«, erwiderte Ida leise, »du musst entscheiden, was du willst. Niemand kann dir dabei helfen.«

Er sah auf und fuhr sich mit gespreizten Fingern durch die dunklen Haare.

»Doch, das kannst du. Heirate mich. Für meine Mutter finde ich eine Lösung, vielleicht kann ich sie im Heilig-Geist-

Spital unterbringen, eine Pfründe kaufen. Und wir beide gehen nach Padua.«

»Hörst du selbst, was du gerade von mir verlangst? Nichts anderes als das, was Gabriela von dir will. Ich bleibe hier in Florenz, Kaspar.«

Seine Miene wandelte sich, zeigte Enttäuschung und Ablehnung. »Ich dachte, du liebst mich auch, doch ich habe mich wohl getäuscht. Du ziehst Sebastian mir vor. Er ist reich und kann dir ein sorgenfreies Leben bescheren. Das ist es, was du willst«, brachte er voll Bitterkeit hervor.

Für einen Augenblick war sie fassungslos, doch dann gewann der Zorn die Oberhand. Wie konnte er nur so von ihr denken? Im ersten Moment hatte ihr Herz gejubelt, als er sie bat, ihn zu heiraten. Aber die darauffolgenden Worte waren ernüchternd gewesen. »Du verstehst nichts, Kaspar.« Damit stand sie auf, floh in ihre Kammer und weinte sich in den Schlaf.

Am nächsten Tag fand sie einen Brief von Kaspar vor, in dem er sie anflehte, ihm zu verzeihen. Er wäre für einen weiteren Tag in der Stadt und in einer Herberge unten am Fluss untergekommen. Dort würde er auf sie warten, damit sie noch einmal reden könnten. Ida zerriss die Nachricht und warf sie fort.

»Was ist mit dir?«, fragte Artemisia. »Schon seit Tagen bist du schlechter Laune, und deine Bilder sind düster. Verwelkende Blüten, in welchen sich winzige Totenköpfe tummeln. Wie kommst du nur darauf?«

»Hast du mir nicht geraten, beim Malen meinem Herzen zu folgen? Nun, nichts anderes habe ich getan. Mein Herz hat sich verdunkelt, und meine Seele ist verletzt. Gib mir ein wenig Zeit, dann werden die Gemälde wieder leuchten.«

»Du hast keine Zeit. Morgen gibt Cristina di Lorena ein Bankett, und sie hat dich eingeladen.« Artemisia lächelte spitzbübisch. »Ich habe ihr gesagt, sie muss unbedingt die beste Blumenmalerin kennenlernen.«

»Was?«, rief Ida und schlug die Hand vor den Mund.

»Ist das alles, was dir dazu einfällt?«

»Nein, nein«, stammelte Ida, »sei bedankt, das ist ganz wunderbar. Aber ich habe nichts, was ich in solch adligem Hause anziehen könnte. Ich kann kaum in diesem Baumwollkleid dorthin gehen, das zudem noch mit Farbe beschmutzt ist. Du musst mich bei ihr entschuldigen.«

»Nichts da. Du kannst ein Kleid von mir haben, es wird vielleicht etwas zu groß sein, aber wir können es enger schnüren und gürten. Nimm zwei Aquarelle und das Ölbild mit den Schwertlilien mit«, erwiderte Artemisia bestimmt.

»Warum nicht den Rosenstrauß? Ich finde, er ist besser gelungen.«

»Ida, die Fleur de Lys ist von jeher auf den Wappen des französischen Königshauses abgebildet, und außerdem ist es ein wunderschönes Gemälde«, seufzte ihre Freundin. »Cristina wird entzückt sein.«

»Ich kann nichts dafür, dass ich nicht wie du Umgang mit dem Adel pflege und viele Dinge nicht weiß«, sagte Ida kleinlaut.

Christine von Lothringen – Cristina di Lorena, wie sie hierzulande genannt wurde – war die Frau des Großherzogs der Toskana, Ferdinando de' Medici, und die Enkeltochter des verstorbenen französischen Königs, Heinrich II. Aufgewachsen war sie hauptsächlich bei ihrer Großmutter, Katharina de' Medici, nachdem ihre Mutter Claudia von Valois früh verstorben war. Die Großherzogin liebte die Kunst und das Theater und führte einen verschwenderischen Lebensstil. Doch tat sie auch Gutes und stiftete Klöster, wofür sie schon zweimal die päpstliche Auszeichnung der Goldenen Rose erhalten hatte.

»Du musst nicht beleidigt sein«, Artemisia stupste Ida in den Oberarm. »Nun mach schon, und nimm die Lilien.«

Artemisia hatte eine Kutsche gemietet, die sie hinauf in die Hügel nahe der Stadt brachte. Cristina di Lorena bevorzugte in der Villa de Costello zu leben, anstatt im Palazzo Pitti oder einer der anderen Medici-Villen. Ida war gespannt und aufgeregt, denn ihre Freundin hatte ihr von dem einmaligen Garten vorgeschwärmt, der die Villa umgab. Nach einer Stunde Fahrt kam das Gebäude in Sicht, ein lang gestreckter zweigeschossiger Bau mit vielen Fenstern, davor zwei eingefasste Teiche, auf denen Schwäne schaukelten und ihre eleganten Hälse dem Wasser zuneigten. Zwischen den Weihern und der Villa fand sich genügend Platz, um auf dem kurzen Gras zu reiten oder zu spielen, gesäumt von unzähligen Obstbäumen.

»Warte, bis du den Garten hinter der Villa zu Gesicht bekommst«, sagte Artemisia, als sie Idas entzückte Miene bemerkte.

»Es ist wunderschön hier. Die Medici müssen wirklich unermesslich reich sein. Dagegen nehmen sich die Schlösser der Kaufleute in Nürnberg wie armselige Hütten aus«, erwiderte Ida staunend.

Die Kutsche hielt, ein Diener eilte herbei, um den beiden jungen Frauen beim Aussteigen zu helfen, und geleitete sie hinein. Ergriffen von der Pracht, die sie umgab, blieb Ida mit offenem Mund stehen. Fresken an Decken und Wänden von höchster Kunst, wohin man nur blickte. Viele Menschen tummelten sich bereits in dem großen Saal, in dem lange Tische aus edlem Holz und eindrucksvoll gedrechselte Stühle mit hohen Lehnen bereitstanden. Feinstes Geschirr und funkelnde Gläser warteten, mit den erlesensten Speisen und edelsten Tropfen befüllt zu werden. Idas Blick fiel auf ein großes Gemälde, das sie den Atem anhalten ließ.

»Es ist eindrucksvoll, nicht wahr? Jedem geht es so, der Botticellis ›Geburt der Venus‹ zum ersten Mal zu Gesicht bekommt«, wisperte Artemisia.

»Dieser Liebreiz auf ihrem Antlitz ist unbeschreiblich«, erwiderte Ida ehrfürchtig. »Sie ist vollkommen und von überirdischer Schönheit.«

»Die Rosen, die der Wind vor sich hertreibt, könnten von deiner Hand stammen.«

Ida stieß ihrer Freundin den Ellbogen in die Rippen. »Du übertreibst maßlos.«

»Tu ich nicht, und die Kornblumen auf dem Gewand der Göttin rechts im Bild könnten auch von dir sein«, entgegnete Artemisia mit einem Lächeln und zupfte Ida am Ärmel. »Komm, wir müssen Cristina unsere Aufwartung machen.«

Widerstrebend riss sich Ida von dem Kunstwerk los, und sie schlängelten sich durch die Gäste bis zum Ende des Saals. Eine schlanke Frau mit schmalem Gesicht und einer aufwendig geflochtenen Frisur, die ihre hohe Stirn betonte, war ins Gespräch mit anderen vertieft. Cristina de Lorenzo trug ein mitternachtsblaues Kleid, das über und über mit Stickereien und Perlen verziert war. Getreu nach der spanischen Mode verdeckte eine Mühlenkrause ihren Hals. Eine mehrreihige Perlenkette reichte bis zu ihrer Körpermitte, große tropfenförmige Edelsteine baumelten an ihren Ohrläppchen, und auf ihrem Haar steckte ein mit Diamanten und Perlen besetztes Diadem.

Ida erkannte in den Stickereien die französische Lilie und dankte Artemisia stumm für ihren Rat, das Gemälde mit diesen Blumen mitzunehmen. Die Herzogin wurde auf sie beide aufmerksam, ihren schmalen Mund umspielte ein Lächeln.

»Ah, willkommen in meinem Haus, Artemisia Gentileschi«, sagte sie. Ihre Stimme hatte einen angenehm dunklen Ton, warm und freundlich.

Artemisia versank in einen tiefen Knicks, und Ida beeilte sich, es ihr nachzutun.

»Seid bedankt für Eure Einladung, edle Duchessa«, antwortete die Malerin und erhob sich auf einen Wink der Herzogin. Ida entschied sich, erst nach Aufforderung aufzustehen, und verharrte regungslos in ihrer Verbeugung.

Cristina wandte sich ihr zu und musterte sie aufmerksam. »Ihr seid also die beste Blumenmalerin weit und breit, wie mir Artemisia berichtete. Ida de Norimberga, nicht wahr?«

»Ja, ich bin Ida, edle Duchessa, aber ich denke, Artemisia hat übertrieben«, erwiderte Ida leise.

»Erhebt Euch. Ich verlasse mich gern auf das Urteil unserer gemeinsamen Freundin. Zeigt her.« Auffordernd streckte sie die Hand nach der Lederhülse aus, die Idas Malereien in sich barg.

Ein Page, der in der Nähe stand und jede Regung seiner Herrin beobachtete, trat hinzu, nahm die Hülse an sich und öffnete sie. Dann zog er die zusammengerollten Leinwände hervor. Ida hatte sich in letzter Minute dafür entschieden, die Aquarelle nicht einzupacken und statt derer neben dem Gemälde mit den Lilien auch den Rosenstrauch, der an einer Mauer seine üppigen Blüten ausbreitete, und einen Veilchenstrauß in einer großen runden Vase mitzunehmen. Der Page entrollte eine Leinwand nach der anderen, während die Herzogin die Kunstwerke betrachtete. Als sie der Schwertlilien ansichtig wurde, entfuhr ihr ein leiser Laut des Entzückens.

Ida hatte die dunkelvioletten und gelben Blumen nicht in einer Vase arrangiert, sondern sie am Rande eines schillernden Teiches gemalt, in welchem sich die Blüten spiegelten.

»Artemisia, meine Liebe, Ihr habt nicht zu viel versprochen, Ida ist eine außerordentlich begabte Malerin. Wie viel verlangt Ihr für diese Schwertlilien?«, fragte sie dann und sah Ida tief in die Augen.

»Ich möchte sie Euch schenken, Duchessa, Euer Gefallen daran ist des Lohns genug.«

Wohlwollend neigte die Herzogin den Kopf. »Ich nehme Euer Geschenk mit Freuden an. Aber auch Künstler müssen essen und Kleider kaufen, deshalb wünsche ich weitere drei Bilder von Euch, die ich bezahlen werde. Blumen im Schoß von Mutter Erde. Neben Lilien und Rosen liebe ich die roten Blüten des Mohns und die gelben des Chrysanthemum peruvianum. Ihr wisst doch, um welche Pflanze es sich bei Letzterer handelt, oder etwa nicht?«

Es lag etwas Lauerndes in der Frage. Wollte Cristina sie prüfen, wie und ob sie gebildet war? Ida lächelte und nickte. Sie kannte die Pflanze aus dem Kräuterbuch von Mattioli, das Kaspars Vater übersetzt hatte. Zudem wuchs sie auch im Garten ihres Onkels.

»Natürlich kenne ich die große indianische Sonnenblume«, gab Ida stolz zurück.

Cristina de Lorenzo klatschte in die Hände. Das Zeichen für die Bediensteten, die Gerichte aufzutragen.

»Dann lasst uns jetzt essen und trinken, lustwandelt in den Gärten meines Hauses und seid fröhlich«, rief sie laut.

Eine Vielzahl von Speisen wurde aufgetragen. Große gekochte Fische, die auf silbernen Platten in einem Gemüsebett ruhten, Pfauen, Wachteln, Singvögel, allesamt knusprig gebraten, wurden auf Spießen serviert, dazu Schüsseln gefüllt mit würziger Polenta und Reis, der goldgelb leuchtete vom teuren Safran. Steinpilze, Täublinge und andere Pilze fanden sich in einer dunklen Soße, ihr herrliches Aroma erfreute jeden Gaumen, ebenso wie die Muscheln und Flusskrebse, die in einer kräftigen Brühe schwammen, und Ida versuchte, von allem etwas zu kosten.

Als die Schüsseln, Platten und Töpfe sich leerten, verließen die meisten den Saal und begaben sich hinaus in den Garten auf der Rückseite der Villa. Über drei Terrassen erstreckten sich regelmäßig angepflanzte Bäume und Büsche, die ein verschlungenes Muster bildeten, getrennt von Wegen, deren Hauptachsen sich in der Mitte kreuzten. Auf der ersten Terrasse bildete ein herrlicher Brunnen, in dessen Mitte der steingewordene Kampf zwischen Herkules und dem Riesen Antäus aufragte, den Treffpunkt der Wege. Auf der zweiten Terrasse waren unzählige Töpfe mit Zitruspflanzen aufgestellt worden. Ida und Artemisia wandelten durch die kunstvoll gestaltete Landschaft mit ihren Wasserspielen, Fontänen und Marmorstatuen und gelangten zur dritten Terrasse.

»Hier ist die Grotta degli Animali, du wirst begeistert sein«, versprach Artemisia aufgeregt.

In einer in den Fels gehauenen Grotte waren verschiedene Nischen mit Marmorwannen, über denen sich allerlei Geschöpfe tummelten: Bären, Hunde, ein Nashorn, sogar eine Giraffe, Pferde, ein Wildschwein, ein Affe, Hirsche. Doch die schönste Anordnung, befand Ida, bildeten ein liegender Löwe, der ein erlegtes Tier zwischen seinen Pranken hielt, ein Elefant, ein Stier, ein Ziegen- und ein Rehbock, ein Schafbock mit gedrehten Hörnern und in der oberen Mitte der Gruppe ein graziles Einhorn. Die Decken und Wände waren mit Tuffstein ausgekleidet und mit Ornamenten aus Muscheln und farbigen Mosaiksteinen verziert.

»Dieser Ort ist unbeschreiblich«, meinte Ida und schüttelte ungläubig den Kopf. »Ich kann dir gar nicht sagen, wie dankbar ich dir bin, dass ich so etwas sehen darf.«

»Und vergiss nicht zu erwähnen, dass du sogar Aufträge für Gemälde bekommen hast«, zwinkerte Artemisia. Dann erspähte sie eine Bank. »Ich muss mich einen Moment ausruhen, Ida, der Tag war sehr anstrengend.«

»Geht es dir nicht gut?«, fragte Ida besorgt, denn Artemisia klagte nie, und setzte sich neben sie.

»Doch, doch. Ich bin wieder guter Hoffnung, das ist alles.«

»Wirklich? Ich freue mich für dich, für euch. Warum hast du nicht schon früher etwas gesagt?«

»Weil ich mir noch nicht sicher war, doch jetzt bin ich es. Ich hoffe, dieses Kind bleibt am Leben.«

Stirnrunzelnd sah Ida sie an. »Was meinst du damit? Du hast doch bereits einen Sohn, Cristofano.«

»Ja, aber ich habe dir nie erzählt, dass ich zuvor zwei weiteren Kindern, einem Sohn und einer Tochter, das Leben geschenkt habe. Aber sie sind beide nicht einmal ein Jahr alt geworden.«

Mitfühlend nahm Ida ihre Hand. »Nach all den Schrecknissen, die du erleben musstest, auch noch zwei Kinder zu verlieren, wie fürchterlich muss das für dich sein. Ich wünschte, ich besäße so viel Kraft und Stärke wie du.«

Artemisia drückte dankbar ihre Hand. »Die hast du, du weißt es nur nicht. Du bist ein besonderer Mensch, Ida, und ich bin froh, dass wir uns getroffen haben. Doch nun lass uns fröhlich sein und hineingehen, ich muss dich noch mit einigen einflussreichen Florentinern bekannt machen.«

1601

»Ich wünschte, es ginge schneller voran«, brummte Fürstbischof Johann Konrad von Gemmingen, »doch werde ich mich in Geduld üben müssen.«

»Eure Exzellenz, freut Euch an dem, was schon alles geschafft wurde«, erwiderte Basilius Besler.

Gemeinsam standen sie am Turm der Nordwestseite der Willibaldsburg und betrachteten die Gärtner bei ihrer Arbeit. Schon einer seiner Vorgänger, Fürstbischof Martin von Schaumberg, hatte Sommerhäuschen bauen und Lustgärten anlegen lassen, aber von Gemmingen wünschte eine deutliche Vergrößerung der gesamten Anlage. Dazu war bereits der hintere runde Turm an der Nordwestseite zu einem Pavillon umgestaltet worden. Innen war er mit Steinmetzarbeiten verziert, Gesimse und Fensterrahmen, Sitzbänke und Bildsäulen vervollständigten das Ganze. Über dem Türrahmen prangte das blau-gelbe Wappen von Gemmingens.

»Und bedenkt, wie viel Zeit und Mühe es bedarf, all die Pflanzen aus weit entfernten Ländern unversehrt bis hier auf den Bergsporn zu bringen«, fügte der Apotheker hinzu. »Eure Küche kommt schon seit einiger Zeit in den Genuss der angebauten Gemüse.«

»Ja, ja, Besler, ich weiß, und ich schätze diese neuen Sorten über die Maßen. Vor allem diese Artischocken sind sehr fein, aber auch gekochten Carfiol in einer köstlichen buttrigen Soße verachte ich nicht.«

»Wahrhaft ein Genuss, dieser Blumenkohl«, pflichtete Besler ihm bei. »Und schon vor zwei Jahren wurden dreihundert Spargelstöcke eingepflanzt und einhundert Kübel bemalt und beschlagen, damit Pomeranzen- und Feigenbäume und indianischer Pfeffer auf den Terrassen eine Heimat finden. Auch die mit Feuer beheizten Häuschen für die empfindlichen Gewächse sind längst fertiggestellt worden. Die Gärtner kommen sehr gut voran, Eure Exzellenz.«

Von Gemmingen brummte zustimmend.

Basilius befand, nun wäre der richtige Zeitpunkt, sein Anliegen vorzubringen.

»Wenn ich mir erlauben darf, einen Wunsch zu äußern …«

»Nur zu«, ermunterte ihn der Fürstbischof.

»Ich möchte ein Buch verfassen, das sämtliche Gewächse abbildet, die hier gepflanzt und angebaut werden. Mir ist bewusst, dies ist eine gewaltige Aufgabe, die Jahre dauern und sehr kostspielig werden wird.«

Er verstand sich gut mit dem Fürsten, der über das Hochstift und seine dazugehörenden Gebiete herrschte. Von Gemmingen war ein stattlicher Mann mit dunklem Haar, das schon deutlich zurückwich. Ein geschwungener Oberlippenbart und ein spitz zulaufender Bart am Kinn zierten sein Gesicht. Nachdenklich zog er die Augenbrauen zusammen, während Besler kaum zu atmen wagte.

»Ich halte Euren Vorschlag für sehr gut. Die Kosten, Besler, sollen Eure Sorge nicht sein. Doch ich wünsche kein einfaches Bilderbuch, sondern ein wissenschaftliches Werk. Die Gewächse sollen beschrieben sein. Woher stammen sie? Sind sie der Medizin von Nutzen oder erfreuen sie nur das Auge des Betrachters? Kann man sie essen? Solches Wissen muss verewigt werden.« Der Fürstbischof erwärmte sich zusehends für Beslers Vorschlag. »Alle bekannten Pflanzen sollen darin Platz finden, ob sie hier wachsen oder nicht. Ich stelle mir vor, dass beispielsweise bei der Opuntia nicht nur die dicken fleischigen Blätter mit ihren Stacheln und Blüten gezeichnet, sondern auch die Früchte, und zwar mitsamt ihrem Inneren, dargestellt werden. Was denkt Ihr, wie viele Bäume, Kräuter und Gemüse werden wohl hier wachsen, wenn der Garten fertiggestellt ist?«

Besler blies die Wangen auf und ließ die Luft langsam entweichen. »Schwer zu sagen, Exzellenz, einige Hundert sind es bestimmt. Nein, das reicht nicht, wir haben allein fünfhundert verschiedenfarbige Tulpen, also denke ich, es werden wohl viel mehr sein.«

»Und wie viele Gewächse kennt man aus den verschiedenen Ländern? Sie alle sollen ja auch in Kupfer gestochen werden.«

Besler rieb sich das bärtige Kinn. »Ich schätze, wenn man alle bisher in der Welt bekannten Gewächse zusammennimmt, die in dem Prachtband verewigt werden sollen, sind es sicher mehr als tausend.«

Von Gemmingen klopfte ihm väterlich auf die Schulter.

»Dann macht Euch an die Arbeit, damit ich den gedruckten Band noch in Händen halten kann, bevor ich vor unseren Schöpfer trete«, sagte er augenzwinkernd.

Regelmäßig bewältigte Basilius Besler die Wegstrecke von Nürnberg nach Eichstätt. Gute Reiter schafften es mit Pferdewechsel an einem Tag, doch der Apotheker zog es vor, für eine Nacht Station in Hilpoltstein zu machen. Dort gab es ein gemütliches Gasthaus und eine Wirtin, die anständiges Essen servierte. Der Aufbau des fürstbischöflichen Gartens hielt ihn in Atem. Basilius wälzte sämtliche botanischen Werke, unterhielt Briefwechsel mit Clusius und weiteren berühmten Männern, um herauszufinden, welche Pflanzen bereits bekannt und beschrieben worden waren. Von Gemmingen strebte keinen bloßen Heilpflanzengarten an, ihm ging es darum, den größten und prächtigsten Garten anlegen zu lassen, den die Welt bisher gesehen hatte. Heil-, Nutz- und Zierpflanzen sollten in acht Gärten und auf verschiedenen

Ebenen angebaut werden, und er träumte von einem Umbau der Burg zu einem Schloss nach italienischem Vorbild.

Auf dem Rückweg nach Nürnberg sann Basilius darüber nach, wer am besten für die Zeichnungen des von ihm geplanten Folianten geeignet wäre. Sicher, auch seine eigenen Zeichenkünste waren nicht schlecht, doch sie würden bei Weitem nicht ausreichen, um solch einem Vorhaben, wie es auch Seiner Exzellenz vorschwebte, gerecht zu werden. Und selbst wenn seine Gabe dafür ausreichte, allein die Zeit, alle Pflanzen zu malen, hatte er nicht.

»Ich wünschte, du würdest zurückkommen und mir dabei helfen, Ida«, seufzte Basilius, als er sein Haupt auf das einfache Kissen des Herbergsbetts legte und die Hände hinter dem Kopf verschränkte. Ida schrieb hin und wieder Briefe, in denen sie von ihrem Leben in Florenz berichtete. Manchmal lag auch eine kleine Zeichnung dabei, die erkennen ließ, wie ihre Malerei Fortschritte machte und sich veränderte. Doch seit mehr als einem halben Jahr hatte er nichts mehr von ihr gehört, aber er hatte ihre letzten Worte noch in guter Erinnerung.

Lieber Oheim Basilius,
hoffentlich seid ihr alle wohlauf.
Mir geht es sehr gut. Noch immer bewohne ich meine Kammer in der Casa della gentilezza. Sie ist einfach und günstig, auch wenn ich manchmal darüber nachdenke, mir eine größere Unterkunft zu suchen. Doch ich gebe das Geld lieber für Farben, Pinsel und Leinwände aus, denn diese Dinge kosten ziemlich viel. Außerdem kann ich seit einiger Zeit für meine Gemälde einen Raum im Haus von Luca Bati nutzen, wofür er nur wenig verlangt. Die Aufträge, die ich erhalte, reichen aus, um den Bedarf zu decken und Erspartes zur Seite zu legen. Luca ist der Hofkapellmeister der

Medici und des Doms. Kannst du dir das vorstellen? Manches Mal glaube ich, all das hier ist ein Traum, und irgendwann werde ich aufwachen und bin wieder das kleine, dumme Mädchen von einst. Luca Bati ist etwa so alt wie Wenzel Straub, und ich verstehe mich gut mit seiner Frau Claudia, die ich bei einem Bankett, das bei der Großherzogin der Toskana stattfand, kennengelernt habe.

Meine liebe Freundin Artemisia hat wieder ein Kind verloren. Sie dauert mich. Sechsmal hat sie empfangen, aber es leben nur ein Sohn und eine Tochter. Ihr Ehegatte und sie haben sich entfremdet, und ich sorge mich um ihr Wohl. Leider bekomme ich sie immer weniger zu Gesicht, denn sie ist aus dem gemeinsamen Haus ausgezogen und kommt seltener zur Accademia. Sie liebt einen anderen: Francesco Maringhi. Er sieht gut aus und ist reich, durch ihn konnte sie ein anderes stattliches Haus mieten. Trotzdem sie mit ihrer Kunst viel Geld verdient, lebt sie über ihre Verhältnisse und ist dabei, sich mehr und mehr zu verschulden. Ihr Gatte hat schon genügend Schulden angehäuft, und ich frage mich, wohin das noch alles führen wird. Oft denke ich, wie gut, dass ich nicht verheiratet bin. Die Malerei bedeutet mir alles, und auf solche Schrecknisse, wie sie Artemisia widerfahren sind, kann ich gut verzichten. Ich möchte nie ein Kind verlieren, zu genau kann ich mich noch an Rosina und den Verlust eures ersten Kindes erinnern. Ich glaube, ich werde nie eine Ehe eingehen, auch wenn der junge Mann, der oft in Lucas Haus kommt, mir schöne Augen macht und ich ihn gerne mag. Enrico da Grasso ist ein ausgezeichneter Sänger und Musiker und ein Jahr jünger als ich. Luca Bati unterrichtet ihn, und bestimmt wird Enrico

einmal berühmt werden und eigene Werke komponieren.
Möge Gott dich, Susanna und die Kinder beschützen.
In Liebe, Ida.

Ida ist erwachsen geworden. Ich bin stolz auf sie, dachte Basilius. Ach, liebe Schwester, könntest du doch erleben, was aus deinem kleinen Mädchen geworden ist. Sie ist nicht nur hübsch, sondern auch klug und begabt. Deine Tochter geht in hohen Häusern ein und aus, als ob sie nichts anderes gewohnt wäre, kennt den gleichnamigen Großneffen des berühmten Michelangelo Buonarrotti und Mitglieder des Hauses Medici. Ida braucht sich vor niemandem zu verstecken, auch wenn ihr Vater *nur* ein Schmied war, wie manche meinen. Und stark, wie sie ist, hat sie Gustaf gegenüber den lasterhaften Zungen immer verteidigt. Sabina, deine Tochter geht ihren eigenen Weg, und sie wird für mich immer wie mein eigen Fleisch und Blut sein.

Mit diesen Gedanken schlief Besler ein.

Ida stand in ihrer Werkstatt in Luca Batis Haus. Allori hatte ihr zur Aufgabe gegeben, Menschen zu malen, wie Gott sie geschaffen habe, und dieses Mal wünsche er mehr Genauigkeit, was die Verhältnisse von Armen und Beinen zum Körper betreffe. Noch einmal würde er nicht durchgehen lassen, dass ihre Zeichnungen menschlicher Gliedmaßen mehr den Fangarmen eines Tintenfischs glichen, wie sich Allori ausgedrückt hatte. Ida wusste, er bediente sich seiner scharfen Zunge nur, wenn er nicht mit seinen Schützlingen zufrieden war.

Zähneknirschend hatte sie sich an die Arbeit gemacht und sich mit Claudia Batis Einverständnis die kleine Herkulesstatue zur Vorlage aus deren Garten geholt. Sie war allein im Haus und genoss die Ruhe. Keine lärmenden Kinder, keine Musik, kein Gesang. Nur das Zwitschern der Vögel drang durch das geöffnete Fenster herein. Ihr Kohlestift hinterließ schwarze Spuren auf dem Blatt, als sie zu zeichnen begann. Der marmorne Herkules stand auf einem Felsen, stützte sich mit seiner linken Achselhöhle auf eine Keule, die mit dem Fell des erlegten Löwen überzogen war. Ida war gerade dabei, die muskulösen Oberschenkel zu Papier zu bringen, als hinter ihr jemand die Werkstatt betrat. Sie wandte den Kopf über die Schulter.

»Enrico? Was machst du hier? Luca ist nicht da.«

Luca Bati unterrichtete den jungen Sänger fast täglich, doch für heute waren er, Claudia und die Kinder zu einer Familienfeier eingeladen worden.

Enrico da Grasso schloss die Tür hinter sich und trat zu ihr.

»Heute keine Blumen? Zeichnest du immer nackte Männer, wenn du glaubst, es ist keiner zugegen?«, spöttelte er, als er einen Blick auf ihre Zeichnung warf.

»Meister Allori hat mir aufgetragen, einen Herkules zu zeichnen. Blumen und Schmetterlinge wären mir lieber«, gab Ida zurück. »Es fällt mir nicht leicht, Menschen zu malen.«

Enrico Hand glitt über den kühlen, glatten Marmor, liebkoste geradezu den Stein. »Meinst du nicht, es würde mehr Spaß machen, einen jungen Mann zu malen als diesen bärtigen Alten?«

»Claudia hat mir diese Statue zur Verfügung gestellt, es ist gleich, ob jung oder alt. Die Verhältnisse müssen stimmen«, erwiderte Ida. »Wie gesagt, Luca ist nicht hier, und ich muss arbeiten.«

Draußen hatte der Wind aufgefrischt, und sie schloss eilig das Fenster, bevor ihre Zeichnungen umherwirbelten. Plötzlich umfasste Enrico sie von hinten um die Körpermitte und vergrub sein Gesicht in ihrem Haar.

»Ida, Ida, was machst du nur mit mir? Es verlangt mich

nach dir, und du behandelst mich nicht besser als diesen kalten Marmorstein.«

Langsam legte sie ihre Hände auf die seinen und versuchte, die aufkeimende Furcht zu unterdrücken. In ihrem Kopf begannen die Gedanken zu rasen, und sie dachte zurück an ihren ersten Tag in Florenz.

»Enrico, du alberner Kerl.« Sie zwang sich zu einem Lachen. Seine Rechte griff nach ihrer Linken, und mit Schwung drehte er sie zu sich herum, drückte ihr unvermittelt seinen Mund auf ihre Lippen und drängte sie mit dem Rücken an die Wand neben dem Fenster. Sie wandte den Kopf zur Seite und legte ihm bestimmt die Hände auf die Brust.

»Geh jetzt bitte, ich werde niemandem davon erzählen, wie du dich gerade benommen hast«, sagte sie mit fester Stimme. »Luca würde dich hinauswerfen.«

»Ich zeige dir einen nackten Mann, Ida, und du wirst die Malerei für eine Weile vergessen«, keuchte er und presste seine Hände auf ihre Brüste.

Ida verpasste ihm eine Ohrfeige. »Verschwinde. Auf der Stelle«, schrie sie, ihre Stimme schrill von der zunehmenden Furcht. Im selben Augenblick wusste sie, es war ein Fehler gewesen, ihn zu schlagen. In seinen Augen loderte der Zorn, und Enrico versetzte ihr einen Hieb mit der Faust an die Schläfe, sodass sie benommen zur Seite fiel. Vor ihren Augen tanzten Sterne. Dann war er über ihr und schob ihre Röcke hoch. Ihr verzweifeltes Aufbäumen endete in einem weiteren Schlag gegen den Kopf, und Schwärze umfing sie.

Irgendwann kam sie zu sich. Ihr Schädel dröhnte, jede noch so kleine Bewegung schien ihr Gehirn bersten zu lassen. Mit geschlossenen Augen lag sie auf dem Rücken und lauschte. Doch es herrschte Stille in der Werkstatt. Sie war allein. Langsam hob sie die Lider, starrte an die Decke. Ihre Hände tasteten nach ihrem Kleid, bekamen den Stoff zu fassen und bedeckten ihre Blöße. Ein Stöhnen entrang ihrer Kehle, als ihr bewusst wurde, was geschehen war. Es war ihr ergangen wie Artemisia, sie war geschändet und entehrt worden.

Verflucht sollen sie sein, die Männer, die glauben, jedem ihren Willen aufzwingen zu können, fuhr es ihr durch den Kopf. Nach einer Weile ließen die Kopfschmerzen nach, und sie stützte sich auf die Unterarme. Kurz spürte sie ein heftiges Pochen in ihren Schläfen, doch nach und nach schaffte sie es, sich aufzurichten. Nun, da diese Pein langsam nachließ, machten sich andere Qualen bemerkbar. Ihr Unterleib fühlte sich an, als stünde er in Flammen. Sie ordnete ihr Kleid und ihre Haare. Schritt für Schritt sammelte sie ihre Sachen ein. Papier, Leinwand, Farben, Pinsel, Kohlestift wanderten in eine große Ledertasche. Noch einmal sah sie sich in der Werkstatt um, schulterte die Tasche und verließ Luca Batis Haus.

In der Casa della gentilezza herrschte rege Betriebsamkeit, Agnese Fabri scherzte mit den Gästen, und Ida schlich unbemerkt in ihre Kammer, wo sie sich gründlich wusch. Mit einer Bürste schrubbte sie ihren Körper, als könnte sie so das erlebte Grauen loswerden, und zog ein anderes Kleid an. Sie war froh, allein zu sein, auf keinen Fall wollte sie jetzt irgendjemanden sehen. Über das schreckliche Geschehen konnte sie nicht reden, aber schreiben. Ida setzte sich an den Tisch und verfasste einen langen Brief an Artemisia und einen weiteren für die Wirtin. Beide legte sie auf den kleinen Tisch. Agnese würde dafür sorgen, dass Artemisia ihre Botschaft erhielt. In eine zweite Tasche stopfte sie ihre wenigen Habseligkeiten und stellte sie neben das Bündel mit den Malutensilien. Dann verließ sie durch den Hintereingang das Wirtshaus, um zum Markt zu eilen. Dort fanden sich stets Kaufleute, die sich auf die Reise über die Alpen machten. Wenn ihr das Glück hold war, konnte sie in den nächsten Tagen nach Hause aufbrechen. Und bis es so weit war, würde sie sich ihren Seelenschmerz nicht anmerken lassen.

Gott war mit ihr, denn sie erfuhr durch eine Kaufmannswitwe, dass sich bereits morgen ein Tross auf den Weg nach Augsburg begab. Nachdem Ida sich einen Platz in der Reisegruppe erkauft hatte, lief sie zurück zur Herberge und versuchte, eine Mütze voll Schlaf zu bekommen.

Sorgsam faltete Luisa den Bogen Papier zusammen und versiegelte ihn mit Wachs und versah ihn mit dem Imhoff'schen Siegel. Weniger als zehn Tage würden ins Land gehen, bis der Brief Ida in Florenz erreichte – dank der reitenden Boten der Familie von Taxis, deren Netz die Bewältigung großer Strecken immer besser und größer werden ließ.

»Ich wünschte, du könntest dabei sein«, murmelte sie, als sie das Siegel in das warme Wachs drückte.

Bald würde Luisas Traum wahr werden und sie in den heiligen Stand der Ehe treten. Lukas Wenzel hatte endlich bei ihrem Onkel und Vormund Justus Imhoff um ihre Hand angehalten. Der Bruder ihres Vaters hatte zugestimmt, nachdem Ursula Imhoff ihren anfänglichen Widerstand gegen eine Verbindung mit dem jungen Drucker aufgegeben hatte. Nachdem sie Lukas mehr und mehr kennen- und schätzen gelernt und Sebastian sich hinter seine Schwester gestellt hatte, war sie von ihrer Vorstellung endgültig abgerückt, ihre Tochter würde einen Adligen ehelichen.

Luisa gab den Brief einem Boten mit dem Auftrag, ihn nach Augsburg zum Posten der von Taxis zu bringen. Dann wurde es Zeit, sich auf den Weg zum Schneider in der Stöpfelgasse zu machen.

»Herein, nur herein«, begrüßte Hans Böhm Luisa, die von ihrer Mutter und Elisabeth begleitet wurde. Gut und gerne hätte sie auf Letztere verzichtet.

»Nur noch ein paar Handgriffe sind vonnöten, dann ist Euer Hochzeitskleid fertig, ebenso wie die Kleider für Eure verehrte Mutter und die künftige Schwägerin«, sagte der Schneider dienstbeflissen. »Gerhild wird Euch beim Ankleiden helfen. Aber eine nach der anderen«, mahnte er augenzwinkernd.

Luisa begab sich hinter den Wandschirm, wo Böhms Frau sich bereithielt und das himmelblaue Kleid auf einem Bügel hing. Entzückt stieß sie einen leisen Schrei aus. Als sie das Kleid zuletzt gesehen hatte, war es noch schlicht gewesen. Doch dank Böhms Nähkünsten war es nun mit Perlen und goldfarbenen Stickereien verziert. Feine weiße Spitze bildete den Ärmelabschluss und endete am Hals in einer kleinen Krause. Röschen, gefältelt aus goldfarbener Seide, deren Zentrum je ein kleiner Turmalin bildete, schmückten drei Borten, die von der rechten und linken Schulter und in der Körpermitte nebeneinander aufgenäht worden waren und sich am spitzen Ende des Mieders in einer großen Rosenblüte vereinigten.

Gerhild half ihr, den Verdugado anzulegen. Der aus Schilf geflochtene Reif würde das Oberkleid wie einen Kegel aussehen lassen. Dann folgten der Rock aus Seide und Brokat und das spitzenbesetzte Mieder mit dem Gänsebauch. Der Verlauf der drei Bänder unterstrich Luisas zarte Gestalt noch mehr und machte einen glauben, man könnte ihre Mitte mit beiden Händen umfassen. Luisa trat vor den Spiegel, und ein zufriedenes Lächeln glitt über ihre feinen Züge. Mit beiden Händen raffte sie ihre blonden Haare zusammen, hielt sie nach oben und stellte sich den feder- und perlengeschmückten Kopfschmuck dazu vor, den sie bei Nürnbergs bestem Hutmacher in Auftrag gegeben hatte. Dann trat sie hinter dem Wandschirm hervor und freute sich an den staunenden Gesichtern.

»Du siehst aus wie eine Königin, Luisa«, kreischte Elisabeth begeistert. »Lukas wird der glücklichste Mann auf Erden sein, wenn er dich zu sehen bekommt.«

Wider Willen musste Luisa lächeln, Elisabeths Begeisterung schien ehrlich. Vielleicht tat sie ihr unrecht, wenn sie immer so abweisend zu ihr war. Sie drehte sich um ihre eigene Achse, die Röcke schwangen um ihre Beine. Es fühlte sich wundervoll an.

»Mein Kind, ich muss Elisabeth zustimmen«, freute sich ihre Mutter. »Ich wünschte, dein Vater könnte dich jetzt sehen.« Ein trauriger Schatten huschte über ihr Gesicht.

»Er sieht mich vom Himmel aus, daran glaube ich ganz fest«, antwortete Luisa.

Meister Böhm kam herbei, über dem Arm trug er einen mit Goldfäden durchwirkten Umhang, dessen Kragen mit weißem Pelz verbrämt war.

»Hier, verehrte Dame, der gehört noch dazu.« Er legte ihn Luisa um die Schultern und schloss die perlenbesetzte Fibel. »Steht still, ich muss den Saum abstecken, um ihn zu kürzen.« Sorgsam setzte der Schneider die Nadeln, dann nahm Böhm der künftigen Braut den Umhang ab. »Nächste Woche ist er fertig, ebenso wie die Handschuhe.«

Später saßen die drei Frauen im Hause Imhoff bei Gebäck und verdünntem Wein. Elisabeth schwärmte immer noch von Böhms Fähigkeiten. »Ein so schönes Brautkleid wünsche ich mir auch, wenn Sebastian und ich heiraten.«

»Nur noch ein Jahr, Elisabeth, sogar etwas weniger, dann ist es so weit«, sagte Ursula Imhoff und naschte von dem Küchlein. Dann schob sie ihren Stuhl zurück. »Ich muss noch mit der Köchin die Speisenfolge besprechen.«

Als Ursula die Stube verlassen hatte, herrschte für einen Augenblick betretenes Schweigen. Noch nie waren die beiden jungen Frauen allein miteinander gewesen, sondern immer nur in Gesellschaft von anderen aufeinandergetroffen. Schließlich räusperte sich Elisabeth.

»Luisa, ich weiß, du magst mich nicht besonders, und ich gebe zu, ich war früher ein kleines Biest. Vergangenes lässt sich nicht ändern, aber gib mir eine Chance. Wir sind beide älter und reifer geworden, und ich bin überzeugt, wir könnten gute Freundinnen werden.« Entwaffnend lächelte sie Luisa an.

Luisa dachte nach, dann gab sie sich einen Ruck. »Lass es uns versuchen, mir ist eine Schwägerin, die ich leiden mag, lieber als eine, die ich gerne nur von hinten sehe«, grinste sie. »Wollen wir ausreiten?«

Elisabeth strahlte und folgte Luisa hinaus zu den Stallungen.

Die lange Reise hatte Ida gutgetan. Die grandiosen Aussichten in den Alpen und der Anblick hoheitsvoll in der Luft segelnder Adler hatten sie das schreckliche Erlebnis für eine Zeit lang vergessen lassen. In Innsbruck hatte sie sich entschlossen, sich für die verbleibenden fünf Tage ein Pferd zu leihen. Das Geld hatte sie entbehren können, auch wenn sie manche Muskeln ihres Körpers schmerzhaft zu spüren bekam. Dankbar gedachte sie Luisa, die einst darauf bestanden hatte, sie solle das Reiten erlernen. Die Wärme des Tieres und seine Sanftmut waren Balsam für ihre geschundene Seele. Wann immer sie rasteten, strich sie der Stute über die weiche Nase, klopfte ihren Hals und sorgte dafür, dass sie anständiges Futter und Wasser bekam. Ida nahm den Knechten die Bürste aus der Hand und striegelte das Fell selbst. Sie bemerkte das Kopfschütteln der Leute sehr wohl, aber es kümmerte sie nicht, und sie genoss die Zweisamkeit mit dem Pferd. Vor den Toren Nürnbergs trennte sie sich schweren Herzens von dem liebenswerten

Geschöpf und ging den Rest des Weges zu Fuß. Die Stadt war gewachsen, stellte sie fest, als sie gemächlich durch die Gassen ging, am Rossmarkt vorbei und über die Fleischbrücke, schließlich querte sie den Hauptmarkt und stand alsbald vor dem Haus ihres Onkels.

Fest packte sie den Ring des bronzenen Türklopfers und pochte gegen das Holz. Schritte waren hinter der Tür zu vernehmen, und einen Lidschlag später wurde sie geöffnet.

»Sei gegrüßt, Diethild«, sagte Ida.

Die Magd runzelte die Stirn, dann dämmerte die Erkenntnis, wer vor ihr stand.

»Gütiger Jesus, Ida, ich habe Euch nicht gleich erkannt. Verzeiht mir.«

»Schon gut, drei Jahre sind eine lange Zeit. Lässt du mich herein?«, entgegnete Ida freundlich.

Hastig trat Diethild zur Seite.

»Vorsichtig, dort sind meine wertvollsten Dinge drin«, mahnte Ida, als die Magd ihr die Ledertasche mit den Malutensilien abnahm. Das andere Bündel glitt von Idas Rücken auf den Boden. Ächzend rieb sie sich die schmerzende Stelle, wo der Riemen sie gedrückt hatte.

»Sei so gut und bring die Sachen auf mein Zimmer«, bat sie.

»Euer Zimmer ist nun das Mädchenzimmer. Dorothea und ihre Halbschwestern schlafen dort«, erwiderte Diethild und zog hilflos die Schultern hoch.

»Oh«, machte Ida verblüfft. Natürlich, die Kinderschar ihres Onkels war gewachsen. »Gibt es noch ein Plätzchen für mich in diesem Haus?«

»Wenn Ihr mit der Kammer auf dem Dachboden vorliebnehmen wollt, dann richte ich sie her.«

Ida nickte. »Ist mein Onkel zugegen?«

»Ja, geht nur, er ist im Schreibzimmer.«

Sie legte Diethild dankbar die Hand auf den Arm und

stieg die Treppe nach oben. Mit dem gekrümmten Zeigefinger klopfte sie gegen die Tür.

»Ich will nicht gestört werden«, klang es dumpf und verärgert von drinnen.

»Auch wenn ich es bin, Onkel?«, erwiderte Ida laut und deutlich.

Einen Moment später wurde die Tür aufgerissen, und vor ihr stand Basilius mit fassungsloser Miene.

»Gelobt sei der Herr, du bist es tatsächlich«, stieß er hervor, riss sie ganz entgegen seiner zurückhaltenden Art in die Arme und drückte sie fest an sich.

»Du erstickst mich, Onkel«, japste Ida und machte sich von ihm los.

Basilius zog sie ins Schreibzimmer, rückte einen Stuhl heran. »Wie kann es sein, dass du schon hier bist? Ich habe doch erst vor zwei Tagen eine Nachricht an dich geschickt.«

»Sie wird wohl ungelesen bleiben«, lachte Ida. Es fühlte sich gut an, wieder hier zu sein. Erst jetzt bemerkte sie, wie sehr sie ihn vermisst hatte. »Was steht denn darin?«

Basilius raufte sich die Haare, die weiter zurückgewichen waren.

»Gott muss mich erhört haben«, antwortete er, »in dem Brief bitte ich dich um deine Rückkehr. Ich brauche deine Hilfe.«

Besorgt sah sie ihn an. »Hilfe? Ist irgendetwas geschehen? Geht es Susanna und den Kindern nicht gut?«

»Doch, doch, sie erfreuen sich bester Gesundheit. Setz dich, setz dich.« Er selbst nahm hinter seinem Schreibtisch Platz. »Ich habe dir doch von dem Garten in Eichstätt berichtet. Nun habe ich Seiner Exzellenz die Herstellung eines Prachtbandes vorgeschlagen, in welchem all die Pflanzen des Hortus Eystettensis abgebildet sein sollen und noch viele mehr. Und du bist die richtige Künstlerin dafür.«

»Ich weiß nicht …«

»Doch«, unterbrach Basilius sie, »wessen Gemälde für die Medici gut genug sind, dessen Kunst ist auch gut genug, um den Fürstbischof zu erfreuen.«

»Onkel, ich bin gerade erst zurückgekommen, bin müde und staubig von der Reise. Lass mich wenigstens eine Nacht darüber schlafen.« Ida fühlte sich völlig überrumpelt, zumal sie Florenz Hals über Kopf verlassen und noch keinen Gedanken an ihre Zukunft verschwendet hatte. Jäh wurde ihr bewusst, wie überstürzt ihr Handeln gewesen war.

Basilius Besler rieb sich mit beiden Händen über den Backenbart. »Verzeih, mein Kind, natürlich sollst du dich erst ausruhen.«

»Diethild wollte mir die Kammer auf dem Dachboden herrichten. Ich möchte mich jetzt waschen und ausstrecken.«

»Geh nur, Ida, aber in der Dachkammer kannst du nicht bleiben. Ich werde eine Lösung finden.«

Diethild, die gute Seele, hatte Ida vorausschauend ein Bad bereitet. Genüsslich tauchte sie ein und wusch sich ausgiebig. Nachdem sie sich abgetrocknet und saubere Kleider angezogen hatte, stieg sie zum Dachboden hinauf, legte sich auf den Rücken und starrte an die Decke. Vor ihrem inneren Auge entstanden schöne Bilder. Florenz. Artemisias schönes Gesicht, Agneses freundliches Wesen, der geduldige Alessandro Allori und die freigebige Herzogin Cristina di Lorena. Doch dann fiel ein Schatten auf ihr Gemüt. Sie befand sich wieder in ihrer Werkstatt im Hause von Luca Bati, wo Enrico sie überwältigt hatte. Mit aller Macht zwang sie sich, an etwas Fröhliches zu denken, an Menschen, die ihre Gemälde bewundert hatten, an die Schönheit der Natur, die sie auf ihrer Reise erlebt hatte. In Gedanken unterwegs durch das toskanische Herzogtum, weiter über die Berge und durch Täler, an Seen und Flüssen entlang bis nach Hause schlief sie schließlich ein.

Klopfgeräusche an ihrer Tür weckten sie, und einen Augenblick später erschien ein Mädchen.

»Dorothea«, freute sich Ida, »wie groß du geworden bist.«

Ein stolzes Lächeln erschien auf dem runden Gesicht ihrer Base. »Vater hat gesagt, du bist wieder zurück, ich habe ihm zuerst nicht geglaubt.« Dann flog sie auf Ida zu und schlang die Arme um sie. Verblüfft strich Ida der Kleinen übers Haar, sie hatte nicht vermutet, dass Dorothea sie vermisst hatte.

»Gleich gibt es Abendbrot«, sagte Dorothea und machte sich von ihr los. Dann nahm sie Idas Hand. »Komm, Susanna wird sich auch freuen, dich zu sehen. Außerdem musst du Michaels und meine Halbgeschwister kennenlernen. Thomas, Hannah und Paul. Und die nächste Schwester oder vielleicht auch ein Bruder kommt in vier Monaten zur Welt«, sprudelte sie hervor.

Ida folgte ihrer Base hinunter in die Stube. Susanna begrüßte sie fröhlich, Michael musterte sie scheu. Er war erst vier Jahre alt gewesen, als Ida nach Florenz gegangen war. Sie beglückwünschte ihre Tante zu den drei Kindern und dass sie wieder gesegneten Leibes sei. »Sie sehen dir sehr ähnlich«, bemerkte Ida, »ich kann kaum etwas von Basilius in ihren Gesichtern entdecken. Höchstens bei eurem kleinen Paul, wobei, er hat fast mehr Haare als Onkel selbst«, scherzte sie augenzwinkernd mit Blick auf den Jüngsten der Familie.

Das Essen wurde aufgetragen, und bald herrschte ein munteres Geplauder. Ida fühlte sich wohl, aß und trank und lachte. Als es für Susanna Zeit war, die Kinder zu Bett zu bringen, blieb Ida mit Basilius am Tisch sitzen.

»Warum hast du nicht geschrieben, dass du kommst? Ich hätte dir längst ein anderes Zimmer herrichten lassen«, sagte er wie beiläufig, während er die Gläser mit Frankenwein füllte.

»Ich wollte euch überraschen«, erwiderte Ida.

Ihr Onkel sah sie zweifelnd an. »Das ist dir gelungen. Aber ist das wirklich der einzige Grund?«

Ida wich seinem Blick aus und nahm einen Schluck Wein. »Glaubst du mir nicht?«

»Doch, schon, aber vorhin, als du von Florenz erzähltest, sahst du traurig aus. Verloren.«

»Das bildest du dir ein, lieber Onkel. Ja, ich bin traurig, dass ich Artemisia und Agnese nicht mehr um mich habe, aber nun bin ich wieder bei euch und freue mich darüber.«

Sie konnte erkennen, dass sie seine Zweifel nicht gänzlich ausgeräumt hatte, doch Basilius drang nicht weiter in sie.

»Deine Freundin Luisa Imhoff wird morgen heiraten«, gab ihr Onkel dem Gespräch nun eine andere Wendung.

»Was? Und das erzählst du mir erst jetzt? Wen? Wo? Wieso hat sie mir nichts davon geschrieben?« Ida war völlig entgeistert.

»Warum sie dir keine Nachricht zukommen ließ, kann ich dir nicht beantworten. Aber den Rest schon. Die Trauung findet in St. Lorenz statt.« Besler machte eine kleine Pause und genoss die gespannte Erregung, die er damit verursachte.

»Nun sag schon, wen heiratet sie?« Ida zappelte ungeduldig auf dem Stuhl herum.

»Lukas. Lukas Straub.«

»Tatsächlich?«, freute sie sich. »Gelobt sei der Herr, dass sie nicht einen anderen heiraten muss. Ich erinnere mich an einen langweiligen Reichsritter. Die Vorstellung, sie müsste ihn ehelichen, war Luisas Nachtmahr.«

In der Nacht schlief sie unruhig. Immer wieder wachte Ida auf und dachte darüber nach, warum Luisa ihr nichts von ihrer bevorstehenden Heirat erzählt hatte. Aber wahrscheinlich täuschte sie sich, und Luisa hatte die Nachricht abgesandt, als sie Florenz bereits den Rücken gekehrt hatte. Dann dachte sie an Sebastian. Wie würde das Wiedersehen mit ihm ausfallen? Oder hatte er in der Zwischenzeit Elisabeth zur Frau genommen? Morgen würde sie ihr bestes Kleid anziehen und nach St. Lorenz gehen. Auf keinen Fall wollte sie versäumen, Luisa und Lukas zu beglückwünschen.

Früh stand sie auf, bürstete ausgiebig mit kräftigen Strichen ihr honigblondes Haar, bis es glänzte. Mit geübten Fingern flocht sie einen Teil zu einem Zopf, den sie am Hinterkopf zusammenrollte und mit Kämmen feststeckte. Die restlichen Haare fielen in Wellen hinab bis zu ihrer Rückenmitte. Dann stieg sie in den dunkelgrünen Rock und das mit schimmernden Fäden gewirkte Mieder mit dem Gänsebauch, das am viereckigen Ausschnitt mit Spitze besetzt war. Es war ihr bestes Kleid, und sie hatte in Florenz viel dafür bezahlt. Die italienische Mode war freier und bunter im Gegensatz zur strengen spanischen Kleidung. Einen Augenblick hatte Ida darüber nachgedacht, das Kleid anzuziehen, das Sebastian einst für sie hatte nähen lassen, doch sie entschied sich dagegen. Nur den Amethyst, der gut verwahrt in Susannas Schmuckkästchen gelegen hatte, legte sie um ihren Hals.

Zahlreiche Menschen hatten sich vor der Kirche versammelt und warteten ungeduldig auf das Brautpaar. Ida hielt sich im Schatten einer Linde und spürte neugierige Blicke auf sich. Eine junge Frau ohne Begleitung war nicht alltäglich. Sie sah sich um und entdeckte in der Menge bekannte Gesichter. Ottilie Nützel nebst Gatten und ihrer Tochter Paula, daneben Zwiebel-Oswald, wie Ida ihn bei sich nannte. Jubelrufe erschollen, als das vertraute Geräusch von Hufeisen auf Pflastersteinen sich näherte. In zwei festlich geschmückten und von Schimmeln gezogenen Kutschen erschienen die Brautleute mit ihren Familien. Aus der ersten stiegen Lukas und sein Vater. Der Bräutigam prächtig gewandet in ein schwarzes Wams, das an den Handgelenken mit Spitze verziert war. Dazu kurze kugelförmige ausgestopfte Hosen und helle Strümpfe, über dem Wams eine Schaube, und um den Hals schloss sich eine kleine Krause. Ida konnte seinem Gesicht die Aufregung ansehen.

Wenzel war bescheidener angezogen und reckte seine vor Stolz geschwellte Brust. Beide grüßten die Umstehenden, ein Kopfnicken hier, ein Lachen da, ein Gruß mit erhobener Hand dort. Dann wandten sie sich ab und schritten durch das offen stehende Portal von St. Lorenz. Kaum waren sie verschwunden, stiegen die Imhoffs aus der zweiten Kutsche. Zuerst Luisas Onkel Justus, der Ursula heraushalf, dann Sebastian, der seiner Schwester die Hand reichte. Ida stellte sich auf die Zehenspitzen. Luisa sah entzückend aus, und es machte Ida glücklich, dass sich der Traum ihrer Freundin, Lukas' Frau zu werden, erfüllte. Ihr Herz klopfte schneller, als sie Sebastian in Augenschein nahm. Eine weitere Kutsche rollte heran und lenkte ihre Aufmerksamkeit auf die nächsten Gäste. Elisabeth Welser mit ihren Eltern Hans und Sieglinde kletterte heraus und gesellte sich zu den Imhoffs. Ida fühlte einen heißen Stich in ihrem Bauch, als sie beobachtete, wie herzlich sie sich begrüßten. Dann nahm Justus seine Nichte am Arm, während nach und nach die zahlreichen Gäste in die Kirche strömten. Ida wartete, bis alle verschwunden waren, nur Luisa und Justus blieben. Dann trat Ida aus dem Schatten hervor. Luisa stand mit dem Rücken zu ihr, während ihr Onkel den Schleier über dem perlenbesetzten und mit einer Feder geschmückten Hut richtete.

»Luisa«, rief Ida leise. Justus sah argwöhnisch hoch, und Luisa wandte sich um. Ihre Augen wurden groß und leuchteten auf.

»Ida! Lieber Herr Jesus, ist es wahr? Ida, du bist gekommen.« Luisa achtete nicht auf einen gemessenen Gang, sondern eilte ihr entgegen. Die jungen Frauen fielen sich in die Arme, Tränen der Freude lösten sich. »Ich hab mir so gewünscht, du könntest hier sein. Und Gott hat mich erhört«, schniefte sie.

»Nun geh schon, Lukas wartet auf dich«, flüsterte Ida ihr ins Ohr und drückte sie noch einmal an sich.

Nach der Zeremonie, bei der reichlich Freudentränen geflossen waren, schritt das frisch vermählte Paar aus der Kirche hinaus in die Sonne. Ida wartete in der hintersten Bankreihe, bis auch die Familien vorbeikamen. Elisabeth hatte ihre Hand auf Sebastians Unterarm gelegt und ging hocherhobenen Hauptes neben ihm, ließ ihren Blick schweifen. Dann erkannte sie Ida, kam vor Verblüffung aus dem Tritt und stolperte, sodass Sebastian sie stützen musste.

»Sieh nur, wer hier ist«, zischte Elisabeth laut genug, dass Ida es hören konnte, und zeigte mit dem Kinn in ihre Richtung.

Sebastian folgte ihrer Bewegung, zögerte einen winzigen Moment, bevor sich seine verblüffte Miene in ein Strahlen verwandelte. Ida lächelte dünn zurück. Dann waren die beiden vorbei, und ihnen folgten nach und nach alle weiteren Gäste. Schließlich verließ auch Ida die Kirche.

»Ida, komm zu uns«, rief Luisa mit ihrer glockenhellen Stimme neben Lukas, als sie Ida entdeckte. Die beiden schüttelten ohne Unterlass Hände und nahmen Glückwünsche entgegen. Jetzt wandten sich Ida viele Köpfe zu. Die Aufmerksamkeit war ihr überaus unangenehm, und einen Moment bereute sie es, nicht zu Hause geblieben zu sein.

»Luisa, Lukas, ich wünsche euch Gottes Segen. Möge der Herr seine Hand immer schützend über euch halten und euch gesunde Kinder schenken«, sagte sie.

»Was für eine Überraschung«, stieß Lukas hervor. »Ida, ich kann es nicht fassen, dass du hier bist. Nun ist unsere Hochzeit vollkommen. Luisas Wunsch wurde erfüllt, gelobt sei der Herr.«

Auch Ursula Imhoff und Wenzel Straub trauten ihren Augen kaum, und plötzlich drehte sich alles um Idas unverhofftes Erscheinen. Sebastian begrüßte sie überschwänglich, während sich Elisabeths Gesichtsausdruck verfinsterte.

»Bitte, es ist der Festtag dieser beiden wundervollen Menschen hier«, wehrte Ida ab, der die Aufmerksamkeit unangenehm war. »Ich werde euch in den nächsten Tagen besuchen, Luisa, doch jetzt gehe ich, damit ihr die Beachtung bekommt, die ihr verdient.«

»Das hast du dir fein ausgedacht, kommst hierher und bringst alles durcheinander«, fauchte Elisabeth. »Was willst du überhaupt hier? Du bist nicht eingeladen.«

»Elisabeth …«, sagte Sebastian beschwichtigend, doch Ida fiel ihm ins Wort.

»Das war nicht meine Absicht, ich wollte mir nur den Anblick dieser wunderhübschen Braut und ihres ehrenwerten Bräutigams nicht entgehen lassen«, erwiderte Ida und bemühte sich um einen freundlichen Ton.

»Nichts da. Du gehst nirgendwohin«, mischte sich Lukas ein. »Selbstverständlich kommst du mit nach Gleißhammer, dort wird gefeiert, gegessen und getanzt.«

»Ich weiß nicht, ob …«, begann Ida zögernd.

Ursula Imhoff berührte kurz Idas Arm. »Ida, wir alle freuen uns, dich zu sehen, und wünschen, dass du mit dabei bist. Nicht wahr?«, sagte sie und warf Elisabeth einen warnenden Blick zu.

»Du kannst mit Ursula und mir fahren«, kam Wenzel Ida zuvor, die eben ablehnen wollte. Sie gab sich geschlagen und stieg zu ihrem ehemaligen Meister in die Kutsche.

Erinnerungen an die Feier anlässlich Sebastians Rückkehr wurden wach. Es war eine für Ida verwirrende Zeit gewesen. Sebastian, der ihr den Hof gemacht, und sie, die sich mehr als geschmeichelt gefühlt hatte. Kaspar, aus dem sie nicht schlau geworden war und für den sie, wenn sie ehrlich zu sich selbst war, ein wenig mehr Gefühle gehegt hatte. Doch das war Vergangenheit. Jetzt freute sie sich auf ihre alten Freunde.

Ursula Imhoff sorgte dafür, dass Ida einen Platz an der Familientafel bekam, was bei Elisabeth Kopfschütteln hervorrief. Dankbar setzte sich Ida neben Wenzel, der sie sogleich in Beschlag nahm, während Bedienstete alle möglichen Speisen auftischten. Erfreut stellte Ida fest, dass es geschmortes Hähnchen mit Olivenpaste und Honigmandeln gab. In Florenz hatte sie dieses Gericht kennen- und lieben gelernt. Noch mehr als das Geflügel entzückte ihren Gaumen jedoch der gebratene Lammrücken in einer Salbeikruste, der auf einem Bett aus Artischockenherzen lag.

»Du musst mir alles über die Accademia erzählen, hörst du? Und ich will deine Bilder sehen. Du hast doch sicher welche mitgebracht. Wie lange warst du fort? Zwei Jahre?«

»Drei, Wenzel«, berichtigte Ida ihren ehemaligen Meister.

»Du meine Güte, drei Jahre. Wie die Zeit dahinfliegt. Nun lass dir nicht alles aus der Nase ziehen. Wie hat dir Florenz gefallen?«

Ida nahm noch von dem Lamm, obwohl sie satt war, doch es schmeckte zu verführerisch.

»Ich bin froh, dass ich auf dich gehört habe. So vieles habe ich dort gelernt. Alessandro Allori ist einer der Meister an der Accademia, ein wahrer Künstler. Vergebens hat er versucht, mir die Lehre der Anatomie beizubringen, doch er hat die Hoffnung nie aufgegeben, eines meiner Bilder würde dem menschlichen Körper gerecht werden«, lachte sie. »Dafür konnte ich meine Blumenbilder verfeinern und habe begonnen, die Freskenmalerei zu erlernen. Stell dir vor, sogar die Großherzogin der Toskana hat mir Aufträge erteilt. Neben der Malerei habe ich auch viele freundliche Menschen kennengelernt, die mir ans Herz gewachsen sind. Ich wünschte, du könntest die Gemälde meiner Freundin Artemisia Gentileschi sehen.« Gewaltsam verbot sie sich die Erinnerung an Enrico da Grasso.

»Ich könnte neidisch werden, wenn ich dir zuhöre. Meine kleine Ida geht bei den Medici ein und aus«, warf Wenzel ein und naschte von einem Kuchen.

»Artemisias Kunst ist unübertroffen, sie malt ihre Bilder tief aus ihrem Herzen heraus und legt ihre ganze Seele hinein«, schwärmte Ida weiter.

»Medici? Du bist bekannt mit den Medici?«, mischte sich Sebastian staunend ein, der zwei Plätze weiter entfernt von ihr saß.

»Zumindest mit Cristina di Lorena«, lächelte Ida zurück und übersah geflissentlich Elisabeths sauertöpfische Miene.

Lukas klatschte in die Hände, und die Musikanten begannen ihr Spiel. Alle bewunderten das Brautpaar, das in anmutigen Bewegungen den Tanz eröffnete, dann gesellten sich die Gäste dazu. Wenzel hatte es sich nicht nehmen lassen, Ida aufzufordern, und verblüffte sie mit leichtfüßigen Schritten. Das hätte sie ihm nicht zugetraut, schließlich war Straub schon über fünfzig und damit nicht mehr der Jüngste. Beim nächsten Musikstück wechselten die Männer eine Dame weiter, und Ida fand sich Lukas gegenüber. Neben ihnen gaben sich Paula und Oswald Mühe, den Takt zu halten. Kurz schoss es Ida durch den Kopf, dass sie Paula noch nie hatte tanzen sehen, weil sie sich ihres Klumpfußes geschämt hatte. Widerwillig zollte sie Paula Anerkennung.

»Wie machst du das nur, Ida? Mein Vater klagt sonst täglich über seinen Rücken, und jetzt hebt er die Beine, als wäre er dreißig Jahre jünger.«

»Das bleibt mein Geheimnis«, scherzte Ida.

»Ich wette, die Männer lagen dir in Florenz zu Füßen, und ich kann sie verstehen. Du siehst bezaubernd aus.«

»Schmeichler. Sieh nur, welch wunderschöne Braut du hast. Sie sieht aus wie ein Engel.«

Lukas strahlte. Dann war die Pavane zu Ende, und ehe sich Ida versah, stand plötzlich Sebastian neben ihr und bat sie um den nächsten Tanz. Sie konnte und wollte nicht ablehnen, obwohl sie Elisabeths Blicke in ihrem Rücken spürte.

»Du glaubst nicht, wie sehr ich dich vermisst habe. Jeden einzelnen Tag und vor allem jede Nacht«, raunte Sebastian. »Ich habe davon geträumt, dich in meinen Armen zu halten. Ein wahrhaft süßer Schmerz, der mich beim Aufwachen gefangen hielt.«

»Dafür, dass du mich vermisst hast, wie du sagst, hast du kaum geschrieben. Genauer gesagt, keine einzige Zeile habe ich von dir zu lesen bekommen«, erwiderte Ida mit hochgezogenen Brauen.

»Du hast recht«, antwortete er zerknirscht, »nichtsdestotrotz sage ich die Wahrheit. Ich glaube, du hast dich auch nach mir gesehnt. Oder warum trägst du mein Geschenk um deinen Hals? Das ist das Zeichen, dass es dir ebenso erging wie mir. Ida, lass uns einen Weg finden, wo wir allein miteinander sein können. Komm nach dem übernächsten Tanz hinaus in den Garten zu der alten Weide am Weiher. Ich werde dort auf dich warten.«

Entgeistert starrte sie ihn an und wusste nicht, was sie darauf antworten sollte. Einerseits wollte sie ablehnen, andererseits brachte Sebastian wie früher eine Saite in ihr zum Klingen, der sie kaum etwas entgegenzusetzen hatte. Die Musikanten erlösten sie und legten eine Pause ein. Sie kehrte zum Tisch zurück, und Luisa winkte sie zu sich.

»Lukas, Liebster, überlass Ida für eine Weile deinen Platz«, bat sie ihren Gatten, »ich möchte mit ihr sprechen.«

Bereitwillig räumte Lukas das Feld, und Ida setzte sich neben ihre Freundin.

»Wie hast du es nur geschafft, so schnell nach Nürnberg zu reisen? Kannst du neuerdings fliegen?«, fragte Luisa und nippte an ihrem Wein. »Ich hatte den Brief an dich erst vor Kurzem auf den Weg gebracht.«

»Das wäre schön, das Reisen auf einem harten Holzkarren ist doch sehr beschwerlich«, lachte Ida. »Dein Brief wird vermutlich ungeöffnet in der Casa della gentilezza liegen, und Agnese wird ihn verwahren. Ich bin gestern angekommen und wusste nichts von deiner Hochzeit. Meine Abreise hatte einen anderen Grund.«

»Welchen denn?«

»Verzeih, aber ich möchte jetzt nicht darüber sprechen«, bat Ida, und ein Schatten herrschte über ihr Antlitz.

Luisa hob die Augenbrauen, drang aber nicht weiter in sie. Dann begann ihre Freundin zu erzählen, wie lange es gedauert hatte, bis sie und Lukas ein Paar geworden waren, und berichtete von ihrer Arbeit. Noch immer stellte sie Mousse aux fruits her und hatte im vergangenen Jahr auch Aprikosen und Pfirsiche verarbeitet. »Der Warentransport geht schneller voran«, meinte Luisa, »das ist gut, denn es verderben weit weniger Früchte.«

Die Musik setzte wieder ein, doch Luisa und Ida blieben sitzen.

»Das klingt gut«, lobte Ida und nahm Luisas Hand. »Ich freue mich so sehr für dich, dass dein Wunsch in Erfüllung gegangen ist. Zwei Menschen, die ich mag und schätze, sind nun ein Paar. Das macht mich glücklich.«

Luisa drückte dankbar ihre Hand und neigte ihren Kopf näher zu Ida. »Weißt du, ich muss gestehen, ich war manches Mal eifersüchtig, weil ich dachte, Lukas sieht nur dich. Und du durftest ihm Essen bringen und konntest ihn täglich sehen.«

Ida schnaubte nur lächelnd durch die Nase.

»Es war dumm von mir«, seufzte Luisa, »Was hast du jetzt vor? Bist du nur zu Besuch und kehrst irgendwann wieder zurück nach Florenz?« Die Musikanten spielten ein drittes Stück.

»Ehrlich gesagt, darüber habe ich noch nicht nachgedacht. Ich bin immer noch erschöpft von der Reise. Deshalb hoffe ich, du bist mir nicht böse, wenn ich jetzt gehe. Meinst du, einer der Kutscher kann mich nach Hause bringen?«

»Nein, natürlich bin ich dir nicht gram, geh und frag Blasius, er wird dich kutschieren. Das ist ihm allemal lieber, als zu warten.«

Luisa verabschiedete sich und verließ die Wasserburg, trat hinaus in die kühle Dunkelheit. Doch anstatt zu den Kutschen zu gehen, trugen ihre Füße sie wie von selbst zum Weiher. Halb hoffte sie, Sebastian wäre nicht bei der alten Weide, bevor sie etwas tat, was sie lieber lassen sollte. Doch sie konnte seine Silhouette im fahlen Mondschein erkennen. Wortlos fasste er nach ihrer Hand und zog sie hinter den dichten Vorhang der Trauerweidenzweige.

»Ida, meine geliebte Ida, ich kann es immer noch nicht glauben, dass du hier bist.« Dann küsste er sie innig. Ida fühlte sich wie Wachs in seinen Händen, das er nach seinem Belieben formen konnte. Sie gab sich ganz dem Moment hin, spürte Sebastians Wärme und atmete seinen Duft ein. Langsam löste er seine Lippen von ihrem Mund. »Ich dachte schon, du kommst nicht mehr.« Eng hielt er sie umschlungen und vergrub sein Gesicht an ihrem Hals, begann sie mit seiner Zunge zu necken.

»Sebastian!« Ihr Atem ging schnell.

»Oh, Ida, endlich«, keuchte er und bedeckte ihren Ausschnitt mit Küssen. »Niemand wird uns sehen, Ida, ich bin völlig von Sinnen nach dir.« Seine Hände glitten über ihre Brust. Plötzlich war er nicht mehr Sebastian, sondern Enrico da Grasso, und sie befand sich nicht auf der Wasserburg, sondern in Batis Haus. Mit aller Kraft stieß sie ihn von sich, wappnete sich für einen Angriff. Doch nichts geschah. Sebastian stand da, als hätte sie ihn geschlagen.

»Ich dachte, ich bedeute dir etwas. Der Kuss eben, war er nur gespielt?« Seine Stimme leise und rau.

»Nein, das darfst du nicht denken, aber ich kann nicht«, erwiderte sie tränenerstickt. Dann teilte sie die Weidenzweige und lief durch den Garten zu den Kutschen.

»Ida, hast du schlecht geschlafen? Geht es dir gut? Du hast Schatten unter den Augen«, sagte Basilius, als sie ihn am nächsten Tag in seinem Schreibzimmer aufsuchte.

»Es ist nur spät geworden, und ich bin immer noch erschöpft von der Reise«, wich sie aus. »Erzähl mir mehr über diesen Garten.«

Ihr Onkel strahlte. »Das trifft sich gut. Ich wollte ohnehin bald wieder nach Eichstätt, und du kannst mich begleiten.«

Ida hatte Zeichnungen und Bilder mitgebracht, die sie Basilius nun vorlegte.

»Gefallen sie dir?«

»Sie sind erstaunlich und wundervoll. Bedeutet das, du willst für das Buch Seiner Exzellenz malen?«

»Ich denke schon. Ein Tag ohne Pinsel oder Stift ist ein verlorener Tag. Es drängt mich, wieder zu zeichnen«, gab sie zur Antwort.

»Das ist die beste Nachricht seit Langem«, freute sich Basilius. Er griff hinter sich ins Regal. »Das ist Mattiolis Buch, du erinnerst dich? Die Zeichnungen sind gut, aber ich glaube, nein, ich weiß nun, dass du das besser kannst. Außerdem soll der Band für Seine Exzellenz kein reines Heilkräuterbuch werden. Bilder und Beschreibung der Pflanzen, die dort gedeihen, und diejenigen, die in der Welt bekannt sind, werden darin abgedruckt sein, also auch welche, die keine Heilkraft besitzen.«

»Das ist eine gewaltige Aufgabe«, meinte Ida. »Sie wird Jahre dauern. Wie viele Gewächse werden es sein? Tausend?«

»Bestimmt. Aber gemeinsam schaffen wir das. Ich möchte

dich dem Fürstbischof vorstellen, und wenn er deine Zeichnungen sieht, wird er begeistert sein.«

»Wann reiten wir los?«, fragte Ida und packte ihre Bilder ein.

»In einer Woche.«

Tags darauf erhielt Ida unerwarteten Besuch. Diethild ließ sie wissen, jemand sei in der Stube, der sie zu sprechen wünschte.

Flink ging Ida die Treppe hinunter, neugierig, wer dort auf sie wartete. Verblüfft hielt sie einen Lidschlag lang inne, als sie die Stubentür öffnete. Am Fenster stand Ottilie Nützel und lächelte sie an. Paulas Mutter hatte erheblich zugelegt, ihr Gesicht wirkte teigig und ihr Körper aufgeschwemmt.

»Seid gegrüßt, Ida, ich habe Euch auf Luisas Hochzeit gesehen, doch leider hat sich die Gelegenheit nicht ergeben, mit Euch zu sprechen.«

»Nehmt Platz, ich bin überrascht und erfreut zugleich, Euch zu sehen«, antwortete Ida und wies auf einen der freien Stühle am Tisch. »Darf ich Euch einen Wein anbieten?«

»Nein danke, es dauert nicht lange«, erwiderte Ottilie und blieb stehen. »Meine Tochter Paula hat im letzten Sommer Oswald von Muffel geheiratet.«

»Davon habe ich Kenntnis erhalten«, sagte Ida und rang sich Glückwünsche ab.

»Zur Hochzeit hat Oswald von seinem Onkel die Wendelsteiner Papiermühle bekommen. Der gute Franz hat keine Kinder und ist Oswalds Pate. Jetzt muss ich mich doch setzen«, seufzte Ottilie.

Ida rückte ihr den Stuhl zurecht und wählte für sich denjenigen gegenüber.

»Es geht schon voran, Oswald ist fleißig und zielstrebig, aber es wird noch einige Zeit ins Land gehen, bis die Mühle Gewinn abwirft. Mein Schwiegersohn legt Wert auf eine hohe Papiergüte.«

Ida begann sich allmählich zu fragen, was Paulas Mutter von ihr wollte.

»Oswald hat ein Haus gleich neben der Mühle gekauft und umbauen und erweitern lassen. Schließlich soll es genug Platz für seine künftige Kinderschar bieten. Paula ist guter Hoffnung«, verriet Ottilie Nützel und strahlte.

»Das freut mich«, antwortete Ida, der es herzlich gleich war, ob Paula ein Kind bekam oder nicht.

»Nun, es fehlt noch an Gemütlichkeit und Farben, daher wollte ich Euch beauftragen, ein Gemälde für das Wohnhaus neben der Mühle zu malen. Mir wurde erzählt, dass Ihr in Florenz Eure Kunst weiter verfeinert habt.«

»Ach«, machte Ida.

»Was meint Ihr? Kommen wir ins Geschäft?«, fragte Ottilie.

»Wünscht Eure Tochter dies auch? Ich meine …«

»Macht Euch keine Gedanken. Paula kann es vielleicht nicht zugeben, aber ihr gefallen die Bilder sehr, die Ihr für Schloss Gugelhammer gemalt habt. Sie wollte mir sogar eines davon abschwatzen.«

Ida konnte kaum glauben, was sie da hörte. »Gut, einverstanden. Was habt Ihr für Wünsche? Nur Blumen? Oder ein gedeckter Tisch? Eine Landschaft?«

»Das überlasse ich Euch.« Schwerfällig stand Paulas Mutter auf.

»Wünscht Ihr ein Ölgemälde oder ein Aquarellbild?«, wollte Ida wissen und schob ihren Stuhl zurück.

»Ihr malt in Öl?«

»Ja, in Florenz lehrte man mich auch dies. Ich müsste mich aber nach der Malerordnung erkundigen, ob sich in den Jahren meiner Abwesenheit die Vorschriften geändert haben. Zudem benötigen Ölbilder sehr viel mehr Zeit. Also wenn Ihr es eilig habt …«

Ottilie Nützel zog die Stirn kraus. »Wie viel bedeutet denn *sehr viel mehr?*«

»Monate. Oder auch ein Jahr, manchmal gar länger. Es hängt zudem von der Bildgröße ab«, antwortete Ida.

»Oh, dann wünsche ich ein Aquarell, schließlich will ich es noch erleben, wie es in der Stube aufgehängt wird.«

»Was redet Ihr da? Ihr wollt doch noch nicht vor unseren Herrn treten?«

»Ihr seht doch selbst, wie schwer und aufgedunsen mein Leib geworden ist. Ich habe die Wassersucht, und nichts scheint zu helfen. Und wenn, dann werden meine Beschwerden nur mäßig gelindert. Was haben mir die Ärzte nicht schon alles geraten. Anis, Holunder, Eberwurz, Liebstöckel, Gamander, Hopfen. Euer Onkel hat mir empfohlen, eine Mixtur aus Kornrade, Feigen und Salpeter zu nehmen, aber auch diese hat die Wassersucht nur wenig gebessert. Und nach einiger Zeit wurde mein Leiden wieder schlimmer.«

»Das tut mir leid. Woher rührt das Wasser?«, fragte Ida.

»Wenn ich das wüsste. Die Gelehrten sind sich ja selbst nicht einig. Die einen sagen, es käme von der Leber, die anderen meinen, es läge an der Galle oder der Milz. Ich beklage mich nicht, Ida, mir geht es trotzdem besser als anderen. Wir Nützels sind reich und können uns alles leisten. Ein Handlanger verdient am Tag weniger, als ein Pfund Butter kostet, und der Tageslohn einer Frau, die in den Weinbergen Mist streut, reicht nicht einmal für zwei lumpige Heringe.«

Ida war beeindruckt. Diese Frau war voller Mitgefühl und sich bewusst, dass sie sich auf der Sonnenseite des Lebens befand. Eigentlich konnte sie unmöglich Paulas Mutter sein, die auf die arme Bevölkerung herabsah. Dann durchzuckte sie die Erinnerung, dass Ottilie Paula einst an Kindes statt angenommen hatte.

»Ihr seid ein guter Mensch«, sagte Ida und meinte es auch so. »Ich schicke Euch Nachricht, wenn das Bild fertig ist. Doch zuerst muss ich eine Werkstatt für mich finden, oben auf dem

Dachboden kann ich nicht malen. Ich denke, ich werde meinen alten Freund Wenzel fragen, ob er Platz für mich hat.«

»Ich bin sicher, er wird Euch mit Freuden einen Raum geben. Was die Größe des Gemäldes anbelangt, wünsche ich zwei Ellen breit und eineinhalb Ellen lang.«

»Dieselbe Größe wie die Bilder in Schloss Gugelhammer«, lächelte Ida.

»Ihr habt ein gutes Gedächtnis.« Damit verabschiedete sich Ottilie Nützel, und Ida machte sich auf den Weg zu Wenzel.

»Ida, wie schön, dass du mich besuchen kommst«, freute sich Straub, als sie die Werkstatt betrat.

»Wessen Porträt wird das?«, fragte sie und deutete auf ein angefangenes Ölbild.

»Markgraf Georg Friedrich. Er wünschte ein letztes Bild von sich, bevor er diese Welt verlassen muss.«

Was ist denn heute nur mit den Menschen?, fragte sich Ida. Alle reden vom Sterben.

»Er ist alt und viel zu fett, wie du unschwer erkennen kannst. Wenn sein letztes Stündlein schlägt, wird dieser Zweig der fränkischen Hohenzollern aussterben.«

Ida erinnerte sich, dass Markgräfin Sophie kein eigenes Kind und stattdessen ihre jüngste Schwester, vielmehr Halbschwester, zu sich genommen hatte.

»Wenzel, ich brauche eine Werkstatt. Hast du Platz für mich?«, fragte sie geradeheraus.

»Hmm, es tut mir leid, Ida, ich habe den Raum an einen jungen Holzschnitzer vermietet. Aber frag meinen Sohn. Lukas benötigte mehr Raum für seine Druckerei und hat im letzten Jahr ein größeres Gebäude in der Hirschelgasse angemietet.«

Ida bedankte sich, plauderte noch ein wenig mit Wenzel und machte sich auf zu Lukas. Sie wählte den Weg am Schwabenberg vorbei, der seinen Namen den Barchentwebern aus

Ulm und Augsburg verdankte, die sich dort vor mehr als einhundert Jahren angesiedelt hatten. Zuerst waren es nur fünfzehn Handwerkerhäuser gewesen, im Laufe der Zeit waren weitere dazugekommen, sodass ein Arbeiterviertel entstanden war. An der Ecke zu Beginn der Hirschelgasse stand das beeindruckende Tuchhaus, das Handelshaus der Familie Tucher, die zu den mächtigsten Kaufleuten Nürnbergs gehörte und im ständigen Wettstreit mit den Imhoffs um den Safranhandel lag. Ida dachte daran, dass ihre Mutter Ludwig Tucher hätte heiraten können, aber Gustaf Gerster dem reichen Kaufmann vorgezogen hatte.

Wie anders wohl mein Leben verlaufen wäre, hätte ich einen Patrizier zum Vater gehabt?, überlegte sie. Wahrscheinlich wäre ich mit einem Stromer oder Welser verheiratet und müsste jedes Jahr ein Kind bekommen. Und die Malerei hätte ich vielleicht nie für mich entdeckt. Ich bin froh, dass Großvater anders entschieden und Mutter Gustaf zur Frau gegeben hat.

Am Ende der Hirschelgasse befand sich Lukas Straubs Druckerei.

»Wir hatten noch kaum Gelegenheit, um miteinander zu sprechen«, sagte Lukas, nachdem er sie freudig begrüßt hatte.

»Ich denke, es werden sich noch viele davon finden, denn ich bleibe länger, vielleicht für immer, wer weiß. Deshalb suche ich eine Werkstatt, bei Onkel Basilius kann ich nicht arbeiten. Dein Vater meinte, ich solle dich fragen.«

»Die Räume im Hundsgässlein nutze ich inzwischen als Lager, aber wenn du willst, kannst du hier unterkommen. Im dritten Obergeschoss gibt es ein größeres Zimmer, das bisher leer steht. Vom Fenster aus kannst du in die Gärten sehen.«

»Das würde ich mir gern anschauen«, freute sie sich, und Lukas führte sie nach oben. Als Ida eintrat und sich umsah, hatte sie sogleich vor Augen, wo sie eine Staffelei, einen großen Tisch und Regale für die Farben und Leinwände aufstellen würde. Sie öffnete das Fenster und sah hinaus ins Grüne. Mit leuchtenden Augen wandte sie sich zu Lukas um.

»Es ist genau das, was ich brauche. Und du würdest mir den Raum wirklich vermieten? Was ist, wenn du ihn doch brauchst?«

»Dann werden wir eine Lösung finden. Du kannst morgen alles, was du benötigst, herbringen.«

»Wäre noch der Preis«, sagte sie mit klopfendem Herzen.

Lukas lächelte. »Darüber werden wir uns sicher einig. Du gehörst ja irgendwie auch zur Familie Imhoff und Wenzel«, zwinkerte er. »Komm, ich zeige dir den Rest des Hauses, und dann stoßen wir auf deine Rückkehr an.«

Einige Zeit später saßen sie in der Schreibstube bei einem Glas Wein.

»Wo werdet ihr wohnen, du und Luisa?«, wollte Ida wissen.

»Luisa meint, wir sollten im Stammhaus der Imhoffs bleiben. Sie will ihre Mutter nicht allein lassen, aber ich möchte lieber ein eigenes Haus«, seufzte er.

»Aber Sebastian ist doch da«, warf sie ein.

»Schon, aber wenn er heiratet, wird auch er ausziehen. Zumal er oft wochenlang unterwegs ist, in Antwerpen, Bari, Portugal, wo auch immer sich die Faktoreien befinden.«

»Das Haus ist groß genug für euch alle«, entgegnete Ida und trank einen Schluck.

»Weißt du«, raunte er, »ich werde das Gefühl nicht los, dass meine Schwiegermutter immer noch diesem Reichsritter nachtrauert. Ich befürchte, sie mischt sich in unsere Ehe ein, vor allem dann, wenn wir einmal Kinder haben.«

Ida musterte ihn eindringlich. »Bist du glücklich mit Luisa?«

»Sehr, sie ist die schönste Frau, die ich kenne, und hat ein so liebenswertes Wesen wie auch einen eigenen Kopf«, lachte er. »Und dieser kann sehr stur sein.«

»Ich glaube, du verkennst Ursula, ich denke nicht, dass sie sich einmischen wird.«

»Du rätst mir also, im Stammhaus zu bleiben?« Lukas leerte sein Glas.

Ida nickte. »Warte doch erst einmal ab. Und solange ihr dort wohnt, kannst du trotzdem nach einem geeigneten Zuhause Ausschau halten. Und du solltest mit deiner Schwiegermutter sprechen, bestimmt bildest du dir alles nur ein.«

»Sei bedankt für deinen Rat. Es ist wirklich schön, dass du wieder hier bist.«

Ida war noch nie in Eichstätt gewesen. Die Bischofsstadt gefiel ihr auf Anhieb. Umgeben von Hügeln schmiegten sich die Häuser im Tal aneinander, die Altmühl mäanderte träge durch die Stadt, und oben auf dem Bergsporn thronte die Willibaldsburg mit ihren Bastionen. Ida und Basilius ritten zur mehrbogigen steinernen Spitalbrücke, als das Mietpferd ihres Onkels erschrocken zur Seite sprang und Basilius für einen Lidschlag lang in Not brachte. Doch dann saß er wieder fest im Sattel. Schmährufe der Menge und Steinewerfer waren der Anlass für den kleinen Braunen gewesen. Eine große Menschenmenge bevölkerte die Brücke und die beiden Ufer, denn dort wurde soeben eine Strafe vollzogen.

»Dein mieses Brot hat mir den Magen verdorben.«

»Taucht ihn ein!«

»Es war nicht nur schlecht, sondern geprellt hat er uns auch noch. Von wegen Pfundbrot, es wog viel weniger.«

»Tauft den elenden Mehlwurm.«

Solche und andere Rufe erschollen, als der verurteilte Bäcker im Schandkorb über der Altmühl baumelte. Die Prelle hing an einem beweglichen Holzbalken, und unter den Jubelschreien der

Meute wurde sie ins Wasser gelassen und der Bäcker untergetaucht. Bäckerschupfen wurde diese Art der Bestrafung genannt.

»Manche lernen nicht dazu«, seufzte Basilius und tätschelte den braunen Pferdehals. »Jeder weiß, dass ihm das Tauchbad droht, wenn man arglistig täuscht. Und irgendwann wird das unrühmliche Tun ruchbar.«

Der Korb wurde hochgezogen, und der Verurteilte zappelte würgend darin.

»Endlich wieder sauber, du alter Hurenbock?«, keifte eine weibliche Stimme.

»Noch nicht ganz, lasst ihn wieder hinunter«, forderte eine andere.

Nachdem der betrügerische Bäcker dreimal ein Bad genommen hatte, zerstreuten sich die Zuschauer, gingen ihrer Wege, und die Brücke wurde wieder passierbar.

»Denkst du, dieser Bäcker wird jemals wieder ein Brot verkaufen?«, fragte Ida.

»Es wird schwer werden. Offenbar hat er nicht nur beim Gewicht betrogen, sondern auch minderwertige Ware hergestellt. Und die Leute sind misstrauisch und nachtragend. Ich fürchte, es sieht schlecht für ihn aus. Doch Schuld daran hat allein er selbst.«

Am anderen Ende der Brücke stand das Heilig-Geist-Spital mit seiner Kirche und den Gebäuden für die Pfründner.

»Seine Exzellenz hat mir berichtet, dass jeder Pfründner sogar über eine eigene Schlafkammer verfügt«, erzählte Basilius, als sie vorbeiritten. »Die Menschen werden froh sein, ein wenig Platz für sich allein zu haben.«

»Dafür werden sie ordentlich bezahlen müssen«, meinte Ida.

»Sicher, aber sie sind auch versorgt«, erwiderte Basilius und trieb sein Pferd die ansteigende Straße, die durch einen kleinen Wald führte, hinauf zur Burg.

Der Fürstbischof empfing sie in seinem Schreibzimmer, das mit teuren Möbeln ausgestattet war. An den Wänden hingen Porträts und andere Kunstwerke, kleinere Statuen aus Marmor und Alabaster standen in den Regalen vor ledergebundenen Büchern, und ein wertvolles geschnitztes Kreuz mit dem gepeinigten Jesus zierte die Wand hinter dem großen Schreibtisch.

»Seine Exzellenz, das ist meine Nichte, Ida Gerster«, stellte Basilius sie vor. »Sie ist eine überaus begabte Malerin, und ich habe mir erlaubt, sie mitzubringen, damit Ihr sie und ihre Kunst kennenlernen könnt. Wenn Euch gefällt, was sie zu Papier bringt, lautet mein Vorschlag und Wunsch, lasst Ida die Vorzeichnungen für den Prachtband gestalten.«

»Wohl, wohl«, antwortete Johann Konrad von Gemmingen, »dann lasst mich sehen, was Ihr könnt«, wandte er sich an Ida.

Ida zog aus einer mitgebrachten Hülse zwei Zeichnungen hervor und rollte sie auf einen Wink des Fürstbischofs auf dem Tisch aus. Der Regent studierte die Bilder lange, beugte sich darüber, um noch genauer hinzusehen. Ida hatte eine Rose und eine Erdbeerpflanze dargestellt, und je länger sich von Gemmingen Zeit ließ, desto nervöser wurde sie. Ihre Handflächen fühlten sich schweißfeucht an, auch auf ihrer Stirn und Oberlippe bildeten sich winzige salzige Perlen, die sie mit dem Handrücken wegwischte. Basilius hingegen wirkte entspannt und schenkte ihr ein angedeutetes Nicken, das sie beruhigen sollte. Nachdem sie sich entschlossen hatte, die anspruchsvolle Aufgabe anzugehen, wollte sie jetzt unbedingt, dass der Fürstbischof an ihrer Kunst Gefallen fand.

Endlich wandte sich Johann Konrad zu ihnen um.

»Wahrlich, beeindruckend. Ihr seid noch sehr jung und mit einer Gabe gesegnet. Wo habt Ihr gelernt, so zu malen?«

Erleichterung machte sich breit, und Ida drückte eine Träne des Glücks zurück. »Ich verbrachte drei Jahre in Florenz, um an der Accademia delle Arti del Disengo zu studieren, Eure

Exzellenz«, antwortete sie nun stolz. »Mein Meister in Nürnberg, Wenzel Straub, riet mir, dorthin zu gehen.«

Der Fürstbischof hob vielsagend die Augenbrauen. »Studiert? Sehr ungewöhnlich.«

»Meine Nichte hat sogar für die Frau von Ferdinando de' Medici Gemälde gefertigt«, warf Basilius ein.

»Eine Protestantin zeichnet für eine Familie, die dem wahren Glauben angehört, hört, hört. Ihr seid doch protestantisch?«

»Ja, Eure Exzellenz«, sagte Ida mit fester Stimme und fragte sich, ob ihr Glaube den Ausschlag geben würde, ob sie den Auftrag bekam oder nicht. Doch warum sollte er sie deswegen ablehnen? Schließlich war auch ihr Onkel ein Befürworter der evangelischen Glaubenslehre, ebenso wie der verstorbene Camerarius, und beide hatte von Gemmingen mit dem Garten beauftragt.

»Nun, in diesem Fall ist es gleich, ob protestantisch oder katholisch, denn ich wünsche, dass Ihr die Vorzeichnungen für den Prachtband meines Gartens macht.« Ein feines Lächeln glitt über sein Gesicht.

»Ich freue mich sehr über Eurer Exzellenz' Vertrauen«, erwiderte Ida und neigte ehrerbietig den Kopf.

»Ihr werdet von allen Pflanzen je eine erhalten, damit Ihr sie genau studieren und zeichnen könnt. Boten bringen sie zu Euch, eingewickelt in Moos und Huflattichblätter. Ich wünsche, dass Ihr mir die Bilder regelmäßig vorlegt. Für Eure Arbeit gebe ich Euch einhundert Gulden im Jahr und bezahle außerdem für Farben, Pinsel, Papier und was sonst notwendig ist. Mein Schreiber wird einen Vertrag aufsetzen.«

Ida schnappte nach Luft, als sie die Summe hörte. Das war ein Vermögen.

»Und jetzt werde ich Euch den Garten zeigen, er hat schon wieder Fortschritte gemacht, seit Ihr zuletzt hier gewesen seid,

Besler«, fügte von Gemmingen hinzu. »Die hölzernen Rohre sind nun fast gänzlich über den gesamten Garten verteilt und bringen Wasser zu den kleinen Brunnen, damit alles bewässert werden kann.«

»Das sind hervorragende Neuigkeiten«, lobte Besler.

Ida war begeistert, als sie die Terrassen sah, und fühlte sich sogleich an den Garten von Cristina di Lorena erinnert. Säuberlich und ordentlich angelegte Beete, Zitruspflanzen und junge Bäume empfingen die Besucher. Je ein Gärtner pro Terrasse arbeitete schwitzend mit seinen Gehilfen in der Sonne. Löcher wurden gegraben und Erde geschaufelt, Samen gesät und die jungen Gewächse gewässert. Von Gemmingen erklärte, die Gärtner dürften nur in dem ihnen zugewiesenen Abschnitt zu Werke gehen und sich nicht in die Arbeit der anderen einmischen.

Ein bisschen mulmig wurde Ida schon, angesichts der vor ihr liegenden Aufgabe. Plötzlich erschien Artemisias Gesicht vor ihrem inneren Auge. »Ich habe ihr gesagt, sie muss unbedingt die beste Blumenmalerin kennenlernen«, waren ihre Worte gewesen, als Artemisia ihr von der Einladung der Herzogin berichtet hatte. Die Erinnerung daran machte ihr Mut. Sie würde den Fürstbischof nicht enttäuschen.

Ida hatte Ottilie Nützels Auftrag fertiggestellt und von da an ohne Unterlass mit den Zeichnungen für den Prachtfolianten begonnen. Paulas Mutter war sehr zufrieden gewesen. Ida hatte den kleinen Fluss durch Wendelstein, die Schwarzach, gemalt, gesäumt von üppigen bunten Wiesen und den lichten Wäldern.

»Besucht Paula doch einmal in ihrem neuen Heim und seht selbst, wie gut Euer Werk dort in die Stube passt«, hatte sie gesagt.

»Das werde ich, sobald ich Zeit finde«, hatte Ida ausweichend geantwortet. Einen Teufel würde sie tun, sie hegte nicht die Absicht, Paula öfter zu sehen als nötig.

Oft verließ sie bei Tagesanbruch das Haus, ohne etwas zu sich zu nehmen außer einem Becher Wasser, so eilig hatte sie es, in die Werkstatt zu kommen. Akribisch betrachtete sie die einzelnen Blätter und Blüten der Pflanzen, die von Gemmingen ihr schicken ließ. Ida hatte sich eine Lupe besorgt, mit der sie die kleinsten Härchen und Zacken an den Blättern und Stängeln erkennen konnte. Vor ihr lagen eine Mondraute und ein Roseneibisch, der zu den Malvengewächsen gehörte. Der Rautenfarn mit seinen gefiederten Blättern ruhte auf einem Bett feuchter Erde in einer Holzkiste und war mit Moos umwickelt, er würde warten müssen. Ida nahm sich den Eibisch vor, denn die hauchzarten himbeerroten Blüten würden sie mehr Zeit zum Zeichnen kosten und früher verwelken als die Mondraute. Durch die Lupe konnte sie die feinen Härchen am Stiel und an den Blattunterseiten erkennen. Ein weiterer Blick durch die Linse auf den auffälligen Stempel mit den Fruchtknoten und den darunterliegenden Staubgefäßen ließ sie vor Bewunderung der Schönheit der Natur leise aufseufzen. Sie legte die Lupe beiseite und begann, den Stiel und die Blattachseln zu zeichnen. Völlig versunken in ihre Betrachtungen und ihre Arbeit bemerkte sie nicht, wie die Zeit verging. Immer wieder nahm sie das Vergrößerungsglas zur Hand, sah sich die gefältelten Blütenblätter an, deren Mitte in einem dunkleren Ton gefärbt war.

Das Licht, das durch das Fenster hereindrang, wurde allmählich schwächer. Ida rieb sich die Augen und streckte den Rücken. Es war spät geworden, und sie sollte besser nach Hause gehen. Sie klappte die Deckel der Holzkisten mit den

Pflanzen zu, damit die Feuchtigkeit der Erde nicht über Nacht verdunstete. So lange wie möglich sollten die Gewächse frisch bleiben.

Noch immer hauste sie bei ihrem Onkel unter dem Dach, was ihr einerseits nicht gefiel, weil es dort stickig war, andererseits hatte sie abends Gesellschaft. Schon geraume Zeit suchte sie nach einem geeigneten Häuschen für sich, doch dies war schwerer als gedacht, denn meist waren die Angebote zu teuer. Basilius horchte sich für sie um und fragte jeden, den er kannte, ob er nichts zu vermieten hätte, aber bislang ohne Erfolg.

»Kaspars Mutter ist gestorben«, empfing ihr Onkel sie, als Ida in die Stube kam, wo er und der Rest der Familie sich eingefunden und an den bereits gedeckten Tisch gesetzt hatten.

»Möge sie in Frieden ruhen«, sagte Ida. »Für Kaspar wird es ein Segen sein, dass sie endlich vor unseren Schöpfer treten durfte«, fügte sie hinzu und nahm ihren Platz ein.

Susanna sprach das Tischgebet. »Segne Herr, was deine Hand uns in Gnaden zugewandt. Amen.« Dann warf sie Dorothea und Michael einen tadelnden Blick zu. »Setzt euch gerade hin, und du, junge Dame, hör auf, mit den Beinen zu zappeln«, wandte sie sich an Roswitha.

Diethild brachte eine große Terrine und füllte die Teller. Der Duft der kräftigen Suppe stieg Ida in die Nase, erst jetzt bemerkte sie, wie hungrig sie war. Emsig tauchte sie den Löffel ein, blies vorsichtig darauf und verbrannte sich dennoch die Zunge an der heißen Suppe. Während die Familie aß, stellte Diethild eine Platte mit Fleisch, zwei Schüsseln mit Gemüse und eine Schale mit Obst auf den Tisch, dazu einen Korb mit Brot.

»Woher weißt du von Gundas Ableben?«, fragte Ida ihren Onkel. »Ist Kaspar etwa zurück?«

»Nein. Ich wollte in einer wichtigen Angelegenheit zum Schwabenberg und machte einen kleinen Umweg zur Füll, um Gabriela Laudanum für Gunda Kammermeister zu bringen. Ihre roten Augen legten Zeugnis ab, dass sie geweint hatte, und sie erzählte mir, Gunda wäre vor kaum einer Stunde gestorben.« Basilius angelte sich mit seinem Messer ein großes Bratenstück von der Platte und schnitt ein Stück ab. Herzhaft stupfte er die Messerspitze hinein und schob es sich in den Mund.

»Hm«, machte Ida und ging nicht weiter darauf ein. »Was wolltest du denn so Wichtiges am Schwabenberg? Du hättest mich in der Werkstatt besuchen können, wenn du schon in der Nähe warst.«

Ein weiteres Stück Lamm wanderte in Beslers Mund.

»Basilius, nimm auch von den Möhren, du kannst nicht nur Fleisch essen«, mahnte Susanna und schöpfte einen großen Löffel Gemüse auf den Teller ihres Mannes, der sie empört ansah, sich aber eine Bemerkung versagte.

»Ich hege die Absicht, dort ein Haus zu kaufen«, ließ Idas Onkel die Katze aus dem Sack. »Das Grundstück verfügt zudem über einen Brunnen, welchen ich für den Garten brauche. Ich will weitere Pflanzen darin ansammeln.«

Susanna, die gerade einen Schluck Wein trank, verschluckte sich und begann zu husten. »Was?«, krächzte sie, als der Reiz vorbei war. »Du willst ein Haus kaufen? Wieso weiß ich nichts davon?«

»Susanna«, Basilius tätschelte ihre Hand, »noch ist nichts weiter besprochen, also beruhige dich. Wo waren wir stehen geblieben? Ach ja, der Garten.«

»Reicht dir denn dieser hinterm Haus nicht?«, fragte Ida und biss in einen Apfel.

»Er ist nicht groß genug und beinhaltet mehr oder weniger nur Kräuter und ein paar Gemüsesorten. Ich dachte, du könntest ins Haus am Schwabenberg ziehen und dir eine Werkstatt einrichten. Du bräuchtest mir nur eine sehr geringe Miete zu bezahlen. Was denkst du?«

»Oh, Onkel, du bist einfach unglaublich«, freute sich Ida. »Wir sollten uns Gedanken machen, wer die Vorzeichnungen in Kupfer sticht«, wandte sie sich ihrem Tagwerk zu. »Es wird Jahre dauern, bis das Buch bereit für den Druck ist. Und schon jetzt habe ich etliche Zeichnungen fertig. Je früher ein Kupferstecher damit anfängt, desto besser.«

Besler schob seinen Teller von sich, und Susanna rückte ihren Stuhl vom Tisch. »Ich bringe die Kinder zu Bett«, sagte sie und nahm den kleinen Paul auf den Arm, der am Tisch einzuschlafen drohte. Dorothea fasste ihre Halbschwester Roswitha bei der Hand, und Michael schnappte sich noch einen Apfel, bevor alle die Stube verließen.

»Du hast recht, es gibt genügend Kupferstecher in der Stadt, und alle liefern gute Arbeit. Am besten, ich hole mir von allen Angebote ein«, nahm Besler den Faden wieder auf.

»Nimm doch Lukas, er ist nicht nur Kupferstecher, sondern auch Drucker. Außerdem befindet sich seine Werkstatt gleich in der Nähe des Schwabenbergs, wie du wohl weißt«, erwiderte Ida. »Vor Jahren hat er deinen Catalogus gedruckt, und du warst sehr zufrieden.«

»Ida, er allein kann nicht Hunderte Kupfertafeln stechen, ich werde noch andere Handwerker, die diese Kunst beherrschen, beauftragen müssen.«

»Ja, schon, aber einen Teil davon kann Lukas machen, und er soll die Druckrechte bekommen«, beharrte Ida auf ihrem Vorschlag.

Besler seufzte. »Du setzt dich wirklich sehr ein für deine Freunde. Nun gut, ich rede mit Lukas Straub.«

Ida widmete sich dem Inhalt der neuen Holzkiste, die der Kurier aus Eichstätt gebracht hatte. Nahezu wöchentlich kamen die Pflanzen aus der Bischofsstadt, und sie hatte alle Hände voll zu tun. Heute waren es zwei verschiedene Rosen, die sie zeichnen sollte, eine weiße und eine dunkelrote, deren feiner Duft ihr in die Nase stieg.

Jemand pochte an der Tür, und Ida brummte ein »Herein, wer auch immer es ist.«

»Ich bin es, hoffentlich erinnerst du dich an mich«, hörte sie Luisas Stimme hinter sich und legte den Stift beiseite.

»Luisa, wie schön. Was führt dich zu mir?«

»Seit meiner Hochzeit habe ich dich kaum gesehen, Ida. Ich habe das Gefühl, du vergräbst dich.«

»Möchtest du dich setzen?«, wich Ida aus und bot ihr ihren Stuhl an, denn es gab nur diesen einen.

»Nein, danke. Was ist mit dir?«

»Ich habe einfach viel zu tun. Fast jede Woche bekomme ich Blumen aus Eichstätt geliefert, die ich genauestens zeichnen muss. Das erfordert meine ganze Zeit«, antwortete Ida und lehnte sich gegen den Tisch.

»Ich habe nicht die leiseste Ahnung, wovon du sprichst.«

Ida erzählte ihrer Freundin vom Vertrag mit dem Fürstbischof und zeigte Luisa bereits fertige Zeichnungen, die diese staunend betrachtete.

»Das ist großartig«, freute sie sich, »ich wusste schon immer, du würdest einmal berühmt werden. Das sollten wir feiern«, schlug Luisa vor.

Ida lächelte. »Ja, das sollten wir tatsächlich. Aber wir warten noch ein wenig damit, denn ich habe meinen Onkel gebeten, mit Lukas zu reden. Ich hatte vorgeschlagen, dass dein Gatte einen Teil der Kupfersticharbeiten und den Druckauftrag bekommt. Es wäre schön, wenn sich die beiden einig werden.«

»Oh, Ida, du gute Seele, Lukas wird sich freuen, er kann jeden Auftrag brauchen, obwohl er gut im Geschäft ist. Aber ein neues Kräuterbuch verkauft sich immer gut.« Ihre blauen Augen strahlten.

»Es wird nicht nur ein Kräuterbuch, Luisa, davon gibt es genügend. Dieser Band wird ein Kunstwerk, der Eichstätt bis über alle Grenzen bekannt machen wird. Kunstliebhaber und Botaniker werden gleichermaßen entzückt sein«, erwiderte Ida stolz. »Nun erzähl mir von dir. Wie gefällt dir die Ehe?«

Luisa bekam rote Wangen. »Oh, ganz wunderbar, Lukas ist einfühlsam und zärtlich. In der Hochzeitsnacht war er so vorsichtig und hat mir die Angst genommen. Seither kann ich es kaum erwarten, dass es Abend wird und wir in die Schlafkammer verschwinden«, zwinkerte sie. »Ach«, seufzte sie dann, »du ahnst nicht, was dir an Freuden entgeht. Du solltest unbedingt heiraten.«

Ida winkte nur ab. »Ich bleibe lieber bei meiner Malerei. Sie erfüllt mich voll und ganz«, sagte sie, während sie dachte: Wenn ich dir nur irgendwie davon erzählen könnte, was mir in Florenz geschehen ist, dann würdest du mich verstehen, Luisa.

Luisa zuckte mit den Schultern. »Wenn du meinst. Hast du schon eine Einladung bekommen?«

»Einladung wozu?«

»Sebastian heiratet nun doch Elisabeth, obwohl er sich bislang dagegen gesträubt hat.«

»Nein«, antwortete Ida und spürte einen Kloß in ihrem Hals. Vielleicht hätte ich ihn im Garten von Gleißhammer nicht einfach stehen lassen sollen, ging es ihr durch den Kopf. »Ich hoffe, dein Bruder wird glücklich mit ihr.«

Prüfend musterte Luisa sie. »Du magst Sebastian noch sehr, hab ich recht?«

Ida nickte und konnte nicht verhindern, dass sich eine Träne ihre linke Wange hinunterstahl. »Ja, aber uns war nie eine Zukunft beschieden.«

»Vielleicht hättest du Nürnberg nicht verlassen sollen«, hob Luisa an.

»Und das hätte etwas geändert? Nein. Ich bin froh, dass ich in Florenz war, die Jahre dort haben mich und mein Leben verändert«, entgegnete Ida hitzig. »Wer weiß, vielleicht kehre ich eines Tages dorthin zurück. Für immer. Ich wüsste nicht, was mich hier halten sollte.«

»Du hast dich wirklich verändert, und ich bin nicht sicher, ob mir das gefällt«, sagte Luisa traurig.

Nachdem Luisa gegangen war, versuchte Ida sich wieder in ihre Arbeit zu vertiefen, doch immer wieder schweiften ihre Gedanken ab. Mehrmals knüllte sie die angefangene Zeichnung zusammen und warf sie in die Ecke. Wütend auf sich selbst, schlang sie ihren Umhang um die Schultern und verließ die Werkstatt. Ziellos führten ihre Füße sie quer durch die Stadt. Sebastians bevorstehende Heirat machte ihr mehr zu schaffen, als sie gedacht hatte. Außerdem fühlte sie sich schlecht, weil sie Luisa so angefaucht hatte. Unbewusst schlug sie den Weg zur Füll ein und stand mit einem Mal vor Kaspars Haus. Ida erinnerte sich an ihre letzte Begegnung in Florenz.

Wütend war sie auf ihn gewesen, hatte ihn vor den Kopf gestoßen, seinen Brief zerrissen. Weitere Nachrichten hatte sie später erhalten und ungelesen weggeworfen. Nun bedauerte sie ihr Tun.

»Was willst du hier?«, riss Gabrielas Stimme sie aus ihren Gedanken.

Ida sah nach oben, wo Gabriela aus dem Fenster sah.

»Nichts weiter, ich wollte nur mein Beileid aussprechen zum Tod von Kaspars Mutter«, antwortete Ida.

»Was scherte dich Gunda? Du kanntest sie doch nicht einmal«, gab sich Gabriela unwirsch. »Zudem hat das Begräbnis schon länger stattgefunden, weshalb kommst du erst jetzt?«

»Mit wem redest du da?«

Eine Männerstimme war im Hintergrund zu hören, dann erschien Kaspars Gesicht am Fenster. Ida verbarg ihre Überraschung, sie hatte nicht gewusst, dass er zurück war. Luisa hatte recht, sie vergrub sich in ihrer Werkstatt und bekam nicht mit, was um sie herum geschah.

»Ida?« Er schien ehrlich erfreut, sie zu sehen.

Sie nickte und lächelte zaghaft. »Grüßt dich Gott, Kaspar, mein Beileid.«

»Sei bedankt. Möchtest du hereinkommen?«

Ida bemerkte den Blick, den Gabriela ihm zuwarf, und schüttelte den Kopf. »Behüte dich Gott«, sagte sie leise und wandte sich ab. Geschwind lief sie durch die Gassen, durch das Ihrertörlein und hinaus aus der Stadt zur Hallerwiese.

Ihren Namen verdankte die riesige Grünfläche der reichen Familie Haller von Hallerstein, die sie einst an den Nürnberger Rat verkauft hatte. Die Stadträte stellten sie daraufhin der Bevölkerung zur Verfügung, damit diese sich daran ergötzen und dort erholen konnte. Einmal im Jahr fand hier das Schützenfest zur Erbauung der Bürger statt, wenn die Armbrustschützen gegeneinander antraten und gefeiert und getanzt wurde. Auch Ida hatte sich das eine oder andere Mal unter die Feiernden gemischt., selbstredend hatte Onkel Basilius sie nicht aus den Augen gelassen.

Nur wenige Menschen waren unterwegs, stellte Ida überrascht fest. Die Hallerwiese grenzte an das Pegnitzufer, und Ida ging hinunter zum Fluss. Ein kühler Wind frischte auf und ließ sie schaudern. Die Fluten der Pegnitz flossen ruhig dahin, kaum zu glauben, dass vor einigen Jahren ein verheerendes Hochwasser gewütet hatte. Nach einem eiskalten Winter war es unvermittelt warm geworden, und die milde Luft hatte Eis und Schnee zum Schmelzen gebracht. Auf dem Henkersteg hatten Leute gestanden, die mitsamt dem hölzernen Überweg von den Wassermassen fortgerissen worden waren und einen nassen Tod gefunden hatten. Gebäude waren unterspült und Fundamente beschädigt worden, Mauern waren eingestürzt.

Ida zog ihren Umhang enger und erfreute sich an einem Eisvogel. Sein leuchtend blaues Gefieder schillerte in der Sonne, als er blitzschnell ins Wasser tauchte, für einen Augenblick verschwand und mit einem Fisch in seinem spitzen Schnabel wieder an der Oberfläche erschien. Der hübsche Vogel machte es sich auf einem Ast bequem und verschlang seine Mahlzeit.

»Wunderschöne Tiere, nicht wahr?«

Ida schrak kurz zusammen, denn sie hatte Kaspar nicht kommen gehört.

»Ja, vielleicht sollte ich mich einmal daran wagen, sie zu malen. Warum bist du mir nachgelaufen?«, wollte sie wissen. Eigentlich hatte sie hier in Ruhe nachdenken wollen.

»Weil ich mit dir reden will. Warum läufst du ständig vor mir davon, und weshalb hast du keinen meiner Briefe beantwortet?«, fragte Kaspar und breitete seinen Umhang im Gras aus, um sich zu setzen. Einladend klopfte er auf den Platz neben sich.

»Ich laufe nicht davon, und deine Briefe habe ich nicht gelesen, deshalb hast du auch keine Nachricht von mir erhalten.«

»Du weißt, wie ich zu dir stehe. Nach wie vor will ich dich heiraten. Was auch immer Siegfried Heim mit meinem Vater damals vereinbart hat, ist für mich nicht bindend. Die Verlobung kann ich lösen, wenn du nur endlich Ja sagen würdest.«

»Du wirst Gabriela das Herz brechen, Kaspar. Wie viele Jahre wartet sie schon darauf, endlich deine Frau zu werden?«

»Ida, sei so gut und setz dich, mein Nacken schmerzt schon vom Aufsehen zu dir«, bat er.

Sie grinste spöttisch. »Mir gefällt, wenn du zu mir aufsehen musst.« Doch dann gab sie nach und machte es sich neben ihm bequem. Der Wind flaute ab, und sie ließ ihren Umhang von den Schultern gleiten.

»Gabriela wird darüber hinwegkommen. Sie wird einen anderen finden, der besser zu ihr passt. Ständig liegt sie mir in den Ohren, ich solle endlich Padua verlassen. Jeden Tag gibt es deswegen Streit. Sie macht mir Vorwürfe, dass sie sich für meine Mutter und meinen Vater aufgeopfert hat. Ich habe sie nie darum gebeten.«

Ida umschlang ihre angezogenen Knie mit beiden Armen und legte ihr Kinn darauf. »Du tust ihr unrecht, Kaspar, du warst froh, dass sie sich um alles gekümmert hat.«

»Ja, mag sein.« Er legte sich auf die Seite, stützte sich auf den Ellbogen und sah sie an. »Aber wie kann sie von mir verlangen, ich solle alles aufgeben? Nur weniger als ein Jahr, dann werde ich promoviert und mir wird der Doktorgrad verliehen, Ida.«

»Wirklich? Das ist großartig, ich freue mich für dich«, erwiderte sie ehrlich. »Versteht Gabriela nicht, was das für dich bedeutet?«

»Doch, sie ist ja nicht dumm, aber ihrer Meinung nach könnte ich versuchen, die Arbeit in Tübingen oder Heidelberg abzuschließen. Doch so einfach ist es nicht. Außerdem fühle ich mich bei Professor Fabrizio gut aufgehoben. Dieser Mann besitzt so viel Wissen und vermag zu begeistern. Letztes Jahr hat er dargestellt, wie die Linse im Auge liegt. Er ist nicht nur ein begnadeter Forscher, sondern auch ein hervorragender Künstler. Du solltest seine Zeichnungen sehen«, erzählte Kaspar begeistert. »Unsere Herzen, unsere Lungen, gleich welches Organ, Fabrizio vermittelt uns, wie sie aussehen.«

Ida vergaß die Zeit, lauschte Kaspar, stellte Fragen und fühlte sich zurückversetzt in die Wochen ihrer gemeinsamen Reise über die Alpen. Auch damals hatten sie viel geredet und sich in der Gesellschaft des anderen wohlgefühlt.

»Was ist mit Matteo?«, wollte sie wissen.

Kaspar lachte. »Du wirst es kaum glauben. Erinnerst du dich an Antonella, die in der Taverne arbeitete? Er hat sie tatsächlich geehelicht und ist bereits Vater einer Tochter. Sie haben das Mädchen Bianca getauft. Dem Herrn sei Dank, dass sie ihrer Mutter ähnlich sieht und nicht ihrem Vater«, spöttelte er.

Plötzlich fiel ein Schatten über sie. Ida und Kaspar fuhren zusammen, als sie erkannten, wer vor ihnen stand. Paula, nebst ihrem Gatten. Ida bemerkte, wie er auf ihren Ausschnitt starrte. Die Gier in seinen Augen weckte ein mulmiges Gefühl in Ida, und sie griff nach ihrem Umhang, um sich zu bedecken.

»Das nennt sich also Trauern um die Mutter. Vergnügst dich hier mit deiner Hure. Arme Gabriela.« Paula spie aus und hinkte an Oswalds Seite von dannen.

»Verdammt soll sie sein«, entfuhr es Ida, »jetzt wird sie auf dem schnellsten Wege zur Füll humpeln, um Gabriela zu erzählen, was sie gesehen hat, und wird einiges hinzudichten. Geh, Kaspar, eil dich, damit du vor ihr zu Hause bist.«

»Wann sehen wir uns wieder, Ida? Es war ein schöner Nachmittag«, sagte er und stemmte sich hoch.

»Das war er. Nun geh schon«, erwiderte sie, ohne auf seine Frage zu antworten.

Kaspar ging zügigen Schrittes über die Hallerwiese, drehte sich erneut um und winkte ihr zu. Dann verschwand er zwischen den Bäumen. Ida blieb noch eine Weile am Ufer, in der Hoffnung, einen weiteren Blick auf den Eisvogel zu erhaschen. Tatsächlich, da war er.

Ach, könnte ich doch auch so frei und ungezwungen leben wie du, mein Hübscher, dachte sie.

Es ließ Ida keine Ruhe, dass sie Luisa vor den Kopf gestoßen hatte, und so machte sie sich auf den Weg zum Hause Imhoff.

»Kannst du mir verzeihen?«, bat sie, als ihre Freundin sie in die Stube gebeten hatte.

Luisa nickte. »Es muss hart für dich sein, nun, da mein Bruder heiratet. Es betrübt mich ebenso, wie viel lieber hätte ich dich zur Schwägerin gehabt. Wobei ich zugeben muss, dass Elisabeth sich wirklich alle Mühe gibt, nett und freundlich zu allen zu sein. Vielleicht hat sie sich ja auch geändert, nun, da sie sich am Ziel ihrer Träume befindet. Ich mag sie inzwischen sogar.«

Ida hob vielsagend die Augenbrauen, verkniff sich aber eine bissige Erwiderung.

»Bleibt ihr für immer hier wohnen, Lukas und du?«, fragte sie dann, um von der bevorstehenden Heirat abzulenken.

»Warum nicht? Das Haus ist groß genug für uns und meine Mutter. Und unsere Kinder«, fügte Luisa augenzwinkernd hinzu. »Weshalb fragst du?«

Ida zuckte mit den Schultern. »Lukas hat mir erzählt, er wünscht sich ein eigenes Haus für euch. Er erweckte den Eindruck, er fühle sich hier nicht wohl.«

»Was meinst du damit?« Luisa knabberte an einem Stück Gugelhupf, den eine Bedienstete gebracht hatte.

»Der Kuchen ist lecker«, lobte Ida kauend. »Ihr seid um eure Köchin zu beneiden.«

»Paula hat ihn gebacken, sie nennt ihn den Gugelhammerhupf.«

Ida blieb der Bissen beinahe im Hals stecken. »Paula backt dir einen Kuchen?«

»Elisabeth bringt sie öfter hierher. Sie meint, Paula braucht Gesellschaft, weil die werdende Mutterschaft ihr aufs Gemüt zu drücken scheint.«

Ida konnte kaum fassen, dass ausgerechnet diese beiden hier ein und aus gingen. Offenbar hatte sich tatsächlich einiges in den Jahren ihrer Abwesenheit geändert.

»Was meintest du damit, Lukas fühle sich nicht wohl?«, wiederholte Luisa ihre Frage.

»Er befürchtet, deine Mutter würde sich einmischen, spätestens, wenn ein Kind auf der Welt ist«, erwiderte Ida und schob den Teller mit dem zur Hälfte verzehrten Kuchenstück von sich. Die Süßspeise schmeckte plötzlich fade.

Entgeistert sah Luisa sie an. Dann änderte sich ihr Gesichtsausdruck, ihre Augen verengten sich und eine steile Zornesfalte erschien auf ihrer Stirnmitte.

»Warum erzählt er *dir* das und nicht mir? Ich bin seine Frau. Darf ich erfahren, was er sonst noch mit dir bespricht? Schildert er dir vielleicht unsere Nächte und fragt dich um Rat, warum ich noch nicht empfangen habe?«

»Luisa, beruhige dich. Du hast keinen Grund, eifersüchtig zu sein.«

»Ich bin nicht eifersüchtig«, fuhr ihre Freundin auf.

»Doch, bist du. Glaub mir, Lukas liebt dich aufrichtig und aus tiefstem Herzen. Wie sagte er? Sie ist die schönste Frau, die ich kenne.«

Die Zornesfalte glättete sich, und Luisa strahlte wieder mit der goldenen Halskette um die Wette. »Wirklich?«

»Ja, und du hättest ein liebevolles Wesen, aber einen sturen Kopf«, lachte Ida, die froh war, dass sich die Gewitterwolken wieder verzogen hatten.

»Vermutlich hat er recht. Schon mein Vater sagte zu mir, ich sei sturer als ein Esel. Meinst du, wir sollten ausziehen und meine Mutter verlassen?« Unbewusst spielte Luisa mit der Kette.

»Seht euch nach einem Haus um. Wenn ihr etwas Geeignetes findet, könnt ihr immer noch mal darüber nachdenken.

Trauert deine Mutter dem Reichsritter hinterher? Wie hieß er? Veit?« Ihr verräterischer Gaumen verlangte nach dem Kuchen, doch sie gab nicht nach.

»Veit Asmus von Eyb. Nein, sie mag Lukas. Ich gebe zu, sie hatte ihre Bedenken und war ihm gegenüber ziemlich zurückhaltend. Aber das hat sich geändert.«

»Ihr solltet miteinander reden, alle drei. Dann erübrigt sich vielleicht auch die Haussuche, dieses hier ist wirklich mehr als groß genug.«

Die Stubentür schwang auf, und Sebastian kam herein. »Schwester, der Kuchen ist nicht nur für di…« Der Rest erstarb auf seinen Lippen, als er Ida gewahr wurde.

»Setz dich zu uns, Sebastian, wir haben dir etwas übrig gelassen«, sagte Luisa und wies auf den Stuhl gegenüber von Ida. »Wenn du schon einmal hier bist, kannst du Ida auch die Einladung geben, sofern du sie nicht mit dem Boten gesandt hast.«

Sebastian blieb stehen, beugte sich über den Tisch und griff sich ein Stück Gugelhupf. Dabei begegnete er Idas Blick. Schnell wandte er die Augen ab.

»Ich gebe zu, Paula macht den besten Kuchen«, meinte er. »Ich habe noch im Kontor zu tun, Luisa, und keine Zeit zum Plaudern.«

Damit wandte er sich ab und wollte gerade die Stube verlassen, als seine Schwester ihn aufhielt. »Sebastian, hast du nicht etwas vergessen?«

Seine Schultern sackten herab, als er sich umdrehte. »Verzeih mir, Ida, Elisabeth wünscht deine Anwesenheit bei unserer Hochzeit nicht«, sagte er leise. Ida glaubte, Tränen in seinen Augen schimmern zu sehen. Dann zog er die Tür hinter sich zu.

»Ida, ich … ich weiß nicht, was ich sagen soll, das ist …«, stammelte Luisa.

»Es wundert mich nicht, und vielleicht ist es besser so«, erwiderte Ida traurig und wütend zugleich.

Ida war froh, wieder nach Eichstätt zu reisen und dem Fürstbischof ihre Arbeiten zu zeigen. Die vergangene Woche hatte sie sich in ihrer Werkstatt vergraben und kaum jemanden zu Gesicht bekommen.

Der schlimmste Tag war der Sonnabend gewesen. Sie hatte nicht widerstehen können und war durch die Stadt zur St. Lorenz-Kirche gegangen. Verborgen hinter hohem Buschwerk, hatte sie darauf gewartet, einen Blick auf Sebastian zu erhaschen. Sie entdeckte Kaspar und Gabriela, deren schmaler Mund verbittert zusammengepresst war, und Paula, die schwerfällig an Oswalds Arm ging. Luisa und ihre Mutter fuhren in einer Kutsche vor, Justus Imhoff half ihnen beim Aussteigen, und zuletzt verließ auch der Bräutigam das Gefährt. Elegant in schwarzem Samt und mit Silberfuchsfell verbrämter Schaube um die Schultern schritt er mit seiner Familie zum Portal von St. Lorenz. Glockengeläut setzte ein, die Gäste strömten in die Kirche, und Ida traten die Tränen in die Augen. Zuerst rief die Gläubigen nur die silberne Glocke, die vor langer Zeit ein Urahn der Imhoffs gestiftet hatte. Ihr folgten weitere Glocken, klangen in Harmonie miteinander, ein göttlich Wunderwerk.

Als die Braut erschien, musste sich Ida auf die Zunge beißen, um nicht laut aufzustöhnen. Elisabeth, gekleidet in elfenbeinweißer Seide und Brokat, die über und über mit feinster Spitze und goldenen Stickereien verziert war. Um die Schultern ein goldgewirkter Umhang, Perlen und Bänder hatte man in ihre Haare geflochten, um ihren Hals lag eine dreireihige Perlenkette, die fast bis zur Körpermitte reichte.

Hält sie sich für eine de' Medici?, dachte Ida verächtlich. Das Hochzeitskleid von Maria de' Medici war im vergangenen Jahr in aller Munde gewesen, als die Kunde davon aus Lyon nach Florenz kam. Cristina di Lorenas Nichte hatte Heinrich IV. geheiratet und war dadurch Königin von Frankreich geworden. Ihr Kleid hatte wegen seiner ungewöhnlichen Farbe für Aufsehen gesorgt. Eierschalenfarben war es gewesen, mit Goldfäden bestickt. Nicht wie üblich blau, rot oder grün.

Ich könnte jetzt an ihrer Stelle sein, ging es Ida durch den Kopf. Warum habe ich Sebastians Werben nicht nachgegeben? Er hätte sich freikaufen können, um das Verlöbnis zu lösen. Geld war immer ein gutes Mittel, und davon hatten die Imhoffs mehr als genug. Aber die Welser waren nicht arm und besaßen Ländereien und Güter, auch wenn ihr Reichtum dem der Imhoffs nicht gleichkam. Trotzdem, Sebastian hätte einen Weg gefunden, Elisabeth loszuwerden. Doch sie, Ida, war zu unstet gewesen. Hatte sich nicht entscheiden können, wen sie wollte. Kaspar oder Sebastian.

Der Wind trieb den beißenden Geruch von Feuer und verbranntem Fleisch vor sich her, als sie sich Eichstätt näherten. Neben Ida ritt Basilius, der die Nase rümpfte und mit ausgestrecktem Arm zum Galgenberg zeigte, wo eine dünne Rauchsäule aufstieg. Dann trieb er sein Pferd zu einer schnelleren Gangart an, als ob er dem schrecklichen Geschehen entfliehen wollte. Ida schauderte und folgte ihrem Onkel. Sie wusste, was der Rauch zu bedeuten hatte. Jemand war gestorben, hingerichtet auf dem Scheiterhaufen. Was er wohl verbrochen hatte? Der Feuertod traf Mörder, Falschmünzer, Mordbrenner, Hexen und Menschen, die sich wider die Natur verhielten.

Sie trabten durchs Stadttor und hinauf zur Residenz des Fürstbischofs. Der Herbst hatte Einzug gehalten, das Laub der Bäume war noch bunt gefärbt, doch bald würde es fallen und die Zweige wie dürre Totenfinger aussehen lassen. Ida hoffte, der Winter würde nicht so klirrend kalt werden und lange andauern. Die Menschen litten schon zur Genüge unter den anhaltenden Missernten durch Sturm und Hagel, denn die vergangenen Jahre waren von zu eisigem und nassem Wetter geprägt gewesen. Preise für Feuerholz und Getreide waren in die Höhe geschnellt, Menschen hungerten und froren sich zu Tode. Sie war froh, dass sie sich dank ihrer Malerei ein warmes Zuhause und zu essen leisten konnte, ebenso warme Stiefel und einen Mantel. Basilius hatte vor Kurzem das Haus am Schwabenberg erworben, und schon bald würde sie dort einziehen können. Ida nahm sich vor, einen langen Brief an Artemisia zu schreiben und von ihrem jetzigen Leben zu berichten. Und dass sie immer noch in ihren Träumen von Enrico da Grasso heimgesucht wurde.

Zur selben Zeit, während Ida ihre Arbeiten dem Fürstbischof von Eichstätt zeigte, saßen Luisa, Elisabeth, Gabriela und Paula bei Kuchen und heißem Würzwein zusammen. Letztere hatte die drei jungen Frauen nach Wendelstein eingeladen. Gebührend hatten sie das Haus neben der Papiermühle bewundert und lobten das Gebäck, das ihre Gastgeberin eigenhändig herstellte.

»Warum lässt du deine Köchin nicht backen?«, wollte Gabriela wissen.

»Backen macht mir Freude«, antwortete Paula schulterzuckend, »ich kann nicht nur Zeit am Stickrahmen verbringen.«

»Dann geht es dir wie mir, ich stehe immer noch selbst in der großen Küche und bereite mein Mousse aux fruits zu. Bevor ich es vergesse, ich habe dir ein paar Gläser davon mitgebracht«, sagte Luisa und stand auf, um den Korb zu holen, den sie in die Ecke gestellt hatte.

»Ich hatte mich schon gewundert, was sich darin befindet«, warf Elisabeth ein.

Luisa lüftete das Tuch über dem Korb und stellte zwei Glasgefäße auf den Tisch. »Apfel und Birne, ich hoffe, es schmeckt dir.«

Paula strahlte. »Wie aufmerksam von dir, Luisa, sei bedankt.«

Der vorherrschende Gesprächsstoff drehte sich um Paulas bevorstehende Niederkunft. Sie war die Erste von ihnen, die ein Kind zur Welt bringen würde, und viele Fragen prasselten auf Paula ein, die sich in der Aufmerksamkeit sonnte.

»Ist es nicht schön, dass wir uns heute so gut verstehen? Das war ja nicht immer so«, sagte sie nach einer Weile und warf Luisa einen vielsagenden Blick zu.

»Wir waren noch Kinder, und Kinder streiten sich eben. Wenn ich daran denke, wie oft ich mich mit meinem Bruder gestritten habe«, Luisa rollte mit den Augen, »und je älter wir sind, desto besser kommen wir miteinander zurecht.« Sie sah sich in der Stube um, betrachtete die kahlen Wände. »Ich dachte, deine Mutter hätte euch ein Bild zum Einzug geschenkt.«

Paula verzog das Gesicht. »Ja, aber ich habe es abgehängt.«

»Gefiel es dir nicht?«, wollte Elisabeth wissen.

»Doch, auch wenn es aus Idas Hand stammt, muss ich gestehen, sie malt sehr schön. Aber nachdem ich Gabriela erzählt habe, was vorgefallen ist, konnte ich nicht anders«, erwiderte Paula.

Alle Gesichter wandten sich der Arzttochter zu. Gabriela räusperte sich.

»Paula war mit Oswald auf der Hallerwiese spazieren, und wen, glaubt ihr, hat sie dort getroffen? Schamlos im Gras sitzend?« Sie machte eine bedeutungsvolle Pause. »Ida Gerster, diese verdammte Erzhure.« Dann begann sie plötzlich zu schluchzen. Elisabeth, die neben ihr saß, legte ihr mitfühlend die Hand auf den Arm.

»Aber was ist denn so schlimm daran?«, fragte Luisa.

»Kaspar war bei ihr. Er lag eng neben ihr, und sie lachten so laut, dass es weithin zu hören war.« Elisabeth zupfte ein Tüchlein aus ihrem Ärmel und tupfte sich die Tränen ab. »Sie steigt ihm nach, diese Hure. Wäre sie doch bloß fortgeblieben.« Sie schnäuzte in ihr Tuch und ballte es in der Faust zusammen.

»Das muss doch nichts zu bedeuten haben«, wandte Luisa ein. »Ihr seid doch verlobt.«

»Du bist blind, was Ida angeht«, zischte Elisabeth. »Wie oft hat sie versucht, mir Sebastian abspenstig zu machen?«

»Aber Seb…«, hob Luisa an.

»Nichts da, ihn trifft keine Schuld. Sebastian und Kaspar sind Männer, jung und strotzen vor Kraft. Man darf es ihnen nicht übel nehmen, wenn sie sich blenden lassen von einer wie ihr, die nur allzu schnell dabei ist, ihre Röcke zu heben«, keifte Gabriela.

»Ich finde, du übertreibst«, sagte Luisa ruhig und wünschte, sie wäre zu Hause geblieben.

»So, meinst du? Oswald hat mir gestanden, dass ihn Idas Blicke vor Scham fast in den Boden haben versinken lassen, als wir sie auf der Wiese trafen. Ihr Kleid war sehr tief ausgeschnitten, und sie hat ihm ihren Busen entgegengereckt«, gab Paula von sich.

Luisa wusste nichts darauf zu sagen. Oswald freut sich eben auch an einer schönen Frau, und Ida ist nun mal hübsch, schoss es ihr durch den Kopf, aber sie hielt ihre Zunge im Zaum.

»Du bist immer noch nicht überzeugt, dass Ida nur eine gemeine Buhle ist, die sich seit Jahren bei dir lieb Kind macht«, stellte Paula fest. »Nun, du kannst gerne Oswald fragen, wie *dein* Gatte ihr zu Füßen liegt. Er war vor einigen

Tagen dort, um mit Lukas über den Preis für unser Papier zu verhandeln. Als er die Schreibstube deines Ehemannes aufsuchte, war Lukas in Gesellschaft von Ida. Beide seien zusammengezuckt, als ob sie bei unzüchtigem Verhalten ertappt worden wären.«

Luisa schluckte und wurde blass. Leise Zweifel begannen an ihrem Herzen zu nagen.

»Du bist so still«, sagte Lukas später beim Abendbrot zu Luisa und schlang den Braten hungrig in sich hinein. Ursula Imhoff war nicht zugegen, und das jung vermählte Paar saß allein am Tisch.

Lustlos stocherte Luisa in ihrem Teller herum. »Ich bin nur müde«, antwortete sie einsilbig.

»Und wie ich sehe, schmeckt es dir nicht. Du wirst doch nicht krank?« Besorgt sah er sie an.

»Nein, nein, wahrscheinlich habe ich zu viel Kuchen gegessen.« Luisa rang mit sich. Soll ich ihn fragen, ob er mich mit Ida hintergeht? Aber ich kann es nicht glauben, so wie er mich jetzt ansieht. Am besten, ich sage nichts, sonst hält er mich für grundlos eifersüchtig, was ich wahrscheinlich auch bin. Paula und die anderen haben übertrieben, weil sie Ida nicht leiden können. Ich darf mich nicht mit ihnen gemeinmachen und beeinflussen lassen. Sie setzte ein Lächeln auf.

»So gefällst du mir besser«, lächelte Lukas zurück. »Hast du schon gehört, dass Besler ein Haus am Schwabenberg erwerben will? Mir kam zu Ohren, dass es eintausenddreihundertfünfzig Gulden kosten soll.«

»Besler gehörte noch nie zu den ärmeren Apothekern«, erwiderte Luisa und aß nun doch von der Ochsenbrust, nachdem sie die leisen Zweifel verbannt hatte.

»Ida will dort einziehen und sich eine Werkstatt einrichten, hat sie mir erzählt«, berichtete Lukas weiter und trank einen Schluck Rotwein. »Dann verliere ich meine Mieterin, wie schade.«

Luisas Mund wurde trocken. »Das hat sie dir gesagt? Wieso weiß ich nichts davon?«

»Sie hat mich gebeten, erst einmal Stillschweigen zu bewahren, aber nun, nachdem ich von dem Verkauf an Besler von anderen gehört habe, dachte ich, kann ich darüber sprechen. Bist du mir deswegen gram?«

Die Erklärung klang glaubwürdig, und Luisa schüttelte den Kopf.

»Aber wir werden trotzdem zusammenarbeiten, Ida und ich«, freute sich Lukas. »Ihr Onkel hat mich beauftragt, einen Teil der Kupferstiche zu fertigen und den Druck für das Gartenbuch des Fürstbischofs zu übernehmen. Das ist ein sehr großer Auftrag, der viel Geld einbringen wird. Ist das nicht fabelhaft?« Er beendete seine Mahlzeit und lehnte sich gesättigt in seinem Stuhl zurück.

»Doch, natürlich, das freut mich sehr für dich«, erwiderte Luisa und spürte erneut den nagenden Zweifel. Ein Haus am Schwabenberg, unweit von der Werkstatt. Lukas und Ida hätten jede Menge Gelegenheiten, um ungestört … Sie verbot sich, weiter darüber nachzudenken.

Eine Magd kam herein und räumte den Tisch ab.

»Möchtest du noch Wein?«, fragte Lukas und griff nach dem Krug.

Luisa verneinte und legte ihre Hand auf seinen Arm. »Du solltest auch nichts mehr trinken. Lass uns lieber zu Bett gehen«, raunte sie und schenkte ihm einen einladenden Augenaufschlag. Doch Lukas schüttelte sie ab. »Heute nicht, meine Liebe, ich habe zu viel von dem Braten genossen und werde zunehmend müde.« Er schenkte sich ein. »Noch einen Schluck von diesem herrlichen Wein, und danach werde ich schlafen wie ein unschuldiges Kind.«

Die Zurückweisung schmerzte, und wortlos verließ Luisa die Stube. Eine Dienerin half ihr in der Schlafstube beim Ausziehen, dann schlüpfte sie unter die warme Decke, löschte die Kerze und starrte an die Decke. Die Zweifel schienen in der Dunkelheit zu wachsen, und als Lukas sich später zu ihr legte, stellte sie sich schlafend.

1602

Zu Beginn des neuen Jahres hatte Besler den Kaufvertrag für das Haus unterschrieben, und Ida war eingezogen. Das gesamte Untergeschoss hatte sie sich als Werkstatt eingerichtet, im ersten Obergeschoss fanden sich die Stube mit einem hübsch gekachelten Ofen, daneben die Küche und die Badstube, im zweiten Geschoss waren die Schlafkammern. Eigentlich war das Haus zu groß für sie, aber Ida liebte die dort herrschende Ruhe. Sie hatte die Witwe eines Gerbers eingestellt, die für sie kochte und sich um den Haushalt kümmerte. Traude hatte vor Freude geweint, als Ida sie angenommen hatte, denn die Witwe hatte noch drei weitere Mäuler zu stopfen. Heftig hatte Ida mit ihrem Onkel darüber gestritten, auch einen Knecht ins Haus zu holen.

»Wozu? Es gibt keine schweren Arbeiten zu verrichten«, fragte Ida.

»Willst du Traude im Winter Holz schleppen lassen? Und soll sie die schweren Wasserkübel tragen? Außerdem wäre ein Mann im Haus, er könnte im Dachgeschoss wohnen. Mir gefällt es nicht, wenn du als Frau allein lebst. Es gehört sich nicht, und ungefährlich ist es ebenso wenig«, hielt Basilius dagegen.

»Der Fuhrknecht, der das Holz bringt, kann es im Hof stapeln.«

»Dafür hat er keine Zeit. Es ist mein Haus, Ida, und ich bestimme darüber.« Basilius war ärgerlich geworden.

»Gut, ich suche einen Knecht«, hatte sie nachgegeben.

So hatte sich Mattes zu Traude gesellt. Was Ida ihrem Onkel aber verschwieg, war, dass Mattes mitnichten die Dachkammer bezogen hatte, weil Ida ihn abends nach Hause schickte. Der Gedanke, allein mit einem Mann im Haus zu sein, weckte ein Gefühl des Unwohlseins in ihr. Lieber wollte sie sich zu ihrer Sicherheit einen Wachhund anschaffen. Und sie wusste auch, wen sie deshalb um Rat bitten würde: Markgräfin Sophie, die sie vor Jahren kennen- und schätzen gelernt hatte. Die Adlige hielt sich mehrere Doggen und verbrachte mehr Zeit in Nürnberg als in der Ansbacher Residenz.

Sophie belegte mehrere Räume im Bitterholz, wenn sie sich in Nürnberg aufhielt, und Ida hegte die Hoffnung, sie wäre zugegen. Das Glück war ihr hold, denn ein Bediensteter der teuren Herberge beschied ihr, die Markgräfin sei vor Ort. Ida bat ihn, nachzufragen, ob Sophie von Brandenburg-Ansbach geneigt sei, Gäste zu empfangen. Sie musste nicht lange warten, und der Mann sagte, sie könne nach oben gehen. Ida drückte ihm eine Münze in die Hand und stieg die Treppe hinauf.

»Grüßt Euch Gott, Hoheit«, sagte Ida und deutete einen Knicks an.

»Was für eine Überraschung, nehmt Platz.« Einladend wies Sophie auf einen gut gepolsterten Stuhl. »Es sind einige Jahre vergangen, seit wir uns gesehen haben. Eure Gemälde zieren noch immer meine Ansbacher Gemächer.«

»Ich bin erfreut, dies zu hören«, erwiderte Ida und setzte sich. Die Gräfin war fülliger, als sie sie in Erinnerung hatte. Eine große Mühlenkrause, die ihren Hals umschloss, ließ Sophies Gesicht noch rundlicher erscheinen. Zu ihrem hellen Seidengewand trug sie eine schwarze edelsteinbesetzte Haube und eine ebenso schwarze mit Goldstickereien verzierte Schaube.

»Nennt mir den Grund Eures Hierseins.«

»Hoheit, ich denke daran, mir einen Wachhund zuzulegen, und erinnerte mich an Eure Doggen. Furcht einflößende Tiere, allein schon ihrer Größe wegen. Ich wiege mich in der Hoffnung, Ihr könntet mir einen Rat geben, wo ich solch einen Hund erwerben kann«, antwortete Ida.

Die Markgräfin überlegte nicht lange. »Ich sende einen Boten nach Ansbach, unser Forstmeister kann Euch sicher helfen. Sobald ich eine Antwort erhalte, lasse ich es Euch wissen. Und nun erzählt mir von Euch, ich hoffe, Ihr malt immer noch.«

Ida bedankte sich, fühlte sich geschmeichelt und kam der Aufforderung, der Markgräfin von Florenz zu erzählen, allzu gern nach.

Zwei Wochen später hatte Ida die Einladung bekommen, die Markgräfin in die Ansbacher Residenz zu begleiten. Der Forstmeister habe einen Hund, der für sie geeignet wäre. Die schwarze Dogge mit dem kleinen weißen Fleck auf der Brust war ein Jahr alt und hörte auf den Namen Lucius. Ida verliebte sich auf der Stelle in das elegante Tier mit dem glänzenden Fell und den seidenweichen Schlappohren. Drei Tage blieb sie in Ansbach und freundete sich mit dem Rüden an, den der Forstmeister gut ausgebildet hatte. Lucius hatte eine Stange Geld gekostet, aber Ida wusste, er war jeden Pfennig wert.

Seitdem lag die Dogge neben ihrem Bett, und Ida fühlte sich gut behütet. Und wenn nachts die Albträume sie schweißgebadet aufschreien ließen, war sie froh, Lucius bei sich zu haben, der sogleich zur Stelle war, um seine Herrin zu beschützen und ihr die Hand zu lecken.

Lautes Bellen riss Ida aus ihrer Arbeit. Johann Konrad von Gemmingen hatte ihr Schwarze Nieswurz geschickt. Helleborus niger, so ihr lateinischer Name, oder Schneerose, wie sie im Volksmund hieß. Die großen weißen Blüten, in deren

Mitte sich zahlreiche goldgelbe Staubblätter befanden, hatten es Ida angetan. Gottes wundersames Werk der Natur ließ solche Gewächse im Winter blühen, während die meisten anderen Pflanzen in eisige Starre verfielen.

»Lucius«, rief sie und legte ihren Stift zur Seite. Traude war zum Markt gegangen, und Mattes stapelte Holz hinter dem Haus. »Ich komme schon.« Sie fasste den Hund an dem einfachen Lederhalsband und öffnete die Tür.

»Kaspar«, stieß sie hervor, erfreut und überrascht zugleich. Seit dem Nachmittag auf der Hallerwiese hatte sie ihn nicht wiedergesehen, ja sie hatte nicht einmal gewusst, ob er sich überhaupt noch in Nürnberg aufhielt oder längst wieder die Reise nach Padua angetreten hatte. Wenn sie darüber nachdachte, sah sie kaum jemanden. Die Malerei hielt sie gefangen, und seit Lucius in ihr Leben getreten war, beschäftigte sie sich mit ihm, wenn sie den Zeichenstift ruhen ließ.

»Bei Gott, dem Allmächtigen, wer ist das?«, fragte er. In seinen Augen lag eine Mischung aus Furcht und Neugier.

»Lucius, mein Freund und Hüter. Ist er nicht großartig? Setz dich, Lucius.« Der Rüde kam ihrem Befehl unverzüglich nach, verharrte regungslos neben ihr und behielt den Fremden im Blick.

»Groß ist er, dass er artig ist, hoffe ich«, erwiderte Kaspar grinsend. »Darf ich hereinkommen, oder hast du ihn noch nicht gefüttert?«

»Unsinn«, lachte Ida und machte Platz. Der Hund blieb sitzen. Sie stieß einen leisen Pfiff aus, und Lucius gab den Weg frei. »Du kannst ihn anfassen, er wird dir nichts tun«, sagte Ida, während sie die Tür schloss.

Zaghaft streckte Kaspar die Hand aus, ließ die feine Nase daran schnüffeln, dann strich er dem Tier über den Kopf.

»Was führt dich zu mir?«, fragte Ida und ging voraus zur Werkstatt. Sie setzten sich auf zwei einfache Hocker, der Rüde blieb dicht bei seiner Herrin und legte seinen Kopf in ihren Schoß.

»Ich wollte dich noch einmal sehen, bevor ich abreise. Eigentlich wollte ich schon fort sein, doch der Hausverkauf hat sich in die Länge gezogen.«

Fragend sah sie ihn an. »Wovon redest du?« Die Finger ihrer rechten Hand kraulten Lucius hinter den Ohren, der mit halb geschlossenen Augen die Liebkosung genoss.

»Vom Haus meines Vaters. Ich habe die Verlobung mit Gabriela gelöst und das Haus veräußert. Sie lebt jetzt mit dem Gesinde im Haus ihrer verstorbenen Eltern«, klärte Kaspar sie auf.

»Was hast du getan?«, rief sie verblüfft. Lucius hob aufmerksam seinen Kopf, doch nachdem seiner Herrin keine Gefahr zu drohen schien, ließ er ihn wieder sinken.

»Ich wünschte, ich könnte seine Stelle einnehmen«, sagte Kaspar leise.

»Wessen Stelle? Du sprichst in Rätseln, Kaspar.«

»Seine«, er wies mit dem Kinn auf Lucius.

»Ich bin sicher, er bellt lauter als du«, war alles, was Ida dazu einfiel, die die Nachricht erst einmal verdauen musste.

Kaspar streckte seine Hand aus und legte sie auf Idas linke. »Ich habe es für uns getan, Ida. Jetzt bin ich frei.«

»Du hast es für dich getan«, entgegnete sie harscher als beabsichtigt und entzog ihm ihre Hand. »Für Gabriela muss es sehr schmerzhaft sein. All die Jahre hat sie darauf gehofft, deine Frau zu werden.«

»Sie wird darüber hinwegkommen. Das ist allemal besser, als ein Leben an der Seite eines Mannes zu führen, der sie nicht liebt. Ida, sag mir, gibt es für uns eine Zukunft?«

Ida schwieg, streichelte abwesend den Hund und ließ sich mit der Antwort Zeit. Schöne Erinnerungen wurden wach. Ihre erste Begegnung mit Kaspar in der Schule. Der Abend, als er sie in der Diligengasse gerettet hatte. Das Erlernen der Volta. Ihre gemeinsame Reise über die Alpen. Der Nachmittag auf der Hallerwiese. Doch dann entsann sie sich des Gesprächs in der Casa della gentilezza. Sie war wütend gewesen, weil Kaspar gefordert hatte, sie solle die Accademia aufgeben.

Schließlich räusperte sie sich. »Geh nach Padua, Kaspar, schließe deine Promotion ab.«

Sein Gesicht leuchtete auf. »Heißt das, du wirst auf mich warten?«

Sie ließ seine Frage unbeantwortet. »Ich werde die Malerei niemals aufgeben. Sie bedeutet mir alles, so wie dir die Medizin.« Lucius hatte genug von den Zärtlichkeiten und legte sich hin, der Kopf auf den Pfoten ruhend.

»Denkst du etwa, ich verlange von dir, dass du sie aufgibst?« Ungläubig schüttelte er den Kopf.

»Als du nach Florenz kamst …«, hob sie an.

»Was ich gesagt habe, war dumm von mir, dumm und eigensüchtig«, räumte Kaspar ein, der sogleich wusste, worauf sie anspielte. »Hättest du meine Briefe gelesen, wüsstest du längst, dass ich mich selbst wegen meiner Worte verachte. Ich liebe dich, Ida, und ich wünsche mir nichts sehnlicher, als dass du meine Frau wirst. Willst du mich heiraten?«

Idas letzter Widerstand schmolz dahin. Sie stand auf und zog ihn von seinem Hocker. Lucius war hellwach und mit einem Satz auf den Beinen. Ida schlang ihre Arme um Kaspar und sah zu ihm auf. Erkannte die Sehnsucht und Liebe in seinem Blick. »Mögen die Tage, bis du wieder bei mir bist, dahinfliegen wie Laub in einem Herbststurm«, flüsterte sie. Doch ein Ja kam ihr nicht über die Lippen.

Kaspar beugte sich zu ihr und verschloss ihren Mund mit einem Kuss.

Heulend saß Gabriela am Tisch in der Stube ihres Elternhauses. Die Tränen wollten nicht aufhören zu fließen, und ihr Schluchzen war zum Gotterbarmen.

»Wie konnte er mir das antun? Bis zuletzt habe ich es nicht glauben wollen. Doch er hat es wirklich getan.«

Tröstend legte Elisabeth ihr den Arm um die Schultern.

»Du dauerst mich, ich wünschte, ich könnte dir helfen.« Sie strich über Gabrielas braune Haare und warf Luisa, die mit am Tisch saß, einen Blick zu, der bedeutete: Warum sagst du nichts?

»Bitte beruhige dich«, sagte Luisa sanft. »Weshalb hat Kaspar das Haus verkauft? Will er denn für immer in Padua bleiben?«

Gabriela fuhr sich mit dem Handrücken über das tränennasse Gesicht und zog geräuschvoll die Nase hoch.

»Das fragst du noch?«, zischte sie. »Er hat die Verlobung gelöst. Und warum? Weil er mit seiner Hure zusammen sein will. All die Jahre war ich blind, habe mich hinhalten lassen. Und über die ganze Zeit hatte er nur Ida im Kopf. Sie ist an allem schuld. Ich hasse sie.«

»Du bist ungerecht. Ida kann nichts dafür«, entgegnete Luisa.

»Doch. Gabriela hat recht. Du versuchst immer noch, das Gute in ihr zu sehen«, warf Elisabeth ein. »Woran, denkst du, liegt es, dass weder du noch ich bisher ein Kind empfangen haben?«

»Dafür kannst du doch Ida nicht die Schuld geben«, hielt Luisa dagegen.

»Wer weiß schon, was sie da in ihrem Haus treibt? Habt ihr diesen Höllenhund gesehen, den sie bei sich hat?«, fragte Gabriela. Die Tränen waren versiegt, und ihr ganzer Zorn richtete sich nun gegen Ida. »Es gehört sich nicht, als Frau allein zu wohnen. Bestimmt hat sie sich diese Bestie nur angeschafft, damit niemand ihr auf die Finger sehen kann.«

»Lukas sagt, der Hund hat ein freundliches Wesen«, versuchte Luisa ihre Freundin zu verteidigen.

Die Stubentür wurde geöffnet, und Paula kam herein.

»Verzeiht, ich bin zu spät, aber dafür habe ich Kuchen mitgebracht.« Dann bemerkte sie Gabrielas rot verweinte Augen. »Was ist geschehen? Warum hast du geweint?«

Elisabeth setzte sie ins Bild, und Paulas Miene verfinsterte sich, während Gabriela Teller von der Anrichte nahm und das Süßgebäck verteilte.

»Das ist doch sicher das Werk dieser Gabelreiterin«, grollte Paula. »Ida, diese verfluchte Brut.«

»Siehst du, Luisa, Paula ist derselben Meinung«, geiferte Elisabeth.

Luisa öffnete den Mund, um etwas zu sagen, schloss ihn aber wieder.

»Und vor Kurzem hat sie sich dieses schwarze Biest angeschafft. Ich war einer Ohnmacht nahe, als ich ihm zum ersten Mal auf der Hallerwiese begegnet bin«, schimpfte Paula weiter. »Dem Herrn im Himmel sei Dank, dass Oswald mich beschützt hat.«

»Hat dieses Scheusal etwa versucht, dich anzugreifen?«, fragte Gabriela entsetzt dazwischen.

»Nein, das nicht, aber es hat geknurrt, ein Geräusch aus der tiefsten Finsternis der Hölle. Ida hat diesen elenden Köter auch noch dafür gelobt. Ich weiß nicht, was noch geschehen wäre, hätte Oswald sich nicht vor mich gestellt. Ehrlich gesagt traue ich mich bald nicht mehr auf die Hallerwiese, und dabei sind Oswald und ich so gerne dort.«

»Luisa, du solltest dich von ihr fernhalten, sie ist kein Umgang für dich. Und wenn du darüber nachdenkst, war sie es nie. Sie ist keine von uns«, wandte sich Elisabeth an ihre Schwägerin.

»Aber Ida tut doch niemandem etwas«, erwiderte Luisa,

»außerdem genießt sie Ansehen über die Stadtgrenzen hinaus. Lukas erzählt, Markgräfin Sophie hat ihr geholfen, den Hund zu erwerben.«

Gabriela stopfte sich ein Stück Kuchen in den Mund. »Ich habe den Eindruck, dein Gatte weiß mehr über Ida als du. Findest du das nicht seltsam? Vermutlich verbringt er mehr Zeit mit ihr als mit dir.«

»Lukas hat den Auftrag von Apotheker Besler, Idas Zeichnungen in Kupfer zu stechen. Deswegen bekommt er sie öfter zu Gesicht als ich. Ich habe sie länger nicht gesehen, weil sie sehr viel arbeitet. Susanna Besler, die ich zufällig getroffen habe, hat mir erzählt, Basilius mache sich Sorgen um seine Nichte, weil sie sich von allen zurückgezogen hat.« Luisa rührte den Kuchen nicht an, ihr war der Appetit vergangen.

»Der wahre Grund ist sicher ein anderer. Wenn du deinen Kuchen nicht möchtest, kann ich ihn haben? Er ist wirklich köstlich, liebe Paula«, lobte Gabriela.

»Du Schmeichlerin. So, nun aber genug von dieser räudigen Hündin, reden wir von angenehmeren Dingen. Wollen wir gemeinsam zu den Meistersingern in St. Martha gehen?«, fragte Paula.

Das Gespräch begann sich um die bevorstehende Aufführung der Meistersinger zu drehen und welches Kleid man dazu anziehen wollte. Oder ob sie sich für diesen Anlass neue Kleider anschaffen sollten.

»Mein lieber Gatte hat mehrere Ballen von schillerndem Atlas und teurem Brokat erworben«, schwärmte Elisabeth. »Das stimmt doch, Luisa?«

Luisa nickte. »Ja, mein Bruder hat von der letzten Reise wirklich schöne Stoffe mitgebracht. Ich war schon bei Meister Böhm, er wird mir einen mitternachtsblauen Rock aus herrlich glänzendem Atlas schneidern und das Mieder aus schwarzem mit Silberfäden bestickten Brokat. Das Unterkleid wird am

Saum und an den Ärmeln mit edler Nadelspitze aus Italien versehen. Ich fürchte, ihr könntet neidisch werden«, lachte sie.

Gabriela seufzte. »Ich werde wohl ein Kleid aus meinem Schrank anziehen, für ein Neues habe ich kein Geld.«

Beschämt sahen die anderen drei zu Boden. Sie stammten aus reichen Häusern. Gabriela mangelte es zwar an nichts, aber mit dem Reichtum der anderen konnte sie es nicht aufnehmen. Zumal das ererbte Geld ihres Vaters nicht mehr lange reichen würde.

»Wenn du möchtest, kannst du ein Kleid von mir bekommen«, bot Paula an, »ich habe es anfertigen lassen, ohne zu wissen, dass ich bereits meinen Sohn empfangen hatte. Angezogen habe ich es nie, und ich hege den Verdacht, dass ich niemals hineinpassen werde.« Unglücklich verzog sie den Mund.

Gabrielas Gesicht leuchtete kurz auf und verdüsterte sich sogleich wieder. »Das würde ich zu gerne, aber bestimmt kann ich dir den Preis nicht bezahlen.«

Paula zuckte mit den Achseln. »Wer redet von bezahlen? Du bist meine Freundin, und ich schenke es dir.«

Lukas übertrug sorgfältig Linie für Linie mit dem Grabstichel auf die Kupferplatte. In der Werkstatt war es warm, und er wischte sich mit dem Handrücken den Schweiß von der Stirn. Seit Tagen arbeitete er daran, Idas Vorzeichnung des Roseneibischs in Kupfer zu stechen.

»Lucius, leg dich hin«, hörte er Idas vertraute Stimme vor der Tür und das tiefe Brummen des Hundes, als dieser dem Befehl nachkam. Dann stand sie neben ihm, unter ihrem Arm trug sie eine Ledertasche. »Ich bringe dir neue Arbeit«, sagte sie und warf einen Blick über seine Schulter. »Oh, du bist fast fertig«, freute sie sich.

»Dort drüben liegt schon der erste Druck der … Ich habe vergessen, wie das Gewächs heißt«, antwortete Lukas, ohne aufzusehen.

Ida wandte sich ab, stellte die Ledertasche auf den Boden und begutachtete das Werk. »Flos solis maior, die Sonnenblume. Ich brenne darauf, sie eines Tages koloriert zu sehen.«

»Du solltest erst alle Vorzeichnungen zu Ende bringen, bevor du sie mit Farben schmückst«, brummte Lukas und wischte mit einem Pinsel die feinen Kupferspäne von der Platte in einen Bottich. Kupfer war teuer, und die anfallenden Späne konnte man wieder einschmelzen.

»Lukas, diese Arbeit wird jemand anderer übernehmen. Onkel Basilius denkt dabei an Georg Mack. Er führt die Werkstatt seines Vaters fort und ist ein ausgezeichneter Kolorist und Briefmaler.«

»Ich habe dich bei den Meistersingern vermisst«, gab Lukas dem Gespräch eine andere Wendung. »Ihre Musik und die Verse waren beeindruckend.«

»Ich wollte nicht allein hingehen, es gibt schon genügend Leute, die mit dem Finger auf mich zeigen, weil ich als Frau ohne einen Mann an meiner Seite lebe. Und Onkel Basilius hatte keine Zeit. Er quält sich mit den lateinischen Beschreibungen für die Pflanzen.« Sie bückte sich nach der Tasche und öffnete sie. »Hier kommt weitere Arbeit für dich und deine Gesellen.«

Ida zog mehrere Zeichnungen hervor.

»Das hier wird lange dauern«, seufzte Lukas und zeigte auf eine voll erblühte Pfingstrose, zu deren Linken verschiedene Stadien des Berg-Hauswurzes zu sehen waren. »Manchmal frage ich mich, warum ich mich darauf eingelassen habe, all diese Kupferplatten herzustellen. Meine Männer schimpfen auch. Druckplatten für Flugschriften zu machen ist bei Weitem einfacher.«

Ida lehnte rücklings an den Tisch, stützte sich mit den Händen ab. »Du wirst gut dafür bezahlt, Lukas, und es ist doch auch eine Herausforderung.«

Lukas lächelte, dann wurde seine Miene ernst. »Kann ich dich um etwas bitten?«

»Wenn ich dir helfen kann, sicher, das weißt du«, gab Ida zurück und sah ihn auffordernd an.

»Es geht um Luisa, sie hat sich verändert.« Lukas senkte seine Stimme. »Sie ist einsilbig geworden und lacht wenig. Und wenn sie es tut, dann scheint es gezwungen.«

»Hast du sie danach gefragt?«, wollte Ida wissen.

»Sie sagt, es wäre alles in Ordnung. Aber das stimmt nicht, ich kann es spüren.«

»Und du meinst, sie spricht mit mir, wenn sie dir als ihrem Gatten ausweicht?«, fragte Ida zweifelnd.

Lukas nahm ihre Hand. »Bitte versuch es, für mich und für Luisa.«

Ein tiefes Grollen aus Lucius' Kehle war zu vernehmen.

»Wag es nicht, du Kreatur der Hölle«, hörten sie Luisa sagen, die einen Moment später in der Werkstatt erschien und wie angewurzelt stehen blieb, als ihr Blick auf Lukas fiel, der noch immer Idas Hand hielt.

Augenblicklich befreite Ida ihre Hand. »Luisa, wie schön, dich zu sehen.«

»Ich kann mich des Eindrucks nicht erwehren, dass ich ungelegen komme. Störe ich dich dabei, mir den Mann zu stehlen?« Ihre blauen Augen blitzten kalt, und um ihren Mund lag ein höhnischer Zug.

»Luisa, du verstehst das falsch, ich habe Idas Hand genommen, weil ich sie um etwas gebeten habe«, wandte Lukas ein.

»Daran gibt es nichts falsch zu verstehen. Du hättest sie auch bitten können, ohne sie anzufassen. Was auch immer es angeblich für eine Bitte war. Vielleicht die Röcke zu heben?

Die anderen hatten recht. Sie«, Luisa zeigte mit dem Finger auf Ida, »ist ein liederliches Weib. Erst nimmt sie Gabriela den Verlobten weg, und nun versucht sie, meinen Gatten in ihren Bann zu ziehen.« Tränen schossen ihr in die Augen, und Luisa floh aus der Werkstatt, gefolgt von Hundegebell.

»Lucius, still«, rief Ida. »Lauf ihr nach, Lukas, eil dich«, herrschte sie den Drucker an, der wie zur Salzsäule erstarrt dastand und ungläubig seiner Frau hinterhersah. Dann rührte er sich und schüttelte den Kopf.

»Wenn Luisa lieber Verleumdungen glauben will, anstatt mir, dann hat sie es nicht anders verdient. Soll sie sich bei ihren Freundinnen ausheulen«, gab er sich zutiefst verletzt.

»Du sprichst von Elisabeth und Gabriela?«, fragte Ida.

»Und Paula. Die drei sehen sich in letzter Zeit sehr oft, und ich bin sicher, sie sind der Grund für Luisas Veränderung«, antwortete Lukas.

Ida blies die Wangen auf und entließ hörbar Luft. »Wenn dem so ist, Lukas, dann kann ich dir nicht helfen. Diese Frauen konnten mich noch nie leiden. Offenbar träufeln sie Gift in Luisas Ohren. Nur du kannst sie überzeugen, dass zwischen uns nur Freundschaft besteht, und nicht mehr«, beschwor sie ihn.

Ida verschloss die Haustür und begab sich auf ihre abendliche Runde, damit Lucius sich noch einmal erleichtern konnte, bevor sie zu Bett ging. Ein feiner Nieselregen hatte eingesetzt, es war zu kühl für die Jahreszeit und Ida fröstelte.

»Wir können uns glücklich schätzen, Lucius, dass wir nicht Not leiden müssen wie die Bauern und armen Leute«, sagte Ida leise und schlug die Kapuze ihres Umhangs hoch. Die Dogge sah kurz zu ihr auf, als ihr Name fiel, dann richtete sie ihre Aufmerksamkeit wieder auf die Umgebung. Ida ging nach Norden Richtung Stadtgraben und weiter nach Westen zur Burg. Am Ponersberg traf sie unverhofft auf Sebastian, der Abstand hielt, als er Lucius an Idas Seite erblickte.

»Ida, sieh mal einer an, was machst du hier? Es dämmert bereits, du solltest als Frau nicht allein auf der Straße sein«, sagte er.

»Ich bin nicht allein, Lucius ist bei mir«, antwortete sie und strich über den schwarzen Hundekopf. »Kein Mann kann besser auf mich aufpassen als er. Was führt dich denn in diese Gegend?«

»Ich habe am Ponersberg ein Haus erworben, Elisabeth und ich möchten nicht länger mit meiner Mutter, Luisa und Lukas unter einem Dach leben«, beantwortete er ihre Frage. »Ida. Es wird über dich geredet. Du solltest dich wie andere Frauen verhalten. Heirate und schenke ein paar hübschen Kindern das Leben.«

Ida glaubte, sich verhört zu haben. »Ausgerechnet du erteilst mir diesen Rat? Warst du nicht derjenige, dem Elisabeth zu langweilig war und der lieber mich genommen hätte? Der mich beschworen hat, auf ihn zu warten?«

Betreten sah er zu Boden und schwieg. Unschlüssig stand Ida da und wartete eine Weile, dann entschied sie sich weiterzugehen. »Gute Nacht, Sebastian. Komm, Lucius.« Sie war ein paar Schritte gegangen, als sie ihn rufen hörte.

»Ida, warte.«

Sie blieb stehen und bedeutete Lucius, sich neben sie zu setzen.

»Stimmt es, dass Kaspar deinetwegen Gabriela verlassen hat?«

»Ich habe ihn nicht darum gebeten, aber, ja, es stimmt«, antwortete sie und fragte sich, wohin dieses Gespräch noch führen würde. Die Antwort erhielt sie prompt.

»Ich dachte immer, du liebst mich.«

»Sebastian, das tue ich, aber uns war nie eine Zukunft bestimmt.«

Sebastians Kiefer mahlten. »Warum hast du mich dann so lange hingehalten? Es hat mir das Herz gebrochen, als du plötzlich nach Florenz verschwunden bist.«

»Ich habe dich nicht hingehalten, das weißt du«, gab sie ärgerlich zurück. »Du hättest mich dort besuchen können, vielleicht wäre dann alles anders gekommen. Aber dafür ist es jetzt zu spät.«

»Kaspar war bei dir, nicht wahr? Er hat sich schon immer zwischen uns gedrängt. Dabei war er einmal mein Freund.« Er klang verbittert und wütend zugleich.

»Was redest du da? Ihr seid doch immer noch Freunde, oder? Und wenn nicht, dann ist es meine Schuld. Ich hätte meine Gefühle für mich behalten sollen, dann wäre es nie so weit gekommen. Alle sind unglücklich. Du, Elisabeth, Luisa und Lukas, und auch Gabriela. Und wenn ich ehrlich bin, ich auch. Und jetzt lass mich zufrieden und werde glücklich mit Elisabeth.«

Sie wandte sich zum Gehen, als Sebastian nach ihrer Hand griff und sie zurückhielt. Lucius richtete sich zu seiner vollen Größe auf, knurrte vernehmlich und sträubte die Nackenhaare.

»Lass mich los, Sebastian. Lucius, setz dich hin«, befahl sie.

»Wirst du Kaspar heiraten?«, fragte Sebastian und entließ ihre Hand.

»Ich denke schon, sobald er seinen Doktor verliehen bekommen hat und zurückkehrt. Bist du nun zufrieden?« Sie war es allmählich satt und wollte Sebastian im Glauben lassen, sie hätte sich für Kaspar entschieden. Dabei war sie sich nicht sicher, ob sie überhaupt in den Stand der Ehe treten wollte.

»Nein, denn ich hasse ihn dafür. An Luisas Hochzeit, im Garten unter der Trauerweide, du wolltest mich so sehr, wie ich dich. Das kannst du nicht leugnen, denn ich habe es gespürt. Und plötzlich bist du davongerannt. Hast du an Kaspar gedacht?«

Ida schluckte. Sie hob an, wollte ihm erklären, was wirklich der Anlass für ihr Weglaufen gewesen war, doch sie brachte kein Wort über die Lippen.

Ein bitterer Zug legte sich auf Sebastians Gesicht. »Du brauchst nichts zu sagen. Ich war für dich nur eine willfährige Spielfigur, die du benutzen konntest, wann dir der Sinn danach stand. Und vermutlich geht es Kaspar ebenso. Und er wird irgendwann einmal mit demselben bittersüßen Schmerz aufwachen wie ich, der mich jeden Tag aufs Neue quält, wenn ich nur an dich denke. Doch was kümmert mich Kaspar.«

»Sebastian …« Plötzlich begann sie zu weinen, verbarg das Gesicht in ihren Händen.

Dann war er bei ihr, nahm sie in die Arme. Lucius knurrte, verstummte aber, nachdem er offenbar beschlossen hatte, dass seine Herrin keiner Gefahr ausgesetzt war. Haltlos schluchzte Ida an Sebastians Schulter. Sie bemerkte nicht, wie jemand vorbeiging und den Hut lüftete, spürte nicht, wie Lucius sich an ihre Beine schmiegte. Ihr Kopf und ihr Herz schmerzten, waren erfüllt von einer tiefen Schwärze, die sie zu verschlingen drohte. Irgendwann beruhigte sie sich, löste sich von Sebastian und wischte sich die Tränen aus dem Gesicht.

»Mir wurde Gewalt angetan, Sebastian, das war der Grund, warum ich dich im Garten von Schloss Gleißhammer stehen ließ. Und diese Schandtat beschert mir immer noch Albträume. Jetzt weißt du den wahren Grund.« Es tat gut, es auszusprechen. Vielleicht hätte sie das längst tun sollen.

»Wer war der Hundsfott?«, fragte Sebastian leise.

»Es tut nichts zur Sache, wer er ist. Doch seinetwegen leide ich und vergrabe mich in meiner Arbeit. Nur die Malerei gibt mir seither jeden Tag die Kraft aufzustehen.« Sie fuhr sich mit dem Handrücken über die Nase. »Es ist dunkel geworden, lass uns nach Hause gehen.«

Sebastian begleitete sie und Lucius und verabschiedete sich von Ida, als sie vor dem Haus am Schwabenberg angelangten. »Du solltest mit meiner Schwester sprechen«, riet er ihr und verschwand in der Nacht.

Seitdem sie Ida und Lukas in der Werkstatt überrascht hatte, war Luisa untröstlich. Zu ihrem Schmerz gesellten sich Eifersucht und Zorn. Sie ging Lukas aus dem Weg und hatte sich eine Schlafkammer herrichten lassen, deren Tür sie nachts verschloss. Ihre Mutter hatte versucht, mit ihr zu reden, doch irgendwann aufgegeben, und Lukas klopfte jeden Abend vergebens an ihre Tür. Elisabeth war die Einzige, mit der sie sprach. Nie hätte sie gedacht, dass ausgerechnet ihre Schwägerin und sie sich so gut verstehen würden. Luisa weinte in Elisabeths Armen, um kurz darauf teures Geschirr an die Wand zu werfen. Auch jetzt saß sie in der Stube bei Elisabeth, die ihr geduldig ein ums andere Mal zuhörte.

»Luisa, das geht jetzt schon seit Tagen, und ich kann dich gut verstehen. Aber du musst mit Lukas sprechen. So kann es nicht weitergehen.«

»Ich kann ihm nicht verzeihen, Elisabeth, und dabei bleibt es.«

Sebastians Frau legte ihre Handarbeit neben sich und seufzte. »Du weißt doch gar nicht, ob er Ida beigelegen hat, vielleicht tust du ihm unrecht.«

»Er hat ihre Hand gehalten, und wenn ich etwas später gekommen wäre … nicht auszudenken, was ich hätte sehen müssen. Ida mit hochgeschobenen Röcken, und mein Gatte zwischen ihren Beinen.« Luisa schüttelte sich. »Wenn er mich wirklich lieben würde, wäre er mir hinterhergelaufen, aber nein, er ist bei ihr geblieben.«

Klara, die Dienstmagd, betrat scheu die Stube und meldete Besuch. »Gabriela Heim wünscht Euch zu sprechen.«

»Herein mit ihr«, sagte Elisabeth. Kaum waren ihre Worte verklungen, erschien Gabriela auch schon. Ihre Wangen waren gerötet, und sie atmete schwer, als wäre sie zu schnell gelaufen.

»Setz dich.« Luisa wies auf einen freien Stuhl. »Klara, bring uns verdünnten Wein, Käse und Brot«, ordnete sie an.

»Ich versuche, Luisa davon zu überzeugen, mit ihrem Gatten zu reden, doch sie will nicht. Vielleicht hast du mehr Glück, Gabriela«, erzählte Elisabeth und nahm ihre Handarbeit wieder auf.

Die Magd erschien, brachte das Gewünschte, und kaum war sie verschwunden, schoss es aus Gabriela hervor. »Eure Männer sind derselben Hexe verfallen. Sebastian wurde gestern Abend gesehen, wie er eine Frau im Arm hielt. Eine Frau mit einem großen schwarzen Hund.«

Entsetzt schlugen Luisa und Elisabeth die Hände vor den Mund.

»Sag, dass das nicht wahr ist«, krächzte Elisabeth und begann am ganzen Körper zu zittern.

»Verzeih mir, aber es ist wahr. Sebald Haiden von Reichenfels war auf dem Nachhauseweg von einer Ratssitzung, er wohnt am Ponersberg.«

»Am Ponersberg«, flüsterte Elisabeth fassungslos, »dort wollte Sebastian sich ein Haus anschauen. Und heute Morgen ist er noch vor Tagesbeginn nach Antwerpen aufgebrochen. Er hat sich nicht einmal verabschiedet.«

Luisa nahm ihre Schwägerin in den Arm. »Ich kann es einfach nicht glauben.«

»Sebald hat mir seine Aufwartung gemacht, dabei hat er es mir erzählt. Warum sollte er solche Dinge erfinden?« Gabriela zuckte hilflos mit den Schultern.

»Du und Sebald? Hört, hört«, versuchte Luisa abzulenken.

Gabriela lächelte breit. »Ja, vielleicht. Wir haben uns bei den Meistersingern kennengelernt, du erinnerst dich. Er ist ein Mann mit sehr guten Umgangsformen, sieht gut aus, sitzt im Rat, und arm ist er auch nicht«, zwinkerte sie.

Luisa hob anerkennend die Augenbrauen und dachte bei sich, dass Gabriela sich schnell über ihren ach so geliebten Kaspar hinweggetröstet hatte. Plötzlich sprang Elisabeth auf und eilte aus der Stube. Gabriela und Luisa warfen sich ratlose Blicke zu.

»Was ist mit ihr?«, fragte die Arzttochter.

»Ich weiß es nicht, aber sie ist schon seit zwei oder drei Wochen so blass und fühlt sich elend«, erwiderte Luisa. »Sie kann kaum ihre Mahlzeiten bei sich behalten.«

»Sie ist guter Hoffnung«, war Gabriela überzeugt.

Luisa rollte mit den Augen. »Weshalb habe ich nicht selbst daran gedacht.« Dann seufzte sie schwer. »Und nun muss sie erfahren, dass mein Bruder wohl nicht ehrlich zu ihr ist. Die Ärmste.«

»Wir müssen etwas unternehmen, Ida stürzt uns alle ins Unglück.«

Draußen vor der Tür war Klaras Stimme zu hören. »Geht nur hinein.« Einen Augenblick später erschien Ida.

»Luisa, ich muss unbedingt mit dir sprech…« Der Rest erstarb auf ihren Lippen, als sie Gabriela gewahr wurde.

»Du wagst es, hierherzukommen?«, fauchte Elisabeth, die hinter Ida im Türrahmen auftauchte.

Ida achtete nicht auf sie. »Ich komme ein anderes Mal wieder, wenn du keinen Besuch hast, Luisa.«

Luisa blitzte Ida an. »Spar dir die Mühe. Du bist hier nicht mehr willkommen, und jetzt scher dich raus.«

»Aber …«

»Hast du nicht gehört, was Luisa gesagt hat? Verschwinde«, mischte sich nun Gabriela ein, ihre Stimme kalt wie Eis.

Ida warf noch einen Hilfe suchenden Blick auf Luisa, doch dann wandte sie sich mit hängenden Schultern und gesenktem Kopf ab und drängte sich an Elisabeth vorbei.

»Hure«, zischte Elisabeth ihr zu, dann war Ida verschwunden.

»Ida, pfeif den Hund zurück«, rief Basilius Besler, der im Garten arbeitete.

Ida grinste, denn die Dogge lag schläfrig zu ihren Füßen. Sie stieß einen leisen Pfiff aus. Lucius kam gemächlich auf die Beine, streckte sich, drückte den Rücken durch und gähnte herzhaft. Die ganze Zeit über hatte er vor der Hintertür geruht und die spärlichen Sonnenstrahlen genossen.

»Onkel, du bist wirklich schwer zu überzeugen. Allmählich solltest du wissen, dass Lucius kein Menschenfresser ist«, sagte sie. Basilius klopfte sich die Erde von den Schuhen und tauchte die Hände in eine Wasserschüssel. Ida reichte ihm ein Tuch. »Komm herein, Traude hat leckere Apfelküchlein gebacken, die du dir nicht entgehen lassen solltest.«

Besler ließ sich nicht zweimal bitten und geriet ins Schwärmen. »Deine Magd ist ein wahrer Engel, diese Küchlein sind himmlisch«, schmatzte er und griff nach einem weiteren.

»Ich wüsste nicht, was ich ohne sie täte«, erwiderte Ida und leckte sich die Fingerspitzen ab. »Geht es mit den Pflanzenbeschreibungen voran?« Sie füllte die Gläser mit verdünntem süßem Weißwein.

Basilius zog die Stirn kraus. »Es ist mühselig, mehr als das. Meine Lateinkenntnisse sind nicht gut genug, muss ich gestehen.«

»Du solltest jemanden für die Übersetzungen bezahlen, dann kannst du dich mehr um andere Dinge kümmern«, schlug Ida vor.

»Ja, vielleicht werde ich das tun. Im Augenblick stelle ich ein Autorenverzeichnis zusammen. Zweiundzwanzig sind es, die mit mehreren ihrer Werke aufgeführt werden. Schließlich muss ich sie benennen, wenn ich daraus zitiere. Leonhart Fuchs, Caspar Bauhin, Carolus Clusius, Matthias de L'Obel«, begann er aufzuzählen, »und natürlich nicht zu vergessen: Joachim Camerarius.« Er schwieg einen Augenblick, dann räusperte er sich vernehmlich. »Mir wurde zugetragen, es sei deine Schuld, dass Kaspar die Verlobung mit Gabriela Heim gelöst hat.« Er warf Ida einen fragenden Blick über den Rand seines Glases zu.

»Es war Kaspars alleinige Entscheidung«, erwiderte sie knapp und machte deutlich, dass sie nicht weiter darüber sprechen wollte. »Wusstest du, dass der Rat darüber entschieden hat, dass Frauen nun auch in Öl malen dürfen?«

»Nein. Aber es freut mich, vor allem für dich. Für mich hat es keinen Sinn ergeben, warum ihnen dies bisher verwehrt wurde. Hast du dabei deine Hände im Spiel gehabt?« Besler schielte auf das letzte Küchlein, rang einen Moment mit sich und nahm es schließlich.

»Sebald Haiden von Reichenfels ist mir wohlgesonnen, oder vielmehr seine Schwester Henriette«, grinste Ida.

»Woher kennst du Henriette von Reichenfels?«, fragte Basilius erstaunt.

»Sie ist mit Prinzessin Sibylle befreundet, die wiederum die Schwester von Markgräfin Sophie ist. Und allen dreien gefällt meine Malerei.«

»Und Sophie hat dir dieses schwarze Monstrum verschafft«, brummte Besler und wies mit dem Kinn auf Lucius, der vor dem Kamin lag.

»Du solltest nicht immer so geringschätzig von Lucius reden, vielleicht überlegt er es sich und nimmt dich in seinen Speiseplan auf«, neckte Ida. Sie entschied, dass jetzt der richtige Augenblick gekommen war, um Basilius zu sagen, was ihr auf dem Herzen lag. »Ich glaube, es wäre besser, Lukas Straub keinen weiteren Auftrag zu geben.«

Verblüfft starrte ihr Onkel sie an. »Aber du warst es doch, die unbedingt wollte, dass er einen Teil der Kupferplatten herstellt. Was ist geschehen?«

Ida senkte den Blick. »Alle sind gegen mich. Selbst Luisa. Sie glaubt, Lukas und ich …«

»Das ist doch Unsinn«, fuhr er auf. »Wie kommt sie darauf?«

Ida erzählte von der Begegnung in Straubs Werkstatt. »Es handelt sich um ein Missverständnis, doch Luisa gibt mir keine Gelegenheit, es aufzuklären. Sie lässt sich von den anderen Frauen beeinflussen und will mich nicht mehr sehen«, endete Ida mit erstickter Stimme. »Deshalb halte ich es für klüger, einen anderen Kupferstecher zu beauftragen.«

»Nein.« Basilius lehnte mit fester Stimme ihren Wunsch ab.

»Bitte, Onkel. Ich möchte nicht, dass noch weitere Lügen über mich verbreitet werden.«

»Nein«, wiederholte er. »Ida, es wäre Wasser auf die Mühlen dieser Verleumderinnen, wenn ich die Zusammenarbeit mit Lukas löse. Außerdem habe ich einen Vertrag mit ihm. Es bleibt dabei.« Tröstend tätschelte er ihre Hand. »Ida, diese Frauen sind nur neidisch, und irgendwann wird sich auch Luisa darauf besinnen, was wahre Freundschaft bedeutet.«

Ein böser Husten hatte Traude erwischt. Ida konnte die Magd keuchen hören, als diese die Treppen hinaufstieg, um die Räume im Obergeschoss auszufegen. Sie unterbrach ihr Zeichnen und ging Traude hinterher.

»Deine Lunge rasselt wie die Kette einer Zugbrücke, die hinabgelassen wird«, stellte sie besorgt fest. Auf Traudes

Stirn lag ein Schweißfilm, dabei war es ein kühler Tag, und ihre Augen zeigten einen seltsamen Glanz. »Du hast Fieber, Traude.«

»Ach, das vergeht schon wieder«, winkte die Magd ab. Ida musste plötzlich an ihre Mutter denken. Sabinas Husten hatte ähnlich geklungen, und dann hatte auch sie aufgefiebert und war kurz darauf verstorben.

»Ruh dich aus, ich gehe zu meinem Onkel und hole dir Arznei«, sagte sie und wies auf einen kleinen Sessel in der Ecke.

»Nein, nein, lasst nur, das kann ich mir nicht leisten. Es ist Herbst, viele Leute sind krank.« Traude zuckte mit den Schultern.

»Du wirst dich jetzt dorthin setzen und nicht von der Stelle rühren, bis ich wieder zurück bin. Um die Bezahlung brauchst du dich nicht zu scheren.« Sie nahm Traude am Arm und drückte sie dann auf das Polster des Sessels nieder. »Wag es nicht, mir zu widersprechen, Traude, sonst hetze ich Lucius auf dich«, drohte sie scherzhaft.

Die ältere Frau lächelte sie an. »Er wird mir nichts tun, wir sind gute Freunde.« Traude erlitt einen polternden Hustenanfall. Ida verließ hastig das Zimmer, holte eine wollene Decke aus ihrer Schlafstube und legte sie der Magd um die Schultern.

Basilius hatte Ida Linden- und Holunderblüten gegen das Fieber mitgegeben sowie Weidenrinde und Mädesüß. Um den Husten zu lindern, sollte Traude einen heißen Sud aus Thymian, Spitzwegerich und Salbei trinken. Als Ida mit den Arzneien ins Zimmer kam, war Traude eingeschlafen. Behutsam weckte sie die ältere Frau und reichte ihr einen dampfenden Becher. »Traude, hier, nimm das, es wird dir helfen.«

»Ihr habt ein gutes Herz.« Dankbar sah Traude zu ihr auf und blies vorsichtig über die heiße Flüssigkeit. Als sich die Magd später wieder etwas besser fühlte, schickte Ida sie nach Hause.

»Seid bedankt, Gott segne Euch«, krächzte Traude und nahm die Säckchen mit den Kräutern und den Hustensaft an sich.

Der Himmel war grau und trüb, schwer senkten sich die Wolken über die Stadt. Ida war seit Tagesanbruch in der Werkstatt, nachdem sie Lucius seinen Gerstenbrei gegeben hatte. Bevor es an der Tür klopfte, begann die Dogge zu bellen, und umso lauter, als jemand mit den Fingerknöcheln gegen das Holz pochte.

»Lucius«, mahnte Ida und ging zur Tür und öffnete.

Vor ihr stand eine Frau, die älter aussah, als sie vermutlich war. Sie war ärmlich gekleidet und über ihrer linken Brust prangte das Nürnberger Almosenabzeichen aus Messing. Betteln war vor Langem verboten worden, und der Stadtrat sorgte mit Almosenspenden für die Ärmsten, die keiner Arbeit nachgehen konnten oder nur schwer Arbeit fanden. Viele Falten hatten sich in ihrem Gesicht eingegraben, und die grünen Augen spiegelten all den Schmerz ihres traurigen Lebens wider.

»Ich bin Käte. Traude schickt mich anstatt ihrer, das Fieber hält sie darnieder«, brachte die Frau hervor, und Ida konnte große Zahnlücken entdecken. »Sie wird wohl einige Tage kaum aufstehen können.«

Ida war einen Lidschlag lang unentschlossen, ob sie die Frau wegschicken sollte oder nicht. Doch dann rührte sie der Anblick, und stumm dankte sie Gott, dass sie selbst ein besseres Leben führen durfte.

»Komm herein, Käte«, sagte sie und gab die Tür frei. »Lass den Hund an dir schnüffeln, er wird dir nichts tun.«

Argwöhnisch hielt Käte den Atem an und wagte sich nicht zu rühren, als die Dogge sie in Augenschein nahm. Lucius schnupperte und wandte sich dann ab.

»Siehst du, Lucius tut dir nichts, du kannst wieder Luft schöpfen«, lächelte Ida. »Ich zeige dir, was es für dich zu tun gibt, und du erzählst mir ein wenig von dir.«

Hinkend folgte Käte Ida in die Küche. »Da gibt es nicht viel zu erzählen. Mein Vater war Totengräber und ein grausamer Mann. Das wenige Geld, das er verdiente, versoff er zum größten Teil. Kein Tag verging, dass er uns Kinder und unsere Mutter nicht schlug oder gar Schlimmeres antat«, sagte sie freimütig.

»Das ist sehr traurig. Nicht jedem ist das Glück eines liebenden Vaters beschert so wie mir.« Sie räusperte sich. »Im Hof findest du einen Besen und Feuerholz für den Kamin. Die Wäsche muss zur Mangel gebracht werden, und geh zum Fleischhaus, um ein paar Knochen für Lucius zu bekommen. Ich gebe dir Geld, damit kaufst du Gemüse und ein Huhn, und nimm das Almosenzeichen ab. Ich hoffe, du kannst kochen«, fügte Ida hinzu und zählte ein paar Münzen aus ihrem Beutel ab, die sie auf den Küchentisch legte.

»Ich gebe mir Mühe«, lautete Kätes Antwort.

»Was ist mit deinem Bein?«, fragte Ida, der Kätes Hinken aufgefallen war.

»Seit meiner Geburt habe ich einen Klumpfuß wie mein Vater, dieses versoffene Schwein. Nicht genug, dass er mich schlug und schändete, nein, auch dieses Leiden hat er mir vererbt«, brach es aus Käte hervor.

Entsetzt sah Ida die Magd an. »Dein eigener Vater hat dir Gewalt angetan?«

»Mir und meiner Schwester. Sie ist vor Verzweiflung in die Pegnitz gesprungen. Gerda war erst zwölf, als er über sie herfiel.« Käte schüttelte den Kopf, als ob sie es selbst nicht glauben konnte.

»Und du?«

»Zwei Jahre älter. Als der monatliche Blutfluss ausblieb, hat er mich mit einem Stock verprügelt, damit ich das Kind verliere. Doch ich behielt diese unliebsame Frucht. Ich habe ein Mädchen geboren, und auch es war mit einem verwachsenen Fuß gezeichnet«, erzählte Käte und ließ die Münzen unter ihrer Schürze verschwinden.

»Was ist mit dem Kind geschehen?«

»Ich habe es in die Drehlade des Findelhauses gelegt und versucht, es zu vergessen. Aber das kann man nicht, wenn man ein Leben geschenkt hat. Auf irgendeine Art und Weise liebte ich es sogar.«

»Das ist eine schreckliche Geschichte«, erwiderte Ida mitfühlend.

»Es ist über zwanzig Jahre her, aber immer noch suchen mich hin und wieder schlechte Träume heim. Ich bin froh, dass ich mich irgendwie durchschlagen kann, meist lebe ich von Almosen, wie Ihr seht.«

Ida dauerte die Frau. »Wenn du deine Arbeit verrichtet hast, dann iss mit mir, bevor du nach Hause gehst.«

Ein dankbares Leuchten erschien in den traurigen Augen, und ein winziges Lächeln stahl sich um Kätes Mundwinkel. »Ihr seid zu gütig, das hat schon Traude gesagt.«

Später saß Ida mit Käte in der Küche und aß Huhn mit Kraut und Brot. Traude war bei Weitem die bessere Köchin, aber Ida ließ sich nicht anmerken, dass das Huhn zu trocken war und das Kraut mehr Gewürze hätte vertragen können. Lucius lag in der Ecke und kaute genüsslich an seinem Knochen. Gierig schlang Käte das Essen in sich hinein.

»Du bekommst Bauchgrimmen, wenn du so hastig isst«, mahnte Ida, in deren Hinterkopf sich Gedankenbruchstücke zu einem Bild zusammenfügten, nachdem sie über Kätes Geschichte nachgedacht hatte.

»Macht Euch keine Sorgen, wir Kinder mussten schon immer schnell hineinstopfen, da wir nicht sicher sein konnten, wann es wieder etwas zu Essen gibt.« Käte brach ein weiteres Stück Brot ab und wischte damit den Teller blank.

Ein Bote hatte ein Schreiben für Sebastian gebracht. Ursula Imhoff saß im Kontor und erbrach das Siegel des Notars. Ihr Sohn befand sich noch in Antwerpen, und wie immer, wenn es um wichtige Angelegenheiten ging, handelte sie an seiner statt. Wie sie erwartet hatte, befanden sich darin der Kaufvertrag und der Eintrag des Hauses am Ponersberg ins Schreinsbuch. Einerseits bedauerte sie Sebastians Auszug aus dem Stammhaus, andererseits würde dann wieder mehr Ruhe einkehren. Ihre Schwiegertochter klagte täglich über die Dienerschaft, die Köchin und ihre Schwangerschaft. Außerdem war es Ursula zunehmend ein Dorn im Auge, dass sie ihre Stube allzu oft belegt vorfand. Elisabeth lud mehrfach in der Woche Paula und Gabriela ein. Ursula hatte nichts gegen die jungen Frauen, aber sie fühlte sich zunehmend in ihrem eigenen Haus verdrängt.

»Guten Morgen, Mutter«, sagte Luisa, die gerade hereinkam. »Die Spendensammlung war erfolgreich«, sie klimperte mit einem vollen Münzbeutel. »Das Almosenamt wird sich freuen.«

Vor einiger Zeit hatte Luisa begonnen, sich für die Bedürftigen einzusetzen, nachdem Ehrentraud Mendel geklagt hatte, die Spendenbereitschaft der Bürger gehe deutlich zurück.

»Du solltest Elisabeth mitnehmen, den ganzen Tag sitzt sie herum und bemitleidet sich«, grummelte Ursula.

Luisa ging nicht darauf ein und wies auf die Papiere. »Was sind das für Urkunden?«

»Der Hauskauf deines Bruders ist nun amtlich«, erwiderte ihre Mutter und legte die Schreiben in die oberste Tischschublade.

»Sebastian hat das Haus tatsächlich erworben? Davon wusste ich nichts.« Luisa setzte sich ihrer Mutter gegenüber.

»Er wollte Elisabeth überraschen, hat er gesagt, deshalb hat er nur mich eingeweiht. Ihr hat er nur erzählt, er wolle sich eines ansehen. Es wird Zeit, dass die beiden ein eigenes Zuhause haben, mir wird es allmählich zu viel. Wenn erst einmal mein Enkelkind auf der Welt ist, nimmt Elisabeth noch mehr Räumlichkeiten für sich in Anspruch«, sagte Ursula verdrossen.

Luisa hob die Augenbrauen. »Ich dachte immer, du magst sie.«

»Schon, aber je länger sie unter meinem Dach wohnt, desto öfter frage ich mich, ob ich Sebastians Wunsch, Ida zu heiraten, nicht hätte nachgeben sollen«, sagte ihre Mutter reumütig. »Ich weiß, dein Bruder ist nicht glücklich in dieser Ehe, aber er bemüht sich redlich. Das Haus am Ponersberg ist riesig, hat vier Geschosse und einen prächtigen Saal. Im Innenhof steht ein Brunnen inmitten eines hübsch angelegten Gartens. Sebastian hat ein Vermögen dafür ausgegeben, und die Reise nach Antwerpen dient auch dazu, Möbel zu kaufen. Elisabeth sollte sich glücklich schätzen. Stattdessen mäkelt sie an allem herum.«

»Sebastian wurde am Ponersberg mit einer anderen Frau gesehen«, sagte Luisa und spielte mit dem Münzbeutel in ihrem Schoß.

»Was redest du da?«

»Gabrielas Verehrer, Sebald Haiden von Reichenfels, wohnt am Ponersberg, er war auf dem Weg von einer Ratssitzung nach Hause und bemerkte ein Paar. Seiner Beschreibung nach war es Ida, die Sebastian eng umschlungen hielt. Der Ratsherr sprach von einer jungen Frau mit einem großen schwarzen Hund«, klärte Luisa sie auf.

Ursula rümpfte die Nase. »Wenn Sebastian sich schon der Untreue schuldig macht, dann sollte er es wenigstens heimlich tun und nicht auf offener Straße. Dein Vater war geschickter, wobei er mich nie täuschen konnte.«

Fassungslos sah Luisa ihre Mutter an, ihre Hände vergaßen das Spiel mit dem Beutel. »Vater? Und du wusstest davon?«

»Kind, du solltest dich damit abfinden, dass die meisten Männer es mit der Treue nicht so genau nehmen. Ich würde lügen, wenn ich behaupte, es hätte mir nichts ausgemacht. Doch trotzdem galt es, den Schein nach außen hin zu wahren, wir sind schließlich überall bekannt. Um einen einfachen Gerber, der dasselbe Unrecht begeht, schert sich niemand.« Ursula rieb sich mit den Fingerspitzen die Schläfen. »Weiß Elisabeth davon?«

»Ja, Gabriela hat es uns selbstredend auf der Stelle kundgetan. Elisabeth war außer sich«, antwortete Luisa seufzend.

Abschätzend sah Ursula sie an. »Was denkst du über deinen Bruder und deine Freundin Ida?«

Luisas Miene verfinsterte sich. »Ida ist nicht mehr meine Freundin. Sie bringt nur Unglück über alle.«

»Unglück?«

Luisa traten die Tränen in die Augen. »Sie verführt nicht nur Sebastian, auch Lukas ist ihr verfallen. Ich habe mit eigenen Augen gesehen, wie sie sich in seiner Werkstatt an den Händen hielten.« Sie schlug die Hände vors Gesicht und begann zu weinen. »Und Kaspar hat ihretwegen Gabriela verlassen. Ich wünschte, ich hätte sie nie getroffen.«

Ursula kam um den Schreibtisch herum und strich ihr sanft über den Kopf. »Deshalb hast du dir eine zusätzliche Kammer einrichten lassen. Warum ließest du mich glauben, die viele Arbeit sei der Grund, warum Lukas oft erst spät nach Hause kommt?«

»Vielleicht weil du anfangs gegen Lukas warst. Und du hattest recht, das weiß ich jetzt. Ich hätte auf dich hören sollen.« Ihr Weinen steigerte sich zu einem herzzerreißenden Schluchzen. »Weißt du, ich vermisse ihn so sehr. Und ich vermisse auch Ida, und im nächsten Augenblick wünsche ich ihr Schlechtes.«

»Was sagt Lukas?«

»Er spricht kaum noch mit mir, sagt, ich bilde mir alles nur ein. Ida und er arbeiten zusammen, weiter nichts. Und wenn ich den anderen mehr Glauben schenke als ihm, würde ich ihn weder kennen noch lieben.« Luisa zupfte ein Tuch aus dem Ärmel und wischte sich trotzig die Tränen aus dem Gesicht.

Ursula setzte sich wieder hin, verschränkte die Unterarme auf der Tischplatte, ihr Gesicht nachdenklich.

»Was hältst du davon, mit mir nach Lissabon zu reisen? Ich möchte in der Faktorei nach dem Rechten sehen, schließlich war länger niemand von der Familie dort, und du könntest neue Ware für dein Mus ordern.«

»Wann fahren wir los?«, fragte Luisa, und in ihren Augen funkelte mit einem Mal die Abenteuerlust.

Elisabeth war fassungslos.

»Ihr könnt mich doch nicht einfach allein lassen? Wer weiß, wann Sebastian zurückkommt. Wenn er überhaupt hierherkommt und nicht bei seiner Konkubine einzieht, dieser treulose Hurenbock.« Ihre Stimme troff vor Eifersucht.

Ursula fasste sie rüde am Arm. »Untersteh dich! Mein Sohn hat ein Vermögen ausgegeben, um dir und euren Kindern ein eigenes Zuhause zu geben, wie du inzwischen weißt. Du solltest dich schämen, so von ihm zu reden. Außerdem bist du nicht allein, Lukas ist hier und jede Menge Gesinde. Und an Gesellschaft fehlt es dir nie, denn Gabriela und Paula gehen hier fast täglich ein und aus. Ich rate dir, dich zusammenzureißen, Elisabeth Welser«, sagte sie, den Mädchennamen ihrer Schwiegertochter betonend. Dann ließ sie Elisabeth los und fuhr fort: »Mein lieber Ludwig, Gott hab ihn selig, hat auf eine angemessene Mitgift seitens deines Vaters verzichtet, weil es mit eurer Handelsgesellschaft damals schon bergab ging. Lediglich die Aussteuer und die Ausrichtung der Hochzeit musste Hans Welser bezahlen und Schloss Rudolfshausen hergeben. Du solltest dich mehr als glücklich schätzen, in unsere Familie eingeheiratet zu haben.«

Elisabeth setzte zu einer Erwiderung an, schloss aber den Mund wieder zu, als sie Luisas warnenden Blick auffing.

»Wenn mein Sohn von Antwerpen zurückkehrt, wirst du ihn gebührend und mit Achtung empfangen. Hast du mich verstanden?« In Ursula Imhoffs Stimme lag eine unbestimmte Drohung.

Elisabeth senkte ehrerbietig den Kopf und schwieg.

Ursula wiederholte ihre Frage. »Hast du mich verstanden?«

Ein kaum hörbares »Ja« löste sich von Elisabeths Lippen. Ursulas Stimme wurde weicher. »Versprich mir, dass du auf dich achtgibst, damit dem Kind und dir nichts geschieht. Und wenn dir die Zeit zu lang werden sollte, dann lass dich von Blasius zum Haus am Ponersberg fahren und überlege dir, wie du es einrichten möchtest. Tuchballen gibt es zuhauf in unseren Lagern, such dir aus, welche Stoffe du für Vorhänge, Bett- und Tischwäsche haben möchtest, und lass sie zum Schneider bringen. Vergiss aber nicht, vorher zu messen.«

»Ich weiß nicht, wie man misst«, antwortete Elisabeth.

»Dann lass einen Schneidergesellen kommen«, entgegnete Ursula seufzend und wandte sich an ihre Tochter. »Wir reisen morgen ab. Komm, Luisa, es gibt noch jede Menge vorzubereiten.«

Elisabeth nahm den Vorschlag ihrer Schwiegermutter nur allzu gerne wahr.

»Blasius, ich will nach Wendelstein«, befahl sie in herrischem Ton, kaum dass Luisa und Ursula einen Tag das Haus verlassen hatten. »Und nimm den Zweispänner.« Elisabeth wollte zuerst Paula abholen und auf dem Rückweg auch Gabriela, um den beiden ihr zukünftiges Zuhause zu zeigen. Sie hatte es selbst noch nicht zu sehen bekommen, und ihre Aufregung war groß. Die Fahrt zur Papiermühle und zurück dauerte nicht lange, denn Elisabeth forderte Schnelligkeit, und Blasius ließ die Pferde flott voranträben.

Schließlich hielten sie am Ponersberg vor dem imposanten viergeschossigen Haus mit den geschweiften Fialengiebeln. Der Anblick verschlug den drei jungen Frauen den Atem. Schneckenförmige Voluten zierten die Giebel, und im ersten Obergeschoss fand sich ein Chörlein, hübsch geschmückt mit Ornamenten.

»Es ist wunderschön«, sagte Gabriela ein wenig neidisch, »das Haus meines Vaters dagegen ist eine elende Hütte.«

»Nun übertreib mal nicht«, meinte Paula, während sie hineingingen.

Empfangen wurden sie von holzvertäfelten Wänden und dunklen Holzdielen, die Rundbogenfenster flankiert von zur Hälfte mit Holz verkleideten Säulen. Im ersten Obergeschoss bestaunten die drei Frauen die reich bemalte Decke im Festsaal und ergötzten sich an einem aufwendig gestalteten Kamin.

»Grüne oder dunkelrote Vorhänge? Was meint ihr? Samt oder Brokat?« Aufgeregt lief Elisabeth von einem Raum zum anderen, Gabriela und Paula folgten ihr auf den Fersen.

Nachdem sie das gesamte Haus in Augenschein genommen hatten, kutschierte Blasius sie zum Imhoff'schen Handelshaus. Elisabeth ließ Hildegund kommen, Luisas einstige Lehrmeisterin, die die Aufsicht über die Tuchballen hatte. In herrischem Ton verlangte sie, ihr die besten und teuersten Stoffe zu zeigen. Hildegund machte keinen Hehl daraus, dass sie Elisabeths Ansinnen missbilligte.

»Verzeiht, aber dafür habe ich nicht die Zeit. Neue Ware ist angekommen, um die ich mich kümmern muss.«

»Was erlaubt Ihr Euch? Ich bin Elisabeth Imhoff und …«

»Ich weiß, wer Ihr seid«, unterbrach Hildegund sie schroff. »In zwei Tagen sind die Ballen gesichtet und geprüft, dann könnt Ihr in Ruhe etwas aussuchen. Und jetzt lasst mich meine Arbeit tun.«

Elisabeth schnappte nach Luft. »Sobald mein Gatte aus Antwerpen zurück ist, werde ich dafür sorgen, dass Ihr entlassen werdet«, zischte sie und machte auf dem Absatz kehrt, gefolgt von ihren Begleiterinnen.

»Ich brauche frische Luft und möchte zu Fuß gehen, damit ich mich wieder beruhigen kann. Dieses unverschämte Weibsstück wird sich noch wünschen, sie wäre freundlicher gewesen«, ereiferte sie sich.

»Was sich diese kleinen Leute heutzutage erlauben, ist nicht zu fassen«, stimmte Gabriela zu.

»Denk an das Ungeborene unter deinem Herzen, Aufregung ist nicht gut für dein Kind«, warf Paula ein, die noch vor einiger Zeit ob Elisabeths Wunsch, zu Fuß zu gehen, gejammert hätte. Schuhmachermeister Dinkelacker, der sein Handwerk im Herzogtum Württemberg gelernt hatte, war erst seit einem Jahr in Nürnberg ansässig. Oswald hatte von seiner Handwerkskunst gehört und war mit ihr zu dessen Werkstatt gefahren. Zuerst war es ihr unangenehm gewesen, dem Mann ihren unbedeckten Klumpfuß zu zeigen, doch er hatte ihr erklärt, er müsse Maß nehmen wie ein Schneider, was ihr eingeleuchtet hatte. Seitdem sie die neuartigen Schuhe trug, fiel ihr das Gehen erheblich leichter und sie hatte weitere in Auftrag gegeben.

Die drei Frauen querten den Diligenhof und näherten sich dem Schwabenberg, als ihnen eine junge Frau entgegenkam. Neben ihr trottete ein großer schwarzer Hund.

»Auch das noch«, fauchte Elisabeth aufgebracht.

Eine Möglichkeit, Ida auszuweichen, gab es nicht, und so mussten sie wohl oder übel an ihr und dem Hund vorbei. Als sie auf gleicher Höhe waren, nickte die Malerin ihnen mit ausdrucksloser Miene zu.

»Elende Hure«, knurrte Elisabeth leise, aber laut genug, damit Ida sie hören konnte.

»Solltest du mich damit gemeint haben, rate ich dir, dies auf der Stelle zurückzunehmen«, entgegnete Ida und blieb stehen.

»Sonst hetzt du den Hund auf mich?« Elisabeth lächelte böse. »Gar nichts werde ich zurücknehmen.«

»Ganz recht, Elisabeth. Was du gesagt hast, ist nur die Wahrheit. Und die darf man aussprechen«, mischte sich Gabriela ein.

Paula beäugte Lucius, der aufmerksam neben Ida saß. »Nimm deinen Höllenhund zurück.«

Ida wandte den Kopf. »Angst?«, sagte sie spöttisch zu Paula.

»Wer sich solch eine Bestie hält, wird seine Gründe haben«, erwiderte Paula. »Du bist nur niederes Geschmeiß, du Teufelsbuhle. Machst dir anständige Männer durch deine zauberischen Mächte zu Eigen.«

Idas Wangen färbten sich rot vor Zorn. »Niederes Geschmeiß nennst du mich und beschuldigst mich, eine Hexe zu sein? Wurdest du denn nicht in der Drehlade des Findelhauses abgelegt, und Ottilie Nützel zeigte Erbarmen und hat dich an Kindes statt angenommen? Deine wahre Mutter lebt von Almosen, Paula, und dein Klumpfuß rührt daher, dass dein Großvater Sodomie begangen hat. Seine eigene Tochter, deine Mutter, hat er geschändet«, schleuderte Ida ihr entgegen. »Deine Mutter ist ein feiner Mensch, was man von dir nicht behaupten kann. Nur Neid und Niedertracht wohnen in deinem Herzen.«

Paula wurde leichenblass, und Elisabeth stieß einen spitzen Schrei aus, sank ohnmächtig zu Boden, bevor Gabriela sie auffangen konnte.

Heftiges Pochen an der Tür ließ Ida, die todmüde früher als sonst zu Bett hatte gehen wollen, aufschrecken. Lucius bellte unaufhörlich und war kaum zu beruhigen. Sie warf sich einen Umhang über ihr Nachtgewand und fuhr sich mit den Fingern durch die langen Haare. Vorsichtig stieg sie die Treppe nach unten, Lucius drängelte von hinten und brachte sie beinahe zu Fall. Wieder hämmerte es gegen das Holz, und eine durchdringende, ihr unbekannte Männerstimme forderte Ida auf, die Tür zu öffnen. Ein mulmiges Gefühl beschlich sie, und sie war froh, den großen Hund an ihrer Seite zu haben.

»Wer ist da?«, rief sie.

»Die Stadtbüttel.«

Idas Herz pochte schneller. Das verhieß nichts Gutes. Doch sie hatte keine Wahl, schob den Riegel zurück und spähte durch die spaltbreite Öffnung. Zwei Männer standen draußen im Nieselregen und blickten sie grimmig an.

»Ihr müsst mit uns kommen«, forderte der Linke, dessen dunkelroter Bart sich in kleinen Locken kräuselte.

»Nennt mir den Grund«, forderte Ida mit fester Stimme. Lucius knurrte leise.

»Schwere Vorwürfe wurden gegen Euch erhoben. Und jetzt eilt Euch«, gab der andere zur Antwort. Ein stämmiger Mann mit kalten dunklen Augen.

Doch Ida gab nicht nach. »Welcher Art?«

»Euch aufzuklären ist nicht unsere Aufgabe, der Stadtrat wird dies tun«, erwiderte er und machte einen Schritt auf sie zu, drückte die Tür weiter auf und griff sie am Arm.

Ein tiefes Grollen entrang sich der Hundekehle, und Lucius grub seine Zähne in die Hand des Büttels, der mit einem Aufschrei zurückfuhr.

»Was zum Teufel …«

»Lucius, setz dich«, befahl Ida mit lauter Stimme. Der Hund hatte nur seine Pflicht getan und sie beschützen wollen, doch sein Angriff machte die Sache – welcher auch immer sie beschuldigt wurde – noch schlimmer.

Der Bärtige stach mit seiner Hellebarde nach Lucius, und Ida schrie auf. »Nein!«

Lucius sprang auf und machte einen gewaltigen Satz gegen die Brust des Mannes, der rücklings zu Boden ging. Der Hund stand jetzt drohend über ihm, die Zähne gefletscht und die Nackenhaare gesträubt.

»Lucius, lass ihn zufrieden«, befahl Ida erschrocken, die ihren treuen Begleiter noch nie so wütend erlebt hatte.

Der an der Hand verletzte Stadtbüttel hatte sich von seinem Schrecken erholt, hob seine Stichwaffe und stieß sie der Dogge in die linke Seite. Ida brüllte aus Leibeskräften. Lucius jaulte laut auf und fiel auf den am Boden liegenden Mann, als der Büttel die Waffe mit einem Ruck aus dem Hundekörper riss. Blut schoss hervor, tränkte die Pflastersteine, und ein klägliches Winseln war zu hören. Dann brachen die Hundeaugen. Ida fiel neben Lucius auf die Knie, zog ihn an sich und vergrub ihr Gesicht in dem schwarzen Fell. Ihr Weinen steigerte sich zu einem schrillen Aufheulen. Grob rissen die Männer sie auf die Füße, fesselten ihre Handgelenke hinter dem Rücken und stießen sie vorwärts. Eine Woge des Entsetzens erschütterte Ida und ließ sie am ganzen Körper zittern, sodass sie kaum gehen konnte.

Der Lärm und die Schreie hatten Nachbarn die Fenster öffnen lassen, doch als sie die Büttel sahen, zogen sie sich schnell wieder zurück. Nur ein Mann tauchte im Schein der Laternen an den Häusern aus der Dunkelheit auf.

»Ida, bei Gott dem Allmächtigen! Was geht hier vor?«, rief eine bekannte Stimme. Lukas, der bis spät in den Abend hinein gearbeitet hatte und auf dem Weg nach Hause war, stellte sich vor die Stadtbüttel.

»Das geht euch nichts an«, fuhr der Bärtige ihn an und richtete seine Hellebarde auf Lukas. »Geht aus dem Weg.«

Der Drucker gab zähneknirschend nach, und der Stämmige zerrte Ida mit sich.

»Lukas, sie haben Lucius umgebracht«, weinte Ida und wurde in den Rücken gestoßen. Verzweifelt wandte sie den Kopf über die Schulter und rief: »Geh zu meinem Onkel, eil dich.«

Die Büttel brachten sie zum Rathaus, wo sich die unterirdischen Lochgefängnisse befanden. Steile Treppen führten hinunter in die Düsternis, vorbei an einem Brunnen und hinein in einen der beiden Gänge mit den Zellen. Eine Zelle war mit der Zeichnung eines roten Hahns versehen – hier brachte man die Mordbrenner unter –, die Zelle daneben zeigte ein schwarze Katze über der Tür, wo die Verleumder eingesperrt wurden. Die Büttel stießen Ida den Gang bis zum Ende entlang. Ein Wärter war ihnen aus der Wärterstube gefolgt und sperrte nun eilfertig die letzte schwere Zellentür auf. Ida fand sich in einem kleinen Raum wieder, dessen Wände und Decke mit Holz ausgekleidet waren, um die unterirdisch herrschende feuchte Kälte ein wenig im Zaum zu halten. An einer Seite fand sich eine Pritsche, allerdings ohne Decke und Kissen. Davor lag auf dem Boden ein viereckiger Stein mit einem Loch, in dem man ein Stück glühende Kohle hineinlegen konnte. Sofern man das Geld dazu besaß. Decken, Kissen, Essen und Kohle mussten die Gefangenen selbst bezahlen. Die wenigsten konnten dies. Wenn sie Glück hatten, kamen die Kirche oder ein Stifter dafür auf. In einer Ecke stand ein Holzeimer für die

Notdurft. Im Licht der Pechfackel des Wärters konnte Ida die eisernen Fußfesseln an der Wand erkennen, deren matter Glanz sich im Schein der Fackel spiegelte.

Der Bärtige löste ihre Handfesseln. »Hier wird nicht gesprochen, habt Ihr das verstanden?«

Ida nickte und schauderte vor Kälte und Furcht. Dann verließen die Büttel und der Wärter die Zelle, die Tür fiel krachend ins Schloss und ein eiserner Riegel wurde knirschend vorgeschoben. Tiefste Finsternis herrschte nun in dem kleinen Raum, und binnen kurzer Zeit wusste Ida nicht mehr, wo was stand. Wenigstens war sie nicht angekettet. Vorsichtig setzte sie einen Fuß vor den anderen, stolperte prompt über den Stein für die Kohle, schlug sich die Knie auf und stieß mit dem Kopf gegen das Bett. Schluchzend blieb sie auf dem kalten Boden sitzen. Irgendwann kamen keine Tränen mehr, und sie rappelte sich auf, legte sich auf das nackte Holzbett, rollte sich zusammen und fiel in einen unruhigen Schlaf.

Als sie erwachte, hatte Ida keine Vorstellung davon, wie lange sie in der Dunkelheit verbracht hatte. Mit steifen Gliedern erhob sie sich, tastete sich entlang des Bettes bis zur Wand und prallte mit den Zehen gegen den Eimer. Sie verrichtete ihre Notdurft und trat den kurzen Weg zurück zur Pritsche an. Geräuschvoll wurde der Riegel zurückgeschoben, und ein Wärter ließ eine Magd ein. Das Fackellicht blendete Ida, und sie kniff die Augen zusammen. Wortlos stellte die Magd das Essbrett mit Teller und Becher auf den Notdurfteimer. Dann verschwanden beide wieder nach draußen, und Ida war wieder allein in der Schwärze. Ihre Hände fanden das Brett, und ohne den Wasserbecher umzustoßen schaffte sie es zum Bett. Lieber würde sie im Stehen essen, als sich vor den stinkenden Eimer zu hocken. Die dünne, lauwarme Gemüsebrühe schmeckte fade, stillte aber den Hunger. Das Wasser wollte sie sich einteilen, denn wer wusste schon, wann es wieder etwas geben würde.

Von links hörte sie plötzlich eine dumpfe Frauenstimme.

»Wer bist du?«

Ida antwortete nicht. Bestimmt lauschten die Wärter auf jedes Wort und bestraften die Gefangenen dafür.

»Ich bin Agatha. Sie sagen, ich hätte ein Kleid meiner Herrin gestohlen. Aber es stimmt nicht. Oder doch?« Ein irres Kichern drang durch die Wand. »Und meinen Dienstherrn hätte ich ins Bett gelockt. Brrr. Von diesem Fettsack will sicher keine anständige Frau bestiegen werden. Aber vielleicht bin ich keine anständige brave Dienstmagd, sondern eine liederliche Hure und Diebin.« Wieder erklang das schrille Kichern, und Ida fragte sich, ob ihre Zellennachbarin den Verstand verloren hatte, weil sie schon zu lange in der unerträglichen Finsternis eingesperrt war.

»Sprich mit mir«, flehte Agatha. »Bitte, wer immer du bist. Ich muss eine menschliche Stimme hören.« Sie klang verzweifelt.

Ida rang mit sich, doch dann zeigte sie Erbarmen. »Mein Name ist Ida«, sagte sie, die Stirn gegen die Wand gelehnt.

»Warum bist du hier? Hast du etwa auch der Fleischeslust mit deinem Herrn gefrönt?«

»Nein. Ich weiß nicht, warum ich hier bin.«

Die Tür flog auf, und zwei Wärter stürmten herein. Der eine riss Ida an den Haaren und trat ihr die Füße weg, sodass sie hart auf dem Rücken landete und ihr die Luft aus den Lungen gepresst wurde. Japsend rang sie nach Atem. Dann folgte der erste Schlag mit einem Knüppel auf ihre Oberschenkel.

»Hier wird nicht geredet, merkt Euch das«, knurrte der Schläger und ließ einen zweiten Schlag auf ihre Hüfte folgen. Der Schmerz, der sie durchzuckte, war fürchterlich, und Ida schrie auf. Der erste Mann zog sie an den Haaren wieder hoch und stieß sie gegen die Wand, wo ihr Hinterkopf gegen die Holzbretter schmetterte. Idas Sinne drohten zu schwinden. Sie rutschte an der Wand hinunter und blieb mit dröhnendem Schädel auf dem kalten Boden sitzen. Dann waren die Wärter verschwunden. Gleich darauf hörte Ida, wie sie sich Agathas annahmen. Was sie vernahm, ließ sie erstarren, denn die beiden Wärter schändeten die Frau und bedienten sich dabei lauthals unflätigster Worte, die deutlich durch die Mauern drangen. Ida hielt sich die Ohren zu.

Irgendwann erschien ein anderer Wärter mit der Magd, die ihr dieses Mal Bettzeug brachte und ein Stück glühende Kohle für den Stein. Ida wickelte sich dankbar in die Decke und kauerte sich auf den Boden, wärmte ihre kalten Hände an der Glut. Die Pein in ihrer Hüfte ließ sie jedoch nicht allzu lange verharren, und sie legte sich auf das Bett. Vorsichtig betastete sie ihren Körper und stellte erleichtert fest, dass die Knochen wohl heil geblieben waren. Das Bettzeug und die Kohle verdankte sie sicherlich ihrem Onkel. Bestimmt würde Basilius alles daransetzen, sie hier herauszuholen. Ida betete stumm zum Allmächtigen, das Grauen möge bald vorüber sein.

Viele Stunden später erhielt sie wieder eine Mahlzeit, die dieses Mal üppiger ausfiel, denn es schwammen dicke Fleischstücke in der kräftigen Suppe, und es gab einen Kanten Brot dazu. Ida zwang sich, langsam zu essen, und sparte einen Teil des Brotes auf, das sie neben ihr Kissen legte. Von Agatha hatte sie nichts mehr gehört. Die Stille und die Finsternis drohten Ida zu überwältigen, ließen die Furcht noch größer werden. Plötzlich sah sie Artemisias Gesicht vor sich. *Du besitzt Kraft, Mut und Stärke, um dies hier durchzustehen*, schien sie ihr zu sagen.

Nach dem nächsten Mahl erschienen zwei Männer, die Ida aus der Zelle brachten und in die Kapelle führten. Allein wegen seiner hohen Decke wurde der Raum so genannt, ein christliches Haus war er keinesfalls. Ein kleiner Schacht in der Wand führte nach oben in den Ratssaal, wo die Richter mit den beiden Schöffen mithören konnten, was in der Kapelle gesprochen wurde. So mussten sie nicht anwesend sein, genügten aber der Rechtsvorschrift.

»Ihr werdet beschuldigt, einen Schadens- sowie einen Liebeszauber angewandt zu haben«, begann der Henker Franz Schmidt. Neben ihm stand abwartend sein Helfer, der in Nürnberg »der Löwe« genannt wurde. Ein Schreiber an einem einfachen kleinen Tisch hielt jedes Wort peinlichst genau fest.

»Das ist nicht wahr«, sagte Ida. Ihre Stimme klang rau, nachdem sie so lange keinen Ton von sich gegeben hatte. »Wer behauptet solche Lügen?«

»Ehrbare Frauen angesehener Bürger dieser Stadt«, erwiderte Schmidt.

Ida musste nicht lange darüber nachdenken, um wen es sich dabei handelte. Die Feder des Schreibers kratzte über das Papier. Auch wenn es seltsam anmutete, war Ida froh, Menschen um sich herum zu haben, sprechen zu dürfen und vorerst der stockfinsteren Zelle entronnen zu sein.

»Mein Onkel, der Apotheker Besler, ist ebenso angesehen in dieser Stadt, und er wird dafür sorgen, dass die Verleumderinnen meinen Platz hier im Loch bekommen«, entgegnete Ida. »Und ich genieße die Freundschaft der Markgräfin, wie auch die ehrenwerter Einwohner von Nürnberg.«

»Ihr leugnet also die Zauberei?«, fragte der Nachrichter.

»Ich kann nichts leugnen, was ich nicht getan habe.«

Schmidt zuckte mit den Schultern und öffnete die Tür, vor welcher die Wärter sich bereithielten. »Bringt sie zurück in ihre Zelle.«

Panisch sah Ida um sich. »Aber ich habe mir nichts zuschulden kommen lassen.«

Niemand kümmerte ihre Angst, und die Wärter führten Schmidts Befehl aus. Kurz darauf umfing Ida erneut völlige Finsternis.

Tage später wurde sie erneut geholt und wieder zur Kapelle gebracht. Dieses Mal hingen Folterwerkzeuge an der Wand, und unter der Decke war ein Querbalken mit einer Seilwinde angebracht worden. Ida wusste, dass man den Beschuldigten die Hände auf den Rücken band und mittels der Winde sie daran in die Höhe zog, bis die Schultern aus den Gelenken sprangen. Sie erbleichte, als ihr die Daumenschrauben gezeigt wurden.

»Seid Ihr jetzt geständig? Es würde Euch erhebliche Schmerzen ersparen. Sie brechen nach und nach die Gelenke, einen Pinsel zu halten wäre Euch dann schwer möglich oder vielmehr unmöglich«, erläuterte Franz Schmidt in beiläufigem Tonfall. »Es sind nicht nur hässliche Geräusche, wenn die Sehnen reißen. Die damit verbundene Qual ist unsäglich, wenn Ihr an den Pfahl gehängt werdet.« Er deutete auf den Querbalken.

»Bitte, Ihr müsst mir glauben. Niemals habe ich jemandem irgendetwas Böses gewünscht oder angetan. Und der Zauberei bin ich nicht mächtig«, flehte Ida inständig.

Schmidt nickte dem Löwen zu, der Ida mit ausdrucksloser Miene die Daumenschrauben anlegte und langsam daran drehte, bis sie den ersten Druck verspürte. Sie begann zu zittern.

»Ich bin unschuldig«, sagte sie tapfer. Sie dachte an Artemisia, die der Folter getrotzt hatte und dennoch malen konnte. Langsam, aber stetig nahm der Schmerz zu, und sie konnte sehen, wie ihre Daumen dunkelblau anliefen. Eine weitere

Drehung der Schrauben folgte, die Ida vor Pein aufstöhnen ließ. Der Löwe verstärkte die Qualen, indem er den Druck auf ihre Knochen erhöhte, bis sie schrie und schließlich gestand.

Basilius Besler war außer sich vor Furcht und Sorge um Ida. Als Lukas in der schrecklichen Nacht bei ihm aufgetaucht war und ihm von Idas Verhaftung berichtet hatte, war ihm beinahe das Herz stehen geblieben. Der junge Drucker hatte selbst um Fassung gerungen und erzählt, die Büttel hätten den Hund getötet. Er würde sich um das tote Tier kümmern, hatte er versprochen.

Besler hatte inzwischen beim Rat vorgesprochen und erfahren, dass dieser und die Schöffen ein Gutachten von einem Rechtsgelehrten der Akademie im nahen Altdorf angefordert hatten. Dieses Vorgehen entsprach den Rechtsvorschriften der Constitutio Criminalis Carolina, die einst Kaiser Karl V. erlassen hatte. Täglich wartete der Apotheker seither ungeduldig auf Nachricht, dass die Schreiben eingetroffen waren und der Prozess beginnen konnte. Mit den Übersetzungen der Pflanzenbeschreibungen für den fürstbischöflichen Garten ins Lateinische versuchte er sich abzulenken, doch es gelang ihm mehr schlecht als recht.

»Ein Bote war hier«, sagte Susanna, die soeben in sein Studierzimmer kam, und reichte ihm einen versiegelten Brief. Basilius nahm ihn hastig entgegen, als er das Nürnberger Stadtsiegel erkannte.

»Der Prozess beginnt erst in einigen Wochen«, sagte er, während er die Zeilen überflog. »Jesus Christus im Himmel, ich hoffe, Ida hält so lange durch.«

Susanna kam um den Schreibtisch herum und legte ihren Arm um seine Schultern. »Das wird sie. Du sorgst doch dafür, dass sie mehr und besseres Essen bekommt als viele andere, die dort unten ausharren müssen.«

»Trotzdem kann sie den Verstand verlieren, allein in der Dunkelheit, das Zeitgefühl verlässt einen, und man darf mit niemandem sprechen. Wenigstens ist die Magd im Lochgefängnis bestechlich und berichtet mir von Idas Zustand.« Er vergrub sein Gesicht in den Händen. »Diese verdammten …«

»Basilius«, mahnte Susanna, als er fluchte.

»… Frauen. Ich weiß nicht, warum sie Ida so übel mitspielen. Alle, die ich als Leumundszeugen aufführen kann, sind nicht in der Stadt. Nur Lukas und sein Vater werden neben mir für Ida sprechen.«

Susanna drückte ihn an sich und hauchte einen Kuss auf die bärtige Wange. »Ich bete zu Jesus Christus unserem Herrn, dass Ida freikommt«, flüsterte sie erstickt. »Täglich werde ich eine Kerze für sie in der Kirche Unserer Lieben Frau stiften.«

Trotz der glühenden Kohlestücke, die ein wenig Wärme spendeten, befielen Ida Husten und Fieber. Ihr war kalt, und doch stand Schweiß auf ihrer Stirn, die sich heiß anfühlte. Ihre Daumen schmerzten noch immer von der Tortur, aber sie konnte sie vorsichtig bewegen und schloss daraus, dass die Knochen heil geblieben waren. Die Magd, die ihr das Essen brachte, hatte ihren Mund ganz nah an Idas Ohr gebracht und ihr geflüstert, dass Basilius Besler alles unternahm, um Ida zu helfen. Offenbar hatte ihr Oheim nicht nur sie, sondern auch einen der Wärter bestochen, denn es handelte sich immer um denselben o-beinigen Mann, der zu den Mahlzeiten mitkam und so tat, als sehe er nichts.

Eng zog Ida Decke und den vor Schmutz starrenden Umhang um sich, den sie seit ihrer Verhaftung trug, und legte sich auf die Pritsche. Bald zitterte sie am ganzen Körper, und in ihrem Fieberwahn erschienen ihr Lucius, Artemisia und Luisa. Ihr Hund versuchte, sie zu verteidigen, Artemisia hielt lächelnd einen Pinsel in der Hand, und Luisa starrte sie anklagend an. Wortfetzen verließen Idas Lippen, die sich hin und her wälzte. »Aiutami, hilf mir«, rief sie nach Artemisia. Dass sie Italienisch sprach, war ihr nicht bewusst.

»Habt Ihr nicht genug Prügel bezogen?«, brüllte der hereinstürmende Wärter, als Idas Stimme bis nach draußen drang. Wieder und wieder flehte Ida im Fieber Artemisia an, ihr beizustehen.

»Was redet sie da?«, fragte ein anderer, den Knüppel schon zum Schlag erhoben.

»Ich weiß nicht, aber wenn du mich fragst, beschwört sie den Teufel«, antwortete der Erste.

»Lass uns lieber verschwinden, bevor sie uns verflucht«, erwiderte der andere und ließ den Knüppel sinken.

Wenig später erschien die Magd mit einem Teller Suppe und erkannte, dass Ida schwer krank war.

»Sie fiebert«, sagte die Magd zu dem O-Beinigen, »ihr müsst sie rausholen.«

Dieser rief nach einem weiteren Wärter, der sich Ida über die Schulter legte, um sie nach oben in die Wohnräume des Gefängnisvorstehers zu bringen. Es war üblich, dass kranke Gefangene dort behandelt und gepflegt wurden. Schließlich sollten sie ihre Verurteilung bei guter Gesundheit erleben, bevor sie eine Prügelstrafe erhielten, man ihnen den Kopf abschlug oder sie verbrannte. Wie durch einen dichten Nebel bekam Ida mit, wie sie auf ein weicheres Bett gelegt wurde. Nur einen Lidschlag lang hatte sie die Augen geöffnet, und sofort schmerzte das Licht, das durch die Fenster hereinfiel.

»Hinaus, geht wieder an eure Arbeit«, sagte eine Frauenstimme und scheuchte die Wärter aus der Stube. »Ich kümmere mich um alles.« Kurz darauf spürte Ida, wie jemand ihr ein feuchtes Tuch auf die Stirn legte. Dann schob sich eine Hand unter ihren Kopf, und ein Löffel berührte ihre Lippen. »Macht den Mund auf, Ihr müsst dies schlucken.« Am Klang der Stimme erkannte Ida, dass es dieselbe Frau war, die die Wärter fortgeschickt hatte. Sie öffnete ihre Lippen, und Suppe wurde ihr eingeflößt. Es folgte mit Wasser verdünnter Wein, und Ida fiel in einen tiefen Schlaf.

Kaspar war müde und erschöpft, als er im Gostenhof aus dem Sattel glitt und das Mietpferd einem Burschen übergab. Dann schulterte er sein Bündel und ging durch die Gassen. Er konnte es nicht erwarten, Ida wiederzusehen und ihr von seiner Promotion zu berichten. Matteo und Antonella waren gekommen, um mit ihm zu feiern, nachdem er die ehrenwerten Gelehrten, wie es sich gehörte, zum Essen eingeladen hatte. Ein kleines Vermögen hatte er dafür bezahlen müssen, doch Kaspar war es gleich gewesen. Wie stolz war er gewesen, als man ihm das mit rotem Stoff ausgekleidete Wams angelegt und ihn in rote Hosen gesteckt hatte. Das Wams war aus Schamlot – feinsten Ziegenhaaren – gewirkt, dazu kamen Schaube und Barrett aus schwarzem Samt. Als er die Doktorurkunde überreicht bekommen hatte, waren ihm beinahe vor Glück die Tränen gekommen. Er hatte seinem Vater gedacht, der diesen Augenblick nicht mehr miterleben durfte.

Kaspar erreichte das Haus am Schwabenberg und pochte gegen die Tür. Kein Hundegebell erscholl, und auch sonst war kein Laut aus dem Inneren zu vernehmen. Enttäuscht wandte er sich ab und beschloss, zunächst nach Hause zu gehen, sich den Reisestaub vom Körper und aus den Haaren zu waschen und es später noch einmal zu versuchen. Dann kam ihm ein anderer Gedanke: Vielleicht ist sie bei Lukas und bringt ihm ihre Zeichnungen.

Er ging die wenigen Schritte zur Werkstatt des Kupferstechers und trat ein. »Lukas«, rief er.

Einen Augenblick später erschien Luisas Gatte, stutzte, dann breitete sich ein Lächeln auf seinem Gesicht aus.

»Kaspar, du bist zurück«, freute er sich. Doch sogleich verdüsterte sich seine Miene. »Komm mit nach oben, dort sind wir ungestört, es gibt etwas, das du unbedingt erfahren musst.« Er wandte sich der Treppe zu.

»Lukas, hat das nicht Zeit? Ich brenne darauf, Ida zu sehen«, erwiderte Kaspar und blieb, wo er war.

»Eben, es geht um Ida«, erwiderte Lukas, den Kopf über die Schulter gewandt.

Kaspar spürte ein unangenehmes Ziehen in der Magengegend. »Geht es ihr gut? Was ist geschehen? So rede doch!«

Lukas gab keine Antwort und stieg mit schweren Schritten die Stufen hinauf. Kaspar folgte ihm mit klopfendem Herzen. Kaum hatte der Drucker die Tür hinter ihnen geschlossen, fasste er Kaspar fest bei den Schultern.

»Ida wurde verhaftet. Man beschuldigt sie der Zauberei, mein Freund.«

Kaspar wich das Blut aus den Wangen. »Gütiger Gott im Himmel, das ist nicht wahr«, entfuhr es ihm. Plötzlich fühlten sich seine Beine kraftlos an, und er musste sich setzen. Sein Bündel ließ er achtlos zu Boden gleiten.

»Wer? Wer behauptet, sie sei eine Hexe?«

Lukas zog sich einen zweiten Stuhl heran. »Elisabeth und Gabriela. Sie sagen, Ida hätte Elisabeth mit einem Schadenzauber belegt, und darüber hinaus dich, Sebastian und mich mit einem Liebeszauber.«

»Aber das ist doch völliger Unsinn. Warum sollten sie dies tun?« Kaspar schüttelte fassungslos den Kopf.

»Kannst du dir das nicht denken? Sie sind eifersüchtig. Und Elisabeth hat ihr Kind verloren, wofür sie Ida verantwortlich macht.«

»Eifersüchtig? Gut, Gabriela war am Boden zerstört, als ich die Verlobung löste, doch das ist Wochen, ja, Monate her.«

Lukas berichtete von der unglückseligen Begegnung in seiner Werkstatt, als er Ida bei den Händen genommen hatte und Luisa im diesem Augenblick hereingekommen war. »Luisa glaubt mir nicht mehr, wir leben von Tisch und Bett getrennt unter dem Dach ihrer Mutter.«

»Aber Luisa ist Idas beste Freundin, sie kann doch nicht glauben, dass …«, widersprach Kaspar und raufte sich die Haare.

»Doch, weil die anderen ihr ständig Lügen einflüstern und ihr Gift ins Ohr träufeln.« Lukas erzählte, was sich während Kaspars Abwesenheit zugetragen hatte.

»Ich rede mit Luisa«, erklärte Kaspar grimmig.

»Sie ist mit ihrer Mutter auf Reisen. Luisa weiß nichts von Idas Verhaftung«, sagte Lukas. »Und Sebastian ist in Antwerpen, auch er hat nicht die geringste Ahnung, was hier vor sich geht.«

Kaspar schwieg und runzelte nachdenklich die Stirn. »Du meinst, Gabriela und die anderen beiden haben nur darauf gewartet, Ida anzuklagen, sobald all ihre Freunde, außer dir, die Stadt verlassen haben?«

»Ganz richtig, genau dasselbe denke ich auch.«

»Es muss ihnen doch bewusst sein, dass Ida dafür hingerichtet werden kann«, sagte Kaspar tonlos. »Wie lange sitzt sie schon im Loch?«

»Drei Wochen.«

»Drei Wochen?«, schrie Kaspar, seine Stimme schrill vor Angst. »Vielleicht ist sie längst tot.« Er verbarg sein Gesicht in den Händen, und seine Schultern zuckten.

Lukas legte ihm die Hand auf den Rücken. »Ihr Onkel bezahlt für Essen und Kohle und besticht eine Magd, die ihm regelmäßig berichtet, wie es Ida geht«, tröstete er Kaspar.

»Ich muss etwas unternehmen«, sagte der junge Arzt mit fester Stimme und rieb sich die Augen.

»Sprich mit Besler«, riet Lukas.

Kaspar nickte, stand auf und packte sein Bündel. Im Hinausgehen fragte er: »Wo ist eigentlich der Hund? Bei Idas Onkel?«

Lukas schluckte. »Die Büttel haben ihn abgestochen, wahrscheinlich hat Lucius versucht, Ida zu verteidigen. Ich habe ihn begraben.«

»Es braucht also mehr Leumundszeugen«, fasste Kaspar zusammen, nachdem er sich von Besler ins Bild hatte setzen lassen. Dann fasste er einen Entschluss. »Ich sende Nachrichten an Sebastian und Luisa und auch an die Accademia. Sie sollen sich sogleich auf den Weg machen, zumindest Sebastian könnte es rechtzeitig zum Prozess schaffen.«

Besler, der grau und müde aussah, hob seinen Blick. »Ich hoffe nur, Ida erlebt ihn noch. Die Gefängnismagd hat mich wissen lassen, dass meine Nichte krank ist. Ein Fieber hat sie niedergestreckt, dazu kommen noch die Spuren der Folter.«

Kaspar schüttelte sich. »Was haben sie ihr angetan? Sie an den Pfahl gehängt?«

»Daumenschrauben. Damit fangen sie an. Ob Ida ihre Daumen je wieder benutzen wird können? Wenn sie gebrochen worden sind, wird sie keinen Pinsel mehr halten.« Besler verdeckte sein Gesicht mit den Händen. »Oh, Allmächtiger im Himmel, deine Wege sind unergründlich, aber ich kann nicht glauben, dass Du, Herr, Ida durch solch schwere Prüfungen schickst«, drang es dahinter hervor. »Sie ist ein gottesfürchtiges Kind und keine Buhle des Satans.«

»Es ist nicht Gottes Absicht«, tat Kaspar kund, »es ist das Werk böser Zungen. Und wir werden alles dafür tun, dass Ida freikommt und die anderen eine gerechte Bestrafung erhalten. Mit Eurem Einverständnis werde ich versuchen, zu Ida zu gelangen, um sie zu behandeln.«

Besler nickte dankbar. Dann lieh sich Kaspar Papier, Tinte und Feder und schrieb einige Zeilen an Sebastian.

Mein lieber alter Freund,
es ist nicht die Zeit für viele Worte. Ida steckt in größten Schwierigkeiten, und wir müssen ihr helfen. Deine Frau und meine ehemalige Verlobte haben sie der Zauberei beschuldigt, und seit drei Wochen sitzt Ida im Lochgefängnis. Ich habe erst jetzt davon erfahren. Ihr Onkel braucht mehr Leumundszeugen, denn er will sich nicht allein auf das Gutachten verlassen, das die Richter angefordert haben. Der Prozess soll erst in einigen Wochen stattfinden. Eil dich und vergiss, dass wir um Ida gestritten haben. Du hast sie einst so sehr geliebt wie ich.
Gott schütze dich,
Kaspar

Er streute Sand über das Papier, damit die Tinte schneller trocknete, und tauchte die Feder erneut in das Tintenfässchen.

Liebe Luisa,
ich bin erst heute aus Padua zurückgekehrt und musste zu meinem Entsetzen feststellen, dass Ida der Hexerei beschuldigt wurde und seitdem im Loch gefangen gehalten wird. Wenn dir noch irgendetwas an ihr liegt, dann bitte ich dich inständig, dich so schnell es

geht auf den Weg zu machen, um als Leumundszeugin vor Gericht zu erscheinen. Ihr wart einst die besten Freundinnen.
In größter Angst und Sorge, und möge der Herr dich behüten,
Kaspar

Eine dritte Nachricht verfasste er an die Accademia und hoffte, Meister Allori kam seiner Bitte nach, auch Artemisia Gentileschi über Idas Schicksal in Kenntnis zu setzen.

Als die Tinte getrocknet war, versiegelte er die Schreiben und vermerkte neben den Siegeln in großen Lettern: »Citissime – sehr eilig«.

Kaspar verabschiedete sich von Basilius und lief so schnell er konnte zurück zum Gostenhof. Dort bezahlte er einen reitenden Boten, die Schreiben zur Poststation nach Augsburg zu bringen. Keine vier Tage würde es dauern, bis Sebastian das Schreiben in Händen halten würde.

Dann endlich trat Kaspar den Weg zur Füll zum Haus seines Vaters an. Drinnen war es staubig und totenstill. Doch es war ihm gleich, irgendwann würde er sich nach einem Knecht und einer Magd umsehen müssen. Sterbensmüde sank er auf sein Bett, trat sich noch die Schuhe von den Füßen und schlief trotz der Sorge um Ida auf der Stelle ein.

Früh am nächsten Tag erwachte Kaspar und machte sich ohne Umschweife auf den Weg zum Rathaus.

»Ich bin Arzt und wünsche, zu der Gefangenen Ida Gerster gelassen zu werden«, erklärte er am Eingang.

»Wartet hier«, sagte der Wächter und verschloss das Tor. Es schien eine Ewigkeit zu dauern, bis er wiederkam und den Weg ins Innere des Rathauses freigab. Ein Bediensteter führte Kaspar zu einer der Amtsstuben, klopfte und drückte gleich darauf die Türklinke nach unten.

»Doktor Kammermeister wünscht Euch zu sprechen, Reichsschultheiß Behaim«, kündigte der Mann Kaspar an.

Hinter einem großen prächtigen Schreibtisch saß ein wohlgenährter Mann in schwarzem Gewand, der ihn heranwinkte. Der Bedienstete zog sich zurück, und Kaspar setzte sich auf Behaims Wink auf einen Stuhl.

»Doktor Kammermeister«, begann der Reichschultheiß, »seid Ihr etwa ein Spross des ehrenwerten Joachim Camerarius?«

»So ist es«, antwortete Kaspar und versuchte, sich seine Ungeduld nicht anmerken zu lassen.

»Ich schätzte Euren Vater sehr, ein Jammer, dass er von uns gegangen ist. Gott hab ihn selig.« Der Reichsschultheiß räusperte sich. »Was führt Euch zu mir?«

»Es geht um eine Gefangene, die sehr krank ist, und ich wünsche, sie zu behandeln.«

Abwartend beäugte Behaim ihn, und Kaspar sprach weiter: »Ida Gerster, so ihr Name, sie ist die Nichte von Apotheker Besler, ein Freund meines Vaters.«

Nun hob Behaim die Augenbrauen. »Besler, sieh an, das wusste ich nicht. Und er schickt Euch wegen seiner Nichte. Sie muss ihm sehr am Herzen liegen. Diese Gerster ist der Zauberei beschuldigt worden, ein schwerer Vorwurf.« Er nickte bedächtig. »Sie ist krank, sagt Ihr? Ich lasse den Gefängnisvorsteher kommen, er kümmert sich um die Kranken, ich dagegen kümmere mich, was die Gefangenen angeht, nur mit den Räten um die Rechtsprechung.« Behaim erhob sich und ging zur Tür, öffnete und rief nach einem Diener, den Vorsteher zu holen. Während sie auf den Mann warteten, plauderten sie über Kaspars Vater und dessen Verdienste als Stadtarzt und Dekan des Collegium Medicum Norimbergense, das er ins Leben gerufen hatte. Kaspar übte sich in Geduld, bis ein hagerer Mann mit schütterem Haar erschien.

»Gebner, es handelt sich um die kranke Gefangene Ida Gerster. Benötigt sie einen Arzt?«, fragte Behaim.

»Meine Frau tut, was notwendig ist«, lautete die knappe Antwort.

Kaspar atmete tief durch. »Bei allem Respekt, Reichsschultheiß, ob Ida Gerster ärztliche Hilfe benötigt, kann ein Mann, dessen Aufgabe es ist, über Gefängnisse zu wachen, kaum entscheiden.« Er hoffte, nicht zu anmaßend zu klingen. Bestimmt war es das erste Mal, dass ein Arzt zu einem kranken Gefangenen wollte, doch Kasper musste unbedingt zu Ida. Allein die Vorstellung, was sie in den letzten Wochen durchgemacht hatte, brachte ihn an den Rand der Verzweiflung.

Behaim legte die Stirn in Falten, doch im nächsten Augenblick glättete sie sich wieder.

»Bringt Doktor Kammermeister zu der Gefangenen.«

In Kaspar machte sich Erleichterung breit, und er bedankte sich. Gebner ging voran und brachte ihn zu seinen Wohnräumen. Er öffnete eine Tür zu einer kleinen Stube. Kaspar erschrak, als er Ida dort liegen sah. Die einst honigblonden Haare waren dunkel vom Schweiß und starrten vor Schmutz. Ihre Augen waren geschlossen, ihre Brust hob und senkte sich in kurzen Abständen.

»Bringt mir heißes Wasser und Becher, kühles Wasser und frische Leintücher«, befahl er Gebner. Dann kniete er neben dem Bett und strich Ida die verklebten Strähnen aus dem Gesicht. Ihre Stirn fühlte sich heiß an.

»Ida, kannst du mich hören? Ich bin es, Kaspar.« Zärtlich streichelte er ihre Wangen und schlug die Decke zurück, brachte sein Ohr an Idas Brustkorb. Ihr Herz schlug schnell, und ihr Atem ging flach. Aus seiner ledernen Tasche holte er mehrere Gefäße hervor. Ingwerwurzel, Weidenrinde, Himbeerblätter, Holunder- und Lindenblüten. Eine kleine, rundliche Frau erschien mit dem Gewünschten.

»Seid Ihr Gebners Frau?«, fragte Kaspar und übergoss die Pflanzenteile mit heißem Wasser.

Sie nickte.

»Wie lang ist sie schon krank?«, wollte er wissen.

»Etwa drei Tage«, antwortete sie. »Ich habe ihr die Stirn gekühlt und versucht, ihr Suppe und verdünnten Wein einzuflößen.«

Kaspar brummte. Das war nicht falsch, aber Ida hätte längst Heilkräuter bekommen sollen. Als der Sud etwas abgekühlt war, schob er die Hand hinter Idas Kopf und brachte den Becher an ihre Lippen. »Ida, du musst trinken.«

Die Lippen öffneten sich, und sie nahm mit geschlossenen Augen kleine Schlucke zu sich. Immer wieder setzte Kaspar den Becher ab und hielt ihn ihr wieder hin. Den Kopf über die Schulter gewandt, befahl er der Frau des Gefängnisvorstehers, mehr Decken zu bringen. »Sie muss schwitzen. Bringt noch einen heißen Bettstein.«

Wenig später lag Ida eingepackt unter wollenen Decken, zu ihren Füßen der Bettstein. Kaspar hatte in kühlem Wasser getränkte Leintücher auf ihre Stirn gelegt und ihre Waden in weitere eingewickelt. Den heißen Sud hatte sie vollständig getrunken, jedoch ohne nur einmal zu erkennen zu geben, dass sie wusste, wer neben ihrem Bett ausharrte.

»Ihr habt genug getan, Doktor, nun geht«, schnarrte Gebner, der den Kopf in die Stube streckte.

»Wann es genug ist, entscheide ich. Oder habt Ihr etwa Medizin studiert?«, gab Kaspar schneidend zurück und stellte mit Genugtuung fest, dass der Gefängnisaufseher sich zurückzog. Er nahm das Tuch von Idas Stirn, tauchte es erneut in kaltes Wasser und legte es wieder an seinen Platz. Ihre Lider flatterten, dann öffnete sie die Augen.

»Kaspar«, flüsterte sie, »du bist es wirklich. Ich dachte, ich hätte nur geträumt.«

»Ida, du musst wieder gesund werden«, sagte er leise und drückte ihre Hand.

»Lass mich sterben, Kaspar. Sie werden mich zum Tode verurteilen und verbrennen. Wenn ich am Fieber zugrunde gehe, ist es weniger schrecklich.« Die wenigen Worte erschöpften sie, doch Kaspar war froh, dass sie wieder bei Verstand war und nicht mehr im Fieberwahn.

»Das darfst du nicht denken. Dein Onkel und ich werden alles tun, was in unserer Macht steht, damit du freikommst. Bitte, gib jetzt nicht auf.« Er beugte sich über sie und küsste sie sanft auf die Lippen.

Ein kleines Lächeln erschien auf ihrem Gesicht. »Es ist zu spät, Kaspar, ich habe gestanden. Die Angst und die Pein, die sie mir zugefügt haben, waren zu viel. Ich bin nicht so stark wie Artemisia.« Sie schloss die Augen und schlief ein.

»Gib nicht auf, Ida«, sagte er tonlos.

Täglich sah Kaspar nach Ida, die sich langsam erholte. Das Fieber ging zurück, der Appetit kam wieder, und sie konnte sich aufsetzen. Eine Woche später war sie nahezu wiederhergestellt, dass sie das Bett verlassen konnte. Kaspar war einerseits beseelt über ihre Genesung, andererseits fürchtete er den Tag, an dem Ida wieder in ihre Zelle zurückgebracht würde. Mit der Erholung wuchs auch Idas Angst.

»Du hättest mich gehen lassen sollen«, sagte sie mit gequältem Gesichtsausdruck. »Es ist schrecklich dort unten in der Dunkelheit, das ist fast schlimmer als die Folter.«

»Du darfst die Hoffnung nicht verlieren. Noch bist du nicht verurteilt«, erwiderte er und glaubte selbst kaum daran.

»Ach, Kaspar, wem, denkst du, werden sie mehr Gehör schenken? Mir oder diesen Verleumderinnen?«

»Niemand weiß, was in dem Gutachten stehen wird, und wir, Lukas und sein Vater, dein Onkel und ich, haben Leumundszeugnisse beglaubigen lassen, die dem Gericht vorliegen.« Er nahm ihre Hand und drückte sie.

»Lukas und du? Sie werden behaupten, mein angeblicher Liebeszauber wirkt so stark auf euch, dass ihr nicht wisst, was ihr sagt. Sie drehen einem das Wort im Mund um, Kaspar. Ich bin verbranntes Fleisch. Aber vielleicht gewähren sie mir einen schnellen Tod und richten mich mit dem Schwert.«

»Widerrufe, Ida«, erwiderte er.

»Nein, sonst werden sie mich wieder foltern, und dieses Mal werden sie mir die Knochen brechen, wenn nicht noch Schlimmeres«, widersprach sie und entzog ihm seine Hand. »Ich bin glücklich, dass ich dich noch einmal sehen durfte, bevor ich sterbe.«

Ihre Worte machten ihn traurig und wütend zugleich. Er wünschte, sie aus den Mauern hinausführen zu können und mit ihr nach Padua oder in ein fernes Land zu fliehen.

Wenige Tage später fand sich Ida in der Dunkelheit wieder. Tränen hatte sie keine mehr, und die Hoffnungslosigkeit, die sich in ihr wie ein bösartiges Geschwür eingenistet hatte, erdrückte sie.

Das Essen wurde gebracht und auf den stinkenden Eimer gestellt, doch sie rührte es nicht an. Lieber würde sie Hungers sterben als auf dem Scheiterhaufen oder Richtblock. Als die Gefängnismagd später den Teller abholen wollte, wisperte sie: »Es ist nicht nur Brei darin.« Dann verschwand sie wieder, das unangetastete Essen ließ sie stehen. Mühsam erhob sich Ida von dem harten Lager und nahm den Teller vom Holzbrett über dem Latrineneimer. Sie tauchte die Finger in die klebrige Masse und fischte ein flaches Päckchen heraus. Im schummrigen Licht der glühenden Kohlestücke schlug sie den dünnen Lederlappen auseinander, der die Pergamentseite darin schützte. Nur wenige Zeilen waren darauf geschrieben, aber Ida erkannte sogleich die Handschrift.

Liebe Ida,
sei stark und gib die Hoffnung nicht auf. Ich weiß, welche Kraft in dir steckt, und auch du wirst den Anschuldigungen trotzen, wie ich einst. Durch diese schreckliche Zeit haben mir die Gedanken an die Farben dieser Welt geholfen, die wir Künstler so vortrefflich zu nutzen wissen.
Ich umarme dich. Vertraue auf Gott.
Artemisia

Wieder und wieder las Ida die Worte, während ihr stumm die Tränen über die Wangen liefen. Sie schleppte sich zurück zum Bett, zog die Decke über sich und fiel in einen unruhigen Schlaf, den Brief an ihre Brust gedrückt. In ihren Träumen begegnete sie Menschen, die sie liebte. Sie lief mit Kaspar Hand in Hand durch bunt blühende Wiesen, saß mit Basilius unter einem Baum und zeichnete, ritt mit Sebastian durch Wälder, die ihr frisches Frühlingsgrün zeigten. Dann erschien Artemisia, die mit glühenden Wangen malte und grandiose Bilder mit starken Frauen erstehen ließ. Artemisia verschwand, und Luisa trat an ihre Stelle. Lachend und unbeschwert, eine Erinnerung aus Kindertagen. Doch plötzlich wandelte sich ihre Miene. Zeigte Ablehnung, Verachtung, und ihre blauen Augen strahlten eine Kälte aus, die Ida schaudernd erwachen ließ. Traurig, dass die einstige Freundin sich von ihr abgewandt hatte und den bösen, verleumderischen Zungen anheimgefallen war, drehte sich Ida zur Seite und starrte trostlos in die Schwärze der Zelle.

Die Zellentür wurde geöffnet und Ida von Nachrichter Franz Schmidt und einem Wärter hinausgeführt, nachdem ihr die Hände gebunden worden waren. Zehn Tage waren vergangen, während denen sie das Essen verweigert hatte. Sie war so schwach, dass sie sich kaum auf den Beinen halten konnte und die Männer sie mehr durch die Gänge und die Treppen hinaufschleifen mussten. Ihre Fußrücken stießen sich blutig an den rauen Stufenkanten. Ihr Körper war kraftlos, doch ihr Geist schien durch die fehlende Nahrung gestärkt worden zu sein. Sie hatte Artemisias Rat befolgt und in den wachen Stunden sich der Farbenvielfalt hingegeben. Geschwelgt in der Pracht der unzähligen Blüten, die sie gesehen und auch zu Papier gebracht hatte. Ihre Gedankenwelt war erleuchtet gewesen von schillerndem Grün, kräftigem Rot, strahlendem Blau und sonnigem Gelb und all den Tausenden Farbtönen, die Mutter Natur hervorbrachte. Selbst den betörenden Duft mancher Gewächse glaubte sie erhaschen zu können.

Man brachte sie in einen Raum im Rathaus, wo sich bereits mehrere Menschen versammelt hatten. Die Richter und Schöffen saßen hinter einem langen Tisch, ihre Mienen undurchdringlich, vor ihnen lagen die Akten. An der linken Wand hatte sich der Gerichtsschreiber hinter ein kleines Pult gesetzt. Zwei weitere Männer hatten jeweils rechts und links des Richtertisches Platz genommen. Einen erkannte Ida. Sebald Haiden von Reichenfels, einer der Nürnberger Räte. Ein winziger Hoffnungsschimmer glomm in ihr auf. Dieser Mann hatte dafür gesorgt, dass sie Ölbilder anfertigen durfte, nachdem seine Schwester Henriette ein gutes Wort bei ihm eingelegt hatte. Ein Raunen drang an Idas Ohren, als sie vor den Tisch gezerrt wurde. Schmidt und der Wärter ließen sie los, und kraftlos fiel sie auf die Knie.

Sebald Haiden von Reichenfels erhob sich und eröffnete

die Gerichtssitzung. Entsetzt erkannte Ida, dass er die Rolle des Fiskals – des öffentlichen Anklägers – übernahm.

»Herr Richter, es klagen die ehrenwerten Frauen Gabriela Heim, Elisabeth Welser und Luisa Straub, die hier anwesende Übeltäterin Ida Gerster«, er zeigte mit dem Finger auf Ida, »der Hexerei an. Selbige soll Schadens- und Liebeszauber angewandt haben. Die Gersterin hat bereits gestanden. Das Geständnis liegt dem Gericht vor.« Sebald setzte sich wieder, und die Schöffen legten ihren Eid ab.

»Nach bestem Verstand, Vernunft und Gewissen sprechen wir Recht über den Armen und den Reichen.«

Ida war entsetzt, als sie Luisas Namen vernahm. Ihre einstige Freundin hatte sich gegen sie gewandt, in dem Wissen, dass durch ihre Anschuldigung ihr der Tod drohte.

Reichsschultheiß Behaim schlug die Akten auf und begann laut vorzulesen: »Ich, Ida Gerster, gebe zu, aus Eifersucht die Herren Lukas Straub, Sebastian Imhoff und Kaspar Kammermeister mit einem Liebeszauber belegt zu haben, sodass sie meiner hörig sein sollen. Des Weiteren gestehe ich, Elisabeth Imhoff einen Schadenszauber angehext zu haben, damit sie ihre Leibesfrucht verlieren möge.« Behaim sah auf Ida herunter. »Bezeugt Ihr, dies gesagt zu haben?«

Sie wusste, es würde ihr nichts nutzen, denn das Urteil war sicher längst gefällt. Trotzdem regte sich auflodernder Widerstand in ihr. »Ja, ehrenwerter Herr Richter, aber es geschah unter der Folter. Um den Schmerzen zu entkommen, habe ich die Unwahrheit gesagt und widerrufe hiermit.« Ida war selbst erstaunt, wie kraftvoll ihre Stimme klang. »Niemandem habe ich Schaden zugefügt. Verleumderische Reden haben dazu geführt, dass ich zu unrecht verhaftet und gefoltert wurde und nun hier vor Euch stehe, vielmehr knie, da mich meine Beine nicht mehr tragen möchten.«

Behaim runzelte unwillig die Stirn, nickte aber dem Mann,

der Sebald gegenübersaß, auffordernd zu. »Doktor Eichhorn wird nun sein Gutachten, das dem Gericht ebenso zur Kenntnis gesandt wurde, verlesen.«

Der Mann schob seinen Stuhl zurück und stellte sich vor. »Doktor Amandus Eichhorn, Rechtsgelehrter an der Akademie Altdorf. Ich habe nach bestem Wissen über die hier vorgebrachte Anklage befunden. Darüber hinaus habe ich Traktate anderer Kollegen zurate gezogen.« Er räusperte sich und warf einen Blick in die Runde. »Der Satan ist listenreich und schlau, und mit seiner Hilfe tritt die mannigfaltige Verderbtheit der Menschen zutage. Er weiß die Eifersucht und Habgier, die Eitelkeit und den Neid dieser Armseligen zu nutzen, auf dass sie Unglück auf Unschuldige herabbeschwören. Sie sind diejenigen, die sich von Gott abgewandt haben und Zwist und Hader säen.«

Ida, die bis jetzt vor sich hingestarrt hatte, hob den Kopf. Sprach dieser Mann von Elisabeth und den anderen? Konnte es sein, dass Amandus Eichhorn auf ihrer, Idas, Seite war?

»Gottes Wort soll dazu dienen, dem Bösen zu widerstehen und dem teuflischen Pesthauch des Satans entgegenzutreten. Doch die Menschen sind schwach und lassen sich allzu gerne verleiten, Unheil zu stiften. Die Seelsorger, Ärzte und Juristen schweigen lieber und dulden die schreckliche Behandlung der unrechtmäßig Angeklagten, wie es auch hier und überall im Land geschieht.« Eichhorns Stimme wurde mit jedem Satz lauter und eindringlicher. »Ich kenne nur wenige, die sich trauen, aufzustehen und die Wahrheit ans Licht zu bringen und Erbarmen zu zeigen. Ida Gerster, eine unbescholtene Frau, wird der Hexerei beschuldigt, weil sie beliebt und begabt und nicht, weil sie eine Satansbuhle ist. Ein unter der Folter erpresstes Geständnis ist nicht so viel Wert«, er schnippte mit den Fingern. »Wer würde nicht zugeben, schlimme Dinge getan zu haben, wenn die Qualen unerträglich werden?«

Amandus Eichhorn machte eine kleine Pause, ließ seine Worte wirken, sah von einem zum andern, bevor er fortfuhr.

»Dem Gericht sind die Aussagen der Leumundszeugen Lukas und Wenzel Straub, Basilius Besler und Kaspar Kammermeister bekannt, und ich verkünde mein abschließendes Urteil: Ida Gerster ist unschuldig und nur ein Opfer von Verleumdungen und sollte freigesprochen werden.« Eichhorn setzte sich auf seinen Stuhl.

Sebald Haiden von Reichenfels ergriff erneut das Wort: »Wollt Ihr damit behaupten, werter Doktor Eichhorn, es gibt keine Hexen? Obwohl hier vor unseren Augen der lebende Beweis kniet? Elisabeth Imhoff hat nachweislich ihretwegen«, er zeigte mit dem Finger auf Ida, »ihre Leibesfrucht verloren, und die Damen Gabriela Heim sowie Luisa Imhoff wurden zu Opfern des Ehebruchs, begangen durch ihre Gatten mit der Gersterin, nachdem diese ihre bösen Zauber auf sie herabbeschworen hat.«

Amandus Eichhorn hob vielsagend die Augenbrauen. »Ja, genau das will ich sagen. Ich behaupte aber nicht, es gäbe keinen Satan, doch die Menschen sind schwach und daher willfährig, auf seine Listen hereinzufallen. Dem Menschen wohnen viele Eigenschaften inne, die der Teufel zum Vorschein bringen mag: Neid, Habgier, Eifersucht, Hochmut, Wollust und Hass. Ebenso wie der Herr, unser Gott, die guten Seiten hervortreten lässt: Erbarmen, Mitleid, Treue, Standhaftigkeit und Liebe. Ihr glaubt, Frauen vereinigen sich mit dem Inkubus, dem nächtlichen dämonischen Alb, der sich anschleicht, um sich mit ihnen zu paaren. Doch lasst Euch von einem Arzt bestätigen, der die Anatomie studiert hat, dass dies Unsinn ist. Weder Mensch noch Tier kann auf diese Weise empfangen und geboren werden.« Er hustete einige Male trocken. »Doch ich habe eine Frage an Euch. Wie kommt Ihr zu der Zeugenaussage von Luisa Imhoff, die mir, wie die anderen, zum Studium gesandt wurde? Meiner Kenntnis nach befindet sich die Genannte nicht im Land. Gar war sie bereits außerhalb des Landes, als die Angeklagte verhaftet wurde.«

Sebald kniff die Lippen zusammen, gab jedoch Antwort: »Eine Vertraute von Luisa Imhoff hat in deren Namen Anklage erhoben.«

Ungläubig sah Ida zu von Reichenfels. Sie ahnte, wer diese Vertraute war. Paula Nützel, der sie ihre Herkunft an den Kopf geworfen hatte. Sie hätte wissen müssen, dass Paula die Schmach, die Ida ihr vor den Augen der anderen beigebracht hatte, nicht klaglos hinnehmen würde.

Amandus Eichhorn entwischte ein verächtliches Grinsen. »Das heißt, Luisa Imhoff weiß nichts von den Anschuldigungen, die in ihrem Namen gegen Ida Gerster erhoben worden sind? Ein seltsames Gebaren, das hier an den Tag gelegt wird und dazu noch vor Gericht kommt. Diese Zeugenaussage ist ebenso viel wert wie das Geständnis unter der Folter. Oder seid Ihr, verehrte Herren, anderer Meinung?«, wandte er sich an Behaim und die Schöffen. Betreten schüttelten diese den Kopf.

»Nun, damit fordere ich erneut die Freilassung von Ida Gerster.«

Der Reichsschultheiß und die Schöffen zogen sich in ein angrenzendes Zimmer zurück. Idas Knie schmerzten von dem harten Boden, und sie versuchte auf die Füße zu kommen. Taumelnd und zitternd stand sie schließlich da, mühsam das Gleichgewicht haltend. Sie fing den Blick von Doktor Eichhorn auf, der sie aufmunternd ansah. Offenbar war der Gelehrte sicher, das Gericht würde seiner Einschätzung folgen. Nach einer gefühlten Ewigkeit, während der Ida glaubte, ihre Beine würden jeden Moment unter ihr nachgeben, kehrten die Richter zurück.

»Nach eingängiger Beratung kommen wir zu folgendem Urteil: Der Vorwurf der Hexerei kann nicht eindeutig belegt werden, daher wird die übliche Bestrafung mit dem Tode in einen Stadtverweis umgewandelt. Binnen einer Woche habt Ihr Nürnberg zu verlassen«, verkündete einer der Schöffen und richtete seinen Blick auf Ida.

Jetzt versagten ihre Beine den Dienst, und Ida fiel zu Boden. Gnädige Schwärze hüllte sie ein, und sie hörte nicht mehr, wie Amandus forderte, jemand möge ihr helfen.

Wochen waren seither vergangen, und Ida lebte nach dem Stadtverweis im nahen Schwabach. In der Stadt, die im Herrschaftsgebiet des Fürstentums Brandenburg-Ansbach lag, hatten sich Goldschläger angesiedelt und trugen zum Reichtum Schwabachs bei. Es war ein geschäftiger Ort mit seinem stolzen Rathaus, hinter welchem die Stadtkirche mit ihrem beeindruckenden Flügelaltar aufragte. Hier waren einst die Schwabacher Artikel verfasst worden, die Grundlage für die Einführung der Reformation in der Stadt.

Basilius hatte ein Häuschen gegenüber des Gasthofs Goldener Stern erworben, das sich Ida mit einer jungen Magd namens Lina und Mattes, dem Knecht ihrer ehemaligen Nürnberger Behausung, teilte. Zuvor hatte Idas Onkel lange mit dem Fürstbischof gesprochen, ihm erklärt, was vorgefallen war, und darum gebeten, dass Ida in Eichstätt Wohnsitz nehmen durfte. Johann Konrad von Gemmingen hatte geduldig zugehört, nachdem sich das erste Entsetzen, Ida könnte dem Teufel anheimgefallen sein, gelegt hatte. Schließlich hatte Besler den Kirchenmann von ihrer Unschuld überzeugt. Trotzdem hatte von Gemmingen abgelehnt.

»Ihr und Eure Nichte seid Anhänger der evangelischen Glaubenslehre. Im Hochstift Eichstätt dulde ich keine Protestanten. Gleichwohl wünsche ich, dass Ida ihre Arbeit fortsetzt, damit das Buch über meinen Garten fertiggestellt wird.«

Noch immer war Ida zu dünn, und ihre Kleider schlackerten um ihren mageren Körper. Lina vergötterte ihre neue Herrin und gab sich alle Mühe, fettreiches und schmackhaftes Essen auf den Tisch zu bringen, doch Ida leerte den Teller meist nicht einmal zur Hälfte. Dafür schöpfte ihr Geist Kraft aus der Malerei. Der Umgang mit Stift und Pinsel ließ sie zur Ruhe kommen, und wenn sie zeichnete, vergaß sie die Schrecken der vergangenen Wochen. Sie hatte Kaspar um Geduld gebeten und ihm noch einmal von Herzen gedankt, doch er möge verstehen, dass sie Zeit für sich brauchte, um das Erlebte zu verarbeiten. Sie wünsche, allein gelassen zu werden. Er hätte sie am liebsten auf der Stelle geheiratet, aber ihre Entscheidung hingenommen. Von Sebastian hatte niemand etwas gehört. Kaspar war zutiefst enttäuscht, dass weder er noch Luisa sich auf seine Nachricht gemeldet hatten, und Lukas sprach kein Wort mit Elisabeth, obwohl sie nach wie vor unter einem Dach hausten.

Ida arbeitete wie besessen, und die Zeichnungen für den Hortus Eystettensis mehrten sich. Auch die Kupferstecher kamen voran, ebenso wie die Koloristen, die den bereits gedruckten Seiten mit ihren Farben Leben einhauchten. Ida schrieb in winzigen Buchstaben, welche Farbe die jeweilige Blüte haben sollte, und signierte die Vorzeichnungen mit ihren Initialen: »I.G.«

»Genug gearbeitet, Herrin«, rief Lina und brachte ein Tablett in die Werkstatt. »Ihr müsst essen. Heute gibt es eine ordentliche Fischsuppe mit fettem Karpfen und Gemüsen, dazu frisches Brot.« Schwungvoll setzte sie das Tablett auf dem großen Tisch ab, sodass die Suppe beinahe überschwappte.

»Lina, pass doch besser auf«, rügte Ida die Magd in harschem Ton und sammelte rasch die Zeichnungen ein, die auf dem Tisch lagen.

»Verzeiht mir«, antwortete Lina schuldbewusst und senkte den Kopf.

Ida konnte Lina nie lange böse sein. Deren fröhliches Wesen half ihr oft darüber hinweg, wenn sie in der Stube saß und vor sich hin stierte, starr vor Angst vor der hereinbrechenden Dunkelheit. Seitdem Ida eingekerkert worden war, konnte sie die Nächte kaum ertragen. Doch Lina entzündete überall Ölleuchten und sang mit ihrer hübschen Stimme lustige Volkslieder wie die Geschichte des Bauern, der vom Acker nach Hause kam und dort den Pfaffen mit heruntergelassenen Hosen erwischte.

»Ei Pfaff, was machst in meinem Haus? Ich werf dich ja sogleich hinaus, fiderallala. Der Pfaff, der sprach, was ich verricht? Dein Frau, die kann die Beicht noch nicht. Fiderallala. Da nahm der Bauer ein Ofenscheit und schlug den Pfaffen, dass er schreit. Der Pfaffe schrie: Oh Schreck, oh Graus, und hielt den Arsch zum Fenster raus. Fiderallala. Da kamen die Leute von nah und fern, und dachten, es wär der Morgenstern. Der Morgenstern, der war es nicht, es war des Pfaffen Arschgesicht. Fideralallalaaa.«

Seufzend tauchte Ida den Löffel in die Suppe und kostete davon. Es schmeckte köstlich, doch nach wenigen Bissen schob sie den Teller von sich.

»Herrin, wozu mache ich mir die Mühe, wenn Ihr weniger esst als ein Spatz?«, schimpfte Lina gutmütig.

»Mattes und du nehmt doch, was übrig bleibt«, gab Ida zurück. »Es gibt nicht viele Mägde und Knechte, die so viele Leckereien bekommen wie ihr.«

Listig sah Lina sie an. »Wenn Ihr den Teller heute leert, dann habe ich noch etwas für Euch.«

Ida runzelte die Stirn. »Lina, ich bin nicht in der Stimmung für deine Spiele.«

»Bitte, esst auf, Euer Onkel wird mich sonst wieder schelten, wenn er zu Besuch kommt und sieht, dass Ihr viel zu mager seid.«

Kopfschüttelnd nahm Ida den Löffel wieder auf. Sie aß sogar ein Stück Brot dazu, was Lina ein glückliches Lächeln entlockte. »So, nun sag mir, was du für mich hast. Wenn du noch Krapfen gebacken hast, nimm sie und verteil sie an die Kinder in der Nachbarschaft.«

»Keine Krapfen.« Lina zog einen versiegelten Brief unter ihrer Schürze hervor und reichte ihn Ida.

»Was fällt dir ein, mir dies vorzuenthalten? Allmählich habe ich genug von dir, Lina. Du wirst von Tag zu Tag ungebärdiger«, herrschte sie die Magd an.

»Ich wollte Euch die Nachricht geben, aber als ich klopfte, habt Ihr mich davongejagt«, setzte sich Lina zur Wehr.

Es stimmte. Lina hatte an die Werkstatttür gepocht, doch Ida hatte sie fortgeschickt. Sie wolle ihre Ruhe und könne keine Störung gebrauchen. Die verschiedenen Arten der Wucherblumen und das echte Springkraut hatten ihr in dem Moment ihr künstlerisches Geschick abverlangt.

»Schon gut. Trotzdem kannst du mich nicht damit erpressen, mehr zu essen, damit ich bekomme, was mir zusteht.«

»Aber geschmeckt hat es Euch dann doch«, grinste Lina frech und verschwand eilends mit dem Tablett.

Ida erbrach das Siegel und erkannte sogleich Luisas Handschrift. Nur ein Satz.

Ich erwarte dich am Sonnabend auf Schloss Gleißhammer.
Luisa.

Luisa. Sie war also zurückgekehrt. Wie lange war es her, dass sie sich gesehen hatten? Düster erinnerte sich Ida, was Luisa ihr zuletzt an den Kopf geworfen hatte. »Du bist hier nicht mehr willkommen, und jetzt scher dich raus«, waren ihre Worte gewesen.

Sollte sich Luisa bei ihr entschuldigen wollen? Oder weswegen bestellte sie sie nach Gleißhammer? Der Name der Wasserburg rief verschiedene Erinnerungen wach. Glückliche und berauschende, aber auch traurige. Bis zum Sonnabend waren es noch vier Tage, Zeit genug, um weitere Pflanzen zu Papier zu bringen. Lukas sandte regelmäßig Boten, die neue Zeichnungen abholten. Ida hatte ihn nur einmal nach der Gerichtsverhandlung getroffen und sich für seine Treue bedankt. Beide waren übereingekommen, es wäre besser, sich nicht zu sehen, bis Luisa von ihrer Reise zurück- und wieder Frieden eingekehrt wäre. Das hofften sie zumindest. Denn Lukas hatte seiner Frau noch nicht gänzlich verziehen.

Ida hatte eine Kutsche gemietet und sich nach Schloss Gleißhammer bringen lassen. Mit gemischten Gefühlen sah sie dem Wiedersehen mit Luisa entgegen. Während der Fahrt ging sie in Gedanken durch, wie sie sich verhalten sollte. So, als ob nie etwas gewesen wäre? Vorsichtig und abwartend, oder kühl und unnahbar? Idas Unsicherheit wurde von Meile zu Meile größer, und als ihr der Kutscher schließlich vom Wagen half, war sie verschwitzt und fühlte sich nicht wohl in ihrer Haut.

Luisa selbst kam ihr entgegen, kein Diener, der Idas Besuch anmeldete wie sonst üblich. Ein scheues Lächeln lag auf ihrem Gesicht, als sie Ida begrüßte.

»Danke, es stimmt mich froh, dass du hier bist.«

Ida brachte kein Wort hervor, nickte nur und erwiderte das Lächeln mit einem leichten Zucken ihrer Mundwinkel.

Erst jetzt wurde ihr bewusst, wie sehr sie sich von Luisa verletzt fühlte.

»Wollen wir hineingehen? Drinnen ist es warm und behaglich. Unsere Köchin hat frische Waffeln gebacken«, plauderte Luisa, und Ida spürte auch deren Unsicherheit. Sie folgte ihr in die Stube, deren Kachelofen wohlige Wärme verströmte.

»Setz dich«, sagte Luisa und wies auf einen Sessel nahe des Ofens und nahm ihr gegenüber Platz. Als ob die Dienerin nur darauf gewartet hätte, erschien sie mit einem Tablett voller Waffeln, deren süßer Duft Ida in die Nase stieg. Dazu gab es verdünnten, lieblichen Weißwein.

»Nimm nur«, forderte Luisa sie auf und legte sich selbst eine Waffel auf den Teller und goss noch ein wenig Blütenhonig darüber. »Sieh mal, meine Mutter und ich haben diese Löffelchen von unserer Reise mitgebracht. Sind sie nicht entzückend? So fein gearbeitet und mit einem Blütenmuster verziert. In Frankreich haben wir sie bei einem Silberschmied entdeckt und konnten nicht widerstehen.«

Ida fand, es war Zeit, das oberflächliche Geplänkel zu beenden. »Du hast mich sicher nicht eingeladen, um mit mir über französische Silberlöffel zu reden. Sag, was du zu sagen hast«, forderte sie nüchtern.

Luisa starrte auf die Waffel, legte den Löffel zur Seite und hielt den Blick gesenkt. »Ich wollte dich aus tiefstem Herzen um Verzeihung bitten«, sagte sie leise und schluckte.

Ida blieb stumm. Wartete auf eine Erklärung. Erst dann wäre sie bereit, ihr zu verzeihen.

Luisa sah auf, in ihren Augen schimmerten Tränen. »Bitte«, flehte sie.

»Warum, Luisa, warum?«, fragte Ida, die selbst mit den Tränen kämpfte.

»Ich … Ich weiß es nicht. Doch ich habe mich verleiten lassen. Von Elisabeth und Paula und von Gabriela. Ich war unglücklich und fühlte mich so allein. Du warst plötzlich nach Florenz verschwunden. Und ich hatte niemanden mehr. Es war wie damals, als ich klein war. Bis du in mein Leben getreten bist.«

»Ich verstehe nicht …«, erwiderte Ida verblüfft. »Was meinst du damit?«

»Ich habe dir nie davon erzählt«, Luisa zuckte mit den Schultern, »als ich dich kennenlernte, war die Vergangenheit plötzlich nicht mehr wichtig.« Ihr Blick richtete sich nach innen, dann begann sie langsam zu erzählen. »Weißt du, ich hatte es immer schwer, Freundinnen zu finden. Echte, denen man vertrauen kann. Die meisten Töchter der anderen Kaufmannsfamilien waren allzu oft neidisch und manchmal auch gemein. Ich kann nichts dafür, dass meine Familie neben den Tucher zu den reichsten Nürnbergs gehört. Immer hatte ich die schöneren Kleider und teureren Schuhe und noch mehr Perlenbänder in die Haare geflochten. Mein Vater liebte es, mich wie eine Prinzessin aussehen zu lassen. Er bestand auch darauf, dass Blasius mich zur Schule fuhr. Wann immer er von seinen langen Reisen zurückkam, brachte er mir und meinem Bruder neue und teure Dinge mit. Einmal hatte er mir sogar ein Äffchen geschenkt. Die anderen wurden gelb vor Neid. Es ist bald darauf gestorben, es war krank. Heute glaube ich, jemand hat es vergiftet. Aus reiner Missgunst.«

Ida hörte stumm zu, nippte an ihrem Glas.

»Die einzige echte Freundin war Hildas Tochter«, fuhr Luisa fort.

»Hilda? Eure Köchin?« Jetzt nahm Ida doch eine Waffel und kostete davon. Himmlisch süß.

»Ja. Irma war nur wenige Tage älter als ich, im Grunde sind wir zusammen aufgewachsen. Aber sie wurde krank, schwer krank. Sie wurde immer blasser und war ständig müde. Dann bekam sie einen aufgetriebenen Bauch, und die Knochen schmerzten. Es war sehr schlimm. Mein Vater hat die besten

Ärzte der Stadt kommen lassen, weil er Hilda über die Maßen schätzte und Irma gernhatte. Doch niemand konnte ihr helfen. Nach wenigen Monaten ist sie gestorben.«

»Das muss schrecklich gewesen sein«, sagte Ida voller Mitgefühl.

»Und dann habe ich dich getroffen«, lächelte Luisa schief und wischte sich eine Träne aus dem Augenwinkel. »Für mich war es, als wäre Irmas Seele in dich gefahren. Ich mochte dich vom ersten Augenblick an. Du schätztest mich um meinetwillen und nicht, weil meine Eltern reich sind. Und niemals warst du neidisch, du warst einfach du, und dafür habe ich dich lieb gewonnen.«

»Aber du hast mir nicht vertraut, Luisa. Hast du wirklich geglaubt, ich verrate dich? Hole Lukas in mein Bett?«

»Nein, doch. Sie haben mir Geschichten erzählt, die glaubwürdig klangen. Zuerst habe ich mich dagegen gewehrt, doch mehr und mehr haben sie mich davon überzeugen können, dass du falsch seist. Es tut mir so leid, Luisa. Nie hätte ich dich der Hexerei bezichtigt. Ich war außer mir, als Kaspars Brief mich erreichte. Viel zu spät, wie ich feststellen musste. Wir waren nicht in Lissabon zu diesem Zeitpunkt, sondern in Sevilla. Jeden Tag habe ich für dich gebetet. Ich bitte dich erneut um Verzeihung für alles, was dir angetan wurde, und dafür, dass ich den bösen Zungen anheimgefallen bin.«

Ida nahm Luisas Hände in die ihren, sah ihr fest in die Augen. Entdeckte Aufrichtigkeit und inständiges Flehen. »Ich verzeihe dir.« Dann lagen sie sich in den Armen und weinten. Schließlich versiegten die Tränen.

»Weißt du, dass Elisabeth und die anderen für ihre üble Nachrede mit Ruten gestrichen worden sind?«, fragte Luisa.

»Nein, aber es geschieht ihnen recht«, grinste Ida.

»Ich habe sie angezeigt, gleich nach meiner Rückkehr, als mich Kaspar ins Bild gesetzt hatte, was geschehen war. Dieses Mal haben die Richter nicht lange für ein Urteil gebraucht, zumal Paula zugegeben hatte, dich in meinem Namen angezeigt zu haben. Ich kann es immer noch nicht fassen, dass sie so weit gegangen ist.«

»Ich kenne übrigens Paulas wahre Mutter«, erwiderte Ida, »sie ist ganz anders als ihre missratene Tochter.« Dann erzählte sie der staunenden Luisa Kätes Geschichte.

Bis spät in die Nacht redeten sie. Über vergangene Zeiten, über die Schrecken in Florenz, die Ida erlebt hatte, über Lukas, mit dem sich Luisa endlich ausgesprochen hatte. Über Kaspar und Sebastian.

»Mein Bruder ist erst seit zwei Tagen wieder zurück. Plötzlich stand er im Handelskontor, du kennst ihn, er liebt solche Auftritte. Er hat Elisabeth auf der Stelle des Hauses verwiesen, nachdem er erfahren hat, was dir geschehen ist. Er will sie nicht mehr sehen und wird dafür sorgen, dass die Ehe geschieden wird.« Luisa machte eine kleine Pause. »Ich glaube, er liebt dich immer noch. Vielleicht solltest du dich auf einen weiteren Antrag gefasst machen.«

Ida atmete tief durch. »Ich weiß nicht, wie ich ihm begegnen soll.«

»Du wirst es herausfinden«, antwortete Luisa. »Und nun lass uns zu Bett gehen, es ist spät. Ich habe ein Zimmer für dich vorbereiten lassen«, zwinkerte sie.

»Du wusstest, ich verzeihe dir?«

»Ich hoffte es. Und du wärest nicht du, hättest du es nicht getan.«

Ida war wieder in Schwabach. Glücklich darüber, ihre Freundin wiederzuhaben, kam auch der Appetit zurück, was wiederum Lina freute.

An einem Nachmittag erschien unangemeldet Sebastian. Idas Herz setzte für einen Moment aus, als er unvermittelt in ihrer Werkstatt stand.

»Und, freust du dich, mich zu sehen?«, fragte er und warf seinen Hut geschickt auf einen Hocker in der Ecke.

»Ja. Aber es wäre mir lieber gewesen, du hättest mir Nachricht geschickt«, antwortete Ida und spürte dem altbekannten Flattern in ihrer Magengegend nach, das immer einsetzte, wenn sie Sebastian sah.

Er machte einen Schritt auf sie zu und fasste sie bei den Schultern. »Ich hatte solche Angst um dich. Glaub mir, ich wäre nach Nürnberg zurückgeeilt, hätte mich Kaspars Nachricht rechtzeitig erreicht. Als ich den Brief in Händen hielt, war er schon Wochen alt. Kaspar hatte ihn nach Antwerpen gesandt, doch ich weilte in Frankreich. Verzeih mir, dass ich dir nicht zur Seite stehen konnte.«

»Es gibt nichts zu verzeihen, du konntest nicht ahnen, was diese Verleumderinnen getan haben. Es ist vorbei, und ich bin froh, dass ich noch lebe.«

»Elisabeth habe ich zum Teufel gejagt, wie du sicher schon erfahren hast. Sie hat gezetert und geheult, aber es war mir gleich. Ich konnte sie keinen Augenblick länger ertragen.« Plötzlich zog er sie an sich und vergrub sein Gesicht in ihren Haaren.

»Ida, oh Ida, wie habe ich mich danach gesehnt«, hörte sie ihn murmeln.

Sie wusste, es wäre besser, sich aus seiner Umarmung zu befreien, doch es fühlte sich zu gut an, gehalten zu werden.

»Komm zurück nach Nürnberg, zurück zu mir«, lockte er und knabberte an ihrem Ohr, küsste ihren Hals. »Endlich kannst du meine Frau werden.«

»Was um aller Welt …«

Wie aus dem Boden gestampft stand mit einem Mal Kaspar da und riss Sebastian von Ida weg, schlug ihm mit der Faust ins Gesicht. »Du elender …« Das letzte Wort erstarb auf seinen Lippen, als Sebastian seinerseits zuschlug.

»Hört auf damit«, brüllte Ida und trat zwischen die beiden, ihr Gesicht gerötet vor Zorn.

»Wie gut, dass ich in Schwabach einen Goldschläger behandeln musste und dich besuchen wollte«, stieß Kaspar keuchend hervor. »Was will er hier? Dich zu seiner Konkubine machen? Das würde dir so passen, nicht wahr, alter Freund?« Kaspar spie das letzte Wort förmlich aus.

»Ich werde sie heiraten, wenn du es genau wissen willst«, erwiderte Sebastian und wischte sich das Blut von der Unterlippe. »Du kommst zu spät.«

»Da täuschst du dich. Ida wird die meine, das hat sie mir versprochen«, entgegnete Kaspar höhnisch.

Ida hatte genug. »Nichts habe ich.« Plötzlich wurde ihr etwas klar. »Ich werde keinen von euch heiraten, denn ich liebe euch beide. Jeden auf seine Weise. Verzeiht mir, aber es würde mich glücklicher machen, ihr werdet wieder die Freunde, die ihr wart.«

Wie vom Donner gerührt starrten die Männer zuerst sie, dann sich gegenseitig an.

»Meine größte Liebe ist die Malerei. Sie gibt mir Freiheit, stellt keine Forderungen und erlegt mir keine Zwänge auf.«

»Ida, wie konntest du mich so lange zum Narren halten«, brachte Kaspar fassungslos hervor.

»Weil ich bis eben selbst nicht wusste, wen ich lieber mag, dich oder ihn. Ich will nicht, dass ihr zu Feinden werdet nur um meinetwillen.«

Die beiden Männer tauschten Blicke, schüttelten ungläubig ihren Kopf. Sebastian blies hörbar durch die Nase, um seine Mundwinkel legte sich ein trauriges Lächeln.

»Ich bin ihr genauso verfallen wie du, mein Lieber«, sagte er und streckte Kaspar seine Rechte hin. »Schlag ein, alter Freund, wir haben beide verloren.«

1613

Heute war der große Tag. Basilius Besler präsentierte den fertigen kolorierten Folianten des Hortus Eystettensis. Er war ein Meisterwerk geworden. Kein anderes Pflanzenbuch konnte es mit ihm aufnehmen. Allein seine Ausmaße waren beeindruckend, knapp zweiundzwanzig Zoll hoch und mehr als sechzehn Zoll breit. Zwischen den ledergebundenen Buchdeckeln fanden sich dreihundertsiebenundsechzig Kupferstichtafeln, die fast eintausendeinhundert Gewächse aus aller Herren Länder zeigten. Die Bildtafeln waren unterteilt in die vier Jahreszeiten und wiederum in ihre Ordines – die zusammengehörigen Gruppen. Jedem Abschnitt folgte ein deutsches und lateinisches alphabetisches Register. Ein gewaltiges Werk war hier geschaffen worden, das auch zukünftige Bücher in den Schatten stellen würde. Davon war Basilius überzeugt. Er war vor Stolz beinahe geplatzt, als er im Prachtband sein in Kupfer gestochenes und koloriertes Abbild betrachtet hatte. Es war beinahe wie ein Blick in den Spiegel. Der Porträtmaler hatte Besler ein Basiliumkraut in die Hand gegeben, passend zu seinem Vornamen und seiner Liebe zu den Kräutern.

Zwölftausend Gulden hatte die Erstellung des Buches verschlungen, jede mehr als achtundzwanzig Pfund schwere Ausgabe kostete fünfhundert Gulden. Für den kleineren Geldbeutel wurden nicht kolorierte Exemplare gedruckt, doch auch hierfür wurde ein stolzer Preis von gut vierzig Gulden verlangt.

Bedauerlicherweise erlebte Fürstbischof Johann Konrad von Gemmingen diesen Tag nicht mehr, seine Exzellenz war im vergangenen November verstorben. Im Ostchor neben dem

Hochaltar im Eichstätter Dom war er zur ewigen Ruhe gebettet worden. Die letzten Jahre hatte ihn die Gicht gezwungen, sich von Dienern in einem Rollstuhl in seinen Garten fahren zu lassen. Doch bis zuletzt hatte er sich daran erfreut sowie an den zahlreichen Vögeln, die zu der Altane kamen. Der Fürstbischof hatte im Winter Vogelfutter ausstreuen lassen, sich gar eine Nachtigall gehalten. In den Gärten liefen Fasane und Kraniche, und im Schlossgraben hauste eine Vielzahl Königshasen. Täglich beförderte die Hofmühle Wasser aus der Altmühl über ein bleiernes Rohr durch das fürstliche Gemach hinaus in die Gärten, die über ein Stiegenhaus – die botanische Treppe – zu erreichen waren. Aus der ehemaligen Burg war über die Jahre auf von Gemmingens Betreiben hin eine gewaltige Residenz entstanden, die weithin sichtbar über der Altmühl thronte. Der Fürstbischof hatte an nichts gespart. Wie immer. Erst vor zwei Jahren hatte ein Augsburger Goldschmied eine von Johann Konrad in Auftrag gegebene wertvolle Monstranz fertiggestellt. Unzählige Perlen, Rubine und Diamanten waren gemeinsam mit zwanzig Pfund Gold verarbeitet worden, um die heilige Hostie zu bergen. Man munkelte, die Monstranz besaß einen Wert von sechzigtausend Gulden.

Ida war stolz darauf, großen Anteil an diesem kostbaren Buchkunstwerk zu haben, auch wenn nur wenige wussten, dass eine Frau die Vorzeichnungen geleistet hatte. Doch das scherte sie nicht. Sie brauchte weder Ruhm noch Ehre. Besaß sie doch alles, was sie sich wünschte. Ein hübsches Haus mit einem wunderbaren Garten und zwei Hunde. Lange hatte sie damals gebraucht, um Lucius' Tod zu verwinden, doch seit einigen Jahren begleiteten sie Luna und Noctis. Ihre größte Freude war jedoch, das Glück ihrer Freunde zu sehen. Luisa und Lukas mit ihren vier Kindern, Sebastian und Kaspar, die sich wie früher im Wettrennen maßen und nicht müde wurden, sich zu necken.

»Was wirst du nun anfangen, jetzt, da das Buch fertig ist?«, fragte Luisa, die neben ihr an einem der festlich geschmückten Tische saß.

»Ich denke, ich werde eine alte Freundin besuchen, der ich viel zu verdanken habe«, erwiderte Ida versonnen. »Ohne Artemisia säße ich vielleicht nicht hier und wäre im Loch zugrunde gegangen. Du solltest mit mir kommen und sie kennenlernen.«

Luisa dachte eine Weile darüber nach, dann breitete sich ein strahlendes Lächeln über ihrem Gesicht aus. »Wann reisen wir ab?«

Dichtung, Wahrheit und Anmerkungen

Artemisia Gentileschi ist eigentlich 1593 geboren, ich habe sie früher auf die Welt kommen lassen. Lange war die Malerin in Vergessenheit geraten, und erst 1947 wurde sie durch eine Biografie von Anna Banti von der Kunstwelt wiederentdeckt. 2020 widmete ihr die National Gallery in London eine Ausstellung. Ich bin bei meinen Recherchen über sie gestolpert und habe sogleich beschlossen, dass sie eine Rolle im Roman spielen sollte.

Die meisten Vorzeichnungen zum Hortus Eystettensis sind mit den Initialen »IG« versehen, die vermutlich auf den Nürnberger Maler Georg Gärtner hinweisen – der Vorname war auch als Jörg geläufig. Ich nutzte seine Initialen für Ida Gerster (J wurde früher als I geschrieben).

Die Papiermühle in Wendelstein war bis 1630 ein Erbzinslehen des Nürnberger Heilig-Geist-Spitals und wurde dann von Wolfgang Endter, einem Buchdrucker und Verleger, erworben. Ich habe Paulas Mann Oswald die Mühle vorher kaufen lassen.

Das historische Fußballspiel Calcio storico gibt es nur in Florenz, nicht in Padua oder Treviso, wie ich im Buch beschreibe.

Der älteste Nachweis des Christkindlesmarkts ist eine Spanschachtel von 1628 und damit seine erste schriftliche Erwähnung, vermutlich bestand er schon sehr viel länger.

Beslers Catalogus erschien bereits 1593 und nicht erst später, wie ich geschrieben habe.

Erwähnte Personen wie Leonhart Fuchs, Pietro Mattioli, Carolus Clusius, Matthias de L'Obel, Girolamo Fabrizio, Johannes Posthius, Pieter Aertsen, Georg Mack oder Alessandro Allori – um nur einige zu nennen – sind historische Persönlichkeiten, vorwiegend Ärzte, aber auch Buchdrucker und Maler.

Es gibt nur noch wenige von Beslers Prachtbänden auf der Welt. Einer davon ist im Besitz der Familie Dajo von Gemmingen-Hornberg in der Nähe von Neckarzimmern. Burg Hornberg ist vielen durch Götz von Berlichingen bekannt, denn sie war einst im Besitz des Ritters. Auch die Universität Erlangen verfügt über fünf verschiedene Ausgaben sowie Vorzeichnungen für die Kupferplatten. Ein Originalband des Hortus Eystettensis von 1613 wurde im Juli 2016 vom Auktionshaus Christies für mehr als 2,2 Millionen Euro versteigert.

Straßennamen und Örtlichkeiten in Nürnberg damals und heute

Rossmarkt	Adlerstraße
Ebracher Hof	Heute deutet nur noch das Ebracher Gässchen auf den ehemaligen Pfleghof hin
Heumarkt	Theresienplatz
Findelhaus	Heute erinnert die Findelgasse an das ehemalige, zum Waisenhaus umgewandelte Franziskanerkloster
Lateinschule St. Egidien	Melanchthon-Gymnasium

Kothgasse	Brunnengasse
Barfüßerbrücke	Museumsbrücke
Zisselgasse	Albrecht-Dürer-Straße
Neuentor	Neutor
Bitterholz	Aus dieser beim Adel beliebten Herberge ging später das Hotel Bayerischer Hof hervor – im 2. Weltkrieg wurden die Gebäude zerstört.
Wasserburg	heute besser bekannt als
Gleisshammer	Zeltnerschloss
Hundsgässlein	Agnesgasse
Stöpfelgasse	Stöpselgasse
Hinter dem Tetzel	Tetzelgasse
Diligengasse	Theresienstraße
Schwabenberg	Sieben Zeilen
Ihrertörlein	Hallertor
Ponersberg	Paniersplatz
Diligenhof	Egidienplatz

Der Heumarkt fand schon zu Idas Zeiten nicht mehr auf dem Theresienplatz statt, sondern war mehr als hundert Jahre zuvor auf die Insel Schütt verlagert worden. Schloss Gugelhammer südöstlich von Nürnberg in Röthenbach bei Stankt Wolfgang gelegen wurde im Dreißigjährigen Krieg in Schloss Kugelhammer umbenannt, da dort Kanonenkugeln hergestellt wurden.

Mein Dank gilt

meiner Schwester Iris Rist, Stephanie Dietsch und Dr. Liliane Skalecki, die das Manuskript vor Abgabe kritisch gelesen haben, und meinem Lektor Sven Lang. Ebenso danke ich allen Mitarbeitern des Gmeiner-Verlags, die zur Entstehung des Romans beigetragen haben, sowie Armin Gmeiner.

Die stilisierten Schwertlilien zwischen den Absätzen entstammen der Hand meiner begabten Schwester Iris. Auch dafür gilt ihr mein besonderer Dank.

Wie immer gebührt mein größter Dank aber meinem Mann, der mich stets unterstützt und mich bestärkt, wenn Selbstzweifel mich quälen. ☺